Markus Zusak

De Boekendief

Met illustraties van

Trudy White

the house of books

Eerste druk, september 2011
Zestiende druk, april 2013

Oorspronkelijke titel
The Book Thief
Uitgave
Picador/Pan Macmillan Australia Pty Limited, Sydney

Vertaling
AnneMarie Lodewijk
Omslagontwerp
Wil Immink Design
Omslagbeeld
Three Lions/Getty Images
Foto auteur
Bronwyn Rennex
Opmaak binnenwerk
ZetSpiegel, Best

ISBN 978 90 443 3819 5
ISBN 978 90 443 2619 2 (e-book)
D/2013/8899/47
NUR 302

www.thehouseofbooks.com

Voor Elisabeth en Helmut Zusak,
met liefde en bewondering

PROLOOG

Een Bergketen van Puin

waarin de verteller ons laat kennismaken met:

hemzelf – de kleuren
– en de boekendief

Dood en Chocolade

Eerst de kleuren.
Dan de mensen.
Zo zie ik de dingen meestal.
Of probeer ik dat in elk geval.

Ziehier een Klein Feit

Je gaat dood.

Ik probeer oprecht opgewekt te doen over dit hele onderwerp, hoewel het de meeste mensen moeite kost dit te geloven, ongeacht mijn tegenwerpingen. Alsjeblieft, geloof me. Ik kan zeer beslist opgewekt zijn. Ik kan allerliefst zijn. Aimabel. Aanhalig. En dat zijn alleen nog maar de A's. Maar vraag me niet om aardig te zijn. Aardig heeft niets met mij te maken.

Reactie op het Eerder Genoemde Feit

Vind je dit onrustbarend?
Dan verzoek ik je dringend: wees niet bang.
Ik ben buitengewoon rechtvaardig.

Maar natuurlijk, ik moet me voorstellen.

Een begin.

Waar zijn mijn manieren?

Ik zou mezelf fatsoenlijk kunnen voorstellen, maar dat is eigenlijk niet nodig. Je zult me goed genoeg en snel genoeg leren kennen, afhankelijk van een uiteenlopende reeks variabelen. Laat ik volstaan met te zeggen dat ik me op een gegeven moment over je heen zal buigen, zo vriendelijk mogelijk. Ik zal je ziel in mijn armen houden. Achter mij zal een kleur zichtbaar zijn. Ik zal je zachtjes wegdragen.

Op dat moment zul jij daar liggen (ik tref mensen slechts zelden staand aan). Jij zult vastzitten in je eigen lichaam. Misschien gaat het gepaard met een ontdekking; een schreeuw zal haast ongemerkt in de lucht verdwijnen. Het enige geluid dat ik daarna nog zal horen zal mijn eigen ademhaling zijn en het geluid van de geur, van mijn voetstappen.

De vraag is, welke kleur zal alles hebben op het moment waarop ik je kom halen? Wat zal de hemel zeggen?

Persoonlijk houd ik van een chocoladekleurige hemel. Donkere, donkere chocolade. Mensen zeggen dat het bij me past. Ik probeer echter te genieten van elke kleur die ik zie – het hele spectrum. Een miljard verschillende smaken, allemaal net een beetje anders, en een hemel om zachtjes aan te zuigen. Dat is goed tegen de stress. Het helpt me te ontspannen.

Een Kleine Theorie

Mensen zien de kleuren van een dag alleen aan het begin en het eind ervan, maar voor mij staat het als een paal boven water dat er elke dag, met elke seconde die er verstrijkt, een veelheid aan tinten en schakeringen in elkaar overvloeit. Een enkel uur kan uit duizenden verschillende kleuren bestaan. Wasachtig geel, wolkenblauw. Sombere duistertinten. In mijn vak vind ik het belangrijk ze op te merken.

Ik zinspeelde er al eerder op, mijn grote redder is afleiding. Die zorgt ervoor dat ik niet gek word. Het helpt me om het aan te kunnen, want ik doe dit werk al heel erg lang. Het probleem is, wie zal mij ooit kunnen vervangen? Wie kan het van mij overnemen terwijl ik van een geheel verzorgde vakantie geniet in een of ander standaard vakantieoord, hetzij tropisch, hetzij van het type skivakantie? Het antwoord luidt, vanzelfsprekend, niemand, wat voor mij aanleiding is geweest een bewuste, weloverwogen beslissing te nemen – om van afleiding mijn vakantie te maken. Waarbij het natuurlijk overbodig is te vermelden dat ik maar af en toe vakantie vier. In kleuren.

Toch is het niet onmogelijk dat jij je nu afvraagt: waarom heeft hij eigenlijk vakantie nodig? *Waarvan* heeft hij afleiding nodig?

Wat mij tot mijn volgende punt brengt.

Het zijn de overgebleven mensen.

De overlevenden.

Ik kan het niet verdragen naar hen te kijken, hoewel het me vaak niet lukt daar onderuit te komen. Om niet aan hen te hoeven denken kijk ik bewust naar de kleuren, maar zo nu en dan zie ik degenen die achterblijven, wegschrompelend te midden van de puzzelstukjes van besef, wanhoop en verbazing. Zij hebben doorboorde harten. Zij hebben uitgeputte longen.

Wat mij op het onderwerp brengt waarover ik jullie vanavond, of vandaag, of hoe laat en welke kleur het ook is, ga vertellen. Het is het verhaal van een van die eeuwige overlevenden – een expert in het alleen achterblijven.

Het is eigenlijk maar een klein verhaaltje, over onder andere:

- een meisje
- enkele woorden
- een accordeonist
- een stel fanatieke Duitsers
- een Joodse vuistvechter
- en behoorlijk wat diefstal.

Ik heb de boekendief drie keer gezien.

Naast de Spoorlijn

Het eerste wat je ziet is iets wits. Van het oogverblindende soort.

Sommigen van jullie zullen nu denken dat wit niet echt een kleur is en meer van die slaapverwekkende onzin. Nou, laat mij jullie dan vertellen dat dat wel zo is. Wit is zonder meer een kleur en persoonlijk lijkt het me beter voor je dat je daar niets tegen inbrengt.

Een Geruststellende Mededeling

Blijf alsjeblieft rustig, ondanks het eerdere dreigement.
Ik ben één en al grote mond –
ik ben niet gewelddadig. Ik ben niet boosaardig.
Ik ben een resultaat.

Ja, het was wit.

Het leek wel alsof de hele aardbol gehuld was in sneeuw. Alsof hij de sneeuw had aangetrokken, zoals je een truitje aantrekt. Naast de spoorlijn waren voetsporen weggezonken tot aan hun schenen. Bomen droegen dekens van ijs.

Zoals je waarschijnlijk al had verwacht, was er iemand gestorven.

Ze konden hem niet zomaar op de grond laten liggen. Voorlopig was dat niet zo'n probleem, maar straks zou het spoor weer worden vrijgegeven en moest de trein verder.

Er waren twee conducteurs.

Er was een moeder en haar dochter.

Eén lijk.

De moeder, het meisje en het lijk bleven koppig zwijgen.

'Wat moet ik nu verder nog doen?'

De conducteurs waren lang en klein. De lange nam steeds als eerste het woord, hoewel hij niet de leiding had. Hij keek naar de kleinere, rondere. Degene met het bolle, rode gezicht.

'Tja,' luidde het antwoord, 'we kunnen ze hier moeilijk gewoon achterlaten, vind je niet?'

De lange begon ongeduldig te worden. 'Waarom niet?'

En de kleinere ontplofte zowat. Hij blikte omhoog naar de kin van de lange en riep: '*Spinnst du?* Ben je gek geworden!?' De afschuw op zijn wangen werd steeds duidelijker. 'Kom op,' zei hij, door de sneeuw sjokkend. 'Als het moet, dragen we ze alle drie naar binnen. En we moeten het volgende station inlichten.'

Wat mij betreft, ik had toen al de meest elementaire vergissing begaan die je je kunt indenken. Ik kan je niet vertellen hoe zwaar ik mezelf teleurstelde. Aanvankelijk had ik alles goed gedaan:

Ik bestudeerde de oogverblindend witte sneeuwlucht door het raampje van de rijdende trein. Ik ademde hem praktisch in en toch weifelde ik. Ik wankelde – mijn interesse werd gewekt. Door het meisje. Ik liet me leiden door mijn nieuwsgierigheid en besloot zo lang te blijven als mijn programma me toestond en keek toe.

Drieëntwintig minuten later, toen de trein tot stilstand was gekomen, stapte ik samen met hen uit.

Een kleine ziel in mijn armen.

Ik ging een beetje rechts van hen staan.

Het dynamische conducteursduo liep terug naar de moeder, het meisje en het lijk van de kleine man. Ik weet nog goed hoe luid mijn adem die dag klonk. Het verbaasde me dat de conducteurs me niet zagen toen ze langsliepen. De wereld kreunde inmiddels onder het gewicht van zoveel sneeuw.

Misschien een meter of tien links van mij stond het bleke, hongerige meisje, half bevroren.

Haar mond trilde.

Ze hield haar koude armen om haar lichaam geslagen.

Tranen lagen bevroren op het gezicht van de boekendief.

De Verduistering

De volgende keer was er een kenmerkend zwart, om de polen van mijn veelzijdigheid te tonen, als het ware. Het was het donkerste moment voor zonsopgang.

Ditmaal was ik gekomen voor een man van een jaar of vierentwintig. In sommige opzichten was het bijna iets moois. Het vliegtuig sputterde nog. De rook lekte uit zijn beide longen.

Toen het neerstortte, scheurde het drie diepe wonden in de aarde. De vleugels waren nu afgezaagde armen. Die niet meer vlogen. Niet voor deze kleine metalen vogel.

Nog Wat Andere Feitjes

Soms arriveer ik te vroeg.
Ik haast me,
en sommige mensen klampen zich langer
aan het leven vast dan verwacht.

Na een klein aantal minuten was het toestel uitgerookt. Het had niets meer te geven.

De eerste die ter plaatse was, was een jongen met een raspende ademhaling en iets wat op een gereedschapskist leek. Met grote omzichtigheid liep hij naar de cockpit en keek naar de piloot, om te zien of hij nog leefde, wat op dat moment nog het geval was. De boekendief arriveerde ongeveer dertig seconden later.

Jaren waren verstreken, maar ik herkende haar.

Ze hijgde.

Uit de gereedschapskist haalde de jongen, gek genoeg, een teddybeer.

Hij stak zijn arm door de kapotte voorruit naar binnen en zette de beer op de borst van de piloot. De glimlachende beer zat in elkaar gedoken tussen de stoffelijke resten van de man en het bloed. Een paar minuten later zag ik mijn kans schoon. Dit was het juiste moment.

Ik ging naar binnen, bevrijdde zijn ziel en droeg hem voorzichtig naar buiten.

Het enige wat overbleef waren het lichaam, de langzaam wegtrekkende geur van rook en de lachende teddybeer.

Toen de menigte eenmaal was gearriveerd, was alles natuurlijk veranderd. De horizon kleurde houtskoolgrijs. Wat resteerde van het zwart boven ons was niet veel meer dan een slordig gekrabbeld potloodstreepje dat al bijna was verdwenen.

De man daarentegen had de kleur van bot. Skeletkleurige huid. Een verkreukeld uniform. Zijn ogen waren koud en bruin – als koffievlekken – en het laatste potloodkrabbeltje in de lucht nam een in mijn ogen eigenaardige maar vertrouwde vorm aan. Heel kenmerkend.

De menigte deed wat menigtes nu eenmaal doen.

Terwijl ik tussen de mensen door liep, speelde iedereen zijn eigen spel met de stilte. Het was een klein ratjetoe van onsamenhangende handgebaren, gedempte zinnen en onuitgesproken, onhandige reacties.

Toen ik nog even achteromkeek naar het vliegtuig, leek de open mond van de piloot te glimlachen.

Een laatste ongepaste grap.

Een menselijke clou.

Hij bleef daar liggen, in het doodskleed van zijn uniform, terwijl het grijzer wordende licht zich aan een potje armworstelen waagde met de hemel. Zoals zo vaak leek er toen ik wegliep weer even een snelle schaduw te zijn, een laatste moment van verduistering – de erkenning van een nieuwe ziel die niet meer was.

Ondanks alle kleuren die alles wat ik tegenkom in deze wereld beroeren en overweldigen, neem ik vaak, heel even, een verduistering waar wanneer er een mens sterft.

Miljoenen heb ik er gezien.

Ik heb meer verduisteringen gezien dan me lief zijn.

De Vlag

De laatste keer dat ik haar zag was rood. De hemel was als een kolkende, kokende soep. Op sommige plaatsen was hij aangebrand. Hier en daar zag je zwarte kruimels, en peper, tussen al dat rood.

Even ervoor waren er nog kinderen aan het hinkelen geweest, op de straat die eruitzag als met olievlekken besmeurde bladzijden. Toen ik aankwam kon ik de echo's nog horen. De springende voeten op de straat. De vrolijke kinderstemmen en het lachen dat snel zou wegsterven.

En toen, bommen.

Deze keer was alles te laat.

De sirenes. De waarschuwingssignalen op de radio. Allemaal te laat.

Binnen enkele minuten lagen overal bergen beton en aarde. De straten waren opengereten aderen. Bloed bleef stromen totdat het opdroogde op de weg en de lichamen bleven er liggen, als drijfhout na een overstroming.

Ze lagen vastgekleefd, stuk voor stuk. Een heel pakket aan zielen.

Was dit het noodlot?

Pech?

Was dat het wat hen daar vastgekleefd hield?

Natuurlijk niet.

Laten we ons niet van den domme houden.

Het had waarschijnlijk meer te maken met de bommen, omlaag gesmeten door mensen die zich tussen de wolken verscholen hielden.

Urenlang hield de lucht de vernietigend rode kleur van een zelfgebrouwen tomatensoepje. Het kleine Duitse stadje was uiteengereten. Sneeuwvlokken van as dwarrelden zo *beeldschoon* neer dat je in de verleiding kwam je tong uit te steken om ze te vangen, te proeven. Alleen zouden ze je lippen hebben geschroeid. Ze zouden je mond hebben verbrand.

Ik zie het heel duidelijk voor me.

Ik wilde net weggaan, toen ik haar op haar knieën op de grond zag zitten.

Om haar heen was een bergketen van puin vormgegeven, geconstrueerd en opgetrokken. Ze hield een boek in haar handen geklemd.

Wat de boekendief het allerliefste wilde was teruggaan naar de kelder, om te schrijven, of haar verhaal nog een laatste keer door te lezen. Achteraf zie ik dat zo duidelijk op haar gezicht. Ze hunkerde ernaar – naar de veiligheid, het huiselijke ervan – maar ze kon zich niet verroeren. Bovendien bestond de kelder niet meer. Die maakte deel uit van het verwoeste landschap.

Ik vraag je nogmaals, alsjeblieft, mij te geloven.

Ik wilde blijven staan. Op mijn hurken gaan zitten.

Ik wilde zeggen:

'Het spijt me zo, kindje.'

Maar dat mag niet.

Ik hurkte niet bij haar neer. Ik zei niets.

In plaats daarvan bleef ik een poosje naar haar staan kijken. Toen ze zich weer kon bewegen, volgde ik haar.

Ze liet het boek vallen.
Ze knielde neer.
De boekendief huilde.

Toen het puinruimen begon, werd er verschillende keren op haar boek getrapt, en hoewel er opdracht was gegeven alleen het betonpuin op te ruimen, werd het kostbaarste bezit van het meisje in een vuilnisauto gegooid, waarop ik mij verplicht voelde iets te doen. Ik klom in de auto en nam het in mijn hand, zonder te beseffen dat ik haar verhaal in de loop der jaren, gedurende mijn reizen, honderden keren zou lezen. Ik zou de plekken zien waar onze wegen elkaar kruisten en me verwonderen over wat het meisje zag en hoe zij overleefde. Veel meer dan dat kan ik niet doen – kijken hoe het samenvalt met al het andere wat ik gedurende die tijd aanschouwde.

Wanneer ik aan haar denk, zie ik een lange lijst van kleuren, maar het zijn de drie waarin ik haar in levenden lijve zag die de meeste indruk hebben gemaakt. Soms lukt het me om ver boven die drie momenten te zweven. Dan hang ik daar, net zolang tot een etterende waarheid door een poel van bloed boven komt drijven.

Dan zie ik ze een vorm aannemen.

De Kleuren

ROOD: ▬ **WIT:** ○ **ZWART:** 卐

Ze vallen bovenop elkaar. Het gekrabbelde kenmerkende zwart op het oogverblindende aardbolvormige wit, bovenop het dikke, soeperige rood.

Ja, ik word vaak aan haar herinnerd en in een van mijn vele, vele zakken draag ik haar verhaal met me mee om steeds opnieuw te vertellen. Het is er één van de vele die ik bij me draag en ieder op hun eigen manier zijn ze stuk voor stuk heel bijzonder. Elk verhaal is een poging – een bovenmenselijke poging – om mij te bewijzen dat jullie, en jullie menselijke bestaan, het waard zijn.

Hier is het. Een van de vele.

De Boekendief.

Als je er zin in hebt, ga dan met me mee. Dan zal ik je een verhaal vertellen.

Dan zal ik je iets laten zien.

DEEL EEN

Het Doodgravers-handboek

waarin:

himmelstraat – de kunst van het *saumensch*en – een vrouw met een ijzeren vuist – een kuspoging – jesse owens – schuurpapier – de geur van vriendschap – een kampioen zwaargewicht – en een *watschen* van jewelste.

Aankomst in de Himmelstraat

Die laatste keer.

Die rode lucht...

Hoe komt een boekendief daar terecht, knielend en huilend en omringd door een door mensenhanden gemaakte berg belachelijk, smerig, haastig op elkaar gesmeten puin?

Jaren eerder was sneeuw het begin.

Het was tijd. Voor één iemand.

Een Spectaculair Tragisch Moment

Een trein reed heel erg hard.
Hij was afgeladen met mensen.
In het derde rijtuig
stierf een jongetje van zes.

De boekendief en haar broertje waren op weg naar München, waar zij zouden worden overgedragen aan pleegouders. Inmiddels weten wij, natuurlijk, dat het jongetje het niet haalde.

HOE HET GEBEURDE
Eerst was er een hevige
hoestbui.
Een *bezielde* hoestbui bijna.
En even later – niets.

Toen het hoesten ophield, was er niets anders meer dan het niets van leven dat verdergaat met een zacht geschuifel, of een bijna onhoorbaar rukje. Er verscheen iets gejaagds op zijn lippen, die een roestbruine kleur hadden en schilferden als oude verf. Hunkerend naar een schilderkwast.

Hun moeder sliep.

Ik kwam de trein binnen.

Mijn voeten stapten door het volle gangpad en even later lag mijn handpalm over zijn mond.

Niemand had het in de gaten.

De trein denderde verder.

Behalve het meisje.

Met één oog open en eentje nog half in een droom, zag de boekendief – ook wel bekend als Liesel Meminger – zonder enige twijfel dat haar jongere broertje Werner op zijn zij lag en dood was.

Zijn blauwe ogen staarden naar de vloer.

Zonder iets te zien.

Voordat zij wakker werd, had de boekendief zitten dromen over de Führer, Adolf Hitler. In de droom woonde zij een bijeenkomst bij waarop hij sprak en keek naar de schedelkleurige scheiding in zijn haar en het perfecte rechthoekje van zijn snor. Ze luisterde tevreden naar de stortvloed van woorden die uit zijn mond kwam. Zijn zinnen gloeiden in het licht. Op een rustiger moment hurkte hij zelfs neer en glimlachte naar haar. Zij lachte terug en zei: *'Guten Tag, Herr Führer. Wie geht's dir heut?'* Ze had niet zo goed leren praten en ook niet leren lezen, want ze kwam maar heel zelden op school. De reden daarvoor zou ze te zijner tijd ontdekken.

Net toen de Führer wilde antwoorden, werd ze wakker.

Het was januari 1939. Ze was negen jaar, bijna tien.

Haar broertje was dood.

Eén oog open.

Het ander nog in een droom.

Ik denk dat het beter is om je dromen af te maken, maar daar ga ik niet over.

Het tweede oog schrok wakker en ze betrapte me, dat weet ik zeker. Het was precies toen ik knielde en zijn ziel wegnam en slap in mijn sterke armen hield. Even later werd hij warmer, maar toen ik hem optilde, was de geest van de jongen zacht en koud, als roomijs. Hij begon te smelten in mijn armen. Daarna begon hij weer helemaal warm te worden. Te helen.

Voor Liesel Meminger was er de beperkende stijfheid van beweging, en de woeste stroom van gedachten. *Es stimmt nicht.* Dit gebeurt niet echt. Dit gebeurt niet echt.

En het schudden.

Waarom schudden ze hen altijd door elkaar?

Ja, ik weet het, ik weet het, het zal wel iets te maken hebben met instinct. De aanstormende werkelijkheid tegenhouden. Haar hart was op dat moment glibberig en heet, en het bonkte zo hard, zo hard zo hard.

Ik was zo stom om te blijven. En te kijken.

Toen, haar moeder.

Ze maakte haar wakker met datzelfde wanhopige geschud.

Als je het je niet kunt voorstellen, haal je dan een ongemakkelijke stilte voor de geest. Denk aan stukjes en beetjes zwevende wanhoop. En aan verdrinken in een trein.

Het sneeuwde al een hele tijd onafgebroken en de verbinding met München moest worden stilgelegd wegens defecten aan het spoor. Een vrouw jammerde. Naast haar stond een klein meisje verslagen voor zich uit te kijken.

In paniek opende de moeder de deur.

Met het kleine lichaampje in haar armen klom ze omlaag in de sneeuw.

Wat kon het meisje anders doen dan haar volgen?

Zoals ik je eerder al heb verteld, stapten er ook twee conducteurs uit de trein. Ze overlegden druk met elkaar wat hen te doen stond. De situatie was op z'n minst onverkwikkelijk te noemen. Uiteindelijk werd besloten dat zij met z'n drieën naar het volgende stadje zouden worden gebracht en het dan verder zelf maar moesten uitzoeken.

Ditmaal reed de trein met een slakkengangetje door het besneeuwde landschap.

Hij hobbelde het stadje binnen en kwam tot stilstand.

Zij stapten op het perron, het lichaam in de armen van de moeder.

Zo bleven ze staan.

De jongen begon zwaar te worden.

Liesel had geen idee waar ze was. Alles was wit, en terwijl ze op het perron stonden kon ze alleen maar kijken naar de verbleekte letters van het bord voor haar. Voor Liesel was het plaatsje naamloos en precies daar werd haar broertje Werner twee dagen later begraven. Onder de getuigen bevonden zich een priester en twee rillende doodgravers.

Een Observatie

Een paar treinconducteurs.
Een paar doodgravers.
Wanneer het erop aankwam, had de één
het voor het zeggen. De ander deed
wat hem werd opgedragen.
De vraag is: wat als de *ander*
veel meer is dan één?

Vergissingen, vergissingen, soms lijkt het alsof ik tot niets anders in staat ben.

Twee dagen lang deed ik gewoon mijn dagelijks werk. Ik reisde net als altijd de wereld rond, en deponeerde zielen op de lopende band van de eeuwigheid. Ik zag ze lijdzaam wegrollen. Ik hield mezelf verschillende keren voor dat ik me verre moest houden van de begrafenis van Liesel Memingers broertje. Ik sloeg mijn eigen advies in de wind.

Toen ik dichterbij kwam, zag ik al van kilometers ver het kleine groepje mensen kleumend in het besneeuwde landschap staan. Het kerkhof verwelkomde mij als een vriend en al snel voegde ik me bij hen. Ik boog mijn hoofd.

Links van Liesel stonden de doodgravers zich in hun handen te wrijven en te klagen over de sneeuw en de graafomstandigheden. 'Het valt niet mee om door al dat ijs heen te komen', en meer van die dingen. Een van hen kon niet ouder zijn geweest dan een jaar of veertien. Een leerling. Toen hij wegliep viel er zonder dat hij het merkte een zwart boekje uit zijn jaszak. Hij had misschien twintig passen gedaan.

Een paar minuten later maakte Liesels moeder samen met de priester aanstalten om te vertrekken. Ze bedankte hem voor de manier waarop hij de plechtigheid had geleid.

Het meisje bleef achter.

Haar knieën raakten de grond. Haar moment was gekomen.

Nog steeds vol ongeloof begon zij te graven. Hij kon niet dood zijn. Hij kon niet dood zijn. Hij kon niet –

Binnen een paar tellen sneed de sneeuw in haar huid.

Haar handen waren bedekt met bevroren bloed.

Ergens in al die sneeuw zag zij haar gebroken hart liggen, in twee stukken. Elke helft gloeide en klopte onder al dat wit. Ze merkte pas dat haar moeder was teruggekomen om haar te halen toen zij de harde aanraking van een magere hand op haar schouder voelde. Ze werd meegesleurd. Haar keel vulde zich met een warme schreeuw.

Een Tafereeltje, Misschien Twintig Meter Verderop

Toen het sleuren achter de rug was, bleven de moeder en het meisje hijgend staan. Er lag iets zwarts en rechthoekigs in de sneeuw. Alleen het meisje zag het. Ze bukte zich en raapte het op en hield het stevig in haar vingers. Er stonden zilveren letters op het boek.

Zij hielden elkaars hand vast.

Na een laatste, betraand vaarwel, draaiden zij zich om en liepen weg, waarna zij nog een aantal keren omkeken.

En ik, ik bleef nog even staan.

Ik zwaaide.

Er zwaaide niemand terug.

Moeder en dochter verlieten het kerkhof en gingen op weg om op de eerstvolgende trein naar München te stappen.

Beiden waren mager en bleek.

Beiden hadden zweren op hun lippen.

Dat zag Liesel in de beslagen ramen van de trein waar zij vlak voor de middag in stapten. In de geschreven woorden van de boekendief zelf, ging de reis verder alsof er *alles* was gebeurd.

Toen de trein op de Bahnhof van München was aangekomen, glipten de passagiers eruit als uit een opengescheurd pakketje. Het waren mensen van alle rangen en standen, maar onder hen waren de armen het gemakkelijkst herkenbaar. Arme mensen proberen altijd in beweging te blijven, alsof dat iets zou helpen. Zij negeren de werkelijkheid dat hun aan het einde van de reis altijd weer een nieuwe versie van hetzelfde oude probleem wacht – zoals het familielid van wie je de kriebels krijgt omdat hij of zij je altijd wil kussen.

Ik denk dat haar moeder dit heel goed wist. Ze leverde haar kinderen niet af in de hogere kringen van München, maar kennelijk was er toch een pleeggezin gevonden en die nieuwe familie kon het meisje en de jongen op z'n minst beter te eten geven en een fatsoenlijke opleiding bieden.

De jongen.

Liesel wist zeker dat haar moeder de herinnering aan hem over haar schouder met zich meedroeg. Ze liet hem vallen. Ze zag zijn voeten en benen en lichaam slap op het perron vallen.

Hoe kon zij lopen?

Hoe kon zij bewegen?

Dat is een van de dingen die ik nooit zal weten, of begrijpen – waartoe mensen in staat zijn.

Ze raapte hem op en liep verder, met het meisje aan haar zij.

Vervolgens waren er de autoriteiten en staken vragen over hun late aankomst en de jongen hun kwetsbare kop op. Liesel bleef in een hoekje van het kleine, stoffige kantoortje zitten, terwijl haar moeder met beklemmende gedachten op een heel harde stoel zat.

Daarna volgde de chaos van het afscheid.

Het meisje begroef haar hoofd in de zachte, versleten plooien van haar moeders jas. Er werd weer wat gesleurd.

Een behoorlijk eind buiten München lag het stadje Molching, wat door jou en mij maar het beste kan worden uitgesproken als 'Molking'. Daar namen ze haar mee naartoe, naar een straat die Himmel heette.

Een Vertaling
Himmel = Hemel

Degene die de Himmelstraat zijn naam had gegeven was beslist in het bezit geweest van een gezond gevoel voor ironie. Niet dat het nu zo'n hel op aarde was. Dat was het niet. Maar, hel en verdoemenis, de hemel was het ook niet.

Maar goed, hier wachtten Liesels pleegouders op haar.

De Hubermanns.

Zij hadden een meisje en een jongen verwacht en zouden een kleine toelage krijgen om hen onderdak te bieden. Niemand wilde degene zijn die Rosa Hubermann moest vertellen dat de jongen de reis niet had overleefd. Sterker nog, niemand wilde haar eigenlijk ooit ook maar iets vertellen. Zij bezat bepaald geen benijdenswaardig karakter, hoewel zij een goede reputatie had met pleegkinderen. Ze scheen er wel een paar op het rechte spoor te hebben gezet.

Voor Liesel was het een ritje in een auto.

Ze had nog nooit in een auto gezeten.

Wat ze voelde was haar maag die aan één stuk door op en neer ging en de ijdele hoop dat zij zouden verdwalen of van gedachten zouden veranderen. En te midden van dit alles gingen haar gedachten steeds weer naar haar moeder, die nu op de Bahnhof zat te wachten om weer te vertrekken. Rillend. Zo diep mogelijk weggedoken in die nutteloze jas. Waarschijnlijk zat ze nu nagelbijtend op de trein te wachten. Het perron was lang en oncomfortabel – een plak koud cement. Zou zij op de terugreis uitkijken naar de plek waar haar zoon ongeveer begraven lag? Of zou de slaap haar overmannen?

De auto reed verder en Liesel zag met angst en beven uit naar de allerlaatste, dodelijke bocht.

De dag was grijs, de kleur van Europa.

De wagen werd omgeven door gordijnen van regen.

'We zijn er bijna.' De dame van de pleegzorg, Frau Heinrich, draaide zich glimlachend naar haar om. '*Dein neues Heim.* Je nieuwe thuis.'

Liesel veegde een kringetje schoon op het natte raam en keek naar buiten.

Een Foto van de Himmelstraat

**De gebouwen lijken
aan elkaar geplakte, voornamelijk kleine
huizen en appartementenblokken die er
nerveus uitzien. Er ligt een tapijt
van vieze sneeuw. Verder zie je beton,
kale kapstokbomen,
en grijze lucht.**

Er zat ook een man in de auto. Hij bleef bij het meisje terwijl Frau Heinrich naar binnen verdween. Hij sprak geen woord. Liesel nam aan dat hij er was om ervoor te zorgen dat zij niet zou weglopen, of haar te dwingen mee naar binnen te gaan als ze zich verzette. Later echter, toen de problemen echt begonnen, bleef hij gewoon zitten toekijken. Misschien was hij het laatste redmiddel, de ultieme oplossing.

Na enkele minuten kwam er een lange man naar buiten. Hans Hubermann, Liesels pleegvader. Aan zijn ene kant liep Frau Heinrich, die van gemiddelde lengte was. Aan zijn andere kant liep de gedrongen gestalte van Rosa Hubermann, die eruitzag als een kleine kleerkast waar een jas overheen was gegooid. Haar loop had iets waggelends. Je zou het bijna schattig noemen, maar dan moest je niet naar haar gezicht kijken, dat nog het meest leek op verfrommeld karton en dat verstoord keek, alsof ze het allemaal maar net tolereerde. Haar man liep kaarsrecht, met een smeulende sigaret tussen zijn vingers. Hij rolde ze zelf.

Wat er gebeurde was dit:

Liesel weigerde de auto uit te komen.

'Was ist los mit diesem Kind?' informeerde Rosa Hubermann. Ze zei het nog eens. 'Wat mankeert dat kind?' Ze stak haar gezicht in de auto en zei: *'Na, komm. Komm.'*

De voorste stoel werd naar voren geklapt. Een gang van kil licht nodigde haar uit om uit te stappen. Ze verroerde zich niet.

Door de cirkel die zij op het raampje had gemaakt, kon Liesel naar buiten kijken en zag zij dat de vingers van de lange man nog steeds de sigaret vasthielden. De askegel begon te wiebelen en wankelde nog even alvorens op de grond te vallen. Het duurde een kwartier voordat ze haar over konden halen om uit de auto te komen. Het was de lange man die haar zover kreeg.

Heel rustig.

Vervolgens was er het hek, waaraan zij zich vastklemde.

Een stortvloed van tranen maakte zich los uit haar ogen terwijl zij zich stevig vasthield en weigerde naar binnen te gaan. Op straat bleven mensen staan kijken, totdat Rosa Hubermann ze begon uit te schelden, waarna ze snel terugkeerden in de richting waaruit ze gekomen waren.

EEN VERTALING VAN ROSA HUBERMANNS MEDEDELING

'Waar staan jullie nou naar te kijken, stelletje hufters?'

Uiteindelijk liep Liesel Meminger heel voorzichtig naar binnen. Hans Hubermann hield haar ene hand vast. Haar kleine koffertje de andere. Begraven tussen de opgevouwen kleding in dat koffertje lag een klein, zwart boekje waar een veertienjarige doodgraver in een naamloos stadje misschien al uren naar had lopen zoeken. 'Eerlijk waar,' stel ik me zo voor dat hij tegen zijn baas zegt, 'ik heb geen idee wat ermee is gebeurd. Ik heb overal gezocht. Overal!' Ik weet zeker dat hij het meisje nooit zal hebben verdacht, en toch lag het daar – een zwart boekje met zilveren letters erop, tegen het plafond van haar kleren.

Het Doodgravershandboek
Een handleiding in twaalf stappen
naar succesvol doodgraven
Uitgegeven door de Beierse Kerkhof Associatie

De boekendief had voor de eerste keer toegeslagen – het begin van een illustere carrière.

Opgroeien als een Saumensch

Ja, een illustere carrière.

Ik moet echter wel toegeven dat er een aanzienlijke periode lag tussen dat eerste gestolen boek en het tweede. Een ander opmerkelijk punt is dat het eerste gestolen werd uit sneeuw en het tweede uit vuur. En ik mag niet verzuimen te vermelden dat ze er ook een paar cadeau kreeg. Al met al bezat zij veertien boeken, maar wat haar betreft was haar verhaal voornamelijk opgebouwd uit tien daarvan. Van die tien waren er zes gestolen, lag er één op een keer opeens op de keukentafel, werden er twee voor haar gemaakt door een ondergedoken jood en werd er één bezorgd door een in zachtgeel gehulde namiddag.

Toen zij haar verhaal begon op te schrijven, vroeg zij zich af op welk moment de boeken en de woorden niet zomaar iets, maar alles waren gaan betekenen. Was dat toen ze voor het eerst de kamer zag met kasten en kasten vol boeken? Of toen Max Vandenburg in de Himmelstraat arriveerde met handenvol lijden en Hitlers *Mein Kampf*? Kwam het door het lezen in de schuilkelders? De laatste parade naar Dachau? Was het *De Woordschudder?* Misschien zou ze wel nooit precies weten wanneer en waar het gebeurde. Maar goed, ik loop op mijn verhaal vooruit. Voordat we zover zijn, moeten we het eerst nog hebben over Liesel Memingers begin in de Himmelstraat, en de kunst van het *saumensch*en.

Toen zij aankwam, kon je de bijtwonden van de sneeuw op haar handen en het bevroren bloed aan haar vingers nog zien. Alles aan haar was ondervoed. Schenen als stokjes. Armen als kleerhangers. Ze was er niet scheutig mee, maar wanneer er eentje kwam, had ze een uitgehongerd lachje.

Haar haar kwam dicht genoeg in de buurt van Germaans blond, maar ze had gevaarlijke ogen. Donkerbruin. In die tijd was je in Duitsland niet echt blij met bruine ogen. Misschien had ze ze van haar vader, maar dat wist ze niet, want ze kon zich hem niet herinneren. Er was maar één ding dat ze over haar vader wist. Het was een etiket dat ze niet begreep.

Een Vreemd Woord
Communist

Ze had het de afgelopen paar jaar verschillende keren gehoord.

Kosthuizen afgeladen met mensen en kamers vol vragen. En dat woord. Dat vreemde woord was er altijd, ergens in een hoekje, toeziend vanuit het donker. Het droeg pakken, uniformen. Waar ze ook naartoe gingen, daar was het weer, elke keer dat haar vader ter sprake kwam. Toen zij haar moeder vroeg wat het betekende, kreeg ze te horen dat het niet belangrijk was, dat ze niet over zulke dingen moest piekeren. In één pension was een gezondere vrouw die, met behulp van houtskool op de muur, probeerde de kinderen te leren schrijven. Liesel kwam in de verleiding haar naar de betekenis van het woord te vragen, maar het kwam er nooit van. Op een dag werd de vrouw opgehaald om te worden ondervraagd. Ze kwam niet terug.

Toen Liesel in Molching aankwam, had ze ergens wel het idee dat ze werd gered, maar dat was geen troost voor haar. Als haar moeder van haar hield, waarom liet ze haar dan bij iemand anders achter? Waarom? Waarom?

Waarom?

Het feit dat zij het antwoord kende – zij het op het meest elementaire niveau – leek niet terzake te doen. Haar moeder was voortdurend ziek en er was nooit geld om haar beter te maken. Dat wist ze. Maar dat wilde nog niet zeggen dat ze het moest accepteren. Hoe vaak haar ook werd verteld dat er van haar werd gehouden, ze wilde er niet aan dat het feit dat haar moeder haar achterliet daar juist het bewijs van was. Niets veranderde het feit dat zij een verloren, mager kind was in de zoveelste vreemde omgeving, met nog vreemdere mensen. Alleen.

De Hubermanns woonden in een van de kleinere huizen in de Himmelstraat. Een paar kamers, een keuken, en een buiten-wc die werd gedeeld met buren. Het dak was plat en er was een kleine voorraadkelder. Het was geen kelder van *adequate diepte*. In 1939 was dat geen probleem. Later, in '42 en '43, wel. Toen de luchtaanvallen begonnen, moesten ze altijd de straat op rennen naar een betere schuilplek.

In het begin was het het vloeken dat de meeste indruk maakte. Het was zo heftig en overvloedig. Elk tweede woord was *Saumensch* of *Saukerl* of *Arschloch*. Voor mensen die niet bekend zijn met deze woorden, zal ik het uitleggen. *Sau* heeft natuurlijk te maken met zeugen, varkens. In het geval van Sau*mensch*, dient het om een vrouwelijk persoon te hekelen, uit te schelden of simpelweg te vernederen. Sau*kerl* wordt gebruikt voor een man. *Arschloch* kan worden vertaald als kontgat. Dit woord maakt geen onderscheid tussen de seksen. Je scheldt iemand er gewoon voor uit.

'*Saumensch, du dreckigs!*' riep Liesels pleegmoeder die eerste avond, toen zij weigerde in bad te gaan. 'Vies varken! Waarom kleed je je niet uit?' Ze was erg goed in woedend zijn. Je kon zelfs zeggen dat Rosa Hubermann een gezicht had dat werd gesierd door een constante woede. Zo waren de kreukels ontstaan in de kartonnen weefselstructuur van haar huid.

Natuurlijk baadde Liesel in angst. Ze was absoluut niet van plan in wat voor bad dan ook te stappen, en ook niet in een bed trouwens. Ze drukte zich in een hoekje van het piepkleine badkamertje en greep steun zoekend naar de niet-bestaande armen van de muur. Maar er was niets anders dan droge verf, moeizaam ademhalen en de stortvloed van scheldwoorden van Rosa.

'Laat haar met rust.' Hans Hubermann betrad het strijdperk. Zijn vriendelijke stem drong naar binnen alsof hij tussen een menigte door gleed. 'Laat haar maar aan mij over.'

Hij kwam wat dichterbij en ging met zijn rug tegen de muur op de grond zitten. De tegels waren koud en onbehaaglijk.

'Weet jij hoe je een sigaret moet draaien?' vroeg hij aan haar, waarna ze wel een uur lang, in de toenemende duisternis, met tabak en vloeitjes zaten te spelen, die Hans Hubermann vervolgens oprookte.

Toen er een uur verstreken was, kon Liesel een aardig shagje draaien. Ze was nog steeds niet in bad geweest.

ENKELE FEITEN OVER HANS HUBERMANN

Hij hield van roken.
Het fijnste aan roken vond hij het draaien.
Hij was huisschilder van beroep en speelde accordeon.
Dat kwam goed van pas, vooral 's winters,
als hij wat kon bijverdienen met spelen
in de kroegen van Molching, zoals de Knoller.
Hij had me al in één wereldoorlog een loer gedraaid,
maar zou later ook nog (als een pervers soort beloning)
in een andere meedoen, waar hij er op de een of andere
manier in zou slagen mij opnieuw te ontlopen.

Voor de meeste mensen was Hans Hubermann amper zichtbaar. Een niet bijzonder iemand. Goed, hij was een uitstekende huisschilder. Hij was muzikaler dan gemiddeld. Maar op de een of andere manier, en ik weet zeker dat je ook wel zulke mensen kent, bezat hij het vermogen om op de achtergrond te blijven, zelfs als hij vooraan in een rij stond. Hij *was* er altijd gewoon. Onopvallend. Niet belangrijk of bijzonder waardevol.

Het frustrerende van zo'n verschijning was, zoals je je wel kunt voorstellen, de volledige bedrieglijkheid ervan. Er school wel degelijk waarde in hem en die bleef niet onopgemerkt door Liesel

Meminger. (Het mensenkind – vaak zoveel slimmer dan de verbijsterend lompe volwassene.) Zij zag het meteen.

Zijn manier van doen.

Zijn rustige uitstraling.

Toen hij die avond het licht aandeed in die kleine, harteloze wasruimte, zag Liesel het vreemde van haar pleegvaders ogen. Ze waren gemaakt van vriendelijkheid en zilver. Zacht, smeltend zilver. Toen Liesel die ogen zag, begreep ze dat Hans Hubermann heel veel waard was.

ENKELE FEITEN OVER ROSA HUBERMANN

Zij was één meter drieënvijftig lang en droeg haar bruinachtig-grijze, rekbare haar in een knot.
Ter aanvulling van het Hubermann-inkomen, deed zij de was en de strijk voor vijf van de rijkere huishoudens in Molching.
Ze kookte afschuwelijk.
Ze bezat het unieke vermogen om bijna iedereen die ze ontmoette tegen zich in het harnas te jagen.
Maar ze hield wel van Liesel Meminger.
Ze had alleen een vreemde manier om dat te tonen.
Onder andere door regelmatig naar haar uit te halen met een houten pollepel en woorden.

Toen Liesel uiteindelijk, toen ze al twee weken in de Himmelstraat woonde, in bad ging, gaf Rosa haar een enorme, beurse plekken veroorzakende knuffel. Terwijl ze haar bijna smoorde, zei ze: '*Saumensch, du dreckigs* – het zou tijd worden!'

Na een paar maanden waren ze niet langer meneer en mevrouw Hubermann. Met een typerende vuistvol woorden, zei Rosa: 'Hoor eens, Liesel – van nu af aan noem je me Mama.' Ze dacht even na. 'Hoe noemde je je echte moeder?'

Liesel antwoordde zachtjes: '*Auch Mama* – ook Mama.'

'Nou, dan ben ik Mama Nummer Twee.' Ze keek naar haar man. 'En hij daar.' Ze leek de woorden in haar hand te verzamelen, ze een beetje te kneden en ze over de tafel te smijten. 'Die Saukerl, dat smerige varken – hem noem je Papa, *verstehst?* Begrepen?'

'Ja,' antwoordde Liesel prompt. In dit huishouden werden snelle antwoorden op prijs gesteld.

'Ja, *Mama,*' verbeterde Mama haar. 'Saumensch. Noem me Mama wanneer ik tegen je praat.'

Op dat moment was Hans Hubermann net klaar met het draaien van een sigaretje. Hij had aan het vloeitje gelikt en alles vastgeplakt. Hij keek naar Liesel en knipoogde. Het zou haar geen moeite kosten hem Papa te noemen.

De Vrouw met de IJzeren Vuist

Die eerste paar maanden waren absoluut het zwaarst.

Liesel nachtmerriede elke nacht.

Het gezicht van haar broertje.

Starend naar de vloer van de trein.

Dan werd ze zwemmend en gillend in haar bed wakker, verdrinkend in de zee van lakens. Aan de andere kant van de kamer dreef het bed dat voor haar broertje bestemd was geweest als een bootje in de duisternis. Naarmate zij weer bij haar positieven kwam, leek het langzaam weg te zinken in de vloer. Dit beeld was niet erg bevorderlijk voor haar gemoedsrust en het duurde meestal een hele tijd voordat ze ophield met gillen.

Het enige goede wat die nachtmerries met zich meebrachten was waarschijnlijk dat ze Hans Hubermann, haar nieuwe papa, naar de kamer brachten om haar te kalmeren en lief voor haar te zijn.

Hij kwam elke avond even bij haar zitten. De eerste paar keer was hij er alleen maar – een vreemde om de alleenheid te verdrijven. Een paar avonden later fluisterde hij: 'Ssst, stil maar, ik ben bij je.' Na drie weken hield hij haar vast. Er ontstond al heel snel vertrouwen, wat voornamelijk te danken was aan de brute kracht van zijn tederheid, zijn *zijn*. Het meisje wist meteen dat hij midden in de eerste gil bij haar zou zijn en niet meer weg zou gaan.

Een Definitie die Niet in het Woordenboek Staat

***Niet-weggaan*: een daad van vertrouwen en liefde, vaak in deze betekenis gebruikt door kinderen.**

Hans Hubermann zat vaak met slaapogen op het bed terwijl Liesel in zijn mouwen huilde en zijn geur inademde. Elke ochtend, even na tweeën, viel ze in slaap tegen zijn geur: een mengeling van oude sigaretten, decennia verf, en menselijke huid. Wanneer het echt ochtend werd, zat hij nog geen meter bij haar vandaan, verfrommeld, bijna gehalveerd, in de stoel. Het andere bed gebruikte hij nooit. Dan klom Liesel uit bed, kuste voorzichtig zijn wang en werd hij glimlachend wakker.

Er waren ook dagen dat Papa haar vertelde weer in bed te kruipen en even te wachten, waarna hij terugkwam met zijn accordeon en voor haar speelde. Dan zat Liesel rechtop mee te neuriën, haar koude tenen gekromd van opwinding. Niemand had haar ooit eerder muziek gegeven. Ze zat dan met een gelukzalige grijns te luisteren en keek naar de lijnen die omlaag liepen langs zijn gezicht en het zachte metaal van zijn ogen – totdat het schelden begon vanuit de keuken.

'HOU OP MET DIE HERRIE, SAUKERL!'

Papa speelde dan nog even door.

En knipoogde naar het meisje, dat onhandig terug knipoogde.

Heel soms, speciaal om Mama nog bozer te maken, nam hij het instrument mee naar de keuken en speelde bij het ontbijt.

Papa's boterhammen met jam lagen dan half opgegeten op zijn bord, omgekruld in de vorm van bijtafdrukken, en de muziek keek Liesel recht in het gezicht. Ik weet dat het eigenaardig klinkt, maar zo voelde het voor haar. Papa's rechterhand wandelde over de tandkleurige toetsen. Zijn linkerhand ging over de knoppen. (Ze vond het het mooist om hem de zilverkleurige, glinsterende in te zien drukken – de C majeur.) De bekraste maar glanzende zwarte buitenkant van de accordeon ging heen en weer terwijl zijn armen de stoffige balgen samenpersten en dwongen lucht naar binnen te zuigen en weer uit te blazen. Op zulke ochtenden bracht Papa de accordeon in de keuken tot leven. En daar zit wel een bepaalde logica in, als je het goed bekijkt.

Hoe kan je zien of iets leeft?

Je kijkt of het ademt.

Het geluid van de accordeon was in feite ook de aankondiging van veiligheid. Daglicht. Overdag was het onmogelijk om over haar broertje te dromen. Ze miste hem en zat in het kleine badkamertje vaak heel stilletjes te huilen, maar ze was wel blij dat ze wakker was. Tijdens haar eerste nacht bij de Hubermanns had ze haar laatste schakel met hem – *Het Doodgravershandboek* – onder haar matras verstopt, en af en toe haalde ze het tevoorschijn om het even vast te houden. Ze staarde naar de letters op de voorkant en raakte de drukletters binnenin aan, maar ze had geen idee wat er stond. Het punt was dat het eigenlijk niet uitmaakte waar het boek over ging. Het ging erom wat het betekende, dat was veel belangrijker.

De Betekenis van het Boek

1. De laatste keer dat ze haar broertje had gezien.
2. De laatste keer dat ze haar moeder had gezien.

Soms fluisterde ze het woord 'Mama' en op één enkele middag zag ze het gezicht van haar moeder wel honderd keer voor zich. Maar dat waren kleine ongemakken vergeleken bij de verschrikking van haar dromen. Ze had zich nog nooit zo volslagen alleen gevoeld als in die enorme ruimte van slaap.

Zoals je zeker al zal zijn opgevallen, waren er geen andere kinderen in het huis. De Hubermanns hadden twee eigen kinderen, maar die waren ouder en waren het huis al uit. Hans Junior werkte in het centrum van München en Trudy had een baan als dienstmeisje en kinderoppas. Het zou niet lang duren voordat ze allebei mee zouden doen aan de oorlog. De één zou kogels maken. De ander zou ermee schieten.

Je kunt je wel voorstellen dat school een doffe ellende was.

Hoewel het een staatsschool was, was er sprake van zwaar katholieke invloeden, en Liesel was luthers. Dat was al niet het meest veelbelovende begin. En toen kwamen ze erachter dat ze niet kon lezen of schrijven.

Ze werd, heel vernederend, ingedeeld bij de jongere kinderen, die nog maar net waren begonnen met het leren van het alfabet. Ook al was ze mager en bleek, toch voelde ze zich reusachtig tussen al die dwergjes van kinderen en ze wenste vaak dat ze bleek genoeg was om helemaal te verdwijnen.

Ook thuis was er weinig ruimte voor begeleiding.

'*Hem* hoef je niet om hulp te vragen,' zei Mama tegen haar. 'Die Saukerl.' Papa staarde uit het raam, zoals hij wel vaker deed. 'Hij is in de vierde klas van school gegaan.'

Zonder zich om te draaien, antwoordde Papa rustig, maar venijnig: 'Nou, haar hoef je anders ook niets te vragen.' Hij gooide wat as naar buiten. 'Zij is niet verder gekomen dan de *derde*.'

Er waren geen boeken in huis (behalve dan het ene dat onder haar matras verborgen lag), en Liesel kon niet veel meer doen dan het alfabet voor zich uit fluisteren, totdat haar in niet mis te verstane bewoordingen te kennen werd gegeven dat ze daarmee op moest houden. Al dat gemompel. Pas later, nadat ze midden in een nachtmerrie een keer in bed had geplast, begon haar extra leesonderwijs. Onofficieel werd het de nachtklas genoemd, hoewel het meestal pas om een uur of twee 's ochtends begon. Maar daarover later meer.

In februari, toen ze tien werd, kreeg Liesel een tweedehands pop met één been en geel haar.

'Meer zat er niet in,' verontschuldigde Papa zich.

'Waar heb je het over? Ze mag blij zijn dat ze *dat* nog heeft,' wees Mama hem terecht.

Hans bekeek het enig overgebleven been, terwijl Liesel haar nieuwe uniform paste. Tien jaar betekende de Hitlerjeugd. Hitlerjeugd betekende een klein, bruin uniform. Omdat zij een meisje was, werd Liesel ingeschreven bij de juniorenafdeling van wat bekendstond als de BDM.

Verklaring van de Afkorting
Die stond voor Bund Deutscher Mädel – Bond van Duitse Meisjes

Het eerste wat ze daar deden was ervoor zorgen dat je 'heil Hitler' goed functioneerde. Daarna leerden ze je recht te marcheren, verband rollen en kleren naaien. Je werd ook meegenomen op wandelingen en andere activiteiten. Woensdag en zaterdag waren de vaste ontmoetingsdagen, van drie tot vijf uur 's middags.

Elke woensdag en zaterdag bracht Papa Liesel naar het BDM-hoofdkwartier, om haar twee uur later weer op te halen. Ze hadden het er niet zoveel over. Ze liepen hand in hand naast elkaar en luisterden naar hun eigen voetstappen, en Papa rookte een paar sigaretjes.

Het enige verdriet dat Papa haar deed was dat hij vaak wegging. 's Avonds liep hij vaak naar de woonkamer (die tevens dienstdeed als de slaapkamer van de Hubermanns), trok de accordeon uit de oude kast en wurmde zich in de keuken langs hen heen naar de voordeur.

Wanneer hij de Himmelstraat inliep, opende Mama het raam en riep hem na: 'Niet te laat thuiskomen!'

'Niet zo hard,' riep hij dan terug.

'Saukerl! Lik m'n reet! Ik maak zelf wel uit hoe hard ik praat!'

De echo van haar gescheld volgde hem door de straat. Hij keek nooit om, in elk geval niet voordat hij zeker wist dat zijn vrouw weg was. Op zulke avonden, aan het eind van de straat, met de accordeonkoffer in zijn hand, draaide hij zich vlak voor Frau Dillers winkel op de hoek om, en keek naar het figuurtje dat de plaats van zijn vrouw voor het raam had ingenomen. Heel even kwam zijn lange, bleke hand omhoog, voordat hij zich omdraaide en langzaam verder liep. De eerstvolgende keer dat Liesel hem zag was om twee uur 's ochtends, wanneer hij haar voorzichtig uit haar nachtmerrie trok.

De avonden in het kleine keukentje waren zonder uitzondering luidruchtig. Rosa Hubermann praatte aan één stuk door en wanneer ze praatte was dat *schimpfen*. Ze was voortdurend aan het ruziën en het klagen. Niet dat er iemand was om mee te ruziën, maar Mama maakte vakkundig van elke gelegenheid gebruik. Ze was in staat om in die keuken met de hele wereld ruzie te maken, en dat deed ze dan ook bijna elke avond. Wanneer Papa na het eten was vertrokken, bleven Liesel en Rosa meestal in de keuken en deed Rosa haar strijkwerk.

Een paar keer per week liep Liesel na schooltijd met haar mama heel Molching door, om was- en strijkgoed op te halen en af te leveren in de rijkere delen van de stad. Knaupt Strasse, Heide Strasse. Nog een paar andere. Mama bezorgde de strijk of nam het wasgoed met een plichtmatige glimlach in ontvangst, maar zodra de deur dicht was en zij wegliepen, vervloekte ze de rijke mensen, met al hun geld en luiheid.

'Te *g'schtinkerdt* om hun eigen vuile kleren te wassen,' zei ze vaak, ondanks het feit dat ze afhankelijk van hen was.

'Hij daar,' beschuldigde ze Herr Vogel uit de Heidestraat. 'Heeft al zijn geld van zijn vader. Hij smijt het over de balk aan vrouwen en drank. En aan wassen en strijken natuurlijk.'

Zo passeerde de hele rij namen de revue.

Herr Vogel, meneer en mevrouw Pfaffelhürver, Helena Schmidt, de Weingartners. Allemaal maakten ze zich wel *ergens* schuldig aan.

Behalve zijn dronkenschap en kostbare wellustige uitspattingen, zat Ernst Vogel volgens Rosa voortdurend aan zijn luizige haar te krabben en aan zijn vingers te likken, voordat hij haar het geld overhandigde. 'Eigenlijk zou ik het moeten wassen voordat ik het mee naar huis neem,' was haar conclusie.

De Pfaffelhürvers waren erg kritisch wat betreft de resultaten. *'Geen vouwen in dit overhemd, alsjeblieft,'* deed Rosa hen na. *'Niet één kreukje in dit kostuum.* En dan staan ze daar en inspecteren alles, waar ik bij sta. Pal onder mijn neus! Wat een *G'sindel* – wat een flauwekul.'

De Weingartners waren blijkbaar domme mensen met een doorlopend verharende Saumensch van een kat. 'Heb je enig idee hoe lang ik ermee bezig ben om al die haren eruit te krijgen? Ze zitten overal!'

Helena Schmidt was een rijke weduwe. 'Die ouwe mankepoot – zit daar maar een beetje weg te teren. Ze heeft in haar hele leven nog geen dag hoeven werken.'

Rosa's grootste minachting echter gold Grande Strasse 8. Een groot huis, hoog op een heuvel, in de mooiste wijk van Molching.

'Dat daar,' had ze Liesel aangewezen toen ze er voor het eerst naartoe gingen, 'is het huis van de burgemeester. Die schurk. Zijn vrouw zit de hele dag thuis, te gierig om de haard aan te steken – het is er altijd ijskoud. Ze is gek.' Ze benadrukte de woorden. 'Stapel. Gek.' Bij het hek gebaarde ze naar het meisje. 'Ga jij maar.'

Liesel schrok zich een ongeluk. Boven aan een klein trapje zag ze een reusachtige bruine deur met een koperen klopper. 'Wat?'

Mama gaf haar een duw. 'Niet zo brutaal, Saumensch. Schiet op.'

Liesel schoot op. Ze liep het pad af, beklom de treden, aarzelde even en klopte aan.

De deur werd opengedaan door een badjas.

Voor haar stond een vrouw met angstige ogen, pluizig haar en een houding van verslagenheid. Ze zag Mama bij het hek staan en overhandigde het meisje een zak wasgoed. 'Dank u,' zei Liesel, maar er kwam geen antwoord. Alleen de deur. Die dichtging.

'Zie je nu wel?' zei Mama, toen ze terugliep naar het hek. 'Dat moet ik nu allemaal slikken. Die rijke rotzakken, die luie varkens...'

Terwijl zij wegliepen, Liesel met de waszak in haar handen, keek zij achterom. Vanaf de voordeur keek de koperen deurklopper haar na.

Wanneer ze klaar was met het uitfoeteren van de mensen voor wie ze werkte, stapte Rosa Hubermann meestal over op het andere favoriete onderwerp van haar scheldpartijen. Haar man. Kijkend naar de zak met wasgoed en de in elkaar gedoken huizen, praatte ze maar door. 'Als jouw papa ook maar een beetje deugde,' vertelde ze Liesel *elke* keer dat ze door Molching liepen, 'zou ik dit niet hoeven doen.' Ze liet een minachtend gesnuif horen. 'Een huisschilder! Waarom trouw je met die Arschloch? Dat vroegen ze me – mijn familie, bedoel ik.' Hun voetstappen knerpten over het pad. 'En kijk, hier loop ik dan over straat en werk me uit de naad in mijn keuken, omdat die Saukerl nooit werk heeft. Geen echt werk tenminste. Alleen die treurige accordeon in die gore kroegen, elke avond weer.'

'Ja, Mama.'

'Is dat alles wat je te zeggen hebt?' Mama's ogen leken wel lichtblauwe knipseltjes die op haar gezicht waren geplakt.

Zo liepen ze verder.

Terwijl Liesel de zak droeg.

Thuis werd het gewassen in een ketel naast het fornuis, opgehangen bij de haard in de woonkamer, en vervolgens gestreken in de keuken. De keuken was de plek waar alles gebeurde.

'Hoorde je dat?' vroeg Mama haar bijna elke avond. In haar vuist hield ze de strijkbout, die ze had verhit op het fornuis. Het huis was slecht verlicht en Liesel zat aan de keukentafel naar de vlammetjes te kijken. 'Wat?' antwoordde zij. 'Wat is er?'

'Dat was die Holtzapfel.' Mama was al overeind gesprongen. 'Dat Saumensch heeft weer tegen onze deur gespuugd.'

Het was een traditie dat Frau Holtzapfel, een van hun buren, elke keer dat zij er langsliep tegen de deur van de Hubermanns spuugde. De voordeur bevond zich slechts een paar meter van het hek, en laten we het er maar op houden dat Frau Holtzapfel over voldoende spuwkracht beschikte – en precisie.

Het spugen had te maken met het feit dat zij en Rosa Hubermann verwikkeld waren in een decenniumlange verbale oorlog. Niemand kende de oorsprong van deze vijandschap. Waarschijnlijk waren ze het zelf ook al lang vergeten.

Frau Holtzapfel was een pezige vrouw en kennelijk nogal haatdragend. Ze was nooit getrouwd geweest, maar had twee zonen, die een paar jaar ouder waren dan de kinderen van de Hubermanns. Beiden zaten in het leger en beiden zullen hun gezicht nog laten zien voordat we hier klaar zijn, dat kan ik je verzekeren.

Wat die haatdragendheid betreft, moet ik hier ook nog vermelden dat Frau Holtzapfel erg grondig was met haar gespuug. Ze liet nooit na om in het voorbijgaan op de deur van nummer drieëndertig te *spucken* en 'Schweine!' te zeggen. Eén ding dat me aan de Duitsers is opgevallen:

Ze lijken bijzonder gesteld te zijn op varkens.

EEN VRAAGJE EN HET ANTWOORD DAAROP

En wie denk je dat elke avond het speeksel van de deur kon gaan vegen? Inderdaad – in één keer goed.

Wanneer een vrouw met een ijzeren vuist je opdraagt naar buiten te gaan en speeksel van de deur te gaan vegen, dan doe je dat. Vooral wanneer het ijzer gloeiend heet is.

Het hoorde gewoon bij de vaste routine.

Elke avond ging Liesel naar buiten, maakte de deur schoon en keek naar de hemel. Meestal zag die er een beetje morsig uit – koud en zwaar, glibberig en grauw – maar heel af en toe waren er wat sterren zo moedig aan de hemel te verschijnen en te stralen, al was het maar een paar minuten. Op die avonden bleef ze wat langer buiten en wachtte af.

'Hallo sterren.'

Wachten.

Op de stem uit de keuken.

Of tot de sterren weer omlaag werden gesleurd, in de wateren van de Duitse hemel.

De Kus

(Een jeugdige beslisser)

Net als in de meeste kleine plaatsen, wemelde het in Molching van de bijzondere types. Een handjevol daarvan woonde in de Himmelstraat. Frau Holtzapfel was slechts een van de personages.

Verder had je onder anderen nog:

- Rudy Steiner – de buurjongen die helemaal idolaat was van de zwarte Amerikaanse atleet Jesse Owens.
- Frau Diller – de op-en-top Arische eigenaresse van de winkel op de hoek.
- Tommy Müller – een jongen wiens chronische oorontstekingen hadden geresulteerd in verscheidene operaties, een roze rivier van huid die over zijn gezicht geschilderd leek en een neiging tot zenuwtrekjes.
- En een man die voornamelijk bekendstond als 'Pfiffikus', en bij wiens ordinaire taalgebruik vergeleken Rosa Hubermann een taalkunstenaar en een heilige was.

Over het algemeen werd de straat bewoond door betrekkelijk arme mensen, ondanks het ogenschijnlijke herstel van de Duitse economie onder Hitler. Je had in een stad nog steeds arme en rijke wijken.

Zoals ik al zei, werd het huis naast dat van de Hubermanns gehuurd door de familie Steiner. De Steiners hadden zes kinderen. Een van hen, de beruchte Rudy, zou al snel Liesels beste vriend worden, en later haar medeplichtige in en soms ook aanzetter tot de misdaad. Ze leerden elkaar op straat kennen.

Een paar dagen na Liesels eerste bad mocht ze van Mama buiten spelen met de andere kinderen. In de Himmelstraat maakte je buiten vrienden, ongeacht het weer. De kinderen kwamen vrijwel nooit bij elkaar thuis, want de huizen waren klein en meestal was er niet veel te vinden. Ook hun favoriete tijdverdrijf speelde zich op straat af. Voetbal. De teams werden vakkundig opgesteld. Vuilnisbakken werden gebruikt om de doelen te markeren.

Omdat zij nieuw was in de buurt, werd Liesel onmiddellijk tussen twee van die bakken geduwd. (Tommy Müller werd eindelijk afgelost, ook al was hij de meest waardeloze voetballer die de Himmelstraat ooit had gehad.)

Het ging een hele tijd goed, tot het moment dat Rudy Steiner ondersteboven werd gelopen in de sneeuw door een vuil spelende, gefrustreerde Tommy Müller.

'Wat nou?!' riep Tommy. Zijn gezicht vertrok van boosheid. 'Wat heb ik nou weer gedaan?'

Iedereen in Rudy's team vond dat dit een penalty betekende en nu was het dus Rudy Steiner tegen het nieuwe meisje, Liesel Meminger.

Hij legde de bal op een viezig hoopje sneeuw, vol vertrouwen op de gebruikelijke afloop. Van de laatste achttien doeltrappen had Rudy er per slot van rekening nog niet één gemist, zelfs niet wanneer de tegenstander Tommy Müller uit het doel haalde. Door wie ze hem ook vervingen, Rudy scoorde altijd.

Deze keer probeerden ze Liesel uit het doel te halen. Zoals je je kunt voorstellen, protesteerde zij hevig en was Rudy het met haar eens.

'Nee, nee,' lachte hij. 'Laat haar maar staan.' Hij wreef zich in zijn handen.

Het sneeuwde inmiddels niet meer op de smerige straat en de modderige voetstappen lagen tussen hen in. Rudy dribbelde naar voren, nam het schot en Liesel nam een duik en slaagde er op de een of andere manier in de bal met haar elleboog uit het doel te houden. Ze stond grijnzend op, maar het eerste wat ze zag was een sneeuwbal die haar midden in haar gezicht raakte. De helft ervan was modder. Het prikte als een gek.

'Hoe vind je die?' lachte de jongen en rende weg, achter de bal aan.

'Saukerl,' fluisterde Liesel. Ze maakte zich het vocabulaire van haar nieuwe thuis behoorlijk snel eigen.

Enkele Feiten Over Rudy Steiner

Hij was acht maanden ouder dan Liesel en
had knokige benen, scherpe tanden, blauwe
ogen en haar met de kleur van citroenen.
Als een van de zes Steinerkinderen,
had hij voortdurend honger.
In de Himmelstraat werd hij als
een beetje gek beschouwd.
Dit kwam door een gebeurtenis waarover
slechts zelden werd gesproken, maar die door iedereen
werd gezien als 'Het Jesse Owens-incident',
waarin hij zichzelf roetzwart verfde
en op een avond de honderd meter liep
op het plaatselijke sportveld.

Maar gek of niet, Rudy was voorbestemd om Liesels beste vriend te zijn. Een sneeuwbal in het gezicht is natuurlijk het perfecte begin voor een langdurige vriendschap.

Een paar dagen nadat Liesel op school was begonnen, liep ze al met de Steiners mee. Rudy's moeder, Barbra, liet hem beloven met het nieuwe meisje mee te lopen, voornamelijk omdat ze over de sneeuwbal had gehoord. Het moet gezegd worden, dat Rudy graag aan haar verzoek voldeed. Hij was helemaal niet zo'n jongetje dat al vroeg een hekel heeft aan vrouwen. Hij vond meisjes juist leuk en Liesel vond hij ook leuk (vandaar die sneeuwbal). Sterker nog,

Rudy Steiner was juist een van die brutale kleine boefjes met een grote voorliefde voor de dames. In elke jeugd schijnt precies zo'n zelfde kleine schurk voor te komen. Hij is de jongen die weigert bang te zijn voor de andere sekse, zuiver en alleen om het feit dat alle anderen die angst juist koesteren, en hij is het type dat niet bang is om een besluit te nemen. In dit geval had Rudy Steiner wat betreft Liesel Meminger al lang een besluit genomen.

Onderweg naar school probeerde hij haar op bepaalde belangrijke plekken in de stad te wijzen, althans, hij slaagde erin die in de gesprekken te verwerken, terwijl hij intussen druk doende was zijn jongere broertjes en zusjes toe te bijten dat ze hun kop moesten houden, terwijl de ouderen hem vertelden dat hij de zijne moest houden. Het eerste waar hij haar op wees was een klein raam op de eerste verdieping van een appartementengebouw.

'Daar woont Tommy Müller.' Hij realiseerde zich dat Liesel niet wist wie dat was. 'De bekkentrekker? Toen hij vijf jaar was, is hij een keer op de koudste dag van het jaar op de markt verdwaald. Toen ze hem drie uur later vonden, was hij stijf bevroren en had hij verschrikkelijke oorpijn van de kou. Na een tijdje waren zijn oren van binnen helemaal ontstoken. Hij is er drie of vier keer aan geopereerd en de dokters hebben zijn zenuwen beschadigd. Daarom heeft hij nu die zenuwtrekken.'

Liesel zei: 'En hij is slecht in voetballen.'

'Slechter kan niet.'

De volgende plek was de winkel op de hoek van de Himmelstraat. *Frau Diller.*

EEN BELANGRIJK KENMERK VAN FRAU DILLER
Zij had één gouden regel.

Frau Diller was een hoekige vrouw met dikke brillenglazen en een snode blik. Ze had zich deze boze blik aangewend om alleen al de gedachte aan stelen in haar winkel te ontmoedigen. Ze stond in haar winkel met de houding van een soldaat, een ijzig stemgeluid en zelfs adem die naar Heil Hitler rook. De winkel zelf was wit en koud en volstrekt bloedeloos. Het kleine huis dat er tegenaan stond geperst, huiverde onder nog iets meer strengheid dan de andere gebouwen in de Himmelstraat. Frau Diller was verantwoordelijk voor dit gevoel en dat was meteen ook het enige wat je bij haar gratis kreeg. Ze leefde voor haar winkel en haar winkel leefde voor het Derde Rijk. Zelfs toen later dat jaar alles op rantsoen ging, verkocht zij onder de toonbank nog bepaalde moeilijk verkrijgbare artikelen, waarvan zij de opbrengst aan de nazipartij schonk. Aan de muur achter haar meestal zittende gestalte hing een ingelijste foto van de Führer. Als je haar winkel binnenkwam en geen 'heil Hitler' zei, werd je niet geholpen. Toen zij erlangs liepen, vestigde Rudy Liesels aandacht op de kogelvrije ogen die hen vanuit de etalage aanstaarden.

'Altijd "Heil" zeggen wanneer je daar naar binnen gaat,' waarschuwde hij haar met een strak gezicht. 'Tenzij je nog wat verder wilt lopen.' Zelfs toen ze de winkel al lang voorbij waren zag Liesel, toen ze omkeek, haar vergrote ogen nog achter het raam.

Om de hoek was de Münchenstraat (de hoofdstraat die van en naar Molching leidde) bedekt met een smeltende sneeuwbrij.

Zoals wel vaker gebeurde, kwamen er een paar rijen soldaten in opleiding langsmarcheren. Hun uniformen liepen kaarsrecht en hun zwarte laarzen maakten de sneeuw nog viezer. Ze keken strak en geconcentreerd voor zich uit.

Nadat zij de soldaten hadden nagekeken, liep het groepje Steiners en Liesel langs nog wat etalageruiten en het indrukwekkende stadhuis, dat in later jaren in een complete puinhoop zou veranderen. Een paar van de winkels stonden leeg en waren nog beklad met gele sterren en anti-joodse kreten. Een eindje verderop richtte een kerk zich tot de hemel met een nok die een schoolvoorbeeld was van collaborerende dakpannen. Al met al was de straat een langwerpige grijze buis – een vochtige doorgang, mensen die voorovergebogen liepen in de kou, en het plonzende geluid van waterige voetstappen.

Op een gegeven moment rende Rudy vooruit, Liesel met zich meeslepend.

Hij tikte op de etalage van een kleermakerswinkel.

Als ze het uithangbord had kunnen lezen, had ze geweten dat dit de winkel van Rudy's vader was. De zaak was nog niet open, maar binnen stond een man achter de toonbank kledingstukken op te vouwen. Hij keek op en zwaaide.

'Mijn papa,' vertelde Rudy haar en even later stonden ze tussen een hele horde Steiners, in alle soorten en maten, die allemaal zwaaiden of kushandjes gaven naar hun vader, of gewoon even bleven staan en gedag knikten (in het geval van de oudsten). Daarna liepen ze verder, in de richting van het laatste oriëntatiepunt voor de school.

DE LAATSTE STOPPLAATS
De straat van de gele sterren.

Het was een plek waar bijna niemand wilde stilstaan om te kijken, terwijl toch bijna iedereen het deed. De straat strekte zich uit als een lange, gebroken arm en er stonden verschillende huizen met kapotte ramen en beschadigde muren. Op de deuren stond de Davidsster geschilderd. De huizen waren bijna leprozen, en anders toch op z'n minst etterende zweren op het gewonde Duitse grondgebied.

'Schiller Strasse,' zei Rudy. 'De straat van de gele sterren.'

Even verderop liepen mensen. Door de druilerige regen leken het net geesten. Geen mensen, maar gestaltes onder de loodkleurige hemel.

'Kom op, jullie twee,' riep Kurt (de oudste van de Steinerkinderen) achterom, en Rudy en Liesel liepen snel door.

Op school zorgde Rudy ervoor dat hij Liesel in de pauzes veel zag. Hij trok zich er niets van aan dat anderen grapjes maakten over de domheid van het nieuwe meisje. Hij was er voor haar in het begin, en later, toen haar frustratie een hoogtepunt bereikte, zou hij er nog steeds voor haar zijn. Maar hij deed het niet voor niets.

Het Enige Wat Erger Is Dan een Jongen Die een Hekel Aan Je Heeft

Een jongen die van je houdt.

Eind april, toen ze na school naar huis waren gelopen, stonden Rudy en Liesel in de Himmelstraat te wachten voor het gebruikelijke potje voetbal. Ze waren aan de vroege kant en de andere kinderen waren er nog niet. De enige die ze zagen was de vuilbekkende Pfiffikus.

'Kijk daar,' wees Rudy.

Een Portret van Pfiffikus

Hij was tenger gebouwd.
Hij was wit haar.
Hij was een zwarte regenjas,
bruine broek, uiteenvallende
schoenen, en een mond –
en wát voor een mond.

'Hé, Pfiffikus!'

Toen de gestalte in de verte zich omdraaide, begon Rudy te fluiten.

Tegelijkertijd rechtte de oude man zijn rug en begon te vloeken met een felheid die je gerust een talent kon noemen. Niemand scheen zijn echte naam te weten en als ze die wel wisten, gebruikten ze hem niet. Hij werd alleen Pfiffikus genoemd omdat je die bijnaam geeft aan iemand die graag fluit, en dat deed Pfiffikus. Hij floot aan één stuk door een deuntje dat de Radetskymars heette, en alle kinderen in de stad riepen hem na en floten vervolgens het deuntje na. Vervolgen staakte Pfiffikus zijn gebruikelijke manier van lopen (voorovergebogen, met grote, lange stappen, de armen op zijn geregenjaste rug) en richtte zich op om hen de huid vol te schelden. Elke indruk van rust werd dan op gewelddadige wijze verstoord, want zijn stem ziedde van woede.

Bij deze gelegenheid deed Liesel Rudy's plagerige roep bijna automatisch na.

'Pfiffikus!' riep zij, zich snel die typische wreedheid aanmetend die de jeugd eigen lijkt te zijn. Haar gefluit was niet om aan te horen, maar er was geen tijd om het te perfectioneren.

Hij rende hen schreeuwend achterna. Het begon met *'Geh' scheissen!'*, waarop het al snel van kwaad tot erger werd. Aanvankelijk richtte hij zijn verwensingen alleen tot de jongen, maar even later was Liesel aan de beurt.

'Kleine slet!' bulderde hij haar toe. De woorden troffen haar in de rug. 'Jou heb ik nog nooit gezien!' Stel je voor dat je een meisje van tien een slet noemt. Dat was nou Pfiffikus. Bijna iedereen was het erover eens dat hij en Frau Holtzapfel een leuk stel zouden zijn geweest. 'Hier komen!' waren de laatste woorden die Liesel en Rudy hoorden terwijl zij wegrenden. Ze bleven rennen tot ze in de Münchenstraat waren.

'Kom op,' zei Rudy, zodra ze weer een beetje op adem waren. 'Nog een klein eindje die kant op.'

Hij nam haar mee naar de Hubertbaan, het sportterrein waar het Jesse Owens Incident zich had afgespeeld, en even later stonden ze daar, met hun handen in hun zakken. De sintelbaan strekte zich voor hen uit. Er kon maar één ding gebeuren. Rudy begon. 'Honderd meter,' daagde hij haar uit. 'Ik wed dat je niet van mij kunt winnen.'

Dit liet Liesel zich geen twee keer zeggen. 'Ik wed van wel.'

'Waar wed je om, klein Saumensch? Heb je geld?'

'Natuurlijk niet. Jij wel dan?'

'Nee.' Maar Rudy had een idee. Het was de rokkenjager in hem die naar boven kwam. 'Als ik win, mag ik je kussen.' Hij bukte zich en begon zijn broekspijpen op te rollen.

Liesel schrok zich op zijn zachtst gezegd een hoedje. 'Waarom wil je mij kussen? Ik ben vies.'

'Ik ook.' Rudy zag kennelijk geen enkele reden waarom een beetje vuil een probleem zou zijn. Voor beiden was het laatste bad alweer geruime tijd geleden.

Ze dacht er eens goed over na terwijl ze naar de spichtige benen van haar tegenstander keek. Ze zagen er bijna hetzelfde uit als de hare. Mooi dat hij niet van mij gaat winnen, dacht ze. Ze knikte ernstig. Tijd om zaken te doen. 'Als jij wint mag je me kussen. Maar als ik win, hoef ik met voetballen niet meer in het doel te staan.'

Rudy dacht even na. 'Dat lijkt me redelijk,' en ze schudden elkaar de hand.

Het was donker en nevelig en er begonnen kleine regendruppeltjes te vallen.

De baan was modderiger dan hij eruitzag.

De tegenstanders stonden klaar.

Bij wijze van startschot gooide Rudy een steen in de lucht. Wanneer hij de grond raakte konden ze gaan rennen.

'Ik kan de finish niet eens zien,' klaagde Liesel.

'Ik wel dan?'

De steen groef zich in de aarde.

Ze renden naast elkaar en probeerden met behulp van hun ellebogen aan kop te komen. De glibberige aarde slurpte aan hun voeten en wist hen zo'n twintig meter voor de eindstreep ten val te brengen.

'Jezus, Maria en Jozef!' gilde Rudy. 'Ik zit onder de stront!'

'Het is geen stront,' verbeterde Liesel hem, 'het is modder,' hoewel ze zelf ook haar twijfels had. Ze waren nog vijf meter doorgegleden naar de finish. 'Zullen we de uitslag dan maar onbeslist noemen?'

Rudy keek haar aan, een en al scherpe tanden en lome blauwe ogen. Zijn halve gezicht was met modder besmeurd. 'Als het onbeslist is, krijg ik dan toch mijn kus?'

'Nog in geen duizend jaar.' Liesel stond op en veegde wat modder van haar jas.

'Dan zorg ik dat je niet meer in het doel hoeft te staan.'

'Bekijk het maar met je doel.'

Terwijl zij terugliepen naar de Himmelstraat, waarschuwde Rudy haar. 'Op een dag, Liesel,' zei hij, 'doe je er een moord voor om mij te kussen.'

Maar Liesel wist het zeker.

Ze nam het zich heilig voor.

Zolang zij en Rudy Steiner leefden, zou ze die ellendige, smerige Saukerl nooit kussen, en vandaag al helemaal niet. Ze had belangrijker zaken aan haar hoofd. Ze keek omlaag naar haar modderkleren en merkte op wat voor haar zonneklaar was.

'Ze vermoordt me.'

Ze, was natuurlijk Rosa Hubermann, oftewel Mama, en ze vermoordde haar inderdaad bijna. Het woord Saumensch werd tijdens het straffen veelvuldig gebezigd. Ze maakte gehakt van haar.

Het Jesse Owens-incident

In Liesels herinnering leek het alsof ze zelf getuige was geweest van Rudy's kinderlijke schanddaad. Op de een of andere manier zag ze zichzelf altijd tussen zijn denkbeeldige publiek zitten. Misschien vond ze het gewoon een leuk idee: een zwartgeverfde jongen die over het gras rende.

Het was 1936. De Olympische Spelen. Hitlers spelen.

Jesse Owens had zojuist de 4x100 meter estafette afgelegd en zijn vierde gouden medaille gewonnen. Beweringen dat hij geen mens was omdat hij zwart was en Hitlers weigering hem een hand te geven gingen de hele wereld over. Zelfs de meest racistische Duitsers stonden versteld van de prestaties van Owens en berichten over zijn wapenfeiten glipten tussen de mazen door. Niemand was echter meer onder de indruk dan Rudy Steiner.

Zijn hele familie zat bij elkaar in de woonkamer toen hij naar de keuken glipte. Hij haalde wat houtskool uit het fornuis en klemde het in zijn kleine handen. 'Zo,' zei hij glimlachend. Hij was er klaar voor.

Hij smeerde de houtskool er lekker dik op, net zolang totdat hij helemaal zwart was. Zelfs zijn haar kreeg een beurt.

De jongen grijnsde bijna maniakaal naar zijn weerspiegeling in het raam en in zijn korte broek en hemdje, pikte hij stilletjes de fiets van zijn oudere broer en fietste de straat uit, op weg naar de Hubertbaan. In een van zijn zakken had hij een paar extra stukjes houtskool gestopt, voor het geval hij zijn kleur later nog wat moest bijwerken.

In Liesels gedachten was de maan die avond in de hemel genaaid. De wolken waren er omheen gestikt.

De roestige fiets kwam krakend tot stilstand bij de afrastering van de Hubertbaan en Rudy klom er overheen. Hij belandde aan de andere kant op de grond en draafde met slungelige benen naar het begin van de honderd meter. Enthousiast voerde hij een onhandige serie rek- en strekoefeningen uit. Hij groef startkuilen in de aarde.

In afwachting van zijn moment, liep hij wat rond en concentreerde zich onder de duisternishemel, terwijl de maan en de wolken gespannen toekeken.

'Owens ziet er goed uit,' begon hij zijn commentaar. 'Dit zou wel eens zijn grootste overwinning aller tijden kunnen worden...'

Hij schudde de denkbeeldige handen van de andere atleten en wenste hun succes, ook al wist hij het al. Zij maakten geen schijn van kans.

De starter gaf hun een teken naar voren te komen. Een menigte verzamelde zich rond elke vierkante centimeter van de Hubertbaan. Ze riepen allemaal hetzelfde. Ze scandeerden Rudy Steiners naam – en zijn naam was Jesse Owens.

Toen werd het stil.

Zijn blote voeten groeven zich vast in de aarde. Hij voelde het tussen zijn tenen.

Op verzoek van de starter kwam hij omhoog vanuit zijn knielende houding – en het pistool knalde een gat in de nacht.

Het eerste deel van de wedstrijd ging het behoorlijk gelijk op, maar het was slechts een kwestie van tijd voordat de roetzwarte Jesse Owens zich losmaakte van de rest en er als een speer vandoor ging.

'Owens op kop,' riep de schelle jongensstem terwijl hij over het lege rechte stuk rende, regelrecht op het daverende applaus van Olympische glorie af. Hij voelde zelfs het lint tegen zijn borst in tweeën breken toen hij er als eerste doorheen stormde. De snelste man ter wereld.

Het ging pas mis tijdens zijn overwinningsrondje. Aan de finishlijn stond, tussen de menigte zijn vader, als een soort boeman. Dat wil zeggen, een boeman in een pak. (Zoals gezegd, was Rudy's vader kleermaker. Hij werd slechts zelden zonder pak en stropdas in het openbaar gezien. Bij deze gelegenheid was het alleen maar een pak en een gekreukt overhemd.)

'*Was ist los?*' zei hij tegen zijn zoon toen die in al zijn houtskoolglorie voor hem stond. 'Wat is hier verdomme aan de hand?' De menigte verdween. Er stak een briesje op. 'Ik zat in mijn stoel te slapen toen Kurt opeens merkte dat jij weg was. Iedereen loopt je te zoeken.'

Onder normale omstandigheden was meneer Steiner een opmerkelijk beleefd man. Op een zomeravond een van zijn kinderen pikzwart ingesmeerd met houtskool aantreffen was echter niet iets wat hij tot normale omstandigheden rekende. 'Die jongen is gek,' mompelde hij, hoewel hij moest toegeven dat je zoiets met zes kinderen ergens wel kon verwachten. Daar moest toch minstens één rotte appel bij zitten. Op dit moment stond hij er, in afwachting van een verklaring, naar te kijken. 'Nou?'

Rudy hijgde, bukte zich en zette zijn handen op zijn knieën. 'Ik was Jesse Owens,' antwoordde hij, alsof het de normaalste zaak van de wereld was om dat te zijn. Er klonk zelfs iets onuitgesprokens in zijn toon dat zei: 'Dat zie je toch?' Die toon verdween echter toen hij het gebrek aan slaap zag dat onder zijn vaders ogen was uitgekerfd.

'Jesse Owens?' Meneer Steiner was het type man dat van hout leek. Zijn stem was kantig en ruw. Zijn lichaam was groot en zwaar, als een eik. Zijn haar leek op splinters. 'Wat bedoel je?'

'U weet wel, Papa, Zwarte Magie.'

'Ik zal *jou* eens wat zwarte magie geven.' Hij greep het oor van zijn zoon tussen duim en wijsvinger.

Rudy's gezicht vertrok. 'Au, dat doet echt pijn.'
'O ja?' Zijn vader maakte zich meer zorgen om het vochtige gevoel van houtskool aan zijn vingers. Hij heeft alles ingesmeerd, dacht hij. Allemachtig, het zit zelfs in zijn oorschelpen. 'Kom op.'

Op weg naar huis besloot meneer Steiner toch maar eens met de jongen over politiek te praten, voor zover dat mogelijk was. Pas in de jaren die hierop volgden zou Rudy alles gaan begrijpen – wanneer het te laat was om nog de moeite te nemen er ook maar iets van te begrijpen.

De Tegenstrijdige Politieke Ideeën van Alex Steiner

***Punt Een*: Hij was lid van de nazipartij, maar hij was geen jodenhater – hij haatte helemaal niemand.**
***Punt Twee*: Stiekem echter, kon hij een gevoel van opluchting (of nog erger – blijdschap!) niet onderdrukken wanneer joodse winkeliers hun winkels moesten sluiten – volgens de propaganda was het namelijk slechts een kwestie van tijd voordat een plaag van joodse kleermakers al zijn klanten zou stelen.**
***Punt Drie*: Maar betekende dit dat zij helemaal verdreven moesten worden?**
***Punt Vier*: Zijn gezin. Vanzelfsprekend moest hij alles doen wat in zijn vermogen lag om voor hen te zorgen. Als dat betekende dat hij lid moest zijn van de Partij, dan betekende dat dat hij lid moest zijn van de Partij.**
***Punt Vijf*: Ergens, heel diep in zijn hart, voelde hij wel iets kriebelen, maar hij waakte ervoor eraan te krabbelen. Hij was veel te bang voor wat er misschien uit zou komen.**

Ze liepen een paar hoeken om en de Himmelstraat in, en Alex zei: 'Jongen, je kunt jezelf niet zomaar zwart gaan lopen verven, begrepen?'
Rudy luisterde aandachtig en begreep er niets van. De maan was

nu helemaal los, vrij om te bewegen en te stijgen en te vallen en op het gezicht van de jongen te druipen, zodat hij er mooi donker uitzag, net als zijn gedachten. 'Waarom niet, Papa?'

'Omdat ze je dan meenemen.'

'Waarom dan?'

'Omdat je niet zoals zwarte of joodse mensen moet willen zijn, of wie dan ook die... anders is dan *wij*.'

'Wie zijn joodse mensen?'

'Je kent toch mijn oudste klant, meneer Kaufmann? Bij wie we jouw schoenen hebben gekocht?'

'Ja.'

'Nou, hij is joods.'

'Dat wist ik niet. Moet je betalen om joods te zijn? Heb je er een vergunning voor nodig?'

'Nee, Rudy.' Met één hand stuurde meneer Steiner de fiets en met de andere Rudy. Het kostte hem moeite het gesprek te sturen. Hij hield nog steeds het oorlelletje van zijn zoon tussen zijn vingers. Hij was het helemaal vergeten. 'Het is net als Duits zijn, of katholiek.'

'O. Is Jesse Owens katholiek?'

'Dat weet ik niet!' Op dat moment struikelde hij over een fietspedaal en liet het oor los.

Ze liepen een tijdje zwijgend verder, totdat Rudy zei: 'Ik zou alleen zo graag op Jesse Owens willen lijken, Papa.'

Ditmaal legde meneer Steiner zijn hand op Rudy's hoofd en legde uit: 'Ik weet het, jongen – maar jij hebt prachtig blond haar en grote, veilige blauwe ogen. Daar moet je juist blij mee zijn, is dat duidelijk?'

Maar er was helemaal niets duidelijk.

Rudy begreep er niets van en die avond was nog maar het begin van wat er komen ging. Tweeëneenhalf jaar later werd de Kaufmann Schoenenwinkel verpulverd tot gebroken glas en werden alle schoenen in hun dozen in een vrachtwagen gegooid.

De Achterkant van Schuurpapier

Ik denk dat mensen vooral bepalende momenten meemaken wanneer ze kind zijn. Voor sommigen is het een Jesse Owens-incident. Voor anderen is het een moment van in-bed-plassende hysterie.

Het was eind mei 1939, en de avond was niet anders geweest dan de meeste andere. Mama schudde haar ijzeren vuist. Papa was weg. Liesel maakte de voordeur schoon en keek naar de lucht boven de Himmelstraat.

Eerder die avond was er een parade geweest.

De in bruine hemden gestoken extremistische leden van de NSDAP (ook wel bekend als de nazipartij) waren door de Münchenstraat gemarcheerd, hun vlaggen trots voor zich uit, hun gezichten hoog geheven, alsof ze op stokjes waren geprikt. Hun zingende stemmen bereikten een hoogtepunt in een bulderende uitvoering van *Deutschland über Alles*.

Zoals altijd, werden zij enthousiast toegejuicht.

Terwijl ze wie weet waar naartoe marcheerden werden ze door de toeschouwers aangemoedigd.

De mensen op straat bleven staan kijken, sommigen groetend met recht uitgestoken armen, anderen met handen die gloeiden van het applaudisseren. Sommige gezichten, zoals dat van Frau

Diller, waren verwrongen van trots en strijdlust, en dan had je hier en daar nog wat vreemde eenden in de bijt, zoals Alex Steiner, die erbij stond als een blok hout met menselijke vormen en langzaam en plichtmatig meeklapte. En mooi. Onderworpenheid.

Liesel stond met haar papa en Rudy op de stoep. Op het gezicht van Hans Hubermann waren de jaloezieën neergelaten.

Enkele Knagende Cijfers

Sinds 1933 toonde negentig procent van de Duitsers onvoorwaardelijke steun voor Adolf Hitler.
Dan blijft er tien procent over die dat niet deed.
Hans Hubermann behoorde tot die tien procent.
Dat had een reden.

's Nachts droomde Liesel, zoals ze altijd deed. Eerst zag ze de bruinhemden marcheren, maar even later brachten ze haar naar een trein en daar wachtte de gebruikelijke ontdekking. Haar broertje lag weer te staren.

Toen zij gillend wakker werd, wist Liesel meteen dat er deze keer iets was veranderd. Er kwam een warme, weeïge geur onder de lakens vandaan. Eerst probeerde zij zichzelf er nog van te overtuigen dat er niets aan de hand was, maar toen Papa naar haar toe kwam en zijn armen om haar heen sloeg, begon ze te huilen en bekende fluisterend wat er was gebeurd.

'Papa,' fluisterde ze, 'Papa,' en dat was alles. Hij rook het waarschijnlijk zelf ook wel.

Hij tilde haar voorzichtig uit het bed en droeg haar naar de badkamer. Het moment kwam een paar minuten later.

'We halen het bed af,' zei Papa, maar toen hij onder de dekens reikte en aan het laken trok, schoot er iets los en viel met een plof op de grond. Een zwart boek met zilveren letters erop belandde op de vloer, precies tussen de voeten van de grote man.

Hij keek omlaag.

Hij keek naar het meisje, dat verlegen haar schouders ophaalde.

Toen las hij geconcentreerd en hardop de titel: *'Het Doodgravershandboek.'*

Zo heet het dus, dacht Liesel.

Opeens stond er een stilte tussen hen in. De man, het meisje, het boek. Toen raapte hij het op en sprak, zo zacht als watten.

EEN GESPREK OM TWEE UUR 'S NACHTS

'Is dit van jou?'
'Ja, Papa.'
'Wil je het lezen?'
Nogmaals: 'Ja, Papa.'
Een vermoeid glimlachje.
Staalgrijze ogen smolten.
'Nou, dan moesten we het maar gaan lezen.'

Vier jaar later, toen ze in de kelder zat te schrijven, waren er twee dingen die Liesel het meeste waren bijgebleven over het trauma van het bedplassen. Ten eerste bofte ze ontzettend dat het Papa was geweest die het boek had gevonden. (Bij eerdere verschoningen van het bed, had Rosa Liesel het bed zelf laten afhalen en weer opmaken. 'En vlug een beetje, Saumensch! We hebben niet de hele dag de tijd.') Ten tweede was ze erg trots op Hans Hubermanns aandeel in haar scholing. *Je zou het niet denken,* schreef ze, *maar het was niet in de eerste plaats de school die me heeft leren lezen. Het was Papa. Mensen denken dat hij niet zo slim is en het is inderdaad waar dat hij niet al te snel leest, maar ik zou er al snel achter komen dat woorden en letters hem eens het leven hadden gered. Of in elk geval, woorden en een man die hem accordeon leerde spelen...*

'Laten we dit eerst maar eens doen,' zei Hans Hubermann die nacht. Hij waste de lakens en hing ze op. 'Zo,' zei hij toen hij terugkwam. 'Dan gaan we nu met de nachtklas beginnen.'

Het gelige licht leek te leven van de stofdeeltjes.

Liesel zat op koele, schone lakens, beschaamd, uitgelaten. Het idee dat ze in haar bed had geplast zat haar dwars, maar ze ging lezen. Ze zou het boek gaan lezen.

Een grote opwinding maakte zich van haar meester.

Visioenen van een tienjarig leeswonder werden geboren.

Was het maar zo gemakkelijk.

'Om je de waarheid te zeggen,' stak Papa meteen maar van wal, 'ben ik zelf niet zo'n goede lezer.'

Maar het gaf niet dat hij langzaam las. Misschien hielp het juist wel dat zijn eigen leessnelheid lager lag dan gemiddeld. Misschien kon dat er voor zorgen dat het meisje minder gefrustreerd raakte om haar eigen onvermogen.

Toch zat Hans aanvankelijk een beetje ongemakkelijk door het boek te bladeren.

Toen hij naast haar op het bed kwam zitten, leunde hij achterover en liet zijn benen over de rand bungelen. Hij keek nog eens naar het boek en liet het op de deken vallen. 'Waarom wil een leuk meisje zoals jij zoiets eigenlijk lezen?'

Liesel haalde nogmaals haar schouders op. Als de leerling-doodgraver bezig was geweest in de complete werken van Goethe of een andere grootheid, dan was dat het boek geweest dat hier voor hen zou hebben gelegen. Ze deed een poging het uit te leggen. 'Ik – toen... Het lag in de sneeuw, en – ' De zacht gesproken woorden vielen van het bed en belandden als poeder op de grond.

Maar Papa wist wat hij moest zeggen. Hij wist altijd wat hij moest zeggen.

Hij streek met een hand door zijn slaaphaar en zei: 'Eén ding moet je me beloven, Liesel. Als ik snel doodga, moet jij ervoor zorgen dat ze me netjes begraven.'

Ze knikte ernstig.

'Dat ze dus niet hoofdstuk zes overslaan, of stap vier in hoofdstuk negen.' Hij lachte, net als de bedplasser. 'Nou, ik ben blij dat we dat geregeld hebben. Dan kunnen we nu aan de slag.'

Hij ging er eens goed voor zitten en zijn botten kraakten als kriebelige vloerplanken. 'Nu wordt het leuk.'

Versterkt door de stilte van de nacht, ging het boek open – een windvlaag.

Achteraf gezien wist Liesel precies wat er door haar papa heen ging toen hij zijn blik over de eerste pagina van *Het Doodgravershandboek* liet glijden. Toen hij de moeilijkheid van de tekst zag, was hij er zich onmiddellijk van bewust dat een boek als dit bepaald niet ideaal was. Er stonden woorden in waar hij zelf moeite mee zou gaan krijgen. Om nog maar niet te spreken over het morbide karakter van het onderwerp. Wat het meisje betreft, bij haar ontstond een plotseling verlangen het te lezen dat zij zelf niet eens probeerde te begrijpen. Misschien wilde zij zichzelf er op een bepaalde manier van overtuigen dat haar broertje op fatsoenlijke wijze was begraven. Wat de reden ook mocht zijn, haar honger om het boek te lezen was zo intens als je van een tienjarig mensenkind kon verwachten.

Hoofdstuk een heette 'De eerste stap: het kiezen van de juiste materialen.' In een korte, inleidende passage, stonden hierin de materialen beschreven zoals die in de volgende twintig pagina's zouden worden behandeld. Soorten spades, pikhouwelen, handschoenen enzovoort stonden hierin gespecificeerd, alsmede de absolute noodzaak ze netjes te onderhouden. Dat doodgraven was een serieuze zaak.

Terwijl Papa de tekst vluchtig doorlas, voelde hij Liesels ogen op zich gevestigd. Ze zochten hem en wachtten tot er iets, wat dan ook, van zijn lippen zou glijden.

'Hier.' Hij ging weer verzitten en gaf haar het boek. 'Kijk maar eens naar deze bladzijde en vertel me hoeveel woorden je kunt lezen.'

Ze keek – en jokte.

'Ongeveer de helft.'

'Lees me er maar een paar voor,' maar dat kon ze natuurlijk niet. Toen hij haar de woorden die ze kon lezen liet aanwijzen en hardop liet uitspreken, waren het er maar drie – de drie belangrijkste Duitse woorden voor 'de.' Op de hele pagina stonden wel tweehonderd woorden.

Dit kon wel eens veel moeilijker worden dan ik had gedacht.

Ze betrapte hem op die gedachte, heel eventjes maar.

Hij schoof naar voren, stond op en liep weer weg.

Toen hij dit keer terugkwam, zei hij: 'Eigenlijk heb ik een veel beter idee.' In zijn hand hield hij een dik schilderspotlood en een stapeltje schuurpapier. 'Laten we bij het begin beginnen.' Liesel zag geen reden om te protesteren.

In de linkerhoek van een omgekeerd stukje schuurpapier tekende hij een hokje van misschien tweeënhalve centimeter in het vierkant en zette daar een hoofdletter A in. In de andere hoek zette hij een kleine letter. Ziezo, dat was een beginnetje.

'A,' zei Liesel.

'A van wat?'

Zij glimlachte. *'Apfel.'*

Hij schreef het woord in grote letters en tekende er een misvormde appel onder. Hij was huisschilder, geen kunstenaar. Toen het af was, keek hij haar aan en zei: 'En nu de B.'

Terwijl zij het hele alfabet doorliepen, werden Liesels ogen steeds groter. Dit had ze op school ook gedaan, in de kleuterklas, maar zo ging het veel beter. Zij was hier de enige leerling en ze was hier geen reus. Het was prettig om te kijken hoe Papa's hand de woorden schreef en de primitieve tekeningetjes schetste.

'Ah, kom nou, Liesel,' zei hij, toen ze er een poosje later niet uitkwam. 'Iets dat begint met een S. Het is heel makkelijk. Je stelt me heel erg teleur.'

Ze kon niet meer nadenken.

'Kom op!' Zijn fluisterstem plaagde haar. 'Denk maar aan Mama.'

Op dat moment trof het woord haar als een klap in haar gezicht. Een automatische grijns. 'SAUMENSCH!' riep ze uit en Papa schaterde het uit van het lachen, maar werd meteen weer stil.

'Sst, we moeten stil zijn.' Maar hij schaterde toch en schreef het woord op, het afmakend met een van zijn tekeningetjes.

Een Typisch Hans Hubermann Kunstwerk

'Papa!' fluisterde ze. 'Ik heb geen ogen!'

Hij streelde het meisje over haar haar. Ze was in zijn val gelopen. 'Met een glimlach zoals de jouwe,' zei Hans Hubermann, 'heb je geen ogen nodig.' Hij trok haar even tegen zich aan en keek toen, met een gezicht van warm zilver, weer naar de tekening. 'En nu de T.'

Toen het alfabet af was en wel tien keer was bestudeerd, boog Papa zich over haar heen en vroeg: 'Genoeg voor vannacht?'

'Een paar woordjes nog?'

Hij hield voet bij stuk. 'Genoeg. Wanneer je wakker wordt, zal ik accordeon voor je spelen.'

'Dank u wel, Papa.'

'Welterusten.' Een stil, éénlettergrepig lachje. 'Welterusten, Saumensch.'

'Welterusten, Papa.'

Hij knipte het licht uit, kwam weer terug en ging in de stoel zitten. In het donker, hield Liesel haar ogen open. Ze keek naar de woorden.

De Geur van Vriendschap

Het ging verder.

Gedurende de volgende paar weken en de zomer, begon de nachtklas aan het eind van elke nachtmerrie. Er waren nog twee natte-beddenincidenten, maar Hans Hubermann herhaalde daarbij gewoon zijn eerdere schoonmaakheldhaftigheden en zette zich vervolgens aan de taak van het lezen, tekenen en opzeggen. In de vroege uurtjes van de ochtend klonken zachte stemmen heel hard.

Op een donderdagmiddag, even na drieën, zei Mama tegen Liesel dat ze zich klaar moest maken om met haar mee te gaan en wat strijkgoed af te leveren. Papa had andere plannen.

Hij liep de keuken in en zei: 'Sorry, Mama, ze gaat vandaag niet met je mee.'

Mama nam niet eens de moeite om op te kijken van de waszak. 'Wie heeft jou iets gevraagd, Arschloch? Kom mee, Liesel.'

'Ze gaat lezen,' zei hij. Papa schonk Liesel een vastberaden glimlachje en een knipoog. 'Met mij. Ik leer het haar. We gaan naar de Amper – een eindje stroomopwaarts, waar ik vroeger altijd oefende met de accordeon.'

Nu had hij haar aandacht.

Mama zette de was op tafel en werkte zich op tot een gepast niveau van cynisme. 'Wat zei je?'

'Volgens mij heb je me wel verstaan, Rosa.'

Mama begon te lachen. 'Wat zou *jij* haar in vredesnaam kunnen leren?' Een kartonnen lachje. Messcherpe woorden. 'Alsof jij zo goed kan lezen, Saukerl.'

De keuken wachtte. Papa sloeg terug. 'Wij nemen je strijkgoed wel voor je mee.'

'Jij vuile – ' Ze zweeg. De woorden bleven steken in haar mond terwijl ze erover nadacht. 'Voor donker thuis.'

'In het donker kunnen we niet lezen, Mama,' zei Liesel.

'Wat zei je daar, Saumensch?'

'Niks, Mama.'

Papa lachte en wees naar het meisje. 'Boek, schuurpapier, potlood,' zei hij, 'en accordeon!' toen ze al weg was. Even later liepen ze door de Himmelstraat, met de woorden, de muziek en de was.

Terwijl zij in de richting van Frau Diller liepen, keken zij nog een paar keer om, om te zien of Mama nog bij het hek stond om hen na te kijken. Ze stond er nog. Op een gegeven moment riep ze: 'Liesel, hou dat strijkgoed recht! Straks komen er kreukels in!'

'Ja, Mama!'

Een paar passen later: 'Liesel, ben je warm genoeg aangekleed?'

'Wat zei u?'

'Saumensch dreckigs, ben je doof of zo? Heb je het warm genoeg? Misschien wordt het straks wel koud!'

Eenmaal om de hoek, bukte Papa zich om een veter vast te maken. 'Liesel,' vroeg hij, 'zou jij een sigaretje voor me willen draaien?'

Ze wilde niets liever.

Zodra het wasgoed was afgeleverd, liepen zij terug naar de rivier de Amper, die langs het stadje liep, in de richting van Dachau, het concentratiekamp.

Er was een houten brug.

Een meter of dertig voor de brug gingen ze in het gras zitten om de woorden te schrijven en hardop voor te lezen, en toen het een beetje donker begon te worden, haalde Hans de accordeon tevoorschijn. Liesel keek naar hem en luisterde, hoewel ze niet direct de verwonderde uitdrukking in de gaten had die haar papa die avond op zijn gezicht had terwijl hij speelde.

PAPA'S GEZICHT
Het dwaalde en verwonderde zich,
maar het onthulde geen antwoorden.
Nog niet.

Er had een verandering in hem plaatsgevonden. Een kleine verschuiving.

Ze zag het, maar het drong pas later tot haar door, toen alles op zijn plek viel. Ze zag hem niet kijken terwijl hij speelde en had geen idee dat Hans Hubermanns accordeon een verhaal was. In de tijd die voor hen lag, zou dat verhaal in de vroege uren van de ochtend in de Himmelstraat 33 arriveren, met opgetrokken schouders en een bibberend jasje. Het zou een koffer bij zich hebben, een boek en twee vragen. Een verhaal. Verhaal na verhaal. Verhaal *in* verhaal.

Voorlopig was er wat Liesel betreft alleen dit ene, en zij genoot ervan.

Ze vlijde zich languit in de lange armen van gras.

Ze deed haar ogen dicht en haar oren hielden de noten vast.

Natuurlijk waren er ook problemen. Papa werd een paar keer bijna boos op haar. 'Kom op, Liesel,' zei hij dan. 'Je weet best welk woord dit is, je weet het!' Net wanneer het een beetje vloeiend begon te gaan, bleef ze weer ergens steken.

Wanneer het lekker weer was, gingen ze 's middags naar de Amper. Met slecht weer bleven ze in de kelder. Dit lag voornamelijk aan Mama. Eerst probeerden ze het in de keuken, maar dat ging absoluut niet.

'Rosa,' zei Hans op een bepaald ogenblik tegen haar. Zijn zachte stem kapte een van haar zinnen af. 'Zou je mij een plezier kunnen doen?'

Ze keek op van het fornuis. 'Wat?'

'Ik vraag je. Ik *smeek* je, zou je alsjeblieft even je mond kunnen houden, al is het maar vijf minuten?'

Je kunt je de reactie wel voorstellen.

Ze waren dus op de kelder aangewezen.

Er was daar geen verlichting, dus namen ze een petroleumlamp mee en langzaam maar zeker, tussen school en thuis, tussen de rivier en de kelder, tussen de goede dagen en de slechte, leerde Liesel lezen en schrijven.

'Nog even,' zei Papa tegen haar, 'en je leest dat afschuwelijke grafboek met je ogen dicht.'

'En dan kan ik ook uit die dwergenklas.'

Ze sprak die woorden grimmig uit, alsof ze haar persoonlijk eigendom waren.

Tijdens één van die keldersessies legde Papa het schuurpapier terzijde (ze begonnen er snel doorheen te raken) en haalde een kwast te voorschijn. Het Hubermann-huishouden kende geen luxe, maar er was wel een grote voorraad verf, en die kwam goed van pas bij Liesels lessen. Papa zei een woord, dat vervolgens door het meisje hardop moest worden gespeld. Als ze het goed had, mocht ze het op de muur schilderen. Na een maand had de hele muur een nieuwe verflaag. Een nieuwe bladzijde van cement.

Wanneer Liesel nadat ze in de kelder hadden gewerkt in elkaar gedoken in bad zat, hoorde ze vaak dezelfde opmerkingen vanuit de keuken.

'Je stinkt,' zei Mama dan tegen Hans. 'Naar sigaretten en petroleum.'

Terwijl ze in het water zat, stelde ze zich de geur van haar papa's kleren voor. Boven alles was het de geur van vriendschap en ze rook er zelf ook naar. Liesel was dol op die geur. Ze rook aan haar arm en glimlachte, terwijl om haar heen het water afkoelde.

De Kampioen Zwaargewicht van het Schoolplein

De zomer van 1939 had haast, of misschien had Liesel dat wel. Ze bracht haar tijd door met samen met Rudy en de andere kinderen voetballen in de Himmelstraat (iets wat het hele jaar doorging), strijkgoed bezorgen met Mama, en woorden leren. Het leek wel alsof de zomer een paar dagen nadat hij was begonnen alweer was afgelopen.

In het laatste deel van het jaar gebeurden er twee dingen.

September-November 1939
1. De Tweede Wereldoorlog begint.
2. Liesel Meminger wordt kampioen zwaargewicht van het schoolplein.

Begin september.

Het was een koude dag in Molching toen de oorlog begon en ik het opeens veel drukker kreeg.

De hele wereld praatte erover.

Krantenkoppen zwolgen erin.

De stem van de Führer bulderde uit Duitse radio's. Wij geven niet op. Wij zullen niet rusten. Wij zullen overwinnen. Onze tijd is gekomen.

De Duitse invasie van Polen was begonnen en overal verzamelden zich mensen om naar het nieuws te luisteren. Zoals elke andere grote straat in Duitsland, was de Münchenstraat doordrongen van oorlog. De geur, de stem. Een paar dagen eerder was de distributie begonnen – het teken aan de wand – en nu was het officieel. Engeland en Frankrijk hadden hun verklaring aan Duitsland gedaan. Om een uitspraak van Hans Hubermann te stelen:

De pret kan beginnen.

De dag van de aankondiging had Papa het geluk wat werk te hebben. Op weg naar huis raapte hij een weggegooide krant op en in plaats van hem tussen de verfblikken in zijn kar te schuiven, vouwde hij hem op en stopte hem onder zijn hemd. Tegen de tijd dat hij thuis was en de krant er weer uithaalde, had zijn zweet de inkt in zijn huid doen trekken. De krant belandde op tafel, maar het nieuws stond ook op zijn borst. Een tatoeage. Hij hield zijn hemd open en keek omlaag in het trillende keukenlicht.

'Wat staat er?' vroeg Liesel. Ze keek heen en weer, van de zwarte strepen op zijn huid naar de krant.

'HITLER NEEMT POLEN IN,' antwoordde hij, en Hans Hubermann liet zich in een stoel vallen. *'Deutschland über Alles,'* fluisterde hij en zijn stem klonk in de verste verte niet vaderlandslievend.

Daar was dat gezicht weer – zijn accordeongezicht.

Dat was het begin van de ene oorlog.

Niet veel later zou Liesel in een andere oorlog verwikkeld raken.

Bijna een maand nadat de school weer was begonnen, werd zij bevorderd naar de klas waar ze eigenlijk in thuishoorde. Je zou denken dat ze dit te danken had aan het feit dat ze nu beter kon lezen, maar dat was niet zo. Ondanks haar vorderingen, kostte het lezen haar nog steeds grote moeite. Zinnen leken overal in het rond gestrooid. Woorden hielden haar voor de gek. De reden voor haar bevordering had meer te maken met het feit dat zij in de lagere klas als storend werd ervaren. Ze gaf antwoord op vragen die aan andere kinderen werden gesteld en praatte door de klas. Een paar keer kreeg ze op de gang wat bekendstond als een *Watschen.*

EEN DEFINITIE
Watschen = een flinke draai om je oren

Door de onderwijzeres, die tevens een non was, werd ze opgepakt en apart op een stoel gezet, waarbij haar te verstaan werd gegeven dat ze haar mond moest houden. Aan de andere kant van de klas keek Rudy naar haar en zwaaide. Liesel zwaaide terug en deed haar best om niet te lachen.

Thuis was ze samen met Papa al een heel eind in *Het Doodgravershandboek*. Ze omcirkelden de woorden die zij niet begreep en namen ze de volgende dag mee naar de kelder. Ze dacht dat dat genoeg was. Dat was het niet.

Begin november werden er op school voortgangstoetsen afgenomen. Eén daarvan was voor lezen. Elk kind moest voor de klas komen en een stukje voorlezen uit een tekst die de juf hun gaf. Het was een ijskoude ochtend, maar de zon scheen fel. De kinderen knepen hun ogen tot spleetjes. Een krans van licht omringde Magere Hein, Zuster Maria. (Dat menselijke idee van de dood bevalt me trouwens wel. Vooral die zeis vind ik grappig.)

In de zonnige klas werden de namen in willekeurige volgorde afgeroepen:

'Waldenheim, Lehman, Steiner.'

Ze stonden allemaal op en lazen een stukje, ieder op zijn eigen niveau. Rudy deed het verrassend goed.

Tijdens de test zat Liesel met een mengeling van koortsachtige verwachting en doodsangst op haar stoel. Ze wilde verschrikkelijk graag laten horen wat ze kon en er voor eens en voor altijd achter komen of ze werkelijk vorderingen maakte. Kon ze dit? Kon ze ook maar enigszins tippen aan Rudy en de rest?

Elke keer dat Zuster Maria op haar lijst keek, voelde Liesel de zenuwbanen in haar borstkas samentrekken. Het begon in haar maag, maar kwam steeds hoger. Straks zat het om haar nek, als een dik touw.

Toen Tommy Müller klaar was met zijn middelmatige poging, keek ze om zich heen. Alle anderen hadden al gelezen. Zij was de enige die nog niet aan de beurt was geweest.

'Heel goed,' zei Zuster Maria, terwijl ze haar lijst nog eens doornam. 'We hebben iedereen gehad.'

Wat?

'Nee!'

Aan de andere kant van de klas leek een stem uit het niets te verschijnen. Hij zat vast aan een jongen met citroenblond haar, wiens knokige knieën beefden onder zijn tafeltje. Hij stak zijn hand op en zei: 'Zuster Maria, volgens mij bent u Liesel vergeten.'

Zuster Maria.

Was niet onder de indruk.

Ze liet haar map voor zich op tafel ploffen en bekeek Rudy met een zucht vol afkeuring. Het was bijna melancholiek. Waarom, beklaagde zij zich, moest zij Rudy Steiner in haar klas dulden? Hij kon gewoon zijn mond niet houden. Waarom, God, waarom?

'Nee,' zei ze, op besliste toon. Haar kleine buikje leunde met de rest van haar lichaam naar voren. 'Ik ben bang dat Liesel dit niet kan, Rudy.' De onderwijzeres keek ter bevestiging in de richting van het meisje. 'Zij mag een andere keer voor mij lezen.'

Het meisje schraapte haar keel en sprak op zachte, maar uitdagende toon. 'Ik kan het nu wel doen, Zuster.' De meeste andere kinderen keken zwijgend toe. Enkelen van hen waagden zich aan de prachtige kinderkunst van het hinnikend grinniken.

Nu had de zuster er genoeg van. 'Nee, dat doe je niet... Wat doe je nu?'

Want Liesel was al opgestaan en liep langzaam en met stramme benen naar voren. Ze pakte het boek en sloeg een willekeurige bladzijde op.

'Goed dan,' zei Zuster Maria. 'Wil je het doen? Doe het dan maar.'

'Ja, Zuster.' Na een snelle blik op Rudy sloeg Liesel haar ogen neer en keek naar de pagina.

Toen ze weer opkeek, werd de klas uiteengereten en weer in elkaar geperst. Alle kinderen werden vlak voor haar ogen geplet en in een moment van helderheid stelde ze zich voor hoe ze de hele bladzijde foutloos voor zou lezen, een vloeiende triomf.

Een Sleutelwoord **indenken**

'Kom op, Liesel!'

Rudy verbrak de stilte.

De boekendief keek weer omlaag, naar de woorden.

Kom op. Ditmaal sprak Rudy de woorden geluidloos uit. Kom op, Liesel.

Haar bloed werd luider. De zinnen vervaagden.

Opeens was de witte bladzijde beschreven in een vreemde taal en het feit dat de tranen haar in de ogen sprongen hielp ook al niet mee. Ze zag de woorden niet eens meer.

En de zon. Die vreselijke zon. Hij barstte door het raam – het glas was overal – en scheen rechtstreeks op het nutteloze meisje. Hij schreeuwde in haar gezicht. 'Je kunt wel een boek stelen, maar je kunt het niet lezen!'

Opeens schoot haar iets te binnen. Een oplossing.

Zwaar ademend begon ze te lezen, maar niet uit het boek dat ze voor zich had. Het was iets uit *Het Doodgravershandboek*. Hoofdstuk drie: 'In geval van sneeuw'. Door haar papa's stem kende ze het helemaal uit haar hoofd.

'In geval van sneeuw,' zei ze, 'dient u ervoor te zorgen dat u een goede spade gebruikt. U moet diep graven, u mag niet lui zijn. U kunt de kantjes er niet vanaf lopen.' Opnieuw zoog ze een groot brok lucht naar binnen. 'Het is natuurlijk makkelijker om het warmste deel van de dag af te wachten, wanneer – '

Het was afgelopen.

Het boek werd uit haar handen getrokken en ze kreeg te horen: 'Liesel – de gang.'

Terwijl ze een kleine Watschen kreeg, hoorde ze, tussen de klappen van Zuster Maria's hand door, de hele klas lachen. Ze zag hen voor zich. Al die geplette kinderen. Grinnikend en lachend. Badend in zonneschijn. En iedereen lachte, behalve Rudy.

In de pauze werd ze gepest. Een jongen met de naam Ludwig Schmeikl kwam naar haar toe met een boek. 'Hé, Liesel,' vroeg hij aan haar, 'ik heb een beetje moeite met dit woord. Kan jij het even voor me lezen?' Hij lachte – het zelfgenoegzame lachje van een tienjarige. '*Dummkopf* – stomme idioot.'

Er kwamen wolken overdrijven, grote, logge wolken, en er waren nog meer kinderen die haar nariepen en keken hoe zij ziedde van woede.

'Je moet gewoon niet naar ze luisteren,' raadde Rudy haar aan.

'Jij hebt makkelijk praten. Jij bent niet dom.'

Tegen het einde van de pauze was het rijtje opmerkingen gegroeid tot negentien. Bij de twintigste knapte er iets in haar. Het was Schmeikl, die nog eens terugkwam voor meer. 'Kom op, Liesel.' Hij duwde het boek onder haar neus. 'Je kunt me toch wel even helpen?'

En reken maar dat Liesel hem hielp.

Ze stond op, pakte het boek van hem aan en terwijl hij over zijn schouder naar een paar andere kinderen lachte, smeet ze het weg en schopte hem zo hard ze kon in de omgeving van zijn onderbuik.

Je kunt je wel indenken dat Ludwig Schmeikl bijna dubbelsloeg, en onderweg kreeg hij ook nog een stomp tegen zijn oor. Toen hij op de grond lag, werd hij besprongen. Toen hij werd besprongen werd hij met vuisten en nagels bewerkt en helemaal in elkaar geslagen door een meisje dat buiten zinnen was van woede. Zijn huid was zo warm en zacht. Haar knokkels en vingernagels waren zo angstaanjagend sterk, ook al waren ze nog zo klein. 'Saukerl die je bent!' Ook met haar stem slaagde ze erin hem te krabben. 'Arschloch. Kan je Arschloch voor me spellen?'

O, hoe kwamen de wolken aanrollen om zich te verzamelen aan de hemel.

Grote vette wolken.

Donker en dik.

Ze botsten tegen elkaar aan. Verontschuldigden zich. Dreven verder om een plekje te zoeken.

De kinderen kwamen zo snel als... nou ja, zo snel als kinderen nu eenmaal worden aangetrokken door een gevecht. De wirwar van armen en benen, van geschreeuw en gejoel om hen heen werd steeds dichter. Ze keken toe hoe Liesel Meminger Ludwig Schmeikl de ergste aframmeling van zijn leven gaf. 'Jezus, Maria en Jozef,' riep een meisje met een gilletje uit, 'ze vermoordt hem!'

Liesel vermoordde hem niet.

Maar het scheelde niet veel.

Het enige dat haar ervan weerhield was waarschijnlijk het aandoenlijk trekkerige, grijnzende gezicht van Tommy Müller. Nog stuiterend van de adrenaline, zag Liesel hem zo belachelijk grijnzen dat ze hem op de grond trok en ook hem begon af te tuigen.

'Wat doe je nou?' jammerde hij en toen pas, na de derde of vierde klap, en een straaltje helderrood bloed uit zijn neus, hield ze op.

Op haar knieën zittend zoog ze lucht naar binnen en luisterde naar het gekreun onder haar. Ze keek naar de maalstroom van gezichten, links en rechts, en riep met luide stem: 'Ik ben niet dom.'

Niemand bracht er iets tegen in.

Pas toen iedereen weer naar binnen ging en Zuster Maria zag hoe Ludwig Schmeikl eraan toe was, werd het gevecht hervat. Eerst viel de verdenking op Rudy en een paar anderen. Die zaten elkaar altijd in de haren. 'Handen,' kregen de jongens een voor een te horen, maar alle handen waren schoon.

'Niet te geloven,' mompelde Zuster Maria. 'Dit kan niet waar zijn,' want toen Liesel naar voren kwam en haar handen liet zien,

bleken die vol te zitten met Ludwig Schmeikls opdrogende bloed.
'De gang,' zei de zuster alleen maar, voor de tweede keer die dag. Of eigenlijk voor de tweede keer dat uur.

Ditmaal was het geen kleine Watschen. En ook geen gemiddelde. Ditmaal was het een Watschen zoals ze maar zelden werden uitgedeeld, met de ene stokslag na de andere, zodat Liesel een week lang bijna niet zou kunnen zitten. En er klonk geen gelach uit de klas. Eerder de stille angst van de toehoorders.

Aan het eind van de schooldag liep Liesel met Rudy en de andere Steinerkinderen naar huis. Toen ze vlak bij de Himmelstraat waren werd ze, midden in een kolkende zee van gedachten, overvallen door een gevoel van diepe ellende – de mislukte voorleesbeurt uit *Het Doodgravershandboek*, de verwoesting van haar familie, haar nachtmerrie, de vernedering van die dag – en ze ging op haar hurken in de goot zitten en huilde. Dit was waar het allemaal toe had geleid.

Rudy kwam naast haar staan en keek op haar neer.

Het begon te regenen, flink hard.

Kurt Steiner riep hen, maar ze reageerden geen van beiden. De één ging pijnlijk zitten tussen grote, vallende regendruppels, en de andere bleef naast haar staan en wachtte.

'Waarom moest hij dood?' vroeg ze, maar nog steeds deed of zei Rudy niets.

Toen ze uiteindelijk was uitgehuild en moeizaam overeind kwam, sloeg hij zijn arm om haar heen, op de manier zoals goede vriendjes dat doen, en liepen zij samen verder. Hij vroeg niet om een kus. Niets van dat alles. Niets dan lof voor Rudy, wat dat betreft.

Als je me maar niet in mijn ballen schopt.

Dat was wat hij dacht, maar dat vertelde hij niet tegen Liesel. Het duurde nog vier jaar voordat hij haar dat zou vertellen.

Voorlopig liepen Rudy en Liesel samen door de regen naar de Himmelstraat.

Hij was de idioot die zich zwart had geverfd en de wereld had verslagen.

Zij was de boekendief zonder de woorden.

Maar geloof me, de woorden waren onderweg en zodra ze er waren, zou Liesel ze in haar handen houden als de wolken en ze uitwringen als de regen.

DEEL TWEE

Het Schouderophalen

waarin:

een heel boos meisje – de vreugde
van sigaretten – een stadsloper – een paar
dode brieven – hitlers verjaardag –
100% puur duits zweet – de dievenpoorten
– en een boek van vuur

Een Heel Boos Meisje

Enige Statistische Informatie
Eerste gestolen boek: 13 januari 1939
Tweede gestolen boek: 20 april 1940
Verstreken tijd tussen voornoemde gestolen boeken: 463 dagen

Als je er luchthartig over zou doen, zou je kunnen zeggen dat er niet veel meer voor nodig was dan een beetje vuur en wat menselijk geschreeuw. Je zou zeggen dat dat alles was wat Liesel Meminger nodig had om haar tweede gestolen boek in handen te krijgen, ook al rookte het in haar handen. Ook al stak het haar ribben in brand.

Het probleem echter, is het volgende:

Dit is niet het moment om luchthartig te doen.

Dit is niet het moment om maar half te kijken, je even om te draaien of in de pannen te roeren – want toen de boekendief haar tweede boek stal, speelden er niet alleen veel verschillende factoren een rol in haar honger om dit te doen, maar was het stelen zelf ook aanleiding voor de essentie van wat er nog te gebeuren stond. Het verschafte haar een plek om verder te gaan met boeken stelen. Het inspireerde Hans Hubermann een plan te verzinnen om de joodse vuistvechter te helpen. En voor *mij* was het eens te meer een bewijs dat de ene kans rechtstreeks tot een andere leidt, zoals gevaar tot meer gevaar leidt, leven tot meer leven, en dood tot meer dood.

In zekere zin was het het noodlot.

Want zie je, de meeste mensen beweren dat nazi-Duitsland was gegrondvest op antisemitisme, een ietwat overijverige leider en een natie van door haat gedreven dwepers, maar het zou allemaal tot niets hebben geleid als de Duitsers niet zo'n voorliefde hadden gehad voor een bepaalde bezigheid – dingen verbranden.

De Duitsers staken graag van alles in brand. Winkels, synagogen, Reichstags, huizen, persoonlijke bezittingen, vermoorde mensen en, natuurlijk, boeken. Ze waren dol op een goede boekverbranding – die mensen die van boeken hielden de kans gaf om bepaalde publicaties in hun bezit te krijgen waar ze anders nooit aan hadden kunnen komen. Een van de mensen voor wie dit gold was, zoals wij al weten, een graatmager meisje, Liesel Meminger genaamd. Ze mocht dan vierhonderddrieënzestig dagen hebben gewacht, maar het was het waard. Tegen het eind van een middag met veel opwinding, veel mooie boosaardigheid, een met bloed doordrenkte enkel en een tik van een geliefde hand, bemachtigde Liesel Meminger haar tweede succesverhaal. *Het Schouderophalen.* Het was een blauw boek met rode letters op de kaft en een kleine afbeelding van een koekoek onder de titel, ook in het rood. Achteraf schaamde Liesel zich helemaal niet dat ze het had gestolen. Integendeel, het kleine beetje *iets* dat ze in haar maag voelde had meer weg van trots. En het waren woede en blinde haat die haar verlangen om het te stelen hadden gevoed. Sterker nog, op 20 april – de verjaardag van de Führer – toen zij het bewuste boek onder een berg rokende as vandaan griste, was Liesel een heel boos meisje.

De vraag was natuurlijk, waarom?

Waar was ze zo boos om?

Wat was er om boos om te zijn?

Wat was er de afgelopen vier, vijf maanden gebeurd om uit te monden in dit gevoel?

Kort gezegd liep het antwoord van de Himmelstraat naar de Führer, naar de onvindbare verblijfplaats van haar echte moeder, en weer terug.

Zoals de meeste ellende, begon het met schijnbaar geluk.

De Vreugde van Sigaretten

Eind 1939 had Liesel zich aardig aangepast aan het leven in Molching. Ze had nog steeds nachtmerries over haar broertje en miste haar moeder, maar er waren nu ook fijne dingen.

Ze hield van haar papa, Hans Hubermann, en zelfs van haar pleegmoeder, ondanks het feit dat deze haar hard voor zich liet werken en de enorme scheldpartijen. Ze hield van en haatte haar beste vriend, Rudy Steiner, hetgeen volstrekt normaal was. En ze hield van het feit dat, ondanks haar blunder in de klas, haar lezen en schrijven goed vooruitgingen en dat het niet lang meer zou duren voordat ze een fatsoenlijk niveau zou hebben bereikt. Dit alles resulteerde in een bepaalde vorm van tevredenheid en zou binnen afzienbare tijd worden uitgebouwd tot iets dat het concept van *Gelukkig Zijn* benaderde.

De Sleutels tot Geluk

1. *Het Doodgravershandboek* uitlezen.
2. De toorn van Zuster Maria ontlopen.
3. Twee boeken krijgen voor kerst.

17 December.

Ze herinnerde zich die datum heel goed, want het was precies een week voor Kerstmis.

Zoals gewoonlijk werd haar slaap onderbroken door haar nachtelijk terugkerende nachtmerrie en werd zij wakker gemaakt door Hans Hubermann. Zijn hand lag op de zweterige stof van haar pyjamajasje. 'De trein?' fluisterde hij.

Liesel antwoordde bevestigend. 'De trein.'

Ze zoog gretig haar longen vol totdat ze er klaar voor was en vervolgens begonnen zij te lezen uit het elfde hoofdstuk van *Het Doodgravershandboek*. Even na drieën hadden zij het uit en resteerde alleen nog het laatste hoofdstuk, 'Respect voor het kerkhof'. Papa, zijn zilveren ogen gezwollen van vermoeidheid en zijn gezicht vol baardstoppels, klapte het boek dicht en verheugde zich op de rest van zijn nachtrust. Die kreeg hij niet.

Het licht was nog maar een minuutje uit toen Liesel in het donker tegen hem begon te praten.

'Papa?'

Hij maakte alleen een geluidje, ergens in zijn keel.

'Bent u wakker, Papa?'

'Ja.'

Ze leunde op een elleboog. 'Kunnen we het boek niet uitlezen, alstublieft?'

Er volgde een diepe zucht, het geschraap van een hand over stoppels, en toen ging het licht aan. Hij sloeg het boek open en begon. 'Hoofdstuk twaalf: Respect voor het kerkhof.'

Ze lazen de hele vroege ochtend door, omcirkelden en noteerden de woorden die zij niet begreep en draaiden de pagina's naar het daglicht. Een paar keer viel Papa bijna in slaap, zich overgevend aan de kriebelige vermoeidheid in zijn ogen en het knikkebollen van zijn hoofd. Liesel betrapte hem elke keer, maar bezat noch de onbaatzuchtigheid om hem zijn rust te gunnen, noch de notie om zich beledigd te voelen. Zij was een meisje met een berg om te beklimmen.

Uiteindelijk, toen de duisternis buiten een beetje begon open te trekken, waren ze klaar. De laatste passage zag er zo uit:

Wij van de Beierse Kerkhoven Associatie, hopen dat wij u op een aangename manier iets meer hebben kunnen vertellen over het werk, de veilig-

heidsmaatregelen en de taken van het grafdelven. Wij wensen u veel succes met uw carrière in het begrafeniswezen en hopen u met dit boek van dienst te zijn geweest.

Toen het boek was dichtgeslagen, wierpen zij elkaar een zijdelingse blik toe. Papa zei: 'Het is ons gelukt, wat jij?'

Liesel, half in haar deken gewikkeld, bekeek het zwarte boekje met de zilveren belettering in haar hand. Ze knikte. Ze had een droge mond en een gevoel van vroege-ochtendhonger. Het was een moment van volmaakte vermoeidheid; ze had de klus geklaard, maar ook de nacht overwonnen die haar in de weg had gestaan.

Papa rekte zich met gebalde vuisten en stijf dichtgeknepen ogen uit, en het was een ochtend die het niet waagde om regenachtig te zijn. Ze stonden allebei op en gingen naar de keuken en door de mist en de ijsbloemen op de ruiten konden zij het eerste roze licht op de besneeuwde daken van de Himmelstraat zien schijnen.

'Moet je die kleuren zien,' zei Papa. Een man die niet alleen de kleuren ziet, maar ze ook uitspreekt, moet je bijna wel lief vinden.

Liesel hield nog steeds het boek in haar handen. Ze klemde het stevig vast terwijl ze de sneeuw oranje zag kleuren. Op een van de daken zag ze een kleine jongen naar de lucht zitten kijken. 'Hij heette Werner,' zei ze. De woorden rolden ongemerkt van haar lippen.

Papa zei: 'Ja.'

Inmiddels waren er op school geen leestoetsen meer geweest, maar toen Liesel steeds meer zelfvertrouwen begon te krijgen had ze op een ochtend, voordat de les begon, wel een achtergelaten lesboek ingekeken, om te zien of ze dat zonder moeite kon lezen. Ze kon elk woord lezen, maar ze bleef steken in een veel trager leestempo dan haar klasgenoten. Het is veel gemakkelijker, zo realiseerde zij zich, om je op de rand van iets te bevinden, dan om er daadwerkelijk te zijn. Dit ging nog heel wat tijd vergen.

Op een middag kwam ze in de verleiding een boek uit de boekenkast in de klas te stelen, maar eerlijk gezegd was het vooruitzicht van een Watschen op de gang onder de handen van Zuster

Maria een adequaat afschrikmiddel. Daar kwam bij dat ze niet echt de behoefte voelde om de boeken van school mee te nemen. Waarschijnlijk was haar afgang in november de oorzaak van dit gebrek aan belangstelling, maar dat wist Liesel niet zeker. Ze wist alleen dat het er was.

In de klas deed ze haar mond niet open.

Ze keek niet eens de verkeerde kant op.

Toen de winter inviel, was zij niet langer een slachtoffer van Zuster Maria's frustraties, maar keek zij toe hoe anderen werden meegetroond naar de gang om daar hun gerechte straf in ontvangst te nemen. Het geluid van een andere leerling die het moeilijk had op de gang was niet bijzonder aangenaam, maar het feit dat het *iemand anders* was, was dan misschien geen troost, maar wel een opluchting.

Toen ze een paar dagen vrij kregen voor *Weihnachten*, wenste Liesel bij het naar huis gaan Zuster Maria zelfs een 'Vrolijk Kerstfeest' toe. Omdat ze wist dat de Hubermanns praktisch geen cent bezaten, nog schulden moesten afbetalen en sneller huur moesten betalen dan er geld binnen kon komen, verwachtte ze absoluut geen cadeautjes. Misschien dat ze hooguit iets beter zouden eten dan gewoonlijk. Groot was dan ook haar verrassing toen ze op kerstavond, nadat ze om middernacht samen met Mama, Papa, Hans Junior en Trudy naar de kerk was geweest, een in kranten gewikkeld pakje onder de kerstboom zag liggen.

'Van Sint Nicolaas,' zei Papa, maar daar trapte het meisje natuurlijk niet in. Met de sneeuw nog op haar schouders, omhelsde ze haar beide pleegouders.

Toen ze het papier eraf haalde, kwamen er twee kleine boekjes tevoorschijn. Het eerste, *Faust de Hond*, was geschreven door ene Mattheus Ottleberg. Al met al zou ze dat boek dertien keer lezen. Op kerstavond las ze de eerste twintig pagina's aan de keukentafel, terwijl Papa en Hans Junior over iets zaten te ruziën waar zij niets van begreep. Iets dat ze politiek noemden.

Later lazen ze verder in bed, waarbij ze de traditie in stand hielden om de woorden die zij niet kende te omcirkelen en op te schrijven. In *Faust de Hond* stonden ook plaatjes – mooie ronde lijnen en oren en karikaturen van een Duitse herder die een probleem had met zijn speekselklieren en kon praten.

Het tweede boek heette *De Vuurtoren* en was geschreven door een vrouw, Ingrid Rippinstein. Dit boek was wat langer, zodat Liesel het slechts negen keer kon lezen, maar elke keer wanneer ze het uit had, was haar leestempo weer een klein beetje verbeterd.

Het was een paar dagen na Kerstmis dat ze haar papa een vraag stelde over de boeken. Ze zaten met z'n allen te eten in de keuken. Nadat ze een tijdje naar de lepels erwtensoep had zitten kijken die in Mama's mond verdwenen, besloot ze haar aandacht op Papa te richten. 'Ik wil graag iets vragen.'

Eerst gebeurde er niets.

'En?'

Het was Mama, haar mond nog halfvol.

'Ik wilde alleen weten hoe jullie aan het geld zijn gekomen om mijn boeken te kopen.'

Er ging een kort lachje naar Papa's lepel. 'Wil je dat werkelijk weten?'

'Natuurlijk.'

Uit zijn zak haalde Papa wat er nog over was van zijn tabaksrantsoen en begon een sigaret te rollen, waarop Liesel ongeduldig werd.

'Gaat u het nu nog vertellen of niet?'

Papa begon te lachen. 'Maar dat *doe* ik juist, kindje.' Hij maakte de eerste sigaret af, gooide hem op tafel en begon aan een nieuwe. 'Zo heb ik het gedaan.'

Op dat moment was Mama klaar met haar soep, gooide haar lepel in haar bord, onderdrukte een boer en antwoordde in zijn plaats. 'Die Saukerl,' zei ze. 'Weet je wat hij heeft gedaan? Hij heeft al die smerige sigaretten van hem gerold, en toen is hij naar de markt gegaan en heeft ze geruild met de een of andere zigeuner.'

'Acht sigaretten per boek.' Triomfantelijk nam Papa er een in zijn mond. Hij stak hem aan en inhaleerde de rook. 'Laten we God danken dat er sigaretten zijn, hè, Mama?'

Mama gaf hem alleen een van haar bekende afkeurende blikken, gevolgd door het meest gebruikte woord in haar vocabulaire: 'Saukerl.'

Liesel wisselde een knipoog met haar papa en at haar soep op. Zoals altijd lag een van haar boeken naast haar. Ze kon niet ontkennen dat het antwoord op haar vraag meer dan bevredigend was. Er waren niet veel mensen die konden zeggen dat hun opleiding was bekostigd met sigaretten.

Mama daarentegen, zei dat Hans Hubermann, als hij ook maar een knip voor zijn neus waard was, zijn tabak hoorde in te ruilen voor de nieuwe jurk die zij zo hard nodig had, of een paar goede schoenen. 'Maar nee hoor...' Ze goot de woorden in de gootsteen. 'Wanneer het om mij gaat, rook je liever je hele rantsoen op, of niet soms? *Plus* nog wat van hiernaast.'

Een paar avonden later echter, kwam Hans Hubermann thuis met een doos eieren. 'Sorry, Mama.' Hij zette ze op tafel. 'Ze hadden geen schoenen meer.'

Mama klaagde niet.

Ze neuriede zelfs wat voor zich uit terwijl ze de eieren bakte tot ze bijna zwart waren. Kennelijk waren sigaretten een bron van grote vreugde en het was een gelukkig moment in het huis van de Hubermanns.

Een paar weken later was het afgelopen.

De Stadsloper

De ellende begon met de was en werd snel erger.

Toen Liesel samen met Rosa Hubermann de was ging rondbrengen in Molching, vertelde een van haar klanten, Ernst Vogel, dat hij het zich niet langer kon veroorloven zijn was en strijk voor zich te laten doen. 'Het zijn moeilijke tijden,' verontschuldigde hij zich, 'wat kan ik er meer van zeggen? Het wordt allemaal steeds moeilijker. Door de oorlog wordt alles steeds krapper.' Hij keek naar het meisje. 'U ontvangt zeker een vergoeding om die kleine te onderhouden?'

Tot Liesels ontsteltenis stond Mama met een mond vol tanden.

Naast haar stond een lege tas.

Kom mee, Liesel.

Het werd niet uitgesproken. Het werd met ruwe hand meegetrokken.

Vogel riep nog iets vanuit zijn deuropening. Hij was misschien een meter zeventig lang en zijn futloze haar hing in vettige pieken over zijn voorhoofd. 'Het spijt me, Frau Hubermann!'

Liesel zwaaide naar hem.

Hij zwaaide terug.

Mama schold.

'Niet zwaaien naar die Arschloch,' zei ze. 'Doorlopen.'

Toen Liesel die avond in bad ging, boende Mama haar heel erg hard, terwijl ze aan één stuk door over die Saukerl van een Vogel zat te mompelen en om de twee minuten een imitatie van hem weggaf. '*U ontvangt zeker een vergoeding voor het meisje...*' Tijdens het schrobben keek ze naar Liesels naakte borst. 'Zóveel ben je nu ook weer niet waard, Saumensch. Je maakt me heus niet rijk, als je dat soms denkt.'

Liesel zat daar maar en liet het over zich heen komen.

Nog geen week na dit voorval sleepte Rosa haar mee naar de keuken. 'Zo, Liesel.' Ze zette haar aan de tafel. 'Aangezien je toch de helft van de tijd op straat loopt te voetballen, kan je jezelf hier ook wel eens nuttig maken. Voor de verandering.'

Liesel keek naar haar eigen handen. 'Wat is er, Mama?'

'Van nu af aan ga jij voor mij de was ophalen en bezorgen. Die rijke mensen zullen ons minder snel ontslaan als ze jou tegenover zich hebben. Als ze je vragen waar ik ben, zeg je maar dat ik ziek ben. En kijk er een beetje zielig bij. Je bent mager en bleek genoeg om hun medelijden te wekken.'

'Herr Vogel had ook geen medelijden met me.'

'Nou ja...' zei ze, duidelijk geërgerd. 'De anderen misschien wel. Dus houd je mond.'

'Ja, Mama.'

Even leek het alsof haar pleegmoeder haar wilde troosten, of een schouderklopje wilde geven.

Maar ze deed het niet.

In plaats daarvan stond Rosa Hubermann op, pakte een houten lepel en hield die onder Liesels neus. Wat haar betreft was dat bittere noodzaak. 'Wanneer je de straat op gaat, ga je met de tas een voor een de adressen langs en kom je er rechtstreeks weer mee naar huis, *met* het geld, ook al is het bijna niks. Je gaat niet naar Papa als die toevallig eens een keer werk heeft. Je blijft niet op straat rondhangen met die kleine Saukerl, Rudy Steiner. Meteen. Naar huis.'

'Ja, Mama.'

'En je houdt die tas fatsoenlijk vast. Je zwaait er niet mee, je laat hem niet vallen, je kreukt hem niet en je gooit hem niet over je schouder.'

'Ja, Mama.'

'Ja, Mama.' Rosa Hubermann kon heel goed stemmen imiteren en deed dat dan ook vaak. 'Als je het maar uit je hoofd laat, Saumensch. Als je het toch doet, kom ik erachter, dat weet je, hè?'

'Ja, Mama.'

Het herhalen van die twee woorden was vaak de beste manier om te overleven, net als doen wat haar gezegd werd, en vanaf dat moment liep Liesel Memminger door de straten van Molching, van het arme gedeelte naar het rijke, om overal de was op te halen en af te leveren. Aanvankelijk was het een eenzaam baantje, maar ze klaagde nooit. De eerste de beste keer dat ze haar ronde ging doen, ging ze bij de Münchenstraat de hoek om, keek naar links en naar rechts, en zwaaide de zak helemaal in de rondte – waarna ze de inhoud controleerde. Gelukkig, geen kreukels. Geen plooien. Alleen een brede lach en een belofte om het nooit meer te doen.

Al met al vond Liesel het wel een prettig baantje. Ze kreeg er niets voor, maar ze was het huis uit en zonder Mama over straat lopen was op zich al heerlijk. Geen wijzende vinger en geen gescheld. Geen mensen die naar hen keken wanneer ze werd uitgefoeterd omdat ze de waszak verkeerd vasthield. Niets dan rust.

De mensen begon ze ook aardig te vinden:

- De Pfaffelhürvers, die de kleren nakeken en zeiden: *'Ja, ja, sehr gut, sehr gut.'* Liesel stelde zich voor dat zij alles twee keer deden.
- De vriendelijke Helena Schmidt, die het geld met een reumatisch gekromde hand aan haar overhandigde.
- De Weingartners, met hun kat met geknakte snorharen die altijd samen met hen naar de deur kwam. Kleine Goebbels noemden ze hem, naar Hitlers rechterhand.
- En Frau Hermann, de burgemeestersvrouw, die met verwarde haren en rillend in haar enorme, koude deuropening stond. Altijd zonder iets te zeggen. Altijd alleen. Geen woorden, nooit.

Soms ging Rudy mee.

'Hoeveel geld heb je daar?' vroeg hij op een middag. Het was bijna donker en ze liepen de Himmelstraat in, langs de winkel. 'Heb je het gehoord van Frau Diller? Ze zeggen dat ze nog ergens lollies heeft liggen en voor de juiste prijs...'

'Vergeet het maar.' Liesel hield het geld zoals altijd stevig vast. 'Voor jou is het niet zo erg – jij hoeft mijn mama niet onder ogen te komen.'

Rudy haalde zijn schouders op. 'Het was het proberen waard.'

Half januari werd op school aandacht besteed aan het schrijven van brieven. Nadat zij de grondbeginselen hadden geleerd, moesten alle leerlingen twee brieven schrijven, één aan een vriend en één aan iemand in een andere klas.

De brief van Rudy aan Liesel ging als volgt:

Beste Saumensch,

Voetbal je nog steeds zo hopeloos slecht als de laatste keer dat we speelden? Ik hoop van wel. Dat betekent dat ik weer keihard langs je heen kan rennen, net als Jesse Owens op de Olympische Spelen...

Toen Zuster Maria de brief onder ogen kreeg, stelde ze hem heel vriendelijk een vraag.

ZUSTER MARIA'S AANBOD
'Heb je zin in een bezoekje aan de gang, meneer Steiner?'

Het spreekt vanzelf dat Rudy's antwoord ontkennend luidde. Het vel papier werd verscheurd en hij begon opnieuw. Ditmaal richtte hij zich tot iemand die Liesel heette en informeerde wat haar hobby's waren.

Toen Liesel thuis een brief wilde afmaken die ze als huiswerk mee hadden gekregen, vond ze het eigenlijk belachelijk om hem aan Rudy of een andere Saukerl te schrijven. Dat betekende helemaal niets. Terwijl ze in de kelder zat te schrijven, vroeg ze raad aan Papa, die de muur weer eens aan het overschilderen was.

Zowel hij als de verfdampen draaiden zich om. '*Was wuistz?*' Nu was dit de meest grove vorm van Duits die iemand maar spreken kon, maar hij zei het op een heel vriendelijke manier. 'Wat is er?'

'Zou ik een brief aan Mama kunnen schrijven?'

Het bleef even stil.

'Waarom zou je haar een brief willen schrijven? Je ziet haar toch elke dag?' Papa *schmunzelde* – een plagerig lachje. 'Vind je dat niet erg genoeg?'

'Niet *die* Mama.' Ze slikte.

'O.' Papa draaide zich weer om naar de muur en ging verder met schilderen. 'Nou, ik denk het wel. Je zou hem kunnen sturen naar hoe heet ze ook al weer – die vrouw die jou hier heeft gebracht en nog een paar keer langs is geweest – van de pleegzorg.'

'Frau Heinrich.'

'Precies. Als je de brief naar haar stuurt, kan zij hem misschien doorsturen naar je moeder.' Liesel merkte meteen dat hij niet erg overtuigend klonk, alsof hij iets voor haar verzweeg. Tijdens Frau Heinrichs korte bezoekjes was er ook al zo weinig over haar moeder gezegd.

In plaats van hem te vragen wat er aan de hand was, begon Liesel meteen te schrijven, bewust geen aandacht schenkend aan het onheilspellende gevoel dat zich van haar meester begon te maken. Het kostte haar drie uur en zes kladjes om de brief te vervolmaken waarin ze haar moeder alles vertelde over Molching, haar papa en zijn accordeon, de vreemde maar oprechte hebbelijkheden van Rudy Steiner en de wederwaardigheden van Rosa Hubermann. Ook vertelde ze hoe trots ze was dat ze nu een beetje kon lezen en schrijven. De volgende dag deed ze hem met een postzegel uit de keukenla op de post bij Frau Diller. En begon het wachten.

Op de avond dat ze de brief had geschreven, hoorde ze vanuit haar bed een gesprek tussen Hans en Rosa.

'Hoe komt ze erbij om naar haar moeder te schrijven?' vroeg Mama. Haar stem klonk verrassend rustig en bezorgd. Je kunt je voorstellen dat dit het meisje ernstig zorgen baarde. Ze had hen liever ruzie horen maken. Fluisterende volwassenen boezemden haar niet bepaald vertrouwen in.

'Ze vroeg het aan me,' antwoordde Papa, 'en ik kon moeilijk nee zeggen. Dat kon ik toch niet doen?'

'Jezus, Maria en Jozef.' Opnieuw dat gefluister. 'Ze kan haar beter vergeten. Wie weet waar ze is? Wie weet wat zij met haar hebben gedaan?'

In bed rolde Liesel zichzelf op tot een balletje.

Ze dacht aan haar moeder en herhaalde Rosa's vragen.

Waar was ze?

Wat hadden ze met haar gedaan?

En boven alles, wie waren *zij*?

Dode Brieven

Flits naar de toekomst, naar de kelder, september 1943.

Een veertienjarig meisje zit te schrijven in een klein boekje met een donkere kaft. Ze is mager, maar sterk en ze heeft veel meegemaakt. Papa zit met de accordeon aan zijn voeten.

Hij zegt: 'Zal ik je eens wat vertellen, Liesel? Ik heb je bijna teruggeschreven met de naam van je moeder eronder.' Hij krabt aan zijn been, waar het gips heeft gezeten. 'Maar ik kon het niet. Ik kon het niet over mijn hart krijgen.'

De rest van januari, en heel februari, brak het hart van Liesels pleegvader wanneer zij in de brievenbus ging kijken of er al antwoord was gekomen op haar brief. 'Wat jammer nou,' zei hij dan tegen haar. 'Vandaag ook niet?' Achteraf gezien, zag zij ook wel in dat het allemaal voor niets was geweest. Als haar moeder daar kans toe had gezien, zou zij allang contact hebben opgenomen met de mensen van de pleegzorg, of rechtstreeks met het meisje, of de Hubermanns. Maar dat was niet gebeurd.

Om het allemaal nog erger te maken, kreeg Liesel half februari een brief van een andere strijkklant, de Pfaffelhürvers, uit de Heidestraat. Samen stonden zij levensgroot in de deuropening en schonken haar een trieste blik. 'Voor je mama,' zei de man, terwijl hij haar de envelop gaf. 'Vertel haar maar dat het ons spijt. Vertel haar maar dat het ons spijt.'

Dat was geen fijne avond bij de Hubermanns thuis.

Zelfs in de kelder, waar Liesel zich terugtrok om haar vijfde brief aan haar moeder te schrijven (waarvan er tot nu toe nog maar één was verstuurd), hoorde ze Rosa nog schelden en tekeergaan over die Pfaffelhürver Arschlöcher en die rotzak van een Ernst Vogel.

'Feuer soll'n's brunzen für einen Monat!' hoorde ze haar uitroepen. Vertaling: 'Ze zouden allemaal een maand lang vuur moeten pissen!'

Liesel schreef.

Toen ze jarig was, was er geen cadeautje. Er was geen cadeautje omdat er geen geld was en Papa door zijn tabak heen was.

'Ik had het nog zo gezegd,' verweet Mama hem. 'Ik had nog zo gezegd haar met Kerstmis niet allebei die boeken te geven. Maar heb je naar me geluisterd? Welnee. *Natuurlijk* niet!'

'Ik weet het!' Hij wendde zich stilletjes tot het meisje. 'Het spijt me, Liesel. We hebben er gewoon geen geld voor.'

Liesel vond het niet erg. Ze klaagde niet en jammerde niet en stampvoeten deed ze ook niet. Ze slikte haar teleurstelling gewoon in en besloot een klein ingecalculeerd risico te nemen – een cadeau van zichzelf. Ze zou al haar brieven aan haar moeder verzamelen, ze in één envelop stoppen en een klein deel van het was- en strijkgeld gebruiken om die te posten. Daarna zou ze de Watschen in ontvangst nemen, waarschijnlijk in de keuken, zonder een kik te geven.

Drie dagen later bracht ze het plan ten uitvoer.

'Er ontbreekt wat.' Mama telde het geld voor de vierde keer, terwijl Liesel bij het fornuis stond. Het was er warm en haar snelstromende bloed leek te koken. 'Wat is er gebeurd, Liesel?'

Ze loog. 'Ze hebben me zeker minder gegeven dan anders.'

'Heb je het nageteld?'

Ze brak. 'Ik heb het uitgegeven, Mama.'

Rosa kwam dichterbij. Dat beloofde niet veel goeds. Ze kwam erg dicht bij de houten lepels. 'Wat heb je gedaan?'

Voordat ze iets kon zeggen, daalde de houten lepel op Liesel

Memingers lichaam neer als trappen van God. Rode plekken als voetafdrukken en ze gloeiden. Toen het voorbij was, keek het meisje op van de vloer en vertelde wat ze had gedaan.

Kloppende pijn en geel licht, allemaal tegelijk. Haar ogen knipperden. 'Ik heb mijn brieven op de post gedaan.'

Wat ze toen voelde was de stoffigheid van de vloer, het gevoel dat haar kleren meer naast haar lagen dan om haar lichaam zaten en het plotselinge besef dat dit allemaal voor niets was – dat haar moeder haar nooit terug zou schrijven en dat zij haar nooit meer terug zou zien. Die realiteit bezorgde haar een tweede Watschen. Het deed pijn en het duurde een groot aantal minuten.

Boven haar, leek Rosa een beetje vaag, maar ze werd snel duidelijker toen haar verfrommelde gezicht dichterbij kwam. Met haar omvangrijke lichaam stond ze er verslagen bij, de houten pollepel als een knuppel langs haar zij. Ze stak haar hand uit en traande een beetje. 'Het spijt me, Liesel.'

Liesel kende haar goed genoeg om te begrijpen dat ze het niet over het pak slaag had.

De rode striemen werden groter op haar huid, terwijl ze daar lag in het stof en het vuil en het schemerige licht. Haar ademhaling werd rustiger en er gleed een gelige traan over haar gezicht. Ze voelde haar lichaam tegen de vloer. Een onderarm, een knie. Een elleboog. Een wang. Een kuitspier.

De vloer was koud, vooral tegen haar wang, maar ze kon zich niet verroeren.

Ze zou haar moeder nooit meer zien.

Bijna een uur lang bleef ze languit onder de keukentafel liggen, totdat Papa thuiskwam en op de accordeon begon te spelen. Pas toen ging ze zitten en begon ze een beetje bij te komen.

Toen ze over die avond schreef, nam ze Rosa Hubermann, of haar eigen moeder, helemaal niets kwalijk. Wat haar betreft waren zij slechts slachtoffers van de omstandigheden. De enige gedachte die steeds maar bleef terugkomen was die gele traan. Als het donker was geweest, zo realiseerde zij zich, dan was die traan zwart geweest.

'Maar het *was* donker,' zei ze tegen zichzelf.

Hoe vaak ze zich het tafereel ook voor de geest trachtte te halen met het licht dat er moest zijn geweest, het kostte haar de grootste moeite zich er een beeld van te vormen. Ze was in het donker geslagen en ze was blijven liggen op een koude, donkere keukenvloer. Zelfs Papa's muziek had de kleur van duisternis.

Zelfs Papa's muziek.

Het vreemde was dat die gedachte haar eerder troostte dan van streek maakte.

Het donker, het licht.

Wat was het verschil?

In allebei hadden zich nachtmerries genesteld en langzaam maar zeker begon de boekendief echt te begrijpen hoe de dingen in elkaar zaten en hoe ze altijd zouden blijven. Ze kon zich nu in elk geval voorbereiden. Misschien dat ze daarom, ondanks haar verbijstering en woede, op de verjaardag van de Führer, toen het antwoord op de vraag wat er met haar moeder was gebeurd duidelijk werd, in staat was om te reageren.

Liesel Meminger was er klaar voor.

Hartelijk gefeliciteerd, Herr Hitler.

En nog vele jaren.

Hitlers Verjaardag, 1940

Tegen beter weten in, keek Liesel de hele maand maart en nog een heel stuk van april elke middag in de brievenbus. Dit was ondanks een door Hans aangevraagd bezoekje van Frau Heinrich, die de Hubermanns vertelde dat het bureau van de pleegzorg alle contact met Paula Meminger verloren had. Toch hield het meisje vol en zoals je kon verwachten zat er elke dag opnieuw niets voor haar tussen de post.

Net als de rest van Duitsland, verkeerde ook Molching in de greep van de voorbereidingen voor Hitlers verjaardag. Gezien de ontwikkeling van de oorlog en Hitlers huidige overwinnaarspositie wilden de nazipartizanen van Molching de dag met gepaste uitbundigheid vieren. Er zou een parade worden gehouden. Marcherende soldaten. Muziek. Zang. Er zou een vuur worden ontstoken.

Terwijl Liesel door de straten van Molching liep om was- en strijkgoed op te halen en af te geven, waren leden van de nazipartij bezig met het verzamelen van brandstof. Liesel zag een paar keer hoe mannen en vrouwen langs de deuren gingen om mensen te vragen of zij nog spullen hadden waar ze vanaf wilden en die konden worden verbrand. Papa's exemplaar van de *Molchinger Zeitung* kondigde aan dat er een vreugdevuur zou worden ontstoken op het grote plein en dat alle plaatselijke afdelingen van de Hitlerjeugd daarbij aanwezig zouden zijn. Het was niet alleen om de verjaardag van de Führer te vieren, maar ook de overwinning op zijn vijanden en de beperkingen die Duitsland sinds het einde van de Eerste Wereldoorlog in de weg hadden gestaan. 'Alle materialen,' zo luidde het verzoek aan de lezers, 'uit die tijd – zoals kranten, aanplakbiljetten, boeken, vlaggen – en alle gevonden propaganda van onze vijanden dienen te worden ingeleverd bij het kantoor van de nazipartij in de Münchenstraat.'

Zelfs de Schillerstraat – de straat van de gele sterren – die nog wachtte op renovatie, werd nog een allerlaatste keer geplunderd om iets, wat dan ook, te vinden dat kon worden verbrand ter meerdere eer en glorie van de Führer. Niemand zou ervan hebben opgekeken als bepaalde leden van de Partij in het geheim een stuk of duizend boeken of aanplakbiljetten van lasterlijke morele aard hadden laten drukken, alleen maar om ze in de fik te steken.

Alles stond gereed om van 20 april een geweldige dag te maken. Het zou een dag worden vol vuur en gejuich.

En boekendiefstal.

Bij de Hubermanns ging die ochtend alles zijn gewone gang.

'Die Saukerl zit weer uit het raam te kijken,' schold Rosa Hubermann. 'Elke *dag*,' vervolgde ze. 'Waar zit je nu weer naar te kijken?'

'Ooo,' verzuchtte Papa, verrukt. De vlag hing vanaf de bovenkant van het raam op zijn rug. 'Je zou de vrouw waar ik nu naar kijk eens moeten zien.' Hij keek over zijn schouder en grijnsde naar Liesel. 'Misschien ga ik haar wel achterna. Jij kunt niet aan haar tippen, Mama.'

'Schwein!' Ze schudde de houten lepel naar hem.

Papa bleef uit het raam kijken, naar een denkbeeldige vrouw en een hele echte galerij van Duitse vlaggen.

In de straten van Molching waren die dag alle ramen versierd voor de Führer. Van sommige panden, zoals dat van Frau Diller, waren de ramen netjes gezeemd, hing de vlag er smetteloos bij en leek de swastika wel een sieraad op een rood met wit doek. Elders hing de vlag als wasgoed van de vensterbank. Maar hij hing er wel.

Eerder die ochtend was er sprake geweest van een kleine ramp. De Hubermanns konden hun vlag niet vinden.

'Straks komen ze ons halen,' waarschuwde Mama haar echtgenoot. 'Dan nemen ze ons mee.' Ze. 'We moeten hem vinden!' Op een gegeven moment leek het erop dat Papa naar de kelder zou moeten om een vlag te schilderen op een van zijn afdeklakens. Gelukkig dook hij toch nog op, verborgen achter de accordeon in de kast.

'Die ellendige accordeon stond ervoor!' Mama draaide zich om. 'Liesel!'

Het meisje kreeg de eer de vlag voor het raam te hangen.

Later kwamen Hans Junior en Trudy langs voor het middageten, net als met Kerstmis, of Pasen. Dit lijkt me een goed moment om hen wat nader voor te stellen:

Trudy, of Trudel, zoals zij vaak werd genoemd, was maar een paar centimeter groter dan Mama. Ze had dezelfde waggelende manier van lopen, maar verder was zij veel milder. Als inwonend dienstmeisje in een rijk deel van München had ze waarschijnlijk haar buik vol van kinderen, maar ze had toch altijd wel een paar glimlachende woorden voor Liesel. Ze had zachte lippen. Een zachte stem.

Hans Junior had de ogen en de lengte van zijn vader. Het zilver in zijn ogen was echter niet warm, zoals bij Papa – zijn ogen waren ge-Führerd. Ook had hij meer vlees op zijn botten, blond stekelhaar en een huid met de kleur van gebroken witte verf.

Ze kwamen samen met de trein uit München en het duurde niet lang voordat oude spanningen de kop opstaken.

Een Korte Geschiedenis van Hans Hubermann Versus Zijn Zoon

De jongeman was een nazi; zijn vader was dat niet. Volgens Hans Junior maakte zijn vader deel uit van een oud, afgetakeld Duitsland – een Duitsland dat zich door Jan en Alleman in de spreekwoordelijke luren liet leggen terwijl de eigen bevolking leed. Als tiener had hij zijn vader 'der Judenmaler' – de jodenschilder – horen noemen, omdat hij joodse huizen schilderde. Vervolgens vond er een incident plaats dat ik later nog uitgebreid uit de doeken zal doen – de dag dat Hans het verknalde, terwijl hij op het punt stond lid te worden van de Partij. Iedereen wist dat je niet geacht werd de scheldwoorden over te schilderen waarmee joodse winkels werden beklad. Dergelijk gedrag was slecht voor Duitsland, en het was slecht voor de overtreder.

'En, hebben ze je nu al toegelaten?' Hans Junior ging verder waar ze afgelopen kerst waren opgehouden.

'Tot wat?'

'Drie keer raden – de Partij natuurlijk.'

'Nee, ik denk dat ze me zijn vergeten.'

'Maar heb je het wel geprobeerd? Je kunt toch niet gewoon op de nieuwe wereld gaan zitten wachten? Je moet erop uit gaan en eraan meewerken – ondanks de fouten die je in het verleden hebt begaan.'

Papa keek op. 'Fouten? Ik heb in mijn leven veel fouten gemaakt, maar het feit dat ik niet bij de nazipartij ben gegaan hoort daar niet bij. Ze hebben nog steeds mijn aanvraag – dat weet je – maar ik kon niet terug om het te gaan vragen. Ik heb gewoon...'

Dat was het moment waarop er een enorme huivering arriveerde.

Hij walste samen met de tocht door het raam naar binnen. Misschien was het de bries van het Derde Rijk die steeds sterker werd. Of misschien was het de ademhaling van Europa. In elk geval overviel het hen terwijl in de keuken hun metaal-

achtige ogen kletterend als blikjes met elkaar in botsing kwamen.
'Je hebt nooit om dit land gegeven,' zei Hans Junior. 'Niet genoeg althans.'

Er verscheen een bijtende blik in Papa's ogen. Hans Junior liet zich er niet door weerhouden. Om de een of andere reden keek hij naar het meisje. Met haar drie boeken rechtop voor zich op tafel, alsof ze met elkaar in gesprek waren, sprak Liesel geluidloos de woorden uit die ze in een ervan zat te lezen. 'En wat voor rotzooi zit dat kind te lezen? Ze zou *Mein Kampf* moeten lezen.'

Liesel keek op.

'Maak je geen zorgen, Liesel,' zei Papa. 'Lees maar lekker door. Hij weet niet waarover hij het heeft.'

Maar Hans Junior was nog niet klaar. Hij kwam een stap dichterbij en zei: 'Je bent vóór de Führer of je bent tégen hem – en ik zie wel dat jij tegen hem bent. Dat ben je altijd geweest.' Liesel keek naar Hans Juniors gezicht, gefascineerd door zijn dunne lippen en de ongelijke lijn van zijn ondertanden. 'Het is gewoon zielig – hoe een man zonder een vinger uit te steken kan toezien terwijl een heel volk de rotzooi opruimt en zichzelf groot maakt.'

Trudy en Mama zaten er zwijgend en angstig bij, net als Liesel. De keuken rook naar erwtensoep, iets aangebrands en een confrontatie.

Ze zaten allemaal te wachten op de volgende woorden.

Ze kwamen van de zoon. Het waren er maar vier.

'Lafaard die je bent.' Hij smeet ze in Papa's gezicht en liep meteen daarop de keuken en het huis uit.

Ook al wist hij dat het geen zin had, toch liep Papa naar de deur en riep zijn zoon na: 'Lafaard? Ben *ik* de lafaard?!' Vervolgens rende hij hem al roepend achterna. Mama haastte zich naar het raam, trok de vlag weg en deed het open. Zij, Trudy en Liesel verdrongen zich om te zien hoe een vader zijn zoon inhaalde, beetpakte en smeekte om te blijven staan. Ze konden niets horen, maar de manier waarop Hans Junior zich losrukte klonk luid genoeg. De aanblik van Papa die hem nakeek bulderde hen vanaf de straat toe.

'Hansi!' riep Mama ten slotte. Zowel Trudy als Liesel schrokken van haar stem. 'Kom terug!'
De jongen was verdwenen.

Ja, de jongen was verdwenen en ik wilde dat ik je kon vertellen dat alles goed afliep voor de jongste Hans Hubermann, maar dat deed het niet.

Nadat hij die dag uit naam van de Führer uit de Himmelstraat was verdwenen, raasde hij door de gebeurtenissen van een ander verhaal, waarbij elke tragische stap hem dichter bij Rusland bracht.

Naar Stalingrad.

ENKELE FEITEN OVER STALINGRAD

1. In 1942 en begin '43 was in die stad elke ochtend de lucht zo wit als een laken.
2. Terwijl ik de hele rest van de dag bezig was de zielen er overheen te dragen, raakte dat laken besmeurd met bloed, net zolang tot het vol was en zwaar omlaag hing naar de aarde.
3. 's Avonds werd het uitgewrongen en opnieuw gebleekt, klaar voor de volgende dageraad.
4. En dat was toen er alleen nog maar overdag werd gevochten.

Toen zijn zoon weg was, bleef Hans Hubermann nog even staan. De straat leek zo groot.

Toen hij weer binnenkwam, keek Mama hem strak aan, maar er werd niets gezegd. Ze las hem niet eens de les, hetgeen, zoals je weet, hoogst uitzonderlijk was. Misschien vond ze dat hij voldoende gekwetst was, nu hij door zijn enige zoon voor lafaard was uitgemaakt.

Na het eten bleef hij nog enige tijd zwijgend aan tafel zitten. Was hij werkelijk een lafaard, zoals zijn zoon zo hardvochtig had geroepen? Zeker, in de Eerste Wereldoorlog had hij zichzelf wel als zodanig beschouwd. Hij had er zijn leven aan te danken. Maar aan de andere kant, is het laf om je angst te erkennen? Is het laf om blij te zijn dat je het er levend vanaf hebt gebracht?

Terwijl hij naar de tafel staarde liepen zijn gedachten er kriskras overheen.

'Papa?' vroeg Liesel, maar hij keek haar niet aan. 'Waar had hij het over? Wat bedoelde hij toen...'

'Niks,' antwoordde Papa. Hij sprak, heel rustig en zacht, tegen de tafel. 'Het is onbelangrijk. Denk maar niet meer aan hem, Liesel.' Het bleef bijna een minuut stil. 'Moet jij je niet eens gaan klaarmaken?' Ditmaal keek hij haar aan. 'Heb jij geen vreugdevuur waar je bij moet zijn?'

'Ja, Papa.'

De boekendief ging haar uniform van de Hitlerjeugd aantrekken en een halfuur later gingen ze op weg naar het BDM-hoofdkwartier. Daarvandaan zouden de kinderen groepsgewijs naar het grote plein worden gebracht.

Er zouden toespraken worden gehouden.

Er zou een vuur worden ontstoken.

Er zou een boek worden gestolen.

100% Puur Duits Zweet

Mensen verzamelden zich langs de straten terwijl de jeugd van Duitsland in de richting van het stadhuis en het grote plein marcheerde. Het gebeurde meerdere malen dat Liesel helemaal niet meer aan haar moeder dacht of aan de andere problemen die zij tegenwoordig tot haar bezit kon rekenen. Haar borst zwol van trots toen de mensen voor hen applaudisseerden. Sommige kinderen zwaaiden naar hun ouders, heel eventjes maar – ze hadden duidelijke instructies gekregen dat ze recht voor zich uit moesten kijken en niet naar de menigte mochten kijken of zwaaien.

Toen Rudy's groep het plein opkwam en opdracht kreeg om te blijven staan, ging er iets fout. Tommy Müller. De rest van het regiment hield op met marcheren en Tommy botste regelrecht tegen de jongen voor hem op.

'Dummkopf!' beet de jongen hem toe, alvorens zich om te draaien.

'Het spijt me,' zei Tommy, zijn armen verontschuldigend voor zich uit houdend. Zijn gezicht sprak boekdelen. 'Ik had het niet gehoord.' Het was slechts een kort moment, maar het was ook een vooruitblik op de problemen die nog komen gingen. Voor Tommy. Voor Rudy.

Aan het eind van de mars kregen de afdelingen van de Hitlerjeugd toestemming zich te verspreiden. Het zou zo goed als onmogelijk zijn geweest hen allemaal bij elkaar te houden terwijl het vreugdevuur in hun ogen brandde en hen opgewonden maakte. Gezamenlijk riepen ze een eenstemmig 'heil Hitler' en vervolgens mochten zij hun eigen gang gaan. Liesel keek uit naar Rudy, maar zodra de menigte kinderen zich begon te verspreiden, ging zij op in een zee van uniformen en schelle kreten. Kinderen die andere kinderen riepen.

Om een uur of half vijf was het aanzienlijk afgekoeld.

Mensen maakten grapjes onder elkaar dat ze wel een opwarmertje konden gebruiken. 'Dat is toch het enige waar die rotzooi goed voor is.'

Er werden karren gebruikt om alles het grote plein op te rijden. Daar werd alles midden op het plein op een grote hoop gegooid en overgoten met iets zoetigs. Boeken, papieren en andere materialen die omlaag gleden of rolden werden weer op de berg gegooid. Van een afstandje leek het wel iets vulkanisch. Of iets grotesks en buitenaards dat op de een of andere miraculeuze wijze zomaar midden in de stad terecht was gekomen en zo snel mogelijk diende te worden vernietigd.

De geur strekte zich uit naar de menigte, die op flinke afstand werd gehouden. Er bevonden zich meer dan duizend mensen op het plein, op de trappen van het stadhuis en op de daken die het plein omringden.

Toen Liesel zich tussen de mensen door probeerde te worstelen, deed een knetterend geluid haar denken dat het vuur al was ontstoken. Dat was niet het geval. Het geluid was dat van kinetische mensen, die zich oplaadden.

Ze zijn zonder mij begonnen!

Hoewel diep vanbinnen iets haar zei dat dit een misdaad was – haar drie boeken waren per slot van rekening haar kostbaarste bezit – voelde zij zich gedwongen om toe te kijken hoe de stapel werd aangestoken. Ze kon er niets aan doen. Volgens mij kijken mensen wel graag naar een beetje verwoesting. Zandkastelen, kaartenhuizen, daar begint het al mee. De mens bezit een groot talent tot escaleren.

De angst iets te missen ebde weg toen zij een opening tussen de mensen vond en kon zien dat de berg van schuld nog geheel intact was. Er werd naar geschopt en er werd van alles overheen gegoten, er werd zelfs op gespuwd. Het deed haar denken aan een impopulair kind, eenzaam en wanhopig, niet in staat iets aan zijn lot te veranderen. Niemand die van hem hield. Hoofd gebogen. Handen in de zakken. Voor altijd en eeuwig. Amen.

Er bleven stukjes en beetjes van de berg vallen terwijl Liesel intussen naar Rudy zocht. Waar zit die Saukerl?

Toen ze omhoogkeek, zag ze hoe de hemel zich over haar heen boog.

Om haar heen rees een horizon van nazivlaggen en -uniformen hoog op en benam haar telkens wanneer ze over het hoofd van een kleiner kind heen probeerde te kijken het zicht. Het had geen zin. De menigte was zichzelf. Er viel niet doorheen te laveren of te dringen en hij liet zich ook niet ompraten. Je liet je erop meevoeren en zong dezelfde woorden mee. Je wachtte op het vuur.

Een man op het podium verzocht om stilte. Zijn uniform was glanzend bruin. Het strijkijzer stond er praktisch nog op. Het werd stil.

Zijn eerste woorden: 'Heil Hitler!'

Zijn eerste daad: het groeten van de Führer.

'Vandaag is een prachtige dag,' vervolgde hij. 'Niet alleen is het de verjaardag van onze grote leider, maar tevens weerhouden wij onze vijanden ervan om binnen te dringen in onze geest...'

Liesel probeerde zich nog steeds een weg naar voren te vechten.

'Wij maken een einde aan de ziekte die zich de afgelopen twintig jaar, zo niet langer, door heel Duitsland heeft verspreid!' Hij gaf een zogenaamde *Schreierei* ten beste – een vakkundige vertoning van hartstochtelijk geschreeuw – en waarschuwde de toeschouwers op hun hoede te zijn, en alle boosaardige machinaties op te sporen en te vernietigen die erop uit waren het vaderland te infecteren met hun betreurenswaardige overtuigingen. 'De verdorvenen! De communisten!' Daar had je dat woord weer. Dat oude woord. Donkere kamers. Mannen in pakken. '*Die Juden* – de joden!'

Halverwege de redevoering gaf Liesel zich gewonnen. Toen het woord 'communist' haar greep, gleed de rest van het naziverhaal verder volkomen langs haar heen, aan beide kanten, en ging verloren tussen de Duitse voeten om haar heen. Watervallen van woorden. Een watertrappend meisje. Ze dacht het nog een keer. *Communisten.*

Tot nu toe hadden ze bij de BDM te horen gekregen dat Duitsers het superieure ras waren, maar verder was daarbij niemand in het bijzonder ter sprake gekomen. Natuurlijk wist iedereen dat de joden de hoofdschuldigen waren wat betreft het schenden van het Duitse ideaal. Tot vandaag waren de communisten echter nog niet één keer genoemd, ondanks het feit dat mensen van die politieke overtuiging eveneens gestraft moesten worden.

Ze moest hier weg.

Vlak voor haar stond een hoofd met blonde vlechten en een scheiding in het midden volkomen roerloos op de bijbehorende schouders. Terwijl ze ernaar keek, bezocht Liesel opnieuw de duistere kamers van haar verleden, en haar moeder die antwoord gaf op vragen die uit slechts één woord bestonden.

Ze zag het allemaal zo duidelijk:

Haar uitgehongerde moeder, haar vermiste vader. *Communisten.*

Haar dode broertje.

'En nu nemen wij afscheid van deze rotzooi, dit vergif.'

Vlak voordat Liesel Meminger zich kotsmisselijk omdraaide om de menigte te verlaten, liep het wezen in het glimmende bruine overhemd het podium af. Hij kreeg van een handlanger een fakkel en ontstak de berg, die hem in al zijn verwijtbaarheid leek te reduceren tot een dwerg. 'Heil Hitler!'

Het publiek: 'Heil Hitler!'

Een aantal mannen kwam van een platform, omringde de stapel en stak hem onder algemeen gejuich verder in brand. Stemmen klauterden over schouders en de geur van puur Duits zweet begon zich, na wat aanvankelijk geworstel, vrijelijk te verspreiden. Het ging de ene hoek na de andere om, totdat ze er allemaal in zwommen. De woorden, het zweet. En het lachen. Laten we het lachen niet vergeten.

Er volgden heel wat grappig bedoelde opmerkingen, evenals een ware kanonnade van 'heil Hitlers'. Weet je, ik vraag me serieus af of iemand ooit een oog heeft verloren of een hand of een pols heeft bezeerd met dat ge-heil Hitler. Je hoefde maar net even op het verkeerde moment de verkeerde kant op te kijken, of net iets te dicht bij iemand anders in de buurt te staan. Misschien raakten er wel mensen gewond. Persoonlijk kan ik je alleen vertellen dat er nooit iemand aan is doodgegaan, of in elk geval niet fysiek. Je had natuurlijk wel de kwestie van de veertig miljoen mensen die ik had opgehaald tegen de tijd dat het allemaal achter de rug was, maar dat wordt te metaforisch. Sta mij toe ons terug te voeren naar het vuur.

De oranje vlammen, waarin papier en drukwerk langzaam oplosten, wuifden naar de menigte. Brandende woorden werden losgerukt uit hun zinnen.

Aan de andere kant, achter de zinderende hitte, kon je zien hoe de bruinhemden en swastika's elkaar de hand reikten. Je zag geen mensen. Alleen uniformen en symbolen.

In de lucht cirkelden vogels in het rond.

Ze werden op de een of andere manier aangetrokken door de gloed – tot ze te dicht bij de hitte kwamen. Of waren het de mensen? Daarbij vergeleken stelde de hitte niet zoveel voor.

In haar poging te ontsnappen, werd zij gevonden door een stem.

'Liesel!'

De stem baande zich een weg door de mensenmassa en zij herkende hem. Het was niet Rudy, maar ze kende de stem wel.

Ze rukte zich los en volgde het geluid om het gezicht te vinden dat erbij hoorde. O, nee, Ludwig Schmeikl. Hij maakte geen grapjes of vervelende opmerkingen, zoals zij eigenlijk verwachtte. Eigenlijk zei hij helemaal niets. Het enige waartoe hij in staat was,

was haar naar zich toe trekken en naar zijn enkel wijzen. Die was in het gedrang bekneld geraakt en bloedde nu donker en onheilspellend door zijn sok heen. Er lag een hulpeloze uitdrukking op zijn gezicht onder het verwarde blonde haar. Een dier. Geen hert in het felle licht van koplampen. Zo duidelijk of specifiek was het niet. Hij was gewoon een dier, gewond in het gedrang van zijn eigen soort en op het punt om door hen onder te voet te worden gelopen.

Op de een of andere manier hielp ze hem overeind en sleepte hem mee naar achteren. Frisse lucht.

Ze wankelden naar de trappen aan de zijkant van de kerk. Daar was nog wat ruimte en daar konden ze, allebei heel erg opgelucht, uitrusten.

Een diepe zucht ontsnapte aan Schmeikls mond. Hij gleed omlaag, langs zijn keel. Hij slaagde erin iets te zeggen.

Terwijl hij op de grond zat, met zijn handen stevig om zijn enkel geklemd, zocht hij Liesel Memingers gezicht. 'Bedankt,' zei hij, meer tegen haar mond dan tegen haar ogen. Nog meer gezucht. 'En...' Ze zagen allebei beelden voor zich van capriolen op het schoolplein en een vechtpartij op het schoolplein. 'Het spijt me – van, je weet wel.'

Liesel hoorde het weer.

Communisten.

Zij koos er echter voor haar aandacht bij Ludwig Schmeikl te houden. 'Mij ook.'

Vervolgens concentreerden zij zich allebei op hun ademhaling, want er viel verder niets meer te doen of te zeggen. Zij waren helemaal klaar met elkaar.

De bloedvlek op Ludwig Schmeikls enkel werd steeds groter.

Een enkel woord leunde tegen het meisje.

Links van hen werden vlammen en brandende boeken toegejuicht als helden.

De Dievenpoorten

Zij bleef op de trappen op Papa zitten wachten en keek naar de ronddwarrelende as en het stoffelijk overschot van verzamelde boeken. Het was allemaal zo triest. Oranje en rood opgloeiende sintels leken nog het meest op weggegooide lollies en de meeste mensen waren al vertrokken. Ze had Frau Diller weg zien gaan (heel tevreden), en Pfiffikus (spierwit haar, een nazi-uniform, dezelfde versleten schoenen en een triomfantelijk gefloten deuntje). Nu hoefde er alleen nog maar te worden opgeruimd en voor je het wist zou niemand zich nog kunnen voorstellen dat het echt was gebeurd.

Maar je kon het wel ruiken.

'Wat zit jij hier te doen?'

Hans Hubermann arriveerde bij de kerktrappen.

'Hallo, Papa.'

'Je zou voor het stadhuis op me wachten.'

'Sorry, Papa.'

Hij halveerde zijn lengte door naast haar op de betonnen treden te komen zitten en pakte een lok van Liesels haar. Zijn vingers schoven het voorzichtig achter haar oor. 'Liesel, wat is er?'

Eerst zei ze even niets. Ze zat berekeningen te maken, ook al wist ze de uitkomst al.

Een Kleine Optelsom

Het woord *communist* + een groot vreugdevuur + een verzameling dode brieven + het lijden van haar moeder + de dood van haar broertje = de Führer

De Führer.

Hij was de *ze* waarover Hans en Rosa Hubermann het die avond waarop ze voor het eerst aan haar moeder had geschreven hadden gehad. Ze wist het al, maar ze moest het toch vragen.

'Is mijn moeder een communist?' Staren. Recht voor zich uit. 'Ze vroegen haar altijd van alles, voordat ik hier kwam.'

Hans schoof een beetje naar voren en vormde het begin van een leugen. 'Ik heb geen idee – ik heb haar nooit ontmoet.'

'Heeft de Führer haar meegenomen?'

De vraag verraste hen beiden en dwong Papa om op te staan. Hij keek naar de mannen met de bruine hemden die met scheppen de berg as aan het opruimen waren. Hij hoorde hen erin hakken. Er vormde zich een nieuwe leugen in zijn mond, maar het lukte hem niet hem uit te spreken. Hij zei: 'Ik denk het eigenlijk wel, ja.'

'Ik wist het.' De woorden werden op de treden gegooid en Liesel voelde de dikke brij van woede heet klotsen in haar maag. 'Ik haat de Führer,' zei ze. 'Ik *haat* hem.'

En Hans Hubermann?

Wat deed hij? Wat zei hij?

Boog hij zich naar voren en omhelsde hij zijn pleegdochter, zoals hij eigenlijk wilde? Vertelde hij haar dat hij het heel erg vond wat er met haar en haar moeder gebeurde en wat er met haar broertje was gebeurd?

Niet precies.

Hij kneep zijn ogen stijf dicht. Toen deed hij ze weer open. Hij sloeg Liesel Meminger midden in haar gezicht.

'Zeg dat *nooit!*' Zijn stem klonk zacht, maar scherp.

Terwijl het meisje trilde en op de treden in elkaar zakte, kwam hij weer naast haar zitten en hield zijn gezicht tussen zijn handen. Het zou gemakkelijk zijn om nu te zeggen dat hij gewoon een grote man was die in een ongelukkige, verslagen houding op de een of andere kerktrap zat, maar dat was hij niet. Liesel had er op dat moment geen idee van dat haar pleegvader, Hans Hubermann, verstrikt zat in een van de gevaarlijkste dilemma's waar een Duitse burger mee geconfronteerd kon worden. En dat niet alleen, hij werd er al bijna een jaar mee geconfronteerd.

'Papa?'

De verrassing in haar stem jaagde haar op en maakte haar machteloos. Ze wilde wegrennen, maar ze kon het niet. De handen waren nu van Papa's gezicht verdwenen en hij vond opnieuw de moed om iets te zeggen.

'Dat mag je bij ons thuis zeggen,' zei hij, met een sombere blik op Liesels wang. 'Maar nooit op straat, op school, bij de BDM, nooit!' Hij ging voor haar staan en trok haar aan haar bovenarmen omhoog. Hij schudde haar door elkaar. 'Hoor je me?'

Met haar ogen wijd open, knikte Liesel bevestigend.

Het was in zekere zin een repetitie voor een donderpreek die nog komen moest, wanneer al Hans Hubermanns grootste angsten later dat jaar in de Himmelstraat zouden arriveren, in de vroege uren van een novemberochtend.

'Goed.' Hij zette haar weer op de grond. 'Laten we nu proberen...' Onder aan de trap ging Papa kaarsrechtop staan en stak zijn arm naar voren. Vijfenveertig graden. 'Heil Hitler.'

Liesel stond op en tilde ook haar arm op. Met een diep ellendig gevoel deed ze hem na. 'Heil Hitler.' Het was een wonderlijk tafereel – een meisje van elf dat haar best doet om niet te huilen op de kerktrappen en de Führer groet, terwijl de stemmen achter Papa inhakten op de donkere vorm op de achtergrond.

'Zijn we nog vrienden?'

Hooguit een kwartiertje later hield Papa een olijftak in de vorm van een sigaret in zijn handpalm – het vloeipapier en de tabak die hij net had gekregen.

Zonder een woord te zeggen stak Liesel somber haar hand uit en begon een sigaret te rollen.

Zo zaten ze een tijdje bij elkaar.

De rook klom omhoog boven Papa's schouder.

Na nog eens tien minuten gingen de dievenpoorten op een kiertje open, duwde Liesel Meminger ze nog iets verder open en wrong zich ertussendoor.

TWEE VRAGEN

Zouden de poorten achter haar dichtvallen?
Of zouden ze zo vriendelijk zijn
haar er weer uit te laten?

Zoals Liesel nog zou ontdekken, is er veel voor nodig om een goede dief te zijn.

Heimelijkheid. Lef. Snelheid.

Nog belangrijker echter dan die dingen was een laatste voorwaarde.

Geluk.

Laat eigenlijk maar.

Vergeet die tien minuten.

De poorten gaan nu open.

Boek van Vuur

Geleidelijk aan begon het donker te worden en toen de sigaret was opgerookt, begonnen Liesel en Hans Hubermann aan de wandeling naar huis. Om van het plein af te komen, moesten ze langs de plek van het vreugdevuur en door een smalle zijstraat naar de Münchenstraat lopen. Zo ver kwamen ze niet.

Ze werden geroepen door een timmerman van middelbare leeftijd, Wolfgang Edel genaamd. Hij had de platforms gebouwd waarop de nazihotemetoten tijdens het vreugdevuur hadden gestaan en hij was nu druk bezig ze weer af te breken. 'Hans Hubermann?' Hij had lange bakkebaarden, die naar zijn mond wezen, en een zware stem. 'Hansi!'

'Hé, Wolfal,' antwoordde Hans. Het meisje werd voorgesteld en er volgde een 'heil Hitler'. 'Goed zo, Liesel.'

De eerste paar minuten bleef Liesel binnen een straal van vijf meter van het gesprek. Ze hoorde wel fragmenten langskomen, maar besteedde er niet al te veel aandacht aan.

'Heb je veel werk de laatste tijd?'

'Nee, de baantjes liggen niet meer voor het opscheppen. Je weet hoe het gaat, vooral wanneer je geen lid bent.'

'Maar je zei toch dat je lid zou worden, Hansi.'

'Dat heb ik geprobeerd, maar ik heb een vergissing begaan – ik denk dat ze nog geen beslissing hebben genomen.'

Liesel wandelde in de richting van de berg van as. Hij stond daar als een magneet, een rariteit. Onweerstaanbaar voor de ogen, net zoiets als de straat van de gele sterren.

Net als met haar drang om het aansteken van de berg te zien, kon ze ook nu haar ogen er niet vanaf houden. In haar eentje bezat ze niet de discipline om op veilige afstand te blijven. Hij zoog haar naar zich toe en zij begon er omheen te lopen.

Boven haar was de hemel bezig haar verduisteringsroutine te voltooien, maar in de verte, achter de berg, was nog vaag een spoor van licht te zien.

'*Pass auf, Kind*,' zei een uniform op een gegeven moment tegen haar. 'Kijk uit, kind,' terwijl hij de ene schep as na de andere op een kar gooide.

Dichter bij het stadhuis, onder een lantaarnpaal, stonden enkele schaduwen waarschijnlijk na te praten over het succes van het vreugdevuur. Waar Liesel stond, vormden hun stemmen slechts klanken. Geen woorden.

Zij bleef een paar minuten staan kijken naar de mannen die bezig waren de berg weg te scheppen. Eerst schepten zij as van de zijkanten, zodat hij steeds verder instortte. Ze liepen heen en weer tussen de berg en een vrachtwagen en nadat ze dat drie keer hadden gedaan en de hoop bijna was teruggebracht tot een dikke laag op de grond, gleed er opeens een klein stukje levend materiaal onder de as vandaan.

HET MATERIAAL

Een halve rode vlag, twee affiches
over het werk van een joodse dichter,
drie boeken, en een houten bord waarop
iets in het Hebreeuws geschreven stond.

Misschien waren de voorwerpen vochtig geweest. Misschien had het vuur niet lang genoeg gebrand om helemaal door te dringen tot de diepte waar ze zaten. Wat de reden ook mocht zijn, ze lagen dicht tegen elkaar aan tussen de as, bibberend. Overlevenden.

'Drie boeken,' zei Liesel zachtjes, en ze keek naar de ruggen van de mannen.

'Kom op,' zei een van hen. 'Schieten jullie nou eens een beetje op, ik sterf van de honger.'

Ze liepen naar de vrachtwagen.

De drie boeken prikten hun neuzen naar buiten.

Liesel kwam in actie.

Toen ze aan de voet van de asberg stond was de hitte nog steeds krachtig genoeg om haar te verwarmen. Toen ze haar hand uitstak werd ze gebeten, maar bij de tweede poging zorgde ze ervoor dat ze sneller was. Ze greep het boek dat het dichtst bij haar lag. Het was blauw en de randen waren een beetje geschroeid, maar verder was het ongedeerd.

De kaft voelde alsof hij geweven was van honderden strakgetrokken draden en vervolgens was platgedrukt. In het weefsel stonden rode letters geperst. Het enige woord wat Liesel in de gauwigheid kon lezen was *Schouder*. Voor de rest was geen tijd en bovendien had ze een probleem. De rook.

De rook steeg op van de kaft toen zij het snel wegstopte en wegrende. Ze hield haar hoofd gebogen en het misselijke gevoel van zenuwen werd met elke stap erger. Ze zette veertien stappen voordat de stem kwam.

Hij dook opeens op, vlak achter haar.

'Hé!'

Op dat moment was ze bijna teruggerend om het boek weer op de berg te gooien, maar ze kon het niet. De enige beweging die haar lichaam haar toestond was zich omdraaien.

'Hier liggen nog wat dingen die niet zijn verbrand.' Het was een van de schoonmakers. Hij had het niet tegen het meisje, maar tegen de mensen die voor het stadhuis stonden.

'Dan verbrand je ze alsnog!' kwam het antwoord. 'En let dan goed op dat ze echt verbranden!'

'Volgens mij zijn ze nat!'

'Jezus, Maria en Jozef, moet ik dan alles zelf doen?' Er kwamen voetstappen langs. Het was de burgemeester, die een zwarte jas over zijn nazi-uniform droeg. Hij had geen erg in het meisje dat vlakbij stond, maar geen vin verroerde.

Een Plotseling Besef

Op het plein stond
een standbeeld van de boekendief...
Het is heel ongewoon, vind je ook niet,
dat een standbeeld er al staat voordat
het onderwerp beroemd is geworden?

Zij zonk weg.

Wat spannend om niet gezien te worden!

Het boek was inmiddels voldoende afgekoeld om het onder haar uniform te kunnen schuiven. Eerst voelde het nog lekker warm aan tegen haar borst. Maar toen ze weer in beweging kwam, begon het weer erg warm te worden.

Tegen de tijd dat ze weer bij Papa en Wolfgang Edel stond, begon het boek haar te branden. Het leek wel vlam te vatten.

De mannen keken in haar richting.

Zij lachte.

Meteen toen de glimlach van haar lippen verdween, voelde ze iets anders. Of liever gezegd, *iemand* anders. Ze herkende het gevoel, er werd naar haar gekeken. Het was onmiskenbaar en het werd bevestigd toen ze een blik waagde in de richting van de schaduwen bij het stadhuis. Een meter of twee van het groepje silhouetten verwijderd, stond er nog een, en Liesel realiseerde zich twee dingen.

ENKELE KLEINE STUKJES HERKENNING
1. De identiteit van de schaduw
en
2. Het feit dat hij alles had gezien.

De schaduw had de handen in de zakken.

En had pluishaar.

Als de schaduw een gezicht had, lag daar ongetwijfeld een gepijnigde uitdrukking op.

'Gott verdammt,' zei Liesel, hard genoeg om het alleen zelf te kunnen horen. 'Godverdomme.'

'Kunnen we?'

In de laatste paar ogenblikken van overweldigend gevaar, had Papa afscheid genomen van Wolfgang Edel en was klaar om met Liesel naar huis te gaan.

'We kunnen,' antwoordde zij.

Ze maakten aanstalten de plaats van het misdrijf te verlaten en het boek brandde nu echt volop tegen haar borst. *Het Schouderophalen* zat aan haar ribbenkast gekleefd.

Op het moment dat zij de gevaarlijke stadhuisschaduwen passeerden, verscheen er een angstige blik op het gezicht van de boekendief.

'Wat is er aan de hand?' vroeg Papa.

'Niks.'

Maar er waren wel degelijk een paar dingen aan de hand:

Er steeg rook op uit Liesels kraag.

Om haar hals vormde zich een ketting van zweet.

Onder haar blouse werd ze opgegeten door het boek.

DEEL DRIE

Mein Kampf

waarin:

de weg naar huis – een gebroken vrouw –
een worstelaar – een goochelaar –
prioriteiten van de zomer – een
arische winkelierster – een snurker –
twee oplichters – en wraak
in de vorm van gemengde lollies

De Weg naar Huis

Mein Kampf.

Het boek dat de Führer zelf had geschreven.

Het was het derde belangrijke boek dat Liesel Meminger bereikte, alleen had zij het ditmaal niet gestolen. Het boek dook misschien een uur nadat Liesel na haar verplichte nachtmerrie weer in slaap was gesukkeld op in Himmelstraat 33.

Sommigen zouden het misschien een wonder noemen dat zij dat boek ooit in haar bezit had gehad.

De reis van het boek begon op weg naar huis, op de avond van het vuur.

Ze waren bijna halverwege toen Liesel het niet langer uithield. Ze boog zich voorover en haalde het rokende boek uit haar blouse, waarna ze het schaapachtig van de ene hand in de andere liet vallen.

Toen het voldoende was afgekoeld, stonden ze er samen een ogenblik naar te kijken, in afwachting van de woorden.

Papa: 'Hoe zou je dat verdomme willen noemen?'

Hij stak zijn hand uit en pakte *Het Schouderophalen* van haar af. Er hoefde niets te worden uitgelegd. Het was wel duidelijk dat het meisje het uit het vuur had gestolen. Het boek was heet en nat, blauw en rood – beschaamd – en Hans Hubermann sloeg het open. Bladzijde achtendertig en negenendertig. 'Nog een boek?'

Liesel wreef over haar ribben.

Ja.

Nog een boek.

'Het ziet ernaar uit,' suggereerde Papa, 'dat ik geen sigaretten meer hoef te ruilen, denk je wel? Niet nu jij die dingen sneller steelt dan ik ze kan kopen.'

Liesel zei niets. Misschien drong het nu voor het eerst tot haar door dat criminaliteit het beste voor zichzelf sprak. Onbetwistbaar.

Papa las de titel, zich waarschijnlijk afvragend wat voor soort dreiging dit boek vormde voor de harten en geesten van het Duitse volk. Hij gaf het terug. Toen gebeurde er iets.

'Jezus, Maria en Jozef.' Elk woord helde steil af. Het brak af en vormde het volgende.

De misdadiger kon zich niet langer bedwingen. 'Wat, Papa? Wat is er?'

'Natuurlijk.'

Net als de meeste mensen in de greep van een openbaring, stond Hans Hubermann er een beetje versuft bij. De volgende woorden zouden óf worden geschreeuwd, óf er niet in slagen zijn mond te verlaten. Ook was de kans groot dat ze een herhaling zouden zijn van wat hij het laatst had gezegd, enkele ogenblikken eerder.

'Natuurlijk.'

Ditmaal klonk zijn stem als een vuist waarmee op tafel werd geslagen.

De man zag iets. Hij volgde het heel snel van de ene kant naar de andere, net als bij een wedstrijd, maar het was te hoog en te ver weg voor Liesel om het ook te kunnen zien. Ze smeekte hem. 'Toe, Papa, wat is er nou?' Ze was bang dat hij Mama van het boek zou vertellen. Zoals dat gaat bij mensen, draaide alles om haar. 'Gaat u het vertellen?'

'Sorry?'

'U weet wel. Gaat u het Mama vertellen?'

Hans Hubermann, groot en heel ver weg, stond nog steeds te kijken. 'Wat?'

Ze hield het boek omhoog. 'Dit.' Ze hield het vast alsof ze met een pistool zwaaide.

Papa keek haar niet-begrijpend aan. 'Waarom zou ik dat doen?'

Ze haatte zulke vragen. Ze dwongen haar iets akeligs toe te geven en haar eigen slechte, diefachtige karakter bloot te geven. 'Omdat ik weer heb gestolen.'

Papa hurkte een ogenblik bij haar neer, richtte zich toen weer op en legde zijn hand op haar hoofd. Hij streelde met zijn ruwe, lange vingers haar haren en zei: 'Natuurlijk niet, Liesel. Wees maar niet bang.'

'Wat gaat u dan doen?'

Dat was de vraag.

Wat voor wonderbaarlijke daad ging Hans Hubermann uit de ijle lucht van de Münchenstraat plukken?

Voordat ik je dat laat zien, lijkt het me beter om eerst eens te kijken wat hij vlak voor zijn besluit allemaal zag.

PAPA'S SNELLE VISIOENEN

Eerst ziet hij de boeken van het meisje:
***Het Doodgravershandboek*, *Faust de Hond*,**
***De Vuurtoren* en nu *Het Schouderophalen*.**
Daarna een keuken en een geërgerde Hans
Junior die naar die boeken kijkt op de tafel
waaraan het meisje vaak zit te lezen. Hij zegt:
'En wat voor rotzooi zit dit kind te lezen?'
Zijn zoon herhaalt de vraag drie keer,
waarna hij zijn suggestie doet voor
meer geschikte leesstof.

'Luister, Liesel.' Papa sloeg zijn arm om haar heen en samen liepen ze verder. 'Dit is ons geheim, dit boek. We zullen het 's nachts lezen, of in de kelder, net als de andere – maar je moet me wel iets beloven.'

'Wat u maar wilt, Papa.'

De avond was rustig en stil. Alles luisterde. 'Als ik je ooit vraag een geheim voor me te bewaren, dan doe je dat.'

'Dat beloof ik.'

'Mooi zo. Kom, laten we gaan. Als we nog later thuiskomen vermoordt Mama ons en dat moeten we niet hebben, vind je wel? En geen boeken meer stelen, hè?'

Liesel lachte.

Wat ze pas veel later te weten kwam was dat haar pleegvader er in de loop van de volgende paar dagen in was geslaagd weer wat sigaretten te ruilen voor een ander boek, alleen was het ditmaal niet voor haar. Hij klopte aan bij het kantoor van de nazipartij in Molching en maakte van de gelegenheid gebruik om te vragen hoe het met de aanvraag voor zijn lidmaatschap zat. Nadat dit was besproken, gaf hij hun het laatste beetje geld wat hij nog had en een stuk of tien sigaretten. In ruil daarvoor ontving hij een beduimeld exemplaar van *Mein Kampf*.

'Veel plezier met lezen,' zei een van de partijleden.

'Bedankt,' knikte Hans.

Vanaf de straat kon hij de mannen binnen nog horen praten. Met name een van de stemmen klonk heel erg duidelijk. 'Die wordt nooit toegelaten als lid,' zei hij, 'al koopt hij honderd exemplaren van *Mein Kampf*.' Iedereen was het met hem eens.

Hans hield het boek in zijn rechterhand en dacht aan geld voor postzegels, een sigaretloos bestaan en de pleegdochter die hem op dit briljante idee had gebracht.

'Bedankt,' zei hij nogmaals, waarop een voorbijganger hem vroeg wat hij zei.

Met een innemendheid die typerend voor hem was, antwoordde Hans: 'Niets, beste man, helemaal niets. Heil Hitler,' en hij liep de Münchenstraat in, met de pagina's van de Führer onder zijn arm.

Er moet op dat moment sprake zijn geweest van behoorlijk gemengde gevoelens, want Hans Hubermann had zijn idee niet alleen aan Liesel te danken, maar ook aan zijn zoon. Was hij toen al bang dat hij hem nooit meer zou zien? Aan de andere kant genoot hij ook van het heerlijke gevoel van een goed idee en durfde hij nog niet stil te staan bij problemen, valkuilen en gevaarlijke absurditeiten. Voorlopig was het idee genoeg. Het was onverwoestbaar. Het omzetten in realiteit, tja, dat was weer een heel ander verhaal. Voorlopig laten we hem er maar even van genieten.

Laten we hem zeven maanden geven.
Daarna komen we hem halen.
Reken maar dat we hem komen halen.

De Bibliotheek van de Burgemeester

Het was wel duidelijk dat er iets heel belangrijks richting Himmelstraat 33 kwam, iets waarvan Liesel op dit moment nog geen idee had. Om een menselijke uitdrukking te gebruiken: het meisje had wel wat anders aan haar hoofd:

Zij had een boek gestolen.

Iemand had haar gezien.

De boekendief reageerde. Op passende wijze.

Elke minuut, elk uur van de dag was er sprake van ongerustheid, of liever gezegd: paranoia. Dat krijgt een mens, en vooral een kind, van criminele activiteiten. Ze stellen zich een overvloedige verscheidenheid van *betrappingen* voor. Een paar voorbeelden: mensen die opeens uit zijstraatjes tevoorschijn springen. Onderwijzers die plotseling op de hoogte zijn van alle zondes die je ooit hebt begaan. Politie die, elke keer dat je een bladzijde omslaat of ergens een hek wordt dichtgegooid, voor de deur staat.

Voor Liesel werd de paranoia zelf de straf, net als de angst die ze voelde toen ze wasgoed moest afgeven bij het huis van de burgemeester. Zoals je je wel kunt voorstellen was het dus ook niet per ongeluk dat Liesel, toen ze er daadwerkelijk naartoe moest, het huis dat uitkeek over de Grande Strasse gemakshalve helemaal vergat. Ze leverde wasgoed af bij de jichtige Helena Schmidt en haalde wat op bij de kattenliefhebbers, de Weingartners, maar ze negeerde de woning die toebehoorde aan Bürgermeister Hermann en zijn vrouw, Ilsa.

NOG EEN SNELLE VERTALING
Bürgermeister = burgemeester

De eerste keer verklaarde ze dat ze het huis gewoon helemaal was vergeten – een beroerde smoes als je bedenkt dat het huis op de heuvel stond die over het hele stadje uitkeek en dat het onvergetelijk was. Toen ze terugging en opnieuw met lege handen thuiskwam, jokte ze dat er niemand thuis was.

'Niemand thuis?' Mama keek sceptisch. Scepsis zorgde ervoor dat haar handen jeukten om de houten lepel te pakken. Ze zwaaide ermee naar Liesel en zei: 'Je gaat nu meteen terug en als je niet thuiskomt met het wasgoed, dan kan je beter helemaal niet meer thuiskomen.'

'Echt waar?'

Dat was Rudy's reactie toen Liesel hem vertelde wat Mama had gezegd. 'Zullen we samen weglopen?'

'Dan komen we om van de honger.'

'Ik sterf toch al van de honger!' Ze begonnen te lachen.

'Nee,' zei ze. 'Ik moet het doen.'

Ze liepen samen door de stad, zoals wel vaker wanneer Rudy meeging. Hij probeerde altijd een heer te zijn en de waszak voor haar te dragen, maar dat wilde Liesel nooit. Zij was degene die een Watschen boven het hoofd hing, en dus kon ze alleen op zichzelf vertrouwen om de zak goed te dragen. Ieder ander zou er misschien slordig mee omgaan, hem verdraaien, of hem anderszins, hoe minimaal ook, mishandelen, en dat risico durfde ze niet te nemen. Ook was het heel goed mogelijk dat Rudy, als zij hem toestond de zak voor haar te dragen, een kus zou verwachten in ruil voor zijn diensten, en dat was uitgesloten. Bovendien was ze eraan gewend hem zelf te dragen. Ze verdeelde het gewicht door ongeveer om de honderd stappen van schouder te wisselen.

Liesel liep links en Rudy rechts. Rudy was vrijwel voortdurend aan het woord, over de laatste voetbalwedstrijd in de Himmelstraat, het werken in de winkel van zijn vader en wat hem verder nog maar te binnen schoot. Liesel probeerde wel te luisteren, maar slaagde daar niet in. Wat ze hoorde was de angst die in haar oren galmde, steeds harder naarmate zij dichter bij de Grande Strasse in de buurt kwamen.

'Wat doe je nu? Hier is het toch?'

Liesel knikte dat Rudy gelijk had, want ze had geprobeerd het huis van de burgemeester te passeren om nog wat tijd te winnen.

'Nou, ga dan,' spoorde de jongen haar aan. De duisternis viel in Molching. De kou begon op te trekken uit de grond. 'Schiet op, Saumensch.' Zelf bleef hij bij het hek staan.

Na het pad volgden er acht treden naar de voordeur van het huis, en die enorme deur was net een monster. Liesel keek fronsend naar de koperen deurklopper.

'Waar wacht je nog op?' riep Rudy.

Liesel draaide zich om naar de straat. Kon ze nog iets, wat dan ook, verzinnen om hier onderuit te komen? Was er nog een verhaal of, goed dan, nog een leugen die ze over het hoofd had gezien?

'We hebben niet de hele dag.' Dat was Rudy's stem weer. 'Waar wacht je nou verdomme nog op?'

'Wil je je kop wel eens houden, Steiner!' Ze riep het hard, maar het kwam eruit als een fluistering.

'Wat?'

'Dat je je kop moet houden, stomme Saukerl!'

Met die woorden draaide ze zich weer om naar de deur, tilde de koperen klopper op en sloeg er langzaam drie keer mee op de deur. Aan de andere kant hoorde ze voetstappen aankomen.

Eerst keek ze de vrouw niet aan, maar concentreerde zich op de waszak in haar hand. Terwijl ze hem overhandigde bestudeerde ze het trekkoord. Ze kreeg haar geld en toen, niets. De burgemeestersvrouw, die nooit iets zei, stond daar gewoon, in haar badjas, haar zachte pluishaar in een staartje. Even meende ze van binnen een tochtvlaag te voelen. Zoiets als de denkbeeldige ademhaling van een lijk. Nog steeds kwamen er geen woorden en toen Liesel eindelijk de moed vond om haar aan te kijken, lag er geen verwijtende, maar eerder een afstandelijke blik op het gezicht van de vrouw. Even keek ze over Liesels schouder naar de jongen, toen knikte ze, stapte naar achteren en deed de deur dicht.

Liesel bleef nog een hele tijd staan kijken naar de deken van rechtopstaand hout.

'Hé, Saumensch!' Geen antwoord. 'Liesel!'

Liesel liep achteruit.

Heel voorzichtig.

Terwijl ze naar achteren stapte, dacht ze na.

Misschien had de vrouw haar het boek toch niet zien stelen. Het was al bijna donker geweest. Misschien was het een van die keren dat iemand je recht in het gezicht lijkt te kijken, terwijl hij in feite naar heel iets anders kijkt of wat staat te dagdromen. Hoe dan ook, Liesel waagde zich maar niet aan een verdere analyse. Ze was ermee weggekomen en dat was genoeg.

Ze draaide zich om en liep de rest van de treden normaal af, hoewel ze de laatste drie in één keer nam.

'Kom op, Saukerl.' Ze stond zichzelf zelfs een lachje toe. Elf-jaar-oude paranoia was sterk. Elf-jaar-oude opluchting was pure euforie.

Een Kleinigheidje om de Euforie te Dempen

Ze was helemaal nergens mee weggekomen.
De burgemeestersvrouw had haar wel degelijk gezien.
Ze wachtte alleen het juiste moment af.

Er gingen enkele weken voorbij.

Voetbal in de Himmelstraat.

Het Schouderophalen lezen, elke ochtend tussen twee en drie uur, na de nachtmerrie, of 's middags, in de kelder.

Nog een bezoekje aan het huis van de burgemeester.
Alles was dik in orde.
Totdat.

Bij Liesels eerstvolgende bezoekje, zonder Rudy, deed de mogelijkheid zich voor. Het was een ophaaldag.

Toen de vrouw van de burgemeester de deur opendeed had ze geen waszak in haar hand, zoals anders. In plaats daarvan deed ze een stapje opzij en gebaarde met haar krijtwitte hand en pols dat het meisje binnen moest komen.

'Ik kom alleen voor de was.' Liesel voelde het bloed in haar lichaam opdrogen. Het verpulverde. Ze brak bijna in stukjes boven aan die trap.

Toen zei de vrouw haar eerste woord tegen haar. Ze stak een ijskoude vinger uit en zei: '*Warte* – Wacht.' Toen ze zeker wist dat het meisje niet zou omvallen, draaide ze zich om en liep haastig weer naar binnen.

'Godzijdank,' verzuchtte Liesel. 'Ze gaat het halen.' *Het* was natuurlijk de was.

Maar de vrouw kwam terug met iets heel anders.

Toen ze met een onmogelijk breekbare standvastigheid weer voor haar stond, hield ze een enorme stapel boeken tegen zich aan, van haar navel tot vlak onder haar borsten. Ze zag er zo kwetsbaar uit in die monsterlijke deuropening. Lange, blonde wimpers en nauwelijks enige uitdrukking op haar gezicht. Hooguit een zweem.

Kom maar kijken, zei die uitdrukking.

Ze gaat me martelen, besloot Liesel. Ze neemt me mee naar binnen en dan steekt ze de haard aan en dan gooit ze mij erin, met boeken en al. Of ze sluit me zonder eten en drinken op in de kelder.

Om de een of andere reden – hoogstwaarschijnlijk de verleiding van de boeken – liep ze mee naar binnen. Het knerpen van haar schoenen op de houten vloer deed haar ineenkrimpen, en toen ze op een pijnlijke plek stapte, wat het hout een luid gekreun ontlokte, bleef ze bijna staan. De burgemeestersvrouw trok zich er niets van aan. Ze keek alleen heel even om, maar liep toen verder naar een kastanjebruine deur. Nu stelde haar gezicht een vraag.

Ben je er klaar voor?

Liesel strekte haar hals een beetje uit, alsof ze over de deur die haar in de weg stond heen kon kijken. Kennelijk was dat het teken om hem open te doen.

'Jezus, Maria...'

Ze zei het hardop en de woorden kwamen in een kamer terecht die gevuld was met koude lucht en boeken. Overal boeken! Alle muren waren gewapend met overvolle, maar onberispelijke boekenplanken. Je kon amper het schilderwerk zien. Ze zag letters in alle soorten en maten op de ruggen van de zwarte, de rode, de grijze, boeken in alle kleuren. Het was een van de mooiste dingen die Liesel Meminger ooit had gezien.

Ze lachte vol verwondering.

Dat zo'n kamer bestond!

Toen ze de glimlach met haar onderarm van haar gezicht wilde vegen, realiseerde ze zich onmiddellijk dat dat geen enkele zin had. Ze voelde de ogen van de vrouw over zich heen glijden en toen ze naar haar keek, zag zij dat ze op haar gezicht waren blijven rusten.

Het was stiller dan ze ooit voor mogelijk had gehouden. De stilte rekte zich uit als een elastiek, snakkend naar een breekpunt. Het meisje verbrak hem.

'Mag ik?'

De twee woorden stonden in het midden van hectares en hectares braakliggend, met houten planken bedekt land. De boeken waren kilometers ver weg.

De vrouw knikte.

Ja, je mag.

Langzaam maar zeker werd de kamer kleiner, net zolang totdat de boekendief nog maar enkele passen hoefde te doen om de kasten te kunnen aanraken. Ze liet de rug van haar hand langs de eerste plank glijden en luisterde naar het zachte geluid van haar nagels langs de ruggengraat van elk boek. Het klonk als een instrument, of de klank van rennende voeten. Ze gebruikte beide handen. Ze deed een wedstrijdje. De ene plank tegen de andere. En ze lachte erbij. Haar stem, die hoog in haar keel zat, ging alle kanten op en toen ze ten slotte ophield en midden in de kamer stond, bleef ze een hele tijd van de planken naar haar vingers en weer terug staan kijken.

Hoeveel boeken had ze aangeraakt?

Hoeveel had ze er *gevoeld?*

Ze liep naar de planken en deed het nog een keer, deze keer veel langzamer, met haar hand andersom, zodat haar zachte palm de kleine horde van elk boek kon voelen. Het voelde magisch, als iets van schoonheid, als de schitterende lichtstralen van een kroonluchter. Een paar keer stond ze op het punt een titel van zijn plek te pakken, maar ze kon het niet over haar hart krijgen hen te storen. Ze waren te volmaakt.

Links van haar zag ze opeens de vrouw weer staan, bij een groot bureau, nog steeds met de stapel boeken tegen haar borst. Ze stond er een beetje scheef, maar verrukt bij. Een glimlach leek haar lippen te hebben verlamd.

'Zal ik – ?'

Liesel maakte haar vraag niet af, maar deed gewoon wat ze eigenlijk had willen vragen door naar de vrouw toe te lopen en de boeken voorzichtig van haar over te nemen. Vervolgens zette ze ze in het lege stuk in de kast, vlak bij het raam, dat op een kiertje stond. De koude buitenlucht stroomde erdoor naar binnen.

Even overwoog ze het raam te sluiten, maar dat deed ze toch maar niet. Dit was niet haar huis en ze mocht zich nergens mee bemoeien. In plaats daarvan draaide ze zich om naar de dame achter haar, wier glimlach nu iets weg had van een pijnlijke plek en wier dunne armen langs haar zijden hingen. Het waren net meisjesarmen.

Wat nu?

Een ongemakkelijk gevoel maakte zich van de kamer meester en Liesel wierp een laatste, vluchtige blik op de muren vol boeken. De woorden treuzelden in haar mond, maar ze kwamen er niettemin gehaast uit. 'Ik moet nu gaan.'

Ze had er drie pogingen voor nodig om echt te gaan.

Ze bleef nog een paar minuten in de gang staan wachten, maar de vrouw kwam niet, en toen Liesel terugliep naar de ingang van de kamer, zag zij haar aan het bureau zitten, waar ze met een nietsziende blik naar een van de boeken zat te staren. Ze besloot haar niet te storen. In de gang nam ze meteen de was mee.

Ditmaal vermeed ze de pijnlijke plek in de houten vloer en liep ze vlak langs de muur aan haar linkerhand de lange gang door. Toen ze de deur achter zich dichttrok, hoorde ze kopergerinkel in haar oor en met de was naast zich, streelde zij het vlees van het hout. 'Kom op, lopen,' zei ze.

Aanvankelijk liep ze in een roes naar huis.

De onwerkelijke ervaring van de kamer vol boeken en de verwarde, gebroken vrouw wandelden met haar mee. Ze zag het op de gebouwen, als een toneelstuk. Misschien leek het op de manier waarop Papa zijn *Mein Kampf*-openbaring had gekregen. Waar ze ook keek, overal zag Liesel de burgemeestersvrouw met de stapel boeken in haar armen. Om de hoeken hoorde ze het geritsel van haar eigen handen, die de planken aanraakten. Ze zag het open raam, de kroonluchter van prachtig licht en ze zag zichzelf weggaan, zonder zelfs maar een bedankje.

Al snel sloeg haar verdoofde toestand om in een gevoel van irritatie en zelfverwijt. Ze begon zichzelf uit te foeteren.

'Je hebt niks gezegd.' Tussen de gehaaste voetstappen schudde ze wild met haar hoofd. 'Geen afscheid. Geen bedankje. Geen: Dat is het allermooiste wat ik ooit heb gezien. Niets!' Goed, ze was een boekendief, maar dat wilde nog niet zeggen dat ze helemaal geen manieren had. Dat betekende niet dat ze niet beleefd kon zijn.

Ze liep nog een heel eind door, worstelend met haar besluiteloosheid.

In de Münchenstraat kwam er een eind aan.

Net toen ze in de verte het bordje STEINER – SCHNEIDERMEISTER kon zien, draaide ze zich om en rende terug.

Deze keer was er geen enkele aarzeling.

Ze gebruikte de deurklopper en zond een echo van koper door het hout.

Scheisse!

Het was niet de burgemeestersvrouw maar de burgemeester zelf die voor haar stond. In haar haast had Liesel geen erg gehad in de auto die voor het huis op straat stond.

De man, die een snor had en een zwart pak droeg, vroeg: 'Wat kan ik voor je doen?'

Liesel kon geen woord uitbrengen. Nog niet. Ze stond voorovergebogen, buiten adem, en gelukkig arriveerde de vrouw op het moment dat ze weer een beetje was bijgekomen. Ilsa Hermann was achter haar man komen staan, een beetje aan de zijkant.

'Ik was nog iets vergeten,' zei Liesel. Ze tilde de waszak op en richtte zich tot de vrouw van de burgemeester. Ondanks het gehijg voerde zij de woorden tussen de kier in de deur – tussen de burgemeester en de deurpost – aan de vrouw. Ze hijgde zo erg dat ze maar een paar woorden tegelijk wist uit te brengen. 'Ik was vergeten... ik bedoel, ik wilde u eigenlijk,' zei ze, 'bedanken.'

De burgemeestersvrouw glimlachte opnieuw pijnlijk. Ze kwam naast haar man staan, knikte zwakjes, wachtte nog even en deed toen de deur dicht.

Het kostte Liesel nog ongeveer een minuut om weg te gaan.

Ze lachte naar de traptreden.

De Worstelaar Doet Zijn Intrede

Even een verandering van omgeving.

Tot nu toe hebben we het allebei te gemakkelijk gehad, vriend, vind je ook niet? Zullen we Molching dan maar heel even vergeten?

Dat zal ons goeddoen.

En het is belangrijk voor het verhaal.

We gaan een uitstapje maken naar een geheime voorraadkamer, en we zullen zien wat we zien.

Een Rondleiding door Ellende

Links van je, of misschien rechts,
misschien zelfs vlak voor je,
zie je een kleine donkere kamer.
Daarin zit een jood.
Hij is uitschot. Hij sterft van de honger.
Hij is bang.
Alsjeblieft – probeer je blik niet af te wenden.

Een paar honderd kilometer naar het noordwesten, in Stuttgart, ver van boekendieven, burgemeestersvrouwen en de Himmelstraat, zat een man in het donker. Dit was de beste plek, hadden ze besloten. Het is moeilijker om een jood in het donker te vinden.

Hij zat op zijn koffer en wachtte. Hoeveel dagen zat hij hier nu al? Voor zijn gevoel had hij al weken niets anders gegeten dan de gore smaak van zijn eigen hongerige adem, en nog steeds, niets. Zo nu en dan kwamen er stemmen langs en soms verlangde hij ernaar dat ze zouden aankloppen, de deur zouden openen en hem naar buiten zouden sleuren, het ondraaglijke licht in. Vooralsnog kon hij niets anders dan op zijn kofferbank zitten, zijn handen onder zijn kin en zijn ellebogen op zijn branderige dijen.

Er was slaap, hongerige slaap, en de ergernis van half wakker zijn, en de straf van de vloer.

Geen aandacht schenken aan de kriebelvoeten.

Niet aan de voetzolen krabben.

En niet te veel bewegen.

Gewoon alles laten zoals het is, koste wat kost.

Misschien is het straks al tijd om te gaan. Licht als een kanon. Explosief voor de ogen. Misschien is het tijd om weg te gaan. Misschien is het tijd, dus word wakker. Word nu wakker, godverdomme! Word wakker.

De deur ging open en dicht en een gestalte boog zich over hem heen. De hand wuifde naar de kille golven van zijn kleren en de vuile stroom daaronder. Achter de hand daalde een stem neer.

'Max,' fluisterde de stem. 'Max, wakker worden.'

Zijn ogen deden niets wat ogen normaal gesproken doen bij een schok. Ze knipperden niet en schoten niet open. Die dingen gebeuren wanneer je wakker wordt uit een boze droom, niet wanneer je wakker wordt *in* een boze droom. Nee, zijn ogen gingen moeizaam open, van duisternis naar schemering. Het was zijn lichaam dat reageerde, dat overeind kwam en een arm uitstak, om naar de lucht te grijpen.

Nu stelde de stem hem gerust. 'Sorry dat het zo lang heeft geduurd. Ik denk dat ik in de gaten word gehouden. En de man met het persoonsbewijs deed er langer over dan ik dacht, maar...' Het bleef even stil. 'Nu is het van jou. De kwaliteit is niet geweldig, maar hopelijk goed genoeg om je er doorheen te slepen als het erop aankomt.' Hij hurkte neer en wuifde met een hand naar de koffer. In zijn andere hand hield hij iets zwaars en plats. 'Kom er eens – af.' Max gehoorzaamde, stond op en krabde zich. 'Hier zit het persoonsbewijs in.' Het was een boek. 'Je moet de plattegrond hier ook maar in doen, en de instructies. En er zit ook een sleutel in – aan de binnenkant van de kaft geplakt.' Hij klikte de koffer zo zachtjes mogelijk open en plaatste het boek erin als een bom. 'Ik kom over een paar dagen terug.'

Hij liet een klein zakje achter met brood, spekvet en drie kleine worteltjes. Ook zat er een fles water in. Hij verontschuldigde zich niet. 'Ik heb mijn best gedaan.'

Deur open, deur dicht.

Weer alleen.

Wat hem onmiddellijk opviel was het geluid.

Alles klonk zo verschrikkelijk hard in het donker wanneer hij alleen was. Elke keer dat hij zich bewoog, hoorde je iets kreuken. Hij voelde zich een man in kleren van papier.

Het eten.

Max verdeelde het brood in drie stukken en legde er twee apart. Vervolgens verloor hij zich geheel in het stuk in zijn hand. Hij kauwde en slikte en werkte het omlaag via de droge gang van zijn keel. Het vet was koud en hard, zakte moeizaam weg en bleef af en toe ergens steken. Grote slokken rukten het weer los en duwden het verder naar beneden.

Dan de worteltjes. Opnieuw legde hij er twee apart en verslond hij de derde. Het lawaai was oorverdovend. Hij wist bijna zeker dat de Führer zelf het geluid van oranje maalsel in zijn mond kon horen. Met elke hap brak het zijn tanden. Toen hij een slok nam had hij stellig het idee dat hij zijn tanden inslikte. De volgende keer, zo nam hij zich voor, eerst drinken.

Later, toen de echo's hem verlaten hadden en hij de moed wist op te brengen om te voelen met zijn vingers, stelde hij tot zijn grote opluchting vast dat al zijn tanden er nog zaten, geheel intact. Hij probeerde een glimlach, maar die wilde niet komen. Hij kon zich slechts een zwakke poging voorstellen en een mondvol gebroken tanden. Hij bleef er nog urenlang aan voelen.

Hij deed de koffer open en pakte het boek.

In het donker kon hij de titel niet lezen en hij durfde niet het risico te nemen om een lucifer aan te steken.

Toen hij sprak, proefde zijn stem als een fluistering.

'Alsjeblieft,' zei hij. 'Alsjeblieft.'

Hij sprak tegen een man die hij nooit had ontmoet. Hij kende slechts enkele belangrijke details en één daarvan was de naam van de man. Hans Hubermann. Hij sprak opnieuw tegen hem, tegen een absolute onbekende. Hij smeekte.

'Alsjeblieft.'

De Prioriteiten van de Zomer

Dat was het dus.

Jij weet heel goed wat de Himmelstraat tegen het eind van 1940 te wachten stond.

Ik weet het.

Jij weet het.

Liesel Meminger echter, kan niet tot die categorie worden gerekend.

Voor de boekendief was de zomer van dat jaar heel simpel. Hij bestond uit vier prioriteiten. Soms vroeg ze zich af welke van de vier het belangrijkste was.

En de Genomineerden Zijn...

1. Verder lezen in *Het Schouderophalen*, elke avond.
2. Lezen op de vloer van de bibliotheek van de burgemeester.
3. Voetballen in de Himmelstraat.
4. Het aangrijpen van een nieuwe gelegenheid om te stelen.

Het Schouderophalen, had zij besloten, was geweldig. Elke nacht, wanneer ze zichzelf kalmeerde na haar nachtmerrie, was ze algauw blij dat ze wakker was en verder kon lezen. 'Een paar bladzijden?' vroeg Papa dan, waarop Liesel knikte. Soms lazen ze de volgende middag, in de kelder, een hoofdstuk uit.

Het probleem dat de autoriteiten met het boek hadden was wel duidelijk. De hoofdpersoon was een jood en hij werd op een positieve manier beschreven. Onvergeeflijk. Hij was een rijke man die er genoeg van had het leven aan zich voorbij te laten gaan – of zoals hij het noemde: zijn schouders op te halen voor de problemen en geneugten van iemands tijd op aarde.

In het begin van de zomer in Molching, toen Liesel en Papa zich door het boek heen werkten, reisde deze man voor zaken naar Amsterdam en huiverde buiten de sneeuw. Dat vond het meisje mooi – huiverende sneeuw. 'Dat is precies wat sneeuw doet wanneer het uit de lucht komt,' zei ze tegen Hans Hubermann. Ze zaten samen op het bed, Papa half in slaap en het meisje klaarwakker.

Soms zat ze naar Papa te kijken wanneer hij sliep. Ze wist zowel meer als minder van hem dan zij zich beiden realiseerden. Vaak hoorde ze hem en Mama ruziemaken over zijn werkloosheid, of verdrietig praten over het feit dat Hans hun zoon was gaan opzoeken en erachter was gekomen dat de jongeman zijn huurkamer had verlaten en waarschijnlijk al op weg was naar de oorlog.

'Schlaf gut, Papa,' zei het meisje bij zulke gelegenheden. 'Slaap lekker', waarna ze voorzichtig om hem heen glipte, het bed uit, om het licht uit te doen.

De volgende prioriteit was, zoals ik reeds heb vermeld, de bibliotheek van de burgemeester.

Om die situatie toe te lichten, kunnen we naar een koele dag tegen het eind van de maand juni gaan. Rudy was, om het zachtjes uit te drukken, woedend.

Wie dacht Liesel Meminger wel niet dat zij was, om hem te vertellen dat ze vandaag het was- en strijkgoed alleen ging wegbrengen? Was hij soms niet goed genoeg om samen met haar over straat te gaan?

'Zeur toch niet zo, Saukerl,' berispte ze hem. 'Ik voel me gewoon niet zo goed. Straks mis je je wedstrijd nog.'

Hij keek over zijn schouder. 'Nou goed dan, als je het zo stelt.' Hij schmunzelde. 'Krijg wat met je wasgoed!' Hij rende weg en voegde zich onmiddellijk bij een van de teams. Toen Liesel helemaal aan het eind van de Himmelstraat was, keek ze nog net op tijd achterom om hem voor een van de dichtstbijzijnde geïmproviseerde doelen te zien staan. Hij zwaaide.

'Saukerl!' lachte ze, en toen zij haar hand opstak, wist ze met absolute zekerheid dat hij haar op hetzelfde moment voor Saumensch uitmaakte. Dichter bij echte liefde kun je volgens mij als elfjarigen niet komen.

Ze begon te rennen, naar de Grande Strasse en het huis van de burgemeester.

Goed, ze zweette en ze hijgde. Maar ze las.

De vrouw van de burgemeester, die het meisje voor de vierde keer had binnengelaten, zat aan het bureau en keek slechts naar de boeken. Bij het tweede bezoekje had ze Liesel toestemming gegeven een boek te pakken en in te kijken en dat ene boek leidde tot een tweede, en een derde, tot het er een stuk of zes waren, onder haar arm, of tussen de stapel die steeds hoger werd in haar overgebleven hand.

Toen Liesel bij deze gelegenheid in de koele kamer stond, begon opeens haar maag te knorren, maar er kwam geen enkele reactie van de woordeloze, beschadigde vrouw. Zij droeg haar badjas weer en hoewel ze verschillende keren naar het meisje keek, duurde het nooit lang. Meestal besteedde ze meer aandacht aan iets wat zich naast haar bevond, iets wat er niet was. Het raam stond wijd open, een vierkante koele mond, met zo nu en dan een stroom van frisse lucht.

Liesel zat op de grond. De boeken lagen om haar heen verspreid.

Na veertig minuten ging ze weg. Alle boeken stonden weer op hun plaats.

'Tot ziens, Frau Hermann.' De woorden kwamen altijd als een

schok. 'Dank u wel.' Waarna de vrouw haar betaalde en zij weg-ging. Ze maakte geen overbodige bewegingen en de boekendief rende naar huis.

Toen de zomer aanbrak, werd de kamer vol boeken steeds warmer en elke keer wanneer ze de was kwam brengen of halen was de vloer minder pijnlijk. Liesel zat altijd met een klein stapeltje boeken naast zich, las uit elk boek een paar hoofdstukken en probeerde de woorden die zij niet kende te onthouden, zodat ze thuis aan Papa kon vragen wat ze betekenden. Later, als tiener, toen Liesel over die boeken schreef, herinnerde ze zich geen enkele titel meer. Misschien had ze er beter over kunnen schrijven als zij ze had gestolen.

Wat ze zich wel herinnerde was dat er aan de binnenkant van een van de prentenboeken in een onbeholpen handschrift een naam geschreven stond:

De Naam van een Jongen
Johann Hermann

Liesel beet op haar lip, maar kon zich al snel niet bedwingen. Vanaf de vloer draaide zij zich om, keek op naar de vrouw in de badjas en stelde een vraag. 'Johann Hermann,' zei ze. 'Wie is dat?'

De vrouw keek langs haar heen, ergens naast de knieën van het meisje.

Liesel verontschuldigde zich. 'Het spijt me. Ik hoor zulke dingen helemaal niet te vragen...' Ze liet de zin zijn eigen dood sterven.

Het gezicht van de vrouw veranderde niet, maar op de een of andere manier slaagde zij erin iets te zeggen. 'Hij is niet meer in deze wereld,' legde zij uit. 'Hij was mijn...'

O ja, ik herinner me hem nog heel goed.
De hemel was donker en ondoordringbaar,
als drijfzand. Een jonge man was
verstrengeld in prikkeldraad, als een
reusachtige doornenkroon. Ik haalde hem
eruit en droeg hem weg. Hoog boven
de aarde zonken wij samen op onze knieën.
Het was een dag als alle andere, in 1918.

'Afgezien van wat er verder met hem is gebeurd,' zei zij, 'is hij doodgevroren.' Heel even speelde zij met haar handen en toen zei ze het nog een keer. 'Hij is doodgevroren, ik weet het zeker.'

De burgemeestersvrouw maakte deel uit van een wereldwijde brigade. Ik weet zeker dat je haar wel eens eerder bent tegengekomen. In je verhalen, je gedichten, die grote schermen waar jullie zo graag naar kijken. Ze zijn overal, dus waarom niet hier? Waarom niet op een mooie heuvel in een klein Duits stadje? Lijden kan je overal.

Het punt is, dat Ilsa Hermann had besloten van lijden haar triomf te maken. Toen het haar niet meer los wilde laten, gaf zij zich eraan over. Zij omarmde het.

Ze had zich een kogel door het hoofd kunnen jagen, zich kunnen bekrassen of zich te buiten kunnen gaan aan andere vormen van zelfverminking, maar zij koos voor wat zij zelf waarschijnlijk als de zwakste optie beschouwde – de ongemakken van het weer te verdragen. Liesel vermoedde dat ze om koude, natte zomerdagen bad. Over het algemeen leefde ze op precies de goede plek.

Toen Liesel die dag wegging, zei ze iets wat haar heel veel moeite kostte. In vertaling waren het drie reusachtige woorden waarmee ze worstelde, die ze met zich meedroeg en als een bungelend trio aan Ilsa Hermanns voeten wierp. Ze vielen niet netjes in het midden omdat het meisje wankelde en hun gewicht niet langer kon torsen. Samen lagen ze op de grond, groot en luid, en lomp.

Drie Reusachtige Woorden
HET SPIJT ME

Opnieuw keek de vrouw van de burgemeester naar de ruimte naast haar. Een gezicht als een lege bladzijde.

'Wat spijt je?' vroeg ze, maar toen was er al te veel tijd verstreken. Het meisje had de kamer al lang verlaten. Ze was al bijna bij de voordeur. Toen ze het hoorde, bleef Liesel staan, maar ze besloot niet terug te gaan en in plaats daarvan zo stilletjes mogelijk het huis te verlaten. Alvorens het stadje weer in te lopen bleef ze even over Molching staan uitkijken en ze had nog een hele tijd medelijden met de vrouw van de burgemeester.

Soms vroeg Liesel zich af of ze de vrouw niet beter met rust kon laten, maar Ilsa Hermann was te interessant, en de boeken oefenden een te grote aantrekkingskracht op haar uit. Vroeger had Liesel niet geweten wat ze met woorden moest doen, maar nu voelde ze, wanneer zij op de grond zat en de vrouw van de burgemeester aan het bureau van haar man, een heel natuurlijk gevoel van macht. Dat gebeurde elke keer dat ze een nieuw woord ontcijferde of een zin had uitgeplozen.

Ze was een meisje.

In nazi-Duitsland.

Hoe toepasselijk dat zij bezig was de macht van woorden te ontdekken.

En hoe verschrikkelijk (maar tegelijkertijd opwindend) zou het vele maanden later voelen, wanneer ze de macht van deze nieuwe ontdekking kon gebruiken op het moment dat de vrouw van de burgemeester haar liet vallen. Hoe snel zou het gevoel van medelijden verdwijnen en hoe snel zou het veranderen in iets geheel anders...

Nu echter, in de zomer van 1940, kon zij, in meer dan één opzicht, nog niet zien wat er voor haar in het verschiet lag. Zij was slechts getuige van een trieste vrouw in een kamer vol boeken bij wie ze graag op visite ging. Dat was alles. Het was deel twee van haar bestaan die zomer.

Deel drie was, godzijdank, iets vrolijker – voetballen in de Himmelstraat.

Laat mij je een beeld schetsen:

Voeten die over de straat schuifelen.

Het gehijg van jongensachtige adem.

Geschreeuwde woorden: 'Hier! Deze kant! Scheisse!'

Het ruwe gestuiter van een bal op straat.

Naarmate de zomer vorderde waren ze er allemaal, in de Himmelstraat, en wat er ook was, was het geluid van verontschuldigingen.

De verontschuldigingen waren van Liesel Meminger.

Ze waren bedoeld voor Tommy Müller.

Begin juli slaagde ze er eindelijk in hem ervan te overtuigen dat ze hem niet ging vermoorden. Sinds de aframmeling die ze hem afgelopen november had gegeven, durfde Tommy nog steeds niet te dicht bij haar in de buurt te komen. Tijdens de voetbalwedstrijden in de Himmelstraat hield hij flink wat afstand. 'Je weet maar nooit wanneer ze opeens naar je uithaalt,' had hij Rudy half bekkentrekkend, half pratend toevertrouwd.

Tot Liesels verdediging kan worden aangevoerd dat zij geen kans onbenut liet om hem op zijn gemak te stellen. Ze vond het vervelend dat ze er wel in was geslaagd vrede te sluiten met Ludwig Schmeikl en niet met de onschuldige Tommy Müller. Hij kromp nog steeds enigszins ineen wanneer hij haar zag.

'Hoe kon ik nu weten dat je mij die dag niet uitlachte?' vroeg ze hem herhaaldelijk.

Ze was zelfs vrijwillig een paar keer voor hem ingevallen als keeper, totdat de rest van het team hem smeekte weer in het doel te gaan staan.

'En nu ga je weer in het doel staan!' zei Harald Mollenhauer uiteindelijk tegen hem. 'We hebben niks aan je.' Dat was nadat Tommy hem had laten struikelen op het moment dat hij op het punt stond te scoren. Hij had zichzelf wel een penalty willen toekennen, ware het niet dat ze in dezelfde ploeg zaten.

Liesel kwam het veld weer in en natuurlijk eindigde het er weer mee dat zij Rudy liep te dekken. Ze tackelden elkaar, liepen elkaar omver en scholden elkaar uit. Rudy riep: 'Deze keer komt ze écht niet om hem heen, dat stomme Saumensch Arschgrobbler. Geen schijn van kans.' Hij leek het leuk te vinden om Liesel een kontkrabber te noemen. Het was een van de genoegens van de jeugd.

Een ander genoegen was natuurlijk stelen. Deel vier, zomer 1940.

Eerlijk gezegd waren er heel veel dingen die Rudy en Liesel dichter bij elkaar brachten, maar het was het stelen dat hun vriendschap onvoorwaardelijk maakte. Het ontstond door één kans en werd aangedreven door één onontkoombare kracht – Rudy's honger. De jongen was doorlopend uitgehongerd.

Afgezien van de distributiesituatie, liep de zaak van zijn vader de laatste tijd ook niet meer zo goed (de dreiging van joodse concurrentie was dan wel weggenomen, maar dat gold ook voor de joodse klanten). De Steiners hadden moeite om de eindjes aan elkaar te knopen. Net als veel andere mensen aan de kant van de stad waar de Himmelstraat zich bevond, werden zij gedwongen te ruilen. Liesel had wel wat eten van thuis voor hem mee willen nemen, maar daar heerste ook niet bepaald overvloed. Meestal maakte Mama erwtensoep. Zondagavond werd de soep gekookt – en niet voor één of twee keer. Ze maakte voldoende erwtensoep om er tot de volgende zaterdag mee vooruit te kunnen. En dan kookte ze 's zondags weer een nieuwe pan. Erwtensoep, brood, soms een paar aardappels of een klein stukje vlees. Je at het op en vroeg niet om meer en je klaagde niet.

Eerst deden ze van alles om er maar niet aan te hoeven denken.

Tijdens het voetballen op straat had Rudy geen honger. En ook niet als ze de fietsen van zijn broer en zus leenden om naar de winkel van Alex Steiner te fietsen, of bij Liesels papa langs te gaan, als hij die dag toevallig werk had. Hans Hubermann kwam in het laatste middaglicht vaak bij hen zitten om moppen te vertellen.

Toen ze een paar heel warme dagen hadden, was een andere afleiding leren zwemmen in de rivier de Amper. Het water was nog een beetje aan de koude kant, maar ze gingen toch.

'Kom dan,' lokte Rudy haar het water in. 'Hier. Hier is het niet zo diep.' Ze had geen erg in de enorme kuil waar ze in liep en zonk als een baksteen. Ze redde haar leven door op z'n hondjes naar een ondieper gedeelte te zwemmen, hoewel ze bijna was gestikt in de enorme hoeveelheid water die ze had binnengekregen.

'Saukerl die je bent,' schold ze, terwijl ze zich op de kant liet vallen.

Rudy zorgde ervoor bij haar uit de buurt te blijven. Hij had gezien wat ze met Ludwig Schmeikl had gedaan. 'Maar je kunt nu wel zwemmen, of niet soms?'

Wat haar niet bepaald opvrolijkte toen ze met grote passen wegbeende. Haar haar zat tegen haar gezicht geplakt en het snot stroomde uit haar neus.

Hij riep haar na. 'Betekent dit dat ik geen kus krijg als dank dat ik je heb leren zwemmen?'

'Saukerl!'

De brutaliteit!

Het was onvermijdelijk.

De deprimerende erwtensoep en Rudy's honger dreven hen uiteindelijk tot diefstal. Het was reden voor hen om zich aan te sluiten bij een groep oudere kinderen die van de boeren stal. Fruitdieven. Na een potje voetballen ontdekten Liesel en Rudy hoe nuttig het was om je ogen goed open te houden. Toen ze bij Rudy voor de deur zaten, zagen ze Fritz Hammer – een van de oudere jongens – een appel eten. Het was een *Klar*-appel – een soort die in juli en augustus rijpte – en hij zag er prachtig uit in zijn hand. Uit zijn jaszakken puilden er nog een stuk of drie, vier. Ze kuierden naar hem toe.

'Hoe kom je daaraan?' vroeg Rudy.

Eerst grijnsde de jongen alleen maar. 'Sssh.' Toen haalde hij een appel uit zijn zak en gooide hem naar Rudy toe. 'Alleen kijken,' waarschuwde hij. 'Niet opeten.'

De volgende keer dat ze dezelfde jongen weer met dezelfde jas zagen lopen, op een dag dat het daar veel te warm voor was, volgden ze hem. Hij leidde hen stroomopwaarts naar een plek langs de rivier de Amper. Het was vlak bij de plek waar Liesel helemaal in het begin soms met haar papa kwam lezen.

Een groep van vijf jongens, een paar lange, en een paar kleine, magere, stond al te wachten.

Er waren op dat moment een paar van zulke groepen in Molching. Sommige leden waren net zes jaar. De leider van deze groep was een vriendelijke crimineel van vijftien met de naam Arthur Berg. Toen hij omkeek zag hij de twee elfjarigen achter zich staan. *'Und?'* vroeg hij. 'En?'

'Ik sterf van de honger,' antwoordde Rudy.

'En hij kan heel hard lopen,' zei Liesel.

Berg keek haar aan. 'Ik kan me niet herinneren dat ik jou om je mening heb gevraagd.' Hij was een lange tiener met een lange nek. Zijn gezicht vertoonde hele hordes jeugdpuistjes. 'Maar ik mag je wel.' Hij was vriendelijk, op een bijdehante tienermanier. 'Is dit niet dat grietje dat jouw broertje in elkaar heeft geslagen, Anderl?' Kennelijk had het nieuws zich verspreid. Een flinke knokpartij overstijgt elk leeftijdsverschil.

Een andere jongen, een van de kleine magere – met woest, blond haar en een bleke huid, keek in haar richting. 'Ik geloof het wel.'

Rudy bevestigde het. 'Dat is ze.'

Andy Schmeikl kwam naar haar toe lopen en nam haar van top tot teen op. Zijn gezicht stond bedachtzaam, maar opeens verscheen er een brede glimlach. 'Goed gedaan, kleintje.' Hij gaf haar zelfs een klap op haar rug, waarbij hij de scherpe punt van haar schouderblad voelde. 'Ik zou op mijn donder krijgen als ik het zelf zou doen.'

Arthur richtte zijn aandacht nu op Rudy. 'En jij bent toch die knaap die Jesse Owens nadeed?'

Rudy knikte.

'Het lijkt me duidelijk,' zei Arthur, 'dat je gek bent – maar wel ons soort gek. Kom mee.'

Ze mochten meedoen.

Bij de boerderij aangekomen, kregen Rudy en Liesel een zak toegeworpen. Arthur Berg pakte zijn eigen jute zak. Hij streek met zijn hand door zijn blonde haar. 'Heeft een van jullie wel eens eerder iets gestolen?'

'Natuurlijk,' verzekerde Rudy hem. 'Zo vaak.' Hij klonk niet erg overtuigend.

Liesel was wat preciezer. 'Ik heb twee boeken gestolen,' waarop Arthur drie korte, snuivende lachjes liet horen. Zijn puistjes verschoven.

'Boeken kun je niet eten, schatje.'

Van waar zij stonden begonnen ze de appelbomen te bekijken, die in lange, grillige rijen stonden. Arthur Berg deelde de bevelen uit. 'Eén,' zei hij, 'blijf niet aan het hek hangen. Wie aan het hek blijft hangen, blijft achter. Begrepen?' Iedereen knikte of zei ja. 'Twee. Eén in de boom, één op de grond. Iemand moet ze opvangen.' Hij wreef zich in zijn handen. Hij had er plezier in. 'Drie. Als je iemand ziet aankomen, schreeuw je je longen uit je lijf – en gaan we er allemaal vandoor. *Richtig?*'

'*Richtig*,' klonk het in koor.

Twee Fluisterende Debuterende Appeldieven

'Liesel – weet je het zeker? Wil je dit echt doen?'
'Moet je dat prikkeldraad zien, Rudy, wat hoog!'
'Nee, nee, kijk, je moet die zak erop gooien. Zie je? Dat doen zij ook.'
'Oké.'
'Kom op dan!'
'Ik kan het niet!' Aarzeling. 'Rudy, ik – '
'Opschieten, Saumensch!'

Hij duwde haar naar het hek, gooide de lege zak op het prikkeldraad, waarna ze er samen overheen klommen en naar de anderen renden. Rudy klom meteen in de dichtstbijzijnde boom en begon appels naar beneden te gooien. Liesel stond onder aan de boom en stopte ze in de zak. Tegen de tijd dat hij vol was, was er een ander probleem.

'Hoe komen we nu weer terug over het hek?'

Het antwoord kwam toen ze zagen hoe Arthur Berg zo dicht mogelijk bij een van de palen over het hek klauterde. 'Daar is het prikkeldraad steviger,' wees Rudy. Hij gooide de zak met appels er overheen, dwong Liesel eerst te gaan en belandde toen naast haar aan de andere kant, tussen het fruit dat uit de zak was gerold.

Naast hen stonden de lange benen van Arthur Berg geamuseerd toe te kijken.

'Niet slecht,' kwam de stem van boven hen. 'Helemaal niet slecht.'

Toen ze weer terug waren bij de rivier, verborgen tussen de bomen, pakte hij de zak en gaf Liesel en Rudy samen twaalf appels.

'Goed gedaan,' was het laatste wat hij erover zei.

Voordat ze die middag weer naar huis gingen, aten Liesel en Rudy in een halfuur tijd elk zes appels. Eerst overwogen ze nog het fruit thuis te delen, maar daar school een aanzienlijk gevaar in. Ze voelden er weinig voor uit te moeten leggen hoe ze precies aan de vruchten waren gekomen. Liesel dacht dat ze het misschien wel tegen haar papa kon vertellen, maar ze wilde hem niet het idee geven dat hij een verstokte misdadiger in huis had gehaald. Dus at ze ze ook maar op.

Aan de oever van de rivier waarin zij had leren zwemmen, werden alle appels opgepeuzeld. Omdat zij niet gewend waren aan deze luxe, wisten ze dat ze er hoogstwaarschijnlijk ziek van zouden worden.

Ze aten toch.

'Saumensch!' schold Mama die avond. 'Waarom moet je zoveel overgeven?'

'Misschien is het de erwtensoep,' suggereerde Liesel.

'Precies,' zei Papa. Hij stond weer bij het raam. 'Dat moet het zijn. Ik voel me zelf ook niet zo lekker.'

'Had ik jou iets gevraagd, Saukerl?' Snel draaide ze zich weer om naar het brakende Saumensch. 'Nou? Wat is het? Wat is het, vies varken dat je bent?'

Maar Liesel zei niets.

De appels, dacht ze blij. De appels, en ze gaf nog maar een keertje over, dat bracht vast geluk.

De Arische Winkelierster

Ze stonden voor de winkel van Frau Diller, tegen de witgepleisterde muur.

Liesel Meminger had een lollie in haar mond.

De zon scheen in haar ogen.

Ondanks deze problemen lukte het haar toch om te praten en ruzie te maken.

Nog een Gesprek Tussen Rudy en Liesel

'Schiet eens op, Saumensch, dat zijn er al tien.'
'Nietes, het zijn er nog maar acht – ik heb er nog twee te gaan.'
'Schiet dan eens op. Ik zei toch dat we beter een mes hadden kunnen halen om hem in tweeën te zagen...
Toe nou, dat waren er weer twee.'
'Goed dan. Hier. En stik er niet in.'
'Zie ik eruit als een idioot?'
Een korte stilte.
'Lekker, hè?'
'Nou en of, Saumensch.'

Eind augustus, toen de zomer bijna was afgelopen, hadden ze een pfennig op straat gevonden. Pure opwinding.

Hij lag half verrot tussen wat viezigheid, op de was- en strijkroute. Een enkele roestige munt.

'Kijk daar eens!'

Rudy stortte zich erop. De opwinding deed bijna zeer toen ze terugrenden naar de winkel van Frau Diller, zonder er zelfs maar bij stil te staan dat één enkele pfennig misschien niet genoeg zou zijn. Ze stormden naar binnen en stonden voor de arische winkelierster, die hen minachtend aankeek.

'Ik wacht,' zei ze. Haar haar zat in een knot op haar achterhoofd en haar zwarte jurk zat strak om haar lichaam. Vanaf de muur hield de ingelijste foto van de Führer de wacht.

'Heil Hitler,' begon Rudy.

'Heil Hitler,' antwoordde zij, zich tot haar volle lengte oprichtend achter de toonbank. 'En jij?' Ze wierp een woedende blik op Liesel, die haar prompt haar eigen 'heil Hitler' gaf.

Rudy wist niet hoe snel hij het geldstuk uit zijn zak moest opdiepen om het vastberaden op de toonbank te leggen. Hij keek Frau Diller recht in haar bebrilde ogen en zei: 'Gemengde lolly's, alstublieft.'

Frau Diller glimlachte. Haar tanden vochten om ruimte in haar mond en haar onverwachte vriendelijkheid zorgde ervoor dat Rudy en Liesel ook lachten. Maar niet erg lang.

Ze bukte zich, rommelde wat onder de toonbank en keek hen weer aan. 'Hier,' zei ze, een enkele lolly op de toonbank gooiend. 'Meng hem zelf maar.'

Buiten haalden ze het papiertje eraf en probeerden hem doormidden te bijten, maar de suiker was net glas. Veel te hard, zelfs voor Rudy's roofdierachtige kaken. In plaats daarvan moesten ze dus om de beurt sabbelen totdat hij op was. Tien keer sabbelen voor Rudy. Tien voor Liesel. Om de beurt.

'Dit,' verklaarde Rudy op een gegeven moment, met een grijns vol lollytanden, 'is het goede leven,' en Liesel was het hartgrondig met hem eens. Tegen de tijd dat ze hem op hadden, waren allebei hun monden overdreven rood en toen ze naar huis liepen herinnerden ze elkaar eraan om naar de straat te blijven kijken, want stel je voor dat ze nog een muntstuk vonden.

Natuurlijk vonden ze niets meer. Zoveel geluk heeft iemand niet eens in een jaar, laat staan op een enkele middag.

Toch liepen ze met rode tongen en tanden opgewekt de hele straat af te zoeken.

Het was een fantastische dag geweest en nazi-Duitsland was een geweldige plek om te leven.

De Worstelaar, het Vervolg

We gaan nu een eind verder in de tijd, naar een koude, nachtelijke worsteling. De boekendief haalt ons later wel weer in.

Het was 3 november en hij voelde de vloer van de trein onder zijn voeten. Hij las uit een exemplaar van *Mein Kampf*. Zijn redding. Het zweet zwom uit zijn handen. Vingerafdrukken grepen het boek stevig vast.

BOEKENDIEF PRODUCTIES
PRESENTEERT OFFICIEEL
Mein Kampf
(*Mijn Strijd*)
door
Adolf Hitler

Achter Max Vandenburg opende de stad Stuttgart spottend zijn armen.

Hij was daar niet welkom en hij probeerde niet achterom te kijken terwijl het oudbakken brood in zijn maag uiteenviel. Hij schoof een paar keer wat heen en weer en zag de lichtjes in aantal afnemen tot een handjevol en vervolgens helemaal verdwijnen.

Kijk trots, zei hij tegen zichzelf. Je mag niet bang kijken. Lees het boek. Glimlach ernaar. Het is een geweldig boek – het beste boek dat je ooit hebt gelezen. Negeer die vrouw aan de andere kant. Ze zit nu toch te slapen. Kom op, Max, over een paar uur ben je er.

Uiteindelijk was het erop uitgedraaid dat het geen dagen duurde voordat het volgende bezoekje aan de donkere kamer plaatsvond, maar anderhalve week. Daarna duurde het weer een week tot het volgende bezoek enzovoort, net zolang totdat hij elk gevoel voor het verstrijken van dagen en uren kwijt was. Hij werd nog een keer overgeplaatst naar een andere kleine opslagruimte, waar het iets lichter was en waar hij meer bezoek en eten kreeg. De tijd begon echter te dringen.

'Binnenkort vertrek ik,' zei zijn vriend Walter Kugler tegen hem. 'Je weet het – het leger.'

'Het spijt me, Walter.'

Walter Kugler, Max' jeugdvriend, legde zijn hand op de schouder van de jood. 'Het kan altijd erger.' Hij keek zijn vriend in diens joodse ogen. 'Ik zou jou kunnen zijn.'

Dat was de laatste keer dat zij elkaar hadden gezien. In een hoek van de kamer werd een laatste pakketje achtergelaten, en ditmaal zat er een kaartje bij. Walter sloeg *Mein Kampf* open en legde het erin, bij de plattegrond die hij met het boek zelf had meegebracht. 'Pagina dertien,' zei hij glimlachend. 'Dat brengt vast geluk, denk je ook niet?'

'Vast wel,' en de twee mannen omhelsden elkaar.

Toen de deur dichtviel, deed Max het boek open en bekeek het kaartje. *Stuttgart naar München naar Pasing*. De trein vertrok over twee dagen, 's avonds, net op tijd om de laatste aansluiting te halen. Het laatste stuk zou hij gaan lopen. De plattegrond zat al in zijn hoofd, in vieren gevouwen. De sleutel zat nog steeds aan de binnenkant van het boek geplakt.

Een halfuur later liep hij naar het pakketje en maakte het open. Behalve voedsel, zaten er nog een paar dingen in.

De Extra Inhoud van Walter Kuglers Geschenk

Een scheermesje.
Een lepel – omdat die nog het meest op een spiegel leek.
Scheerzeep.
Een schaar.

Toen hij er wegging was de voorraadkamer leeg, op de vloer na.

'Dag,' fluisterde hij.

Het laatste wat Max zag was het kleine hoopje haar dat bij de muur lag.

Dag.

Met een gladgeschoren gezicht en ongelijk geknipt, maar keurig gekamd haar, liep hij als een nieuw mens het gebouw uit. Eigenlijk liep hij naar buiten als Duitser. Wacht eens even, hij *was* een Duitser. Of liever gezegd, dat was hij *geweest*.

In zijn maag voelde hij de elektrische combinatie van voedsel en misselijkheid.

Hij wandelde naar het station.

Hij liet zijn kaartje en persoonsbewijs zien en nu zat hij in een kleine coupé van de trein, midden in de schijnwerpers van het gevaar.

'Papieren.'

Dat was het woord dat hij vreesde.

Het was al erg genoeg toen hij op het perron werd aangehouden. Hij wist dat hij dat geen tweede keer kon verdragen.

De trillende handen.

De geur – nee, de stank – van *schuldgevoel*.

Hij kon het echt niet nog een keer verdragen.

Gelukkig kwamen ze al vroeg langs en vroegen ze alleen om zijn kaartje en nu was er alleen nog maar een raam met kleine stadjes en dorpjes, concentraties van lichtjes, en de vrouw die aan de andere kant van de coupé zat te snurken.

Het grootste deel van de reis zat hij zich door het boek heen te werken en deed hij zijn best om niet op te kijken.

De woorden hingen nutteloos rond in zijn mond.

Terwijl hij de bladzijden omsloeg en het ene hoofdstuk na het andere las, waren het vreemd genoeg slechts twee woorden die hij proefde.

Mein Kampf. Mijn strijd.

De titel, steeds opnieuw, terwijl de trein doormurmelde, van het ene Duitse stadje naar het andere.

Mein Kampf.

Dat dat nu juist zijn redding moest zijn.

Oplichters

Je zou kunnen aanvoeren dat Liesel Meminger het makkelijk had. Vergeleken met Max Vandenburg *had* ze het ook makkelijk. Goed, haar broertje was praktisch in haar armen overleden. Haar moeder had haar in de steek gelaten.

Maar alles was beter dan een jood te zijn.

In de tijd voorafgaand aan de komst van Max, raakten ze weer een wasklant kwijt, ditmaal de Weingartners. In de keuken vond het obligate *schimpfen* plaats en Liesel verzoende zich met het feit dat ze nog twee klanten over hadden en, nog beter, dat een van hen de burgemeester was, met zijn vrouw en zijn boeken.

Wat Liesels andere activiteiten aangaat, ze haalde nog steeds kattenkwaad uit met Rudy Steiner. Ik zou zelfs zover willen gaan om te zeggen dat zij hun zondige levensstijl steeds verder verfijnden.

Om zich te bewijzen en hun dievenrepertoire uit te breiden, ondernamen ze nog een paar uitstapjes met Arthur Berg en zijn vrienden. Ze pikten aardappels bij de ene boerderij en uien van een andere. Hun grootste overwinning boekten zij echter samen.

Zoals we al eerder hebben gezien, was een van de voordelen van het wandelen door de stad de kans dat je dingen vond op straat. Een ander voordeel was dat je zag hoe mensen, of liever gezegd, dezelfde mensen, week in, week uit dezelfde dingen deden.

Een van die mensen was Otto Sturm, een jongen van school. Elke vrijdagmiddag reed hij op de fiets naar de kerk, om goederen te brengen naar de priesters.

Terwijl het mooie weer steeds slechter werd, hielden zij hem een maand lang in de gaten en met name Rudy was vastbesloten dat op een vrijdag in een uitzonderlijk koude week in oktober, Otto zijn eindbestemming niet zou halen.

'Al die priesters,' zei Rudy, terwijl ze samen door de stad liepen. 'Ze zijn toch allemaal veel te dik. Die kunnen best een weekje zonder eten.'

Liesel kon het alleen maar met hem eens zijn. Ten eerste was ze niet katholiek. Ten tweede had ze zelf flinke honger. Zoals altijd droeg zij de was. Rudy droeg twee emmers koud water, of zoals hij het zelf noemde, twee emmers toekomstig ijs.

Even voor tweeën ging hij aan de slag.

Zonder een ogenblik te aarzelen, goot hij het water op de weg, precies op de plek waar Otto de hoek om zou komen fietsen.

Liesel moest het toegeven.

Eerst voelde zij zich wel een heel klein beetje schuldig, maar het plan was volmaakt, volmaakter kon bijna niet. Elke vrijdagmiddag, om even na tweeën, fietste Otto Sturm de Münchenstraat in met de spullen in de mand die aan zijn stuur hing. Deze vrijdag zou hij niet verder komen.

De straat was van zichzelf al glad, maar Rudy bracht nog een extra laag aan. Hij kon zijn grijns, die als een glijbaan over zijn gezicht liep, nauwelijks onderdrukken.

'Kom mee,' zei hij, 'die struik daar.'

Na pakweg een kwartiertje wierp het duivelse plan zijn vruchten af, om het zo maar eens te zeggen.

Rudy wees met zijn vinger door een opening in de struik. 'Daar heb je 'm.'

Otto kwam de hoek om, zo sukkelig als een lammetje.

Hij verloor geen seconde om de controle over zijn fiets te verliezen, over het ijs te glijden en met zijn gezicht plat op straat te vallen.

Toen hij zich niet bewoog, keek Rudy Liesel geschrokken aan. 'Gekruisigde Christus,' zei hij. 'Misschien hebben we hem wel vermoord!' Hij kroop langzaam achter de struik vandaan, pakte de mand en maakte zich samen met Liesel uit de voeten.

'Ademde hij nog?' vroeg Liesel een eindje verder in de straat.

'Keine Ahnung,' zei Rudy, de mand tegen zich aan klemmend. Hij had geen idee.

Van onder aan de heuvel keken zij hoe Otto opstond, zich op zijn hoofd en aan zijn kruis krabde en zich een ongeluk zocht naar de mand.

'Stomme Scheisskopf,' grinnikte Rudy. Samen bekeken ze de buit. Brood, kapotte eieren, en de hoofdprijs: *Speck*. Rudy hield de vette ham bij zijn neus en snoof de geur diep op. 'Prachtig.'

Hoe verleidelijk het ook was om deze victorie voor zich te houden, toch werden ze overmand door een gevoel van loyaliteit jegens Arthur Berg. Ze begaven zich naar zijn armoedige huurkamer in de Kempf Strasse en toonden hem hun buit. Arthur stak zijn goedkeuring niet onder stoelen of banken.

'Van wie hebben jullie dit gestolen?'

Het was Rudy die antwoord gaf. 'Otto Sturm.'

'Nou,' knikte hij, 'wie dat ook mag zijn, ik ben hem dankbaar.' Hij liep naar binnen en kwam terug met een broodmes, een koekenpan en een jas en even later liepen de drie dieven door de gang van de appartementen.

'We gaan de anderen halen,' zei Arthur toen ze buiten stonden. 'We mogen dan criminelen zijn, maar we zijn natuurlijk niet compleet verdorven.' Net als de boekendief trok hij in elk geval nog ergens een grens.

Er werd nog op een paar deuren geklopt. Namen werden vanaf de straat omhoog geschreeuwd naar appartementen en enige tijd later was het hele conglomeraat van Arthur Bergs bende fruitdieven op weg naar de Amper. Op de open plek aan de overkant van de rivier werd een vuur aangelegd en werd wat er nog over was van de eieren bij elkaar geschraapt en gebakken. Het brood en spek werden gesneden. Met handen en messen werd Otto Sturms bestelling tot de laatste kruimel opgepeuzeld. Geen priester te zien.

Pas tegen het einde ontstond er wat onenigheid ten aanzien van de mand. Een meerderheid van de jongens wilde hem verbranden. Fritz Hammer en Andy Schmeikl wilden hem bewaren, maar Arthur Berg, met zijn ongerijmde morele inslag, had een beter idee.

'Jullie twee,' zei hij tegen Rudy en Liesel. 'Misschien kunnen jullie hem beter terugbrengen naar die Sturm. Me dunkt dat we die arme drommel dat op z'n minst verschuldigd zijn.'

'Ah joh, Arthur.'

'Ik wil het niet horen, Andy.'

'Jezus christus.'

'*Hij* wil het ook niet horen.'

De hele groep lachte en Rudy Steiner pakte de mand op. 'Ik breng hem wel terug en dan hang ik hem aan hun brievenbus.'

Hij had hooguit twintig meter gelopen toen het meisje hem inhaalde. Ze zou veel te laat thuiskomen, maar ze realiseerde zich heel goed dat ze met Rudy Steiner mee moest lopen naar de boerderij van de Sturms, helemaal aan de andere kant van de stad.

Een tijd lang liepen ze zwijgend naast elkaar.

'Heb jij een rotgevoel?' vroeg Liesel ten slotte. Ze waren inmiddels alweer op weg naar huis.

'Waarover?'

'Je weet wel.'

'Natuurlijk wel, maar ik heb geen honger meer en ik wed dat *hij* dat ook niet heeft. Denk maar niet dat die priesters iets zouden krijgen als ze daar thuis niet genoeg te eten hadden.'

'Maar hij viel zo hard op de grond.'

'Herinner me daar nou niet aan.' Maar Rudy Steiner kon een glimlach niet onderdrukken. In later jaren zou hij een gever zijn van brood, geen steler – alweer een bewijs van het tegenstrijdige in de mens. Een beetje goed, een beetje slecht. Alleen water toevoegen.

Vijf dagen na hun bitterzoete kleine overwinning dook Arthur Berg nog een laatste keer op om hen uit te nodigen voor zijn volgende project. Ze liepen hem op een woensdagmiddag tegen het lijf in de Münchenstraat, toen ze van school naar huis liepen. Hij had zich al omgekleed in zijn uniform van de Hitlerjeugd. 'Morgenmiddag gaan we weer. Hebben jullie zin om mee te gaan?'

Ze konden het niet laten. 'Waar?'

'Waar ze al die aardappelen hebben.'

Vierentwintig uur later klommen Liesel en Rudy opnieuw over het prikkeldraadhek en vulden hun jutezak.

De problemen begonnen pas toen ze weer weg wilden.

'Christus!' riep Arthur. 'De boer!' Het was echter zijn volgende woord dat iedereen de meeste angst aanjoeg. Hij schreeuwde het alsof hij er al mee was aangevallen. Zijn mond scheurde open. Het woord vloog eruit en het woord was bijl.

En inderdaad, toen zij zich omdraaiden, kwam de boer met het wapen boven zijn hoofd geheven op hen af gestormd.

De hele groep rende naar het hek en klauterde er overheen. Rudy, die het verste weg was, haalde hen snel in, maar niet snel genoeg om te voorkomen dat hij de laatste was. Toen hij zijn been over het hek wilde trekken, raakte hij verstrikt in het prikkeldraad.

'Hé!'

Het geluid van iemand die gestrand is.

De groep bleef staan.

Liesel rende instinctief terug.

'Opschieten!' riep Arthur. Zijn stem klonk ver weg, alsof hij was ingeslikt alvorens zijn mond te verlaten.

Witte lucht.

De anderen renden weg.

Toen Liesel bij hem was begon ze aan zijn broekspijp te trekken. Rudy's ogen waren groot van angst. 'Vlug,' zei hij. 'Hij komt eraan.'

In de verte hoorden zij nog steeds het geluid van vluchtende voeten toen een nieuwe hand het prikkeldraad vastpakte en lostrok uit Rudy Steiners broek. Er bleef een stukje aan de metalen knoop hangen, maar de jongen kon wel ontsnappen.

'En nu rennen,' zei Arthur tegen hen, slechts een ogenblik voordat de boer, vloekend en volledig buiten adem, arriveerde. Hij klemde de bijl inmiddels moeizaam tegen zijn been. Hij riep de nutteloze woorden van iemand die bestolen is:

'Ik laat jullie arresteren! Ik krijg jullie wel! Ik kom er heus wel achter wie jullie zijn!'

Dat was het moment waarop Arthur Berg terugriep.

'De naam is Owens!' Hij sprong weg om Liesel en Rudy in te halen. 'Jesse Owens!'

Toen ze zich weer op veilig terrein bevonden, worstelend om lucht in hun longen te zuigen, lieten zij zich op de grond vallen en kwam Arthur Berg naar hen toe. Rudy weigerde hem aan te kijken. 'We hebben het allemaal meegemaakt,' zei Arthur, zijn teleurstelling aanvoelend. Loog hij? Ze wisten het niet zeker en zouden er nooit achter komen.

Een paar weken later verhuisde Arthur Berg naar Keulen.

Ze zagen hem nog één keer, op een van Liesels wasrondes. In een smal zijstraatje van de Münchenstraat gaf hij Liesel een bruine papieren zak met een stuk of twaalf kastanjes erin. Hij grijnsde. 'Contacten in de pofindustrie.' Nadat hij hen van zijn vertrek op de hoogte had gesteld, schonk hij hen nog een laatste puisterige glimlach en een tik tegen hun hoofd. 'Niet meteen allemaal opeten,' zei hij en dat was de laatste keer dat ze Arthur Berg zagen.

Wat mij betreft, ik kan je vertellen dat ik hem nog wel heb gezien.

EEN KLEIN EERBETOON AAN ARTHUR BERG, EEN NOG-LEVENDE MAN

De Keulse hemel was geel en bedorven,
en schilferde aan de randen.
Hij zat, met zijn rug tegen een muur, met een kind
in zijn armen. Zijn zusje.
Toen zij ophield met ademen, bleef hij bij haar,
en ik wist meteen dat hij haar nog uren vast zou houden.
Er zaten twee gestolen appels in zijn zak.

Ditmaal pakten ze het handiger aan. Ze aten allebei één kastanje op en verkochten de rest langs de deuren.

'Als u een paar pfennig overheeft,' zei Liesel bij elk huis, 'ik heb kastanjes.' Op het laatst hadden ze zestien muntjes.

'En nu,' grijnsde Rudy, 'wraak.'

Nog diezelfde middag gingen ze terug naar de winkel van Frau Diller, Heil Hitlerden en wachtten af.

'Gemengde lolly's maar weer?' schmunzelde ze, waarop zij knikten. Ze gooiden het geld op de toonbank en Frau Dillers mond viel een eindje open.

'Ja, Frau Diller,' zeiden zij eenstemmig. 'Gemengde lolly's, alstublieft.'

De ingelijste Führer keek trots op hen neer.

Triomf voor de storm.

De Worstelaar, het Vervolg

Hier eindigt het goochelen, maar niet het worstelen. Ik heb Liesel Meminger in mijn ene hand en Max Vandenburg in de andere. Straks breng ik ze bij elkaar. Geef me nog een paar pagina's.

De worstelaar:

Als ze hem vanavond vermoordden, zou hij in elk geval sterven terwijl hij leefde.

De trein was al een heel eind op weg, de snurker waarschijnlijk lekker opgekruld in de coupé waar zij lag te slapen. Nu bevonden zich alleen nog voetstappen tussen Max en overleving. Voetstappen en gedachten, en twijfels.

In gedachten volgde hij de kaart van Pasing naar Molching. Het was al laat toen hij het stadje zag. Hij had verschrikkelijke pijn in zijn benen, maar hij was er bijna – de allergevaarlijkste plek om te zijn. Zo dichtbij dat hij hem bijna kon aanraken.

Precies zoals het was beschreven, vond hij de Münchenstraat en vervolgde zijn weg over het trottoir.

Alles verstijfde.

Opgloeiende straatverlichting.

Donkere, passieve gebouwen.

Het stadhuis stond erbij als een reusachtige jongeling met grote vuisten, veel te groot voor zijn leeftijd. De kerk verdween in de duisternis toen hij zijn blik erlangs omhoog liet glijden.

Alles keek naar hem.

Hij rilde.

Hij waarschuwde zichzelf. 'Houd je ogen open.'

(Duitse kinderen keken uit naar verloren muntstukken. Duitse joden waren op hun hoede voor mogelijke gevangenneming.)

In overeenstemming met het gebruik van het cijfer dertien dat hem geluk moest brengen, telde hij zijn voetstappen in groepjes van dat aantal. Nog maar dertien passen, hield hij zichzelf steeds voor. Kom op, dertien nog maar. Ik schat dat hij dat ongeveer negentig keer moest doen voordat hij eindelijk op de hoek van de Himmelstraat stond.

In zijn ene hand hield hij zijn koffer.

In de andere nog steeds *Mein Kampf.*

Beide waren zwaar en beide werden vastgehouden door zweterige handen.

Nu sloeg hij de zijstraat in, op weg naar nummer drieëndertig. Hij onderdrukte een glimlach, hij onderdrukte een snik en hij onderdrukte zelfs maar de geringste voorstelling van de veilige omgeving die hem wellicht wachtte. Hij herinnerde zich eraan dat er in deze tijd geen plaats was voor hoop. Zeker, hij kon het bijna aanraken. Hij kon het voelen, ergens vlak buiten zijn bereik. In plaats van het te erkennen, ging hij echter weer verder met bedenken wat hij moest doen als hij op het allerlaatste moment toch nog werd gepakt, of als daarbinnen toevallig de verkeerde persoon op hem zat te wachten.

Natuurlijk was er ook de kriebel van de zonde.

Hoe kon hij dit doen?

Hoe kon hij hier zomaar aankomen en mensen vragen hun leven voor hem op het spel te zetten? Hoe kon hij zo zelfzuchtig zijn?

Drieëndertig.

Ze keken elkaar aan.

Het huis had een bleke, bijna ziekelijke kleur, een ijzeren hek en een bruine, met speekselvlekken besmeurde deur.

Hij haalde de sleutel tevoorschijn. Die glinsterde niet, maar lag dof en zwaar in zijn hand. Even kneep hij erin, half verwachtend dat hij langzaam naar zijn pols zou druipen. Maar dat gebeurde niet. Het metaal was hard en plat, met een gezond stel tanden en hij kneep erin tot de punten in zijn huid drongen.

Toen leunde de worstelaar langzaam naar voren, legde zijn wang tegen het hout en haalde de sleutel uit zijn vuist.

DEEL VIER

De Staande Man

waarin:

de accordeonist – een belofte-houder –
een braaf meisje – een joodse vuistvechter
– de woede van rosa – een les – een
slaper – het ruilen van nachtmerries
– en enkele pagina's uit de kelder

De Accordeonist

(Het Geheime Leven van Hans Hubermann)

Er stond een jongeman in de keuken. De sleutel in zijn hand voelde alsof hij lag te roesten in zijn palm. Hij zei niet iets als hallo, of help mij alstublieft, of iets anders wat je zou verwachten. Hij stelde twee vragen.

Vraag Een
'Hans Hubermann?'

Vraag Twee
'Speel je nog steeds accordeon?'

Terwijl hij onzeker naar de menselijke gestalte voor hem stond te kijken, werd de stem van de jongeman uit zijn keel geschraapt en door het donker aan de ander aangereikt alsof dit het enige was wat er nog van hem resteerde.

Papa, geschrokken en op zijn hoede, deed een stap naar voren.

Hij fluisterde tegen de keuken: 'Natuurlijk doe ik dat.'

Het ging allemaal vele jaren terug, helemaal tot de Eerste Wereldoorlog.

Ze zijn heel vreemd, die oorlogen.

Vol bloed en geweld – maar ook vol verhalen die al even moeilijk te bevatten zijn. 'Het is echt waar,' mompelen mensen dan. 'Het kan me niet schelen of je me gelooft of niet, maar die vos redde mijn leven,' of 'Overal om me heen vielen ze dood neer en ik was de enige die daar nog stond zonder een kogel tussen mijn ogen. Waarom ik? Waarom ik wel en zij niet?'

Hans Hubermanns verhaal leek daar een beetje op. Toen ik het tussen de woorden van de boekendief aantrof, realiseerde ik me dat wij elkaar in die tijd af en toe waren tegengekomen, hoewel wij geen van beiden een afspraak in onze agenda hadden staan. Zelf had ik het heel erg druk met mijn werk. En wat Hans betreft, ik denk dat hij zijn best deed om mij te ontlopen.

De eerste keer dat wij in elkaars nabijheid waren, was Hans tweeëntwintig en vocht tegen de Fransen. De meeste jongemannen van zijn peloton stonden te trappelen om te vechten. Hans was er nog niet zo zeker van. Ik had inmiddels al enkelen van hen meegenomen, maar bij Hans Hubermann, zou je kunnen zeggen, was ik zelfs nog nooit in de buurt gekomen. Óf hij had erg veel geluk, óf hij verdiende het om te leven, óf er was een goede reden voor hem om in leven te blijven.

In het leger viel hij in geen enkel opzicht op. Hij rende ergens in het midden, klom in het midden en kon net zuiver genoeg schieten om zijn meerderen niet tegen zich in het harnas te jagen. Ook blonk hij niet voldoende uit om een van de eerste uitverkorenen te zijn die regelrecht op mij mochten afstormen.

EEN KORTE MAAR OPMERKELIJKE NOOT

Ik heb in de loop der jaren zo veel jonge mannen gezien die denken dat zij op andere jonge mannen afstormen.
Dat is niet zo.
Ze stormen op mij af.

Hij was al bijna een halfjaar aan het vechten toen in Frankrijk een eigenaardige gebeurtenis, als je het goed beschouwt, zijn leven redde. Vanuit een ander oogpunt zou je kunnen zeggen dat het midden in die onzinnige oorlog, eigenlijk heel logisch was.

Al met al had zijn tijd in de oorlog hem vanaf het moment dat hij in het leger was gegaan verbijsterd. Het leek wel een vervolgverhaal. Dag na dag na dag. Na dag:

De stemmen van kogels.

Rustende mannen.

De beste schuine moppen ter wereld.

Koud zweet – die boosaardige kleine kameraad – veel te lang aanwezig in oksels en broeken.

Het leukste vond hij de kaartspelletjes, gevolgd door de enkele partijtjes schaak, ondanks het feit dat hij er helemaal niets van bakte. En de muziek. Altijd weer de muziek.

Het was een man die een jaar ouder was dan hijzelf – een Duitse jood, Erik Vandenburg genaamd – die hem accordeon leerde spelen. Aangezien zij geen van beiden veel belangstelling hadden voor vechten, raakten zij bevriend. Ze rolden liever een sigaretje dan dat ze door de sneeuw en de modder rolden. Ze vuurden liever vragen op elkaar af dan dat ze kogels afvuurden op anderen. Een hechte vriendschap werd gevestigd op gokken, roken en muziek, om nog maar niet te spreken van een gedeeld verlangen om te overleven. Het enige probleem hiermee was dat Erik Vandenburg later in verschillende stukken op een met gras begroeide heuvel zou worden aangetroffen. Zijn ogen waren open en zijn trouwring was gestolen. Ik schepte zijn ziel samen met de andere bij elkaar en wij dreven weg. De horizon had de kleur van melk. Koud en fris. Over de lichamen geschonken.

Het enige wat er in feite nog van Erik Vandenburg over was, waren een paar persoonlijke spullen en de veelgebruikte accordeon. Alles werd naar huis gestuurd, behalve het instrument. Dat vonden ze te groot. Het stond, bijna met iets van zelfverwijt, op zijn veldbed in het basiskamp en werd aan zijn vriend,

Hans Hubermann, gegeven, die de enige overlevende bleek te zijn.

Hij Overleefde Het Als Volgt
Hij trok die dag niet ten strijde.

En dat had hij aan Erik Vandenburg te danken. Of liever gezegd, aan Erik Vandenburg en de tandenborstel van de sergeant.

Die ochtend, vlak voordat ze vertrokken, beende sergeant Stephan Schneider het slaapverblijf binnen en vroeg met luide stem ieders aandacht. Hij was populair bij de mannen vanwege zijn gevoel voor humor en practical jokes, maar vooral omdat hij zich nooit achter de anderen aan in het heetst van de strijd begaf. Hij ging altijd als eerste.

Op sommige dagen ging hij de ruimte vol slapende mannen binnen en zei zoiets als: 'Wie komt er uit Pasing?' of 'Wie is er goed in wiskunde?' of in het noodlottige geval van Hans Hubermann, 'Wie kan er netjes schrijven?'

Niemand meldde zich ooit vrijwillig, in elk geval niet meer na de eerste keer dat hij het deed. Die dag stond een enthousiaste jonge soldaat genaamd Philipp Schlink trots op en zei: 'Ik, meneer, ik kom uit Pasing.' Hij kreeg prompt een tandenborstel in zijn handen geduwd en de opdracht het schijthuis schoon te gaan maken.

Toen de sergeant vroeg wie het beste handschrift had, kun je je dus voorstellen waarom niemand er veel voor voelde om zich te melden. Ze waren bang dat zij de eerste zouden zijn om voordat ze weggingen een volledige hygiëne-inspectie te ondergaan of de met stront besmeurde laarzen van een excentrieke luitenant te moeten schoonmaken.

'Nou, kom op,' plaagde Schneider hem. Zijn met olie glad gekamde haar glansde, hoewel er boven op zijn hoofd altijd een plukje eigenwijs rechtop bleef staan. 'Eén van jullie nutteloze donders zal toch wel in staat zijn om een beetje fatsoenlijk te schrijven.'

In de verte werd geschoten.

Dit lokte een reactie uit.

'Luister,' zei Schneider, 'dit is niet zoals de vorige keer. Het gaat je de hele ochtend kosten, en misschien wel langer.' Hij kon een glimlach niet onderdrukken. 'Schlink was het schijthuis aan het poetsen terwijl jullie een potje zaten te kaarten, maar deze keer zijn jullie *daarginds*.'

Leven of trots.

Hij hoopte duidelijk dat een van zijn mannen zo verstandig zou zijn voor het leven te kiezen.

Erik Vandenburg en Hans Hubermann keken elkaar aan. Als er nu iemand naar voren kwam, zou het peloton hem de rest van de tijd die ze hier samen doorbrachten het leven zuur maken. Niemand houdt van lafaards. Als iemand daarentegen door een ander als kandidaat werd voorgedragen...

Nog steeds stapte er niemand naar voren, maar een stem maakte zich los en wandelde op zijn gemak naar de sergeant. Hij ging aan zijn voeten zitten, in afwachting van een flinke trap. Hij zei: 'Hubermann, meneer.' De stem behoorde toe aan Erik Vandenburg. Kennelijk vond hij vandaag geen geschikte dag voor zijn vriend om te sterven.

De sergeant stapte tussen de soldaten door.

'Wie zei dat?'

Hij was een imposant stapper, Stephan Schneider – een kleine man die met alles wat hij deed, praten, bewegen, wat dan ook, haast leek te hebben. Terwijl hij tussen de twee rijen heen en weer liep, keek Hans voor zich uit, in afwachting van het nieuws. Misschien was een van de verpleegsters ziek geworden en hadden ze iemand nodig om de geïnfecteerde ledematen van gewonde soldaten opnieuw te verbinden. Misschien moesten er duizend enveloppen met doodsberichten voor het thuisfront worden dichtgeplakt en van een postzegel worden voorzien.

Op dat moment kwam de stem weer naar voren en duwde een paar andere uit de weg om zich verstaanbaar te maken. 'Hubermann,' klonk het. Erik zei zelfs: 'Onberispelijk handschrift, meneer, *onberispelijk*.'

'Dat is dan geregeld.' Er verscheen een ronde, kleine grijns op zijn gezicht. 'Hubermann. Jij bent de pineut.'

De slungelige jonge soldaat kwam naar voren en vroeg wat zijn taak inhield.

De sergeant zuchtte. 'De kapitein moet een paar dozijn brieven schrijven. Hij heeft geweldig veel last van reumatiek in zijn vingers. Of jicht. Dus moet jij ze voor hem schrijven.'

Dit was niet het moment om te protesteren, vooral niet omdat Schlink toiletten had moeten schoonmaken en een ander, Pflegger, zich bijna had doodgelikt aan enveloppen. Zijn hele tong was blauw en ontstoken.

'Goed, meneer,' knikte Hans, en dat was dat. Zijn schrijftalent was op z'n minst dubieus te noemen, maar hij vond dat hij bofte. Hij deed zijn uiterste best op de brieven terwijl de rest van de mannen ten strijde trokken.

Niemand van hen keerde terug.

Dat was de eerste keer dat Hans Hubermann aan mij ontsnapte. De Eerste Wereldoorlog.

Een tweede ontsnapping moest nog komen, in 1943, in Essen.

Twee oorlogen voor twee ontsnappingen.

De ene keer toen hij nog jong was, de tweede keer op middelbare leeftijd.

Niet veel mannen lukt het mij tot twee keer toe te slim af te zijn.

De rest van de oorlog sjouwde hij de accordeon met zich mee.

Toen hij na zijn thuiskomst de familie van Erik Vandenburg in Stuttgart had opgespoord, liet Vandenburgs vrouw hem weten dat hij het instrument mocht houden. Haar flat stond vol met die dingen en het maakte haar van streek om juist deze te zien. De andere herinnerden haar al genoeg aan haar man, net als het beroep dat zij met hem had gedeeld, namelijk dat van accordeonleraar.

'Hij heeft mij leren spelen,' vertelde Hans haar, alsof dat zou helpen.

Misschien deed het dat wel, want de diepbedroefde vrouw vroeg hem of hij er voor haar wat op wilde spelen en huilde stilletjes toen hij de knoppen en toetsen beroerde voor een stuntelige Blauwe Donau-wals. Het was het lievelingsstuk van haar man.

'Weet je,' vertelde Hans haar, 'hij heeft mijn leven gered.' De kamer was slecht verlicht en geventileerd. 'Hij – als ik je ooit ergens mee kan helpen...' Hij schoof een stukje papier met zijn naam en adres erop over de tafel. 'Ik ben huisschilder van beroep. Ik schilder gratis je hele flat, wanneer je maar wilt.' Hij wist dat het een zinloze compensatie was, maar hij bood het toch aan.

De vrouw pakte het papiertje op en even later kwam er een klein kind binnen, dat bij haar op schoot klom.

'Dit is Max,' zei de vrouw, maar het jongetje was te klein en te verlegen om iets te zeggen. Hij was mager, met zacht haar en zijn opgezette, sombere ogen keken hoe de vreemdeling nog een liedje speelde in de bedompte kamer. Hij keek van de een naar de ander, terwijl de man speelde en de vrouw huilde. De verschillende noten bedienden haar ogen. Zoveel verdriet.

Hans vertrok.

'Dat heb je me nooit verteld,' zei hij tegen een dode Erik Vandenburg en de omtrekken van Stuttgart. 'Je hebt me nooit verteld dat je een zoon had.'

Na een ogenblik hoofdschuddend te hebben stilgestaan, keerde Hans terug naar München, in de overtuiging dat hij nooit meer iets van die mensen zou horen. Wat hij niet wist was dat er wel degelijk een beroep zou worden gedaan op zijn hulp, maar niet om te komen schilderen, en pas over een jaar of twintig.

Na een paar weken begon hij weer te schilderen. In de maanden met goed weer werkte hij stevig door en zelfs 's winters zei hij vaak tegen Rosa dat het werk dan wel niet binnenstroomde, maar toch wel een beetje bleef druppelen.

Meer dan tien jaar lang ging het allemaal goed.

Hans Junior en Trudy werden geboren. Toen ze klein waren gingen ze hun papa vaak opzoeken op zijn werk en dan mochten ze verf op de muren smeren en kwasten schoonmaken.

Toen Hitler echter in 1933 aan de macht kwam, begon het bergafwaarts te gaan met het schilderwerk. Hans sloot zich niet, zoals de meeste mensen, aan bij de NSDAP. Hij dacht goed over die beslissing na.

DE GEDACHTEGANG VAN HANS HUBERMANN

Hij was niet hoog opgeleid of bijzonder geïnteresseerd in politiek, maar hij was wel een man die geloofde in rechtvaardigheid. Een jood had ooit zijn leven gered en dat kon hij niet vergeten. Hij kon zich niet aansluiten bij een partij die mensen op die manier behandelde. Ook waren, net als in het geval van Alex Steiner, een paar van zijn trouwste klanten joods. Net als veel van de joden, geloofde ook hij niet dat de haat zou voortduren, en het was dan ook een bewuste beslissing zich niet bij Hitler aan te sluiten. In veel opzichten was het een rampzalige beslissing.

Zodra de vervolgingen begonnen, droogde zijn werk langzaam op. Eerst was het nog niet zo erg, maar al snel begon hij klanten kwijt te raken. Handenvol citaten leken te verdwijnen in de opstijgende nazilucht.

Hij had het erover met een oude getrouwe, Herbert Bollinger – een man met een reusachtige buik, die Hochdeutsch sprak (hij kwam uit Hamburg) – en die hij een keer tegenkwam in de Münchenstraat. Eerst sloeg de man zijn blik neer en keek langs zijn omvangrijke middel naar de grond en toen hij de schilder weer aankeek, leek hij zich niet erg op zijn gemak te voelen met de vraag. Hans had het niet hoeven vragen, maar hij deed het toch.

'Wat is er gaande, Herbert? Ik raak mijn klanten zo snel kwijt dat ik het bijna niet bij kan houden.'

Bollinger verblikte niet. Hij rechtte zijn rug en beantwoordde de vraag met een wedervraag. 'Welnu, Hans. Ben je lid?'

'Waarvan?'

Maar Hans Hubermann wist precies waar de man het over had.

'Kom, kom, Hansi,' drong Bollinger aan. 'Moet ik het soms voor je spellen?'

De lange schilder wuifde hem weg en liep door.

Naarmate de jaren verstreken werden de joden door het hele land volkomen willekeurig geterroriseerd en in het voorjaar van 1937 moest Hans zich, bijna tot zijn schande, gewonnen geven. Hij deed wat navraag en diende een aanvraag in om lid te worden van de Partij.

Na zijn formulier te hebben afgegeven bij het nazihoofdkwartier in de Münchenstraat, zag hij vier mannen met bakstenen de etalage van een kledingwinkel van Kleinmann ingooien. Het was een van de weinige joodse winkels in Molching die nog open was. Binnen haastte een kleine man zich om de rommel op te ruimen, waarbij de glasscherven onder zijn voeten knerpten. Op de deur was een mosterdkleurige ster geklad. De verf waarmee de woorden JOODS TUIG eronder waren gekalkt was helemaal uitgelopen. De bewegingen binnen veranderden van gehaast in rustig en hielden toen helemaal op.

Hans liep naar de deur en stak zijn hoofd naar binnen. 'Kan ik u helpen?'

Meneer Kleinmann keek op. In zijn bewegingloze handen hield hij een bezem. 'Nee, Hans. Alsjeblieft. Ga weg.' Het jaar ervoor had Hans Joel Kleinmanns huis nog geschilderd. Hij herinnerde zich zijn drie kinderen. Hij zag hun gezichten voor zich, maar hun namen wist hij niet meer.

'Ik kom morgen langs,' zei hij, 'om je deur te schilderen.'

En dat deed hij.

Het was de tweede van zijn twee vergissingen.

De eerste vond onmiddellijk na het incident plaats.

Hij liep terug naar waar hij net vandaan was gekomen en beukte zijn vuist eerst tegen de deur en toen tegen het raam van de NSDAP. Het glas trilde, maar niemand deed open. Iedereen was al naar huis. Een van de laatsten die was weggegaan liep nog een eindje verder in de Münchenstraat. Toen hij het glas hoorde rinkelen, zag hij de schilder staan.

Hij kwam terug en vroeg wat er aan de hand was.

'Ik kan toch geen lid worden,' zei Hans.

De man keek geschokt. 'Waarom niet?'

Hans keek naar de knokkels van zijn rechterhand en slikte. Hij kon de vergissing al proeven, als een staaltablet in zijn mond. 'Laat maar.' Hij draaide zich om en ging naar huis.

Woorden volgden hem.

'Denk er nog maar eens goed over na, Herr Hubermann. Laat ons weten wat u beslist.'

Hij reageerde niet.

De volgende ochtend stond hij, zoals beloofd, vroeger op dan gebruikelijk, maar niet vroeg genoeg. De deur van Kleinmanns kledingzaak was nog nat van de dauw. Hans veegde hem droog. Hij slaagde erin een kleur te mengen die zo dicht mogelijk bij de originele kwam en voorzag de deur van een mooie nieuwe verflaag.

Een man kwam heel onschuldig langslopen.

'Heil Hitler,' zei hij.

'Heil Hitler,' antwoordde Hans.

Drie Kleine Maar Belangrijke Feiten

1. De man die langsliep was Rolf Fischer, een van de grootste nazi's van Molching.
2. Binnen zestien uur stonden er nieuwe scheldwoorden op de deur geklad.
3. Hans Hubermann werd niet toegelaten als lid van de nazipartij.
Nog niet tenminste.

Het jaar erop mocht Hans blij zijn dat hij zijn aanvraag om lid te worden niet officieel had ingetrokken. Terwijl heel veel mensen onmiddellijk werden goedgekeurd, kwam hij op een wachtlijst te staan en werd argwanend in de gaten gehouden. Eind 1938, toen de joden na de Kristallnacht allemaal werden weggevoerd, kwam de Gestapo langs. Ze doorzochten het huis en toen er niets verdachts werd aangetroffen, was Hans Hubermann een van de gelukkigen.

Hij mocht blijven.

Het feit dat mensen wisten dat hij nog steeds op goedkeuring van zijn aanvraag zat te wachten was waarschijnlijk zijn redding. Hij werd derhalve geduld, hoewel hij niet de erkenning kreeg als de vakkundige huisschilder die hij was.

En dan was er nog zijn andere redder.

Het was de accordeon die hem waarschijnlijk redde van een compleet ostracisme. Schilders had je overal in München, maar dankzij de lessen van Erik Vandenburg en bijna twee decennia regelmatig oefenen, was er niemand in Molching die zo kon spelen als hij. Hij had geen perfecte stijl, maar wel een warme. Zelfs de fouten die hij maakte gaven mensen een goed gevoel.

Hij Heil Hitlerde wanneer dat van hem werd verlangd en hing op de juiste dagen de vlag uit. Er waren geen problemen.

Toen, op 16 juni 1939 (de datum stond in zijn geheugen gegrift), net zes maanden na Liesels komst naar de Himmelstraat, gebeurde er iets dat het leven van Hans Hubermann voorgoed veranderde.

Het was een dag waarop hij wat werk had.

Hij ging precies om zeven uur van huis.

Hij trok zijn schilderskar achter zich aan, zich niet bewust van het feit dat hij werd gevolgd.

Toen hij op de werkplek arriveerde, kwam er een onbekende jongeman naar hem toe. Hij was lang, blond en keek heel ernstig.

De twee keken elkaar aan.

'Ben jij misschien Hans Hubermann?'

Hans knikte. Hij stak zijn hand uit om een kwast te pakken. 'Dat ben ik.'

'Speel je toevallig accordeon?'

Nu stopte Hans en liet de kwast waar hij was. Hij knikte opnieuw.

De vreemdeling wreef over zijn kin, keek om zich heen en zei toen, heel zacht, maar bijzonder duidelijk: 'Ben je een man die zijn beloftes nakomt?'

Hans pakte twee verfblikken en vroeg hem of hij wilde gaan zitten. Voordat hij daarop inging, stak de jongeman zijn hand uit en stelde zich aan hem voor. 'Mijn naam is Kugler. Walter. Ik kom uit Stuttgart.'

Ze gingen zitten en zaten vervolgens een kwartiertje te praten. Ze maakten een afspraak voor diezelfde avond.

Een Braaf Meisje

In november 1940, toen Max Vandenburg in de keuken van Himmelstraat 33 arriveerde, was hij vierentwintig. Zijn kleren leken zwaar als lood en hij was zo moe dat de eerste de beste kriebel hem kon breken. Hij stond bibberend en helemaal in de war in de deuropening.

'Speel je nog steeds accordeon?'

Natuurlijk was de vraag eigenlijk: 'Ben je nog steeds bereid me te helpen?'

Liesels papa liep naar de voordeur en trok hem open. Hij stak voorzichtig zijn hoofd naar buiten, keek links en rechts en kwam toen weer terug. Het oordeel luidde: 'Niets.'

Max Vandenburg, de jood, deed zijn ogen dicht en liet zich iets verder wegzakken in een gevoel van veiligheid. De gedachte was ronduit belachelijk, maar hij accepteerde hem toch.

Hans controleerde of de gordijnen goed dicht waren. Er mocht niets te zien zijn. Terwijl hij hiermee bezig was, kon Max het niet langer verdragen. Hij hurkte op de grond en wrong zijn handen.

De duisternis streelde hem.

Zijn vingers roken naar koffer, metaal, *Mein Kampf* en overleving.

Pas toen hij zijn hoofd optilde bereikte het gedempte licht uit de gang zijn ogen. Opeens zag hij het pyjamameisje daar staan.

'Papa?'

Max kwam overeind als een afgestreken lucifer. Om hem heen steeg ook de duisternis op.

'Niets aan de hand, Liesel,' zei Papa. 'Ga maar weer naar bed.'

Ze bleef nog even staan treuzelen, totdat haar voeten aan haar begonnen te trekken. Toen ze bleef staan om nog een laatste blik op de vreemdeling in de keuken te werpen, ontwaarde ze de omtrekken van een boek op de tafel.

'Wees maar niet bang,' hoorde ze Papa fluisteren. 'Ze is een braaf meisje.'

Nog wel een uur lang lag het brave meisje klaarwakker in haar bed te luisteren naar het stille geroezemoes van zinnen in de keuken.

Er zat nog één joker in het spel.

Een Korte Geschiedenis van de Joodse Vuistvechter

Max Vandenburg was geboren in 1916.
Hij groeide op in Stuttgart.
In zijn jonge jaren was hij dol op een goed vuistgevecht.

Hij had zijn eerste gevecht toen hij elf was en zo mager als een bezemsteel.

Wenzel Gruber.

Daar vocht hij mee.

Hij had een brutale mond, dat Gruberjoch, en dikke krullen. De plaatselijke speelplaats vond dat ze moesten vechten en geen van beide jongens bracht daar iets tegenin.

Ze vochten als kampioenen.

Heel even.

Net toen het interessant begon te worden, werden beide jongens in hun kraag gevat en weggesleurd. Een oplettende ouder.

Er droop een straaltje bloed uit Max' mond.

Hij proefde het en het smaakte goed.

Niet veel mensen die uit deze buurt kwamen waren vechtersbazen, en als ze al vochten, deden ze het niet met hun vuisten. In die tijd zeiden ze dat joden liever zonder hun hand op te heffen bleven staan. Dat ze alles gelaten over zich heen lieten komen, om zich vervolgens weer terug te vechten naar de top. Kennelijk is niet elke jood hetzelfde.

Hij was bijna twee toen zijn vader stierf, ergens op een heuvel aan flarden geschoten.

Toen hij negen was, zat zijn moeder volledig aan de grond. Ze verkocht de muziekstudio die tevens dienstdeed als hun woning en ze verhuisden naar het huis van zijn oom. Daar groeide hij op met zes neven die hem aframmelden, pestten en van hem hielden. Het vuistvechten leerde hij van zijn knokpartijen met Isaac, de oudste van het stel. Hij kreeg bijna elke avond een pak slaag.

Op zijn dertiende sloeg het noodlot opnieuw toe toen zijn oom overleed.

Zijn oom was geen heethoofd zoals Max. Hij was het type man dat onopvallend zijn werk deed en weinig verdiende. Hij was geen rijk man. Hij eigende zich niet toe wat eigenlijk van een ander was – en hij stierf aan iets dat in zijn maag groeide. Een soort giftige bowlingbal.

Zoals wel vaker gebeurt, stond de familie om het bed en keek toe hoe hij zich overgaf.

Naast al dat verdriet en verlies voelde Max Vandenburg, die nu een tiener was met harde handen, blauwe ogen en een zere tand, op de een of andere manier ook een soort teleurstelling. Hij was zelfs een beetje boos. Toen hij zijn oom langzaam weg zag zakken in het bed, nam hij zich voor dat hij nooit op die manier zou sterven.

Het gezicht van de man leek zo berustend.

Zo gelig en kalm, ondanks de hoekige architectuur van zijn schedel –

De eindeloze kaaklijn, die zich kilometers ver uitstrekte, de uitstekende jukbeenderen en de diep weggezonken ogen. Zo kalm dat de jongen hem wel iets had willen vragen.

Waar is de vechtlust? vroeg hij zich af.

Waar is de wil om door te knokken?

Natuurlijk sloeg hij met zijn dertien jaar een beetje door in zijn harde oordeel. Hij had nog nooit zoiets als *mij* in de ogen gekeken. Nog niet.

Samen met de anderen stond hij om het bed en zag de man sterven – een veilige overgang, van leven naar dood. Het licht in het raam was grijs en oranje, de kleur van een zomerhuid, en zijn oom leek opgelucht toen zijn ademhaling er helemaal mee ophield.

'Wanneer de dood mij komt halen,' nam de jongen zich voor, 'zal hij mijn vuist op zijn gezicht voelen.'

Persoonlijk bevalt mij dat wel. Zoveel domme bravoure.

Ja.

Daar houd ik wel van.

Vanaf dat moment begon hij met grotere regelmaat te vechten. Een groepje stoere vrienden en vijanden kwam vaak bijeen in een klein plantsoen in de Steberstraat, en daar vochten ze dan in de schemering. Archetypische Duitsers, een enkele jood, de jongens uit het oosten. Het maakte niet uit. Niets zo goed als een stevige knokpartij om jeugdige energie kwijt te raken. Zelfs de vijanden waren bijna vrienden.

Hij hield van de dichte kringen omstanders en het onbekende.

De bitterzoetheid van onzekerheid:

Winnen of verliezen.

Het was een onderbuikgevoel dat zich net zo lang roerde tot hij dacht dat hij het niet meer uithield. De enige remedie was eropuit gaan en klappen uitdelen. Max was niet het type jongen die te lang over de dingen nadacht.

Zijn favoriete gevecht was, nu hij erop terugkeek, gevecht nummer vijf tegen een lange, taaie, knokige knul, Walter Kugler genaamd. Ze waren vijftien. Walter had alle vier hun eerdere gevechten gewonnen, maar deze keer voelde Max iets anders. Er stroomde nieuw bloed door zijn aderen – het bloed van de overwinning – en dat was zowel angstaanjagend als opwindend.

Zoals altijd verdrong een klein kringetje jongelui zich om hen heen. Een brede lach leek vastgezet op de gezichten van de omstanders. Zij klemden geld in hun smerige vingers en het geschreeuw en gejoel bezat zoveel levenskracht dat er niets anders was dan dit.

God, zoveel vreugde en angst als daar heerste, zoveel stralende drukte.

De twee vechters gingen op in de intensiteit van het ogenblik, hun gezichten een en al overdreven gespannen expressie. Grote ogen van concentratie.

Na elkaar een minuutje of zo te hebben afgetast, begonnen zij dichterbij te komen en meer risico's te nemen. Het was per slot van rekening een straatgevecht, geen titelgevecht van een uur. Ze hadden niet de hele dag de tijd.

'Kom op, Max!' riep een van zijn vrienden. Hij haalde geen enkele keer adem tussen de woorden. 'Kom op, Maxi-Taxi, nu heb je hem, je hebt hem, jodenjongen, je hebt hem, je hebt hem!'

Max was een klein jochie met zachte krullen, een gehavende neus en omfloerste ogen en al met al een kop kleiner dan zijn tegenstander. Zijn manier van vechten was absoluut zonder enige gratie. Helemaal voorovergebogen, kwam hij behoedzaam naar voren en deelde snelle stoten uit naar het gezicht van Kugler. De andere jongen, duidelijk sterker en geoefender, bleef rechtop staan en liet zijn slagen aan één stuk door neerregenen op Max' wangen en kin.

Max bleef komen.

Ondanks alle klappen die hij moest incasseren, bleef hij naar voren komen. Zijn lippen waren rood van het bloed. Straks zou het opdrogen op zijn tanden.

Er ging een enorm gebrul op toen hij werd neergeslagen. Er werd al bijna geld uitgewisseld.

Max stond op.

Hij werd nog een keer tegen de grond geslagen voordat hij van tactiek veranderde en Walter Kugler iets dichterbij lokte dan hij eigenlijk had willen komen. Ogenblikkelijk gaf Max hem een korte, scherpe stomp in zijn gezicht. Die zat. Boven op zijn neus.

Kugler, plotseling verblind, schuifelde achteruit en Max greep zijn kans. Hij volgde hem naar rechts, stompte hem nog een keer en opende zijn dekking met een stoot op zijn ribben. De rechtse die hem de das om deed belandde op zijn kin. Walter Kugler lag op de grond, zijn blonde haar grijs van het zand. Zijn benen lagen gespreid in een V. Tranen van kristal vloeiden over zijn huid, hoewel hij niet huilde. De tranen waren uit zijn lijf geslagen.

De kring telde.

Ze telden altijd, voor het geval dat. Stemmen en getallen.

Na een gevecht was het de gewoonte dat de verliezer de hand van de winnaar omhooghield. Toen Kugler eindelijk opstond, liep hij naar Max Vandenburg toe en tilde zijn arm in de lucht.

'Bedankt,' zei Max tegen hem.

Kugler gaf hem een waarschuwing. 'De volgende keer maak ik je af.'

In de daaropvolgende paar jaar vochten Max Vandenburg en Walter Kugler alles bij elkaar nog dertien keer tegen elkaar. Walter was altijd op wraak uit voor die allereerste overwinning die Max op hem had behaald, en Max wilde dat glorieuze moment evenaren. Uiteindelijk kwam de stand op 10-3 voor Walter te staan.

Ze bleven tegen elkaar vechten tot 1933, toen ze zeventien waren. Schoorvoetend respect veranderde in oprechte vriendschap en zij verloren allebei de drang om te vechten. Ze hadden allebei een baan, totdat Max in '35 samen met de rest van de joden de zak kreeg bij de Jederman Machinefabriek. Dat gebeurde niet lang nadat de Neurenberger Wetten van kracht werden, die het joden verbood om Duits staatsburger te zijn en Duitsers en joden verbood met elkaar te trouwen.

'Jezus,' zei Walter op een avond toen ze elkaar tegenkwamen op de kleine hoek waar ze vroeger altijd vochten. 'Dat waren nog eens tijden, hè? Toen had je al die onzin nog niet.' Hij sloeg met zijn vlakke hand tegen de ster op Max' mouw. 'Zo zouden we nu niet meer kunnen vechten.'

Max was het niet met hem eens. 'Natuurlijk wel. Je mag niet met een jood trouwen, maar er is geen wet die verbiedt dat je met hem vecht.'

Walter lachte. 'Er zal eerder een wet zijn die je ervoor *beloont* – zolang je tenminste wint.'

De paar jaar die hierop volgden zagen zij elkaar hooguit sporadisch. Samen met de rest van de joden werd Max steevast afgewezen en herhaaldelijk vertrapt, terwijl Walter helemaal opging in zijn werk bij een drukkerij.

Als je iemand bent die zich voor zulke zaken interesseert, ja, er waren in die jaren een paar meisjes. De één heette Tania, de ander Hildi. Met geen van beiden werd het echt wat. Er was gewoon niet voldoende tijd, hetgeen waarschijnlijk te wijten was aan de onzekerheid en de toenemende druk. Max was voortdurend op zoek naar werk. Wat had hij die meisjes te bieden? Tegen de tijd dat 1938 aanbrak was het moeilijk je voor te stellen dat het leven nog zwaarder kon worden.

Toen werd het 9 november. Kristallnacht. De nacht van het gebroken glas.

Het was de gebeurtenis die het einde betekende voor zovelen van zijn medejoden, maar voor Max Vandenburg bleek het zijn moment van ontsnapping. Hij was tweeëntwintig jaar oud.

Op het moment dat veel joodse winkels verwoest en geplunderd werden, werd er op de deur van de flat gebonkt. Max zat samen met zijn tante, zijn moeder, zijn neven en nichten en hun kinderen in de woonkamer.

'Aufmachen!'

De familieleden keken elkaar aan. De verleiding was groot om de andere kamers in te vluchten, maar angst is iets heel vreemds. Ze konden zich niet verroeren.

Nog een keer. 'Doe open!'

Isaac stond op en liep naar de deur. Het hout gonsde nog na van de klappen die het zojuist had gekregen. Hij keek over zijn schouder naar de doodsbange gezichten, draaide de sleutel om en opende de deur.

Zoals hij al had verwacht, was het een nazi. In uniform.

'Nooit.'

Dat was Max' eerste reactie.

Hij klemde zijn moeders hand vast, en die van Sarah, de nicht die het dichtst bij hem zat. 'Ik ga niet weg. Als we niet allemaal weg kunnen, ga ik ook niet.'

Hij loog.

Toen hij door de rest van zijn familie de kamer werd uitgeduwd, maakte een bijna obscene opluchting zich van hem meester. Het was iets wat hij niet wilde voelen, maar niettemin voelde hij het zo heftig dat hij er kotsmisselijk van werd. Hoe kon hij? Hoe kon hij?

Maar het was zo.

'Niets meenemen,' zei Walter tegen hem. 'Alleen wat je aanhebt. Ik zorg wel voor de rest.'

'Max.' het was zijn moeder.

Uit een lade haalde ze een oud stukje papier en stak dat in zijn jaszak. 'Als je ooit...' Ze pakte hem een laatste keer vast, bij de ellebogen. 'Dit zou wel eens je laatste hoop kunnen zijn.'

Hij keek in haar ouder wordende gezicht en kuste haar, heel hard, op de lippen.

'Kom.' Walter stond aan hem te trekken, terwijl de rest van de familie afscheid nam en hem nog wat geld en kostbaarheden toestopte. 'Het is één grote chaos daarbuiten, en dat is precies wat we nodig hebben.'

Ze vertrokken, zonder nog achterom te kijken.

Het kwelde hem.

Had hij bij het verlaten van de flat nog maar één keer achteromgekeken naar zijn familie. Misschien was het schuldgevoel dan minder erg geweest. Geen laatste groet.

Geen laatste blik in elkaars ogen.

Niets dan verlorenheid.

De volgende twee jaar hield hij zich verborgen in een lege opslagruimte. Het was in een gebouw waar Walter vroeger had gewerkt. Er was heel weinig te eten. Er was heel veel argwaan. De paar overgebleven joden met geld emigreerden. De joden zonder geld probeerden dat ook, maar zonder veel succes. De familie van Max behoorde tot deze laatste categorie. Walter ging af en toe zo onopvallend mogelijk bij hen langs om te kijken hoe het met hen ging. Toen hij op een middag bij hen aanbelde, werd de deur door iemand anders opengedaan.

Toen Max het nieuws hoorde, leek het alsof zijn hele lichaam ineen werd gefrommeld tot een bal, als een bladzijde vol fouten. Als afval.

En toch slaagde hij er elke dag weer in zichzelf bij elkaar te rapen en glad te strijken, vol afschuw en dankbaarheid. Kapot, maar op de een of andere manier niet gebroken.

Halverwege 1939, toen hij iets meer dan een halfjaar ondergedoken zat, besloten zij dat er nieuwe actie moest worden ondernomen. Ze bestudeerden het velletje papier dat Max' moeder in zijn zak had gestopt toen hij zijn familie in de steek had gelaten. Jazeker – in de steek had gelaten, niet ontsnapt. Dat was hoe hij het zag, ondanks zijn groteske opluchting. Wij weten al wat er op dat velletje papier geschreven stond:

EEN NAAM, EEN ADRES

Hans Hubermann
Himmelstrasse 33, Molching.

'Het wordt steeds erger,' zei Walter tegen Max. 'Ze kunnen ons nu elk moment vinden.' Ze zaten met opgetrokken schouders in het donker. 'Er kan van alles gebeuren. Ze kunnen mij oppakken. Misschien moeten we hier gebruik van maken... Ik durf niemand hier om hulp te vragen. Dan geven ze me misschien wel aan.' Er was maar één oplossing. 'Ik ga er naartoe om die man te zoeken. Als hij een nazi is – wat heel waarschijnlijk is – dan maak ik meteen rechtsomkeert. Maar dan weten we tenminste waar we aan toe zijn, *richtig*?'

Max gaf hem zijn allerlaatste geld om de reis te kunnen maken en toen Walter een paar dagen later terugkwam, omhelsden zij elkaar voordat Max zijn adem inhield. 'En?'

Walter knikte. 'Hij is oké. Hij speelt nog steeds op die accordeon waarover je moeder je heeft verteld – die van je vader. Hij is geen lid van de Partij. Hij heeft me geld gegeven.' Vooralsnog was Hans Hubermann niet meer dan een opsomming. 'Hij is vrij arm, hij is getrouwd en er is een kind.'

Dit wekte Max' belangstelling. 'Hoe oud?'

'Tien. Je kunt niet alles hebben.'

'Ja. Kinderen hebben moeite om hun mond te houden.'

'We mogen toch nog van geluk spreken.'

Ze bleven een tijdje zwijgend bij elkaar zitten. Het was Max die de stilte verbrak.

'Hij heeft zeker nu al een hekel aan me?'

'Dat denk ik niet. Hij heeft me immers geld gegeven? Hij zei dat belofte schuld maakt.'

Een week later kwam er een brief. Hans liet Walter Kugler weten dat hij zijn best zou doen hen zoveel mogelijk dingen te sturen die van pas zouden komen. Er zat een plattegrond bij van Molching en München en een beschrijving van een rechtstreekse route vanuit Pasing (het meest betrouwbare treinstation) naar zijn voordeur. De laatste woorden van zijn brief lagen voor de hand.

Wees voorzichtig.

Half mei 1940 werd *Mein Kampf* bezorgd, met een sleutel aan de binnenkant van de kaft geplakt.

De man is een genie, vond Max, maar hij kon nog steeds een huivering niet onderdrukken wanneer hij eraan dacht naar München te moeten reizen. Het sprak vanzelf dat hij, net als alle andere betrokken partijen, de reis het liefste niet wilde maken.

Maar je wensen worden nu eenmaal niet altijd vervuld.

Vooral niet in nazi-Duitsland.

Er verstreek weer wat tijd.

De oorlog breidde zich uit.

Max bleef zich, ditmaal in een andere lege ruimte, verbergen voor de buitenwereld.

Tot het onvermijdelijke gebeurde.

Walter kreeg te horen dat hij naar Polen werd gestuurd, om de Duitse overheersing over zowel de Polen als de joden te handhaven. Het ene volk was niet veel beter dan het andere. Het was tijd.

Het was tijd en Max reisde naar München en Molching en nu zat hij bij een volslagen onbekende in de keuken, vragend om de hulp die hij ontbeerde en huiverend onder de afkeuring die hij naar zijn gevoel verdiende.

Hans Hubermann gaf hem een hand en stelde zich voor.

Hij zette in het donker koffie voor hem.

Het meisje was al een hele tijd weg, maar nu naderden er andere voetstappen. De joker.

In de duisternis waren zij alle drie volledig geïsoleerd. Ze staarden. Alleen de vrouw sprak.

De Woede van Rosa

Liesel was alweer in slaap gevallen toen de onmiskenbare stem van Rosa Hubermann de keuken binnenkwam. Ze schrok er wakker van.

'Was ist los?'

Op het moment dat ze zich een tirade van een woedende Rosa voorstelde won haar nieuwsgierigheid het van haar voorzichtigheid. Ze hoorde dingen bewegen, waaronder het schuiven van een stoel.

Na zich tien minuten lang met de allergrootste moeite te hebben ingehouden, liep Liesel naar de gang en wat zij zag verbaasde haar ten zeerste, want Rosa Hubermann stond naast Max Vandenburg en keek hoe hij haar beruchte erwtensoep verorberde. Er stond een kaars op tafel. Het vlammetje flakkerde niet.

Mama was heel ernstig.

Ze maakte zich zorgen.

Op de een of andere manier lag er echter ook een triomfantelijke blik op haar gezicht en het was niet de triomf om het feit dat zij een ander menselijk wezen van vervolging had gered. Het had meer iets van: 'Zie je nu wel? *Hem* hoor je niet klagen.' Ze keek van de soep naar de jood naar de soep.

Toen ze haar mond weer opendeed was het alleen om te vragen of hij nog meer soep wilde.

Max sloeg het aanbod af en rende liever naar de gootsteen om over te geven. Zijn rug schokte en hij hield zijn armen gespreid. Zijn vingers grepen het metaal vast.

'Jezus, Maria en Jozef,' mompelde Rosa. 'Hij ook al.'

Max draaide zich om, om zich te verontschuldigen. Zijn woorden klonken glibberig en klein, de kop ingedrukt door het maagzuur. 'Het spijt me. Ik denk dat ik te veel gegeten heb. Mijn maag, weet u, het was al zo lang geleden dat... ik geloof niet dat ik nog zoveel...'

'Uit de weg,' gebood Rosa hem. Ze begon op te ruimen.

Toen ze klaar was, zag ze de jongeman somber aan de keukentafel zitten. Hans zat tegenover hem, zijn handen gevouwen boven het hout.

Vanuit de gang kon Liesel het bleek weggetrokken gezicht van de vreemdeling zien en daarachter de bezorgde uitdrukking die een knoeiboel maakte van Mama's gezicht.

Ze keek naar haar beide pleegouders.

Wie waren deze mensen?

Liesels Les

Wat voor soort mensen Hans en Rosa Hubermann nu precies waren was geen gemakkelijk vraag om te beantwoorden. Vriendelijke mensen? Belachelijk onwetende mensen? Mensen die niet helemaal goed bij hun hoofd waren?

De netelige situatie waarin zij zich bevonden was gemakkelijker te definiëren.

De Situatie van Hans en Rosa Hubermann
Heel erg penibel.
Sterker nog, *angstaanjagend* penibel.

Wanneer er in de vroege ochtenduren opeens een jood bij je op de stoep staat, nota bene in de geboorteplaats van het nazisme, is de kans groot dat je je in allerlei opzichten wel heel erg ongemakkelijk gaat voelen. Angst, ongeloof, paranoia. Al die dingen dragen hiertoe bij en stuk voor stuk vormen ze aanleiding tot een donkerbruin vermoeden dat dit wel eens tot niet al te geweldige consequenties zou kunnen leiden. De angst glinstert je tegemoet. Meedogenloosheid in de ogen.

Het meest verrassende is nog wel dat zij er, ondanks deze iriserende angst die opgloeide in de duisternis, op de een of andere manier in slaagden niet hysterisch te worden.

Mama stuurde Liesel weg.

'*Bett,* Saumensch.' De stem kalm maar streng. Hoogst ongebruikelijk.

Een paar minuten later kwam Papa binnen en sloeg de dekens van het lege bed terug.

'*Alles gut,* Liesel? Alles in orde?'

'Ja, Papa.'

'Zoals je hebt gezien, hebben we bezoek gekregen.' In het donker kon ze nog maar net de omtrekken van Hans Hubermanns lange gestalte onderscheiden. 'Hij blijft hier vannacht slapen.'

'Ja, Papa.'

Even later stond Max Vandenburg in de kamer, geruisloos en ondoorzichtig. De man ademde niet eens. Hij bewoog niet. En toch verplaatste hij zich op de een of andere manier van de deur naar het bed en onder de dekens.

'Alles goed?'

Het was Papa weer, maar ditmaal tegen Max.

Het antwoord zweefde omhoog uit zijn mond en versmolt toen als een vlek met het plafond. Zo erg schaamde hij zich. 'Ja. Dank u.' Hij zei het nog een keer toen Papa naar zijn gebruikelijke plekje in de stoel naast Liesels bed liep. 'Dank u.'

Het duurde nog een uur voordat Liesel in slaap viel.

Ze sliep heel vast en lang.

De volgende morgen om even over half negen werd zij gewekt door een hand.

De stem die eraan vastzat vertelde haar dat zij die dag niet naar school zou gaan. Blijkbaar was ze ziek.

Toen ze helemaal wakker was, keek ze naar de vreemdeling in het bed tegenover haar. Het enige wat er boven de deken uitstak was een bos warrig haar en er klonk geen enkel geluid, alsof hij zichzelf had getraind om zelfs geluidloos te slapen. Heel voorzichtig liep ze langs hem heen, naar de gang, waar Papa was.

Voor de allereerste keer was zowel de keuken als Mama nog in diepe slaap. Er heerste een soort verwonderde, gewijde stilte. Tot Liesels opluchting duurde het maar een paar minuten.

Er was eten en er klonken etensgeluiden.

Mama vertelde wat er die dag ging gebeuren. Ze kwam aan tafel zitten en zei: 'Luister goed, Liesel. Papa gaat je vandaag iets vertellen.' Dit was heel serieus – ze zei niet eens Saumensch. Een geweldige persoonlijke prestatie. 'Hij gaat met je praten en jij moet goed naar hem luisteren. Is dat duidelijk?'

Het meisje slikte net een hap door.

'Is dat duidelijk, Saumensch?'

Dat was beter.

Het meisje knikte.

Toen zij de slaapkamer weer binnenkwam om haar kleren te pakken, had het lichaam op het andere bed zich omgedraaid en opgekruld. Het was niet langer een rechte boomstam, maar een soort Z-vorm, die diagonaal van de ene hoek naar de andere hoek van het bed liep. Zigzaggend over het bed.

In het schemerige licht kon ze nu zijn gezicht zien. Zijn mond was open en zijn huid had de kleur van eierschalen. Baardstoppels bedekten zijn kaken en kin, en zijn oren waren hard en plat. Hij had een kleine, maar misvormde neus.

'Liesel?'

Ze draaide zich om.

'Wegwezen!'

Ze haastte zich naar de badkamer.

Eenmaal aangekleed en in de gang, zag ze dat ze niet ver weg zouden gaan. Papa stond voor de deur naar de kelder. Hij glimlachte flauwtjes, stak de lamp aan en liep voor haar uit naar beneden.

Te midden van de stapels afdeklakens en de geur van verf zei Papa tegen haar dat ze lekker moest gaan zitten. Op de muren werden de geschilderde woorden verlicht die zij in het verleden had geleerd. 'Ik moet je het een en ander vertellen.'

Liesel ging boven op een één meter hoge stapel afdeklakens zitten en Papa op een vijftien-literblik verf. Hij zocht minutenlang naar woorden. Toen ze kwamen, ging hij staan om ze uit te spreken. Hij wreef in zijn ogen.

'Liesel,' zei hij zacht. 'Ik heb nooit geweten of dit ooit zou gebeuren, dus heb ik je er nooit iets over verteld. Over mij. Over die man boven.' Hij liep van de ene kant van de kelder naar de andere en het lamplicht vergrootte zijn schaduw. Hij leek net een reus die heen en weer liep voor de muur.

Toen hij ophield met heen en weer lopen, doemde zijn schaduw achter hem dreigend op en keek toe. Er was altijd iemand die toekeek.

'Je kent mijn accordeon?' zei hij, en zo begon het verhaal.

Hij vertelde haar van de Eerste Wereldoorlog en Erik Vandenburg en zijn bezoek aan de vrouw van de gesneuvelde soldaat. 'Het jongetje dat die dag de kamer binnenkwam is de man die hier nu boven zit. *Verstehst?* Begrijp je?'

De boekendief luisterde naar Hans Hubermanns verhaal. Het duurde een dik uur, tot het moment van de waarheid, waaraan een voor de hand liggende maar noodzakelijke les te pas kwam.

'Nu moet je goed naar me luisteren, Liesel.' Papa liet haar opstaan en pakte haar hand vast.

Ze stonden met hun gezicht naar de muur.

Donkere vormen en geoefende woorden.

Hij hield haar vingers stevig vast.

'Herinner je je de verjaardag van de Führer – toen we die avond na het vreugdevuur naar huis liepen? Weet je nog wat je me toen hebt beloofd?'

Het meisje knikte. Ze zei, tegen de muur: 'Dat ik een geheim zou bewaren.'

'Precies.' De geschilderde woorden verspreidden zich tussen de schaduwen die hand in hand stonden, boven op hun schouders, op hun hoofden en hangend aan hun armen. 'Liesel, als jij iemand over die man hierboven vertelt, dan komen we met z'n allen heel erg in de problemen.' Hij probeerde een middenweg te zoeken tussen haar zo bang maken dat ze haar mond zou houden en haar voldoende gerust te stellen om haar kalm te houden. Hij voerde haar de zinnen en keek haar aan met zijn metaalachtige ogen. Vertwijfeling en rust. 'Het minste wat er kan gebeuren is dat Mama en ik zouden worden weggehaald.' Hans maakte zich wel degelijk zorgen dat hij haar te angstig zou maken, maar dat risico calculeerde hij in, ervan uitgaande dat hij haar beter te veel angst kon inboezemen dan te weinig. De gehoorzaamheid van het meisje moest een vaststaand, onveranderlijk feit zijn.

Tegen het einde keek Hans Hubermann Liesel Meminger aan om zich ervan te overtuigen dat hij haar volledige aandacht had.

Hij somde een lijst op van consequenties.

'Als je iemand over die man vertelt...'

Haar onderwijzeres.

Rudy.

Het deed er niet toe wie.

Het enige wat ertoe deed was dat ze allemaal strafbaar waren.

'Om te beginnen,' zei hij, 'neem ik je dan al je boeken af – en verbrand ze.' Keihard. 'Ik gooi ze in het fornuis, of in de haard.' Hij gedroeg zich nu werkelijk als een tiran, maar het kon niet anders. 'Begrepen?'

De schok maakte een gat in haar, heel keurig, heel precies.

De tranen sprongen haar in de ogen.

'Ja, Papa.'

'Ten tweede.' Hij moest hard blijven en dat kostte hem moeite. 'Ten tweede zullen ze jou bij mij weghalen. Wil je dat?'

Ze huilde nu voluit. *'Nein.'*

'Mooi zo.' Hij greep haar hand nog wat steviger vast. 'Ze zullen die man hierboven meenemen, en Mama en mij misschien ook – en dan zie je ons nooit, nooit meer terug.'

En dat was de druppel.

Het meisje begon zo hartverscheurend te huilen dat Papa haar het liefst in zijn armen had genomen en dicht tegen zich aan had getrokken. Maar dat deed hij niet. In plaats daarvan, hurkte hij bij haar neer en keek haar recht in de ogen. Hij liet zijn zachtste woorden tot nu toe op haar los. '*Verstehst du mich?* Begrijp je me?'

Het meisje knikte. Ze huilde en nu gaf haar uitgeputte papa zich gewonnen en sloeg in de geschilderde lucht en het petroleumschijnsel zijn armen om haar heen.

'Ik begrijp het, Papa, echt waar.'

Haar stem klonk gesmoord tegen zijn lichaam en zo bleven ze enkele minuten staan, Liesel gesmoord snikkend en Papa die haar over haar rug wreef.

Toen ze weer boven kwamen, troffen ze Mama in de keuken aan, alleen en in gedachten verzonken. Toen zij de vuile vegen van opgedroogde tranen op Liesels gezicht zag, stond ze op en wenkte het meisje bij zich. Ze trok haar tegen zich aan en sloeg een paar stevige armen om haar heen. '*Alles gut, Saumensch?*'

Ze hoefde geen antwoord te horen.

Alles was goed.

Maar ook verschrikkelijk.

De Slaper

Max Vandenburg sliep drie hele dagen aan één stuk door.

In bepaalde fragmenten van die slaap keek Liesel naar hem. Je zou kunnen zeggen dat het tegen de derde dag een obsessie voor haar werd om telkens even te controleren of hij nog wel ademde. Ze was nu in staat zijn levenstekenen te interpreteren, aan de hand van het bewegen van zijn lippen, zijn groeiende baard en de plukjes haar die nauwelijks zichtbaar heen en weer gingen wanneer zijn hoofd een beweging maakte in zijn droomtoestand.

Vaak, wanneer ze zo boven hem stond, kwam de gênante gedachte bij haar op dat hij zojuist wakker was geworden en dat zijn ogen opeens open zouden gaan om haar aan te kijken – om te kijken hoe zij naar hem keek. De gedachte dat hij haar zou kunnen betrappen kwelde haar, maar moedigde haar tegelijkertijd ook aan. Ze was er bang voor. Ze wilde het graag. Pas wanneer Mama haar riep kon ze zichzelf van hem losscheuren, tegelijk opgelucht en teleurgesteld dat zij er niet bij zou zijn wanneer hij wakker werd.

Tegen het einde van de slaapmarathon zei hij af en toe iets.

Een opsomming van gemompelde namen. Een checklist.

Isaac. Tante Ruth. Sarah. Mama. Walter. Hitler.

Familie. Vriend. Vijand.

Ze lagen allemaal met hem onder de dekens en op een gegeven moment leek hij met zichzelf te worstelen. *'Nein,'* fluisterde hij. Het werd tot zeven keer toe herhaald. 'Nee.'

Liesel stond zo vaak naar hem te kijken dat de overeenkomsten tussen haar en deze vreemdeling haar begonnen op te vallen. Zij hadden allebei voor opschudding gezorgd door hun komst in de Himmelstraat. Ze nachtmerrieden allebei.

Toen het moment dan eindelijk was aangebroken, ontwaakte hij met een akelig gevoel van desoriëntatie. Na zijn ogen ging meteen zijn mond open en schoot hij overeind.

'Ai!'

Een flard stem ontsnapte uit zijn mond.

Toen hij het meisjesgezicht zag dat ondersteboven boven hem hing, was er even een angstig moment van onbekendheid en het zoeken naar herinnering – om exact te bepalen waar hij zich op dat moment bevond en hoeveel tijd er verstreken was. Na een paar tellen slaagde hij erin op zijn hoofd te krabben (geritsel van brandhout) en keek hij haar aan. Zijn bewegingen waren houterig en nu ze eenmaal open waren, bleken zijn ogen bruin en omfloerst te zijn. Dik en zwaar.

In een reflex deinsde Liesel achteruit.

Ze was te traag.

De vreemdeling stak zijn arm uit en pakte haar met zijn bedwarme hand bij haar onderarm.

'Alsjeblieft.'

Zijn stem hield haar ook vast, alsof er vingernagels aan zaten. Hij drukte ze in haar vlees.

'Papa!' Heel hard.

'Alsjeblieft!' Zacht.

Het was laat in de middag, grijs en schitterend, maar het enige licht dat door het raam in de kamer viel was grauw. Meer kwam er niet door de gordijnen heen. Als je optimistisch van aard bent, moet je maar denken dat het bronskleurig was.

Toen Papa binnenkwam, bleef hij eerst even in de deuropening staan kijken naar Max Vandenburgs grijpende vingers en zijn wanhopige gezicht. Beide hielden Liesels arm vast. 'Ik zie dat jullie hebben kennisgemaakt,' zei hij.

Max' vingers begonnen af te koelen.

Het Uitwisselen van Nachtmerries

Max Vandenburg beloofde dat hij nooit meer in Liesels kamer zou slapen. Hoe had hij dat die eerste nacht kunnen doen? Het idee alleen al stuitte hem tegen de borst.

Hij verdedigde het voor zichzelf door te bedenken dat hij bij zijn aankomst zo in de war was dat hij het had laten gebeuren. Wat hem betreft was de kelder de enige plek voor hem. Vergeet de kou en de eenzaamheid. Hij was een jood en als er één plek was waar hij thuishoorde, was het een kelder of een andere verborgen plek om te overleven.

'Het spijt me,' zei hij tegen Hans en Rosa op de keldertrap. 'Van nu af aan zal ik hier beneden blijven. Jullie zullen geen last van me hebben. Ik zal geen enkel geluid maken.'

Hans en Rosa, beiden volkomen doordrenkt in de wanhoop van het hele gebeuren, brachten er niets tegenin, zelfs niet met het oog op de kou. Ze brachten dekens naar beneden en vulden de petroleumlamp bij. Rosa vertelde hem dat ze hem niet veel te eten kon geven, waarop Max haar dringend verzocht hem alleen maar restjes te brengen, en dan nog alleen maar wanneer niemand anders ze wilde.

'Na, na,' stelde Rosa hem gerust. 'Ik zal je zo goed als ik kan te eten geven.'

Ze brachten ook de matras van het extra bed in Liesels kamer naar beneden, en legden er de afdeklakens voor in de plaats, een prima ruil.

Beneden legden Hans en Max de matras onder de trap en bouwden er een muur van afdeklakens omheen. De stapel lakens reikte hoog genoeg om de hele driehoekige ingang te verbergen en kon gemakkelijk worden verschoven als Max opeens behoefte had aan frisse lucht.

Papa verontschuldigde zich. 'Het stelt niet veel voor, dat realiseer ik me ook wel.'

'Beter dan niets,' verzekerde Max hem. 'Beter dan ik verdien – dank u wel.'

Met een paar goed geplaatste verfblikken, moest Hans toch wel toegeven dat het er gewoon uitzag als een verzameling rotzooi die slordig in de hoek was gegooid, waar het niemand in de weg lag. Het enige probleem was dat je alleen maar een paar blikken hoefde te verschuiven of een laken hoefde weg te halen om de jood te ontdekken.

'Laten we hopen dat het goed genoeg is,' zei hij.

'Het zal wel moeten.' Max kroop naar binnen. Hij zei het nog een keer. 'Dank u wel.'

Dank u wel.

Voor Max Vandenburg waren het de drie meest miserabele woorden die hij maar kon zeggen, slechts naar de kroon gestoken door 'het spijt me'. Hij voelde een constante drang om beide uitdrukkingen te gebruiken, hiertoe aangezet door zijn schuldgevoel.

Hoe vaak overwoog hij die eerste paar uur van wakker zijn om de kelder uit te lopen en het huis te verlaten? Het moeten er honderden zijn geweest.

Maar elke keer was er weer die wroeging.

Die het des te erger maakte.

Hij wilde weglopen – god, wat wilde hij dat graag (althans, hij *wilde* het graag willen) – maar hij wist dat hij het niet zou doen. Het was weer hetzelfde als de manier waarop hij zijn familie in Stuttgart had verlaten, onder het mom van zogenaamde loyaliteit.

Te mogen leven.
Leven was leven.
De prijs was schuldgevoel en schaamte.

Tijdens zijn eerste paar dagen in de kelder had Liesel geen enkel contact met hem. Zij ontkende zijn bestaan. Zijn ritselende haar, zijn koude, gladde vingers.

Zijn gekwelde aanwezigheid.

Mama en Papa.

Er hing zoveel zwaarte tussen hen, en een heleboel mislukte beslissingen.

Ze overwogen of ze hem ergens anders naartoe konden brengen.

'Maar waar naartoe?'

Geen antwoord.

In de situatie waarin zij zich bevonden hadden zij geen vrienden en stonden zij machteloos. Max Vandenburg kon nergens anders heen. Zij waren de enigen. Hans en Rosa Hubermann. Liesel had hen nog nooit zo vaak naar elkaar zien kijken, en zo ernstig.

Zij waren het die eten naar beneden brachten en een leeg verfblik organiseerden waarop Max zijn behoefte kon doen. Hans zou zich zo voorzichtig mogelijk van de inhoud zien te ontdoen, hopelijk als hij nog wat schilderklussen zou krijgen. Rosa bracht hem ook een paar emmers heet water om zich te wassen. De jood was smerig.

Buiten wachtte Liesel, elke keer als zij het huis verliet, een berg koude novemberlucht.

Het regende aan één stuk door.

Dode bladeren vielen op straat en bleven daar liggen.

Al snel was de boekendief aan de beurt om naar de kelder te gaan. Ze dwongen haar.

Ze liep voorzichtig de trap af, in de wetenschap dat woorden overbodig waren. Het geluid van voetstappen was voldoende om hem te wekken.

In het midden van de kelder bleef ze even staan wachten. Ze voelde zich hier eerder alsof ze midden in een groot, donker veld stond. De zon ging onder achter een enorme berg pas geoogste afdeklakens.

Toen Max tevoorschijn kwam, had hij *Mein Kampf* in zijn hand. Meteen na zijn aankomst had hij het aan Hans Hubermann terug willen geven, maar die had hem verteld dat hij het mocht houden.

Natuurlijk kon Liesel, die met zijn avondmaaltijd in haar handen stond, haar ogen er niet van afhouden. Het was een boek dat ze een paar keer eerder had gezien bij de BDM, maar er was niet uit voorgelezen en het was ook verder nooit gebruikt bij hun activiteiten. Er werden wel eens opmerkingen gemaakt over hoe geweldig het was en er was hun beloofd dat zij later, wanneer zij waren doorgestroomd naar een oudere afdeling van de Hitlerjeugd, de kans zouden krijgen om het te lezen.

Max volgde haar aandachtige blik naar het boek.

'Is?' fluisterde zij.

Er zat een eigenaardige trilling in haar stem, afgeschaafd en krullerig in haar mond.

De jood bracht zijn gezicht iets dichter bij haar. '*Bitte?* Sorry?'

Ze overhandigde hem de erwtensoep en rende terug naar boven, rood en beschaamd.

'Is het een goed boek?'

In de badkamer oefende ze voor de kleine spiegel wat ze had willen zeggen. Ze rook nog steeds de geur van urine, want Max had vlak voordat zij beneden kwam net het verfblik gebruikt. *So ein G'schtank*, dacht ze. Wat een stank.

Niemands urine ruikt zo lekker als die van jezelf.

De dagen hobbelden voort.

Elke avond voordat zij in slaap viel, hoorde ze Papa en Mama in de keuken praten over wat er was gedaan, wat ze nu deden en wat er nog gedaan moest worden. Intussen bleef het beeld van Max voortdurend bij haar. Altijd weer die gekwetste, dankbare uitdrukking op zijn gezicht, en die omfloerste ogen.

Eén keer klonk er een uitbarsting vanuit de keuken.

Papa.

'Ik weet het!'

Zijn stem klonk scherp, maar hij bracht het snel terug tot een onderdrukte fluistering.

'Ik zal toch moeten blijven gaan, al is het maar een paar keer per week. Ik kan niet voortdurend hier zijn. We hebben het geld nodig en als ik opeens niet meer kom spelen, zullen ze argwaan krijgen. Dan gaan ze zich misschien afvragen waarom ik niet meer kom. Vorige week heb ik gezegd dat jij ziek was, maar nu moeten we alles weer precies hetzelfde doen als anders..'

Daarin lag nu juist het probleem.

Het leven was ongelooflijk veranderd, maar het was van het grootste belang dat zij allemaal deden alsof er helemaal niets was gebeurd.

Stel je voor dat je blijft lachen na een klap in je gezicht. En dat vierentwintig uur per dag.

Zo was het om een jood te verbergen.

Naarmate de dagen veranderden in weken, ontstond er in elk geval een soort moeizame aanvaarding van wat er was gebeurd als resultaat van oorlog, een beloftehouder en een accordeon. Ook was het natuurlijk zo dat de Hubermanns in een halfjaar tijd een zoon waren kwijtgeraakt en er een onwaarschijnlijk gevaarlijke plaatsvervanger voor hadden teruggekregen.

De grootste schok voor Liesel was de verandering van haar mama. Of het nu de systematische manier was waarop zij het voedsel verdeelde, of het aanzienlijke muilkorven van haar beruchte mond, of de zachtaardiger uitdrukking op haar gegroefde gezicht, één ding begon wel duidelijk te worden:

EEN EIGENSCHAP VAN ROSA HUBERMANN

In een crisis had je een goede aan haar.

Zelfs toen de jichtige Helena Schmidt een maand na Max' komst in de Himmelstraat de was- en strijkdienst afzegde, ging ze gewoon aan tafel zitten en trok de soepkom naar zich toe. 'Lekkere soep vanavond.'

De soep was niet te eten.

Elke ochtend wanneer Liesel naar school ging, of op de dagen dat zij naar buiten ging om te voetballen of wat er over was van de wasronde ging maken, nam ze het meisje even apart. 'Denk erom, Liesel...' Dan wees ze op haar mond en dat was alles. Wanneer Liesel dan knikte, zei ze: 'Grote meid, Saumensch. Ga nu maar gauw.'

In navolging van Papa's woorden, en nu ook die van Mama, was zij een braaf meisje. Overal waar ze kwam hield ze haar mond stijf dicht. Het geheim was diep begraven.

Net als anders liep ze met Rudy door de stad en luisterde naar zijn geklets. Soms vergeleken ze hun ervaringen bij hun Hitlerjeugd-groepen. Daarbij had Rudy het op een gegeven moment over een sadistische jonge leider, Franz Deutscher genaamd. Als Rudy het niet over Deutschers gedreven manier van doen had, speelde hij zijn gebruikelijke kapotte grammofoonplaat met verhalen over en terugblikken op het laatste doelpunt dat hij in het voetbalstadion van de Himmelstraat had gescoord.

'Ik weet het,' verzekerde Liesel hem dan. 'Ik was *erbij*.'

'Nou en?'

'Dus heb ik het zelf gezien, Saukerl.'

'Hoe kan ik dat weten? Voor hetzelfde geld zat je ergens op de grond de modder op te likken die ik had achtergelaten toen ik scoorde.'

Misschien was het Rudy, met zijn stomme praatjes, zijn citroenkleurige haar en zijn brutale mond, die haar met beide benen op de grond hield.

Hij leek vervuld van een soort vertrouwen dat het leven nog steeds niets anders was dan een grote grap – een eindeloze opeenvolging van doelpunten, ondeugende streken en nietszeggend gebabbel.

Ook was er de vrouw van de burgemeester en het lezen in de bibliotheek van haar man. Het was er nu koud, elke keer kouder, maar Liesel kon er niet vandaan blijven. Ze koos altijd een handvol boeken uit en las daar kleine stukjes uit, tot ze er op een middag een vond die ze niet meer weg kon leggen. Het heette *De Fluiter*. Aanvankelijk had het haar aandacht getrokken omdat het haar aan de fluiter van de Himmelstraat – Pfiffikus – deed denken die ze af en toe tegenkwam. Ze herinnerde zich hoe hij voorovergebogen over straat liep in die jas van hem, en hoe hij op de verjaardag van de Führer opeens was opgedoken bij het vreugdevuur.

De eerste gebeurtenis in het boek was een moord. Een steekpartij. In een straat in Wenen. Niet ver van de Stephansdom – de kathedraal aan het grote plein.

EEN KLEIN FRAGMENT UIT *DE FLUITER*

Daar lag ze, doodsbang, in een plas van bloed, en hoorde een eigenaardig deuntje in haar oor. Ze dacht aan het mes, in en uit, en een glimlach. Zoals altijd had de fluiter gelachen toen hij wegrende, in een donkere en moorddadige nacht...

Liesel wist niet of het de woorden waren of het open raam die haar een rilling bezorgden. Elke keer dat ze iets bij het burgemeestershuis ging ophalen of afgeven, las ze huiverend drie bladzijden, maar daar kon ze niet altijd maar mee doorgaan.

Zo kon ook Max het niet veel langer uithouden in de kelder. Hij klaagde niet – daar had hij het recht niet toe – maar hij voelde zichzelf wel langzaam achteruitgaan in de kou. Uiteindelijk bleek zijn redding te liggen in lezen en schrijven, en een boek met de titel *Het Schouderophalen*.

'Liesel,' zei Hans op een avond. 'Kom mee.'

Sinds de komst van Max was er een aanzienlijke leemte ontstaan in de leesoefeningen van Liesel en haar papa. Kennelijk vond hij dit een goed moment om de draad weer op te pakken. *'Na, komm,'* zei hij tegen haar. 'Ik wil niet dat je het laat verslonzen. Ga een van je boeken pakken. Wat dacht je van *Het Schouderophalen?*'

Het verontrustende element in dit alles was dat Papa haar, toen ze terugkwam, wenkte om hem te volgen naar hun oude werkruimte. De kelder.

'Maar Papa,' probeerde ze hem te vertellen. 'We kunnen toch niet – '

'Wat? Zit er soms een monster beneden?'

Het was begin december en het was een ijskoude dag geweest. Met elke betonnen trede werd de kelder onvriendelijker.

'Het is veel te koud, Papa.'

'Daar heb je je nooit eerder door laten weerhouden.'

'Nee, maar het is nog nooit zo koud geweest...'

Terwijl ze naar beneden liepen, fluisterde Papa tegen Max: 'Mogen wij het lamplicht van je lenen?'

De lakens en de blikken werden heel voorzichtig opzijgeschoven en de lamp werd aangereikt en ging van de ene hand over in de andere. In het vlammetje kijkend, schudde Hans zijn hoofd en liet er enkele woorden op volgen. *'Es ist ja Wahnsinn, net?* Dit is toch gekkenwerk, of niet soms?' Voordat de hand zich weer kon terugtrekken tussen de lakens, greep hij hem vast. 'Kom er zelf ook maar uit. Kom, Max.'

Heel langzaam werden de lakens weggeduwd en kwamen het vermagerde lichaam en gezicht van Max Vandenburg tevoorschijn. In het kille licht stond hij er wonderlijk ongemakkelijk bij. Hij rilde.

Hans trok hem wat dichterbij.

'Jezus, Maria en Jozef. Je kunt hier niet blijven. Je zult nog doodvriezen.' Hij draaide zich om. 'Liesel. Vul de badkuip. Niet te heet. Maak het maar zoals het voelt wanneer het water net begint af te koelen.'

Liesel rende naar boven.

'Jezus, Maria en Jozef.'

Op de gang hoorde ze het nog een keer.

Toen hij in het kleine bad was gestapt, ging Liesel aan de deur van de badkamer staan luisteren en stelde zich voor hoe het lauwe water begon te dampen terwijl het zijn ijsbergkoude lichaam verwarmde. In de gecombineerde woon-slaapkamer waren Mama en Papa net op het hoogtepunt van een verhitte discussie beland, hun zachte stemmen gevangen binnen de muren van de gang.

'Hij gaat daar dood, dat geef ik je op een briefje.'

'Maar wat als iemand hem hier binnen ziet?'

'Nee, nee, hij komt alleen 's avonds boven. Overdag laten we alles open. Niks te verbergen. En we gebruiken deze kamer, in plaats van de keuken. Zo ver mogelijk bij de voordeur vandaan.'

Stilte.

Toen Mama: 'Goed dan... Ja, je hebt gelijk.'

'Als we dan toch een gok nemen met een jood,' zei Papa even later, 'dan gok ik liever met een levende', en vanaf dat moment was er een nieuwe routine geboren.

Elke avond werd in Mama en Papa's kamer het vuur aangestoken en kwam Max stilletjes tevoorschijn. Hij zat dan in een hoekje, verkrampt en verbijsterd, waarschijnlijk door de goedheid van deze mensen, de kwelling van het overleven en vooral de verrukkelijke warmte.

Met de gordijnen stijf dichtgetrokken, sliep hij op de grond met een kussen onder zijn hoofd, terwijl het vuur langzaam opbrandde en in as veranderde.

De volgende ochtend keerde hij weer terug naar de kelder.

Een mens zonder stem.

De joodse rat, terug naar zijn hol.

Kerstmis kwam en ging met de geur van extra gevaar. Zoals verwacht, kwam Hans Junior niet naar huis (zowel een zegen als een onheilspellende teleurstelling), maar Trudy kwam wel en alles verliep soepel.

De Kenmerken van Soepelheid

**Max bleef in de kelder.
Trudy kwam en ging weer zonder
een spoor van argwaan.**

Er was besloten dat Trudy, ondanks haar vriendelijke aard, niet in vertrouwen mocht worden genomen.

'We vertrouwen alleen de mensen die we wel móéten vertrouwen,' zei Papa, 'en dat zijn wij drieën.'

Er was wat extra eten en de verontschuldiging aan Max dat dit dan wel niet zijn godsdienst was, maar dat het nu eenmaal een traditie was.

Hij klaagde niet.

Waarom zou hij?

Hij vertelde dat hij een jood was van geboorte en ook joods was opgevoed, maar dat het joods zijn vandaag de dag meer dan ooit slechts een etiket was – een rampzalig stukje van de domste pech die je als mens maar kon hebben.

Hij maakte meteen van de gelegenheid gebruik om te zeggen dat het hem speet dat de zoon van de Hubermanns niet naar huis was gekomen. Papa antwoordde dat zij zulke dingen nu eenmaal niet in de hand hadden. 'Eigenlijk,' zei hij, 'zou je dat zelf ook moeten weten – een jonge man blijft een jongen, en een jongen heeft soms het recht om koppig te zijn.'

Daar lieten ze het bij.

De eerste paar weken voor het haardvuur, zei Max geen woord. Nu hij elke week in bad ging, viel het Liesel op dat zijn haar niet langer een soort vogelnest was, maar eerder een verzameling veren, die heen en weer wapperden op zijn hoofd. Nog steeds erg verlegen in het bijzijn van de vreemdeling, fluisterde ze het tegen haar papa.

'Het is net of hij veren heeft.'

'Wat?' Het vuur had haar woorden overstemd.

'Ik zei,' fluisterde ze, iets dichter naar hem toe leunend, 'dat het net is of hij veren op zijn hoofd heeft.'

Hans Hubermann keek naar Max en knikte. Ik weet zeker dat hij graag zulke ogen had gehad als het meisje. Ze realiseerden zich niet dat Max elk woord had verstaan.

Af en toe bracht hij *Mein Kampf* mee naar boven en las er wat in bij de vlammen, ziedend van woede over de inhoud. De derde keer dat hij het boek meenam, kon Liesel eindelijk de moed opbrengen om haar vraag te stellen.

'Is het – een goed boek?'

Hij keek op van de bladzijden, balde zijn hand tot een vuist en legde zijn vingers toen weer plat neer. Zijn woede verbijtend, keek hij haar glimlachend aan. Hij streek het haar van zijn voorhoofd en liet het weer terugvallen. 'Het beste boek aller tijden.' Hij keek eerst naar Papa, en toen weer naar het meisje. 'Het heeft mijn leven gered.'

Het meisje sloeg haar benen over elkaar. Zachtjes stelde zij haar vraag.

'Hoe dan?'

Dit luidde het begin in van een fase waarin elke avond verhalen werden verteld in de woonkamer. Er werd net hard genoeg gesproken om alles te kunnen verstaan. Voor hun ogen vielen de stukjes van een joodse vuistvechterspuzzel op hun plaats.

Soms klonk er humor in Max Vandenburgs stem, hoewel die fysiek wat rasperig klonk, als een steen die zachtjes over een groot rotsblok wordt geschuurd. Op sommige plekken klonk hij diep en op andere wat krassend en soms stokte hij helemaal. Hij klonk het diepst waar sprake was van spijt en stokte aan het eind van een grapje of een opmerking vol zelfverachting.

'Gekruisigde Christus,' was de meest gehoorde reactie op Max Vandenburgs verhaal, meestal gevolgd door een vraag.

VRAGEN ZOALS:
Hoe lang heb je in die ruimte gezeten?
Waar is Walter Kugler nu?
Weet je wat er met je familie is gebeurd?
Waar reisde die snurker naartoe?
Tien keer verloren en drie keer gewonnen!
Waarom bleef je tegen hem vechten?

Toen Liesel terugkeek op de gebeurtenissen in haar leven, behoorden die avonden in de woonkamer tot de duidelijkste herinneringen die zij had. Ze kon het schijnsel van de vlammen op Max' bleke gezicht zien en zelfs de menselijke smaak van zijn woorden proeven. Stukje bij beetje vertelde hij het relaas van zijn overleving, alsof hij elk stukje uit zichzelf lossneed en op een presenteerblaadje aan hen aanbood.

'Ik ben zo egoïstisch.'

Terwijl hij dat zei, gebruikte hij zijn onderarm om zijn gezicht af te schermen. 'Mensen achterlaten. Hier naartoe komen. Jullie allemaal in gevaar brengen...' Hij gooide alles eruit en keek hen smekend aan. Verdriet en wanhoop stonden in zijn gezicht gekerfd. 'Het spijt me. Geloven jullie me? Het spijt me zo erg, het spijt me zo verschrikkelijk, het – !'

Zijn arm raakte het vuur en hij trok hem terug.

Ze zaten hem allemaal zwijgend aan te kijken, totdat Papa opstond en naar hem toe liep. Hij ging naast hem zitten.

'Heb je je elleboog gebrand?'

Op een avond zaten Hans, Max en Liesel voor het vuur. Mama stond in de keuken. Max zat weer in *Mein Kampf* te lezen.

'Zal ik je eens iets vertellen?' zei Hans. Hij boog zich naar het vuur. 'Liesel kan zelf ook al heel goed lezen.' Max liet het boek zakken. 'En ze heeft meer met jou gemeen dan je zou denken.' Papa keek even of Rosa er niet aankwam. 'Ze houdt ook van een stevige knokpartij.'

'Papa!'

Liesel, bijna twaalf inmiddels, en nog steeds graatmager, schaamde zich dood. 'Ik heb nog nooit gevochten!'

'Ssst,' lachte Papa. Hij gaf haar een teken zachtjes te praten en boog zich naar het meisje toe. 'En dat pak slaag dan dat je Ludwig Schmeikl hebt gegeven, hè?'

'Ik heb nog nooit – ' Ze zat in het nauw. Verder ontkennen had geen zin. 'Hoe bent u daarachter gekomen?'

'Ik ben zijn papa tegengekomen bij de Knoller.'

Liesel sloeg haar handen voor haar gezicht. Toen zij ze even later liet zakken, stelde zij de allerbelangrijkste vraag: 'Weet Mama het ook?'

'Ben je mal?' Hij knipoogde naar Max en fluisterde tegen het meisje: 'Je leeft immers nog?'

Die avond was tevens de eerste keer in maanden dat Papa thuis op zijn accordeon speelde. Na ongeveer een halfuur stelde hij een vraag aan Max.

'Heb jij ook les gehad?'

Het gezicht in de hoek staarde in de vlammen. 'Jazeker.' Het bleef een tijdje stil. 'Tot mijn negende. Toen verkocht mijn moeder de muziekstudio en stopte ze met lesgeven. Ze hield één instrument, maar gaf het niet veel later op omdat ik er geen zin meer in had. Dat was dom van me.'

'Nee,' zei Papa. 'Je was nog maar een jongetje.'

's Nachts hadden Liesel Meminger en Max Vandenburg het druk met hun andere overeenkomst. In hun afzonderlijke kamers droomden zij hun nachtmerries en ontwaakten daaruit, de één met een schreeuw in kletsnatte lakens, de ander naar lucht happend naast een rokend vuur.

Soms, wanneer Liesel om een uur of drie 's nachts met Papa zat te lezen, hoorden zij allebei het moment van ontwaken van Max. 'Hij droomt net als jij,' zei Papa dan, en één keer besloot Liesel, verontrust door het geluid van Max' angst, om naar hem toe te gaan. Van het luisteren naar zijn verhaal had zij een aardig idee gekregen van wat hij in die dromen zag, ook al wist ze niet exact welk gedeelte van het verhaal hem elke nacht bezocht.

Zachtjes liep ze de gang door, naar de woon- en slaapkamer.

'Max?'

De fluistering was zacht, gedempt in de keel van de slaap.

Eerst kwam er geen antwoord, maar even later kwam hij half overeind en doorzocht de duisternis.

Liesel ging tegenover Max voor de haard zitten. Achter hen lag Mama heel luidruchtig te slapen. De snurker in de trein had nog wat van haar kunnen leren.

Het vuur was niet veel meer dan een begrafenis van rook, dood en stervende tegelijk. Deze ochtend waren er echter ook stemmen.

Het Uitwisselen van Nachtmerries

Het Meisje: 'Vertel eens. Wat zie jij wanneer je zo droomt?'

De Jood: '... Ik zie hoe ik me omdraai, en gedag zwaai.'

Het Meisje: 'Ik heb ook nachtmerries.'

De Jood: 'Wat zie jij?'

Het Meisje: 'Een trein, en mijn dode broertje.'

De Jood: 'Je broertje?'

Het Meisje: 'Hij is doodgegaan toen ik hier naartoe kwam, onderweg.'

Het Meisje en de Jood, samen: 'Ja.'

Het zou mooi zijn om te kunnen zeggen dat Liesel en Max na deze kleine doorbraak geen last meer hadden van hun boze dromen. Het zou mooi zijn, maar niet waar. De nachtmerries bleven komen, net als anders, zo ongeveer als de beste speler van de tegenstander wanneer je hebt gehoord dat hij misschien geblesseerd is of ziek – maar daar loopt hij zich samen met de rest toch warm te lopen, klaar om het veld in te gaan. Of als een trein die precies op tijd arriveert bij een nachtelijk perron, herinneringen aan een touw achter zich aan slepend. Een heleboel gesleep. Een heleboel vervelend gehobbel.

Het enige wat veranderde, was dat Liesel haar papa vertelde dat ze nu wel oud genoeg was om zelf met haar dromen om te gaan. Even leek hij een beetje gekwetst, maar zoals altijd met Papa, deed hij zijn best om precies het juiste te zeggen.

'Nou, gelukkig maar,' grinnikte hij zo'n beetje. 'Dan kan ik voortaan tenminste eens lekker doorslapen. Ik werd gek van die stoel.' Hij sloeg zijn arm om het meisje heen en samen liepen ze naar de keuken.

Met het verstrijken van de tijd ontstond er een duidelijk onderscheid tussen twee heel verschillende werelden – de wereld in Himmelstraat 33, en de wereld die daarbuiten gewoon door draaide. De truc was om die twee goed uit elkaar te houden.

In de buitenwereld leerde Liesel gebruik te maken van omstandigheden. Toen ze op een middag met een lege waszak naar huis liep, zag ze een krant uit een vuilnisbak steken. Het was de wekelijkse editie van de *Molchinger Zeitung*. Ze haalde hem eruit en nam hem mee naar huis, waar ze hem aan Max gaf. 'Ik dacht,' zei ze tegen hem, 'dat je de kruiswoordpuzzel misschien wel wilde maken om de tijd mee door te komen.'

Max waardeerde het gebaar en om te tonen dat zij de krant niet voor niks had meegenomen, las hij hem van voor naar achter en liet haar een paar uur later de ingevulde kruiswoordpuzzel zien, die hij op één woord na helemaal af had.

'Die ellendige zeventien-verticaal,' zei hij.

In februari 1941 kreeg Liesel voor haar twaalfde verjaardag weer een tweedehands boek, waar ze heel blij mee was. Het heette *De Moddermensen* en het ging over een heel vreemde vader en zoon. Ze omhelsde haar papa en mama, terwijl Max een beetje verlegen in de hoek bleef staan.

'Alles Gute zum Geburtstag,' glimlachte hij zwakjes. 'De allerbeste wensen voor je verjaardag.' Hij hield zijn handen in zijn zakken. 'Ik wist het niet, anders had ik je iets kunnen geven.' Een regelrechte

leugen – hij had niets te geven, behalve misschien *Mein Kampf*, maar zulke propaganda ging hij echt niet cadeau geven aan een jong Duits meisje. Dat zou net zoiets zijn als een lam dat de slager een mes aangeeft.

Er viel een ongemakkelijke stilte.

Ze had Papa en Mama omhelsd.

Max zag er zo eenzaam uit.

Liesel slikte.

Toen liep ze naar hem toe en omhelsde hem. 'Dank je wel, Max.'

Eerst stond hij daar maar een beetje, maar toen ze hem bleef vasthouden, gleden zijn handen geleidelijk wat hoger en drukten zachtjes tegen haar schouderbladen.

Pas later zou ze die hulpeloze uitdrukking op Max Vandenburgs gezicht begrijpen. Ze zou er ook achter komen dat hij zich op dat moment had voorgenomen haar iets terug te geven. Ik stel me vaak voor hoe hij die hele nacht wakker moet hebben gelegen, zich afvragend wat hij haar in vredesnaam kon geven.

Iets meer dan een week later kreeg ze het geschenk aangeboden, op papier.

Hij bracht het haar 's ochtends heel vroeg, voordat hij weer de betonnen treden afliep naar wat hij inmiddels zijn thuis was gaan noemen.

Bladzijden uit de Kelder

Een week lang werd Liesel met vereende krachten uit de kelder weggehouden. Het waren Papa en Mama die ervoor zorgden dat Max zijn eten kreeg.

'Nee, Saumensch,' zei Mama elke keer dat zij aanbood het te doen. Ze had telkens weer een nieuw excuus. 'Waarom laat je voor de verandering *hier* je handen niet eens wapperen? Je kunt de strijk voor me afmaken. Denk je dat het zo bijzonder is om ermee door de stad te wandelen? Probeer het maar eens te strijken!' Met zo'n sarcastische reputatie als de hare kon zij zich allerlei leuke achterbakse dingetjes veroorloven. Het werkte.

Gedurende die week had Max een aantal bladzijden uit *Mein Kampf* gesneden en overgeschilderd met witte verf. Vervolgens had hij ze met knijpers aan een eindje touw gehangen, van de ene kant van de kelder naar de andere. Toen ze allemaal droog waren, begon het moeilijke werk. Hij had behoorlijk onderwijs genoten, maar hij was bepaald geen schrijver en ook geen kunstenaar. Desondanks formuleerde hij de woorden net zo lang in zijn hoofd tot hij ze foutloos kon opzeggen. Pas toen begon hij, op het papier dat onder de spanning van de opdrogende verf helemaal bobbelig was geworden, het verhaal op te schrijven. Dat deed hij met een klein, zwart penseel.

Hij had uitgerekend dat hij dertien pagina's nodig zou hebben, dus verfde hij er veertig, omdat hij op z'n minst twee keer zoveel mislukkingen als successen verwachtte. Oefenen deed hij op de pagina's van de *Molchinger Zeitung*, waarop hij zijn primitieve, stuntelige tekeningen verbeterde tot een niveau dat hij acceptabel vond. Tijdens het werken hoorde hij de gefluisterde woorden van een meisje. 'Het lijkt wel,' zei ze keer op keer tegen hem, 'alsof hij veren heeft.'

Toen hij klaar was, gebruikte hij een mes om gaatjes in de bladzijden te prikken en ze met een touwtje aan elkaar te binden. Het resultaat was een dertien pagina's lang boekje en dat ging als volgt:

Mijn hele leven,
ben ik al bang

voor mannen die dreigend
boven mij staan

De eerste man die boven mij stond
was waarschijnlijk mijn vader,

maar hij verdween
voordat ik me hem kon herinneren.

Toen ik een jongen was hield ik om de een of andere reden van vechten. Meestal verloor ik. Dan stond er een andere jongen, soms met druppels bloed aan zijn neus, boven mij.

Vele jaren later, moest ik me verbergen. Ik probeerde niet in slaap te vallen, omdat ik bang was voor wie er zou kunnen zijn wanneer ik weer wakker werd.

Toen ik me verborgen hield, droomde ik van een bepaalde man. Het moeilijkste was toen ik op reis ging om hem te vinden.

Dankzij puur geluk en vele
voetstappen, haalde ik het.

Ik lag daar heel lang te slapen.
Drie dagen, vertelden ze me...
en wat zag ik toen ik wakker werd?
Geen man, maar iemand anders
die boven me stond.

Naarmate de tijd verstreek, beseften het meisje en ik dat wij dingen gemeen hadden.

Maar er is
iets vreemds.
Het meisje zegt
dat ik op iets anders
lijk.

Nu woon ik in een kelder.
Nog steeds bevolken boze dromen mijn slaap.
Op een nacht, na mijn gebruikelijke nachtmerrie, stond er een schaduw boven me. Ze zei: 'Vertel me eens wat je droomt.'
En dat deed ik.

Op haar beurt vertelde zij mij waar haar eigen dromen uit bestonden.

Nu denk ik dat wij vrienden zijn, dat meisje en ik. Toen ze jarig was, was zij het die een cadeautje gaf – aan mij.

Daardoor begrijp ik dat de beste staande man die ik ooit gekend heb helemaal geen man is...

MEIN KAMPF
WAARDEVOL
WAARDEVOL
~~WAARV~~
WAARDEV
DAGLICHT
WATER
BEWEGING
DAGLICHT
DAGLICHT
338

Toen Liesel eind februari een keer 's ochtends in alle vroegte wakker werd, zag zij een gestalte haar slaapkamer binnenkomen. Het was net iets voor Max dat het een zo goed als geruisloze schaduw was.

Liesel tuurde in de duisternis en kon slechts heel vaag de man onderscheiden die naar haar toe kwam.

'Hallo?'

Er kwam geen antwoord.

Ze hoorde niets dan de bijna-stilte van zijn voeten toen hij naar het bed toe kwam en de pagina's op de grond legde, naast haar sokken. Het papier ritselde. Heel zachtjes. Een van de randjes krulde tegen de vloer.

'Hallo?'

Ditmaal kwam er wel een reactie.

Ze kon niet precies bepalen waar de woorden vandaan kwamen. Het enige wat telde was dat ze haar bereikten. Ze kwamen aan en knielden naast haar bed.

'Een laat verjaardagscadeau. Kijk morgenochtend maar. Welterusten.'

Ze lag nog een poosje zachtjes te doezelen en wist niet meer zeker of ze gedroomd had dat Max bij haar was geweest of niet.

Toen ze 's ochtends wakker werd en zich omdraaide, zag ze de bladzijden op de grond liggen. Ze raapte ze op en luisterde naar het papier dat ruiste in haar vroege-ochtendhanden.

Mijn hele leven ben ik al bang voor mannen die dreigend boven mij staan...

Bij het omslaan maakten de pagina's veel lawaai, een soort statisch geruis rond het geschreven verhaal.

Drie dagen, vertelden ze me... en wat zag ik toen ik wakker werd?

De uitgewiste pagina's van *Mein Kampf* kokhalsden en stikten bijna onder de verf toen zij ze omsloeg.

Daardoor begrijp ik dat de beste staande man die ik ooit gekend heb...

Liesel las en bekeek Max Vandenburgs geschenk drie keer, en elke keer zag ze weer een andere penseelstreek of een ander woord.

Toen ze het voor de derde keer had gelezen, klom ze zo zachtjes mogelijk uit haar bed en liep naar de kamer van Mama en Papa. Het plekje naast de haard was leeg.

Toen ze erover nadacht, realiseerde ze zich dat het eigenlijk wel heel passend was, of misschien zelfs beter – perfect – om hem te bedanken waar de pagina's waren gemaakt.

Ze liep het trapje af naar de kelder. Ze zag een denkbeeldige ingelijste foto in de muur verdwijnen – een stilletjes glimlachend geheim.

Ook al was het maar een paar meter, het was een heel eind lopen naar de afdeklakens en de verzameling verfblikken die Max Vandenburg aan het zicht onttrokken. Ze haalde de lakens die het dichtst bij de muur lagen weg totdat er een kleine opening ontstond om naar binnen te kijken.

Het eerste wat ze van hem zag was zijn schouder en door de smalle opening schoof ze langzaam en pijnlijk haar hand naar binnen tot hij daar rustte. Zijn kleren voelden koel aan. Hij werd niet wakker.

Ze voelde zijn ademhaling en hoe zijn schouder nauwelijks merkbaar op en neer ging. Ze bleef even naar hem kijken. Toen ging ze zitten en leunde met haar rug tegen de muur.

Slaperige lucht leek haar te hebben gevolgd.

De geschilderde oefenwoorden stonden prachtig op de muur bij de trap, houterig en kinderlijk en lief. Ze keken toe hoe de verborgen jood en het meisje sliepen, hand op schouder.

Ze ademden.

Duitse en joodse longen.

Bij de muur lag *De Staande Man* verstomd en tevreden, als een prachtige kriebeling aan Liesel Memingers voeten.

DEEL VIJF

De Fluiter

waarin:

een drijvend boek – de gokkers –
een kleine geest – twee keer haren knippen –
rudy's jeugd – verliezers en schetsen –
een fluiter en een paar schoenen –
drie stommiteiten – en
een bange jongen met bevroren benen

Het Drijvende Boek
(Deel I)

Er dreef een boek in de rivier de Amper.

Een jongen sprong erin, waadde ernaartoe en hield het in zijn rechterhand. Hij grijnsde.

Hij stond tot aan zijn middel in het ijzige decemberkoude water.

'Wat dacht je van een kus, Saumensch?' zei hij.

De omringende lucht was prachtig, verrukkelijk, misselijkmakend koud, om nog maar te zwijgen van de massieve pijn van het water, dat hem verstijfde van zijn tenen tot aan zijn heupen.

Wat dacht je van een kus?

Wat dacht je van een kus?

Arme Rudy.

Een Kleine Opmerking Over Rudy Steiner
Hij verdiende het niet om op die manier te sterven.

In je dromen zie je de doorweekte randen van het papier nog aan zijn vingers plakken. Je ziet een rillend, blond hoofd. Je gaat ervan uit, en dat zou ik ook doen, dat Rudy nog diezelfde dag stierf aan onderkoeling. Maar dat gebeurde niet. Zulke herinneringen doen mij er alleen maar aan denken dat hij het lot dat hem nog geen twee jaar later zou treffen ook niet verdiende.

In vele opzichten was het meenemen van een jongen als Rudy pure diefstal – zoveel leven, zoveel om voor te leven – maar op de een of andere manier weet ik zeker dat hij zou hebben genoten van de angstaanjagende puinhopen en het aanzwellen van de hemel in de nacht dat hij stierf. Hij zou hebben gehuild en zich glimlachend hebben omgedraaid als hij de boekendief had kunnen zien, op haar handen en knieën, naast zijn levenloze lichaam. Hij zou blij zijn geweest haar zijn stoffige, gebombardeerde lippen te zien kussen.

Ja, ik weet het.

In de duisternis van mijn duister kloppend hart, weet ik het. Hij zou het prachtig hebben gevonden.

Zie je nu wel?

Zelfs de dood heeft een hart.

De Gokkers

(Een Zevenkantige Dobbelsteen)

Natuurlijk, ik ben een lomperik. Ik verpest het einde, niet alleen van het hele boek, maar in het bijzonder van dit gedeelte ervan. Ik heb je alvast twee gebeurtenissen verklapt, omdat ik er niet veel om geef om de spanning op te bouwen. Spanning verveelt me. Het vermoeit me. Ik weet al wat er gaat gebeuren en jij weet het ook. Het zijn de machinaties die ons naar dat punt leiden die mij boos maken, verwarren, interesseren en verbijsteren.

Er is zoveel om aan te denken.

Er is zoveel verhaal.

Zeker, er is een boek met de titel *De Fluiter*, waarover we het echt even moeten hebben, net als hoe het kwam dat het in de tijd vlak voor Kerstmis 1941 in de rivier de Amper dreef. Het lijkt me het beste om dat eerst maar eens af te handelen, denk je ook niet?

Dat is dan afgesproken.

Zo gaan we het doen.

Het begon met gokken. Gooi een dobbelsteen door een jood te verbergen en zo ziet je leven eruit.

HAREN KNIPPEN: HALF APRIL 1941

Langzaam maar zeker begon het leven tenminste weer iets normaals te krijgen. Hans en Rosa Hubermann stonden te bekvechten in de woonkamer, ook al deden ze het veel zachter dan vroeger. Liesel was, zoals gewoonlijk, een toeschouwer.

De onenigheid was de vorige avond ontstaan, in de kelder, waar Hans en Max met verfblikken, woorden en lakens zaten. Max vroeg of Rosa misschien een keertje tijd had om zijn haar te knippen. 'Het begint in mijn ogen te hangen,' zei hij, waarop Hans antwoordde: 'Ik zal kijken wat ik voor je kan doen.'

Nu stond Rosa in de laden te rommelen. Haar woorden werden samen met de rest van de rommel naar Papa geschoven. 'Waar is die verrekte schaar?'

'Niet in de onderste la?'

'Daar heb ik al gezocht.'

'Misschien heb je hem over het hoofd gezien.'

'Zie ik eruit alsof ik blind ben?' Ze keek op en bulderde: 'Liesel!'

'Ik ben hier.'

Hans kromp ineen. 'Verdomme, vrouw, ik ben niet doof!'

'Houd je kop, Saukerl!' Rosa bleef doorzoeken en richtte zich tot het meisje. 'Liesel, waar is de schaar?' Maar Liesel had ook geen flauw idee. 'Aan jou heb ik ook niks, Saumensch.'

'Laat haar erbuiten.'

Er gingen meer woorden over en weer, van jij met je elastieken haar tot jij met je zilveren ogen, totdat Rosa de la dichtsloeg. 'Ik zal het toch wel helemaal verknippen.'

'Verknippen?' Papa zag er inmiddels uit alsof hij op het punt stond zijn eigen haren uit te trekken, maar zijn stem was een nauwelijks verstaanbare fluistering. 'Wie zal hem verdomme te *zien* krijgen?' Hij wilde nog iets zeggen, maar werd afgeleid door de gevederde verschijning van Max Vandenburg, die beleefd en verlegen in de deuropening stond. Hij had zijn eigen schaar bij zich, kwam naar voren en overhandigde het ding niet aan Hans of aan Rosa, maar aan het twaalf jaar oude meisje. Zij was de rustigste van de drie. Zijn mond trilde even voordat hij zei: 'Zou jij het willen doen?'

Liesel keek naar de schaar. Hij was op verschillende plekken roestig en glimmend. Ze keek naar Papa en toen hij knikte liep ze achter Max aan naar de kelder.

De jood ging op een verfblik zitten. Er werd een klein laken om zijn schouders geslagen. 'Verknip maar raak,' zei hij tegen haar.

Papa ging op de trap zitten.

Liesel tilde de eerste plukjes van Max Vandenburgs haar op.

Terwijl ze de veerachtige lokken knipte, verwonderde ze zich over het geluid van de schaar. Niet het knippende geluid, maar het geknars van de metalen bladen wanneer zij de groepjes haarvezels afknipten.

Toen de klus geklaard was, hier een beetje te kort en daar een beetje scheef, liep ze met het haar in haar handen naar boven en gooide het in de haard. Ze stak een lucifer aan en keek toe hoe het bolletje haar oranjerood verschrompelde en verdween.

Weer verscheen Max in de deuropening, ditmaal boven aan de keldertrap. 'Bedankt, Liesel.' Zijn stem klonk hoog en een beetje hees en er klonk een verborgen glimlach in.

Hij had de woorden nog niet uitgesproken of hij verdween alweer, terug in de grond.

De Krant: Begin Mei

'Er zit een jood in mijn kelder.'

'Er zit een jood. In mijn kelder.'

Zittend op de vloer van de kamer vol boeken van de burgemeester, hoorde Liesel Meminger die woorden. Naast haar stond een zak wasgoed en de spookachtige gestalte van de burgemeestersvrouw zat ineengedoken aan het bureau. Vlak voor haar zat Liesel *De Fluiter* te lezen, pagina tweeëntwintig en drieëntwintig. Ze keek op. Ze stelde zich voor hoe ze naar het bureau zou lopen, voorzichtig wat van het pluizige haar opzij zou strijken en in het oor van de vrouw zou fluisteren:

'Er zit een jood in mijn kelder.'

Terwijl het boek trilde in haar schoot, bleef het geheim in haar mond. Het maakte het zich gemakkelijk. Het sloeg zijn benen over elkaar.

'Ik moet weer eens naar huis.' Ditmaal sprak ze daadwerkelijk. Haar handen beefden. Ondanks een spoortje zonneschijn in de verte, waaide er een zachte wind door het open raam naar binnen, samen met regen die binnenwaaide als zaagsel.

Toen Liesel het boek terugzette, schoof de stoel van de vrouw over de vloer. Zij kwam naar haar toe. Zo ging het altijd aan het eind van de middag. De zachte kringetjes van verdrietige rimpels leken een ogenblik iets op te bollen toen zij haar hand uitstak en het boek weer van de plank pakte.

Ze bood het aan het meisje aan.

Liesel deinsde naar achteren.

'Nee,' zei ze, 'dank u wel. Ik heb thuis genoeg boeken. Een andere keer misschien. Ik ben samen met mijn papa iets anders aan het herlezen. U weet wel, dat boek dat ik die nacht uit het vuur heb gestolen.'

De burgemeestersvrouw knikte. Als je iets van Liesel Meminger kon zeggen, dan was het wel dat ze nooit zonder aanleiding stal. Ze stal alleen boeken wanneer zij dacht dat zij ze echt moest hebben. Op dit moment had ze er genoeg. Ze had *De Moddermensen* nu vier keer gelezen en genoot van haar hernieuwde kennismaking met *Het Schouderophalen*. Ook sloeg ze elke avond voordat ze ging slapen nog even een handleiding voor grafdelvers open. Diep verstopt tussen de bladzijden zat daar *De Staande Man* in. Ze las de woorden geluidloos mee, raakte de vogels aan en sloeg de lawaaierige bladzijden heel langzaam om.

'Tot ziens, Frau Hermann.'

Ze verliet de bibliotheek, liep over de houten vloerdelen van de gang en de monsterlijke voordeur uit. Het was inmiddels een gewoonte geworden om nog even boven aan het trapje te blijven staan en uit te kijken over Molching, dat aan haar voeten lag. Het stadje was die middag gehuld in een gelige mist, die de daken streelde alsof het huisdieren waren, en de straten vulde als een bad.

Toen ze weer in de Münchenstraat was, manoeuvreerde de boekendief tussen de onder paraplu's verscholen mannen en vrouwen door – een meisje in een regenjas dat zonder enige schaamte van de ene vuilnisbak naar de andere liep. Het liep gesmeerd.

'Daar!'

Ze lachte blij naar de koperkleurige wolken, alvorens haar hand in de vuilnisbak te steken en de verfrommelde krant eruit te halen. Hoewel de voor- en achterpagina's streperig waren van de uitgelopen drukinkt, vouwde ze hem netjes op en stak hem onder haar arm. Zo was het de afgelopen paar maanden elke donderdagmiddag gegaan.

Donderdag was de enige dag waarop Liesel Meminger nog wasgoed te bezorgen had, en meestal hield ze er wel iets aan over. Ze kon een overwinnaarsgevoel nooit onderdrukken wanneer ze weer eens een *Molchinger Zeitung* vond, of een andere krant. Als ze een krant vond had ze een goede dag. Als het een krant was waarin de kruiswoordpuzzel nog niet was gemaakt, was het een geweldige dag. Dan ging ze gauw naar huis, deed de deur achter zich dicht en bracht hem naar beneden, naar Max Vandenburg.

'Kruiswoordpuzzel?' vroeg hij dan.

'Leeg.'

'Fantastisch.'

De jood pakte het pakketje papier glimlachend aan en begon meteen te lezen in het beperkte licht van de kelder. Vaak bleef Liesel naar hem zitten kijken terwijl hij de krant las, de puzzel afmaakte en de krant vervolgens nog eens helemaal las, van voor naar achter.

Toen het wat warmer begon te worden, bleef Max weer dag en nacht beneden. Overdag bleef de kelderdeur open om het kleine beetje daglicht vanuit de gang binnen te laten. De gang zelf baadde nu ook niet direct in zonneschijn, maar in bepaalde situaties ben je blij met wat je hebt. Schemerlicht was beter dan helemaal geen licht, en ze moesten nu eenmaal zuinig zijn. De petroleum was voorlopig nog niet helemaal op, maar het was het beste het gebruik ervan tot een minimum te beperken.

Liesel zat meestal op een stapeltje lakens. Terwijl Max die kruiswoordpuzzel afmaakte, zat zij te lezen. Ze zaten een paar meter bij elkaar vandaan, spraken maar zelden en het enige geluid was eigenlijk het omslaan van de bladzijden. Ook liet ze vaak haar boeken bij Max achter, zodat hij ze kon lezen terwijl zij op school was.

Waar Hans Hubermann en Erik Vandenburg elkaar hadden gevonden in de muziek, werden Max en Liesel met elkaar verbonden door het stille verzamelen van woorden.

'Ha, Max.'

'Ha, Liesel.'

En dan gingen ze zitten lezen.

Af en toe keek ze naar hem. Ze besloot dat ze hem het beste kon beschrijven als een toonbeeld van bleke concentratie. Beige-kleurige huid. Elk oog een moeraslandschap. En hij ademde als een vluchteling. Snel maar geluidloos. Je kon alleen aan zijn borst zien dat hij leefde.

Het kwam steeds vaker voor dat Liesel haar ogen dichtdeed en Max vroeg haar te ondervragen over de woorden waarin zij steeds maar fouten bleef maken. Wanneer ze ze dan nog steeds niet wist, vloekte ze. Dan stond ze op en schilderde de bewuste woorden tien, twaalf keer op de muur. Samen ademden Max Vandenburg en Liesel Meminger de geur van verf en cement in.

'Dag Max.'

'Dag Liesel.'

In bed lag ze vaak klaarwakker te bedenken hoe hij daar beneden in de kelder lag. In zulke visioenen sliep hij altijd geheel gekleed, met schoenen en al, voor het geval hij plotseling moest vluchten. Hij sliep met één oog open.

DE WEERMAN: HALF MEI

Liesel deed tegelijkertijd de deur en haar mond open.

In de Himmelstraat had haar team dat van Rudy ingemaakt met 6-1, en ze stormde triomfantelijk de keuken binnen om Papa en Mama alles te vertellen over het doelpunt dat zij had gescoord. Vervolgens rende ze naar de kelder, waar ze de hele wedstrijd tot in de kleinste details aan Max vertelde, die zijn krant neerlegde, aandachtig luisterde en vrolijk met het meisje meelachte.

Toen het verhaal van het doelpunt was verteld, bleef het een paar minuten stil, tot Max langzaam opkeek. 'Zou je iets voor mij willen doen, Liesel?'

Nog opgewonden van de overwinning in de Himmelstraat, sprong het meisje van de stapel lakens. Ze sprak het niet uit, maar haar beweging toonde al aan dat ze bereid was alles voor hem te doen wat hij wilde.

'Je hebt me nu alles over dat doelpunt verteld,' zei hij, 'maar ik heb geen idee wat voor soort dag het daarboven is. Ik weet niet of je in de zon hebt gescoord, of dat het bewolkt is.' Zijn hand voelde aan zijn kortgeknipte haar en zijn omfloerste ogen smeekten haar om het simpelste wat je je maar kon voorstellen. 'Zou je naar boven willen gaan en mij vertellen hoe het weer eruitziet?'

Natuurlijk haastte Liesel zich meteen de trap op. Ze ging een eindje bij de met speekselvlekken besmeurde voordeur vandaan staan, draaide zich om en keek naar de lucht.

Toen ze weer terug was in de kelder, vertelde ze het hem.

De lucht is vandaag blauw, Max, en er hangt een grote, lange wolk, die helemaal uitgerekt is, als een soort touw. En aan het eind daarvan zie je de zon, als een groot, geel gat...'

Op dat moment begreep Max dat alleen een kind hem zo'n weerbericht kon geven. Hij schilderde een lang, strak geknoopt touw op de muur, met aan het eind daarvan een druipende gele zon, alsof je er middenin kon duiken. Op de touwachtige wolk tekende hij twee figuurtjes – een mager meisje en een wegkwijnende jood – en zij liepen, hun armen wijd gespreid om hun evenwicht te bewaren, in de richting van die druipende zon. Onder de afbeelding schreef hij de volgende zin:

DE MUUR-GESCHREVEN WOORDEN VAN MAX VANDENBURG

Het was op een maandag, en zij liepen over het strakke koord naar de zon.

DE BOKSER: EIND MEI

Voor Max Vandenburg was er koel cement en een overvloed aan tijd om daarmee door te brengen.

De minuten waren wreed.

Uren waren slopend.

Elk moment dat hij wakker was boog de hand van de tijd zich dreigend over hem heen, en aarzelde niet hem uit te wringen. Hij lachte en kneep en liet hem leven. Wat kon het toch gruwelijk wreed zijn om iets te laten leven.

Minstens één keer per dag kwam Hans Hubermann de keldertrap af om een praatje te maken. Rosa kwam af en toe een overgebleven broodkorst brengen. Maar pas wanneer Liesel naar beneden kwam, kreeg Max weer belangstelling voor het leven. Aanvankelijk probeerde hij zich ertegen te verzetten, maar dat werd steeds moeilijker, elke keer dat het meisje verscheen, elke keer met een nieuw weerbericht, hetzij van een helderblauwe hemel, grijze wolken of een zon die opeens was doorgekomen als God die ging zitten nadat hij te zwaar had getafeld.

Wanneer hij alleen was, was verdwijning een van de meest uitgesproken dingen die hij voelde. Al zijn kleren waren grijs – of ze dat nu van het begin af aan waren geweest of niet – van zijn broek tot zijn wollen trui tot het jasje dat nu als water van zijn lichaam droop. Hij keek vaak even of zijn huid misschien aan het afschilferen was, want het leek net of hij langzaam oploste.

Wat hij nodig had was een serie nieuwe projecten. De eerste was lichaamsbeweging. Hij begon met push-ups, waarvoor hij op zijn buik op de koude keldervloer ging liggen, om zich vervolgens op te drukken. Het voelde of zijn armen bij zijn ellebogen afbraken en hij stelde zich voor hoe zijn hart langzaam uit hem werd geperst en als een zielig hoopje op de grond viel. Als tiener in Stuttgart drukte hij zich vijftig keer achter elkaar op. Nu, op zijn vierentwintigste, en misschien wel zo'n zeven kilo lichter dan zijn normale gewicht, haalde hij er amper tien. Na een week deed hij drie series van zestien push-ups en tweeëntwintig sit-ups. Wanneer hij klaar was, ging hij met zijn rug tegen de muur bij zijn verfblikvrienden zitten en voelde zijn hart in zijn keel kloppen. Zijn spieren voelden als cake.

Nu en dan vroeg hij zich af of het eigenlijk wel zin had om zichzelf op deze manier tot het uiterste te drijven. En soms, wanneer zijn hartslag weer was gedaald en zijn lichaam weer normaal functioneerde, deed hij het licht uit en ging in het donker midden in de kelder staan.

Hij was vierentwintig, maar hij kon nog steeds fantaseren.

'In de blauwe hoek,' zei hij met een zachte commentaarstem, 'zien we de wereldkampioen, het Arische meesterwerk – de Führer.' Dan draaide hij zich om. 'En in de rode hoek, hebben we de gluiperige joodse uitdager – Max Vandenburg.'

Om hem heen werd het allemaal werkelijkheid.

Fel licht daalde neer in een boksring en de toeschouwers stonden eromheen. Er klonk een luid geroezemoes – dat magische geluid van heel veel mensen die allemaal tegelijk aan het praten zijn. Hoe kon iedereen daar tegelijkertijd zoveel te zeggen hebben? De ring zelf was perfect. Perfect canvas, prachtige touwen. Zelfs de uitstekende haartjes van elk afzonderlijk dik touw waren onberispelijk en glansden in het helderwitte licht. De ruimte rook naar sigaretten en bier.

Aan de overkant van de ring, diagonaal gezien, stond Adolf Hitler met zijn verzorgers in de hoek. Zijn benen staken uit onder een rood met witte badjas met een zwarte swastika op de rug. Zijn snor zat strak tegen zijn gezicht geplakt. Zijn trainer, Goebbels, fluisterde hem iets in. Hij sprong van de ene voet op de andere en hij lachte. Hij lachte nog harder toen de omroeper zijn vele wapenfeiten opsomde, die stuk voor stuk op een luid applaus van de bewonderende menigte konden rekenen. 'Ongeslagen!' riep de omroeper, 'in de strijd tegen menige jood en andere bedreigingen voor het Duitse ideaal! Herr Führer,' besloot hij, 'wij groeten u!' De menigte: een enorme herrie.

Toen de gemoederen weer tot bedaren waren gekomen was de uitdager aan de beurt.

De omroeper draaide zich om naar Max, die helemaal in zijn eentje in zijn hoek stond. Geen badjas. Geen verzorgers. Alleen een eenzame jonge jood met slechte adem, een naakte borst en vermoeide handen en voeten. Zijn boksbroek was natuurlijk grijs. Ook hij sprong van de ene voet op de andere, maar hij beperkte het tot een minimum om zijn krachten te sparen. Hij had zich helemaal in het zweet getraind om dit gewicht te bereiken.

'De uitdager!' zong de omroeper. 'Van,' en hier pauzeerde hij even om het spannend te maken, 'van joodsen bloede.' De menigte riep oh en ah, als een stel menselijke aaseters. 'Met een gewicht van...'

De rest van zijn verhaal ging verloren in de scheldpartijen vanaf de tribunes en Max keek toe hoe zijn tegenstander uit zijn badjas werd geholpen en naar het midden van de ring kwam om zich de regels te laten uitleggen en handen te schudden.

'Guten Tag, Herr Hitler,' knikte Max, maar de Führer liet hem alleen maar even zijn gele tanden zien, die hij vervolgens weer bedekte met zijn lippen.

'Heren,' begon een gedrongen scheidsrechter in een zwarte broek en een blauw overhemd. Hij had een vlinderstrikje om zijn nek. 'Op de allereerste plaats willen we een mooi sportief gevecht zien.' Nu richtte hij zich even tot alleen de Führer. 'Tenzij natuurlijk, Herr Hitler, u zou dreigen te verliezen. Mocht dat gebeuren, dan ben ik ten volle bereid een oogje dicht te knijpen voor elke gewetenloze tactiek die u maar zou willen aanwenden om deze vieze, vuile jood in het canvas te trappen.' Hij knikte eerbiedig. 'Is dat helder?'

Op dat moment sprak de Führer zijn eerste woorden: 'Als kristal.'

Voor Max had de scheidsrechter een waarschuwing in petto. 'Wat jou betreft, jodenjongen, ik zou maar heel goed op mijn tellen passen als ik jou was. Heel goed,' waarna zij werden teruggestuurd naar hun respectieve hoeken.

Er volgde een korte stilte.

De bel.

De eerste die uit zijn hoek kwam was de Führer, die onbeholpen op Max af kwam rennen en hem een stevige stoot in zijn gezicht gaf. Er ging een siddering door de menigte, bij wie de bel nog in de oren klonk, en hun tevreden lach sprong over de touwen. Hitlers rokerige adem stoomde uit zijn mond, terwijl zijn handen Max' gezicht keer op keer op zijn lippen, zijn neus en zijn kin raakten – en Max zich nog steeds niet uit zijn hoek had gewaagd. Hij hield zijn handen voor zijn gezicht, maar toen richtte de Führer zich op zijn ribben, zijn nieren, zijn longen. O, die ogen, de ogen van de Führer. Ze waren prachtig bruin – zo bruin als jodenogen – en ze waren zo vastberaden dat Max als aan de grond genageld bleef staan toen hij ze door het waas van stotende handschoenen te zien kreeg.

Er was maar één ronde en die duurde uren, en al met al veranderde er weinig.

De Führer bleef maar inbeuken op de boksbaljood.

Waar je ook keek, overal zag je joods bloed.

Als rode regenwolken op het witte-hemelcanvas onder hun voeten.

Uiteindelijk begon Max door zijn knieën te zakken en zijn jukbeenderen kreunden zwijgend, terwijl de Führer met een verrukte blik op hem in bleef beuken, net zolang totdat de jood uitgeput, verslagen en gebroken op de vloer zakte.

Eerst een luid gebrul.

Toen stilte.

De scheidsrechter telde. Hij had een gouden tand en een overvloed aan neushaar.

Langzaam krabbelde Max Vandenburg, de jood, overeind en richtte zich op. Zijn stem trilde. Een uitnodiging. 'Kom op, Führer,' zei hij en toen Adolf Hitler zich ditmaal op zijn joodse tegenstander wilde werpen, deed Max een stap opzij en sloeg hem in de hoek. Hij gaf hem zeven vuistslagen en richtte zijn slagen telkens maar op één ding.

De snor.

Bij de zevende stoot sloeg hij mis. Het was de kin van de Führer die de klap te verwerken kreeg. Van het ene moment op het andere belandde hij in de touwen en zakte naar voren, op zijn knieën. Ditmaal werd er niet geteld. De scheidsrechter deinsde terug naar de hoek. Het publiek liet zich op de stoelen zakken, terug naar hun bier. De Führer zat op zijn knieën en voelde of hij bloedde, waarna hij zijn haar gladstreek, van rechts naar links. Toen hij weer was opgestaan, tot grote tevredenheid van de duizendkoppige menigte, kwam hij behoedzaam naar voren en deed iets heel eigenaardigs. Hij keerde de jood de rug toe en trok de handschoenen van zijn vuisten.

Het publiek was stomverbaasd.

'Hij heeft opgegeven,' fluisterde iemand, maar even later stond Adolf Hitler boven op de touwen en richtte zich tot de arena.

'Landgenoten,' riep hij, 'jullie hebben hier vanavond iets gezien, nietwaar?' Met blote borst en een overwinnaarsblik in zijn ogen, wees hij naar Max. 'Jullie zien dat onze vijand veel boosaardiger en machtiger is dan wij ooit hadden kunnen denken. Zien jullie dat?'

Zij antwoordden: 'Ja, Führer.'

'Zien jullie dat deze vijand slinkse, verachtelijke manieren heeft gevonden om door ons pantser heen te breken en dat ik het niet helemaal alleen tegen hem kan opnemen?' De woorden waren zichtbaar. Ze vielen als edelstenen uit zijn mond. 'Kijk hem daar staan. Kijk maar eens goed.' Ze keken. Naar de bebloede Max Vandenburg. 'Nu, op dit moment, beraamt hij plannen om jullie buurten binnen te dringen. Hij wordt jullie buurman. Hij maakt samen met zijn familie jullie omgeving onveilig en hij staat op het punt jullie te verdringen. Hij – ' Hier wierp Hitler hem een blik vol afschuw toe. 'Hij gaat jullie levens overnemen, net zolang tot hij degene is die niet voor de toonbank van jullie kruidenierswinkel staat, maar achter in het kantoortje zit, met een pijp in zijn mond. Voordat je het weet, werken jullie voor hem, voor een minimale beloning terwijl hij bijna niet meer kan lopen van het geld waarmee hij zijn zakken heeft gevuld. Kijken jullie toe en laten jullie hem ongestraft zijn gang gaan? Blijven jullie toekijken, zoals jullie leiders in het verleden hebben gedaan, toen zij jullie land weggaven, toen zij jullie vaderland verkwanselden voor de prijs van een paar handtekeningen? Blijven jullie machteloos staan toekijken? Of,' hij klom nog wat hoger, 'klimmen jullie bij mij in deze ring?'

Max beefde. Zijn maag kromp samen van angst.

Adolf bracht de genadeslag toe. 'Komen jullie hier bij mij in de ring zodat we deze vijand samen kunnen verslaan?'

In de kelder van Himmelstraat 33 voelde Max de vuisten van een heel volk. Een voor een klommen ze in de ring en sloegen hem neer. Ze lieten hem bloeden. Ze lieten hem lijden. Ze waren met z'n honderdduizenden – totdat hij nog een laatste keer overeind wist te krabbelen...

Hij zag de volgende tussen de touwen door in de ring stappen. Het was een meisje en terwijl zij langzaam op hem afkwam, zag hij een enkele traan over haar linkerwang lopen. In haar rechterhand hield ze een krant.

'De kruiswoordpuzzel,' zei ze vriendelijk, 'is nog niet ingevuld,' en ze hield hem de krant voor.

Donker.

Niets dan duisternis.

Niets dan kelder. Niets dan jood.

DE NIEUWE DROOM: EEN PAAR AVONDEN LATER

Het was middag. Liesel kwam de keldertrap af. Max was halverwege zijn push-ups.

Zonder dat hij het in de gaten had, bleef ze even naar hem staan kijken, maar toen ze bij hem ging zitten, stond hij op en leunde met zijn rug tegen de muur. 'Heb ik je al verteld,' vroeg hij, 'dat ik de laatste tijd een nieuwe droom heb?'

Liesel ging verzitten om hem aan te kunnen kijken.

'Alleen droom ik dit wanneer ik wakker ben.' Hij gebaarde naar de gedoofde petroleumlamp. 'Soms doe ik het licht uit en dan ga ik hier staan wachten.'

'Op wat?'

Max verbeterde haar. 'Niet op wat. Op wie.'

Liesel zei een ogenblik niets. Het was een van die gesprekken waarbij je tussendoor telkens even een stilte moet laten vallen. 'Op wie wacht je dan?'

Max verroerde zich niet. 'Op de Führer.' Hij vertelde het alsof het de gewoonste zaak van de wereld was. 'Daarom train ik zoveel.'

'Bedoel je die push-ups?'

'Precies.' Hij liep naar het betonnen trapje. 'Elke avond wacht ik in het donker en komt de Führer deze trap af. Hij komt naar beneden en dan vechten we met elkaar, urenlang.'

Liesel was opgestaan. 'Wie wint er?'

Eerst wilde hij antwoorden dat niemand won, maar toen zag hij vanuit zijn ooghoeken de verfblikken, de lakens en de groeiende stapel kranten. Hij keek naar de woorden, de lange wolk en de figuren op de muur.

'Ik,' zei hij.

Het was alsof hij haar handpalm had geopend, haar de woorden had gegeven en haar hand weer had dichtgedrukt.

Onder de grond, in München, Duitsland, stonden twee mensen te praten in een kelder. Het klinkt als het begin van een mop:

'Een jood en een Duitser staan samen in een kelder, ja...?'

Alleen was dit geen mop.

DE SCHILDERS: BEGIN JUNI

Een van Max' andere projecten was de rest van *Mein Kampf*. Elke pagina werd voorzichtig uit het boek gehaald en op de vloer gelegd om een laagje verf te krijgen. Vervolgens werd hij opgehangen om te drogen en weer tussen de kaft gelegd. Toen Liesel op een dag thuiskwam uit school, waren Max, Rosa en haar papa alle drie bezig de pagina's wit te verven. Er hingen er al een heleboel met knijpers aan een touwtje, precies zoals ze daar ook moesten hebben gehangen voor *De Staande Man*.

Ze keken alle drie tegelijk op.

'Ha, Liesel.'

'Hier heb je een kwast, Liesel.'

'Het werd tijd, Saumensch. Waar bleef je zolang?'

Toen zij begon te verven, dacht Liesel aan het gevecht van Max Vandenburg met de Führer, precies zoals hij het haar had verteld.

KELDERBEELDEN, JUNI 1941

Klappen worden uitgedeeld, de menigte gaat uit zijn dak. Max en de Führer vechten voor hun leven, en springen telkens weer terug vanaf de trap. Er zit bloed in de snor van de Führer, net als in zijn scheiding, aan de rechterkant van zijn hoofd. 'Kom op, Führer,' zegt de jood. Hij wenkt hem dichterbij. 'Kom op, Führer.'

Toen de beelden wegebden en zij haar eerste pagina af had, gaf Papa haar een knipoog. Mama gaf haar een uitbrander omdat ze zich de verf toe-eigende. Max bekeek alle pagina's stuk voor stuk, zich misschien al bedenkend wat hij erop zou gaan maken. Vele maanden later zou hij ook de omslag van het boek overschilderen en het een nieuwe titel geven; de titel van een van de verhalen die hij erin zou schrijven en illustreren.

Die middag, in de geheime kelder onder Himmelstraat 33, bereidden de Hubermanns, Liesel Meminger en Max Vandenburg de pagina's voor van *De Woordschudder.*

Het voelde goed om schilder te zijn.

De Confrontatie: 24 Juni

Toen kwam de zevende kant van de dobbelsteen. Twee dagen nadat Duitsland Rusland was binnengevallen. Drie dagen voordat Groot-Brittannië en de Sovjets hun krachten bundelden.

Zeven.

Je laat hem rollen en kijkt toe, in het volledige besef dat dit geen gewone dobbelsteen is. Je houdt het op domme pech, maar eigenlijk wist je al dat het eraan zat te komen. Je hebt het zelf meegenomen. De tafel rook het aan je adem. De jood stak al meteen zo opvallend uit je zak. Hij zit op je revers gesmeerd, en op het moment dat je de dobbelsteen loslaat, weet je dat het een zeven wordt – de enige die in staat is je te kwetsen. Hij blijft liggen. Hij staart je recht in de ogen, wonderbaarlijk en weerzinwekkend, en je wendt je af terwijl hij zich voedt aan je borst.

Gewoon pech.

Dat zeg je.

Totaal onbelangrijk.

Dat maak je jezelf wijs – want diep vanbinnen weet je dat deze kleine omslag in je geluk een voorbode is van wat je te wachten staat. Je houdt een jood verborgen. Daar zal je voor boeten. Hoe dan ook.

Achteraf hield Liesel zichzelf voor dat het niet zo belangrijk was. Misschien kwam het doordat er tegen de tijd dat zij haar verhaal opschreef in de kelder nog zoveel meer was gebeurd. Als je naar het grote geheel keek kon je het feit dat Rosa werd ontslagen door de burgemeester en zijn vrouw niet eens pech noemen. Het had helemaal niets te maken met het verbergen van joden. Het had alles te maken met de grotere context van de oorlog. Op het moment zelf echter, had ze wel degelijk het gevoel dat het een straf was.

Eigenlijk begon het allemaal een week of zo voor de vierentwintigste. Liesel stroopte zoals gewoonlijk de vuilnisbakken af op zoek naar een krant voor Max. In een zijstraat van de Münchenstraat vond ze er een en stak hem onder haar arm. Toen ze hem aan Max had gegeven en hij net was begonnen met lezen, keek hij haar opeens aan en wees naar een foto op de voorpagina. 'Is dit niet degene bij wie jij was- en strijkgoed brengt?'

Liesel liep naar hem toe. Ze had al zes keer het woord 'argument' op de muur geschreven, naast Max' tekening van de langwerpige wolk en de druipende zon. Max gaf haar de krant en zij knikte bevestigend. 'Dat is hem.'

Zo las ze dat Heinz Hermann, de burgemeester, had gezegd dat hoewel de oorlog uitstekend verliep, de inwoners van Molching net als alle verantwoordelijke Duitsers, adequate maatregelen dienden te nemen en zich moesten voorbereiden op de mogelijkheid van zwaardere tijden. 'Je weet maar nooit,' zei hij, 'wat onze vijanden op dit moment bedenken, of hoe zij zullen trachten ons te verzwakken.'

Een week later werden de woorden van de burgemeester op akelige wijze bewaarheid. Liesel ging zoals altijd naar de Grande Strasse en las op de vloer van de bibliotheek van de burgemeester verder in *De Fluiter*. De burgemeestersvrouw vertoonde geen tekenen van abnormaal gedrag (of laten we eerlijk wezen, geen *nieuwe* tekenen) totdat het tijd was om weg te gaan.

Toen zij Liesel ditmaal *De Fluiter* probeerde te geven, drong zij erop aan dat het meisje het boek van haar zou aannemen. 'Alsjeblieft,' smeekte zij bijna. Ze hield het boek stevig vast. 'Neem het mee. Neem het alsjeblieft mee.'

Liesel, geraakt door het vreemde gedrag van de vrouw, kon het niet over haar hart krijgen haar opnieuw teleur te stellen. Even later lag het grijze boek met zijn vergelende bladzijden in haar hand en liep zij naar de gang. Op het moment dat zij om het wasgoed wilde vragen, schonk de burgemeestersvrouw haar een laatste blik van gebadjast verdriet. Zij trok een lade open en haalde er een envelop uit. Haar stem, onzeker door het weinige gebruik, hoestte de woorden uit. 'Het spijt me. Dit is voor je mama.'

Liesel voelde haar adem stokken.

Ze was zich er opeens heel erg van bewust hoe leeg haar voeten voelden in haar schoenen. Er bibberde iets in haar keel. Ze beefde. Toen ze eindelijk haar hand uitstak en de brief in ontvangst nam, hoorde ze het geluid van de klok in de bibliotheek. Somber realiseerde ze zich dat klokken in de verste verte geen geluid maken dat op tiktakken lijkt. Het was meer het geluid van een omgekeerde hamer, die ritmisch inhakt op de aarde. Het was het geluid van een graf. Was het mijne maar vast klaar, dacht ze – want op dat moment wilde Liesel Meminger alleen nog maar dood. Toen de anderen hadden opgezegd, had dat niet zo'n pijn gedaan. Er was altijd nog de burgemeester, zijn bibliotheek en haar relatie met zijn vrouw. Daarbij kwam natuurlijk dat dit de allerlaatste was – ook de laatste hoop was nu verdwenen. Ditmaal voelde het als het allergrootste verraad.

Hoe kon zij haar mama nog onder ogen komen?

Voor Rosa was het kleine beetje geld dat ze ermee verdiende toch nog in vele opzichten een uitweg geweest. Een extra handje bloem. Een stukje spekvet.

Ilsa Hermann kon zo te zien niet wachten – om van haar af te komen. Liesel zag het aan de manier waarop zij haar badjas iets strakker om zich heen getrokken hield dan anders. Een soort onbeholpen medelijden hield haar nog in de buurt, maar dit kon haar niet snel genoeg achter de rug zijn. 'Zeg maar tegen je mama,' zei ze. Haar stem begon zich wat aan te passen toen de eerste zin overging in een tweede. 'Dat het ons heel erg spijt.' Ze begon het meisje naar de deur te loodsen.

Liesel voelde het in haar schouders. De pijn, de schok van de ultieme afwijzing.

Is dit het dan? vroeg ze inwendig. Zet je me er nu gewoon uit?

Langzaam raapte ze haar lege waszak op en liep naar de deur. Eenmaal buiten, draaide zij zich om en keek de burgemeestersvrouw voor de op twee na laatste keer vandaag aan. Ze keek haar met een bijna primitieve trots recht in de ogen. '*Danke schön*,' zei ze, en Ilsa Hermann glimlachte op een nogal onnozele, verslagen manier.

'Als je ooit eens alleen wat wilt komen lezen,' loog de vrouw (of misschien vatte het geschokte, verdrietige meisje het alleen maar op als een leugen), 'ben je bijzonder welkom.'

Op dat moment stond Liesel opeens versteld van de breedte van de deuropening. Zoveel ruimte. Waarom hadden mensen zoveel ruimte nodig om door een deur te kunnen? Als Rudy erbij was geweest had hij haar een stommeling genoemd – dat was natuurlijk om al hun spullen naar binnen te krijgen.

'Goedendag,' zei het meisje en heel langzaam, met grote somberheid, werd de deur gesloten.

Liesel ging niet weg.

Ze bleef nog een hele tijd op de trap zitten en keek uit over Molching. Het was niet warm en niet koud en het stadje was helder en rustig. Molching lag onder een glazen stolp.

Ze maakte de envelop open. In de brief legde burgemeester Heinz Hermann op diplomatieke wijze uit waarom hij niet langer gebruik kon maken van de diensten van Rosa Hubermann. Het kwam erop neer dat hij het hypocriet van zichzelf zou vinden indien hij zijn eigen kleine luxes in stand zou houden, terwijl hij anderen adviseerde zich *voor te bereiden op moeilijke tijden.*

Toen zij uiteindelijk opstond en naar huis liep, kwam haar reactie eigenlijk pas toen zij het bord STEINER –SCHNEIDERMEISTER in de Münchenstraat zag. Haar verdriet was op slag weg en maakte plaats voor woede. 'Die rotzak van een burgemeester,' fluisterde ze, 'en dat *pathetische* mens.' Het feit dat er moeilijke tijden aankwamen was immers de beste reden om Rosa aan het werk te houden, maar nee, zij ontsloegen haar. In elk geval, bedacht ze, konden ze nu hun eigen verdomde was en strijk doen, net als gewone mensen. Net als arme mensen.

In haar hand woog *De Fluiter* opeens zwaarder.

'En dan geef je me dat boek,' zei het meisje, 'uit medelijden – om je een beetje beter te voelen...' Het feit dat het boek haar al eerder was aangeboden deed er even niet meer toe.

Zoals ze al eens eerder had gedaan, draaide ze zich om en marcheerde terug naar Grande Strasse 8. De verleiding om te rennen was enorm, maar ze zag er vanaf teneinde voldoende adem te hebben voor de woorden.

Toen ze aankwam, stelde het haar teleur dat de burgemeester zelf niet thuis was. Er stond geen auto langs de kant van de weg geparkeerd, en dat was misschien maar goed ook. Als hij er wel had gestaan, wist ze niet wat ze ermee zou hebben gedaan op dit moment van rijk tegen arm.

Met twee treden tegelijk bereikte ze de voordeur en bonkte er zo hard op dat het pijn deed. Ze genoot van de kleine pijnscheutjes.

De burgemeestersvrouw schrok duidelijk toen ze haar er voor zich zag staan. Haar pluizige haar was een beetje nat en haar rimpels werden breder toen zij de woede op Liesels anders zo bleke gezicht zag. Ze deed haar mond open, maar er kwam niets uit, wat eigenlijk wel goed uitkwam, want het was Liesel die het woord nam.

'Denkt u soms,' zei ze, 'dat u mij met dit boek kunt afkopen?' Haar stem beefde, maar greep de vrouw niettemin bij de keel. De schitterende woede was gezwollen en zenuwslopend, maar ze worstelde zich er doorheen. Ze werkte zichzelf steeds verder op tot zij het punt had bereikt waar zij de tranen uit haar ogen moest vegen. 'U geeft me dit Saumensch van een boek en dan denkt u dat dat alles goed zal maken wanneer ik mijn mama moet gaan vertellen dat we zojuist onze allerlaatste klant zijn kwijtgeraakt? Terwijl u hier in uw dure huis zit?'

De armen van de burgemeestersvrouw.

Ze hingen.

Haar gezicht betrok.

Maar Liesel liet zich niet uit het veld slaan. Ze spuwde haar woorden rechtstreeks in de ogen van de vrouw.

'U en uw man. U zit hier lekker.' Nu werd ze hatelijk. Hatelijker en boosaardiger dan ze ooit van zichzelf had verwacht.

De pijn van woorden.

Ja, de wreedheid van woorden.

Ze diepte ze op uit een plek waarvan ze het bestaan niet had vermoed en smeet ze naar Ilsa Hermann.

'Het zal eens tijd worden,' deelde zij haar mede, 'dat u uw eigen stinkwas gaat doen. Het zal eens tijd worden dat u het feit onder ogen gaat zien dat uw zoon dood is. Hij is dood! Hij is meer dan twintig jaar geleden gestikt en in stukjes gehakt! Of is hij doodgevroren? Hoe dan ook, hij is dood! Hij is dood en het is gewoon zielig dat u hier in uw eigen huis zit te bibberen van de kou omdat u vindt dat u moet lijden. Denkt u soms dat u de enige bent?'

Van het ene moment op het andere.

Stond haar broertje naast haar.

Hij fluisterde haar toe dat ze moest ophouden, maar hij was ook dood, dus hoefde ze niet naar hem te luisteren.

Hij was doodgegaan in een trein.

Ze hadden hem begraven in de sneeuw.

Liesel keek naar hem, maar ze kon zichzelf er niet toe brengen om op te houden. Nog niet.

'Dit boek,' ging ze verder. Ze duwde de jongen de trap af, zodat hij viel. 'Dat hoef ik niet.' De woorden klonken nu zachter, maar niet minder verhit. Ze smeet *De Fluiter* voor de in slippers gestoken voeten van de vrouw en hoorde het met een klap op het beton vallen. 'Ik hoef dat rotboek van u niet...'

Zo, ze had het gedaan. Ze zweeg.

Haar keel was leeg. In de verste verte geen woorden meer te bekennen.

Haar broertje, dat zijn knie vasthield, verdween.

Na een falende stilte schuifelde de burgemeestersvrouw naar voren en raapte het boek op. Ze was kapot en verslagen en ditmaal niet van het glimlachen. Liesel zag het aan haar gezicht. Het bloed droop uit haar neus en over haar lippen. Ze had twee blauwe ogen. Op haar huid verschenen open snijwonden. Allemaal van de woorden. Van Liesels woorden.

Met het boek in haar hand en zich met gebogen rug oprichtend, begon Ilsa Hermann opnieuw haar spijt te betuigen, maar de zin wilde er niet uitkomen.

Sla me dan, dacht Liesel. Kom op, geef me een klap.

Ilsa Hermann sloeg haar niet. Ze trok zich achterwaarts terug in de vunzige lucht van haar mooie huis, en Liesel was weer alleen, zich vasthoudend aan de treden. Ze durfde zich niet om te draaien omdat ze wist dat de glazen stolp van Molching nu in duizend scherven lag, en dat ze er nog blij om zou zijn ook.

Ten slotte las ze de brief nog één keer door, verfrommelde hem vervolgens tot een dikke prop en smeet hem naar de deur, alsof het een steen was. Ik heb geen idee wat de boekendief verwachtte, maar de prop papier raakte de enorme houten deur en stuiterde langs de treden omlaag. Hij belandde aan haar voeten.

'Dacht ik het niet,' zei ze, de prop op het gras schoppend. 'Daar heb je ook al niks aan.'

Ditmaal stelde ze zich op weg naar huis voor wat er met het stuk papier zou gebeuren wanneer het weer ging regenen, wanneer de gerepareerde glazen stolp van Molching werd omgedraaid. Ze zag al helemaal voor zich hoe de woorden letter voor letter zouden oplossen, net zolang tot er niets meer van over was. Alleen nog maar papier. En aarde.

Toen ze thuiskwam stond Rosa toevallig net in de keuken. 'En?' vroeg ze. 'Waar is de was?'

'Geen was vandaag,' zei Liesel tegen haar.

Rosa ging aan de keukentafel zitten. Ze wist het. Ze leek opeens veel ouder. Liesel stelde zich voor hoe ze eruit zou zien als ze haar haar los op haar schouders liet vallen. Een grijze handdoek van elastieken haar.

'Wat heb jij daar uitgevoerd, klein Saumensch?' De zin klonk wat mat. Ze kon haar gebruikelijke venijn even niet opbrengen.

'Het was mijn schuld,' antwoordde Liesel. 'Helemaal mijn schuld. Ik heb de vrouw van de burgemeester beledigd en haar gezegd dat ze eens moest ophouden met janken om haar dode zoon. Ik heb haar een triest geval genoemd. En toen heeft ze u ontslagen. Hier.' Ze liep naar de houten lepels, greep er een paar en legde ze op tafel. 'Kies er maar een uit.'

Rosa pakte er een op, maar deed er niets mee. 'Ik geloof je niet.'

Liesel werd verscheurd tussen radeloosheid en opperste verbazing. Nu wilde ze een keer heel erg graag een Watschen en nu kreeg ze hem niet! 'Het is mijn schuld.'

'Niet waar,' zei Mama en ze stond zelfs op om Liesels vettige, ongewassen haar te strelen. 'Ik weet heus wel dat jij zulke dingen nooit zou zeggen.'

'Ik heb ze wel gezegd!'

'Goed, dan heb je ze wel gezegd.'

Toen Liesel de keuken verliet, hoorde ze de houten lepels weer in de metalen pot vallen waarin ze werden bewaard. Tegen de tijd dat ze haar slaapkamer had bereikt, werd het hele zooitje, inclusief de pot, tegen de grond gesmeten.

Een tijdje later liep ze naar de kelder, waar Max in het donker waarschijnlijk met de Führer stond te boksen.

'Max?' Het werd iets lichter – een rood kringetje, zwevend in de hoek. 'Kan jij me leren hoe ik me moet opdrukken?'

Max deed het haar voor en tilde haar af en toe een stukje op om te helpen, maar ondanks haar knokige uiterlijk, was Liesel sterk en kon ze haar eigen gewicht best dragen. Ze telde niet hoeveel ze er kon, maar die middag deed de boekendief in de kelder genoeg push-ups om er een paar dagen spierpijn aan over te houden. Zelfs toen Max zei dat ze er eigenlijk al te veel had gedaan, ging ze door.

In bed las ze samen met Papa, die wel aanvoelde dat er iets aan de hand was. Het was de eerste keer in een maand dat hij bij haar was komen zitten en dat troostte haar, ook al was het maar een klein beetje. Op de een of andere manier wist Hans Hubermann altijd precies wat hij moest zeggen, wanneer hij naar haar toe moest komen en wanneer hij haar met rust moest laten. Misschien was Liesel wel het enige waar hij een echte expert in was.

'Komt het door de was?' vroeg hij.

Liesel schudde haar hoofd.

Papa had zich al een paar dagen niet geschoren en om de paar minuten wreef hij over de scherpe stoppels. Zijn zilveren ogen waren rustig en kalm en warm, zoals altijd wanneer het om Liesel ging.

Toen ze waren uitgelezen, viel Papa in slaap. Het was juist op dat moment dat Liesel datgene zei wat ze al die tijd al had willen zeggen.

'Papa,' fluisterde ze. 'Ik denk dat ik naar de hel ga.'

Haar benen waren warm. Haar knieën waren koud.

Ze dacht aan de nachten dat ze in bed had geplast en Papa de lakens had gewassen en haar de letters van het alfabet had geleerd. Nu blies zijn adem over de deken en kuste zij zijn stoppelige wang.

'Je moet je eens scheren,' zei ze.

'Jij gaat niet naar de hel,' antwoordde Papa.

Even bleef ze naar zijn gezicht zitten kijken. Toen ging ze liggen, kroop tegen hem aan en samen vielen ze in slaap, ergens aan de zevende kant van de Duitse dobbelsteen.

Rudy's Jeugd

Uiteindelijk moest ze het hem toch nageven.
Acteren kon hij als de beste.

Een Portret Van Rudy Steiner: Juli 1941

Slierten modder omklemmen zijn gezicht. Zijn das is een pendule, al een hele tijd dood in zijn klok. Zijn citroenkleurige, door lampen verlichte haar zit in de war en op zijn gezicht ligt een droevige, absurde glimlach.

Hij stond een paar meter van de trap en sprak met volle overtuiging en grote blijdschap.
'Alles ist Scheisse,' verklaarde hij.
Het is één grote puinhoop.

In de eerste helft van 1941, terwijl Liesel het druk had met het verbergen van Max Vandenburg, het stelen van kranten en het uitfoeteren van burgemeestersvrouwen, leidde Rudy een geheel nieuw eigen leven, bij de Hitlerjeugd. Sinds begin februari kwam hij na elke bijeenkomst aanzienlijk slechter thuis dan dat hij er naartoe was gegaan. Vaak werd hij op die wandelingen naar huis vergezeld door Tommy Müller, die in dezelfde toestand verkeerde. Het probleem bestond uit drie onderdelen..

EEN DRIEDELIG PROBLEEM
1. Tommy Müllers oren.
2. Franz Deutscher – de woeste Hitlerjeugdleider.
3. Rudy's eigenschap om zich overal mee te bemoeien.

Was Tommy Müller zes jaar eerder maar niet zeven uur lang vermist geweest op een van de koudste dagen uit de geschiedenis van München. Zijn oorontstekingen en zenuwbeschadigingen beïnvloedden nog steeds het marspatroon van de Hitlerjeugd en niet bepaald in positieve zin, dat kan ik je verzekeren.

Aanvankelijk ging het geleidelijk aan steeds slechter, maar met het verstrijken van de maanden, haalde Tommy zich in toenemende mate de woede van de Hitlerjeugdleiders op de hals, vooral wanneer het op marcheren aankwam. Weet je nog – Hitlers verjaardag het jaar ervoor? Hij had al een tijdje steeds meer last van oorontstekingen. Inmiddels was het punt bereikt waarop Tommy daadwerkelijk problemen kreeg met zijn gehoor. Hij kon de commando's die de groep tijdens het marcheren werden toegeschreeuwd niet meer verstaan. Het maakte niet uit of het in de zaal was of buiten, in de sneeuw of de modder of in plensbuien.

Het doel was altijd iedereen tegelijkertijd te laten stilstaan.

'Eén klik!' werd hen voorgehouden. 'Meer wil de Führer niet horen. Allemaal tegelijk. Allemaal tezamen als één!'

Maar dan Tommy.

Ik geloof dat het zijn linkeroor was. Dat was het slechtste van de twee en wanneer de barse kreet 'Halt!' de oren van alle anderen bereikte, marcheerde Tommy vrolijk en zonder iets in de gaten te hebben verder. In een oogwenk wist hij van een marslinie hondenvoer te maken.

Op een zaterdag, begin juli, even na half vier en een hele reeks door Tommy's toedoen mislukte marspogingen, had Franz Deutscher (de ultieme naam voor de ultieme nazi-tiener) er schoon genoeg van.

'Müller, du Affe!' Zijn dikke blonde haar masseerde zijn hoofd en zijn woorden manipuleerden Tommy's gezicht. 'Aap die je bent – wat mankeert jou?'

Tommy deinsde angstig achteruit, maar desondanks slaagde zijn linkerwang erin een maniakale, vrolijke zenuwtrek te vertonen. Niet alleen leek hij met een triomfantelijke grijns te lachen, maar hij leek zich ook vrolijk te maken over de uitbrander. En Franz Deutscher pikte het niet langer. Zijn felblauwe ogen ziedden van woede.

'Nou?' vroeg hij. 'Wat heb je voor jezelf te zeggen?'

Tommy's zenuwtrek werd alleen maar erger, zowel wat snelheid als wat intensiteit betrof.

'Sta je mij uit te lachen?'

'Heil,' zei Tommy hevig zenuwtrekkend, in een wanhopige poging tenminste nog iets goed te doen, maar hij kwam niet eens aan het 'Hitler'-gedeelte toe.

Op dat moment kwam Rudy een stap naar voren. Hij ging voor Franz Deutscher staan en keek naar hem op. 'Hij heeft een probleem, meneer – '

'Dat zie ik zelf ook wel!'

'Met zijn oren,' ging Rudy verder. 'Hij kan niet – '

'Goed, zo is het genoeg.' Deutscher wreef zich in zijn handen. 'Jullie allebei – zes rondjes over het terrein.' Ze gehoorzaamden, maar niet snel genoeg. *'Schnell!'* riep hij hen na.

Toen ze de zes rondjes hadden gelopen kregen ze nog een paar driloefeningen van de 'lopen, laat je vallen, sta op, laat je vallen'-soort, en na vijftien lange minuten moesten ze zich nog een keer op de grond laten vallen en dat had eigenlijk de laatste keer moeten zijn.

Rudy keek omlaag.

Een omgewoelde cirkel van modder grijnsde hem toe.

Waar sta jij naar te kijken? leek de cirkel hem te vragen.

'Op de grond!' riep Franz.

Rudy sprong er natuurlijk overheen en liet zich op zijn buik vallen.

'Opstaan!' lachte Franz. 'Een stap naar achteren.' Ze deden het. 'En op de grond!'

De boodschap was duidelijk en ditmaal accepteerde Rudy hem. Hij dook in de modder en hield zijn adem in en op dat moment, terwijl hij met zijn oor in die stinkende modder lag, was de oefening ten einde.

'*Vielen Dank, meine Herren,*' zei Franz Deutscher beleefd. 'Hartelijk dank, mijne heren.'

Rudy ging op zijn knieën zitten, wroette wat in zijn oor en keek naar Tommy.

Tommy deed zijn ogen dicht en zijn gezicht vertrok.

Toen ze die dag terugkeerden naar de Himmelstraat, was Liesel, nog in haar BDM-uniform, met een paar van de jongere kinderen aan het hinkelen. Vanuit haar ooghoeken zag ze de twee trieste figuren op zich af komen. Een van hen riep haar naam.

Ze ontmoetten elkaar voor de deur van het betonnen schoenendooshuisje van de Steiners, en Rudy vertelde haar wat er die dag allemaal was voorgevallen.

Na tien minuten ging Liesel erbij zitten.

Na elf minuten zei Tommy, die naast haar zat: 'Het is allemaal mijn schuld', maar Rudy wuifde hem ergens tussen een zin en een glimlach weg, en veegde met zijn vinger een modderveeg doormidden. 'Het is mijn – ' probeerde Tommy nog een keer, maar ditmaal liet Rudy hem niet eens uitpraten en wees naar hem.

'Tommy, doe me een lol.' Er lag een eigenaardig tevreden blik op Rudy's gezicht. Liesel had nog nooit iemand gezien die er zo miserabel uitzag, maar tegelijkertijd zo hartgrondig energiek. 'Hou jij nu eens je mond en ga wat zitten – zenuwtrekken – of zoiets', en hij ging verder met zijn verhaal.

Hij liep heen en weer.

Hij frunnikte aan zijn das.

De woorden werden haar toegeworpen en belandden ergens op het stenen trapje.

'Die Deutscher,' besloot hij opgewekt. 'Die had ons goed te grazen, wat jij, Tommy?'

Tommy knikte, bewoog krampachtig zijn gezicht en zei, hoewel niet noodzakelijkerwijze in die volgorde: 'Het kwam door mij.'
'Tommy, wat heb ik nou gezegd?'
'Wanneer?'
'Nu! Houd je mond.'
'Goed, Rudy.'

Toen Tommy enige tijd later diep ongelukkig naar huis liep, probeerde Rudy een naar het scheen geweldige nieuwe tactiek.
Medelijden.
Op de trap keek hij naar de modder die als een knapperig laagje op zijn uniform was opgedroogd en wierp Liesel toen een hulpeloze blik toe. 'Wat dacht je ervan, Saumensch?'
'Wat dacht ik waarvan?'
'Je weet wel...'
Liesel reageerde op de gebruikelijke manier.
'Saukerl,' lachte ze en ze liep het korte stukje naar huis. Een verontrustende mengeling van modder en medelijden was één ding, maar Rudy Steiner kussen was iets heel anders.
Terwijl hij met een treurig glimlachje zijn hand door zijn haar streek, riep hij haar na: 'Wacht maar,' waarschuwde hij haar. 'Op een dag gaat het gebeuren, Liesel!'

Iets meer dan twee jaar later, toen ze in de vroege ochtenduren in de kelder zat te schrijven, hunkerde Liesel er soms naar om even naar de buren te gaan en hem te zien. Ook realiseerde ze zich dat het waarschijnlijk die ellendige tijd bij de Hitlerjeugd was geweest die zijn, en daarmee ook haar, verlangen naar misdaad had gevoed.
Want ondanks een regenbui zo nu en dan, begon het nu toch echt zomer te worden. Er moest weer gestolen worden.

De Verliezers

Wanneer het op stelen aankwam, gingen Liesel en Rudy aanvankelijk van het idee uit dat je beter met zoveel mogelijk kon zijn. Andy Schmeikl vroeg hun naar de rivier te komen voor een bijeenkomst. Een van de dingen die op de agenda stonden was een strategisch plan voor het stelen van fruit.

'Ben jij nu de leider?' had Rudy gevraagd, maar Andy schudde teleurgesteld zijn hoofd. Kennelijk wenste hij dat hij daar de kwaliteiten voor bezat.

'Nee.' Zijn kille stem klonk ongewoon warm. Halfbakken. 'Er is iemand anders.'

De Nieuwe Arthur Berg

Hij had verwaaid haar en grijze ogen,
en hij was het soort delinquent
die maar één reden heeft om te stelen,
namelijk omdat hij er plezier in heeft.
Zijn naam was Viktor Chemmel.

Anders dan de meeste mensen die zich bezighouden met de verschillende kunsten van het stelen, bezat Viktor Chemmel alles wat zijn hartje begeerde. Hij woonde in het mooiste gedeelte van

Molching, hoog boven de stad, in een villa die geheel was ontsmet nadat de joden eruit waren verdreven. Hij had geld. Hij had sigaretten. Maar wat hij wilde, was meer.

'Er is niks mis mee om een beetje meer te willen,' beweerde hij, terwijl hij met een hele groep jongens om zich heen op zijn rug in het gras lag. 'Meer willen is ons fundamentele recht als Duitsers. Wat zegt onze Führer?' Hij beantwoordde zijn eigen retoriek. 'We moeten nemen wat ons rechtens toekomt!'

Op het eerste gezicht was Viktor Chemmel echt zo'n typische uit zijn nek kletsende tiener. Jammer genoeg bezat hij, wanneer hij daar tenminste voor in de stemming was, tevens een bepaald charisma, een soort 'volg mij'.

Toen Liesel en Rudy het groepje bij de rivier naderden, hoorde zij hem nog een vraag stellen. 'En waar blijven nou die twee rare types over wie je zo hebt lopen opscheppen? Het is al tien over vier.'

'Niet op mijn horloge,' zei Rudy.

Viktor Chemmel richtte zich op op zijn elleboog. 'Je hebt helemaal geen horloge om.'

'Wat zou ik hier te zoeken hebben als ik rijk genoeg was om een horloge te hebben?'

De nieuwe leider ging nu zitten en lachte zijn witte, rechte tanden bloot. Vervolgens wierp hij een nonchalante blik op het meisje. 'Wie is dat hoertje?' Liesel, die wel wat gewend was op het gebied van schelden, keek alleen maar naar zijn mistige ogen.

'Vorig jaar,' begon zij, 'heb ik minstens driehonderd appels gestolen en tientallen aardappelen. Ik heb weinig moeite met prikkeldraadomheiningen en ik kan iedereen hier bijhouden.'

'Meen je dat nou?'

'Ja.' Ze kromp niet ineen en deinsde niet naar achteren. 'Het enige wat ik vraag is een klein deel van alles wat we te pakken krijgen. Een paar dozijn appels hier en daar. Wat restjes voor mij en mijn vriend.'

'Ik denk dat dat wel geregeld kan worden.' Viktor stak een sigaret op en bracht hem naar zijn mond. Hij deed zijn best om de eerste mond vol rook in Liesels gezicht te blazen.

Liesel hoestte niet.

Het was hetzelfde groepje als het voorgaande jaar, met uitzondering van de leider. Liesel vroeg zich af waarom geen van de andere jongens het roer had overgenomen, maar toen zij van de een naar de ander keek, realiseerde zij zich dat ze het geen van allen in zich hadden. Ze hadden er geen moeite mee om uit stelen te gaan, maar iemand moest hun wel vertellen wat ze moesten doen. Ze vonden het prettig zich te laten vertellen wat ze moesten doen, en Viktor Chemmel vond het prettig om degene te zijn die dat deed. Het was een keurige microkosmos.

Even verlangde Liesel terug naar Arthur Berg. Of zou hij ook onder het leiderschap van Viktor Chemmel zijn gevallen? Het deed er niet toe. Liesel wist alleen dat Arthur Berg geen greintje tirannie in zijn lijf had, terwijl de nieuwe leider ervan bulkte. Vorig jaar wist ze dat Arthur, als zij vast zou komen te zitten in een boom, haar zou komen halen, ook al beweerde hij altijd het tegenovergestelde. Dit jaar daarentegen, was zij zich er onmiddellijk van bewust dat Viktor Chemmel niet eens de moeite zou nemen om om te kijken.

Hij stond op en keek naar de slungelige jongen en het ondervoed ogende meisje. 'Dus jullie willen met mij uit stelen?'

Wat hadden ze te verliezen? Ze knikten.

Hij kwam een stap dichterbij en greep Rudy bij zijn haar. 'Ik wil het horen.'

'Absoluut,' zei Rudy, voordat hij weer aan zijn haar naar achteren werd geduwd.

'En jij?'

'Natuurlijk.' Liesel was snel genoeg om dezelfde behandeling te voorkomen.

Viktor lachte. Hij trapte zijn sigaret uit, ademde diep in en krabde over zijn borst. 'Mijne heren, mijne hoer, dan lijkt het me nu tijd om maar eens wat te gaan winkelen.'

Toen het groepje wegliep, bleven Liesel en Rudy achteraan lopen, zoals ze dat in het verleden ook altijd hadden gedaan.

'Wat vind jij van hem?' fluisterde Rudy.

'En jij?'

Rudy zweeg even. 'Ik vind hem een ongelooflijke rotzak.'

'Ik ook.'

Ze begonnen achterop te raken.

'Kom op,' zei Rudy, 'laten we ze inhalen.'

Na een paar kilometer bereikten ze de eerste boerderij. Wat ze daar zagen kwam als een schok. De bomen hingen niet vol fruit, zoals ze hadden verwacht, maar zagen er zwak en breekbaar uit, met slechts een kleine hoeveelheid appels die zielig aan elke tak hingen. Bij de volgende boerderij was het precies hetzelfde. Misschien was het een slecht jaar, of zaten zij er een beetje naast met hun timing.

Tegen het eind van de middag, toen de buit werd verdeeld, kregen Liesel en Rudy samen één minuscuul appeltje. Eerlijk was eerlijk, de opbrengst was ongelooflijk mager, maar Viktor Chemmel hanteerde ook een strenger regime.

'Wat moet dit voorstellen?' vroeg Rudy, met de appel in zijn hand.

Viktor keek niet eens om. 'Wat dacht je zelf?' zei hij over zijn schouder.

'Eén rottig appeltje?'

'Hier.' Ze kregen een half opgegeten appel toegeworpen, die met de kant waaraan gegeten was op de grond viel. 'Die mogen jullie ook wel hebben.'

Rudy was woedend. 'Barst maar. We hebben geen vijftien kilometer gelopen voor anderhalve rotappel, hè, Liesel?'

Liesel zei niets.

Ze kreeg de tijd niet, want voordat ze een woord kon uitbrengen had Viktor Chemmel zich al boven op Rudy geworpen. Met zijn knieën pinde hij Rudy's armen tegen de grond en zijn handen lagen om zijn keel. De appels werden, op Viktors verzoek, opgeraapt door niemand minder dan Andy Schmeikl.

'Je doet hem pijn,' zei Liesel.

'O ja?' Viktor lachte weer. Ze haatte die lach.

'Hij doet me *geen* pijn.' Rudy stootte de woorden in één keer uit en zijn gezicht liep rood aan. Zijn neus begon te bloeden.

Na een lang moment van opgevoerde druk, liet Viktor Rudy los, klom van hem af en slenterde een eindje weg. Hij zei: 'Sta op, knul,' en Rudy deed wijselijk wat hem werd gezegd.

Viktor liep weer naar hem toe en keek hem aan. Hij wreef hem vriendelijk over zijn arm en grijnsde. Toen fluisterde hij: 'Als je niet wilt dat ik van dat beetje bloed een fontein maak, stel ik voor dat je nu weggaat, jongetje.' Hij keek naar Liesel. 'En neem die kleine slet meteen ook maar mee.'

Niemand verroerde zich.

'Nou, waar wacht je nog op?'

Liesel pakte Rudy's hand en samen liepen ze weg, maar niet voordat Rudy zich nog een laatste keer omdraaide en wat bloed en speeksel voor Viktor Chemmels voeten spuugde. Dit ontlokte een laatste opmerking.

EEN KLEIN DREIGEMENT VAN VIKTOR CHEMMEL AAN RUDY STEINER

'Dat zet ik je nog een keer betaald, vriend.'

Je kunt van Viktor Chemmel zeggen wat je wilt, maar hij had beslist geduld en een goed geheugen. Het duurde ongeveer vijf maanden voordat hij zijn dreigement ten uitvoer bracht.

Schetsen

Terwijl de zomer van 1941 zich aan alle kanten opdrong aan kinderen als Liesel en Rudy, schreef en schilderde hij zich in het leven van Max Vandenburg. In zijn eenzaamste ogenblikken in de kelder begonnen de woorden zich om hem heen op te stapelen. De visioenen begonnen uit zijn handen te stromen en te vallen en af en toe te strompelen.

Hij bezat slechts wat hij zelf een klein rantsoen werktuigen noemde:

Een geschilderd boek.

Een handvol potloden.

Een hoofd vol gedachten.

En dat alles begon hij als een eenvoudige puzzel in elkaar te passen.

Eigenlijk was Max van plan geweest zijn eigen verhaal op te schrijven.

Het idee was om over alles te schrijven wat hem was overkomen – alles wat hem naar de kelder in de Himmelstraat had gebracht – maar dat was niet wat eruit kwam. Max' ballingschap zorgde ervoor dat het iets heel anders werd. Het was een verzameling willekeurige gedachten en hij besloot ze te gebruiken. Ze voelden *waarachtig*. Ze waren echter dan de brieven die hij aan zijn familie en zijn vriend Walter Kugler schreef in de wetenschap dat hij ze nooit zou kunnen versturen. De ontheiligde pagina's van *Mein Kampf* veranderden in een serie schetsen, pagina na pagina, die voor hem een opsomming vormden van de gebeurtenissen die zijn vroegere leven voor een ander hadden verruild. Sommige kostten hem maar een paar minuten. Aan andere zat hij uren te werken. Hij had zich voorgenomen het boek wanneer het af was aan Liesel te geven, wanneer ze er oud genoeg voor was en al deze onzin hopelijk was afgelopen.

Vanaf het moment dat hij de potloden uitprobeerde op de eerste geverfde pagina, hield hij het boek voortdurend bij zich. Vaak lag het naast hem of had hij het nog in zijn hand terwijl hij sliep.

Op een middag viel hij na zijn push-ups en sit-ups tegen de keldermuur in slaap. Toen Liesel beneden kwam zag ze het boek naast hem liggen, half rechtop tegen zijn bovenbeen, en kon ze haar nieuwsgierigheid niet bedwingen. Ze bukte zich en raapte het op, wachtend tot hij zich zou verroeren. Maar dat deed hij niet. Max zat met zijn hoofd en schouderbladen tegen de muur. Ze kon zijn ademhaling nauwelijks horen toen ze het boek opende en willekeurig enkele pagina's opsloeg...

Niet de Führer – de dirigent!

Is het geen heerlijke dag...

Bang voor wat zij zag, zette Liesel het boek gauw weer neer, precies zoals ze het had gevonden, tegen Max' been.

Opeens schrok ze van een stem.

'*Danke schön,*' zei de stem en toen ze het spoor van het geluid naar zijn eigenaar volgde, zag ze een kleine blik van tevredenheid op zijn joodse lippen.

'Jezus,' bracht Liesel uit. 'Je liet me schrikken, Max.'

Hij viel weer in slaap en het meisje sleepte diezelfde gedachte achter zich aan de trap op.

Je liet me schrikken, Max.

De Fluiter en de Schoenen

Hetzelfde patroon zette zich voort tot het einde van de zomer en diep in de herfst. Rudy deed zijn best om de Hitlerjeugd te overleven. Max deed zijn push-ups en maakte zijn tekeningen. Liesel vond kranten en schreef haar woorden op de keldermuur.

Het lijkt me ook waard te vermelden dat elk patroon op z'n minst één kleine afwijking heeft en dat die op een dag zal overhellen, of van de ene pagina naar de andere zal vallen. In dit geval was Rudy de dominante factor. Of in elk geval Rudy en een pas bemest sportveld.

Eind oktober leek alles nog normaal. Een vies jongetje liep door de Himmelstraat. Zijn familie verwachtte hem elk moment thuis en dan zou hij tegen iedereen jokken dat iedereen van zijn afdeling van de Hitlerjeugd extra oefeningen in het veld had moeten doen. Zijn ouders zouden zelfs een lachend gezicht verwachten. Dat kregen ze niet.

Vandaag was Rudy helemaal door zijn lach en zijn leugentjes heen.

Toen Liesel deze woensdag wat beter keek, zag ze dat Rudy Steiner geen overhemd droeg. En dat hij woedend was.

'Wat is er gebeurd?' vroeg ze toen hij langs kwam sjokken.

Hij keerde op zijn schreden terug en hield haar zijn hemd voor. 'Moet je ruiken,' zei hij.

'Wat?'

'Ben je doof? Ik zei moet je ruiken.'

Met tegenzin boog Liesel zich naar voren en rook de smerige lucht van het bruine kledingstuk. 'Jezus, Maria en Jozef! Is dat – ?'

De jongen knikte. 'Het zit ook op mijn kin. Mijn kin! Ik mag nog van geluk spreken dat ik het niet heb ingeslikt!'

'Jezus, Maria en Jozef.'

'Het veld bij de Hitlerjeugd was net bemest.' Hij wierp nog eens een halfhartige, walgende blik op zijn hemd. 'Volgens mij is het koeienmest.'

'Wist hoe-heet-hij-ook-weer – Deutscher – dat het er lag?'

'Hij zegt van niet. Maar hij grinnikte erbij.'

'Jezus, Maria en – '

'Wil je wel eens ophouden dat te zeggen?'

Wat Rudy op dit moment nodig had was een overwinning. Hij had verloren in zijn onderhandelingen met Viktor Chemmel. Bij de Hitlerjeugd had hij het ene probleem na het andere. Het enige wat hij wilde was één klein overwinninkje en hij was vastbesloten dat te behalen.

Hij liep naar huis, maar toen hij de betonnen stoep bereikte, veranderde hij van gedachten en liep hij langzaam, doelbewust terug naar het meisje.

Rustig en zorgvuldig zei hij: 'Weet je wat mij nu blij zou maken?'

Liesel deinsde terug. 'Als jij denkt dat ik – in die toestand...'

Hij leek teleurgesteld. 'Nee, dat niet.' Hij zuchtte en kwam nog wat dichterbij. 'Iets anders.' Na even te hebben nagedacht, tilde hij zijn hoofd een heel klein stukje op. 'Moet je me nou zien staan. Ik ben smerig. Ik stink naar koeienstront, of hondenstront, wat het ook mag zijn, en zoals gewoonlijk sterf ik weer eens van de honger.' Hij zweeg even. 'Ik heb een overwinning nodig, Liesel. Echt waar.'

Liesel wist het.

Als hij niet zo had gestonken was ze wat dichter bij hem komen staan.

Stelen.

Ze moesten iets stelen.

Nee.

Ze moesten iets *terug* stelen. Het maakte niet uit wat. Maar het moest wel snel gebeuren.

'Alleen jij en ik dit keer,' stelde Rudy voor. 'Geen Chemmels, geen Schmeikls. Alleen jij en ik.'

Het meisje kon er niets aan doen.

Haar handen jeukten, haar hart sloeg op hol en haar mond glimlachte en dat allemaal tegelijkertijd. 'Klinkt goed.'

'Dat is dan afgesproken,' en hoewel hij het wel probeerde, kon Rudy de bemeste grijns die op zijn gezicht verscheen niet verbergen. 'Morgen?'

Liesel knikte. 'Morgen.'

Hun plan was perfect, op één ding na.

Ze hadden geen idee waar te beginnen.

Fruit was uitgesloten. Rudy haalde zijn neus op voor uien en aardappelen en ze trokken een grens bij een nieuwe overval op Otto Sturm en zijn fiets vol boerderijproducten. Eén keer was immoreel. Twee keer was een regelrechte rotstreek.

'Maar waar moeten we dan in vredesnaam naartoe?' vroeg Rudy.

'Hoe moet ik dat weten? Dit was toch jouw idee, of niet soms?'

'Dat wil nog niet zeggen dat jij er ook niet een beetje over mag nadenken. Ik kan niet alles alleen bedenken.'

'Jij kan bijna helemaal *niks* bedenken...'

Zo ruzieden ze verder terwijl ze door de stad liepen. Aan de rand van de stad kwamen ze de eerste boerderijen tegen en de bomen stonden erbij als uitgemergelde standbeelden. De stammen waren grijs en toen ze omhoogkeken, zagen ze niets dan kale takken en lege lucht.

Rudy spuugde op de grond.

Terwijl ze terugliepen naar Molching wisselden ze ideeën uit.

'Wat dacht je van Frau Diller?'

'Hoe bedoel je?'

'Als we eerst Heil Hitler zeggen en *dan* iets pikken, komen we er misschien wel mee weg.'

Na een uur lang door de Münchenstraat te hebben gezworven, begon de schemering in te vallen en stonden ze op het punt het maar op te geven. 'Het heeft geen zin,' zei Rudy, 'en ik geloof niet dat ik ooit zo'n honger heb gehad. Jezus, ik verga echt van de honger.' Hij liep nog elf stappen door voordat hij opeens bleef staan en achteromkeek. 'Wat is er?', want Liesel was doodstil blijven staan, met een blik op haar gezicht alsof er plotseling iets tot haar was doorgedrongen.

Waarom had ze hier niet eerder aan gedacht?

'Wat is er nou?' Rudy begon ongeduldig te worden. 'Wat is er aan de hand, Saumensch?'

Op datzelfde ogenblik stond Liesel voor een beslissing. Kon ze datgene wat ze had bedacht werkelijk ten uitvoer brengen? Kon ze echt op zo'n manier wraak nemen op iemand? Kon ze zo'n hekel aan iemand hebben?

Ze begon in tegenovergestelde richting te lopen. Toen Rudy haar had ingehaald, hield ze haar pas een beetje in, in de ijdele hoop iets meer duidelijkheid te krijgen. Het schuldgevoel was er immers al. Het was vochtig. Het zaadje barstte al open tot een donkerbladige bloem. Ze overwoog of ze dit werkelijk door kon zetten. Bij een kruispunt aangekomen bleef ze staan.

'Ik weet een plek.'

Ze staken de rivier over en beklommen de heuvel.

In de Grande Strasse glansden de deuren van de boenwas en lagen de pannen als keurig gekamde toupetjes op de daken. De muren en ramen waren netjes gemanicuurd en de schoorstenen ademden nog net geen volmaakt ronde rookringen uit.

Rudy bleef stokstijf staan. 'Het huis van de burgemeester?'

Liesel knikte ernstig. Even bleef het stil. 'Ze hebben mijn mama ontslagen.'

Terwijl ze het huis met een omweg naderden, vroeg Rudy zich af hoe ze in godsnaam binnen moesten komen, maar Liesel wist een manier. 'Het is hier algemeen bekend – ' antwoordde zij, maar op het moment dat ze het raam van de bibliotheek konden zien, wachtte haar een schok. Het raam was dicht.

'Nou?' vroeg Rudy.

Liesel draaide zich langzaam om en haastte zich weg. 'Vandaag niet,' zei ze. Rudy begon te lachen.

'Ik wist het.' Hij rende haar achterna. 'Ik wist het wel, ellendig Saumensch. Jij zou daar nog niet binnenkomen als je een sleutel had.'

'Mag ik even?' Ze begon nog sneller te lopen en wuifde Rudy's commentaar weg. 'We moeten gewoon de juiste gelegenheid afwachten.' Diep vanbinnen schaamde ze zich een beetje voor een gevoel van opluchting omdat het raam gesloten was. Ze gaf zichzelf een uitbrander. Waarom, Liesel? vroeg ze. Waarom moest je zo uit je vel springen toen ze Mama ontsloegen? Waarom kon je niet gewoon je grote mond houden? Voor hetzelfde geld is de vrouw van de burgemeester omgeslagen als een blad aan een boom nadat jij haar zo hebt uitgekafferd. Misschien is ze weer de oude en heeft ze zichzelf weer helemaal in de hand. Misschien gaat ze nooit meer zitten bibberen in dat grote huis en blijft dat raam voorgoed dicht... Wat ben je toch een stom Saumensch!

Een week later echter, bij hun vijfde bezoek aan het chique gedeelte van Molching, was het er wel.

Het open raam ademde via een smalle kier frisse lucht in.

Meer hadden ze niet nodig.

Het was Rudy die als eerste bleef staan. Hij porde Liesel met de rug van zijn hand tussen haar ribben. 'Staat dat raam,' fluisterde hij, 'open?' De gretigheid in zijn stem leunde als een onderarm op Liesels schouder.

'Jawohl,' antwoordde zij. 'Reken maar.'

En haar hart begon te bonzen.

Alle vorige keren, toen het raam potdicht had gezeten, had Liesels ogenschijnlijke teleurstelling een intense opluchting gemaskeerd. Zou ze het lef hebben gehad om naar binnen te gaan? En voor wie en wat deed ze het eigenlijk? Voor Rudy? Om aan eten te komen?

Nee, de weerzinwekkende waarheid was als volgt:

Het eten kon haar niet schelen. Hoe hard ze zich ook tegen de gedachte trachtte te verzetten, Rudy kwam in haar plan op de tweede plaats. Het was het boek wat ze wilde. *De Fluiter*. Ze kon het niet verdragen dat een eenzame, zielige oude vrouw het aan haar gaf. Het kwam haar veel acceptabeler voor om het te stelen. Op een bepaalde, zieke manier, was het boek stelen eigenlijk net zoiets als het verdienen.

Het licht veranderde in blokken schaduw.

Samen bewogen zij zich voort in de richting van het onberispelijke, grote huis.

'Heb jij ook zo'n honger?' vroeg Rudy.

Liesel antwoordde: 'Ik sterf van de honger.' Naar een boek.

'Kijk – boven gaat een licht aan.'

'Ik zie het.'

'Nog steeds zo'n honger, Saumensch?'

Even stonden ze elkaar nerveus lachend aan te kijken, voordat ze een besluit namen wie er naar binnen zou gaan en wie op wacht moest blijven staan. Als de enige man bij de operatie, vond Rudy natuurlijk dat hij de actieve rol op zich moest nemen, maar het was duidelijk dat Liesel het huis kende. Zij moest dus naar binnen. Zij wist precies wat er zich aan de andere kant van het raam bevond.

Ze zei het: 'Ik moet het doen.'

Liesel kneep haar ogen dicht. Heel stijf.

Ze dwong zichzelf aan de burgemeester en zijn vrouw te denken. Ze keek naar haar groeiende vriendschap met Ilsa Hermann en trapte die heel bewust uit de weg. Het werkte. Ze haatte hen.

Ze verkenden de straat en liepen heel zachtjes de tuin door.

Nu zaten ze op hun hurken onder de kier in het raam op de begane grond. Hun ademhaling klonk hier veel harder.

'Kom hier,' stelde Rudy voor, 'geef mij je schoenen. Dan maak je minder lawaai.'

Zonder te protesteren maakte Liesel de versleten zwarte veters los en liet de schoenen op de grond staan. Ze stond op en Rudy trok het raam heel voorzichtig zover open dat Liesel erdoor naar binnen kon klimmen. Het geluid dat zij erbij maakte passeerde als een laagvliegend vliegtuig over zijn hoofd.

Liesel hees zich op de vensterbank en werkte zich naar binnen. Haar schoenen uittrekken, realiseerde ze zich, was een briljant idee geweest, want de klap waarmee ze op de houten vloer terechtkwam was harder dan ze had verwacht. Haar voetzolen spreidden zich op een pijnlijke manier uit en kwamen een eindje omhoog tegen de binnenkant van haar sokken.

De kamer zelf was nog precies hetzelfde als anders.

In het stoffige schemerlicht schudde Liesel elk gevoel van nostalgie van zich af. Ze sloop naar voren en nam even de tijd om haar ogen aan het licht te laten wennen.

'Wat gebeurt er?' fluisterde Rudy van buiten, maar zij wapperde haar hand in zijn richting met een gebaar dat wilde zeggen: *Halt's Maul*. Houd je kop.

'Eten,' bracht hij haar in herinnering. 'Zoek iets te *eten*. En sigaretten, als je die kunt vinden.'

Aan beide dingen dacht ze echter geen moment. Ze was thuis, tussen de boeken van de burgemeester, boeken in alle kleuren en soorten, met hun zilveren en gouden belettering. Ze kon het papier ruiken. Ze kon de woorden die haar aan alle kanten omringden bijna proeven. Haar voeten brachten haar naar de muur aan haar rechterhand. Ze wist welk boek ze wilde – ze wist precies waar het stond – maar toen ze haar hand uitstak naar het vaste plekje van *De Fluiter* in de kast, stond het er niet. In plaats daarvan was er nu een kleine open plek.

Boven zich hoorde ze voetstappen.

'Het licht!' fluisterde Rudy. De woorden werden door het open raam geschoven. 'Het is uit!'

'Scheisse.'

'Ze komen naar beneden.'

Toen volgde er een oneindig lang moment, de eeuwigheid die het duurt om in een fractie van een seconde een beslissing te nemen. Haar ogen gleden door de kamer en opeens zag ze *De Fluiter* geduldig op het bureau van de burgemeester liggen.

'Schiet nou op,' waarschuwde Rudy haar, maar Liesel liep heel rustig en bedachtzaam naar het bureau, pakte het boek en keerde behoedzaam terug naar het raam. Met haar hoofd eerst klom ze naar buiten, slaagde erin om op haar voeten terecht te komen en voelde opnieuw die steek van pijn, ditmaal in haar enkels.

'Kom op nou,' smeekte Rudy. 'Rennen, rennen. *Schnell!*'

Toen ze eenmaal de hoek om waren, op de weg terug naar de rivier en de Münchenstraat, bleef ze even staan om te bukken en op adem te komen. Haar lichaam was dubbelgevouwen, de lucht half bevroren in haar mond en haar hart luid bonkend in haar keel.

Bij Rudy was het precies hetzelfde.

Toen hij opzij keek zag hij het boek onder haar arm. Hij kon haast niet uit zijn woorden komen. 'Wat,' hij hapte naar adem, 'moet je met dat boek?'

Het begon nu echt donker te worden. Liesel hijgde en de lucht in haar keel begon te ontdooien. 'Dit was het enige wat ik kon vinden.'

Helaas kon Rudy het ruiken. Dat ze loog. Hij hield zijn hoofd een beetje scheef en vertelde haar precies wat er volgens hem was gebeurd. 'Je bent niet naar binnen gegaan om eten te zoeken, hè? Je hebt precies wat je wilde...'

Op dat moment richtte Liesel zich op en voelde zich misselijk worden toen er opeens iets heel anders tot haar doordrong.

De schoenen.

Ze keek naar Rudy's voeten, naar zijn handen en toen naar de grond om hem heen.

'Wat?' vroeg hij. 'Wat is er?'

'Saukerl,' riep zij beschuldigend uit. 'Waar zijn mijn schoenen?' Rudy werd bleek, zodat ze niet langer hoefde te twijfelen. 'Ze staan nog bij het huis,' zei ze, 'of niet soms?'

Rudy keek wanhopig om zich heen, tegen beter weten in hopend dat hij ze misschien toch had meegenomen. Hij stelde zich voor hoe hij ze had opgepakt, en wenste dat het waar was – maar de schoenen waren er niet. Ze stonden doelloos, of liever gezegd, veel erger, beschuldigend, bij de muur van Grande Strasse 8.

'*Dummkopf!*' schold hij, terwijl hij zichzelf voor zijn hoofd sloeg.

Hij keek beschaamd naar de trieste aanblik van Liesels sokken. 'Idioot!' Hij hoefde er niet lang over na te denken hoe hij het goed kon maken. Op ernstige toon zei hij: 'Wacht hier', en rende weer terug, de hoek om.

'Kijk uit dat ze je niet pakken,' riep Liesel hem na, maar hij hoorde het niet.

De minuten duurden lang terwijl hij weg was.

Het was nu helemaal donker en Liesel was er vrij zeker van dat ze bij thuiskomst op een Watschen kon rekenen. 'Schiet nou op,' mompelde ze, maar nog steeds geen Rudy. Ze beeldde zich een politiesirene in, waarvan het geluid steeds vooruitsnelde en weer inhield.

Nog steeds niets.

Pas toen ze op haar natte, vieze sokken terugliep naar de kruising van de twee straten, zag ze hem aankomen. Rudy hield zijn triomfantelijke gezicht trots geheven terwijl hij in haar richting kwam hollen. Hij grijnsde zijn tanden bloot en de schoenen bungelden aan zijn hand. 'Ze hebben me bijna vermoord,' zei hij, 'maar ik heb het gered.' Zodra ze de rivier waren overgestoken, overhandigde hij Liesel de schoenen en gooide zij ze op de grond.

Ze ging op de grond zitten en keek op naar haar beste vriend. '*Danke*,' zei ze.

Rudy boog. 'Graag gedaan.' Hij probeerde er nog wat meer uit te slepen. 'Het heeft zeker geen zin om te vragen of ik hier misschien een kus voor krijg?'

'Omdat je mijn schoenen hebt teruggebracht die je *zelf* had laten staan?'

'Oké, oké.' Hij stak zijn handen omhoog en bleef doorpraten terwijl ze verder liepen en Liesel deed haar best hem te negeren. Ze hoorde alleen het laatste wat hij zei. 'Ik zou je waarschijnlijk toch niet willen kussen – niet als je adem net zo stinkt als je schoenen.'

'Wat ben je toch een walgelijk ventje,' zei ze, en ze hoopte dat hij niet het begin van een glimlachje had gezien dat van haar mond was gevallen.

In de Himmelstraat pakte Rudy het boek van haar af. Onder een lantaarnpaal las hij hardop de titel en vroeg zich af waar het over ging.

Liesel antwoordde dromerig: 'O, over een moordenaar.'

'Is dat alles?'

'En over een politieagent die hem probeert te vangen.'

Rudy gaf het boek terug. 'Nu we het daar toch over hebben, volgens mij staat ons allebei wel iets te wachten wanneer we thuiskomen. Vooral jou.'

'Waarom ik?'

'Je weet wel – je mama.'

'Hoe bedoel je?' Liesel oefende het eigenaardige recht uit van eenieder die ooit deel heeft uitgemaakt van een familie. Het is allemaal goed en wel voor zo iemand om te zeuren en te klagen en kritiek uit te oefenen op andere familieleden, maar o wee als *iemand anders* dat doet. Want dan zet je je stekels op en toon je je loyaliteit. 'Wat mankeert er aan haar?'

Rudy krabbelde terug. 'Sorry, Saumensch. Zo bedoelde ik het niet.'

Zelfs in het donker kon Liesel zien dat Rudy flink aan het groeien was. Zijn gezicht werd langer. Zijn blonde bos met haar begon iets donkerder te worden en zijn trekken leken van vorm te veranderen. Maar er was één ding dat nooit zou veranderen. Het was onmogelijk lang boos op hem te blijven.

'Valt er vanavond bij jou thuis nog wat lekkers te eten?' vroeg hij.

'Ik betwijfel het.'

'Bij mij ook niet. Jammer dat je geen boeken kunt eten. Zoiets zei Arthur Berg een keer, weet je nog?'

De rest van de wandeling haalden ze herinneringen op aan die goeie ouwe tijd. Intussen keek Liesel af en toe omlaag naar de grijze kaft en de zwarte letters van *De Fluiter*.

Voordat ze ieder naar hun eigen huis gingen, bleef Rudy nog even staan en zei: 'Dag, Saumensch.' Hij lachte. 'Welterusten, boekendief.'

Het was de eerste keer dat Liesel die titel kreeg toebedeeld en ze kon het feit niet verhullen dat ze er blij mee was. Zoals wij allebei weten, had zij al eerder boeken gestolen, maar eind oktober 1941 werd het dus officieel. Die avond werd Liesel Meminger werkelijk de boekendief.

Drie Stomme Streken van Rudy Steiner

Rudy Steiner, een Echt Genie

1. Hij stal de grootste aardappel van Mamer, de plaatselijke groenteman.
2. Hij nam het op tegen Franz Deutscher in de Münchenstraat.
3. Ging helemaal niet meer naar de bijeenkomsten van de Hitlerjeugd.

Het probleem met Rudy's eerste streek was gulzigheid. Het was zo'n typische druilerige middag, half november 1941.

Eerder die dag had hij zich een weg gebaand tussen de vrouwen met hun voedselbonnen en wel op briljante wijze – ik zou bijna willen zeggen met een vleugje crimineel genie. Hij bleef vrijwel volledig onopgemerkt.

Onopvallend als hij was, slaagde hij er echter toch in de allergrootste aardappel van de hele lading te pakken te krijgen – dezelfde aardappel waar verschillende mensen in de rij ook al een oogje op hadden. Allemaal stonden ze te kijken hoe een dertienjarige zijn hand uitstak en hem greep. Een koor van zwaargebouwde Helga's wees onmiddellijk een beschuldigende vinger in zijn richting, en Thomas Mamer kwam meteen aangestormd.

'Meine Erdäpfel,' zei hij. 'Mijn aardappels.'

De aardappel lag nog steeds in Rudy's handen (hij paste niet eens in één hand), en de vrouwen verzamelden zich als een groep worstelaars om hem heen. Wat hij nu nodig had was een vlotte babbel.

'Mijn familie,' begon Rudy. Uit zijn neus begon een straaltje helder vocht te lopen, wat hem op dit moment niet slecht uitkwam. Hij veegde het expres niet weg. 'We komen allemaal om van de honger. Mijn zusje had een nieuwe jas nodig. De vorige was gestolen.'

Mamer was niet achterlijk. Terwijl hij met één hand Rudy's kraag vasthield zei hij: 'En nu wilde je haar aankleden met een aardappel?'

'Nee, meneer.' Hij keek schuin in het ene oog van zijn overweldiger dat hij kon zien. Mamer was een boom van een man, met twee kleine kogelgaatjes in zijn gezicht om door te kijken. Zijn tanden leken wel een menigte voetbalsupporters die in een stadion waren gepropt. 'Drie weken geleden hebben we al onze punten moeten gebruiken voor de jas en nu hebben we niets meer te eten.'

De groenteman hield Rudy in de ene hand en de aardappel in de andere. Hij riep het gevreesde woord naar zijn vrouw. *'Polizei.'*

'Nee,' smeekte Rudy, 'alstublieft.' Later zou hij tegen Liesel zeggen dat hij helemaal niet bang was geweest, maar op dat moment barstte zijn hart bijna uit zijn lijf, dat weet ik zeker. 'Niet de politie. Alstublieft, niet de politie.'

'Polizei.' Terwijl de jongen worstelde om aan zijn greep te ontkomen en wild om zich heen sloeg, bleef Mamer onvermurwbaar.

Iemand anders die die middag in de rij stond was een onderwijzer, Herr Link. Hij behoorde tot de kleine groep leraren op school die geen priester of non was. Rudy zag hem staan en smeekte hem met zijn ogen.

'Herr Link.' Dit was zijn laatste kans. 'Herr Link, vertelt u het hem dan. Vertel hem hoe arm ik ben.'

De groenteman keek Herr Link vragend aan.

Herr Link kwam naar voren en zei: 'Inderdaad, Herr Mamer. Deze jongen is heel erg arm. Hij komt uit de Himmelstraat.' Voor de voornamelijk uit vrouwen bestaande menigte was dit een moment om onderling te beraadslagen. Ze wisten heel goed dat de Himmelstraat nu niet bepaald het toppunt van idyllisch wonen in Molching was. Iedereen wist dat het een betrekkelijk armoedige buurt was. 'Hij heeft acht broertjes en zusjes.'

Acht!

Rudy moest een glimlach onderdrukken, hoewel hij er nog niet was. Maar in elk geval had hij de onderwijzer al zo ver dat hij voor hem loog. Op de een of andere manier was hij erin geslaagd het gezin Steiner met drie extra kinderen uit te breiden.

'Hij komt vaak zonder ontbeten te hebben op school,' waarop de vrouwen weer begonnen te overleggen. Het was alsof de situatie een verflaagje kreeg, die iets meer kracht en sfeer toevoegde.

'En wil dat zeggen dat hij zomaar mijn aardappelen mag stelen?'

'En nog wel de grootste!' riep een van de vrouwen verontwaardigd.

'Wind u niet zo op, Frau Metzing,' waarschuwde Mamer haar, en zij hield snel haar mond.

Eerst was alle aandacht gevestigd op Rudy en zijn nekvel. Vervolgens ging het heen en weer, van de jongen naar de aardappel naar Mamer – van mooi naar lelijk – en de vraag wat de groenteman uiteindelijk in Rudy's voordeel deed besluiten zal voor altijd onbeantwoord blijven.

Was het de zielige blik van de jongen?

De waardigheid van Herr Link?

De ergernis van Frau Metzing?

Wat het ook was, Mamer gooide de aardappel terug bij de rest en sleurde Rudy mee de winkel uit. Hij gaf hem een flinke trap met zijn rechterlaars en zei: 'Laat me je hier niet meer zien.'

Van buiten keek Rudy toe hoe Mamer weer achter de toonbank ging staan om zijn volgende klant te voorzien van eten en sarcasme. 'Ik vraag me af om welke aardappel u gaat vragen,' zei hij, de jongen met één oog in de gaten houdend.

Voor Rudy was het de zoveelste mislukking.

De tweede stomme streek was even gevaarlijk, maar om andere redenen. Aan deze ruzie zou Rudy een blauw oog, gekneusde ribben en een kapbeurt overhouden.

Bij de bijeenkomsten van de Hitlerjeugd had Tommy Müller weer eens problemen, en Franz Deutscher kon niet wachten tot Rudy zich ermee zou gaan bemoeien. Dat duurde niet lang.

Rudy en Tommy kregen weer een driloefening terwijl de anderen tactische lessen kregen. Terwijl zij samen door de kou renden konden zij de warme hoofden en schouders achter de ramen zien. Zelfs toen zij zich weer bij de rest van de groep voegden, waren de driloefeningen nog niet afgelopen. Toen Rudy in een hoekje ging staan en de modder van zijn mouw veegde, vuurde Franz de favoriete vraag van de Hitlerjeugd op hem af.

'Wanneer is onze Führer Adolf Hitler geboren?'

Rudy keek op. 'Sorry?'

De vraag werd herhaald en de ongelooflijk stomme Rudy Steiner, die heel goed wist dat het 20 april 1889 was, antwoordde met de geboorte van Christus. Als extra informatie voegde hij er zelfs nog Bethlehem aan toe.

Franz wreef zich in zijn handen.

Een heel veeg teken.

Hij liep naar Rudy toe en stuurde hem naar buiten voor nog wat meer rondjes over het veld.

Rudy liep in zijn eentje en na elk rondje werd hem opnieuw naar de geboortedag van de Führer gevraagd. Hij liep zeven rondjes voordat hij het goede antwoord gaf.

Het grote probleem deed zich enkele dagen na de bijeenkomst voor.

Rudy zag Deutscher met een paar vrienden in de Himmelstraat over het trottoir lopen en voelde een enorme behoefte hem een steen naar zijn kop te gooien. Je zou je kunnen afvragen wat hem bezielde. Het antwoord is waarschijnlijk helemaal niets. Zelf zou hij waarschijnlijk hebben gezegd dat hij gebruikmaakte van zijn door God gegeven recht op stommiteit. Dat, of het feit dat de aanblik van Franz Deutscher hem een drang tot zelfvernietiging bezorgde.

De steen raakte zijn doelwit in de rug, maar niet zo hard als Rudy had gehoopt. Toen Franz Deutscher zich omdraaide zag hij daar tot zijn grote genoegen Rudy staan, met Liesel, Tommy en Tommy's kleine zusje Kristina.

'Rennen,' drong Liesel aan, maar Rudy verroerde zich niet.

'We zijn nu niet bij de Hitlerjeugd,' zei hij tegen haar. De oudere jongens waren al bij hen. Liesel bleef naast haar vriend staan, net als de zenuwtrekkende Tommy en de tengere Kristina.

'Meneer Steiner,' sprak Franz, alvorens hem op te pakken en tegen de stoep te smijten.

Toen Rudy weer opstond, werd Deutscher alleen maar bozer. Hij gooide hem nog een keer op de grond en liet zich boven op hem vallen, met zijn knie in zijn ribben.

Weer stond Rudy op en het groepje oudere jongens begon hun vriend uit te lachen. Voor Rudy was dit geen best nieuws. 'Lukt het je niet het hem te laten voelen?' vroeg de grootste van het stel. Zijn ogen waren zo blauw en kil als de hemel en de woorden waren de enige aanmoediging die Franz nog nodig had. Hij was vastbesloten dat Rudy op de grond zou blijven liggen.

Er verzamelde zich een steeds groter wordende menigte om hen heen en Rudy haalde uit naar Franz Deutschers maag, maar miste hem finaal. Tegelijk voelde hij de brandende prikkeling van een vuist op zijn linker oogkas. Hij zag sterretjes en voor hij het wist lag hij op de grond. Hij kreeg nog meer klappen, op dezelfde plek, en voelde het oog tegelijkertijd geel, blauw en zwart worden. Drie lagen van uitzinnige pijn.

De groeiende menigte keek verlekkerd toe of Rudy misschien weer op zou krabbelen.

Dat deed hij niet. Ditmaal bleef hij op de grond liggen en voelde de kou en de nattigheid door zijn kleren optrekken en zich door zijn lichaam verspreiden.

Hij zag nog steeds sterretjes voor zijn ogen en zag pas toen het te laat was dat Franz nu boven hem stond met een gloednieuw zakmes in zijn hand en op het punt stond zich te bukken en hem te steken.

'Nee!' protesteerde Liesel, maar de grote jongen hield haar tegen. In haar oren klonken zijn woorden diep en oud.

'Maak je geen zorgen,' stelde hij haar gerust. 'Hij doet het heus niet. Daar heeft hij het lef niet voor.'

Hij had het mis.

Franz bukte zich over Rudy heen en fluisterde:

'Wanneer is onze Führer geboren?' Elk afzonderlijk woord werd zorgvuldig gearticuleerd en aan zijn oor gevoed. 'Kom op, Rudy, wanneer is hij geboren? Je kunt het me wel vertellen, niks aan de hand, wees maar niet bang.'

En Rudy?

Hoe antwoordde hij?

Reageerde hij verstandig, of liet hij zich door zijn stommiteit nog verder in het moeras wegzinken?

Hij keek vrolijk in de felblauwe ogen van Franz Deutscher en antwoordde: 'Paasmaandag.'

Binnen enkele seconden werd het mes in zijn haar gezet. Het was de tweede knipbeurt in dit gedeelte van Liesels leven. Het haar van een jood werd geknipt met een roestige schaar. Dat van haar beste vriend werd aangepakt met een glimmend mes. Zij kende niemand die betaalde om geknipt te worden.

Wat Rudy betreft, die had dit jaar al modder moeten slikken, hij had in de mest gelegen, was in elkaar geslagen door een beginnend crimineel en onderging nu zo'n beetje de kroon op zijn werk – een publieke vernedering in de Münchenstraat.

Het was voornamelijk het haar op zijn voorhoofd dat werd weggesneden, maar bij elke snijbeweging waren er wel een paar haren die zich uit alle macht vasthielden en met wortel en al werden uitgetrokken. Bij elke haar die werd uitgetrokken vertrok Rudy's gezicht, zodat zijn blauwe oog bonsde van de pijn en ging er een pijnscheut door zijn ribben.

'Twintig april, achttien negenentachtig!' las Franz hem de les en toen hij even later met zijn vrienden wegliep, gingen de toeschouwers uiteen zodat alleen Liesel, Tommy en Kristina bij hun vriend achterbleven.

Rudy lag stilletjes op de grond, in de optrekkende vochtigheid.

Dan resteert nu alleen nog stomme streek nummer drie – niet meer naar de bijeenkomsten van de Hitlerjeugd gaan.

Hij bleef niet meteen helemaal weg, maar dat was alleen om Deutscher te laten zien dat hij heus niet bang voor hem was, maar na een paar weken hield Rudy ermee op.

Trots gekleed in zijn uniform, liep hij de Himmelstraat uit en bleef lopen, met zijn trouwe volgeling, Tommy, aan zijn zijde.

In plaats van naar de Hitlerjeugd te gaan, liepen zij de stad uit, langs de Amper, waar zij over stenen sprongen, enorme keien in het water smeten en meer van dat soort kattenkwaad. Hij zorgde er wel voor zijn uniform vuil genoeg te maken om zijn moeder om de tuin te leiden, in elk geval totdat de eerste brief arriveerde. Dat was het moment waarop hij de gevreesde kreet uit de keuken hoorde.

Eerst dreigden zijn ouders hem met straf. Hij ging niet.

Toen smeekten ze hem om te gaan. Hij weigerde.

Uiteindelijk was het de mogelijkheid om zich bij een andere afdeling aan te sluiten, die Rudy van gedachten deed veranderen. Dat was maar goed ook, want als hij niet heel snel zijn gezicht weer liet zien, zouden de Steiners een boete krijgen voor zijn afwezigheid. Zijn oudere broer, Kurt, informeerde of Rudy misschien bij de Fliegerabteilung kon komen, waar je alles kon leren over luchtvaart en vliegen. Ze hielden zich voornamelijk bezig met het bouwen van modelvliegtuigjes en er was geen Franz Deutscher. Rudy ging akkoord en Tommy volgde zijn voorbeeld. Het was de enige keer in zijn leven dat zijn idiote gedrag hem voordeel opleverde.

Wanneer hem bij zijn nieuwe groep de beruchte Führervraag werd gesteld, antwoordde Rudy met een brede glimlach: '20 april, 1889', om vervolgens Tommy een heel andere datum in te fluisteren, zoals de verjaardag van Beethoven, of Mozart, of Strauss. Ze hadden op school, waar Rudy ondanks zijn ogenschijnlijke stommiteit uitblonk, net een paar lessen over componisten gehad.

Het Drijvende Boek

(Deel II)

Begin december viel Rudy Steiner dan eindelijk een overwinning ten deel, hoewel niet op een gewone manier.

Het was een koude dag, maar vrijwel windstil. Het zag er al een tijdje naar uit dat het zou gaan sneeuwen.

Na school gingen Liesel en Rudy even langs bij Alex Steiners winkel en toen ze daarna naar huis liepen, zagen ze Rudy's oude vriend, Franz Deutscher, de hoek om komen. Liesel had, zoals de laatste tijd haar gewoonte was, *De Fluiter* bij zich. Ze vond het prettig het boek in haar hand te voelen. Hetzij de gladde rug of de ruwe randen van de pagina's. Zij was degene die hem het eerste zag.

'Kijk.' Ze wees. Deutscher kwam samen met een andere leider van de Hitlerjeugd met lange, soepele tred in hun richting aangelopen.

Rudy kromp ineen. Hij voelde aan zijn oog, dat nog niet helemaal genezen was. 'Nu even niet.' Hij keek om zich heen. 'Als we langs de kerk gaan, kunnen we de rivier volgen en via de andere kant teruglopen.'

Zonder er verder nog woorden aan vuil te maken, volgde Liesel hem en zo slaagden ze erin Rudy's kwelgeest te ontlopen – door regelrecht in de armen van een andere te lopen.

Ze hadden het niet meteen in de gaten.

Het groepje dat sigaretten rokend over de brug liep had iedereen kunnen zijn, maar dat was niet zo. Toen de partijen elkaar herkenden was het te laat om rechtsomkeert te maken.

'O nee, ze hebben ons gezien.'

Viktor Chemmel glimlachte.

Hij klonk heel vriendelijk. Dat kon alleen betekenen dat hij op zijn allergevaarlijkst was. 'Kijk eens aan, als we daar Rudy Steiner en zijn kleine hoertje niet hebben.' Hij kwam voor hen staan en griste *De Fluiter* uit Liesels hand. 'Wat zijn we aan het lezen?'

'Dit is iets tussen ons tweeën,' probeerde Rudy hem te overreden. 'Zij heeft er niets mee te maken. Kom op, geef dat boek terug.'

'*De Fluiter*.' Hij richtte zich tot Liesel. 'Goed boek?'

Ze schraapte haar keel. 'Gaat wel.' Helaas verraadde ze zichzelf. Met haar ogen. Daar stond angst in te lezen. Ze zag het exacte ogenblik waarop Viktor Chemmel besloot dat het boek goud waard was.

'Ik zal het goed met je maken,' zei hij. 'Voor vijftig mark mag je het terug hebben.'

'Vijftig mark?' Dat was Andy Schmeikl. 'Kom op, Viktor, daar kan je duizend boeken voor kopen.'

'Had ik jou iets gevraagd?'

Andy zweeg. Zijn mond leek met een klap dicht te vallen.

Liesel probeerde het met een pokerface. 'Hou het dan maar. Ik heb het toch al uit.'

'Hoe loopt het dan af?'

Verdomme!

Zover was ze nog niet.

Ze aarzelde en Viktor Chemmel begreep ogenblikkelijk wat dat betekende.

Rudy stormde op hem af. 'Toe nou, Viktor, doe haar dit niet aan. Je moet mij immers hebben. Ik doe alles wat je wilt.' De oudere jongen sloeg hem alleen maar weg en hield het boek buiten zijn bereik. En hij corrigeerde hem.

'Nee,' zei hij. '*Ik* doe alles wat *ik* wil', waarna hij in de richting van de rivier liep. Iedereen haastte zich achter hem aan. Half lopend, half rennend. Sommigen protesteerden. Anderen moedigden hem aan.

Het gebeurde allemaal heel snel, en ontspannen. Ze hoorden een vraag, en een spottende, vriendelijke stem.

'Vertel mij eens,' zei Viktor. 'Wie was de laatste Olympische kampioen discuswerpen, in Berlijn?' Hij draaide zich naar hen om. Hij warmde zijn arm vast op. 'Wie *was* dat toch? Verdomme, het ligt op het puntje van mijn tong. Was het niet die Amerikaan? Carpenter of zoiets...'

Rudy: 'Alsjeblieft!'

Het water golfde.

Viktor Chemmel maakte *de draai.*

Het boek vloog prachtig uit zijn hand. Het viel open en wapperde en de pagina's ruisten terwijl het door de lucht suisde. Abrupter dan verwacht kwam het tot stilstand en leek naar het water gezogen te worden. Met een klap raakte het het wateroppervlak en begon stroomafwaarts te drijven.

Viktor schudde zijn hoofd. 'Niet hoog genoeg. Slechte worp.' Hij lachte weer. 'Maar toch wel goed genoeg om te winnen, wat jij?'

Liesel en Rudy bleven niet staan om het gelach aan te horen.

Rudy rende al als een speer langs het water en probeerde het boek te lokaliseren.

'Zie je het?' riep Liesel hem na.

Rudy rende.

Hij bleef langs de waterkant lopen en wees haar waar het boek dreef. 'Daar!' Hij bleef even staan, wees, en rende weer verder om het in te halen. Even later trok hij zijn jas uit, sprong in het water en waadde naar het midden van de rivier.

Liesel begon langzamer te lopen en zag de pijn van elke stap. De pijnlijke kou.

Toen ze vlakbij was, zag ze het boek langs hem heen drijven, maar hij haalde het snel in. Hij stak zijn hand uit en viste wat nu een doorweekt blok karton en papier was naar zich toe. '*De Fluiter!*' riep de jongen. Het was het enige boek dat die dag in de Amper dreef, maar hij voelde toch de behoefte om het te roepen.

Een ander interessant gegeven is dat Rudy niet eens meteen probeerde uit het gruwelijk koude water te komen toen hij het boek in zijn hand hield. Hij bleef er nog zeker een volle minuut in. Hij gaf er Liesel nooit een verklaring voor, maar volgens mij wist zij heel goed dat de redenen tweeledig waren.

De Bevroren Redenen van Rudy Steiner

Na maanden van mislukkingen was dit ogenblik zijn enige kans om zich in een soort overwinning te wentelen.
Zo'n onbaatzuchtige positie was een uitstekend uitgangspunt om Liesel om de gebruikelijke gunst te vragen.
Hoe kon zij hem nu nog afwijzen?

'Wat dacht je van een kus, Saumensch?'

Hij bleef een paar tellen tot aan zijn middel in het water staan alvorens eruit te klimmen en haar het boek te overhandigen. Zijn broek plakte aan zijn benen en hij bleef niet staan. Eerlijk gezegd denk ik dat hij bang was. Rudy Steiner was bang voor de kus van de boekendief. Hij moet er verschrikkelijk naar verlangd hebben. Hij moet zo ongelooflijk veel van haar gehouden hebben. Zoveel dat hij nooit meer om haar lippen zou vragen, en zijn graf in zou gaan zonder ze ooit gevoeld te hebben.

DEEL ZES

De Dromendrager

waarin:

dagboek van de dood – de sneeuwpop – dertien cadeautjes – het volgende boek – de nachtmerrie van een joods lijk – een hemel van kranten – een bezoeker – een *schmunzeler* – en een laatste kus op vergiftigde wangen

Dagboek van de Dood: 1942

Het was een jaar voor de geschiedenisboeken, zoals 79, zoals 1346, om er maar eens een paar te noemen. Vergeet die zeis, godverdomme, ik had een bezem nodig of een zwabber. En wat ik ook hard nodig had was vakantie.

Een Klein Stukje Waarheid

Ik draag geen sikkel of zeis.
Ik draag alleen een zwarte mantel met
capuchon wanneer het koud is.
En ik heb niet die doodshoofdachtige
gelaatstrekken die jullie mij van een
afstand zo graag toedichten. Wil je
weten hoe ik er werkelijk uitzie?
Ik zal je helpen. Ga even een spiegel
zoeken terwijl ik intussen verderga.

Eerlijk gezegd heb ik op dit moment wel een beetje het gevoel dat dit heel erg over mij, mij, mij gaat. Mijn reizen, wat *ik* zag in '42. Aan de andere kant, jij bent een mens – jij zou moeten begrijpen wat het betekent om geobsedeerd te zijn door jezelf. Het punt is, er is een reden voor het feit dat ik je wil vertellen wat ik toen zag.

Veel ervan zou gevolgen hebben voor Liesel Meminger. Het bracht de oorlog dichter bij de Himmelstraat en het sleepte *mij* mee.

Ik had dat jaar heel wat rondes te maken, van Polen naar Rusland naar Afrika en weer terug. Je zou kunnen zeggen dat ik mijn rondes altijd moet maken, ongeacht welk jaar het is, maar soms zet het menselijk ras er wat extra vaart achter. Dan verhogen ze de productie van lijken en hun ontsnappende zielen. Een paar bommen zijn meestal al voldoende. Of een paar gaskamers, of het gedreun van kanonnen in de verte. En als dat allemaal niet afdoende is, berooft het mensen in elk geval van hun woonruimte en ik zie dan ook overal daklozen. Ze komen vaak achter me aan wanneer ik door de straten van getroffen steden dwaal. Ze smeken me hen mee te nemen, zonder te beseffen dat ik het al veel te druk heb. 'Jullie tijd komt nog,' stel ik hen gerust en probeer vervolgens niet achterom te kijken. Soms zou ik willen dat ik iets kon zeggen als: 'Zien jullie dan niet dat ik al genoeg voor mijn kiezen krijg?', maar dat doe ik nooit. Inwendig klagend doe ik mijn werk en er zijn jaren dat het aantal zielen en lichamen vermenigvuldigt.

EEN BEKNOPTE OPSOMMING VOOR 1942

1. De wanhopige joden – hun geesten op mijn schoot terwijl we op het dak zaten, naast de rokende schoorstenen.
2. De Russische soldaten die slechts kleine hoeveelheden munitie meenamen en voor de rest op de gesneuvelden vertrouwden.
3. De doorweekte lichamen voor een Franse kust, gestrand op de kiezels en het zand.

Zo zou ik nog wel even kunnen doorgaan, maar voorlopig vind ik drie voorbeelden wel genoeg. Drie voorbeelden die je de assmaak in je mond zullen geven die mijn bestaan gedurende dat jaar kenmerkte.

Zoveel mensen.
Zoveel kleuren.

Ze blijven zich in mij roeren. Ze teisteren mijn herinnering. Ik zie ze hoog opgestapeld, allemaal boven op elkaar. Ik zie lucht als plastic, een horizon als drogende lijm. Ik zie luchten die gemaakt zijn door mensen, doorboord en lekkend en ik zie zachte, koolkleurige wolken, kloppend, als zwarte harten.

En dan.

Is er de dood.

Die zich tussen dit alles door een weg baant.

Aan de oppervlakte: onverstoorbaar, onverzettelijk.

Daaronder: verlamd, verward en verloren.

Eerlijk gezegd (en ik weet dat ik nu wel heel erg klaag), was ik nog steeds niet over Stalin heen, in Rusland. De zogenaamde *tweede revolutie* – de moord op zijn eigen mensen.

En toen kwam Hitler.

Ze noemen oorlog wel de beste vriend van de dood, maar wat dat betreft moet ik je toch op andere gedachten brengen. Voor mij is oorlog als de nieuwe baas die het onmogelijke verlangt. Hij buigt zich over je heen en herhaalt onophoudelijk één ding: 'Zorg dat het afkomt, zorg dat het afkomt.' Dus werk je harder. Je klaart de klus. Maar de baas bedankt je niet. Hij vraagt om meer.

Vaak probeer ik me de kleine stukjes schoonheid te herinneren die ik in die tijd zo nu en dan ook tegenkwam. Ik worstel me door mijn bibliotheek van verhalen.

Ik heb er eentje te pakken.

Volgens mij ken je de helft ervan al, en als je met me meegaat zal ik je de rest laten zien. Ik zal je de tweede helft van een boekendief laten zien.

Zonder dat ze het zelf weet, staan haar veel van de dingen te wachten waarover ik het een minuutje geleden nog had, maar zij wacht ook op jou.

Ze neemt wat sneeuw mee naar de kelder, hoe verzint ze het.

Handenvol bevroren water krijgen bijna iedereen aan het lachen, maar helpen hen niet te vergeten.

Daar komt ze al.

De Sneeuwpop

Voor Liesel Meminger kan het begin van 1942 als volgt worden samengevat:

Ze werd dertien jaar. Ze was nog zo plat als een dubbeltje. Ze bloedde nog niet. De jonge man uit de kelder lag nu in haar bed.

Vraag & Antwoord
Hoe belandde
Max Vandenburg
in Liesels bed?
Hij viel.

De meningen waren verdeeld, maar Rosa Hubermann beweerde dat de kiem was geplant tijdens Kerstmis van het vorige jaar. De vierentwintigste december was hongerig en koud geweest, maar had als belangrijke bonus dat er geen uitgebreid bezoek plaatsvond. Hans Junior schoot niet alleen op Russen, maar hield tegelijkertijd ook zijn ban op familierelaties in stand. Trudy kon alleen maar het weekend voor kerst. Zij ging weg met collega's. Een vakantie voor een heel ander soort Duitsland.

Op kerstavond nam Liesel twee handenvol sneeuw mee naar de kelder, als een cadeautje voor Max. 'Ogen dicht,' had ze gezegd.

'Houd je handen op.' Zodra zij de sneeuw aan hem had gegeven, begon Max te rillen en te lachen, maar hij hield zijn ogen dicht. Eerst proefde hij snel even van de sneeuw en liet het in zijn lippen trekken.

'Is dit het weerbericht van vandaag?'

Liesel stond naast hem.

Zachtjes raakte zij zijn arm aan.

Hij bracht het opnieuw naar zijn mond. 'Dank je wel, Liesel.'

Het was het begin van de fijnste kerst ooit. Weinig eten. Geen cadeaus. Maar wel een sneeuwpop in de kelder.

Na de eerste handenvol sneeuw naar beneden te hebben gebracht, keek Liesel of er niemand anders buiten was en begon toen zoveel mogelijk emmers en potten naar buiten te slepen als ze kon. Ze vulde ze met de bergen sneeuw en ijs die het kleine stukje wereld van de Himmelstraat bedekten. Zodra ze vol waren, bracht zij ze naar binnen en sjouwde ze naar de kelder.

Eerlijk is eerlijk, zij was de eerste die een sneeuwbal naar Max gooide en kreeg er vervolgens bij wijze van antwoord eentje in haar buik. Max gooide er zelfs een naar Hans Hubermann toen die de keldertrap af kwam.

'Arschloch!' gilde Papa. 'Liesel, geef me eens wat van die sneeuw. Een hele emmer!' Een paar minuten lang vergaten ze alles. Er werd niet meer gegild of geroepen, maar kleine proestbuien konden ze toch niet onderdrukken. Ze waren gewoon mensen die in de sneeuw speelden, in een huis.

Papa keek naar de potten vol sneeuw. 'Wat doen we met de rest?'

'Een sneeuwpop,' antwoordde Liesel. 'We moeten een sneeuwpop maken.'

Papa riep Rosa erbij.

Uit de verte kaatste haar stem terug: 'Wat nu weer, Saukerl?'

'Kom eens even naar beneden, als je wilt.'

Toen zij in het trapgat verscheen, zette Hans Hubermann zijn leven op het spel door een prachtexemplaar van een sneeuwbal naar zijn vrouw te gooien. Toen de sneeuwbal haar net miste en tegen de muur uiteenspatte, had Mama een excuus om een hele tijd aan één stuk door te schelden. Toen ze was bijgekomen, kwam ze naar beneden om hen te helpen. Ze haalde knopen voor de ogen en de neus en wat touw voor een echte sneeuwpopglimlach. Ze zorgde zelfs voor een hoed en een sjaal voor wat in feite niet meer was dan een mannetje van sneeuw van een centimeter of zestig.

'Een dwerg,' had Max gezegd.

'Wat doen we wanneer hij gaat smelten?' vroeg Liesel.

Rosa wist raad. 'Dan dweil jij het op, Saumensch, en vlug ook.'

Papa was het niet met haar eens. 'Hij smelt niet.' Hij wreef zich in zijn handen en blies erin. 'Het is hier ijskoud.'

Smelten deed hij natuurlijk toch, maar bij hen alle vier stond, ergens diep vanbinnen, die sneeuwpop nog fier overeind. Het moet die kerstavond het laatste zijn geweest wat ze zagen voordat ze in slaap vielen. Er was een accordeon in hun oren, een sneeuwpop in hun ogen en voor Liesel was er nog de herinnering aan Max' laatste woorden voordat ze hem bij het vuur had achtergelaten.

KERSTGROETEN VAN MAX VANDENBURG

'Ik wens zo vaak dat dit allemaal voorbij mag zijn, Liesel, maar dan doe jij opeens weer zoiets als de keldertrap afkomen met een sneeuwpop in je handen.'

Helaas was die nacht het begin van een ernstige terugval in Max' gezondheid. De eerste tekenen waren onschuldig genoeg en karakteristiek. Het constant koud hebben. Zweethanden. Een toename van de visioenen van boksen met de Führer. Pas toen hij het niet meer warm kreeg van zijn push-ups en sit-ups begon hij zich werkelijk zorgen te maken. Hoe dicht hij ook bij het vuur ging zitten, hij slaagde er niet meer in ook maar een schijn van gezondheid op te houden. Dag in dag uit bleven de kilo's van hem af vliegen. Zijn trainingsschema begon te haperen en hij stortte in, met zijn wang tegen de harde keldervloer.

Gedurende de hele maand januari wist hij nog op de been te blijven, maar begin februari verkeerde Max in zorgwekkende toestand. Het kostte hem de grootste moeite om wakker te worden voor het vuur en in plaats daarvan sliep hij een groot deel van de ochtend, met een vertrokken mond en gezwollen jukbeenderen. Wanneer iemand ernaar vroeg, zei hij dat hij zich prima voelde.

Half februari, een paar dagen voordat Liesel dertien werd, kwam hij op het punt van instorten naar de haard gestrompeld. Hij viel bijna in het vuur.

'Hans,' fluisterde hij en zijn gezicht leek te verkrampen. Zijn benen begaven het en hij viel met zijn hoofd op de accordeonkoffer.

Onmiddellijk viel er een pollepel in een pan soep en was Rosa Hubermann aan zijn zijde. Ze hield Max' hoofd vast en blafte door de kamer naar Liesel: 'Sta daar niet zo dom te kijken, ga de extra dekens halen. Breng ze maar naar jouw bed. En jij!' Nu was Papa aan de beurt. 'Help me om hem op te tillen en naar Liesels kamer te dragen. *Schnell!*'

Papa keek bezorgd. Zijn grijze ogen blikkerden en hij tilde hem in zijn eentje op. Max was zo licht als een kind. 'Kunnen we hem niet hier neerleggen, in ons bed?'

Daar had Rosa al over nagedacht. 'Nee. We moeten deze gordijnen overdag openhouden, anders krijgen de mensen argwaan.'

'Daar zit wat in.' Hans droeg hem de kamer uit.

Met de dekens in haar armen keek Liesel toe.

Slappe benen en hangende haren in de gang. Een van zijn schoenen was van zijn voet gevallen.

'Lopen.'

Mama kwam, met haar waggelende tred, achter hen aan de gang in.

Eenmaal in bed, werd Max toegedekt met dekens en stevig ingestopt.

'Mama?' Liesel wist niet wat ze anders moest zeggen.

'Wat?' De knot van Rosa Hubermanns haar was zo strak gedraaid dat het bijna angstig was om te zien. En hij leek nog strakker te gaan zitten toen zij de vraag herhaalde. 'Wat, Liesel?'

Ze deed een stap dichterbij, bang voor het antwoord. 'Leeft hij nog?'

De knot knikte.

Toen draaide Rosa zich om en zei met grote stelligheid: 'Nu moet je eens goed naar me luisteren, Liesel. Ik heb deze man niet in mijn huis opgenomen om toe te kijken hoe hij doodgaat. Begrepen?'

Liesel knikte.

'En nu wegwezen.'

Op de gang gaf Papa haar een knuffel.

En die had ze hard nodig.

Later die avond hoorde ze Hans en Rosa praten. Van Rosa moest ze in hun kamer slapen, en zij lag naast hun bed, op de grond, op de matras die ze uit de kelder naar boven hadden gesleept. (Er was enige bezorgdheid dat de matras besmet zou kunnen zijn, maar ze kwamen tot de conclusie dat daar geen enkele reden voor was. Max leed duidelijk niet aan een virus, dus droegen ze de matras naar boven en verschoonden het laken.)

Denkend dat het meisje sliep, zei Mama wat ze ervan dacht.

'Die vervloekte sneeuwpop,' fluisterde ze. 'Ik wed dat het daarmee is begonnen – al dat gerotzooi met ijs en sneeuw daar beneden in de kou.'

Papa bekeek het filosofischer. 'Rosa, het is begonnen met Adolf.' Hij kwam half overeind. 'We moesten maar even bij hem gaan kijken.'

In de loop van de nacht kreeg Max zeven bezoekjes.

Max Vandenburgs Bezoekerslijst

Hans Hubermann: 2
Rosa Hubermann: 2
Liesel Meminger: 3

De volgende ochtend bracht Liesel hem zijn schetsboek uit de kelder en legde het op het nachtkastje. Ze had er spijt van dat ze er vorig jaar in had gekeken en deze keer liet ze het netjes dicht, uit respect.

Toen Papa binnenkwam, draaide ze zich niet naar hem om, maar sprak over Max Vandenburg heen, tegen de muur. 'Waarom moest ik al die sneeuw ook naar de kelder brengen?' vroeg ze. 'Daar is het allemaal door gekomen, hè, Papa?' Ze kneep in haar handen, alsof ze wilde bidden. 'Waarom moest ik zo nodig die sneeuwpop maken?'

Papa was echter lovenswaardig onvermurwbaar. 'Liesel,' zei hij, 'je kon niet anders.'

Ze zat uren bij hem terwijl hij rilde en sliep.

'Niet doodgaan,' fluisterde ze. 'Max, ga alsjeblieft niet dood.'

Hij was de tweede sneeuwpop die voor haar ogen wegsmolt, alleen was deze anders. Het was een paradox.

Hoe kouder hij werd, hoe harder hij smolt.

Dertien Cadeautjes

Het was Max' aankomst, weer helemaal opnieuw.

Veren werden weer takjes. Een glad gezicht werd weer ruw. Het bewijs dat zij nodig had was er. Hij leefde.

De eerste paar dagen zat ze bij hem en praatte tegen hem. Op haar verjaardag vertelde ze hem dat er in de keuken een enorme taart stond te wachten, maar dan moest hij wel wakker worden.

Er was geen wakker worden.

Er was geen taart.

Een Nachtelijke Passage

Ik realiseerde me pas veel later dat ik in die periode een bezoek had gebracht aan Himmelstraat 33. Het moet een van de schaarse ogenblikken zijn geweest dat het meisje even niet bij hem was, want het enige wat ik zag was een man in bed. Ik knielde. Ik maakte aanstalten om mijn handen door de dekens heen te steken. Opeens was er echter een opleving – een immense worsteling tegen mijn gewicht. Ik trok me terug en gezien al het werk wat mij nog wachtte, was het wel prettig om weggestuurd te worden in

die kleine, donkere kamer. Ik genoot zelfs nog even met mijn ogen dicht van een kort moment van rust, voordat ik weer wegging.

Op de vijfde dag ontstond er veel opwinding toen Max zijn ogen opendeed, ook al was het maar een paar tellen. Wat hij voornamelijk zag (en wat moet dat een angstaanjagende close-up-versie zijn geweest) was Rosa Hubermann, die onmiddellijk een armvol soep in zijn mond manoeuvreerde. 'Slikken,' raadde zij hem aan. 'Niet nadenken. Gewoon slikken.' Zodra Mama de soepkom had teruggegeven, probeerde Liesel zijn gezicht weer te zien, maar de rug van een soepvoerder zat haar in de weg.

'Is hij nog wakker?'

Toen zij zich omdraaide, hoefde Rosa geen antwoord meer te geven.

Na bijna een week werd Max opnieuw wakker, en nu waren Papa en Liesel in de kamer. Ze zaten allebei naar het lichaam in het bed te kijken toen ze plotseling een zacht gekreun hoorden. Als het mogelijk was geweest, was Papa omhooggevallen, uit de stoel.

'Kijk nou,' bracht Liesel uit. 'Wakker blijven, Max, wakker blijven.'

Hij keek haar even aan, maar er was geen herkenning. De ogen bestudeerden haar alsof ze een raadsel was. Toen was hij weer weg.

'Papa, wat gebeurde er?'

Hans viel weer terug in zijn stoel.

Later stelde hij voor dat ze hem misschien maar voor moest lezen. 'Kom, Liesel, je kunt tegenwoordig zo goed lezen – ook al snappen wij geen van allen waar dat boek vandaan komt.'

'Dat heb ik toch verteld, Papa. Ik heb het van een van de nonnen op school gekregen.'

Papa stak quasi-protesterend zijn handen op. 'Ik weet het, ik weet het.' Hij zuchtte, vanaf zijn grote hoogte. 'Zorg er alleen voor...' Hij koos zijn woorden zorgvuldig. 'Dat ze je niet pakken.' Dit van een man die een jood had gestolen.

Vanaf die dag las Liesel *De Fluiter* voor aan Max, die nog steeds haar bed in beslag nam. De enige ergernis was dat ze steeds hele hoofdstukken moest overslaan omdat de bladzijden aan elkaar zaten geplakt. Het was niet goed opgedroogd. Toch worstelde ze zich er doorheen, totdat ze op ongeveer driekwart van het boek was. Het boek telde driehonderdzesennegentig pagina's.

In de buitenwereld haastte Liesel zich elke dag na school naar huis in de hoop dat Max zich beter voelde. 'Is hij nog wakker geweest? Heeft hij wat gegeten?'

'Ga toch naar buiten,' smeekte Mama haar. 'Ik krijg wat van al die vragen. Schiet op. Ga lekker voetballen, in godsnaam.'

'Goed, Mama.' Ze wilde de deur al opendoen. 'Maar u komt me toch wel halen als hij wakker wordt, hè? Verzin maar iets. Schreeuw maar tegen me alsof ik iets verkeerds heb gedaan. Scheld me uit. Dat gelooft iedereen, maakt u zich geen zorgen.'

Zelfs Rosa moest hierom lachen. Ze zette haar handen op haar heupen en vertelde Liesel dat ze nog niet te oud was voor een Watschen als ze zo tegen haar Mama praatte. 'En maak een doelpunt,' dreigde ze, 'anders hoef je helemaal niet meer thuis te komen.'

'Zal ik doen, Mama.'

'Maak *twee* doelpunten, Saumensch!'

'Goed, Mama.'

'En houd nu eens een keer je mond!'

Liesel dacht even na, maar rende toen de modderige straat op, waar ze Rudy tegenkwam.

'Het werd eens tijd, kontkrabber.' Hij verwelkomde haar op de gebruikelijke manier terwijl ze om de bal vochten. 'Waar heb je gezeten?'

Een halfuur later, toen de bal plat was gereden door een zeldzame passerende auto, had Liesel haar eerste cadeau voor Max Vandenburg gevonden. Nadat zij hem als niet meer te repareren hadden afgeschreven, gingen alle kinderen teleurgesteld naar huis en lieten de bal stuiptrekkend achter op de koude, bemodderde straat. Liesel en Rudy bleven nog even op hun hurken bij het karkas zitten. Er zat een gapend gat in, dat een beetje op een mond leek.

'Wil jij hem?' vroeg Liesel.

Rudy haalde zijn schouders op. 'Wat moet ik met zo'n geplette strontzak van een bal? Je denkt toch zeker niet dat we daar nog lucht in krijgen, wel?'

'Wil je hem hebben of niet?'

'Nee, dank je.' Rudy gaf de bal een voorzichtig tikje met zijn voet, alsof het een dood dier was. Of een dier dat wel eens dood zou *kunnen* zijn.

Toen hij naar huis liep, raapte Liesel de bal op en stak hem onder haar arm. Ze hoorde hem al roepen. 'Hé, Saumensch.' Ze wachtte. '*Sau*mensch!'

Ze gaf zich gewonnen. 'Wat?'

'Ik heb hier ook nog een fiets zonder wielen als je die wilt hebben.'

'Stik maar in je fiets.'

Vanaf de plek waar ze stond, was het laatste wat ze hoorde het gelach van die Saukerl, Rudy Steiner.

Binnen liep ze meteen naar de slaapkamer. Ze nam de bal mee naar Max en legde hem aan het voeteneind van het bed.

'Het spijt me,' zei ze, 'het is niet veel. Maar wanneer je wakker wordt, zal ik je er alles over vertellen. Ik zal je vertellen dat het de grauwste middag was die je je kunt voorstellen en dat een auto zonder licht er finaal overheen reed. En toen stapte die man uit en begon tegen ons te schreeuwen. En *toen* vroeg hij ons de weg. Het gore lef...'

Wakker worden! wilde ze gillen.

Of ze wilde hem door elkaar schudden.

Ze deed het niet.

Het enige wat Liesel kon doen was naar de bal en zijn vertrapte, afbladderende buitenkant kijken. Het was het eerste cadeau van vele.

Cadeaus nr. 2 – nr. 5
Een lint, een dennenappel.
Een knoop, een steen.

De voetbal had haar op een idee gebracht.

Telkens wanneer ze nu naar school liep en 's middags weer naar huis, was Liesel op zoek naar afgedankte voorwerpen die nog van waarde konden zijn voor een stervende man. Eerst vroeg ze zich af waarom het zo belangrijk was. Hoe kon iets zo onbeduidends iemand troost bieden? Een lint in de goot. Een dennenappel op straat. Een knoop die nonchalant tegen de muur van een klaslokaal leunde. Een platte ronde steen uit de rivier. Het toonde in elk geval dat zij zich om hem bekommerde, en het zou hun iets geven om over te praten wanneer Max wakker werd.

Wanneer ze alleen was voerde ze hele gesprekken.

'Wat is dat allemaal?' zou Max vragen. 'Wat is dat voor rommel?'

'Rommel?' In gedachten zat zij op de rand van het bed. 'Dit is geen rommel, Max. Dit zijn de dingen die ervoor hebben gezorgd dat je wakker werd.'

Cadeaus nr. 6 – nr. 9
Een veer, twee kranten.
Een lollypapiertje. Een wolk.

De veer was heel mooi en zat klem tussen de deurscharnieren van de kerk in de Münchenstraat. Hij stak er een beetje scheef tussenuit en Liesel rende ernaartoe om hem te redden. Aan de linkerkant was hij helemaal plat, maar de rechterkant bestond uit tere randjes en delen van puntige driehoekjes. Er was geen andere manier om het te beschrijven.

De kranten kwamen uit de ijskoude dieptes van een vuilnisbak (genoeg gezegd) en het lollypapiertje was plat en verbleekt. Ze vond het vlak bij school en hield het tegen het licht. Het bevatte een collage van schoenafdrukken.

En dan de wolk.

Hoe geef je iemand een stukje van de lucht?

Eind februari stond ze in de Münchenstraat en keek hoe een enkele reusachtige wolk als een wit monster over de heuvels aan kwam drijven. Hij beklom de bergen. De zon werd aan het zicht onttrokken en in zijn plaats hield een wit beest met een grijs hart de wacht over de stad.

'Ziet u die wolk daar?' zei ze tegen Papa.

Hans hield zijn hoofd een beetje schuin en zei precies wat hij dacht. 'Die moet je aan Max geven, Liesel. Je moet maar eens kijken of je hem op het nachtkastje kunt leggen, bij al die andere dingen.'

Liesel keek hem aan alsof hij gek was geworden. 'Maar hoe dan?'

Hij tikte lichtjes met zijn knokkels tegen zijn schedel. 'Prent hem in je hoofd en schrijf hem dan voor hem op.'

'... Hij leek op een groot wit beest,' zei ze bij haar eerstvolgende wake aan het bed van Max, 'en hij kwam van over de bergen.'

Toen de zin na een aantal veranderingen en toevoegingen helemaal af was, had Liesel het gevoel dat het haar was gelukt. Ze stelde zich voor hoe het beeld van haar hand naar de zijne ging, door de dekens heen, schreef de zin op een stukje papier en legde de steen er bovenop.

CADEAUS NR. 10 – NR. 13

Een speelgoedsoldaatje.
Een wonderblad.
Een uitgelezen *Fluiter*.
Een plak verdriet.

Het soldaatje lag begraven in het zand, niet ver van Tommy Müllers huis. Het was bekrast en vertrapt, maar daar ging het nu juist om, volgens Liesel. Ondanks zijn verwondingen kon hij nog steeds staan.

Het blad was een esdoornblad dat ze op school in de bezemkast vond, tussen de emmers en de plumeaus. De deur stond op een kier. Het blad was droog en hard als geroosterd brood en was bedekt met een landschap van heuvels en valleien. Op de een of andere manier was het blad in de schoolgang terechtgekomen en vervolgens in die kast. Als een halve ster aan een steeltje. Liesel raapte het op en draaide het rond tussen haar vingers.

In tegenstelling tot de andere voorwerpen, legde ze het blad niet op het nachtkastje. Ze prikte het aan het gesloten gordijn, vlak voordat ze de laatste vierendertig bladzijden van *De Fluiter* ging voorlezen.

Die middag ging ze niet eten en ze ging ook niet naar het toilet. Ze dronk niets. De hele dag op school had ze zichzelf voorgenomen dat ze het boek vandaag zou uitlezen en dat Max Vandenburg zou luisteren. Hij zou wakker worden.

Papa zat in een hoekje op de grond, werkloos, zoals gewoonlijk. Gelukkig zou hij straks naar de Knoller gaan met zijn accordeon. Met zijn kin op zijn knieën luisterde hij naar het meisje dat hij met zoveel moeite het alfabet had geleerd. Trots lezend, stortte zij de laatste angstaanjagende woorden van het boek uit over Max Vandenburg.

HET LAATSTE RESTJE VAN *DE FLUITER*

... De Weense lucht besloeg die ochtend de ramen
van de trein, en terwijl de mensen nietsvermoedend
naar hun werk reisden, floot een moordenaar
zijn vrolijke deuntje.
Hij kocht zijn kaartje. Hij groette beleefd
zijn medepassagiers en de conducteur. Hij stond
zelfs zijn zitplaats af aan een bejaarde dame
en voerde een gesprekje met een gokker die het
over Amerikaanse paarden had. De fluiter hield
immers van praten. Hij praatte met mensen en wist
hen zover te krijgen dat ze hem aardig vonden,
hem vertrouwden. Hij praatte tegen hen terwijl
hij hen doodde, terwijl hij hen martelde en het mes
in hun lichaam zette. Hij floot alleen wanneer er

niemand was om tegen te praten en daarom deed hij het altijd na een moord...
'Dus u denkt dat nummer zeven het goed gaat doen op de baan?'
'Natuurlijk,' grinnikte de gokker. Er was al sprake van vertrouwen. 'Hij duikt opeens achter ze op en dan gaan ze er een voor een aan!' Hij riep het boven het lawaai van de trein uit.
'Als u erop staat,' lachte de fluiter zelfgenoegzaam, en hij vroeg zich af wanneer ze het lichaam van de inspecteur zouden vinden in die gloednieuwe BMW.

'Jezus, Maria en Jozef.' Hans kon een ongelovige toon niet onderdrukken. 'Heb je *dat* van een non gekregen?' Hij stond op en liep naar haar toe om haar een kus op haar voorhoofd te geven. 'Dag, Liesel, de Knoller wacht.'

'Dag, Papa.'

'Liesel!'

Ze deed net of ze niets hoorde.

'Kom eens even iets eten!'

Nu antwoordde ze wel. 'Ik kom, Mama.' Eigenlijk zei ze die woorden tegen Max, toen ze het uitgelezen boek op het nachtkastje legde, bij de rest. Terwijl ze zich over hem heen boog, kon ze zich niet bedwingen. 'Toe nou, Max,' fluisterde ze, en zelfs het geluid van Mama's voetstappen achter haar weerhielden haar er niet van om zachtjes te huilen. Ze weerhielden haar er niet van een druppel zout water uit haar oog te laten vallen, op Max Vandenburgs gezicht.

Mama pakte haar vast.

Haar armen slokten haar op.

'Ik weet het,' zei ze.

Ze wist het.

Frisse Lucht, een Oude Nachtmerrie, en Wat Te Doen met een Joods Lijk

Ze waren bij de rivier de Amper en Liesel had Rudy net verteld dat ze graag nog een boek uit het huis van de burgemeester zou willen halen. In plaats van *De Fluiter*, had ze *De Staande Man* al een aantal keren aan Max voorgelezen. Dat duurde maar een paar minuten per keer. Ze had ook *Het Schouderophalen* geprobeerd en zelfs *Het Doodgravershandboek*, maar het was allemaal niet wat ze zocht. Ik wil iets nieuws, dacht ze.

'Heb je dat laatste boek dan al uit?'

'Natuurlijk.'

Rudy gooide een steen in het water. 'Was het wat?'

'Natuurlijk was het wat.'

'*Natuurlijk, natuurlijk was het wat.*' Hij probeerde een nieuwe steen uit de grond los te wrikken, maar bezeerde zijn vinger.

'Dat zal je leren.'

'Saumensch.'

Wanneer iemands laatste antwoord Saumensch was, of Saukerl of Arschloch, dan wist je dat je hem tuk had.

De omstandigheden waren perfect om uit stelen te gaan. Het was een sombere middag in maart en slechts een paar graden boven nul – altijd een stuk onaangenamer dan tien graden onder nul. Er waren maar weinig mensen op straat. Regen als grijs potloodslijpsel.

'Gaan we?'

'We gaan fietsen,' zei Rudy. 'Jij kunt er wel eentje van ons gebruiken.'

Deze keer toonde Rudy zich aanzienlijk enthousiaster om de binnendringer te zijn. 'Vandaag ben ik aan de beurt,' zei hij, terwijl hun handen vastvroren aan hun handvatten.

Liesel dacht snel na. 'Dat kan je misschien beter niet doen, Rudy. Er staat daar van alles. En het is donker. Je struikelt vast ergens over, of je loopt ergens tegenaan, zo stom ben je wel.'

'Dank je hartelijk.' Als hij in zo'n bui was, was Rudy moeilijk in toom te houden.

'En dan is er nog de sprong. Het is hoger dan je denkt.'

'Wil je zeggen dat je denkt dat ik het niet kan?'

Liesel ging op de pedalen staan. 'Helemaal niet.'

Ze staken de brug over en reden over de slingerende weg heuvelopwaarts naar de Grande Strasse. Het raam stond open.

Net als de vorige keer bekeken ze het huis eerst van alle kanten. Ze konden een klein beetje naar binnen kijken, want beneden brandde een licht, waarschijnlijk in de keuken. Een schaduw liep heen en weer.

'Laten we eerst maar eens een paar keer om het blok heen rijden,' zei Rudy. 'Wat een geluk dat we op de fiets zijn, hè?'

'Als je maar niet vergeet de jouwe mee naar huis te nemen.'

'Heel grappig, Saumensch. Hij is wel wat groter dan die gore stinkschoenen van jou.'

Ze reden een kwartiertje rond en nog steeds was de vrouw van de burgemeester beneden, een beetje te dichtbij. Hoe haalde ze het in haar hoofd om zo lang in de keuken te blijven? Voor Rudy was de keuken zonder enige twijfel het belangrijkste doelwit. Hij had naar binnen willen gaan, om zoveel mogelijk voedsel te roven als maar enigszins mogelijk was en als (met de nadruk op als) hij dan nog tijd over had gehad, zou hij op de terugweg nog wel een boek in zijn broek hebben gestopt. Welk boek dan ook.

Rudy's zwakke punt was echter ongeduld. 'Het wordt al laat,' zei hij en begon voor haar uit te rijden. 'Ga je mee?'

Liesel ging niet mee.

Ze hoefde er niet eens over na te denken. Ze had die roestige fiets helemaal naar boven getrapt en ze ging hier niet weg zonder boek. Ze legde de fiets in de goot, keek om zich heen of ze ergens buren zag en liep naar het raam. Ze liep stevig door, maar haastte zich niet. Ditmaal trok ze haar schoenen uit met behulp van haar voeten, door met haar tenen op de achterkant te trappen.

Haar vingers klemden zich om het hout en ze klauterde naar binnen.

Deze keer voelde ze zich ietsje meer op haar gemak. In een paar kostbare ogenblikken liep ze de hele kamer rond, op zoek naar een titel die haar pakte. Drie of vier keer stak ze bijna haar hand uit. Ze overwoog zelfs even er meer dan één mee te nemen, maar aan de andere kant wilde ze geen misbruik maken van wat ze als een soort systeem beschouwde. Op dit moment had ze maar één boek nodig. Ze bestudeerde de planken en wachtte.

Achter haar klom de duisternis door het raam naar binnen. De geur van stof en diefstal verdwenen even naar de achtergrond en opeens zag ze het.

Het boek was rood, met zwarte letters op de rug. *Der Traumträger. De Dromendrager*. Ze dacht aan Max Vandenburg en zijn dromen. Over schuld. Overleven. Het achterlaten van zijn familie. Gevechten met de Führer. Ze dacht ook aan haar eigen droom – haar broertje, dood in de trein, en zijn verschijning op het trapje pal om de hoek van deze kamer. De boekendief keek naar zijn bloedende knie die zij met een duw van haar eigen hand had veroorzaakt.

Ze trok het boek van de plank, stak het onder haar arm, klom op de vensterbank en sprong naar beneden, allemaal in één beweging.

Ditmaal had Rudy haar schoenen. Haar fiets stond al klaar. Zodra ze haar schoenen aanhad, reden ze weg.

'Jezus, Maria en Jozef, Meminger.' Hij had haar nog nooit Meminger genoemd. 'Jij bent echt compleet gestoord, weet je dat?'

Terwijl Liesel als een bezetene doortrapte, knikte ze bevestigend. 'Ik weet het.'

Bij de brug gaf Rudy een kleine samenvatting van wat er was gebeurd. 'Die mensen zijn of hartstikke gek,' zei hij, 'of ze houden erg van frisse lucht.'

EEN KLEINE SUGGESTIE

Of misschien woonde er in de Grande Strasse een vrouw die het raam van haar bibliotheek tegenwoordig om een heel andere reden open liet staan – maar dat is misschien een beetje cynisch van me, of hoopvol. Of allebei.

Liesel stak *De Dromendrager* onder haar jas en zodra ze thuis was begon ze te lezen. In de houten stoel naast het bed, sloeg ze het boek open en fluisterde: 'Een nieuw boek, Max. Speciaal voor jou.' Ze begon te lezen. 'Hoofdstuk een: het was eigenlijk heel toepasselijk dat de hele stad lag te slapen toen de dromendrager werd geboren...'

Elke dag las Liesel twee hoofdstukken van het boek. Eén 's ochtends, voordat ze naar school ging, en één zodra ze 's middags thuiskwam. Op bepaalde avonden, wanneer ze niet in slaap kon komen, las ze ook nog de helft van een derde hoofdstuk. Soms viel ze, voorover gezakt over de zijkant van het bed, in slaap.

Het werd haar missie.

Ze gaf *De Dromendrager* aan Max alsof de woorden alleen al hem konden koesteren. Op een dinsdag meende ze een beweging waar te nemen. Ze had kunnen zweren dat zijn ogen waren opengegaan. Als dat zo was, was het maar heel even geweest en waarschijnlijk had zij het zich maar verbeeld, omdat ze het zo graag wilde.

Half maart begonnen er barstjes te ontstaan.

Rosa Hubermann – de aangewezen vrouw voor een crisis – zat er op een middag in de keuken helemaal doorheen. Ze verhief haar stem, maar begon snel weer zachtjes te praten. Liesel hield op met lezen en sloop stilletjes naar de gang. Ook al stond ze nu nog zo dichtbij, toch kon ze haar mama's woorden bijna niet verstaan. En toen ze ze wel kon horen, wenste ze dat ze niets had gehoord, want wat ze hoorde was afschuwelijk. Het was de realiteit.

Wat Mama's Stem Zei

'Wat als hij niet meer wakker wordt?
Wat als hij hier doodgaat, Hansi?
Zeg op. Wat doen we dan in godsnaam met
het lijk? We kunnen hem hier niet laten liggen,
dan gaan we dood van de stank... en we kunnen
hem ook niet naar buiten dragen, de straat op.
We kunnen moeilijk zeggen: "Je raadt nooit
wat er vanmorgen bij ons in de kelder lag..."
Ze zullen ons voor de rest van ons leven opsluiten.'

Ze had helemaal gelijk.

Een joods lijk was een groot probleem. De Hubermanns moesten Max Vandenburg niet alleen in zíjn belang opkalefateren, maar ook in hun eigen belang. Zelfs Papa, die altijd een kalmerende invloed had, voelde de druk.

'Luister.' Zijn stem klonk rustig maar bezwaard. 'Als het gebeurt – als hij doodgaat – dan moeten we gewoon een oplossing zien te vinden.' Liesel had kunnen zweren dat ze hem hoorde slikken. Een geluid alsof hij een klap tegen zijn luchtpijp kreeg. 'Mijn verfkar, wat afdeklakens...'

Liesel liep de keuken binnen.

'Nu even niet, Liesel.' Het was Papa die dit zei, hoewel hij haar niet aankeek. Hij zat in de achterkant van een lepel naar zijn vervormde gezicht te kijken. Hij had zijn ellebogen in de tafel gegraven.

De boekendief ging niet weg. Ze deed nog een paar stappen naar voren en ging zitten. Haar koude handen zochten haar mouwen en opeens viel er een zin uit haar mond. 'Hij is nog niet dood.' De woorden kwamen op de tafel terecht en stelden zich in het midden ervan op. Alle drie de mensen keken ernaar. Hun halve hoop durfde niet hoger te stijgen. Hij is nog niet dood. Hij is nog niet dood. Rosa was de eerste die iets zei.

'Wie heeft er honger?'

De enige keren dat Max' ziekte geen pijn deed was tijdens het eten. Het viel niet te ontkennen wanneer ze zo met z'n drieën aan de keukentafel zaten met hun extra brood en extra soep en aardappelen. Ze dachten het alle drie, maar niemand zei het hardop.

Die nacht, een paar uur later, werd Liesel wakker en dacht na over de hoogte van haar hart. (Die uitdrukking had ze uit *De Dromendrager*, een boek dat in wezen helemaal het tegenovergestelde was van *De Fluiter* – een boek over een in de steek gelaten kind dat priester wilde worden.) Ze ging zitten en ademde de nachtelijke lucht diep in.

'Liesel?' Papa rolde zich op zijn zij. 'Wat is er?'

'Niets, Papa, er is niets aan de hand', maar op het moment dat ze klaar was met haar zin, zag ze precies wat er in haar droom was gebeurd.

Een Tafereeltje

Bijna alles is hetzelfde.
De trein rijdt met dezelfde snelheid.
Overvloedig hoest haar broertje.
Ditmaal echter kan Liesel zijn gezicht,
dat naar de vloer kijkt, niet zien.
Langzaam buigt zij zich naar voren.
Haar hand tilt het voorzichtig op,
bij de kin, en daar, vlak voor zich,
ziet zij de grote ogen in het gezicht van
Max Vandenburg. Hij staart haar aan.
Een veer valt op de grond. Het lichaam
is nu groter, beter in verhouding met
het gezicht. De trein krijst.

'Liesel?'

'Ik zei toch dat er niets aan de hand was?'

Rillend stond ze op van de matras. Stil van angst liep ze door de gang naar Max. Na vele minuten aan zijn bed, toen alles wat rustiger was geworden, probeerde ze de droom te interpreteren. Was het een aankondiging van Max' dood? Of was het niets anders dan een reactie op het gesprek van die middag in de keuken? Had Max nu de plaats ingenomen van haar broertje? En als dat zo was, hoe kon zij haar eigen vlees en bloed dan zomaar aan de kant zetten? Misschien was het wel een diepgewortelde wens dat Max zou sterven. Als het per slot van rekening goed genoeg was voor Werner, haar broertje, dan was het ook goed genoeg voor deze jood.

'Is dat werkelijk wat je denkt?' fluisterde zij, zich over het bed buigend. 'Nee.' Ze kon het niet geloven. Haar antwoord werd bevestigd toen de doffe duisternis begon te wijken en de omtrekken zichtbaar werden van de verschillende vormen, groot en klein, op het nachtkastje. De cadeaus.

'Word nou wakker,' zei ze.

Max werd niet wakker.

Nog acht hele dagen lang werd hij niet wakker.

Op school werd er op de deur geklopt.

'Binnen,' riep Frau Olendrich.

De deur ging open en het hele lokaal vol kinderen keek verrast op toen Rosa Hubermann in de deuropening stond. Een enkeling hield de adem in – een kleine kleerkast van een vrouw met een lipsticklachje en lichtblauwe ogen. Dit. Was de legende. Ze droeg haar beste kleren, maar haar haar was een rommeltje, en het was inderdaad een soort handdoek van rekbare grijze slierten.

De onderwijzeres was duidelijk bang. 'Frau *Hu*bermann...' Haar bewegingen waren nerveus. Ze keek zoekend door de klas. 'Liesel?'

Liesel keek naar Rudy, stond op en liep vlug naar de deur, om zo snel mogelijk een einde te maken aan de gênante vertoning. De deur viel achter haar dicht en nu stond ze alleen, op de gang, met Rosa.

Rosa had haar blik afgewend.

'Wat, Mama?'

Ze draaide zich om. 'Jij met je *Wat Mama*, kleine Saumensch!' Liesel voelde de woorden in zich priemen. 'Mijn haarborstel!' Er sijpelde wat gelach onder de deur door, maar het hield onmiddellijk weer op.

'Mama?'

Haar gezicht keek streng, maar ze glimlachte. 'Wat heb je verdomme met mijn haarborstel uitgevreten, stomme kleine Saumensch, kleine dief? Ik heb je honderd keer gezegd dat je er met je tengels vanaf moest blijven, maar luister je naar me? Natuurlijk niet!'

De scheldkanonnade ging zo nog even door, terwijl Liesel wanhopig een paar plekken opnoemde waar de borstel in kwestie zou kunnen liggen. Het eindigde abrupt, toen Rosa Liesel heel even dicht tegen zich aan trok. Haar gefluister was bijna niet te verstaan, zelfs van zo dichtbij. 'Je zei zelf dat ik tegen je moest schreeuwen. Je zei dat ze het zouden geloven.' Ze keek van links naar rechts en haar stem klonk zo zacht als fluweel. 'Hij is wakker, Liesel. Hij is wakker.' Uit haar zak haalde ze het gehavende speelgoedsoldaatje. 'Hij zei dat ik je dit moest geven. Het was zijn favoriet.' Ze gaf het soldaatje aan haar, greep haar stevig bij haar armen en glimlachte. Voordat Liesel de kans kreeg om iets te zeggen, maakte ze het af. 'Nou? Geef antwoord! Heb je enig idee waar je hem hebt gelaten?'

Hij leeft, dacht Liesel. '... Nee, Mama. Het spijt me, Mama, ik – '

'Ik heb ook helemaal niks aan jou.' Ze liet haar los, knikte en liep weg.

Even bleef Liesel zo staan. De gang was reusachtig. Ze bekeek het soldaatje in haar hand. Haar instinct vertelde haar nu meteen naar huis te rennen, maar haar gezonde verstand stond dat niet toe. In plaats daarvan stopte ze het aftandse soldaatje in haar zak en ging terug naar de klas.

Iedereen zat te wachten.

'Stomme koe,' fluisterde ze binnensmonds.

Opnieuw begonnen er een paar kinderen te lachen. Frau Olendrich lachte niet.

'Wat zei je daar?'

Liesel was zo door het dolle dat ze zich onverwoestbaar voelde. 'Ik zei,' antwoordde ze stralend, 'stomme koe', en voor ze het wist had ze een klap in haar gezicht van de juf te pakken.

'Zo spreek je niet over je moeder,' zei ze, maar het had weinig effect. Het meisje stond daar maar en deed haar best om niet te grijnzen. Ze kon heus wel met goed fatsoen een Watschen doorstaan. 'En nu naar je plaats.'

'Ja, Frau Olendrich.'

Naast haar, waagde Rudy het iets te zeggen.

'Jezus, Maria en Jozef,' fluisterde hij. 'Ik zie een hand op je gezicht. Een grote, rode hand. Vijf vingers!'

'Mooi,' zei Liesel, want Max leefde.

Toen ze die middag thuiskwam, zat hij rechtop in bed met de leeggelopen voetbal op zijn schoot. Zijn baard bezorgde hem jeuk en zijn omfloerste ogen deden hun best om open te blijven. Naast de cadeautjes stond een lege soepkom.

Ze zeiden geen hallo.

Het had iets gespannens.

De deur kraakte, het meisje kwam binnen en zij kwam voor hem staan en keek naar de kom. 'Dwingt Mama je om dat te eten?'

Hij knikte, tevreden, vermoeid. 'Maar het was erg lekker.'

'Mama's soep? Echt waar?'

Het was geen glimlach waarmee hij haar aankeek. 'Bedankt voor je cadeaus.' Het leek eerder alsof zijn mond een heel klein stukje openscheurde. 'Bedankt voor de wolk. Die heeft je papa me een beetje uitgelegd.'

Na een uur deed Liesel ook een poging de waarheid te vertellen. 'We wisten niet wat we hadden moeten doen als je was doodgegaan, Max. We – '

Het duurde niet lang voordat hij begreep wat ze bedoelde. 'Je bedoelt, hoe jullie je van mij hadden moeten ontdoen?'

'Het spijt me.'

'Nee.' Hij was niet beledigd. 'Jullie hadden gelijk.' Hij speelde zwakjes met de bal. 'Jullie hadden helemaal gelijk om zo te denken. In jullie situatie is een dode jood net zo gevaarlijk als een levende, misschien wel gevaarlijker.'

'Ik heb ook gedroomd.' Met het soldaatje in haar hand vertelde ze alles tot in de details. Ze stond op het punt zich wederom te verontschuldigen toen Max daar een stokje voor stak.

'Liesel.' Hij dwong haar hem aan te kijken. 'Ik wil niet dat je je ooit tegenover mij verontschuldigt. Ik zou me tegenover jou moeten verontschuldigen.' Hij keek naar alles wat ze voor hem had meegenomen. 'Kijk toch eens. Al die cadeaus.' Hij nam de knoop in zijn hand. 'En Rosa zei dat je me elke dag twee keer kwam voorlezen, soms zelfs drie keer.' Nu keek hij naar de gordijnen, alsof hij er dwars doorheen naar buiten kon kijken. Hij ging wat hoger zitten en zweeg een ogenblik, een dozijn zwijgende zinnen lang. Een angstige blik vond zijn weg naar zijn gezicht en hij biechtte het meisje iets op. 'Liesel?' Hij leunde een heel klein stukje naar rechts. 'Ik ben bang,' zei hij, 'om weer in slaap te vallen.'

Liesel antwoordde heel resoluut. 'Dan ga ik je voorlezen. En elke keer dat je wegdoezelt geef ik je een klap in je gezicht. Dan doe ik het boek dicht en schud je net zo lang door elkaar tot je wakker wordt.'

Die middag en tot diep in de nacht, las Liesel Max Vandenburg voor. Hij zat rechtop in bed en zoog de woorden op, klaarwakker dit keer, tot even na tienen. Toen Liesel even een korte rustpauze nam, keek ze op van haar boek en zag dat Max sliep. Zenuwachtig gaf ze hem een por met het boek. Hij werd wakker.

Daarna viel hij nog drie keer in slaap. Ze maakte hem nog twee keer wakker.

De volgende vier dagen ontwaakte hij elke ochtend in Liesels bed, daarna naast de haard en uiteindelijk, half april, in de kelder. Zijn gezondheid was verbeterd, de baard was verdwenen en hij begon beetje bij beetje wat aan te komen.

In Liesels innerlijke wereld was dit een periode van grote opluchting. In de buitenwereld werd de toestand echter steeds hachelijker. Eind maart werd een plaats die Lübeck heette bestookt met bommen. Keulen was als volgende aan de beurt en al snel

volgden nog veel meer Duitse steden, waaronder ook München.
Ja, de baas keek over mijn schouder mee.
'Doorwerken, doorwerken.'

De bommen kwamen eraan – en ik ook.

Dagboek van de Dood: Keulen

De laatste uren van 30 mei.

Ik weet zeker dat Liesel Meminger in diepe slaap verzonken was toen meer dan duizend bommenwerpers op weg gingen naar een stad die bekendstond als Köln. Voor mij was het resultaat vijfhonderd mensen, zo om en nabij. Vijftigduizend anderen zwierven dakloos rond tussen de spookachtige ruïnes en puinhopen en probeerden te bepalen welke kant ze opgingen en welke verwoeste huizen aan wie toebehoorden.

Vijfhonderd zielen.

Ik droeg ze in mijn vingers, als koffers. Of ik gooide ze over mijn schouder. Alleen de kinderen droeg ik in mijn armen.

Tegen de tijd dat ik klaar was, was de hemel geel, als brandend krantenpapier. Als ik goed keek, kon ik de woorden zien, de koppen en de commentaren over de voortgang van de oorlog enzovoort. Wat had ik alles graag omlaag getrokken, om de krantenhemel te verfrommelen en weg te gooien. Mijn armen deden pijn en ik kon het me niet veroorloven mijn vingers te branden. Ik had nog zoveel te doen.

Zoals je mocht verwachten, vonden veel mensen onmiddellijk de dood. Anderen deden er wat langer over. Er waren nog verschillende andere plekken om te bezoeken, hemelen om te zien en zielen om op te halen en toen ik later terugkwam in Keulen, niet lang na de laatste vliegtuigen, was ik getuige van iets heel unieks.

Ik droeg de verkoolde ziel van een tiener toen ik somber omhoogkeek naar wat inmiddels een zwavelachtige hemel was. Ik bevond me vlak bij een groepje meisjes van een jaar of tien. Een van hen riep iets.

'Wat is dat?'

Ze stak haar arm uit en wees met haar vinger naar het zwarte, trage voorwerp dat uit de lucht kwam vallen. Het begon als een zwarte veer, dwarrelend, zwevend. Of een flinter as. Toen werd het groter. Hetzelfde meisje – een roodharig kind met stippelsproetjes – vroeg nog een keer, maar nu nadrukkelijker: 'Wat *is* dat?'

'Een lijk,' suggereerde een ander meisje. Donker haar, vlechtjes en een scheve middenscheiding.

'Het is nog een bom!'

Het was te traag voor een bom.

Met de geest van de tiener nog zachtjes brandend in mijn armen, liep ik een paar honderd meter met hen mee. Net als de meisjes bleef ik naar de lucht kijken. Het laatste wat ik wilde was omlaag kijken naar het bewegingloze gezicht van mijn tiener. Een mooi meisje. Ze had haar hele dood nog voor zich.

Net als de rest schrok ik toen er opeens een harde stem klonk. Het was een boze vader die de kinderen binnenriep. Het roodharige meisje reageerde. Haar stippelsproetjes veranderen in komma's. 'Maar Papa, kijk dan.'

De man kwam een klein eindje naar buiten en begreep al snel wat het was. 'Dat is de brandstof,' zei hij.

'Wat bedoelt u?'

'De brandstof,' herhaalde hij. 'De tank.' Hij was een kale man in een gescheurd pak. 'Ze hebben alle brandstof in die tank opgebruikt en nu lozen ze hem. Kijk, daar heb je er nog een.'

'En daar!'

Omdat het nu eenmaal kinderen waren begonnen ze meteen allemaal de lucht af te zoeken naar nog meer lege brandstoftanks die naar beneden kwamen.

De eerste landde met een doffe plof.
'Mogen we hem houden, Papa?'
'Nee.' Hij was gebombardeerd en geschokt, deze papa, en duidelijk niet in een goede bui. 'We mogen hem niet houden.'
'Waarom niet?'
'Ik ga aan mijn papa vragen of *ik* hem mag hebben,' zei een van de andere meisjes.
'Ik ook.'

Vlak buiten de puinhopen van Keulen verzamelde een groepje kinderen lege brandstoftanks, afgeworpen door hun vijanden. Zelf verzamelde ik, zoals gewoonlijk, mensen. Ik was moe. En het jaar was nog niet eens halverwege.

De Bezoeker

Er was een nieuwe bal gevonden voor het voetballen in de Himmelstraat. Dat was het goede nieuws. Het ietwat verontrustende nieuws was dat een afvaardiging van de nazipartij naar hen op weg was.

Ze waren al een flink eind gevorderd door Molching, straat voor straat, en nu stonden ze voor de winkel van Frau Diller om even snel een sigaretje te roken alvorens weer verder te gaan.

Molching had al een paar schuilkelders, maar kort na het bombardement van Keulen was besloten dat een paar meer zeker geen kwaad kon. De NSDAP inspecteerde nu elk huis om te zien of de kelder een geschikte kandidaat was.

De kinderen keken vanuit de verte toe.

Ze zagen de rook van het groepje opstijgen.

Liesel was nog maar net buiten en zij was meteen naar Rudy en Tommy gelopen. Harald Mollenhauer was de bal aan het zoeken. 'Wat is daar aan de hand?'

Rudy stak zijn handen in zijn zakken. 'De Partij.' Hij keek of zijn vriendje al vorderingen maakte met de bal in de heg in de voortuin van Frau Holzapfel. 'Ze controleren alle huizen en appartementengebouwen.'

Liesels mond werd onmiddellijk kurkdroog. 'Waarom?'

'Weet jij dan helemaal niks? Vertel jij het maar, Tommy.'

Tommy stond met een mond vol tanden. 'Alsof *ik* dat weet.'

'Wat een hopeloos stelletje zijn jullie toch. Ze hebben meer schuilplaatsen nodig.'

'Wat – kelders?'

'Nee, zolders. Ja, natuurlijk kelders. Jezus, Liesel, jij bent echt ontzettend stom, hè?'

De bal was terug.

'Rudy!'

Het spel ging weer verder en Liesel bleef staan. Hoe kon ze weer naar binnen zonder argwaan te wekken? De rook bij de winkel van Frau Diller was verdwenen en het kleine groepje mannen begon zich te verspreiden. Een gevoel van paniek maakte zich van haar meester, op die afschuwelijke manier. Keel en mond. Lucht veranderde in zand. Denk na, dacht ze. Kom op, Liesel, denk, denk.

Rudy maakte een doelpunt.

In de verte hoorde zij hoe stemmen hem feliciteerden.

Denk na, Liesel –

Ze had het.

Dat is het, besloot ze, maar dan zal ik het wel waar moeten maken.

Terwijl de nazi's steeds verder de straat in liepen en op sommige deuren de letters LSR schilderden, werd de bal door de lucht geschopt, naar een van de grotere jongens, Klaus Behrig.

LSR
Luftschutzraum:
Schuilkelder

Net toen Liesel aan kwam rennen draaide de jongen zich om met de bal en kwamen zij zo hard met elkaar in botsing dat de wedstrijd automatisch werd gestaakt. Terwijl de bal wegrolde, kwamen de spelers aangesneld. Liesel hield met één hand haar geschaafde knie vast en met haar andere hand haar hoofd. Klaus Behrig hield alleen zijn rechterscheenbeen vast, scheldend en met een van pijn vertrokken gezicht. 'Waar is ze?' riep hij. 'Ik vermoord haar!'

Maar er zou niet worden gemoord.

Het was erger.

Een vriendelijk partijlid had het incident gezien en kwam plichtsgetrouw naar het groepje toe gelopen. 'Wat is hier gebeurd?' vroeg hij.

'Nou, *zij* is een maniak.' Klaus wees naar Liesel, wat voor de man aanleiding was haar overeind te helpen. Zijn tabaksadem vormde een rokerige zandheuvel voor haar gezicht.

'Ik geloof niet dat jij nog verder kunt spelen, meisje,' zei hij. 'Waar woon je?'

'Het gaat wel,' antwoordde zij. 'Heus, ik kan zelf wel naar huis lopen.' Als je me maar loslaat, laat me los!

Dat was het moment dat Rudy zich ermee kwam bemoeien, de eeuwige bemoeial. Waarom kon hij zich voor de verandering niet eens een keertje met zijn eigen zaken bemoeien?

'Echt waar,' zei Liesel. 'Speel maar gewoon verder, Rudy. Ik loop zelf wel naar huis.'

'Nee, nee.' Hij liet zich niet van de wijs brengen. Wat kon die jongen koppig zijn! 'Ik ben in een paar minuten heen en terug.'

Opnieuw moest ze nadenken en opnieuw lukte dat. Terwijl Rudy haar ondersteunde, liet ze zich nogmaals op de grond vallen, op haar rug. 'Mijn papa,' zei ze. De lucht, zag ze, was egaal blauw. Geen wolkje te zien. 'Kan jij hem voor me halen, Rudy?'

'Blijf jij maar liggen.' Hij riep: 'Tommy, houd haar in de gaten, wil je? Zorg ervoor dat ze zich niet beweegt.'

Tommy kwam onmiddellijk in actie. 'Ik blijf bij haar, Rudy.' Hij stond boven haar, zenuwtrekkend en proberend niet te lachen, terwijl Liesel de partijman in de gaten hield.

Even later torende Hans Hubermann kalmpjes boven haar uit.

'Hé, Papa.'

Er verscheen een teleurgesteld glimlachje op zijn lippen. 'Ik vroeg me al af wanneer dit een keer zou gebeuren.'

Hij tilde haar op en hielp haar naar huis. De wedstrijd werd voortgezet en de nazi was inmiddels alweer een paar huizen verder. Hij klopte aan, maar er deed niemand open. Rudy riep hen na: 'Heeft u hulp nodig, Herr Hubermann?'

'Nee, nee, speel jij maar fijn verder, Herr Steiner.' Herr Steiner. Wat was het toch een lieverd, die papa van Liesel.

Eenmaal binnen vertelde Liesel hem wat er was gebeurd. Ze probeerde een middenweg te vinden tussen zwijgen en wanhoop. 'Papa.'

'Zeg maar niets.'

'De partij,' fluisterde ze. Papa verstijfde. Hij bedwong de neiging om de deur open te doen en de straat in te kijken. 'Ze controleren kelders om te zien of ze er schuilkelders van kunnen maken.'

Hij zette haar neer. 'Slimme meid,' zei hij en riep toen Rosa erbij.

Ze hadden een minuut de tijd om een plan te bedenken. Een shemozzle van ideeën.

'We verstoppen hem gewoon in Liesels kamer,' was Mama's voorstel. 'Onder het bed.'

'Is dat alles? En als ze besluiten ook in de andere kamers te kijken?'

'Heb jij een beter plan?'

Correctie: ze hadden geen minuut.

Er werd zeven keer achter elkaar op de deur van Himmelstraat 33 gebonkt en het was te laat om nog iemand te verplaatsen.

De stem.

'Doe open!'

Hun hartslagen streden tegen elkaar, een chaos van ritmes. Liesel probeerde de hare weg te slikken. De smaak van hart was niet al te opwekkend.

Rosa fluisterde: 'Jezus, Maria...'

Deze keer was het Papa die in actie kwam. Hij rende naar de kelder en riep een waarschuwing naar beneden. Toen hij terugkwam, zei hij snel en zonder haperingen: 'Luister, we hebben geen tijd voor slimmigheden. We zouden ze op wel honderd verschillende manieren kunnen afleiden, maar er is slechts één oplossing.' Hij keek naar de deur en zei: 'We doen niets.'

Dat was niet het antwoord waarop Rosa zat te wachten. Haar ogen werden groot. 'Niets? Ben je *gek* geworden?'

Het bonken werd hervat.

Papa was vastbesloten. 'Niets. We gaan zelfs niet eens naar beneden – alsof er niks aan de hand is.'

Alles vertraagde.

Rosa accepteerde het.

Stijf van de spanning schudde zij haar hoofd en liep naar de deur om open te doen.

'Liesel.' Papa's stem sneed door haar heen. 'Gewoon rustig blijven, *verstehst?*'

'Ja, Papa.'

Ze deed haar best zich op haar bloedende been te concentreren.

'Aha!'

Bij de deur stond Rosa nog te informeren naar de reden van zijn komst toen de vriendelijke partijman Liesel in het oog kreeg.

'Het maniakale voetbalstertje!' grinnikte hij. 'Hoe is het met je knie?' Je stelt je de nazi's normaal gesproken niet als bijzonder vrolijk voor, maar deze man was dat wel. Hij kwam binnen en bukte zich om de verwonding te bekijken.

Weet hij het? dacht Liesel. Kan hij ruiken dat we een jood verbergen?

Papa kwam met een nat doekje terug van de gootsteen en legde het op Liesels knie. 'Prikt het?' Zijn zilverkleurige ogen keken zorgzaam en kalm. De angst in zijn blik kon gemakkelijk worden aangezien voor bezorgdheid.

Rosa riep door de keuken: 'Het kan niet genoeg prikken. Misschien leert ze er wat van.'

De partijman begon te lachen. 'Ik geloof niet dat dit meisje buiten iets leert, Frau...?'

'Hubermann.' Het stugge gezicht vertrok.

'... Frau Hubermann – volgens mij leren anderen juist van haar.' Hij glimlachte naar Liesel. 'Al die jongens bijvoorbeeld. Heb ik gelijk of niet, jongedame?'

Papa drukte het doekje hard tegen de schaafwond en voordat ze de kans kreeg om te antwoorden vertrok Liesels gezicht van pijn. Hans sprak een zwijgend sorry uit naar het meisje.

Nu viel er een ongemakkelijke stilte en opeens dacht de partijman weer aan het doel van zijn komst. 'Als u het niet erg vindt,' legde hij uit, 'zou ik graag even naar uw kelder kijken, een minuutje maar, om te zien of hij geschikt is als schuilkelder.'

Papa bette Liesels knie nog een laatste keer. 'Dat wordt een mooie bloeduitstorting, Liesel.' Hij keek vluchtig op naar de man die boven hem stond. 'Natuurlijk. Eerste deur rechts. Excuses voor de rotzooi.'

'Maakt u zich maar geen zorgen – het kan nooit erger zijn dan sommige van de andere kelders die ik vandaag al heb gezien. Deze deur?'

'Dat is hem.'

DE LANGSTE DRIE MINUTEN IN DE GESCHIEDENIS VAN DE HUBERMANNS

Papa zat aan tafel. Rosa zat in de hoek stilletjes te bidden. Liesel zat er verslagen bij: haar knie, haar borst, haar armspieren. Ik denk niet dat een van hen durfde denken aan wat ze moesten doen als de kelder als schuilkelder werd aangemerkt. Eerst moesten ze deze inspectie zien te overleven.

Ze luisterden naar nazivoetstappen in de kelder. Ze hoorden het geluid van een meetlint. Liesel kon de gedachte niet van zich afzetten aan Max die onder de trap zat, in elkaar gedoken en met zijn schetsboek tegen zijn borst geklemd.

Papa stond op. Nog een idee.

Hij liep naar de gang en riep: 'Alles in orde daar beneden?'

Het antwoord liep de trap op, over Max Vandenburg heen. 'Een minuutje nog.'

'Wilt u een kopje koffie, of thee misschien?'

'Nee, dank u!'

Toen Papa terugkwam gaf hij Liesel opdracht een boek te gaan pakken en Rosa om te beginnen met koken. Het laatste wat ze nu moesten doen, vond hij, was bezorgd op een stoel blijven zitten. 'Nou, kom op,' zei hij hardop, 'schiet op, Liesel. Het kan me niet schelen of je knie pijn doet. Je moet dat boek nog uitlezen, dat had je beloofd.'

Liesel probeerde niet in tranen uit te barsten. 'Ja, Papa.'

'Nou, waar wacht je nog op?' Het kostte hem grote moeite naar haar te knipogen, dat zag ze meteen.

In de gang liep ze bijna tegen de partijman op.

'Problemen met je papa, hè? Geeft niks, hoor. Ik ben ook zo met mijn eigen kinderen.'

Ze liepen allebei een andere kant op en toen Liesel in haar kamer stond, deed ze de deur dicht en viel op haar knieën, ondanks de pijn die dat deed. Ze luisterde eerst naar het oordeel dat de kelder te ondiep was, toen naar het afscheid, waarbij er ook een groet de gang in werd geroepen. 'Tot ziens, kleine voetbalmaniak!'

Ze dacht nog net op tijd aan haar goede manieren. *'Auf Wiedersehen!'*

De Dromendrager gloeide in haar handen.

Volgens Papa zakte Rosa op het moment dat de partijman was vertrokken naast het fornuis in elkaar. Toen haalden ze Liesel en gingen naar de kelder, waar ze de slim geplaatste afdeklakens en verfblikken wegschoven. Max Vandenburg zat onder de trap, met zijn roestige schaar als een mes in zijn handen geklemd. Zijn oksels waren kletsnat en de woorden vielen als verwondingen uit zijn mond.

'Ik zou hem nooit hebben gebruikt,' zei hij zachtjes. 'Het...' Hij drukte de roestige schaar plat tegen zijn voorhoofd. 'Het spijt me dat jullie dit voor mij moesten doorstaan.'

Papa stak een sigaret op. Rosa pakte de schaar.

'Je leeft nog,' zei ze. 'We leven allemaal nog.'

Het was te laat voor verontschuldigingen.

De Schmunzeler

Een paar minuten later werd er weer op de deur geklopt.

'Goeie god, daar zal je er nog een hebben!'

De angst keerde onmiddellijk terug. Max werd weer verborgen.

Rosa liep de keldertrap op, maar toen ze de deur opende, waren het niet de nazi's. Het was niemand minder dan Rudy Steiner. Daar stond hij met zijn gele haar en vol goede bedoelingen. 'Ik kwam alleen even kijken hoe het met Liesel is.'

Toen ze zijn stem hoorde, liep Liesel de trap op. 'Deze neem ik wel voor mijn rekening.'

'Haar vriendje,' merkte Papa op tegen de verfblikken. Hij blies een mondvol rook uit.

'Hij is mijn vriendje niet,' protesteerde Liesel, maar ze was niet geïrriteerd. Dat was onmogelijk nadat ze net door het oog van de naald waren gekropen. 'Ik ga alleen naar boven omdat Mama me nu elk moment kan roepen.'

'Liesel!'

Ze stond op de vijfde tree. 'Ziet u wel?'

Toen ze bij de deur aankwam, stond Rudy van de ene voet op de andere te wiebelen. 'Ik kom alleen even kijken – ' Hij zweeg. 'Wat ruik ik?' Hij snoof. 'Heb jij zitten roken?'

'O. Ik zat daar met Papa.'

'Heb jij sigaretten? Misschien kunnen we er een paar verkopen.'

Hier had Liesel geen zin in. Ze sprak zo zachtjes dat Mama haar niet kon verstaan. 'Ik steel niet van mijn papa.'

'Maar wel van bepaalde andere plekken.'

'Kan je misschien nog iets harder praten?'

Rudy schmunzelde. 'Zie je nu wat stelen met je doet? Je bent meteen ongerust.'

'Alsof jij nog nooit wat hebt gepikt.'

'Ja, maar jij ruikt ernaar.' Rudy begon nu goed op dreef te komen. 'Misschien is dat helemaal geen sigarettenrook.' Hij boog zich wat dichter naar haar toe en lachte. 'Jij stinkt naar de misdaad. Ik zou maar eens in bad gaan.' Hij riep over zijn schouder naar Tommy Müller. 'Hé, Tommy, moet je eens komen ruiken!'

'Wat zei je?' Typisch Tommy. 'Ik versta je niet!'

Rudy schudde zijn hoofd in Liesels richting. 'Je hebt ook niks aan hem.'

Ze begon de deur dicht te doen. 'Duvel op, Saukerl, jij bent wel het laatste waaraan ik nu behoefte heb.'

Heel tevreden met zichzelf liep Rudy terug naar de straat. Bij de brievenbus leek hij zich opeens te herinneren wat hij al die tijd had willen vragen. Hij liep een eindje terug. '*Alles gut*, Saumensch? Met je verwonding, bedoel ik.'

Het was juni. Het was Duitsland. De dingen stonden op het punt om in verval te raken.

Liesel was zich hier niet van bewust. Voor haar was het belangrijk dat de jood in de kelder niet was gevonden. Dat haar pleegouders niet waren opgepakt en dat zij zelf veel aan beide zaken had bijgedragen.

'Prima,' zei ze en ze had het niet over een voetbalblessure.

Met haar ging het goed.

Dagboek van de Dood: de Parijzenaars

De zomer brak aan.

Met de boekendief ging alles uitstekend.

Voor mij had de hemel de kleur van joden.

Wanneer hun lichamen waren opgehouden met het zoeken naar openingen in de deur, stegen hun zielen op. Hun vingernagels hadden aan het hout gekrabd en waren er in sommige gevallen zelfs in vast komen te zitten door de brute kracht der wanhoop, en hun geesten kwamen naar mij toe, regelrecht in mijn armen. We klommen uit die douchefaciliteiten, naar het dak en hoger, de zekere uitgestrektheid van de eeuwigheid tegemoet. Ze bleven maar nieuw werk voor me aanvoeren. Minuut na minuut. Douche na douche.

Nooit zal ik die eerste dag in Auschwitz vergeten, of mijn eerste keer in Mauthausen. Op die plek raapte ik ze na verloop van tijd ook op aan de voet van de hoge, steile rots, wanneer het helemaal mis was gegaan met hun ontsnappingen. Er lagen gebroken lichamen en dode zachtmoedige harten. Toch was het altijd nog beter dan het gas. Sommigen ving ik op wanneer ze nog maar halverwege waren. Jou heb ik gered, dacht ik dan, terwijl ik hun zielen halverwege hun val in mijn armen nam en de rest van hun wezen – hun fysieke omhulsels – naar de aarde stortte. Ze waren allemaal zo licht als de schillen van lege walnoten. Een rokerige lucht op die plekken. De geur van een fornuis, maar toch zo verschrikkelijk koud.

Ik ril wanneer ik eraan denk – wanneer ik probeer het me te ont-realiseren.

Ik blaas warme lucht in mijn handen om ze op te warmen.

Maar het valt niet mee ze warm te houden wanneer de zielen nog steeds rillen.

'God.'

Die naam zeg ik altijd wanneer ik eraan denk.

'God.'

Tweemaal, zeg ik hem.

Ik zeg Zijn naam in een vergeefse poging het te begrijpen. 'Maar het is jouw taak niet om te begrijpen.' Dat ben ik zelf, die antwoord geeft. God zegt nooit iets terug. Dacht je soms dat jij de enige bent die hij nooit antwoordt? 'Het is jouw taak om...' en dan luister ik niet meer naar mij, omdat ik, eerlijk gezegd, doodmoe word van mij. Wanneer ik zo begin te denken, raak ik uitgeput en ik kan me de luxe niet veroorloven me over te geven aan vermoeidheid. Ik ben gedwongen om verder te gaan, want hoewel het niet voor iedereen op aarde geldt, geldt het voor de overgrote meerderheid wel degelijk – dat de dood op niemand wacht – en als hij dat toch doet, dan wacht hij over het algemeen niet erg lang.

Op 23 juni 1942 zat er een groep Franse joden in een Duitse gevangenis, op Poolse bodem. De eerste die ik meenam bevond zich vlak bij de deur. Zijn gedachten gingen vliegensvlug, toen iets langzamer, en nog langzamer...

Geloof me alsjeblieft wanneer ik je vertel dat ik die dag elke ziel optilde alsof hij pas geboren was. Ik kuste zelfs een paar vermoeide, vuile wangen. Ik luisterde naar hun laatste, benauwde kreten. Hun Franse woorden. Ik keek naar hun liefdesvisioenen en bevrijdde hen van hun angst.

Ik nam hen allemaal mee en als er ooit een moment is geweest waarop ik behoefte had aan afleiding, dan was dat het. In complete troosteloosheid keek ik naar de wereld boven mij. Ik keek toe hoe de hemel van zilver in grijs veranderde en in de kleur van de regen. Zelfs de wolken probeerden hun blik af te wenden.

Soms stelde ik me voor hoe alles boven die wolken eruit moest zien, hoewel ik er niet aan twijfelde dat de zon blond was en de eindeloze atmosfeer een reusachtig blauw oog.

Zij waren Frans, zij waren joden en zij waren jou.

DEEL ZEVEN

Het Complete Duden Woordenboek en Thesaurus

waarin:

champagne en accordeons – een
trilogie – sirenes – een hemelsteler –
een aanbod – de lange
mars naar dachau – vrede – een
idioot – en een paar jassenmannen

Champagne en Accordeons

In de zomer van 1942 bereidde het stadje Molching zich voor op het onvermijdelijke. Er waren nog steeds mensen die weigerden te geloven dat deze kleine plaats aan de rand van München een doelwit kon vormen, maar de meerderheid van de bevolking was zich er heel goed van bewust dat het geen kwestie was van of, maar van wanneer. Schuilkelders werden duidelijker aangegeven, er werden voorbereidingen getroffen om 's nachts de ramen te verduisteren, en iedereen wist waar de dichtstbijzijnde kelder zich bevond.

Voor Hans Hubermann betekende deze verontrustende ontwikkeling in feite een beetje verlichting. In deze ongelukkige tijd ging het juist wat beter met zijn schildersbedrijfje. Mensen met jaloezieën waren wanhopig genoeg om hem te vragen ze te schilderen. Zijn probleem was dat zwarte verf normaal gesproken meer als mengkleur werd gebruikt om andere kleuren donkerder te maken, en hij was er dan ook snel doorheen terwijl het heel moeilijk te krijgen was. Hij was echter een goede vakman en een goede vakman kent een heleboel trucjes. Hij mengde steenkoolpoeder door zijn verf en hij werkte goedkoop. Er waren heel wat huizen in alle delen van Molching waarvan hij het licht van de ramen voor vijandige blikken verborg.

Op sommige van zijn werkdagen ging Liesel met hem mee.

Ze duwden zijn schilderskar door de stad, roken de honger in sommige straten en schudden hun hoofd bij het zien van de rijkdom in andere. Op weg naar huis kwamen er vaak vrouwen met niets dan kinderen en armoe naar buiten rennen om hen te smeken hun jaloezieën te schilderen.

'Frau Hallah, het spijt me, ik heb geen zwarte verf meer,' zei hij dan, maar een eindje verder in de straat gaf hij zich altijd gewonnen. Lange man, lange straat. 'Morgen,' beloofde hij dan, 'morgen bent u de eerste', en zodra het de volgende ochtend licht werd stond hij voor de deur en schilderde de jaloezieën voor niets, of voor een droog kaakje of een warm kopje thee. De avond ervoor had hij dan weer een nieuwe manier gevonden om blauw of groen of beige in zwart, te veranderen. Nooit raadde hij hun aan hun extra dekens voor hun ramen te hangen, want hij wist dat ze die nodig hadden wanneer het winter werd. Het kwam zelfs voor dat hij bij iemand de jaloezieën schilderde voor een halve sigaret, die hij dan op de stoep voor het huis oprookte, samen met de bewoner. Dan stegen het gelach en de rook boven het gesprek uit, waarna ze weer verdergingen, op naar de volgende klus.

Toen de tijd van het schrijven aanbrak, herinner ik me duidelijk wat Liesel Meminger over die zomer te zeggen had. Veel woorden zijn in de loop der decennia vervaagd. Het papier heeft in mijn jaszak geleden onder de wrijving van mijn bewegingen, maar toch zijn veel van haar zinnen onvergetelijk.

Een Klein Voorbeeld Van Enkele Door Een Meisje Geschreven Woorden

Die zomer was een nieuw begin, een nieuw einde. Wanneer ik nu terugkijk, herinner ik me mijn glibberige verfhanden en het geluid van Papa's voetstappen in de Münchenstraat, en dan weet ik dat een klein stukje van de zomer van 1942 slechts aan één man toebehoorde. Wie anders zou schilderwerk doen voor de prijs van een halve sigaret? Dat was Papa, dat was hem ten voeten uit, en ik hield van hem.

Elke dag dat ze samen werkten, vertelde hij Liesel zijn verhalen. Over de Eerste Wereldoorlog en hoe zijn belabberde handschrift zijn leven redde, en over de dag dat hij Mama ontmoette. Hij zei dat ze vroeger heel mooi was geweest en een heel zachte stem had gehad. 'Moeilijk te geloven, ik weet het, maar het is echt waar.' Elke dag was er wel een verhaal en Liesel vond het niet erg als hij hetzelfde verhaal meer dan één keer vertelde.

Andere keren, wanneer ze zat te dagdromen, gaf Papa haar een zacht tikje met zijn kwast, precies tussen haar ogen. Als hij de hoeveelheid verf die er nog aan zat verkeerd inschatte, droop er een straaltje verf langs haar neus naar beneden. Dan moest ze lachen en probeerde het terug te doen, maar het viel niet mee om Hans Hubermann tijdens zijn werk te grazen te nemen. Hij was dan helemaal in zijn element.

Wanneer ze even pauzeerden om iets te eten of te drinken, speelde hij altijd op zijn accordeon, en dat was wat Liesel zich het beste herinnerde. Elke ochtend, terwijl Papa de schilderskar duwde of voorttrok, droeg Liesel het instrument. 'We kunnen beter de verf thuis laten,' zei Hans tegen haar, 'dan dat we ooit de muziek vergeten.' Wanneer ze pauzeerden om te eten, sneed hij het brood in tweeën en deelde het met haar. Soms besmeerde hij het met het kleine beetje jam dat nog over was van de laatste distributiekaart. Of hij legde er een plakje vlees op. Ze aten samen, zittend op hun verfblikken, en terwijl hij de laatste hap nog aan het kauwen was, veegde Papa zijn vingers al af en maakte de accordeonkoffer open.

De plooien van zijn overall zaten vol broodkruimels. Handen vol verfspetters zochten hun weg over de knoppen en gleden over de toetsen, of hielden een noot wat langer aan. Zijn armen bedienden de balgen en gaven het instrument de lucht die het nodig had om te ademen.

Liesel zat elke dag met haar handen tussen haar knieën, in de lange stralen van het daglicht. Ze hoopte altijd dat er nooit een eind zou komen aan die dagen, en het was altijd een teleurstelling om de duisternis te zien naderen.

Wat betreft het schilderen zelf, vond Liesel het mengen waarschijnlijk het meest interessant. Net als de meeste mensen ging zij ervan uit dat haar papa gewoon met zijn kar naar de verf- of ijzerwarenwinkel ging, om de gewenste kleur vroeg en weer wegging. Ze besefte niet dat het grootste deel van de verf in blokken werd geleverd, in de vorm van een baksteen. Vervolgens werd het uitgerold met een lege champagnefles. (Champagneflessen, legde Hans uit, waren daar ideaal voor, omdat het glas iets dikker was dan dat van een gewone wijnfles.) Wanneer dat was gebeurd, werd er water, witsel en lijm aan toegevoegd, om nog maar niet te spreken van het ingewikkelde proces van het vinden van de juiste kleur.

De wetenschap van Papa's vak zorgde ervoor dat zij nog meer respect voor hem kreeg. Het was leuk en aardig om zijn brood en muziek te delen, maar Liesel vond het ook fijn te weten dat hij heel goed was in het werk wat hij deed. Deskundigheid was aantrekkelijk.

Op een middag, een paar dagen na Papa's uitleg over het mengen, waren ze aan het werk in een van de rijkere huizen even ten oosten van de Münchenstraat. Aan het begin van de middag riep Papa Liesel binnen. Ze stonden op het punt om naar hun volgende klus te gaan toen ze zijn stem hoorde, aanzienlijk harder dan gewoonlijk.

Eenmaal binnen, werd ze meegenomen naar de keuken, waar twee oudere dames en een heer op verfijnde, uitermate chique stoelen zaten. De vrouwen waren goed gekleed. De man had wit haar en volle bakkebaarden. Op de tafel stonden hoge glazen. Ze waren gevuld met een knetterende vloeistof.

'Nou,' zei de man, 'daar gaan we dan.'

Hij pakte zijn glas en gebaarde dat de anderen dat ook moesten doen.

Het was een warme middag geweest. Liesel schrok een beetje van de koelte van haar glas. Ze keek naar Papa om te zien wat hij ervan vond. Hij grinnikte en zei: '*Prost, Mädel.*' Hun glazen tikten tegen elkaar en op het moment dat Liesel het hare naar haar mond bracht werd zij overvallen door de bruisende, mierzoete smaak van champagne. Haar reflexen dwongen haar het meteen weer uit te spugen, over haar papa's overall, waar het schuimend langs omlaag droop. Ze schoten allemaal in de lach en Hans moedigde haar aan het nog een keer te proberen. Deze keer was ze in staat het door te slikken en te genieten van de smaak van iets verrukkelijks en verbodens. Het voelde geweldig. De bubbels prikten op haar tong. Ze prikkelden haar maag. Toen ze naar het volgende adres liepen, voelde ze nog steeds de warme speldenprikken in haar binnenste.

Terwijl hij de kar voorttrok, vertelde Papa haar dat die mensen beweerden geen geld te hebben.

'En toen vroeg je maar om champagne?'

'Waarom niet?' Hij keek haar aan en nog nooit waren zijn ogen zo zilverachtig geweest. 'Ik wilde niet dat jij zou denken dat champagneflessen alleen worden gebruikt voor het rollen van verf.' Hij waarschuwde haar. 'Als je het maar niet tegen Mama vertelt. Afgesproken?'

'Mag ik het Max wel vertellen?'

'Natuurlijk, Max wel.'

Toen ze in de kelder over haar leven schreef, zwoer Liesel dat ze nooit meer champagne zou drinken, omdat het nooit meer zo lekker zou smaken als op die warme middag in juli.

Het was hetzelfde met accordeons.

Vaak wilde ze haar papa vragen of hij haar wilde leren spelen, maar op de een of andere manier was er altijd iets dat haar daarvan weerhield. Misschien vertelde een onbekende intuïtie haar dat zij er nooit zo op zou kunnen spelen als Hans Hubermann. Zelfs de grootste accordeonisten ter wereld konden toch zeker niet in zijn schaduw staan? Zij konden die achteloze concentratie op Papa's gezicht nooit evenaren. Ook zou er geen voor schilderwerk geruilde sigaret tussen de lippen van de speler bungelen. En evenmin konden zij ooit een foutje maken en daar drie noten later nog om lachen. Niet zoals hij dat kon.

Soms werd ze in die kelder wakker en proefde ze het geluid van de accordeon in haar oren. Dan voelde ze de zoete prikkeling van champagne op haar tong.

Soms ging ze tegen de muur zitten, en verlangde ernaar dat er nog één keer zo'n warme vinger van verf langs de zijkant van haar neus zou druipen, of dat ze nog één keer naar die schuurpapierhanden van haar papa kon kijken.

Kon ze nog maar een keer zo onbewust zijn van alles, zoveel liefde voelen zonder het te weten en het verwarren met gelach en brood met niet meer dan de geur van jam erop.

Het was de mooiste tijd van haar leven.

Maar er viel ook een tapijt van bommen.

Vergis je niet.

Levendig en stralend zou een trilogie van geluk nog de hele zomer en een deel van de herfst voortduren. Vervolgens zou er een abrupt eind aan komen, want de stralen hadden pijn de weg gewezen.

Moeilijke tijden waren in aantocht.

Als een parade.

DUDEN WOORDENBOEK BETEKENIS 1

***Zufriedenheit* – geluk:**

het ervaren van tevredenheid.

Gerelateerde woorden: vreugde, blijdschap, fortuinlijk, voorspoedig.

De Trilogie

Terwijl Liesel werkte, rende Rudy.

Hij rende rondjes Hubertbaan, hij rende het huizenblok rond en hij liep om het hardst met bijna iedereen van het begin van de Himmelstraat naar de winkel van Frau Diller, waarbij hij wisselende voorsprongen gaf.

Een paar keer, toen Liesel Mama in de keuken stond te helpen, keek Rosa uit het raam en zei: 'Wat voert die kleine Saukerl nu weer uit? Al dat heen en weer geren.'

Dan liep Liesel naar het raam. 'Hij heeft zich in elk geval niet meer zwart geverfd.'

'Nou, dat is dan al een hele verbetering.'

Rudy's Redenen

Half augustus werd er een Hitlerjeugdfestival gehouden, en Rudy was vast van plan vier onderdelen te winnen: de 1500, 400, 200 en natuurlijk de 100 meter. Hij kon goed met zijn nieuwe Hitlerjeugdleiders overweg en wilde indruk op hen maken en bovendien wilde hij zijn oude vriend, Franz Deutscher, een poepje laten ruiken.

'Vier gouden medailles,' zei hij op een middag tegen Liesel, toen zij samen met hem baantjes rende. 'Net als Jesse Owens in zesendertig.'

'Je bent toch niet nog steeds helemaal gek van hem, of wel soms?'

Rudy's voeten rijmden met zijn ademhaling. 'Niet echt, maar het zou wel mooi zijn, vind je ook niet? Dan kan ik al die rotzakken die riepen dat ik gek was eens wat laten zien. Dan zouden ze zien dat ik niet zo achterlijk was als ze dachten.'

'Maar kan je echt alle vier die afstanden winnen?'

Aan het eind van de baan kwamen ze tot stilstand en Rudy zette zijn handen op zijn heupen. 'Het moet gewoon.'

Zes weken lang trainde hij elke dag en toen de dag van het festival half augustus aanbrak, was de hemel zonnig en onbewolkt. Het gras krioelde van de Hitlerjongeren, ouders en een overvloed aan leiders met hun bruine hemden. Rudy Steiner was in topconditie.

'Kijk,' wees hij. 'Daar heb je Deutscher.'

Tussen de groepjes mensen in stond de blonde belichaming van het Hilterjeugdideaal instructies te geven aan twee leden van zijn afdeling. Ze stonden te knikken en deden af en toe een rekoefening. Een van hen beschermde als een soort saluut zijn ogen tegen de zon.

'Wil je gedag gaan zeggen?' vroeg Liesel.

'Nee, bedankt. Dat doe ik straks wel.'

Wanneer ik heb gewonnen.

De woorden werden niet uitgesproken, maar ze waren er wel degelijk, ergens tussen Rudy's blauwe ogen en Deutschers wijzende handen.

Eerst was er de verplichte mars rond het terrein.

Het volkslied.

Heil Hitler.

Toen konden ze pas beginnen.

Toen Rudy's leeftijdsgroep werd opgeroepen voor de 1500 meter, wenste Liesel hem op typisch Duitse wijze succes.

'Hals und Beinbruch, Saukerl.'

Ze had hem zojuist verteld zijn nek en een been te breken.

De jongens verzamelden zich aan de andere kant van het ronde veld. Sommigen deden rekoefeningen, sommigen concentreerden zich en de rest was er alleen maar bij omdat het moest.

Naast Liesel zat Rudy's moeder, Barbra, met haar jongste kinderen. Een dunne deken zat vol met kinderen en grassprieten. 'Zien jullie Rudy?' vroeg zij aan hen. 'Hij staat daar helemaal links.' Barbra Steiner was een lieve vrouw wier haar er altijd uitzag alsof ze het net had gekamd.

'Waar dan?' vroeg een van de meisjes. Waarschijnlijk Bettina, de jongste. 'Ik zie hem nergens.'

'Die laatste daar. Nee, niet daar. *Daar.*'

Ze hadden nog steeds niet vastgesteld wie Rudy was, toen het startpistool een rookpluim en geluid uitspuwde. De kleine Steiners renden naar het hek.

In de eerste ronde voerde een groepje van zeven jongens het veld aan. In de tweede ronde waren ze nog maar met z'n vijven en in de volgende waren er nog vier over. Rudy was in elke ronde de vierde loper, tot de laatste. Een man rechts van hen zei dat de jongen die op de tweede plaats lag de beste kansen had. Hij was de langste van allemaal. 'Let maar op,' zei hij tegen zijn vrouw, die er niets van begreep. 'Tweehonderd meter voor de finish gaat hij er opeens vandoor.' De man had het bij het verkeerde eind.

Een reusachtige official in een bruin hemd informeerde de groep dat ze nog één ronde te gaan hadden. Hij zag er bepaald niet uit alsof hij onder het distributiesysteem te lijden had. Hij riep zijn mededeling om toen de voorhoede passeerde en het was niet de tweede jongen die versnelde, maar de vierde. En hij was tweehonderd meter te vroeg.

Rudy rende.

Hij keek niet één keer achterom.

Als een eind touw vergrootte hij zijn voorsprong tot elke gedachte dat iemand anders dit nog ging winnen was verdwenen. Hij rende over de baan terwijl de drie lopers achter hem onderling knokten om de restjes. Op het laatste rechte stuk was er niets anders meer dan blond haar en ruimte en toen hij de finish passeerde minderde hij geen vaart. Hij stak zijn arm niet op. Hij boog zich niet eens voorover van uitputting. Hij liep gewoon nog twintig meter verder en keek toen pas over zijn schouder om de anderen te zien finishen.

Op weg naar zijn familie kwam hij eerst zijn groepsleiders tegen en toen Franz Deutscher. Zij knikten elkaar toe.

'Steiner.'

'Deutscher.'

'Het lijkt erop dat je toch nog wat hebt gehad aan al die extra rondjes die ik je heb laten lopen.'

'Daar lijkt het wel op, ja.'

Hij nam zich voor pas te lachen wanneer hij ze alle vier had gewonnen.

Een Punt Om Later Op Terug Te Komen

Niet alleen stond Rudy nu bekend als een goede leerling. Hij was ook een begenadigd atleet.

Voor Liesel volgde nu de 400 meter. Ze eindigde als zevende en daarna nog een keer als vierde op de tweehonderd. Het enige wat ze zag waren de achillespezen en de op en neer dansende paardenstaarten van de meisjes voor haar. Uiteindelijk genoot ze meer van het zand onder haar voeten dan van het lopen, en het kogelstoten was ook al geen grote triomf voor haar. Dit was, realiseerde ze zich, Rudy's dag.

In de finale van de 400 meter liep hij de hele race op kop en de 200 meter won hij met slechts een krappe voorsprong.

'Begin je moe te worden?' vroeg Liesel aan hem. Het was inmiddels vroeg in de middag.

'Natuurlijk niet.' Hij hijgde zwaar en rekte zijn kuitspieren op. 'Waar heb je het over, Saumensch? Wat weet jij er nou van?'

Toen de 100 meter werd aangekondigd, stond hij langzaam op

en volgde het spoor van jongelui naar de baan. Ditmaal ging Liesel hem achterna. 'Hé, Rudy.' Ze trok aan zijn mouw. 'Succes.'

'Ik ben niet moe,' zei hij.

'Weet ik.'

Hij knipoogde naar haar.

Hij was moe.

In zijn voorronde finishte Rudy als tweede en na tien minuten van andere wedstrijden, werd de finale aangekondigd. Twee andere jongens hadden het geweldig gedaan en Liesel kreeg het akelige gevoel dat Rudy deze afstand niet kon winnen. Tommy Müller, die in zijn voorronde als twee na laatste was geëindigd, kwam naast haar staan bij het hek. 'Hij wint heus wel,' zei hij tegen haar.

'Dat weet ik.'

Dit wint hij echt niet.

Toen de finalisten aan de start stonden, liet Rudy zich op zijn knieën vallen en begon met zijn handen kuiltjes te graven. Een kalend bruinhemd kwam meteen naar hem toe om te zeggen dat hij daarmee op moest houden. Liesel keek naar de wijzende vinger van de volwassen man en zag het zand op de grond vallen toen Rudy zijn handen schoonwreef.

Toen ze naar voren werden geroepen, greep Liesel de rand van het hek nog steviger vast. Een van de jongens maakte een valse start; het pistool werd tweemaal afgevuurd. Het was Rudy. Opnieuw had de wedstrijdofficial een onderonsje met hem en de jongen knikte. Nog één keer en hij lag eruit.

Toen ze voor de tweede keer klaar gingen staan, keek Liesel geconcentreerd toe en de eerste paar ogenblikken kon ze gewoon niet geloven wat ze zag. Er werd opnieuw een valse start vastgesteld, veroorzaakt door dezelfde atleet. Wat zij voor zich zag was een perfecte race, waarin Rudy aanvankelijk wat achterbleef, maar uiteindelijk op de laatste tien meter terugkwam en won. Wat ze echter in werkelijkheid zag was Rudy's diskwalificatie. Hij werd onder begeleiding naar de zijkant van de baan gebracht, waar hij helemaal alleen moest blijven staan terwijl de andere jongens naar voren kwamen.

Ze stelden zich op en gingen ervandoor.

Een jongen met roestbruin haar en lange benen won met minstens vijf meter voorsprong.
Rudy bleef achter.

Later, toen de dag was afgelopen en de zon de Himmelstraat al had verlaten, zat Liesel met haar vriendje op de stoep.

Ze bespraken alles, van Franz Deutschers gezicht na de vijftienhonderd meter tot een van de elfjarige meisjes dat een woedeaanval had gekregen toen ze verloor met discuswerpen.

Voordat ze naar hun eigen huis gingen, reikte Rudy's stem naar voren en overhandigde Liesel de waarheid. Heel even bleef hij op haar schouder zitten, maar een paar gedachtes later, ging hij toch naar haar oor.

RUDY'S STEM
'Ik heb het expres gedaan.'

Toen de bekentenis tot haar doordrong, stelde Liesel de enige vraag die hier van toepassing was. 'Maar waarom, Rudy? Waarom heb je dat gedaan?'

Hij stond met een hand op zijn heup en gaf geen antwoord. Een alwetende glimlach en een trage tred brachten hem naar huis. Ze spraken er nooit meer over.

Liesel vroeg zich heel vaak af wat Rudy's antwoord zou zijn geweest als zij had aangedrongen. Misschien had hij drie medailles genoeg gevonden om zich te bewijzen, of misschien was hij bang geweest die laatste wedstrijd te verliezen. Uiteindelijk was de enige verklaring die zij van zichzelf mocht horen een innerlijk tienerstemmetje: 'Omdat hij Jesse Owens niet is.'

Pas toen zij opstond om naar huis te gaan zag zij de drie nepgouden medailles naast zich liggen. Ze klopte bij de Steiners aan en stak ze hem toe. 'Deze was je vergeten.'

'Nee hoor.' Hij deed de deur dicht en Liesel nam de medailles mee naar huis. Ze liep er meteen mee naar de kelder en vertelde Max over haar vriend, Rudy Steiner.

'Hij is zo ontzettend stom,' besloot zij.

'Dat is wel duidelijk,' beaamde Max, maar ik denk dat hij wel beter wist.

Vervolgens gingen ze allebei aan de slag, Max met zijn schetsboek en Liesel in *De Dromendrager.* Ze was al over de helft van het boek en was nu bij het gedeelte waarin de jonge priester aan zijn geloof gaat twijfelen na zijn kennismaking met een vreemde, charmante vrouw.

Toen zij het omgekeerd in haar schoot legde, vroeg Max wanneer ze het uit dacht te hebben.

'Nog een paar dagen, hooguit.'

'En dan weer een nieuw boek?'

De boekendief keek naar het kelderplafond. 'Misschien, Max.' Ze klapte het boek dicht en leunde achterover. 'Met een beetje geluk.'

Het Volgende Boek

Het is niet het Duden Woordenboek en Thesaurus, zoals je misschien verwacht.

Nee, het woordenboek komt pas aan het eind van deze kleine trilogie, en dit is pas de tweede aflevering. Dit is het gedeelte waarin Liesel *De Dromendrager* uitleest en een verhaal steelt met de titel *Een Lied in de Duisternis.* Ze ontvreemdde het uit het huis van de burgemeester, zoals altijd. Het enige verschil was dat ze ditmaal in haar eentje ging. Rudy was er die dag niet bij.

Het was een ochtend die rijk was aan zowel zon als schuimige wolken.

Met hebzucht in haar vingers en boektitels op haar lippen stond Liesel in de bibliotheek van de burgemeester. Ze voelde zich ditmaal voldoende op haar gemak om haar vingers langs de planken te laten glijden – een korte herhaling van haar allereerste bezoek aan deze kamer – en fluisterde een groot aantal titels terwijl ze langs de kasten liep.

Onder de Kersenboom.

De Tiende Luitenant.

Natuurlijk klonken veel van de titels erg aanlokkelijk, maar na een paar minuten te hebben rondgekeken koos ze voor *Een Lied in de Duisternis*, waarschijnlijk omdat het een groen boek was en ze nog geen boek van die kleur had. De letters op de omslag waren wit en tussen de titel en de naam van de auteur bevond zich een kleine afbeelding van een fluit. Ze klom ermee uit het raam en zei onderweg nog even dankjewel.

Ze voelde Rudy's afwezigheid wel, maar die ochtend was de boekendief, om welke reden dan ook, het liefst alleen. Ze ging aan de slag en las het boek aan de oever van de rivier de Amper, ver weg van de plek waar Viktor Chemmel en de voormalige bende van Arthur Berg zo nu en dan hun hoofdkwartier hadden. Er kwam niemand, niemand stoorde haar, en Liesel las vier van de korte hoofdstukken van *Een Lied in de Duisternis*, en was gelukkig.

Het was het plezier en de voldoening.

Van goed stelen.

Een week later was de trilogie van geluk compleet.

Op een van de laatste dagen van augustus arriveerde er een geschenk, dat wil zeggen, het werd opgemerkt.

Het was laat in de middag en Liesel stond te kijken hoe Kristina Müller aan het touwtjespringen was in de Himmelstraat. Vlak voor haar kwam Rudy Steiner op de fiets van zijn broer slippend tot stilstand. 'Heb je even tijd?' vroeg hij.

Zij haalde haar schouders op. 'Waarvoor?'

'Ik denk dat je beter even kunt komen.' Hij gooide de fiets op de grond en ging thuis de andere halen. Liesel keek toe hoe het pedaal ronddraaide.

Ze reed achter hem aan naar de Grande Strasse, waar Rudy bleef staan en op haar wachtte.

'Nou,' zei Liesel, 'wat is er dan?'

Rudy wees. 'Moet je kijken.'

Langzaam reden ze naar een betere plek, achter een grote blauwspar. Tussen de prikkelende takken zag Liesel het gesloten raam en toen ook het voorwerp dat tegen het glas leunde.

'Is dat...?'
Rudy knikte.

Ze voerden er een hele discussie over alvorens te besluiten dat ze het echt moesten doen. Het was daar kennelijk met opzet neergezet en als het een valstrik was, dan was het de moeite van het proberen waard.

Tussen de poederachtig blauwe takken zei Liesel: 'Een boekendief zou het ook doen.'

Ze liet de fiets vallen, keek links en rechts de straat in en rende de tuin door. De wolken wierpen hun schaduwen over het donkere gras. Waren het kuilen om in te vallen of extra donkere plekken waar ze zich verscholen konden houden? In haar fantasie gleed ze via een van de donkere kuilen in de akelige klauwen van de burgemeester zelf. De gedachten leidden haar af en ze was sneller dan bedoeld bij het raam.

Het was allemaal weer precies hetzelfde als bij *De Fluiter.*

Haar zenuwen bevochtigden haar handpalmen.

Straaltjes zweet druppelden onder haar armen.

Toen ze omhoogkeek, kon ze de titel lezen. *Het Complete Duden Woordenboek en Thesaurus.* Ze draaide zich snel om naar Rudy en zei geluidloos: *Het is een woordenboek.* Hij haalde zijn schouders op en stak zijn armen uit.

Ze ging heel methodisch te werk, schoof het raam omhoog en vroeg zich intussen af hoe dit alles er van binnen in het huis uit moest zien. Ze stelde zich de aanblik voor van haar stelende hand, die het raam omhoogduwde totdat het boek was geveld. Het leek zich langzaam gewonnen te geven, als een vallende boom.

Hebbes.

Er was nauwelijks een beweging of een geluid aan te pas gekomen.

Het boek helde naar haar over en zij hoefde het alleen maar met haar vrije hand vast te pakken. Ze deed zelfs weer netjes het raam dicht, waarna ze zich omdraaide en tussen de wolkenkuilen door terugliep.

'Goed werk,' zei Rudy terwijl hij haar de fiets aangaf.

'Dank je.'

Ze reden naar de hoek, waar het belang van deze dag tot hen doordrong. Liesel wist het. Ze had weer dat gevoel dat er naar haar werd gekeken. Een stem rende door haar hoofd. Twee rondjes.

Kijk naar het raam. Kijk naar het raam.

Ze kon bijna niet anders.

Als een kriebeling waaraan je moet krabben, voelde zij een overweldigend verlangen om te blijven staan.

Ze zette haar voeten op de grond en draaide zich om naar het huis van de burgemeester en het raam van de bibliotheek. En toen zag ze het. Natuurlijk had ze kunnen weten dat dit zou gebeuren, maar niettemin kon ze de schok niet bedwingen toen ze de vrouw van de burgemeester achter het glas zag staan. Ze was doorschijnend, maar ze was er wel. Haar pluizige haar zat net als anders en haar gewonde ogen en mond en uitdrukking keken op om in de verte te kunnen turen.

Heel langzaam hief ze haar hand op naar de boekendief op straat. Een roerloos gebaar.

Liesel was zo geschokt, dat ze niets zei, niet tegen Rudy en niet tegen zichzelf. Ze hield zichzelf met één hand met haar fiets in evenwicht en stak ook haar hand op, naar de burgemeestersvrouw achter het raam.

DUDEN WOORDENBOEK BETEKENIS 2

***Verzeihung* – vergiffenis:**
geen boosheid, vijandigheid
of wrok meer voelen.
Gerelateerde woorden: verzoening,
aflossing, genade.

Op weg naar huis stopten ze bij de brug om het zware, zwarte boek te bekijken. Toen Rudy er doorheen bladerde, vond hij een brief. Hij nam hem eruit en keek langzaam naar de boekendief. 'Jouw naam staat erop.'

De rivier stroomde.

Liesel pakte het vel papier aan.

De Brief

Lieve Liesel,

Ik weet dat je mij verfoeilijk en pathetisch vindt (zoek dat woord maar op als je het niet kent), maar ik moet je wel vertellen dat ik niet zo dom ben dat ik jouw voetstappen niet heb gezien in de bibliotheek. Toen ik het ontbreken van het eerste boek opmerkte, dacht ik eerst dat ik het misschien op een verkeerde plek had teruggezet, maar toen zag ik in een bepaalde lichtval de omtrekken van een paar voeten op de vloer.

Ik moest erom lachen.

Ik was blij dat je was komen ophalen wat jou rechtens toekwam. Vervolgens maakte ik de vergissing te denken dat het daarmee was afgelopen.

Toen je terugkwam, had ik boos moeten zijn, maar dat was ik niet. De vorige keer kon ik je horen, maar ik besloot je met rust te laten. Je neemt nooit meer dan één boek mee, en je zou wel duizend keer langs moeten komen voordat ze allemaal weg zouden zijn. Mijn enige hoop is dat je op een dag aan de voordeur zult aankloppen en de bibliotheek op de gebruikelijke manier zult betreden.

Ik wil nogmaals zeggen hoe het me spijt dat we je pleegmoeder niet langer in dienst kunnen houden.

Ten slotte hoop ik dat dit woordenboek met thesaurus je van pas zal komen bij het lezen van je gestolen boeken.

Met vriendelijke groet,
Ilsa Hermann

'Laten we maar gauw naar huis gaan,' stelde Rudy voor, maar Liesel ging niet.

'Kun je hier tien minuutjes op me wachten?'

'Natuurlijk.'

Liesel fietste hijgend terug naar Grande Strasse 8 en liep naar het vertrouwde terrein van de voordeur. Het boek was bij Rudy, maar ze hield de brief in haar hand en liet haar vingers over het gevouwen papier glijden terwijl ze met steeds zwaardere benen de treden beklom. Ze deed vier pogingen om aan te kloppen op het intimiderende hout van de deur, maar kon zichzelf er niet toe brengen. Ze kwam niet verder dan haar knokkels zachtjes op het warme hout te leggen.

Opnieuw wist haar broertje haar te vinden.

Hij stond onder aan de trap, met een knie die al aardig aan het genezen was, en zei: 'Kom op, Liesel, kloppen.'

Bij haar tweede ontsnapping kon ze al snel in de verte Rudy bij de brug zien staan. De wind woei door haar haren. Haar voeten volgden automatisch de pedalen.

Liesel Meminger was een crimineel.

Maar niet omdat ze een handjevol boeken had gestolen door een open raam.

Je had moeten aankloppen, dacht ze, en hoewel ze zich behoorlijk schuldig voelde, was er ook een spoor van jeugdig plezier.

Tijdens het fietsen probeerde ze zichzelf iets voor te houden.

Je verdient het niet om zo gelukkig te zijn, Liesel. Echt niet.

Kan iemand geluk stelen? Of is het weer gewoon zo'n inwendig, duivels menselijk trucje?

Liesel schudde al haar gedachten van zich af. Ze fietste de brug over en zei tegen Rudy dat hij op moest schieten en het boek niet moest vergeten.

Ze reden naar huis op roestige fietsen.

Ze reden een paar kilometer, van zomer naar herfst en van een rustige nacht naar de luidruchtige adem van de bommen op München.

Het Geluid van Sirenes

Op een dag bracht Hans een tweedehands radio mee naar huis, gekocht van het kleine beetje geld dat was overgebleven van wat hij die zomer had verdiend. 'Op deze manier,' zei hij, 'weten we al voordat de sirenes gaan dat er een luchtaanval komt. Dan klinkt er een soort koekoeksgeluid en dan kondigen ze aan welke regio's gevaar lopen.'

Hij zette de radio op de keukentafel en zette hem aan. Ze probeerden hem ook in de kelder aan te zetten, voor Max, maar daar kwam niets anders dan ruis en flarden van stemmen uit de luidspreker.

In september hoorden ze niets omdat ze sliepen.

Of de radio was al half kapot, of hij werd onmiddellijk overstemd door het geloei van de sirenes.

Een hand werd zachtjes op Liesels schouders gelegd terwijl ze sliep.

De hand werd gevolgd door Papa's stem, angstig.

'Liesel, wakker worden. We moeten weg.'

Door de desoriëntatie van een verstoorde slaap kon Liesel amper de omtrekken van Papa's gezicht onderscheiden. Het enige wat werkelijk zichtbaar was, was zijn stem.

In de gang bleven ze staan.

'Wacht,' zei Rosa.

In het donker haastten ze zich naar de kelder.

De lamp brandde.

Max schoof achter de verfblikken en afdeklakens vandaan. Hij keek vermoeid en haakte zijn duimen nerveus achter zijn broekband. 'Tijd om te gaan, hè?'

Hans liep naar hem toe. 'Ja, het is tijd om te gaan.' Hij schudde hem de hand en gaf een klap op zijn arm. 'We zien je zodra we weer terug zijn, oké?'

'Natuurlijk.'

Rosa omhelsde hem, net als Liesel.

'Dag, Max.'

Weken eerder hadden ze het er al over gehad of ze allemaal bij elkaar zouden blijven in hun eigen kelder, of dat zij met z'n drieën naar de familie Fiedler, een eindje verderop in de straat, zouden gaan. Het was Max die hen overtuigde. 'Ze zeiden dat het hier niet diep genoeg was. Ik heb jullie al voldoende in gevaar gebracht.'

Hans had geknikt. 'Jammer dat je niet met ons mee kunt. Het is gewoon een schande.'

'Het is niet anders.'

Buiten loeiden de sirenes naar de huizen en de mensen kwamen angstig hun huizen uit gerend. De nacht keek toe. Sommige mensen keken terug en probeerden de blikken vliegtuigjes te vinden die door de lucht vlogen.

De Himmelstraat was één lange stoet van verwarde mensen die met hun kostbaarste bezittingen liepen te sjouwen. In sommige gevallen was dat een baby. In andere een stapel fotoalbums of een houten kistje. Liesel droeg haar boeken tussen haar arm en haar ribben. Frau Holtzapfel sleepte een koffer mee en worstelde met uitpuilende ogen en kleine pasjes over de stoep.

Papa, die alles was vergeten – zelfs zijn accordeon – rende terug en redde de koffer uit haar handen. 'Jezus, Maria en Jozef, wat heeft u daar in vredesnaam in zitten?' vroeg hij. 'Een aambeeld?'

Frau Holtzapfel liep met hem mee. 'Het hoogst noodzakelijke.'

De Fiedlers woonden zes huizen verderop. Het gezin bestond uit vier personen, stuk voor stuk met stroblond haar en goede Duitse ogen. Het belangrijkste was echter dat ze een mooie, diepe kelder hadden. Tweeëntwintig mensen wurmden zich erin, waaronder de hele familie Steiner, Frau Holtzapfel, Pfiffikus, een jonge man en een familie met de naam Jenson. Om het allemaal een beetje beschaafd te houden, werden Rosa Hubermann en Frau Holtzapfel gescheiden gehouden, hoewel sommige dingen belangrijker waren dan stomme ruzies.

Er bungelde een enkel peertje aan het plafond en de kelder was vochtig en koud. De muren waren ruw en prikten de mensen, die met elkaar stonden te praten, in de rug. Het gedempte geluid van de sirenes drong op de een of andere manier nog in de kelder door. Hoewel dit nogal wat onzekerheid veroorzaakte over de kwaliteit van de schuilplek, konden ze nu in elk geval de drie sirenes horen die zouden aangeven wanneer de luchtaanval was afgelopen en alles weer veilig was. Ze hadden geen *Luftschutzwarte* – een soort supervisor in geval van luchtaanvallen – nodig.

Het duurde niet lang voordat Rudy Liesel had gevonden en bij haar kwam staan. Zijn haar wees naar iets op het plafond. 'Geweldig, hè?'

Ze kon enig sarcasme niet onderdrukken. 'Ja, enig.'

'Ach, kom nou, Liesel, doe nou niet zo. Wat is het ergste dat ons kan gebeuren, behalve dat we met z'n allen worden geplet of gebraden, of wat bommen dan ook mogen doen?'

Liesel keek naar de gezichten om zich heen. Ze begon een lijstje te maken van wie er het bangst was.

DE TOP VIER

1. Frau Holtzapfel.
2. Meneer Fiedler.
3. De jonge man.
4. Rosa Hubermann.

Frau Holtzapfels ogen stonden wagenwijd open. Haar magere lijf stond voorovergebogen en haar mond vormde een cirkeltje. Herr Fiedler zocht afleiding door mensen, soms meerdere keren, te vragen hoe ze zich voelden. De jonge man, Rolf Schultz, stond in z'n eentje in de hoek en praatte stilletjes maar kwaad voor zich uit. Zijn handen staken stijf in zijn zakken. Rosa wiegde heel zachtjes heen en weer. 'Liesel,' fluisterde ze, 'kom eens hier.' Ze omarmde het meisje van achteren en trok haar stevig tegen zich aan. Ze zong een liedje, maar zo zacht dat Liesel het niet kon verstaan. De noten werden geboren op haar adem, maar stierven op haar lippen. Naast hen stond Papa er rustig en beweginglоos bij. Op een gegeven moment legde hij een warme hand op Liesels koele hoofd. Jij overleeft het wel, zei die hand, en hij had gelijk.

Links van hen stonden Alex en Barbra Steiner met hun jongste kinderen, Bettina en Emma. De twee meisjes klemden zich vast aan hun moeders rechterbeen. De oudste zoon, Kurt, stond in een perfecte Hitlerjeugdhouding voor zich uit te staren en hield Karin bij de hand, die erg klein was voor haar zeven jaar. De tien jaar oude Anna-Marie speelde met de pulpachtige bovenlaag van de cementmuur.

Aan de andere kant van de Steiners stonden Pfiffikus en de familie Jenson.

Pfiffikus slaagde erin om niet te fluiten.

De bebaarde meneer Jenson hield zijn vrouw stevig vast en hun twee kinderen waren afwisselend stil en luidruchtig. Af en toe pestten zij elkaar, maar telkens wanneer er een echte ruzie dreigde hielden zij zich in.

Na een minuut of tien werd er in de kelder voornamelijk niet bewogen. Hun lichamen waren met elkaar versmolten en het enige wat veranderde was de stand van hun voeten of de druk die erop werd uitgeoefend. Hun gezichten waren onbeweeglijk. Zij keken elkaar aan en wachtten af.

DUDEN WOORDENBOEK BETEKENIS 3

Furcht – angst:
Een onaangename, vaak sterke
emotie, veroorzaakt door de dreiging
of een bewust zijn van gevaar.
Gerelateerde woorden: verschrikking, ontzetting,
paniek, vrees, alarm.

Vanuit andere schuilkelders kwamen verhalen over het zingen van *Deutschland über Alles*, of mensen die ruziemaakten. Die dingen gebeurden echter niet in de kelder van de Fiedlers. In plaats daarvan waren er slechts angst en ongerustheid en het dode lied op de droge lippen van Rosa Hubermann.

Niet lang voordat de sirenes het einde aankondigden, slaagde Alex Steiner – de man met het onbeweeglijke, houten gezicht – erin de kinderen los te weken van de benen van zijn vrouw. Hij wist de vrije hand van zijn zoontje vast te pakken. Kurt, nog steeds stoïcijns en starend, verstevigde zijn greep om de hand van zijn zusje. Al snel had iedereen de hand van degene naast hem gepakt en stond het groepje Duitsers in een dichte kring bij elkaar. De koude handen versmolten met de warme en in sommige gevallen werd het gevoel van andermans polsslag doorgegeven, dwars door de lagen bleke, stugge huid heen. Sommigen van hen sloten hun ogen, wachtend op hun uiteindelijke dood of hopend op een teken dat de luchtaanval eindelijk was afgelopen.

Verdienden ze beter, deze mensen?

Hoe velen van hen hadden actief anderen vervolgd, bedwelmd door Hitlers aanblik, citerend uit zijn woorden, zijn zinnen, zijn opus? Was Rosa Hubermann verantwoordelijk? Degene die een jood verborgen hield? Of Hans? Verdienden zij allemaal te sterven? De kinderen?

Het antwoord op al die vragen interesseert mij bijzonder, hoewel ik mij er niet door mag laten verleiden. Ik weet alleen dat al die mensen mijn aanwezigheid die nacht hebben gevoeld, met uitzondering van de jongste kinderen. Ik was de wenk. Ik was de aanwijzing, mijn denkbeeldige voeten die de keuken binnenliepen en de gang door.

Zoals zo vaak het geval is met mensen, wanneer ik over ze lees in de woorden van de boekendief, had ik medelijden met hen, hoewel niet zoveel als voor degenen die ik destijds weghaalde uit de verschillende kampen. Natuurlijk waren de Duitsers in de schuilkelders meelijwekkend, maar zij hadden in elk geval een kans. Die kelder was geen wasruimte. Ze werden er niet naar binnen gestuurd voor een douche. Voor deze mensen was nog een leven denkbaar.

In de dichte cirkel sijpelden de minuten voorbij.

Liesel hield Rudy's hand vast en die van haar mama.

Slechts één gedachte deed haar verdriet.

Max.

Hoe kon Max overleven als er bommen op de Himmelstraat vielen?

Ze keek de kelder van de Fiedlers rond. Hij was veel steviger en aanzienlijk dieper dan die van Himmelstraat 33.

Zwijgend vroeg ze het aan haar papa.

Denkt u nu ook aan hem?

Of hij de zwijgende vraag nu opving of niet, hij gaf het meisje een kort knikje. Dit werd enkele minuten later gevolgd door de drie sirenes van tijdelijke vrede.

De mensen in de kelder van Himmelstraat 45 slaakten een zucht van verlichting.

Sommigen knepen hun ogen stijf dicht en deden ze toen weer open.

Er ging een sigaret rond.

Net toen Rudy Steiner aan de beurt was om hem naar zijn lippen te brengen werd hij door zijn vader weggegrist. 'Jij niet, Jesse Owens.'

De kinderen omhelsden hun ouders en het duurde een paar minuten voordat het daadwerkelijk tot iedereen doordrong dat ze nog leefden, en dat ze zouden blijven leven. Pas toen gingen zij de trap weer op, naar Herbert Fiedlers keuken.

Buiten ging een hele stoet van mensen stilletjes over straat. Menigeen keek naar de hemel en dankte God voor zijn leven.

Toen de Hubermanns thuiskwamen, liepen zij regelrecht door naar de kelder, maar het leek alsof Max er niet was. Het vlammetje van de petroleumlamp brandde klein en oranje en ze zagen hem nergens en hoorden hem niet antwoorden.

'Max?'

'Hij is weg.'

'Max, ben je daar?'

'Hier ben ik.'

Eerst dachten ze dat de woorden achter de verfblikken en lakens vandaan kwam, maar Liesel was de eerste die hem zag, vlak voor hen. Zijn afgematte gezicht werd gecamoufleerd door de schildersmaterialen en stoffen. Hij leek met stomheid geslagen.

Toen zij naar hem toe liepen, zei hij: 'Ik kon er niets aan doen.'

Het was Rosa die antwoordde. Ze ging op haar hurken tegenover hem zitten. 'Waar heb je het over, Max?'

'Ik...' Hij worstelde om te antwoorden. 'Toen alles rustig was, ben ik naar boven gegaan en het gordijn in de woonkamer stond een heel klein stukje open zodat ik... naar buiten kon kijken. Ik heb heel even gekeken, twee tellen maar.' Hij had al tweeëntwintig maanden niets van de buitenwereld gezien.

Er was geen woede of verwijt.

Het was Papa die reageerde.

'Hoe zag het eruit?'

Max keek op, met diepe droefheid en grote verwondering in zijn ogen. 'Ik zag sterren,' zei hij. 'Ze brandden in mijn ogen.'

Vier mensen.

Twee van hen stonden. De twee anderen bleven zitten.

Alle vier hadden ze die nacht het een en ander gezien.

Deze plek was de echte kelder. Dit was de echte angst. Max vermande zich en stond op om zich weer achter de lakens te verschuilen. Hij wenste hun welterusten, maar redde het niet tot onder de trap. Met Mama's toestemming bleef Liesel tot de ochtend bij hem om hem voor te lezen uit *Een Lied in de Duisternis*, terwijl hij in zijn boek tekende en schreef.

Door een raam in de Himmelstraat, schreef hij, *zetten de sterren mijn ogen in vuur en vlam.*

De Hemelsteler

Die eerste luchtaanval, zo bleek later, was helemaal geen aanval. Als de mensen waren blijven wachten tot ze de vliegtuigen zagen, hadden ze daar de hele nacht kunnen blijven staan. Dat verklaarde ook het feit dat er geen koekoek uit de radio had geklonken. De *Molchinger Zeitung* meldde dat iemand in een luchtafweertoren ietwat overspannen had gereageerd. Hij had gezworen dat hij het geluid van vliegtuigen had gehoord en dat hij ze aan de horizon had gezien. Hij had alarm geslagen.

'Misschien heeft hij het wel expres gedaan,' merkte Hans Hubermann op. 'Zou jij graag in zo'n toren zitten om op bommenwerpers te schieten?'

Toen Max verder las, bleek inderdaad dat de man met de levendige fantasie van zijn oorspronkelijke taak was ontheven.

'Ik wens hem het allerbeste,' zei Max. Hij leek er wel begrip voor te hebben en ging verder met de kruiswoordpuzzel.

De volgende luchtaanval was echt.

Op de avond van 19 september klonk de koekoek door de radio, gevolgd door een zware stem die de luisteraars op de hoogte bracht van het nieuws. Molching werd genoemd als mogelijk doelwit.

Opnieuw vormde zich een stoet van mensen in de Himmelstraat en opnieuw liet Papa zijn accordeon achter. Rosa herinnerde hem eraan hem mee te nemen, maar hij weigerde. 'De vorige keer heb ik hem ook niet meegenomen,' zei hij, 'en toen hebben we het overleefd.' Kennelijk vervaagde de oorlog het onderscheid tussen logica en bijgeloof.

Een onheilspellende sfeer volgde hen naar de kelder van de Fiedlers. 'Ik denk dat het nu menens is,' zei meneer Fiedler en de kinderen kregen al snel door dat hun ouders deze keer nog veel banger waren. De allerjongsten reageerden op de enige manier die zij kenden en begonnen te jammeren en te huilen.

Zelfs vanuit de kelder konden zij in de verte het geluid van de bommen horen. De luchtdruk stortte omlaag als een plafond, alsof hij de aarde wilde verpletteren. Er werd een lelijke hap genomen uit Molchings verlaten straten.

Rosa hield Liesels hand stevig vast.

Het geluid van huilende kinderen schopte en sloeg.

Zelfs Rudy bleef kaarsrecht staan, veinsde onverschilligheid en spande zijn lichaam tegen de spanning. Armen en benen vochten om ruimte. Sommige volwassenen trachtten de kleintjes te kalmeren. Anderen slaagden er niet eens in zelf kalm te blijven.

'Laat dat kind zijn mond nu eens houden!' klaagde Frau Holtzapfel, maar haar uitroep was slechts een van de vele ongelukkige stemmen in de warme chaos van de schuilkelder. Groezelige tranen rolden uit kinderoogjes en de geur van nachtelijke adem, okselzweet en te lang gedragen kleren werd nog eens omgeroerd in wat inmiddels een ketel was die tot aan de rand gevuld was met half gesmoorde mensen.

Hoewel ze vlak naast elkaar stonden, moest Liesel haar stem verheffen: 'Mama?' En nog een keer: 'Mama, je knijpt mijn hand bijna fijn!'

'Wat?'

'Mijn hand!'

Rosa liet haar los en om troost te zoeken, en de chaos in de kelder buiten te sluiten, sloeg Liesel een van haar boeken open en begon te lezen. Het bovenste boek van de stapel was *De Fluiter* en om zich te kunnen concentreren las ze hardop. De eerste alinea drong niet eens door in haar oren.

'Wat zei je?' brulde Mama, maar Liesel negeerde haar. Ze had alleen nog maar oog voor de eerste bladzijde.

Toen ze de pagina omsloeg, kreeg Rudy het in de gaten. Hij luisterde naar wat Liesel voorlas en gaf zijn broer en zusjes een por om hetzelfde te doen. Hans Hubermann kwam wat dichterbij en riep iets en even later begon een stilte binnen te sijpelen in de volle kelderruimte. Bij bladzijde drie hield iedereen zijn mond behalve Liesel.

Ze durfde niet op te kijken, maar ze voelde hun angstige blikken op zich rusten terwijl zij de woorden binnenhaalde en weer uitademde. Een stem speelde de noten in haar. Dit, zei de stem, is jouw accordeon.

Het geluid van de bladzijde die werd omgeslagen sneed hen doormidden.

Liesel las verder.

Minstens twintig minuten lang draagt zij het verhaal voor. De jongste kinderen werden gekalmeerd door haar stem en alle anderen zagen voor zich hoe de fluiter wist te ontsnappen van de plek van het misdrijf. Liesel zag dat niet. De boekendief zag alleen de techniek van de woorden – hun lichamen gestrand op het papier, neergeslagen opdat zij er overheen kon lopen. Bovendien was daar ook ergens, in de spaties tussen een punt en de eerstvolgende hoofdletter, Max. Ze herinnerde zich hoe ze hem had voorgelezen toen hij zo ziek was. Zit hij nog in de kelder? vroeg zij zich af. Of steelt hij weer een glimp van de hemel?

EEN MOOIE GEDACHTE

De één was een boekendief.
De ander stal de hemel.

Iedereen wachtte tot de aarde zou gaan trillen.

Dat was nog steeds een onveranderlijk feit, maar in elk geval werden ze nu afgeleid, door het meisje met het boek. Een van de kleine jongens overwoog weer te gaan huilen, maar op dat moment stopte Liesel even en imiteerde haar papa, of zelfs Rudy. Ze knipoogde naar hem en las verder.

Pas toen de sirenes in de kelder doordrongen viel iemand haar in de rede. 'We zijn veilig,' zei meneer Jenson.

'Sst!' zei Frau Holtzapfel.

Liesel keek op. 'Nog maar twee alinea's tot het einde van het hoofdstuk,' zei ze en ging door met lezen, zonder ophef en niet langzamer of sneller dan eerst. Alleen de woorden.

DUDEN WOORDENBOEK BETEKENIS 4

Wort – woord:
Een betekenisvolle eenheid
van taal / een belofte,
een korte opmerking of bewering.
Gerelateerde woorden: term,
uitdrukking.

Uit respect hielden de volwassenen iedereen stil, en zo las Liesel hoofdstuk een van *De Fluiter* uit.

Toen zij naar boven liepen, renden de kinderen langs haar heen, maar veel van de oudere mensen – zelfs Frau Holtzapfel, zelfs Pfiffikus (heel toepasselijk, gezien de titel van het boek waaruit zij had voorgelezen) – bedankten het meisje voor de geboden afleiding. Dit deden ze terwijl ze haastig het huis uitliepen om te zien of de Himmelstraat schade had geleden.

De Himmelstraat was nog helemaal intact.

Het enige teken dat het oorlog was, was een enorme stofwolk die van oost naar west dreef. Hij gluurde door ramen, probeerde een weg naar binnen te vinden en terwijl hij tegelijkertijd dichter werd en zich verspreidde, veranderde hij de stoet mensen in geestverschijningen.

Er liepen geen mensen meer op straat.

Alleen nog maar geruchten die met tassen sjouwden.

Eenmaal thuis vertelde Papa Max wat er allemaal was gebeurd. 'Het is een en al nevel en as – volgens mij hebben ze ons er te vroeg uit gelaten.' Hij keek naar Rosa. 'Wat denk jij? Zal ik gaan kijken of ze hulp nodig hebben waar de bommen zijn gevallen?'

Rosa was niet onder de indruk. 'Doe niet zo achterlijk,' zei ze. 'Straks stik je nog in al dat stof. Nee, nee, Saukerl, jij blijft hier.' Opeens dacht ze aan iets anders. Ze keek Hans heel ernstig aan. Sterker nog, een blik vol trots leek op haar gezicht geschilderd. 'Je moet hier blijven om hem over het kind te vertellen.' Ze sprak nu iets luider. 'Over het boek.'

Max keek belangstellend op.

'*De Fluiter*,' zei Rosa tegen hem. 'Hoofdstuk een.' Ze vertelde hem precies wat er in de schuilkelder was gebeurd.

Terwijl Liesel in een hoek van de kelder stond, keek Max naar haar en wreef met een hand over zijn kaak. Persoonlijk denk ik dat dit het moment was waarop het volgende onderwerp voor zijn schetsboek ontstond.

De Woordschudder.

Hij zag voor zich hoe het meisje in de schuilkelder had staan voorlezen. Hij moet hebben gezien hoe zij de woorden letterlijk uitdeelde. Hij moet echter, zoals altijd, ook de schaduw van Hitler hebben gezien. Waarschijnlijk hoorde hij zijn voetstappen al in de richting van de Himmelstraat en de kelder komen.

Na een lange stilte stond hij op het punt om iets te zeggen, maar Liesel was hem net voor.

'Heb je vanavond de hemel nog gezien?'

'Nee.' Max keek naar de muur en wees. Op de muur zagen ze de woorden en de tekening die hij er meer dan een jaar eerder op had gemaakt – het touw en de druipende zon. 'Vanavond heb ik alleen die hemel gezien', en vanaf dat moment werd er niets meer gezegd. Alleen maar gedacht.

Van Max, Hans en Rosa weet ik het niet, maar ik weet wel dat Liesel Meminger op dat moment dacht dat als er ooit bommen zouden vallen op de Himmelstraat, Max niet alleen minder kans had om het te overleven dan alle anderen, maar ook helemaal alleen zou sterven.

Frau Holtzapfels Aanbod

De volgende ochtend werd de schade opgenomen. Er waren geen doden gevallen, maar twee appartementengebouwen waren veranderd in piramides van puin, en uit Rudy's favoriete speelveld van de Hitlerjeugd was een enorme hap genomen. De halve stad had zich er omheen verzameld. Mensen maakten schattingen van de diepte en vergeleken die met hun eigen kelders. Verschillende jongens en meisjes spuwden erin.

Rudy stond naast Liesel. 'Nu moeten ze weer helemaal opnieuw gaan bemesten.'

Toen er de volgende paar weken geen aanvallen meer plaatsvonden, werd het dagelijks leven weer bijna helemaal normaal. Er waren echter twee veelbetekenende momenten in aantocht.

De Tweevoudige Gebeurtenissen van Oktober
1. De handen van Frau Holtzapfel.
2. De parade van joden.

Haar rimpels waren als kwaadsprekerij. Haar stem leek op een aframmeling met een eind hout.

Eigenlijk boften ze nog dat ze haar door het raam in de woonkamer zagen aankomen, want haar knokkels op de deur klonken hard en vastberaden. Het was haar menens.

Liesel hoorde de enige woorden die ze niet had willen horen.

'Ga jij maar opendoen,' zei Mama en het meisje, dat maar al te goed wist wat goed voor haar was, deed wat haar werd opgedragen.

'Is je mama thuis?' informeerde Frau Holtzapfel. Opgetrokken uit vijftig jaar oud ijzerdraad stond zij voor de deur, af en toe over haar schouder de straat in kijkend. 'Is dat zwijn van een moeder van jou vandaag thuis?'

Liesel draaide zich om en riep.

Duden Woordenboek Betekenis 5

***Gelegenheit* – kans:**

een kans op verbetering of vooruitgang.

<u>Gerelateerde woorden:</u>

vooruitzicht, mogelijkheid, gelegenheid.

Even later stond Rosa achter haar. 'Wat moet *jij* hier? Wil je nu ook al op mijn keukenvloer komen spugen?'

Frau Holtzapfel liet zich niet uit het veld slaan. 'Begroet je *iedereen* die bij je voor de deur staat op die manier? Wat een G'sindel.'

Liesel keek toe. Ze bevond zich in de ongelukkige positie dat ze precies tussen hen in stond. Rosa trok haar uit de weg. 'Nou, ga je me nog vertellen wat je hier komt doen of hoe zit dat?'

Frau Holtzapfel keek nogmaals links en rechts de straat in. 'Ik wil je een aanbod doen.'

Mama verplaatste haar gezicht op haar andere been. 'O ja?'

'Nee, niet aan jou.' Ze wuifde Rosa weg met haar stem en richtte zich tot Liesel. 'Aan jou.'

'Waarom vroeg je dan naar mij?'

'Omdat ik op z'n minst jouw *toestemming* nodig heb.'

O Maria, dacht Liesel, nu gaan we het krijgen. Wat moet Holtzapfel in vredesnaam met mij?

'Ik vond het een mooi boek, dat je in de schuilkelder voorlas.'

Nee. Dat krijg je niet. Daar was Liesel meteen heel stellig in. 'Ja?'

'Eigenlijk hoopte ik de rest ook te horen te krijgen in de schuilkelder, maar het ziet er naar uit dat we voorlopig geen gevaar lopen. Ze rolde haar schouders naar achteren en rechtte het ijzerdraad in haar rug. 'Dus wil ik graag dat je het me bij mij thuis komt voorlezen.'

'Je hebt wel lef, Holtzapfel.' Rosa was er nog niet uit of ze boos ging worden of niet. 'Als je soms denkt – '

'Dan zal ik niet meer op je deur spugen,' viel zij haar in de rede. 'En ik geef je mijn koffierantsoen.'

Rosa besloot niet boos te worden. 'En wat meel?'

'Wat, ben jij soms een jodin? Alleen de koffie. Dan ruil je de koffie maar met iemand anders voor meel.'

Ze gingen akkoord.

Iedereen, behalve het meisje.

'Goed dan, afgesproken.'

'Mama?'

'Houd je mond, Saumensch. Ga dat boek pakken.' Mama richtte zich weer tot Frau Holtzapfel. 'Welke dagen schikken je het best?'

'Maandag en vrijdag, om vier uur. En vandaag, nu meteen.'

Liesel volgde de afgepaste voetstappen naar Frau Holtzapfels woning, een deur verder, en het spiegelbeeld van die van de Hubermanns. Het was er hooguit iets groter.

Toen ze aan de keukentafel had plaatsgenomen, ging Frau Holtzapfel recht tegenover haar zitten, maar dan met haar gezicht naar het raam. 'Begin maar,' zei ze.

'Hoofdstuk twee?'

'Nee, hoofdstuk acht. Natuurlijk hoofdstuk twee! En nu lezen, voordat ik je eruit gooi.'

'Ja, Frau Holtzapfel.'

'Laat die ja Frau Holtzapfels nu maar zitten. Doe dat boek open. Ik heb niet de hele dag de tijd.'

Goeie god, dacht Liesel. Dit is mijn straf voor al dat stelen. Boontje komt om zijn loontje.

Ze las drie kwartier lang en toen het hoofdstuk uit was, werd er een zak koffie op de tafel gezet.

'Bedankt,' zei de vrouw. 'Het is een goed verhaal.' Ze draaide zich om naar het fornuis en begon aan de aardappels. Zonder om te kijken, zei ze: 'Ben je er nu nog?'

Dit vatte Liesel op als een teken dat ze kon gaan. '*Danke schön*, Frau Holtzapfel.' Toen ze bij de deur de ingelijste foto's van twee jonge mannen in uniform zag hangen, gooide ze er ook nog maar een Heil Hitler tegenaan en stak haar arm op in de keuken.

'Ja.' Frau Holtzapfel was trots en bang. Twee zoons in Rusland. 'Heil Hitler.' Ze zette water op het vuur om te koken en wist zelfs het fatsoen op te brengen om met Liesel mee te lopen naar de voordeur. '*Bis morgen?*'

De volgende dag was het vrijdag. 'Goed, Frau Holtzapfel. Tot morgen.'

Liesel rekende uit dat er nog vier van deze leessessies met Frau Holtzapfel zouden volgen voordat de joden door Molching zouden worden gevoerd.

Ze gingen naar Dachau, om te concentreren.

Dat is dus twee weken, zou ze later in de kelder schrijven. *Twee weken om de wereld te veranderen, en veertien dagen om hem te gronde te richten.*

De Lange Mars naar Dachau

Sommige mensen zeiden dat de vrachtwagen kapot was, maar ik kan persoonlijk getuigen dat dit niet het geval was. Ik was erbij.

Wat er was gebeurd, was een oceaanblauwe hemel, met witgekuifde wolken.

Bovendien was er meer dan één voertuig. Drie vrachtwagens houden er niet toevallig allemaal tegelijk mee op.

Toen de soldaten stopten om wat te eten en te roken, en een beetje in de lading joden te prikken, zakte een van de gevangenen in elkaar van honger en ziekte. Ik heb geen idee waar het konvooi helemaal vandaan kwam, maar het bevond zich nu op een kleine vijf kilometer van Molching en nog heel veel stappen meer naar het concentratiekamp in Dachau.

Ik klauterde door de voorruit van de vrachtwagen, vond de doodzieke man en sprong er aan de achterzijde weer uit. Zijn ziel was uitgemergeld. Mijn voeten landden luidruchtig op het grind, maar de soldaten en gevangenen hoorden helemaal niets. Wel kon iedereen mij ruiken.

In mijn herinnering werd er heel wat gewenst in de laadbak van die vrachtwagen. Innerlijke stemmen klonken in mijn oren.

Waarom hij wel en ik niet?

Godzijdank dat *ik* het niet ben.

De soldaten daarentegen voerden een heel andere discussie. De leider drukte zijn sigaret uit en stelde de anderen een naar rook stinkende vraag. 'Wanneer hebben we die ratten voor het laatst uitgelaten?'

Zijn eerste luitenant onderdrukte een hoestbui. 'Ze kunnen het wel gebruiken, hè?'

'Nou, zullen we dan maar? We hebben immers nog wel even de tijd?'

'Tijd hebben we altijd, meneer.'

'En het is prachtig weer voor een mars, vind je ook niet?'

'Inderdaad, meneer.'

'Waar wacht je dan nog op?'

In de Himmelstraat was Liesel aan het voetballen toen het rumoer begon. Twee jongens vochten op het middenveld om de bal toen iedereen opeens ophield. Zelfs Tommy Müller kon het horen. 'Wat is dat?' vroeg hij vanaf zijn positie in het doel.

Iedereen draaide zich om naar het geluid van schuifelende voeten en gedisciplineerde stemmen.

'Is dat een kudde koeien?' vroeg Rudy. 'Nee, dat kan niet. Dat klinkt toch niet zo?'

Aanvankelijk heel langzaam liepen de kinderen naar het magnetische geluid, in de richting van de winkel van Frau Diller. Af en toe werd er nadrukkelijk iets geschreeuwd.

In een bovenwoning om de hoek van de Münchenstraat benoemde een oude dame met een onheilspellend stemgeluid voor iedereen de exacte bron van de commotie. Hoog boven hen verscheen haar gezicht als een witte vlag met vochtige ogen en een open mond voor het raam. Zij had grijs haar. De ogen waren donker, donkerblauw. Haar stem klonk als zelfmoord en belandde met een plof voor Liesels voeten.

'Die Juden,' zei zij. 'De joden.'

Duden Woordenboek Betekenis 6
Elend **– ellende:**
ernstig lijden,
rampspoed en leed.
Gerelateerde woorden:
smart, kwelling, wanhoop,
misère, verdriet.

Er verschenen steeds meer mensen op straat, waar een verzameling joden en andere criminelen al voorbij was gekomen. De dodenkampen mochten dan geheim worden gehouden, zo nu en dan kregen de mensen toch de glorie te zien van een werkkamp als Dachau.

Verderop, aan de overkant, zag Liesel opeens de man met zijn schilderskar. Hij woelde ongemakkelijk met zijn hand door zijn haar.

'Daar,' wees zij Rudy. 'Mijn papa.'

Ze staken de straat over en liepen naar hem toe en Hans Hubermann deed nog even een poging hen weg te sturen.

'Liesel,' zei hij. 'Misschien...'

Hij realiseerde zich echter dat het meisje vastbesloten was om te blijven en misschien was het eigenlijk ook wel beter dat ze het zag. In de koele najaarslucht bleef hij bij haar staan. Hij zei niets.

In de Münchenstraat stonden ze te kijken.

Anderen kwamen om hen heen en voor hen staan.

Ze keken hoe de joden aan kwamen lopen als een bonte verzameling kleuren. Dat was niet hoe de boekendief hen beschreef, maar ik kan je vertellen dat het wel zo was, want velen van hen zouden sterven. Zij zouden mij stuk voor stuk, met rokende beenderen en zielen die er achteraan stroomden, begroeten als hun laatste oprechte vriend.

Toen zij allemaal waren gearriveerd, bonsde het geluid van hun voetstappen tegen de weg. Hun ogen leken gigantisch in hun uitgemergelde gezichten. En het vuil. Het vuil zat aan hen vastgekoekt. Hun benen wankelden terwijl ze door soldatenhanden vooruit werden geduwd – enkele grillige stappen in gedwongen looppas alvorens weer langzaam terug te vallen in een ondervoede tred.

Hans zag hen over de hoofden van de toekijkende menigte heen. Ik weet zeker dat zijn ogen zilver en gespannen waren. Liesel keek tussen de mensen door, of over schouders.

De gekwelde gezichten van uitgeputte mannen en vrouwen keken hen aan, niet eens zozeer smekend om hulp – daarvoor waren ze al te ver heen – maar om een verklaring. Gewoon iets om hun verwarring te verzachten.

Hun voeten kwamen nauwelijks van de grond.

Ze droegen Davidssterren op hun hemden en de ellende straalde van hen af en leek onlosmakelijk met hen verbonden. 'Vergeet je ellende niet...' In sommige gevallen overwoekerde het hen als onkruid.

Naast hen liepen de soldaten die riepen dat ze door moesten lopen en op moesten houden met jammeren. Sommigen van die soldaten waren zelf nog maar jongens. Zij hadden de Führer in hun ogen.

Liesel zag het allemaal aan en was ervan overtuigd dat dit wel de meest beklagenswaardige zielen ter wereld moesten zijn. Dat is ook wat ze over hen schreef. Hun holle gezichten waren vertrokken van pijn. De honger vrat aan hen en sommigen keken naar de grond om de mensen langs de kant van de weg niet in de ogen te hoeven kijken. Sommigen wierpen om hulp zoekende blikken naar diegenen die waren gekomen om getuige te zijn van hun vernedering, deze inleiding tot hun dood. Anderen smeekten iemand, wie dan ook, naar voren te komen en hen op te vangen in hun armen.

Niemand deed het.

Of ze deze parade nu bekeken met trots, onverschilligheid of schaamte, niemand kwam naar voren om er iets aan te doen. Nog niet.

Nu en dan vond een man of een vrouw – nee, het waren geen mannen en vrouwen, het waren joden – Liesels gezicht tussen de menigte. Dan zag de boekendief hun verslagenheid en kon zij niets anders doen dan terugkijken in een lang, onafwendbaar moment voordat zij weer verdwenen waren. Ze kon alleen maar hopen dat zij het verdriet van haar gezicht konden lezen en zouden zien dat het oprecht was, en niet vluchtig.

Ik heb een van jullie bij mij in de kelder! wilde ze zeggen. We hebben samen een sneeuwpop gemaakt! Ik heb hem dertien cadeautjes gegeven toen hij ziek was!

Liesel zei helemaal niets.

Wat had het voor zin?

Ze begreep dat zij absoluut niets voor deze mensen kon doen. Ze konden niet gered worden en over een paar minuten zou ze met eigen ogen zien wat er kon gebeuren met diegenen die wilden proberen hen te helpen.

In een kleine open ruimte in de stoet liep een man die ouder was dan de anderen.

Hij droeg een baard en gescheurde kleren.

Zijn ogen hadden de kleur van ondraaglijke pijn en ook al woog hij bijna niets meer, toch konden zijn benen hem niet meer dragen.

Hij viel verschillende keren.

De zijkant van zijn gezicht lag plat tegen de straat.

Elke keer kwam er een soldaat boven hem staan. *'Steh' auf,'* riep hij omlaag. 'Sta op.'

De man hees zich op zijn knieën en krabbelde moeizaam overeind. Hij liep verder.

Elke keer wanneer hij de mensen voor hem weer een beetje begon in te halen, verloor hij zijn evenwicht en viel opnieuw op de grond. Er kwamen nog veel meer mensen achter hem aan – een vrachtwagen vol – en zij dreigden hem in te halen en te vertrappen.

De aanblik van zijn armen, die trilden toen ze probeerden zijn lichaam weer omhoog te duwen was ondraaglijk. Hij zakte er nog een keer doorheen voordat hij ten slotte opstond en weer een paar stappen zette.

Hij was dood.

De man was dood.

Nog vijf minuten en hij zou beslist in de Duitse goot vallen en sterven. Ze zouden het met z'n allen laten gebeuren en ze zouden met z'n allen toekijken.

Toen, één mens.
Hans Hubermann.

Het gebeurde zo snel.
Toen de man langswankelde, liet de hand die Liesels hand zo stevig vasthield haar plotseling los. Ze voelde haar handpalm tegen haar heup vallen.
Papa reikte in zijn schilderskar en haalde er iets uit. Hij baande zich een weg tussen de mensen door, de straat op.
De jood stond voor hem, in de verwachting weer bespot te worden, maar opeens zag hij, samen met alle anderen die erbij stonden, hoe Hans Hubermann zijn hand uitstak en hem als bij toverslag een stukje brood voorhield.
Toen hij het had aangepakt, zakte de jood op de grond. Hij viel op zijn knieën en pakte Papa's schenen. Hij begroef zijn gezicht ertussen en bedankte hem.
Liesel keek toe.
Met tranen in haar ogen zag ze de man nog verder naar voren glijden en Papa naar achteren duwen om met zijn gezicht tegen zijn enkels aan te huilen.
Andere joden liepen langs, maar iedereen keek naar dit kleine, nietige wonder. Ze stroomden voorbij als menselijk water. Die dag zouden enkelen van hen de oceaan bereiken. Zij zouden een witte schuimkop aangereikt krijgen.
Algauw had een soldaat de plaats van het misdrijf bereikt. Hij keek naar de knielende man en naar Papa en vervolgens naar de menigte. Na een ogenblik te hebben nagedacht, pakte hij de zweep van zijn riem en begon.
De jood kreeg zes zweepslagen. Op zijn rug, zijn hoofd en zijn benen. 'Hondsvot! Smerig varken!' Een straaltje bloed droop uit zijn oor.
Toen was Papa aan de beurt.

Een nieuwe hand greep Liesel vast en toen zij vol afgrijzen naast zich keek, zag zij Rudy Steiner slikken terwijl Hans Hubermann midden op straat werd afgeranseld. Het geluid maakte haar misselijk en ze was bang dat haar papa's lichaam zou openscheuren. Hij werd vier keer geraakt voordat ook hij op de grond viel.

Toen de oude jood voor de laatste keer overeind kwam en verder liep, keek hij nog even achterom. Hij wierp een laatste, bedroefde blik op de man die nu zelf op de knieën was gebracht, op wiens rug vier vurige striemen brandden en wiens knieën pijn deden van de straatstenen. Toch had hij bereikt dat de oude man zou sterven als een mens. Of in elk geval met de gedachte dat hij dat ooit was geweest.

Wat ik daarvan vind?

Ik weet niet of het iets is om blij mee te zijn.

Toen Liesel en Rudy zich tussen de mensen door hadden gevochten en Hans overeind hielpen, werden zij omringd door stemmen. Stemmen en zonlicht. Zo herinnerde zij het zich. De zon op de straat en de woorden die als golven tegen haar rug rolden. Pas toen ze samen weg liepen, zagen zij het brood vergeten op straat liggen.

Toen Rudy het probeerde op te rapen, griste een passerende jood het uit zijn hand en trachtten twee anderen het hem te ontfutselen terwijl ze hun weg naar Dachau vervolgden.

Toen schoten zilveren ogen vuur.

Een kar was omgegooid en de verf stroomde over straat.

Ze noemden hem een jodenvriend.

Anderen zeiden niets en hielpen hem zich in veiligheid te brengen.

Hans Hubermann leunde naar voren, met zijn armen uitgestrekt tegen de muur van een huis. Hij werd plotseling overweldigd door wat er zojuist was gebeurd.

Hij zag een beeld voor zich, een snelle flits.

Himmelstraat 33 – de kelder.

Tussen het moeizaam in- en uitademen werd hij bevangen door paniek.

Nu gaan ze komen. Nu komen ze.

O, Christus, o gekruisigde Christus.

Hij keek naar het meisje en sloot zijn ogen.

'Heb je pijn, Papa?'

In plaats van een antwoord kreeg ze vragen.

'Wat bezielde me?' Hij kneep zijn ogen nog stijver dicht en deed ze toen weer open. Zijn overall was gekreukt. Hij had verf en bloed aan zijn handen. En broodkruimels. Hoe anders dan het brood van de zomer. 'O, mijn god, Liesel, wat heb ik gedaan?'

Ja.

Ik kan niet anders dan het met hem eens zijn.

Wat had Papa gedaan?

VREDE

Nog diezelfde avond, even na elven, liep Max Vandenburg met een koffer vol voedsel en warme kleren de Himmelstraat uit. Hij voelde de Duitse lucht in zijn longen. De gele sterren brandden. Toen hij bij de winkel van Frau Diller was, keek hij nog één keer achterom naar nummer drieëndertig. Hij kon het figuurtje achter het keukenraam niet meer zien, maar zij zag hem wel. Ze zwaaide en hij zwaaide niet terug.

Liesel kon zijn mond op haar voorhoofd nog voelen. Ze voelde zijn afscheidsadem.

'Ik heb iets voor je achtergelaten,' had hij gezegd, 'maar dat krijg je pas wanneer je er klaar voor bent.'

Hij ging weg.

'Max?'

Maar hij kwam niet terug.

Hij was haar kamer uitgelopen en had zachtjes de deur dichtgedaan.

Geroezemoes op de gang.

Hij was weg.

In de keuken stonden Papa en Mama met gebogen schouders en strakke gezichten. Zo stonden ze al een halve minuut of misschien wel een eeuwigheid.

DUDEN WOORDENBOEK BETEKENIS 7

Schweigen – stilte:

het ontbreken van geluid of lawaai.

Gerelateerde woorden:

rust, kalmte, vrede.

Hoe volmaakt.

Vrede.

Ergens in de buurt van München zocht een Duitse jood zijn weg door de duisternis. Er was een afspraak gemaakt dat hij Hans Hubermann over vier dagen zou ontmoeten (als hij dan nog niet was weggevoerd). Het was een plek langs de Amper, bij een kapotte brug tussen de rivier en de bomen.

Hij zou uiteindelijk op de plek aankomen, maar hij zou er niet langer blijven dan een paar minuten.

Het enige wat er te vinden was toen Papa er vier dagen later aankwam, was een briefje onder een steen, aan de voet van een boom. Het was aan niemand geadresseerd en bestond uit slechts één zin.

DE LAATSTE WOORDEN VAN MAX VANDENBURG

Jullie hebben genoeg gedaan.

Himmelstraat 33 was nu meer dan ooit een plaats van stilte en het bleef niet onopgemerkt dat het Duden Woordenboek volledig de plank missloeg, vooral wat betreft de gerelateerde woorden.

Stilte was geen rust of kalmte, en al helemaal geen vrede.

De Idioot en de Jassenmannen

Op de avond van de parade zat de idioot in de keuken bittere slokken van Holtzapfels koffie te drinken en te hunkeren naar een sigaret. Hij zat te wachten tot de Gestapo, de soldaten, de politie – wie dan ook – hem hier weg kwam halen, wat naar zijn eigen mening zijn verdiende loon was. Rosa beval hem naar bed te komen. Het meisje treuzelde in de deuropening. Hij stuurde hen allebei weg en bracht de uren tot de ochtend door met zijn hoofd in zijn handen, wachtend.

Er kwam niemand.

Elke eenheid van tijd bracht het verwachte lawaai van kloppen en dreigende woorden met zich mee.

Ze kwamen niet.

Het enige geluid kwam van hem zelf.

'Wat heb ik gedaan?' fluisterde hij nogmaals.

'God, ik zou een moord doen voor een sigaret,' antwoordde hij. Hij zat helemaal zonder.

Liesel hoorde de herhaalde zinnen meerdere keren langskomen en het kostte haar moeite bij de deur te blijven. Ze had hem dolgraag willen troosten, maar ze had nog nooit een man gezien die zo in de vernieling zat. Er waren die avond geen troostende woorden. Max was weg en dat was de schuld van Hans Hubermann.

De keukenkastjes hadden de vorm van schuldgevoel en zijn

handpalmen waren vochtig van de herinnering aan wat hij had gedaan. Hij moest wel zweten, dacht Liesel, want haar eigen handen waren kletsnat.

In haar kamer bad ze.

Op handen en knieën, onderarmen op haar matras.

'Alstublieft, God, laat Max alstublieft in leven. Alstublieft, God, alstublieft...'

Haar pijnlijke knieën.

Haar zere voeten.

Zodra het licht begon te worden, werd ze wakker en ging weer terug naar de keuken. Papa zat met zijn hoofd op tafel te slapen en er zat wat speeksel in zijn mondhoek. De geur van koffie was overweldigend en het beeld van Hans Hubermanns stomme goedheid hing nog in de lucht. Het was net een nummer of een adres. Als je het maar genoeg herhaalt blijft het vanzelf hangen.

Haar eerste poging om hem wakker te maken bleef onopgemerkt, maar bij de tweede keer dat ze een duwtje tegen zijn schouder gaf tilde hij met een schok zijn hoofd van tafel.

'Zijn ze er?'

'Nee, Papa, ik ben het.'

Hij dronk het bodempje koude koffie uit zijn beker. Zijn adamsappel ging op en neer. 'Ze hadden er al lang moeten zijn. Waarom zijn ze niet gekomen, Liesel?'

Het was een belediging.

Ze hadden hem moeten komen halen en het hele huis overhoop moeten halen, op zoek naar bewijzen van vriendschap met joden of verraad, maar het leek erop dat Max zonder reden was vertrokken. Hij had op dit moment nog in de kelder kunnen liggen slapen, of in zijn schetsboek kunnen zitten tekenen.

'U kon ook niet weten dat ze niet zouden komen, Papa.'

'Ik had die man geen brood moeten geven. Ik had beter moeten weten. Ik heb er gewoon niet bij nagedacht.'

'Papa, u hebt niets verkeerd gedaan.'

'Ik geloof je niet.'

Hij stond op en liep de keuken uit. Om het allemaal nog erger te maken, beloofde het ook nog eens een prachtige ochtend te worden.

Toen er vier dagen waren verstreken, liep Papa een heel eind langs de rivier de Amper. Bij zijn terugkomst had hij een klein briefje bij zich dat hij op de keukentafel legde.

Er ging opnieuw een week voorbij en nog steeds wachtte Hans Hubermann op zijn straf. De striemen op zijn rug veranderden in littekens en hij bracht bijna al zijn tijd door met wandelen door Molching. Frau Diller spuugde hem voor de voeten. Frau Holtzapfel hield woord en spuugde niet meer tegen de deur van de Hubermanns, maar dit was een handig alternatief. 'Ik heb het altijd wel geweten,' schold de winkelierster. 'Vuile jodenvriend.'

Hij liep zonder iets te horen verder en Liesel vond hem vaak bij de rivier, op de brug, met zijn armen op de reling en zijn bovenlichaam over de rand. Kinderen op fietsen raceten langs hem heen of renden met harde stemmen en hun voeten kletterend over het hout achter hem langs. Het deed hem allemaal helemaal niets.

DUDEN WOORDENBOEK BETEKENIS 8
***Nachtrauern* – treuren:**
verdriet vervuld van verlangen,
teleurstelling of verlies.
Gerelateerde woorden: berouw, spijt,
rouwen, smart.

'Zie je hem?' vroeg hij haar op een middag, toen ze naast hem leunde. 'Daar in het water?'

De rivier stroomde niet erg snel. In de trage rimpeling zag Liesel de omtrekken van Max Vandenburgs gezicht. Ze zag zijn haren die op veren leken en ook de rest. 'Hij vocht altijd met de Führer in onze kelder.'

'Jezus, Maria en Jozef.' Papa's handen grepen zich vast aan het versplinterde hout. 'Wat ben ik een stommeling.'

Nee, Papa.

Je bent gewoon een man.

Die woorden schoten haar pas een jaar later te binnen, toen ze in de kelder zat te schrijven, en ze wilde dat ze ze op het moment zelf had bedacht.

'Ik ben dom,' zei Hans Hubermann tegen zijn pleegdochter. 'En vriendelijk. En dat maakt mij tot de grootste idioot die er rondloopt. Het probleem is, dat ik graag *wil* dat ze me komen halen. Alles is beter dan dat wachten.'

Hans Hubermann had behoefte aan rechtvaardiging. Hij moest weten dat Max Vandenburg niet voor niets zijn huis had verlaten.

Eindelijk, na drie weken wachten, dacht hij dat zijn moment was aangebroken.

Het was laat.

Liesel kwam net terug van Frau Holtzapfel toen ze de twee mannen in hun lange zwarte jassen zag aankomen en rende naar binnen.

'Papa, Papa!' Ze liep bijna de keukentafel omver. 'Papa, ze zijn er!'

Mama was de eerste die naar de keuken kwam. 'Wat loop je nou te schreeuwen, Saumensch? Over wie heb je het?'

'De Gestapo.'

'Hansi!'

Hij was er al en hij liep het huis uit om hen te begroeten. Liesel wilde achter hem aan, maar Rosa hield haar tegen en zij keken vanuit het raam toe.

Papa stond bij het hek. Hij was nerveus.

Mama verstevigde haar greep om Liesels arm.

De mannen liepen voorbij.

Papa keek verschrikt achterom naar het raam en liep toen de straat op. Hij riep hen na. 'Hé! Hier ben ik. Jullie moeten mij hebben. Ik woon hier.'

De jassenmannen bleven even staan en controleerden hun notitieboekjes. 'Nee, nee,' zeiden ze tegen hem. Hun stemmen klonken zwaar en hard. 'U bent helaas een beetje te oud.'

Ze liepen verder, maar hadden niet ver meer te gaan, want bij nummer vijfendertig bleven ze even staan en liepen vervolgens door het open hek naar binnen.

'Frau Steiner?' vroegen ze toen de deur werd opengedaan.

'Ja, dat ben ik.'

'Wij komen even met u praten.'

De jassenmannen stonden als aangeklede pilaren in de deuropening van het kleine huisje van de Steiners.

Om de een of andere reden waren ze voor de jongen gekomen.

De jassenmannen wilden Rudy.

DEEL ACHT

De Woordschudder

waarin:

domino en duisternis – de gedachte aan
een naakte rudy – straf – de vrouw van een
beloftehouder – een verzamelaar – de broodeters – een
kaars in de bomen – een verborgen schetsboek –
en de pakkencollectie van de anarchist

Domino en Duisternis

In de woorden van Rudy's jongste zusjes zaten er twee monsters in de keuken. Hun woorden roffelden methodisch tegen de deur terwijl drie van de Steiner-kinderen aan de andere kant zaten te dominoën. De andere drie zaten in de slaapkamer naar de radio te luisteren en hadden nergens erg in. Rudy hoopte dat dit niets te maken had met wat er vorige week op school was gebeurd. Het was iets waarover hij niets tegen Liesel wilde zeggen en waarover hij ook thuis niets had gezegd.

Een Grijze Middag, een Kleine Schooladministratie

Drie jongens stonden op een rij. Hun rapporten en hun lichamen werden grondig onderzocht.

Toen het vierde spelletje domino was afgelopen, begon Rudy de stenen rechtop te zetten, in patronen die over de hele vloer van de woonkamer liepen. Zoals gewoonlijk liet hij ook een paar plekken open, voor het geval een van zijn broertjes of zusjes er een pesterig vingertje naar uitstak, wat meestal ook gebeurde.

'Mag ik ze omgooien, Rudy?'

'Nee.'

'Ik dan?'

'Nee. We doen het met z'n allen.'

Hij maakte drie afzonderlijke formaties die bij dezelfde dominotoren in het midden bij elkaar kwamen. Samen zouden ze toekijken hoe alles wat hij zo zorgvuldig had geordend in elkaar zou storten en samen zouden zij lachen om de schoonheid van de verwoesting.

De keukenstemmen begonnen nu luider te klinken en rolden over elkaar heen om zich verstaanbaar te maken. Verschillende zinnen vochten om aandacht totdat één persoon die zich nog niet eerder had laten horen, ertussen kwam.

'Nee,' zei zij. En nog een keer. 'Nee.' Toen de anderen hun argumenten weer hervatten, werd hun opnieuw het zwijgen opgelegd door diezelfde stem, nu iets krachtiger. 'Alstublieft,' smeekte Barbra Steiner. 'Niet mijn jongen.'

'Zullen we een kaars aansteken, Rudy?'

Het was iets wat hun vader vaak met hen had gedaan. Dan deed hij het licht uit en keken zij bij het licht van een kaars hoe de dominostenen vielen. Op de een of andere manier werd het dan een nog veel mooier, nog veel groter spektakel.

Zijn benen begonnen pijn te doen. 'Ik ga wel even lucifers zoeken.'

De lichtschakelaar zat bij de deur.

Stilletjes liep hij er naartoe, met het doosje lucifers in de ene hand en de kaars in de andere.

Aan de andere kant van de deur liepen de gemoederen steeds hoger op. 'De beste resultaten van zijn klas,' zei een van de monsters. Wat een zware, droge stem. 'En dan hebben we het nog niet eens over zijn atletische talenten.' Verdomme, waarom moest hij op het festival ook zo nodig al die wedstrijden winnen?

Deutscher.

Die verdomde Franz Deutscher!

Maar toen begreep hij het.

Dit had niets met Franz Deutscher te maken, dit was zijn eigen schuld. Hij had zijn vroegere kweller willen laten zien wat hij in zijn mars had, maar hij had zichzelf ook tegenover iedereen willen bewijzen. En nu zat *iedereen* daar in de keuken.

Hij stak de kaars aan en deed het licht uit.

'Klaar?'

'Maar ik heb gehoord wat daar allemaal gebeurt.' Dat was de onmiskenbare, eikenhouten stem van zijn vader.

'Schiet nou op, Rudy.'

'Ja, maar u moet goed begrijpen, Herr Steiner, dat dit alles een hoger doel dient. Denk eens aan de kansen die uw zoon zal krijgen. Dit is werkelijk een voorrecht.'

'Rudy, de kaars druipt.'

Hij wuifde hen weg en wachtte op het antwoord van Alex Steiner. Daar had je hem al.

'Voorrecht? Op blote voeten door de sneeuw rennen? Van tien meter hoogte in negentig centimeter diep water duiken?'

Rudy hield zijn oor tegen de deur gedrukt. Kaarsvet droop op zijn hand.

'Geruchten.' De droge stem, laag en zakelijk, had overal een antwoord op. 'Onze school is een van de allerbeste. Beter dan waar ook ter wereld. Wij creëren een elitegroep van Duitse burgers...'

Rudy kon het niet langer aanhoren.

Hij schraapte het kaarsvet van zijn hand en nam afstand van het straaltje licht dat door een kier in de deur scheen. Toen hij ging zitten, ging het vlammetje uit. Te veel beweging. Het werd donker. Het enige licht was een witte, rechthoekige sjabloon, in de vorm van de keukendeur.

Hij streek nog een lucifer af en stak de kaars opnieuw aan. De zoete geur van vuur en koolstof.

Rudy en zijn zusjes tikten elk een andere dominosteen aan en keken hoe ze vielen tot ook de toren in het midden werd geveld. De meisjes juichten.

Toen kwam Kurt, zijn oudere broer, de kamer binnen.

'Net alsof er allemaal lijken liggen,' zei hij.

'Wat?'

Rudy tuurde omhoog naar het donkere gezicht, maar Kurt gaf geen antwoord. Hij had de stemmen in de keuken gehoord. 'Wat is daarbinnen aan de hand?'

Het was een van de meisjes die zijn vraag beantwoordde. De jongste, Bettina. Vijf was ze. 'Daar zitten twee monsters,' zei ze. 'En ze komen Rudy halen.'

Daar had je het weer, het menselijke kind. Zoveel slimmer.

Later, toen de jassenmannen waren vertrokken, vonden de twee jongens, de een zeventien en de ander veertien, de moed om naar de keuken te gaan.

Ze stonden in de deuropening. Het licht prikte in hun ogen.

Het was Kurt die als eerste het woord nam. 'Nemen ze hem mee?'

De onderarmen van de moeder lagen plat op tafel. Haar handpalmen waren naar boven gekeerd.

Alex Steiner tilde zijn hoofd op.

Het was zwaar.

Zijn uitdrukking was scherp en resoluut, vers uitgehouwen.

Een houten hand streek de splinters van zijn voorhoofd en hij deed verschillende pogingen om iets te zeggen.

'Papa?'

Maar Rudy liep niet naar zijn vader toe.

Hij ging aan de keukentafel zitten en pakte zijn moeders hand.

Alex en Barbra Steiner wilden niet zeggen wat er was besproken terwijl in de woonkamer de dominostenen als dode lichamen omvielen. Was Rudy nu toch maar een paar minuten langer aan de deur blijven luisteren...

In de daaropvolgende weken hield hij zichzelf voor – of liever gezegd, eiste hij van zichzelf – dat hij, als hij die avond de rest van het gesprek had gehoord, al veel eerder de keuken was binnengegaan. 'Ik ga wel,' zou hij dan hebben gezegd. 'Neem me maar mee, ik ben er klaar voor.'

Als hij had ingegrepen, zou dat alles hebben veranderd.

DRIE MOGELIJKHEDEN

1. Alex Steiner zou niet dezelfde straf hebben ondergaan als Hans Hubermann.
2. Rudy zou weg zijn gegaan, naar een andere school.
3. En heel misschien was hij dan gespaard gebleven.

De wreedheid van het lot stond Rudy echter niet toe op het juiste moment de keuken binnen te gaan.

Hij was teruggegaan naar zijn zusjes en de dominostenen.

Hij was gaan zitten.

Rudy Steiner ging helemaal nergens heen.

De Gedachte aan een Naakte Rudy

Er was een vrouw geweest.

Ze had in de hoek gestaan.

Ze had de dikste vlecht die hij ooit had gezien. Hij hing op haar rug en af en toe, wanneer ze hem over haar schouder trok, lag hij als een overvoed huisdier tegen haar kolossale borst. Alles aan haar was sterk vergroot. Haar lippen, haar benen. Haar volle mond met tanden. Ze had een harde, gebiedende stem. Geen tijd te verliezen. '*Komm,*' zei ze tegen hen. 'Kom hier staan.'

Vergeleken bij haar leek de dokter op een kalend knaagdier. Hij was klein en beweeglijk en liep met zijn drukke maar efficiënte bewegingen en maniertjes door het kantoortje van de school. En hij was verkouden.

Van de drie jongens was het moeilijk te bepalen wie de grootste problemen zou hebben om zijn kleren uit te trekken wanneer hij daar opdracht toe kreeg. De eerste keek van de een naar de ander, van de al wat oudere leraar naar de reusachtige verpleegster naar het kleine doktertje. De jongen in het midden keek alleen maar naar zijn voeten en de jongen links telde zijn zegeningen dat hij hier in dit kantoortje op school stond en niet ergens in een donker steegje. De zuster, vond Rudy, was angstaanjagend.

'Wie eerst?' vroeg ze.

Het was de leraar, Herr Heckenstaller, die antwoordde. Hij was meer een zwart pak dan een man. Zijn gezicht was een snor. Hij keek nog eens goed naar de jongens en maakte een keuze.

'Schwarz.'

De ongelukkige Jürgen Schwarz trok met grote tegenzin zijn uniform uit. Uiteindelijk stond hij alleen nog in zijn schoenen en zijn ondergoed. Er lag een angstige smeekbede op zijn Duitse gezicht.

'En?' vroeg Herr Heckenstaller. 'De schoenen?'

Hij trok beide schoenen uit en beide sokken.

'Und die Unterhosen,' zei de zuster. 'En de onderbroek.'

Rudy en de andere jongen, Olaf Spiegel, waren inmiddels ook begonnen zich uit te kleden, maar bevonden zich nog lang niet in de hachelijke positie van Jürgen Schwartz. De jongen stond te bibberen. Hij was een jaar jonger dan de andere twee, maar langer. Toen hij zijn onderbroek had laten zakken, stond hij diep ellendig en vernederd in het kleine, koude kantoortje. Zijn zelfrespect hing om zijn enkels.

De zuster bekeek hem van top tot teen, haar armen voor haar fabelachtige borstpartij gevouwen.

Heckenstaller spoorde de twee anderen aan een beetje voort te maken.

De dokter krabde op zijn hoofd en hoestte. Hij werd gek van die verkoudheid.

De drie naakte jongens werden een voor een bekeken op de koude vloer.

Ze hielden hun handen om hun geslachtsdelen en rilden als het hiernamaals.

Tussen het gehoest en gepiep van de dokter door werden zij aan een nauwkeurig onderzoek onderworpen.

'Adem in.' Gesnotter.

'En uit.' Weer gesnotter.

'Armen opzij strekken.' Gehoest. 'Ik zei *opzij*.' Een verschrikkelijke hoestbui.

Zoals mensen dat nu eenmaal doen, keken de jongens voortdurend naar elkaar, op zoek naar een teken van wederzijdse solidariteit. Die ontbrak geheel. Alle drie wrikten ze hun handen los van hun penissen en strekten hun armen. Rudy had helemaal niet het gevoel deel uit te maken van een superieur ras.

'Langzaam maar zeker slagen wij erin,' vertelde de zuster tegen de leraar, 'een nieuwe toekomst te creëren. Er zal een nieuwe klasse ontstaan van fysiek en mentaal geavanceerde Duitsers. Een klasse van officieren.'

Helaas werd haar verhaal afgebroken toen de dokter dubbelklapte en uit alle macht over de stapeltjes kleren hoestte. De tranen sprongen in zijn ogen en Rudy vroeg zich onwillekeurig af wat dit wilde zeggen.

Een nieuwe toekomst? Zoals hij?

Hij onthield zich wijselijk van commentaar.

Het onderzoek werd afgerond en hij voerde zijn eerste naakte Heil Hitler uit. Op een ietwat tegendraadse manier moest hij toegeven dat het eigenlijk wel goed voelde.

Ontdaan van al hun waardigheid kregen de jongens toestemming zich weer aan te kleden, en op het moment dat zij het kantoortje verlieten, hoorden zij de discussie over hen al oplaaien.

'Ze zijn wat ouder dan gebruikelijk,' zei de dokter, 'maar ik denk dat we er minstens twee kunnen gebruiken.'

De zuster was het met hem eens. 'De eerste en de derde.'

De drie jongens stonden buiten.

Eerste en derde.

'Jij was de eerste, Schwarz,' zei Rudy. Toen richtte hij zich tot Olaf Spiegel. 'Maar wie was de derde?'

Spiegel overwoog de mogelijkheden. Bedoelde ze de derde op rij, of de derde die werd onderzocht? Het deed er niet toe. Hij wist wat hij wilde geloven. 'Volgens mij was jij dat.'

'Kletskoek, Spiegel, dat was jij.'

EEN KLEINE ZEKERHEID
De jassenmannen wisten wie de derde was.

De dag na hun bezoek aan de Himmelstraat zat Rudy samen met Liesel op zijn stoep en vertelde haar het hele verhaal, tot in de kleinste details. Hij gaf zich gewonnen en biechtte op wat er die dag op school was gebeurd toen hij uit de klas was gehaald. Ze moesten zelfs lachen om de reusachtige zuster en de blik op Jürgen Schwarz' gezicht. Het was echter vooral een angstig verhaal, vooral toen hij het over de stemmen in de keuken had en de dode dominostenen.

Dagenlang was er één gedachte die Liesel niet meer van zich af kon zetten.

Het was de gedachte aan het onderzoek van de jongens, of eigenlijk, van Rudy.

Wanneer ze in bed lag, miste ze Max, vroeg zich af waar hij was, bad dat hij nog leefde, maar ergens te midden van dat alles stond Rudy.

Hij gloeide op in de duisternis, helemaal naakt.

Het was een angstaanjagend beeld, vooral het moment waarop hij zijn handen weg moest halen. Het was op z'n minst verontrustend te noemen, maar om de een of andere reden kon ze niet ophouden eraan te denken.

Straf

Op de distributiekaarten van nazi-Duitsland was geen ruimte gereserveerd voor straf, maar toch kwam iedereen aan de beurt. Voor sommigen was het de dood in een vreemd land in de oorlog. Voor anderen waren het armoede en schuldgevoelens toen de oorlog was afgelopen en door heel Europa zes miljoen ontdekkingen werden gedaan. Veel mensen moesten hun straf hebben zien aankomen, maar slechts een klein percentage was er blij mee. Tot die laatste categorie behoorde Hans Hubermann.

Je helpt nu eenmaal geen joden op straat.

Je hoort ze ook niet in je kelder te verbergen.

Aanvankelijk werd zijn straf gevormd door zijn geweten. Het feit dat hij zonder het te willen Max Vandenburg uit zijn schuilplaats had verjaagd, zat hem enorm dwars. Liesel zag het naast zijn bord zitten wanneer hij weigerde te eten, en andere keren stond het naast hem op de brug over de Amper. Hij speelde niet meer op zijn accordeon. Zijn zilverogige optimisme was gewond en roerloos. Dat was al erg genoeg, maar het was nog maar het begin.

Op een woensdag, begin november, arriveerde zijn echte straf in de brievenbus. Op het eerste gezicht leek het goed nieuws.

Papier in de Keuken

Het doet ons groot genoegen u te kunnen mededelen dat uw aanvraag voor het lidmaatschap van de NSDAP is goedgekeurd...

'De nazipartij?' vroeg Rosa. 'Ik dacht dat ze je niet wilden.'

'Ze wilden me ook niet.'

Papa ging zitten en las de brief nog eens door.

Hij werd niet opgepakt voor verraad of voor het helpen van joden of iets dergelijks. Hans Hubermann werd beloond, althans, volgens sommige mensen. Hoe was dit mogelijk?

'Er moet meer aan de hand zijn.'

En dat was ook zo.

Op vrijdag arriveerde er een mededeling dat Hans Hubermann werd opgeroepen voor het Duitse leger. Als lid van de Partij zou hij zeker blij zijn een rol te mogen vervullen bij de oorlogsinspanningen, besloot de brief. Indien dit niet het geval was, waren daar consequenties aan verbonden.

Liesel was net terug van het lezen bij Frau Holtzapfel. De keuken was vervuld van soepdampen en de wezenloze gezichten van Hans en Rosa Hubermann. Papa zat aan tafel. Mama stond boven hem en intussen stond de soep aan te branden.

'God, als ze me maar niet naar Rusland sturen,' zei Papa.

'Mama, de soep brandt aan.'

'Wat?'

Liesel rende naar het fornuis en haalde de pan van het vuur. 'De soep.' Nadat zij de soep in veiligheid had gebracht, draaide zij zich om naar haar pleegouders. Gezichten als spooksteden. 'Papa, wat is er aan de hand?'

Hij gaf haar de brief en toen zij hem doorlas begonnen haar handen te trillen. De woorden waren met kracht op het papier gedrukt.

Het Onderwerp van Liesel Memingers Fantasie

In de geschokte keuken staat, ergens in de buurt van het fornuis, een eenzame, veelgebruikte typemachine symbool. Hij bevindt zich ver weg in een vrijwel lege ruimte. De toetsen zijn vergeeld en een leeg vel papier staat geduldig in de houding, klaar voor gebruik. Het beweegt zachtjes in het briesje dat door het raam naar binnen drijft. De koffiepauze is bijna afgelopen. Naast de deur staat een manshoge stapel papier nonchalant te wachten. Je hoefde alleen de sigaret er nog maar bij te denken.

In werkelijkheid zag Liesel de typemachine pas veel later, toen ze begon te schrijven. Ze vroeg zich af hoeveel van zulke brieven er bij wijze van straf waren verzonden aan de Hans Hubermanns en de Alex Steiners – aan diegenen die de hulpelozen hielpen en aan diegenen die weigerden hun kinderen te laten gaan.

Het was een teken van de groeiende wanhoop van het Duitse leger.

In Rusland waren ze aan het verliezen.

Hun steden werden gebombardeerd.

Ze hadden dringend meer mensen nodig, net als manieren om die mensen te rekruteren, en in de meeste gevallen werden de allerergste baantjes aan de allerergste mensen gegeven.

Terwijl haar ogen over het papier gleden, kon Liesel door de gaatjes van de getypte letters de houten tafel zien. Woorden als *dwingend* en *verplicht* stonden in het papier geslagen. Ze voelde speeksel in haar mond lopen. Het was de aandrang om over te geven. 'Wat is dit?'

Papa antwoordde heel rustig. 'Ik dacht dat ik je lezen had geleerd, meisje.' Hij klonk niet boos of sarcastisch. Het was een wezenloze stem, die bij zijn gezicht paste.

Nu keek Liesel naar Mama.

Rosa's gezicht vertoonde een klein barstje vlak onder haar rechteroog en binnen een minuut brak haar hele gezicht. Niet doormidden, maar aan de rechterkant. De breuklijn liep in een bocht omlaag over haar wang en eindigde bij haar kin.

20 MINUTEN LATER: EEN MEISJE IN DE HIMMELSTRAAT

Ze kijkt op. Haar stem is een fluistering.
'De lucht is zacht vandaag, Max. De wolken
zijn zo zacht en droevig, en...' Ze wendt
haar blik af en slaat haar armen over elkaar.
Ze denkt aan haar papa die naar de oorlog gaat
en trekt haar jas dichter om haar lichaam.
'En het is koud, Max. Het is zo koud...'

Vijf dagen later, toen Liesel haar gewoonte om naar het weer te kijken vervolgde, kreeg ze niet de kans om de lucht te zien.

Naast hun huis zat Barbra Steiner in de deuropening met haar keurig gekamde haar. Ze rookte rillend een sigaret. Toen Liesel naar haar toe wilde lopen, zag zij Kurt naar buiten komen. Hij kwam naast zijn moeder zitten. Toen hij zag dat het meisje bleef staan, riep hij haar.

'Kom maar, Liesel. Rudy komt zo naar buiten.'

Na een korte aarzeling liep ze verder.

Barbra rookte.

Een askegel wankelde aan het puntje van de sigaret. Kurt pakte hem van haar aan, sloeg de as af, nam een trekje en gaf hem weer terug.

Toen de sigaret was opgerookt, keek Rudy's moeder op. Ze streek met haar hand door haar keurige kapsel.

'Onze papa gaat ook,' zei Kurt.

Er viel een stilte.

Bij de winkel van Frau Diller trapte een groepje kinderen tegen een bal.

'Wanneer ze een van je kinderen komen halen,' legde Barbra Steiner aan niemand in het bijzonder uit, 'dan is het de bedoeling dat je ja zegt.'

De Vrouw van de Beloftehouder

De Kelder, Negen Uur 's Ochtends
Zes uur voor het afscheid:
'Ik heb op een accordeon gespeeld, Liesel.
Op die van iemand anders.'
Hij deed zijn ogen dicht: 'De hele tent stond op zijn kop.'

Het glas champagne van de afgelopen zomer niet meegerekend, had Hans Hubermann al in geen tien jaar een druppel alcohol gedronken. Toen kwam de avond voordat hij naar de opleiding vertrok.

's Middags wandelde hij met Alex Steiner naar de Knoller en daar bleven ze tot ver in de avond. Ze sloegen de waarschuwingen van hun echtgenotes in de wind en dronken zich een flink stuk in hun kraag. Daarbij hielp het niet erg mee dat Dieter Westheimer, de eigenaar van de Knoller, hun gratis drankjes gaf.

Kennelijk had men Hans toen hij nog nuchter was gevraagd het podium op te gaan en accordeon te spelen. Hij speelde, heel toepasselijk, het beruchte 'Gloomy Sunday' – het zelfmoordlied uit Hongarije – en hoewel hij er alle triestheid in wist te leggen waar het lied om bekendstond, werd de zaal bijna afgebroken. Liesel stelde zich het tafereel en het geluid voor. Volle monden. Lege bierglazen besmeurd met schuim. De balgen zuchtten en het lied was afgelopen. Mensen applaudisseerden. Hun met bier gevulde monden juichten hem toe terwijl hij terugliep naar de bar.

Toen ze erin waren geslaagd de weg naar huis te vinden, kreeg Hans zijn sleutel niet in het sleutelgat. Dus klopte hij aan. Verschillende keren.

'Rosa!'

Verkeerde deur.

Frau Holtzapfel was er niet blij mee.

'Schweine! Je staat voor het verkeerde huis.' Ze ramde de woorden door het sleutelgat. 'Hiernaast moet je zijn, stomme Saukerl.'

'Dank u wel, Frau Holtzapfel.'

'Je weet wat je met je bedankjes kunt doen, klootzak.'

'Pardon?'

'Ga nou maar naar huis.'

'Dank u wel, Frau Holtzapfel.'

'Heb ik je niet net verteld wat je met je bedankjes kunt doen?'

'O ja?'

(Het is ongelooflijk wat je kunt reconstrueren uit een keldergesprek en een leessessie in de keuken van een gemene ouwe tang.)

'Rot nou maar op!'

Toen hij eindelijk thuis was, ging Papa niet meteen naar bed, maar naar Liesels kamer. Hij stond dronken in de deuropening en keek hoe zij lag te slapen. Ze werd wakker en dacht onmiddellijk dat het Max was.

'Ben jij het?' vroeg ze.

'Nee,' zei hij. Hij wist precies wat ze dacht. 'Ik ben het, Papa.'

Hij liep achteruit de kamer uit en zij hoorde zijn voetstappen afdalen naar de kelder.

In de woonkamer lag Rosa vol overgave te snurken.

De volgende ochtend, tegen een uur of negen, zei Rosa in de keuken tegen Liesel: 'Geef me die emmer daar eens aan.'

Ze vulde hem met koud water en liep ermee naar de kelder. In een halfslachtige poging haar tegen te houden, liep Liesel achter haar aan. 'Mama, dat mag u niet doen.'

'O nee?' Op de trap naar beneden keek ze nog even achterom. 'Heb ik soms iets gemist, Saumensch? Deel jij hier tegenwoordig de lakens uit?'

Ze zeiden geen van beiden iets.

Geen antwoord van het meisje.

'Dat dacht ik al.'

Ze liepen de trap af en vonden hem op zijn rug, op een bed van afdeklakens. Hij vond dat hij de matras van Max niet verdiende.

'En dan zullen we nu eens zien – ' Rosa tilde de emmer op ' – of hij nog leeft.'

'Jezus, Maria en Jozef!'

De watervlek was ovaalvormig, van halverwege zijn borst tot aan zijn hoofd. Zijn haar zat aan één kant tegen zijn hoofd geplakt en zijn wimpers dropen. 'Waar heb ik dat aan verdiend?'

'Ouwe zuiplap!'

'Jezus...'

Zijn kleren dampten. Zijn kater was zichtbaar. Hij hees zich op zijn schouders en bleef daar zitten als een zak nat cement.

Rosa pakte de emmer van haar linkerhand over in haar rechterhand. 'Het is maar goed dat je het leger in gaat,' zei ze. Ze stak haar vinger in de lucht en zwaaide er nog mee ook. 'Anders zou ik je eigenhandig vermoorden, maar dat weet je wel, of niet soms?'

Papa veegde een straaltje water van zíjn keel. 'Was dat nu echt nodig?'

'Jazeker.' Ze liep het trapje weer op. 'Als je niet binnen vijf minuten boven bent, krijg je nog zo'n emmer over je heen.'

Liesel, die samen met Papa in de kelder achterbleef, begon het water met een paar lakens op te dweilen.

Papa stak zijn natte hand uit om het meisje tegen te houden. Hij pakte haar onderarm vast en zei: 'Liesel?' Hij keek haar strak aan. 'Denk jij dat hij nog leeft?'

Liesel ging zitten.

Ze sloeg haar benen over elkaar.

Het natte laken droop op haar knie.

'Ik hoop het, Papa.'

Het voelde als een stom antwoord, zo voor de hand liggend, maar ze wist niet wat ze anders moest zeggen.

Om toch nog iets zinnigs te zeggen en zijn gedachten af te leiden van Max, bukte ze zich en doopte een vinger in een klein plasje water op de vloer. *'Guten Morgen, Papa.'*

Bij wijze van antwoord, knipoogde Hans naar haar.

Maar het was niet zijn gebruikelijke knipoog. Deze was zwaarder, onhandiger. De post-Maxuitvoering, de kateruitvoering. Hij kwam overeind en vertelde haar over de accordeon van de vorige avond, en over Frau Holtzapfel.

De Keuken, Eén Uur 's Middags

Twee uur voor het afscheid: 'Papa, alstublieft, ga niet.' De hand waarmee ze een lepel vasthield beefde. 'Eerst zijn we Max kwijtgeraakt. Ik wil niet ook u verliezen.' De man met de kater zet zijn elleboog op tafel en bedekt zijn rechteroog. 'Je bent nu bijna een vrouw, Liesel.' Hij staat op het punt om te breken, maar verzet zich ertegen. Hij slaat zich er doorheen. 'Pas goed op Mama, wil je dat voor me doen?' Het meisje komt niet verder dan een half knikje. 'Ja, Papa.'

Toen hij de Himmelstraat uitliep droeg hij zijn kater en een pak.

Alex Steiner zou pas over vier dagen vertrekken. Meer dan een uur voordat ze naar het station zouden gaan, kwam hij langs om Hans het allerbeste te wensen. De hele familie Steiner was meegekomen. Ze gaven hem allemaal een hand. Barbra omhelsde hem en kuste hem op beide wangen. 'Kom alsjeblieft levend terug.'

'Goed, Barbra', en de manier waarop hij het zei was vol zelfvertrouwen. 'Natuurlijk doe ik dat.' Hij slaagde er zelfs in een lachje op zijn gezicht te toveren. 'Weet je, het is maar een oorlog en ik heb er al eerder een overleefd.'

Toen ze door de Himmelstraat liepen, kwam de magere vrouw uit het huis naast het hunne naar buiten.

'Dag, Frau Holtzapfel. Mijn excuses voor vannacht.'

'Dag Hans, dronken Saukerl die je bent,' maar ze voegde er toch nog iets vriendelijks aan toe. 'Ik hoop dat je gauw weer thuis bent.'

'Ja, Frau Holtzapfel. Dank u wel.'

Ze speelde zelfs een beetje mee. 'Je weet wat je met je bedankjes kunt doen.'

Op de hoek stond Frau Diller met een afwerende blik van achter haar etalageruit te kijken en Liesel pakte Papa's hand. Ze hield hem stevig vast, helemaal tot aan de Bahnhof. De trein stond er al.

Ze stonden op het perron.

Rosa omhelsde hem als eerste.

Geen woorden.

Heel even begroef ze haar gezicht tegen zijn borst en toen maakte ze zich snel van hem los.

Toen was het meisje aan de beurt.

'Papa?'

Niets.

'U moet niet gaan, Papa. U moet gewoon niet gaan. Laat ze u maar komen halen. Maar ga alstublieft niet weg.'

'Papa?'

HET TREINSTATION, DRIE UUR 'S MIDDAGS

Geen uren, geen minuten meer voor het afscheid: Hij houdt haar in zijn armen. Om iets te zeggen, iets te zeggen, zegt hij over haar schouder: 'Kan jij op mijn accordeon passen, Liesel? Ik heb besloten hem niet mee te nemen.' Nu vindt hij opeens iets wat hij werkelijk meent. 'En als er nog meer luchtaanvallen komen, blijf dan voorlezen in de schuilkelder.' Het meisje voelt weer het bewijs van haar enigszins groeiende borsten. Het doet pijn als ze tegen haar ribben worden gedrukt. 'Ja, Papa.' Ze staart naar de stof van zijn pak, een millimeter voor haar ogen. Met haar gezicht tegen hem aan, zegt ze: 'Speelt u iets voor ons wanneer u thuiskomt?'

Hans Hubermann glimlachte naar zijn dochter en de trein was klaar voor vertrek. Voorzichtig legde hij zijn hand om haar gezichtje. 'Dat beloof ik,' zei hij, waarna hij instapte.

Terwijl de trein wegreed, keken zij elkaar aan.

Liesel en Rosa zwaaiden.

Hans Hubermann werd kleiner en kleiner en in zijn hand hield hij nu alleen nog maar lege lucht.

Op het perron verdwenen de mensen om hen heen, totdat er niemand anders meer was. De enigen die er nog stonden waren de kleerkastvormige vrouw en het dertienjarige meisje.

De volgende paar weken, terwijl Hans Hubermann en Alex Steiner zich in hun respectievelijke extra snelle trainingskampen bevonden, puilde de Himmelstraat uit. Rudy was niet zichzelf – hij praatte niet. Mama was anders dan anders – zij deelde geen standjes uit. Ook Liesel voelde de weerslag. Ze had geen zin om een boek te stelen, ook al deed ze nog zo haar best zichzelf ervan te overtuigen dat ze ervan zou opknappen.

Na elf dagen van Alex Steiners afwezigheid, besloot Rudy dat hij er genoeg van had. Hij rende het hek door en klopte op Liesels deur.

'Kommst?'

'Ja.'

Het kon haar niet schelen waar hij naartoe ging of wat hij van plan was, ze ging in elk geval met hem mee. Ze liepen de Himmelstraat uit en via de Münchenstraat verlieten ze Molching. Pas na ongeveer een uur stelde Liesel de onvermijdelijke vraag. Tot dat moment had ze alleen af en toe een blik geworpen op Rudy's vastberaden gezicht, of had ze even naar zijn stijve armen en de gebalde vuisten in zijn zakken gekeken.

'Waar gaan we naartoe?'

'Is dat niet duidelijk?'

Ze moest haar best doen om hem bij te houden. 'Nou, om je de waarheid te zeggen – niet echt, nee.'

'Ik ga hem zoeken.'

'Je papa?'

'Ja.' Hij dacht even na. 'Of eigenlijk toch niet. Ik denk dat ik in plaats daarvan de Führer ga zoeken.'

Snellere voetstappen. 'Waarom?'

Rudy bleef staan. 'Omdat ik hem wil vermoorden.' Hij draaide zich ter plekke om, naar de rest van de wereld. 'Hebben jullie dat gehoord, stelletje ellendelingen?' riep hij. 'Ik wil de Führer vermoorden!'

Ze liepen nog een paar kilometer verder. Op een gegeven moment voelde Liesel de drang om terug te gaan. 'Straks is het donker, Rudy.'

Hij liep door. 'Nou en?'

'Ik ga terug.'

Rudy bleef staan en keek haar aan alsof ze hem verraadde. 'Ga je gang, boekendief. Laat me maar in de steek. Ik wil wedden dat je wel door zou lopen als er aan het eind van deze weg zo'n stinkboek op je lag te wachten. Of niet soms?'

Een ogenblik lang zwegen ze allebei, maar Liesel wist zich al snel te vermannen. 'Denk je soms dat je de enige bent, Saukerl?' Ze draaide zich om. 'En jij bent alleen je vader maar kwijt...'

'Wat bedoel je daarmee?'

Liesel nam even de tijd om te tellen.

Haar moeder. Haar broertje. Max Vandenburg. Hans Hubermann. Allemaal weg. En zij had zelfs nog nooit een echte vader gehad.

'Daar bedoel ik mee,' zei ze, 'dat ik naar huis ga.'

Ze liep een kwartier lang helemaal alleen en zelfs toen Rudy hijgend en met een bezweet gezicht naast haar kwam lopen, werd er meer dan een uur lang geen woord meer gesproken. Met pijnlijke voeten en vermoeide harten liepen ze samen naar huis.

In *Een Lied in de Duisternis* stond een hoofdstuk met de titel 'Vermoeide harten.' Een romantisch meisje had trouw beloofd aan een jongeman, maar op een gegeven moment bleek dat hij er vandoor was gegaan met haar beste vriendin. Liesel wist zeker dat het hoofdstuk dertien was. *'Mijn hart is zo moe,'* had het meisje gezegd. Ze zat in een kapelletje in haar dagboek te schrijven.

Nee, dacht Liesel tijdens het lopen. Het is mijn hart dat zo moe is. Zo hoort het hart van een dertienjarige niet te voelen.

Toen ze de rand van Molching bereikten, wierp Liesel hem een paar woorden toe. Ze kon de Hubertbaan zien liggen. 'Weet je nog dat we daar hebben hardgelopen, Rudy?'

'Natuurlijk. Daar liep ik zelf ook aan te denken – en dat we allebei vielen.'

'Jij zei dat je onder de stront zat.'

'Het was maar modder.' Hij kon zijn lachen niet meer bedwingen. 'Bij de Hitlerjeugd zat ik onder de stront. Jij haalt twee dingen door elkaar, Saumensch.'

'Ik haal helemaal niks door elkaar. Ik zeg alleen maar wat jij *zei*. Wat iemand zegt en wat er werkelijk is gebeurd zijn over het algemeen twee verschillende dingen, Rudy, vooral bij jou.'

Dit was beter.

Toen ze weer door de Münchenstraat liepen, keek Rudy door de etalage van zijn vaders winkel naar binnen. Voordat Alex wegging hadden hij en Barbra het erover gehad of zij de zaak in zijn afwezigheid open moest houden. Ze hadden besloten het niet te doen, deels omdat het de laatste tijd toch niet meer zo druk was, maar ook vanwege de eventuele dreiging dat leden van de Partij van zich zouden laten horen. Zaken doen was nooit goed voor onruststokers. Ze zouden het met Alex' soldij moeten doen.

Er hingen kostuums aan de rekken en de etalagepoppen stonden in belachelijke houdingen. 'Volgens mij heeft díe daar een oogje op je,' zei Liesel na een tijdje. Het was haar manier om hem eraan te herinneren dat het tijd was om naar huis te gaan.

In de Himmelstraat stonden Rosa Hubermann en Barbra Steiner samen op het trottoir.

'O, Maria,' zei Liesel. 'Kijken ze ongerust?'

'Ze kijken kwaad.'

Er wachtten hun heel wat vragen, voornamelijk van de 'Waar hebben jullie in vredesnaam uitgehangen?'-soort, maar de boosheid maakte al snel plaats voor opluchting.

Het was Barbra die toch antwoorden wilde. 'Nou, Rudy?'

Liesel antwoordde voor hem. 'Hij wilde de Führer vermoorden,' zei ze en het deed haar goed dat Rudy meteen een stuk vrolijker keek.

'Dag, Liesel.'

Een paar uur later hoorde ze een geluid in de woonkamer. Het bereikte Liesel in haar bed. Ze werd wakker en bleef doodstil liggen, denkend aan geesten en Papa en inbrekers en Max. Ze hoorde het geluid van slepen en van iets dat werd opengemaakt en vervolgens een vage stilte. De stilte vormde altijd de grootste verleiding.

Verroer je niet.

Die gedachte dacht ze keer op keer, maar ze dacht hem niet genoeg.

Haar voeten gleden over de vloer.

Ze voelde koele lucht in haar pyjamamouwen.

Ze liep door de donkere gang in de richting van stilte die eerst geluid was geweest, naar het straaltje maanlicht dat de woonkamer binnen scheen. Toen ze bleef staan voelde ze de naaktheid van haar voeten en tenen. Ze keek.

Het duurde langer dan ze had verwacht voordat haar ogen aan de duisternis gewend waren en toen dat eenmaal gebeurde kon ze het feit niet ontkennen dat Rosa Hubermann op de rand van het bed zat met de accordeon van haar man tegen haar borst. Haar vingers zweefden boven de toetsen. Ze bewoog niet. Ze leek zelfs niet te ademen.

Het tafereel vloog het meisje in de gang aan.

EEN GESCHILDERD TAFEREEL

Rosa met accordeon. Maanlicht op duisternis.
1,53 m. × instrument × stilte.

Liesel bleef staan kijken.

Vele minuten kropen voorbij. Het verlangen van de boekendief om een noot te horen was uitputtend, maar hij kwam niet. De toetsen werden niet aangeraakt. De blaasbalgen ademden niet. Het enige wat ze zag was het maanlicht dat als een lange haarlok op het gordijn viel, en Rosa.

De accordeon zat om haar borst gegespt. Toen zij haar hoofd boog, zonk hij op haar schoot. Liesel keek toe. Ze wist dat Mama de komende paar dagen zou rondlopen met de afdruk van een accordeon op haar lichaam. Ook voelde ze dat ze op dit moment getuige was van iets van grote schoonheid, en ze koos ervoor het niet te verstoren.

Ze keerde terug naar bed en viel in slaap met het beeld van Mama en de geluidloze muziek. Later, toen ze ontwaakte uit haar gebruikelijke droom en weer naar de gang sloop, zat Rosa er nog steeds, met de accordeon.

Het instrument trok haar als een anker naar voren. Haar lichaam zonk. Ze leek dood.

Ze kan in die houding onmogelijk ademen, dacht Liesel, maar toen ze wat dichterbij kwam, kon ze het horen.

Mama snurkte weer.

Wat heb je aan blaasbalgen, dacht ze, wanneer je een paar van zulke longen hebt?

Toen Liesel ten slotte weer naar bed ging, kon zij het beeld van Rosa Hubermann en de accordeon niet van zich afzetten. De ogen van de boekendief bleven open. Ze wachtte op de overrompeling van de slaap.

De Verzamelaar

Noch Hans Hubermann noch Alex Steiner werd naar het front gestuurd om te vechten. Alex werd naar Oostenrijk gestuurd, naar een legerhospitaal vlak buiten Wenen. Aangezien hij kleermaker was, kreeg hij werk dat in elk geval nog enigszins te maken had met zijn beroep. Elke week kwamen er ladingen uniformen en sokken en hemden binnen en dan verstelde hij wat versteld moest worden, ook al kon de kleding alleen nog maar gebruikt worden als ondergoed voor de lijdende soldaten in Rusland.

Hans werd, ironisch genoeg, aanvankelijk naar Stuttgart gestuurd, en later naar Essen. Hij kreeg een van de minst begerenswaardige posten aan het thuisfront. De LSE.

Een Noodzakelijke Uitleg
LSE
Luftwaffe Sondereinheit –
Speciale Eenheid van de Luchtmacht.

Het was de taak van de LSE om tijdens luchtaanvallen bovengronds te blijven en branden te blussen, muren van gebouwen te stutten en iedereen die tijdens de aanval vast was komen te zitten te redden. Hans zou er al snel achter komen dat er nog een andere uitleg was van de afkorting. De mannen van de eenheid vertelden hem al op zijn eerste dag dat de afkorting eigenlijk stond voor *Leichensammler Einheit* – Lijkenverzamelaars.

Toen hij arriveerde kon Hans er alleen maar naar raden wat al deze mannen hadden gedaan om een dergelijke taak te verdienen en natuurlijk vroegen zij zich op hun beurt hetzelfde af van hem. Hun commandant, sergeant Boris Schipper, vroeg het hem op de man af. Toen Hans hem vertelde van het brood, de joden en de zweep, schoot de sergeant met het ronde gezicht in de lach. 'Dan mag je blij zijn dat je nog leeft.' Zijn ogen waren ook rond en hij liep er constant in te wrijven. Misschien had hij vermoeide of prikkende ogen of zaten ze vol met rook en zand. 'Als je maar onthoudt dat de vijand hier niet tegenover je staat.'

Hans wilde juist de meest voor de hand liggende vraag stellen toen hij achter zich een stem hoorde. De stem hoorde bij het tengere gezicht van een jongeman met een spottende glimlach. Reinhold Zucker. 'Voor ons,' zei hij, 'bevindt de vijand zich niet aan de andere kant van die heuvel of in welke andere specifieke richting dan ook. Hij is overal om ons heen.' Hij richtte zijn aandacht weer op de brief die hij zat te schrijven. 'Je merkt het vanzelf.'

Binnen een paar chaotische maanden zou Reinhold Zucker dood zijn. Hij zou worden gedood door Hans Hubermanns stoel.

Terwijl de oorlog steeds heviger doordrong in Duitsland, kwam Hans erachter dat al zijn diensten op dezelfde manier begonnen. De mannen verzamelden zich bij de vrachtwagen, waar hun werd verteld wat er gedurende hun rustpauze was geraakt, wat hoogstwaarschijnlijk als volgende zou worden geraakt, en wie met wie zou samenwerken.

Zelfs wanneer er geen luchtaanvallen waren, was er heel veel werk te doen. Ze reden door verwoeste steden en deden hun opruimwerk. In de vrachtwagen zaten twaalf onderuitgezakte mannen, die meehobbelden op de oneffenheden in de weg.

Vanaf het begin was duidelijk dat ze allemaal een vaste plek hadden.

Reinhold Zuckers zitplaats bevond zich in het midden van de linkerrij.

Die van Hans Hubermann was helemaal achterin, waar het daglicht zich uitstrekte. Hij leerde al snel om bedacht te zijn op allerlei rommel die opeens in de truck werd gegooid. Hans ontwikkelde een speciaal respect voor sigarettenpeuken die nog brandden wanneer ze langsvlogen.

Een Complete Brief Naar Huis

Aan mijn lieve Rosa en Liesel,
Hier gaat alles prima.
Ik hoop dat jullie het allebei goed maken.
Veel liefs, Papa.

Eind november had hij zijn eerste rokerige ervaring met een echte luchtaanval. Steengruis regende neer op de truck en overal renden en schreeuwden mensen. Vuren brandden en overal lagen als enorme bergen de verwoeste omhulsels van gebouwen. Geraamtes helden over. De rookbommen stonden als lucifers in de grond en vulden de longen van de stad.

Hans Hubermann maakte deel uit van een ploeg van vier. Ze vormden een rij. Sergeant Boris Schipper ging voorop en zijn armen verdwenen in de rook. Achter hem kwam Kessler, dan Brunnenweg en dan Hubermann. Terwijl de sergeant het vuur bluste, blusten de twee anderen de sergeant en om helemaal zeker van hun zaak te zijn, bluste Hubermann hen alle drie.

Achter hem stortte een gebouw kreunend in.

De voorgevel viel eerst en belandde op een paar meter afstand van zijn hielen. Het beton rook gloednieuw en een muur van stof kwam op hen af.

'Gottverdammt, Hubermann!' De stem maakte zich moeizaam los uit de vlammen. Hij werd onmiddellijk gevolgd door drie mannen. Hun kelen zaten vol asdeeltjes. Zelfs toen ze de hoek al om waren, weg van het middelpunt van de verwoesting, probeerde het stof van het ingestorte gebouw hen nog te volgen. Het was wit en warm en besloop hen van achteren.

Nu ze voorlopig even in veiligheid waren, werd er eerst uitgebreid gehoest en gevloekt. De sergeant herhaalde wat hij al eerder had gezegd. 'Godverdomme, Hubermann.' Hij veegde over zijn lippen, om ze wat losser te maken. 'Wat was dat verdomme?'

'Het stortte zomaar in, vlak achter ons.'

'Dat weet ik nu ook wel. De vraag is, hoe groot was het? Volgens mij was het een gebouw van tien verdiepingen.'

'Nee sergeant, ik geloof dat het er maar twee waren.'

'Jezus.' Een hoestbui. 'Maria en Jozef.' Nu wreef hij in de dikke laag zweet en stof in zijn oogkassen. 'Daar was niet veel aan te doen.'

Een van de andere mannen veegde met een hand over zijn gezicht en zei: 'Laat me er verdorie nou eens één keertje bij zijn wanneer ze een kroeg in puin gooien. Ik doe een moord voor een biertje.'

De mannen leunden achterover.

Ze proefden allemaal hoe het bier het vuur in hun keel doofde en de rook verzachtte. Het was een mooie droom, maar ook een onmogelijke. Ze realiseerden zich allemaal dat het enige bier dat door deze straten zou vloeien helemaal geen bier zou zijn, maar een soort milkshake of pap.

Alle vier de mannen waren van top tot teen bedekt met een laag wit en grijs stof. Toen ze opstonden om hun werk te hervatten, waren slechts heel kleine stukjes van hun uniform zichtbaar.

De sergeant liep naar Brunnenweg. Hij gaf hem een paar stevige klappen tegen zijn borst. 'Zo, dat is beter, vriend. Er zat daar wat stof.' Toen Brunnenweg in de lach schoot, draaide de sergeant zich om naar zijn nieuwste rekruut. 'Deze keer ga jij voorop, Hubermann.'

Ze waren een paar uur bezig met het blussen van branden en zochten zoveel mogelijk materiaal bij elkaar om een gebouw ervan te overtuigen rechtop te blijven staan. In sommige gevallen, wanneer de zijkanten waren beschadigd, staken de resterende hoeken uit als ellebogen. Dit was Hans Hubermanns sterke punt. Hij kreeg er bijna lol in om een smeulend steigerdeel te zoeken of een beschadigde betonplaat om die ellebogen omhoog te houden en ze iets te geven om op te steunen.

Zijn handen zaten vol splinters en zijn tanden waren aangekoekt met stofneerslag. Zijn beide lippen waren bedekt onder een laag vochtig stof dat hard was geworden en er zat geen zak, draad of verborgen plooi in zijn uniform dat niet bedekt was door een film van stof.

Het ergste waren de mensen.

Zo nu en dan kwamen ze iemand tegen die hardnekkig door de mist bleef zwerven, meestal met maar slechts één woord op de lippen. Het was altijd een naam die ze riepen.

Soms was het Wolfgang.

'Hebben jullie mijn Wolfgang gezien?'

Hun handafdrukken bleven op zijn uniform staan.

'Stephanie!'

'Hansi!'

'Gustel! Gustel Stoboi!'

Toen de ergste stofwolken optrokken, trok de lijst van namen verder door de opengereten straten. Soms eindigden ze met een stoffige omhelzing en anders in een geknielde uitroep van verdriet. Het werden er steeds meer, uur na uur, als fijne en nare dromen die alleen nog maar hoefden uit te komen.

De gevaren versmolten met elkaar. Stof en rook en de oplaaiende vlammen. De getroffen mensen. Net als de andere mannen in de eenheid moest Hans de kunst van het vergeten zien te perfectioneren.

'Hoe gaat het, Hubermann?' vroeg de sergeant op een gegeven moment. Achter hem brandden de vlammen.

Hans knikte enigszins ongemakkelijk.

Halverwege zijn dienst was er een oude man die helemaal alleen door de straten zwalkte. Toen Hans klaar was met het stabiliseren van een gebouw en zich omdraaide, stond de man achter hem, rustig wachtend tot hij aan de beurt was. Er zat bloed op zijn gezicht. Het liep omlaag langs zijn keel en zijn nek. Hij droeg een wit overhemd met een donkerrode kraag en hij hield zijn been alsof het naast hem stond. 'Zou je *mij* nu overeind kunnen houden, jongeman?'

Hans tilde hem op en droeg hem uit de nevel.

Een Klein, Droevig Bericht

Toen ik die kleine straat
bezocht lag de man nog in
Hans Hubermanns armen.
De hemel had dezelfde kleur grijs als een wit paard.

Hans zag het pas toen hij hem neerlegde op een stukje met betongruis bedekt gras.

'Wat is er?' vroeg een van de andere mannen.

Hans kon alleen maar wijzen.

'O.' Een hand trok hem mee. 'Wen er maar aan, Hubermann.'

De rest van die dienst stortte hij zich op zijn werkzaamheden. Hij probeerde geen acht te slaan op het geroep van mensen in de verte.

Na misschien twee uur rende hij voor de sergeant en weer twee andere mannen uit een gebouw uit. Hij keek niet naar de grond en struikelde. Pas toen hij weer op zijn hurken zat en de anderen verschrikt naar het obstakel zagen kijken realiseerde hij zich wat het was.

Het lijk lag op zijn buik.

Het lag onder een deken van stof en as en het hield zijn handen tegen zijn oren.

Het was een jongen.

Een jongen van een jaar of elf, twaalf.

Een eindje verderop in de straat kwamen ze een vrouw tegen die de naam Rudolf riep. Ze werd naar de vier mannen toe getrokken en ontmoette hen in de mist. Haar lichaam was tenger en gebogen van bezorgdheid.

'Hebben jullie mijn zoon gezien?'

'Hoe oud is hij?' vroeg de sergeant.

'Twaalf.'

O, Christus. O, gekruisigde Christus.

Ze dachten het allemaal, maar de sergeant kon het niet over zijn hart krijgen het haar te vertellen of haar de goede kant op te sturen.

Toen de vrouw langs hen heen probeerde te lopen, hield Boris Schipper haar tegen. 'Wij komen net uit die straat,' verzekerde hij haar. 'Daar zult u hem niet vinden.'

De gebogen vrouw hield hoop. Ze liep half rennend weg en riep over haar schouder: 'Rudy!'

Opeens dacht Hans Hubermann aan een andere Rudy. De Himmelstraatvariant. Alsjeblieft, smeekte hij een hemel die hij niet kon zien, laat Rudy niets overkomen. Vervolgens gingen zijn gedachten toen natuurlijk ook naar Liesel en Rosa en de Steiners, en Max.

Toen ze de rest van de mannen bereikten, liet hij zich op de grond vallen en ging op zijn rug liggen.

'Hoe was het daarginds?' vroeg iemand.

Papa's longen zaten vol hemel.

Een paar uur later, toen hij zich had gewassen en had gegeten en overgegeven, probeerde hij een uitgebreide brief naar huis te schrijven. Hij had geen controle over zijn handen, zodat hij het kort moest houden. Als hij zich ertoe zou kunnen brengen, zou hij de rest later wel vertellen, wanneer en als hij weer thuis was.

Aan mijn lieve Rosa en Liesel, begon hij.

Het kostte hem heel wat minuten om die zes woorden op te schrijven.

De Broodeters

Het was een lang en veelbewogen jaar geweest in Molching, en het liep eindelijk ten einde.

Liesel kon de laatste paar maanden van 1942 aan weinig anders denken dan aan wat zij drie wanhopige mannen noemde. Ze vroeg zich af waar ze waren en wat ze deden.

Op een middag tilde ze de accordeon uit zijn koffer en poetste hem op met een doekje. Slechts één keer, vlak voordat ze hem weer opborg, zette zij de stap die Mama niet had kunnen nemen. Ze zette haar vinger op een van de toetsen en trok de balg langzaam uit. Rosa had gelijk gehad. De kamer leek er alleen maar leger door.

Wanneer ze Rudy zag, vroeg ze altijd of hij nog iets van zijn vader had gehoord. Soms gaf hij haar een gedetailleerd verslag van een van Alex Steiners brieven. Daarbij vergeleken was het ene briefje dat haar eigen papa had gestuurd nogal een teleurstelling.

Wat Max betreft was ze natuurlijk geheel afhankelijk van haar eigen fantasie.

Optimistisch stelde ze zich voor hoe hij helemaal alleen over een verlaten weg liep. Af en toe stelde ze zich voor hoe hij bij toeval ergens in een veilige haven belandde en met zijn persoonsbewijs precies de juiste persoon om de tuin wist te leiden.

De drie mannen doken overal op.

Ze zag haar papa in het raam op school. Max zat vaak bij haar voor de haard. Alex Steiner arriveerde wanneer ze samen met Rudy was en keek naar hen wanneer zij hun fietsen in de Münchenstraat op straat smeten en door de etalage zijn zaak binnenkeken.

'Moet je die pakken zien,' zei Rudy dan tegen haar, met zijn hoofd en handen tegen het glas. 'Echt zonde.'

Vreemd genoeg vormde Frau Holtzapfel een van Liesels favoriete afleidingen. Ze las tegenwoordig ook op woensdag voor en ze hadden de door waterschade verkorte versie van *De Fluiter* al uit en waren nu bezig in *De Dromendrager*. Soms zette de oude vrouw thee, of ze gaf Liesel wat soep, die oneindig veel lekkerder was dan die van Mama. Minder waterig.

Tussen oktober en december was er weer een optocht van joden geweest en er zou er nog een volgen. Net als de vorige keer had Liesel zich naar de Münchenstraat gehaast, ditmaal om te zien of Max Vandenburg zich onder hen bevond. Ze werd verscheurd tussen het verlangen hem te zien – te weten dat hij nog leefde – en een afwezigheid die van alles kon betekenen, onder andere vrijheid.

Half december werd een kleine groep joden en ander schoelje door de Münchenstraat gevoerd, op weg naar Dachau. Parade nummer drie.

Rudy liep resoluut terug naar de Himmelstraat en kwam terug van nummer vijfendertig met een papieren zakje en twee fietsen.

'Ga je mee, Saumensch?'

DE INHOUD VAN RUDY'S PAPIEREN ZAK
Zes oude boterhammen,
in vieren gebroken.

Ze fietsten voor de stoet uit, in de richting van Dachau, en stopten langs een stuk verlaten weg. Rudy gaf Liesel de zak. 'Haal er maar een handvol uit.'

'Ik weet niet of dit wel zo'n goed idee is.'

Hij drukte haar wat brood in haar hand. 'Je papa heeft het ook gedaan.'

Wat kon ze daar tegen inbrengen? Het was haar wel een afranseling waard.

'Als we snel zijn zien ze het niet eens.' Hij begon het brood te verspreiden. 'Dus schiet nou maar op, Saumensch.'

Onwillekeurig verscheen er een grijns op Liesels gezicht toen zij en Rudy Steiner, haar beste vriend, de stukken brood over de weg verdeelden. Toen ze klaar waren, raapten ze hun fietsen op en verstopten zich tussen de kerstbomen.

Het was een koude, rechte weg. Het duurde niet lang voordat de soldaten eraan kwamen met de joden.

In de schaduw van de bomen keek Liesel naar de jongen. Wat konden dingen toch veranderen, van fruitdief tot broodgever. Zijn blonde haar was iets donkerder geworden, maar lichtte nog steeds op als een kaars. Ze hoorde zijn maag rammelen – en toch gaf hij deze mensen brood.

Wat dit Duitsland?

Was dit nazi-Duitsland?

De eerste soldaat merkte het brood niet op – hij had geen honger – maar de eerste jood zag het wel.

Zijn smoezelige hand reikte omlaag, raapte een stuk op en stak het dolgelukkig in zijn mond.

Is dat Max? dacht Liesel.

Ze kon het niet goed zien en ging een eindje verder staan waar ze een beter uitzicht had.

'Hé!' riep Rudy witheet van woede. 'Niet bewegen. Als ze ons hier vinden en ons in verband brengen met dat brood, dan kunnen we het wel vergeten.'

Liesel keek weer.

Meer joden bukten zich om brood van de weg te rapen en van achter de bomenrand nam de boekendief iedereen van top tot teen op. Max Vandenburg was er niet bij.

Haar opluchting was van korte duur, want juist op dat moment zag een van de soldaten een gevangene een stuk brood oprapen. Er werd bevel gegeven om te stoppen. De weg werd zorgvuldig gecontroleerd. De gevangenen kauwden zo snel en zo stilletjes als ze konden en slikten het brood vervolgens door.

De soldaat raapte een paar stukken op en keek links en rechts de weg langs. De gevangenen keken ook.

'Daar!'

Een van de soldaten liep met grote passen naar het meisje bij de dichtstbijzijnde bomen. Toen zag hij ook de jongen. Ze zetten het op een lopen.

Ze kozen allebei een andere richting, onder de dichte takken en het hoge bladerdak van de bomen.

'Blijven rennen, Liesel!'

'Maar de fietsen dan?'

'*Scheiss drauf!* Dat zal me een zorg zijn!'

Ze renden en renden en na ongeveer honderd meter kwam de hijgende ademhaling van de soldaat steeds dichterbij. Op een gegeven moment was hij naast haar en zij wachtte op de hand die erbij hoorde.

Ze had geluk.

Het enige wat ze kreeg was een trap onder haar kont en een vuist vol woorden. 'Rennen maar, meisje, jij hebt hier niets te zoeken!' Ze rende nog minstens anderhalve kilometer door en bleef toen pas staan. Scherpe takken hadden haar armen opengehaald. Dennenappels rolden voor haar voeten en de geur van kerstboomnaalden drong in haar longen.

Tegen de tijd dat ze weer terug was, waren er meer dan drie kwartier verstreken en Rudy zat te wachten bij de roestige fietsen. Hij had de rest van het brood bij elkaar gezocht en zat op een muffe, droge hap te kauwen.

'Ik zei toch dat je niet te dichtbij moest komen,' zei hij.

Zij liet hem haar zitvlak zien. 'Heb ik een voetafdruk?'

Het Verborgen Schetsboek

Een paar dagen voor kerst was er weer een luchtaanval, hoewel er geen bommen op Molching vielen. Volgens het nieuws op de radio waren de meeste bommen in het open veld terechtgekomen.

Het belangrijkste was de reactie in de schuilkelder van de Fiedlers. Zodra de laatste mensen binnen waren, begon het wachten. Iedereen keek haar verwachtingsvol aan.

Opeens klonk Papa's stem in haar oren.

'En als er nog meer luchtaanvallen komen, blijf dan voorlezen in de kelder.'

Liesel wachtte. Ze moest wel zeker weten dat iedereen het wilde.

Rudy sprak namens iedereen: 'Lezen, Saumensch.'

Ze sloeg het boek open en opnieuw vonden de woorden hun weg naar alle aanwezigen in de kelder.

Nadat de sirenes iedereen toestemming hadden gegeven de kelders te verlaten, zat Liesel thuis met haar mama in de keuken. Aan Rosa Hubermanns uitdrukking was goed te zien dat ze in gedachten verzonken was en het duurde niet lang voordat ze een mes pakte en de keuken uitliep. 'Kom eens met me mee.'

Ze liep naar de woonkamer en trok aan één kant van haar matras het laken los. In de zijkant van de matras zat een dichtgenaaide scheur. Als je niet van tevoren wist dat hij er was, zou je hem hoogstwaarschijnlijk nooit zien. Rosa knipte de scheur zorgvuldig open en stak eerst haar hand naar binnen en vervolgens bijna haar hele arm. Toen ze hem er weer uithaalde, hield ze Max Vandenburgs schetsboek in haar hand.

'Hij zei dat ik je dit moest geven wanneer je er klaar voor was,' zei ze. 'Eerst wilde ik wachten tot je verjaardag. Toen heb ik het teruggebracht naar Kerstmis.' Rosa Hubermann stond op en er lag een vreemde blik op haar gezicht. Het was niet direct trots. Misschien was het de herinnering die haar zwaar viel. Ze zei: 'Volgens mij ben je er altijd al klaar voor geweest, Liesel. Vanaf het moment dat je hier aankwam en je vastklemde aan het hek, was het al de bedoeling dat je dit ooit zou krijgen.'

Ze legde het boek in Liesels hand.

Het omslag zag er zo uit:

De Woordschudder
Een kleine verzameling
gedachten
voor Liesel Meminger.

Liesel hield het voorzichtig in haar handen. Ze kon haar ogen er niet vanaf houden. 'Dank u wel, Mama.'

Ze omhelsde haar.

Ze voelde een groot verlangen om Rosa Hubermann te vertellen dat ze van haar hield. Jammer dat ze het niet deed.

Ze wilde het boek in de kelder lezen, met het oog op de herinneringen, maar Mama wist haar ervan te overtuigen dit niet te doen. 'Er is een reden waarom Max daar beneden ziek is geworden en ik kan je één ding vertellen, meisje, ik laat jou niet ziek worden.'

Ze las in de keuken.

De Woordschudder.

Ze werkte zich door de talloze tekeningen en verhalen en de plaatjes met bijschriften. Dingen als Rudy op een erepodium met drie gouden medailles om zijn nek. *Haar met de kleur van citroenen,* stond eronder geschreven. De sneeuwpop maakte zijn opwachting, evenals een lijst van de dertien cadeautjes, om nog maar te zwijgen van de verslagen van ontelbare nachten in de kelder, of bij het vuur.

Vanzelfsprekend gingen heel veel van de gedachten, schetsen en dromen over Stuttgart en Duitsland en de Führer. Ook waren er herinneringen aan Max' familie. Hij had de verleiding toch niet kunnen weerstaan ze erbij te betrekken. Hij kon niet anders.

Toen kwam pagina 117.

Dat was waar *De Woordschudder* zelf ten tonele verscheen.

Het was een fabel of een sprookje. Liesel wist niet precies welke van de twee. Toen ze de beide termen dagen later opzocht in het *Duden Woordenboek,* slaagde ze er nog steeds niet in de twee van elkaar te onderscheiden.

Op de voorgaande pagina stond een korte boodschap.

Pagina 116

Liesel – ik had dit verhaal bijna doorgekrast. Ik dacht dat je misschien te oud was voor zoiets, maar misschien is niemand dat wel. Ik dacht aan jou en je boeken en je woorden en toen kwam opeens dit vreemde verhaal in mijn hoofd. Ik hoop dat je er iets goeds in zult aantreffen.

Ze sloeg de bladzijde om.

Er was eens een vreemd klein mannetje. Hij nam zich wat betreft zijn leven drie belangrijke dingen voor:

*Hij ging zijn scheiding aan precies de andere kant maken als iedereen.
*Hij ging op zoek naar een klein, mal snorretje.
*Op een dag zou hij over de wereld heersen.

De jonge man zwierf een behoorlijk tijdje rond en dacht na, maakte plannen en verzon hoe hij de wereld precies ging veroveren. Op een dag had hij het opeens – het perfecte plan. Hij had een moeder zien lopen met haar kind. Ze gaf de kleine jongen een uitgebreid standje, net zolang totdat hij begon te huilen. Een paar minuten later begon ze heel zachtjes tegen hem te praten, waarna hij kalmeerde en zelfs lachte.

De jonge man rende naar de vrouw toe en omhelsde haar. 'Woorden!' lachte hij.

'Wat?'

Maar er kwam geen antwoord.

Hij was al weg.

Ja, de Führer besloot dat hij over de wereld zou heersen met woorden.

'Ik zal nooit een geweer afvuren,' zei hij. 'Dat zal niet nodig zijn.' Toch handelde hij niet ondoordacht. Dat moeten we hem nageven. Hij was helemaal geen domme man. Zijn eerste aanvalsplan was om de woorden in zoveel mogelijk gebieden van zijn vaderland te planten.

Hij plantte ze dag en nacht en cultiveerde ze.

Hij keek hoe ze groeiden, totdat ten slotte overal in Duitsland enorme wouden van woorden waren verrezen. Het was een natie van gecultiveerde gedachten.

Terwijl de woorden groeiden, plantte onze jonge Führer ook zaden om symbolen te creëren en die waren inmiddels ook aardig op weg om tot volle bloei te komen. Nu was het moment aangebroken. De Führer was er klaar voor.

Hij nodigde zijn mensen uit naar zijn eigen prachtige hart te komen, en lokte hen met zijn mooiste, lelijkste woorden, met de hand geplukt uit zijn bossen. En de mensen kwamen.

Ze werden allemaal op een lopende band gezet en door een onstuitbare machine gevoerd die hen in een paar tellen een heel leven gaf. Ze kregen woorden ingegoten. De tijd verdween en ze wisten alles wat ze moesten weten. Ze werden gehypnotiseerd.

Vervolgens kregen ze hun symbolen uitgereikt en iedereen was gelukkig.

Al snel werd de vraag naar woorden en symbolen zo groot dat de wouden steeds groter werden en er dus ook veel mensen nodig waren om ze te onderhouden. Sommigen kregen de taak in de bomen te klimmen en de woorden omlaag te gooien naar degenen die beneden stonden. Vervolgens kreeg het restant van de mensen van de Führer ze rechtstreeks toegediend, om nog maar te zwijgen van diegenen die terugkwamen voor meer.

De mensen die in de bomen klommen werden woordschudders genoemd.

De beste woordschudders waren diegenen die de werkelijke macht van woorden begrepen. Zij konden ook altijd het hoogst klimmen. Eén zo'n woordschudder was een klein, mager meisje. Zij was in haar hele streek bekend omdat zij wist hoe machteloos iemand kan zijn ZONDER woorden. Daarom kon ze hoger klimmen dan iedereen. Zij had passie. Zij hunkerde.

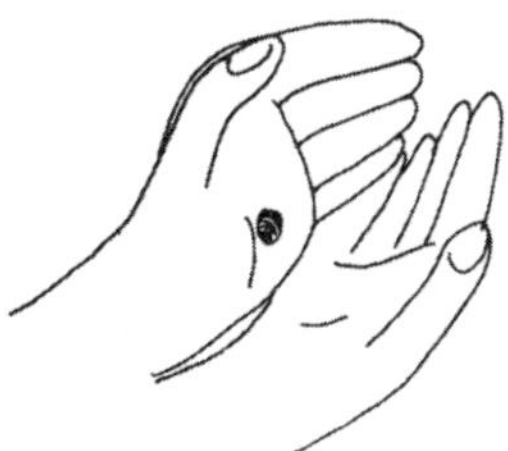

Op een dag ontmoette zij echter een man die door haar vaderland werd veracht, ook al was hij er geboren. Ze werden goede vrienden en toen de man ziek werd, liet de woordschudder één enkele traan op zijn gezicht vallen. Die traan was gemaakt van vriendschap – één enkel woord – en toen hij opdroogde werd hij een zaadje. De eerstvolgende keer dat het meisje naar het bos ging, plantte zij dat zaadje tussen de andere bomen. Zowel voor als na haar werk ging ze het altijd even water geven.

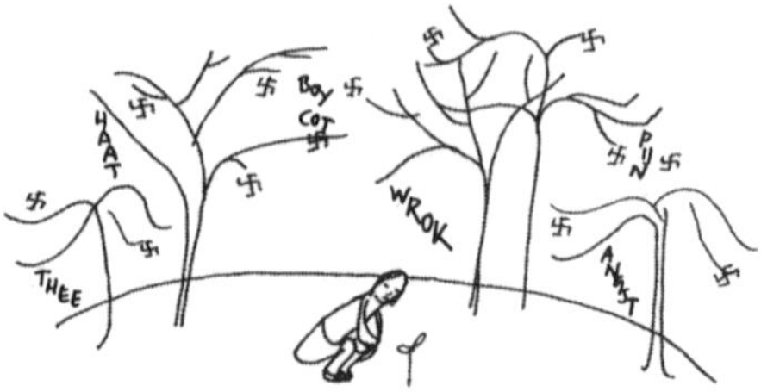

Eerst was er nog helemaal niets te zien, maar toen ze er op een middag na het woordschudden even naar ging kijken, was er een kleine scheut opgekomen. Ze bleef er een hele tijd naar zitten staren.

De boom groeide sneller dan alle andere bomen, totdat het de hoogste boom in het bos was. Iedereen kwam ernaar kijken. Iedereen fluisterde erover en wachtte... op de Führer.

Buiten zichzelf van woede, kondigde hij onmiddellijk aan dat de boom zou worden omgehakt. Toen baande de woordschudder zich een weg door de menigte. Zij viel op haar handen en knieën. 'Alstublieft,' riep zij uit, 'u mag hem niet omhakken.'

De Führer echter was onvermurwbaar. Hij kon het zich niet veroorloven uitzonderingen te maken. Toen de woordschudder werd weggesleurd, wendde hij zich tot de man die zijn rechterhand was en zei: 'Bijl, alsjeblieft.'

Op dat moment rukte de woordschudder zich los. Ze begon te rennen. Ze sprong in de boom en terwijl de Führer met zijn bijl op de stam inhakte, klom zij verder totdat ze de hoogste takken had bereikt. De stemmen en bijlslagen vervaagden. Wolken wandelden voorbij – als witte monsters met grijze harten. Bang maar koppig, bleef de woordschudder zitten. Ze wachtte tot de boom zou vallen. Maar er kwam geen beweging in de boom.

Vele uren verstreken en nog steeds slaagde de bijl van de Führer er niet in ook maar een enkele hap uit de stam te hakken. Toen hij de uitputting nabij was, gaf hij een andere man opdracht verder te gaan.

Dagen gingen voorbij.

Toen werden het weken.

Honderdzesennegentig soldaten slaagden er niet in ook maar een kerfje in de boom van de woordschudder achter te laten.

'Maar hoe moet ze nu eten?' vroegen de mensen. 'Hoe moet ze slapen?'

Wat ze niet wisten was dat andere woordschudders proviand in de boom gooiden en dat de woordschudder naar de lagere takken klom om het te pakken.

Het sneeuwde. Het regende. Seizoenen kwamen en gingen. De woordschudder bleef zitten waar ze zat.

Toen ook de laatste man met de bijl het moest laten afweten, riep hij naar boven: 'Woordschudder! Je kunt nu wel naar beneden komen! Niemand kan deze boom verslaan!'

De woordschudder, die de stem van de man maar net kon horen, antwoordde fluisterend: 'Nee, dank u.' Ze gaf de woorden via de takken door naar beneden.

Niemand wist hoeveel tijd er was verstreken, maar op een middag arriveerde er een nieuwe houthakker in de stad. Zijn tas leek veel te zwaar voor hem. Zijn ogen stonden vermoeid. Hij sleepte zich voort van uitputting. 'De boom,' vroeg hij aan de mensen. 'Waar is de boom?'

Een hele menigte volgde hem en toen hij bij de boom aankwam, gingen de allerhoogste takken verscholen achter de wolken. De woordschudder hoorde de mensen roepen dat er een nieuwe houthakker was gearriveerd om een eind te maken aan haar wake.

'Ze komt toch niet naar beneden,' zeiden de mensen, 'voor niemand.'

Zij wisten niet wie de man met de bijl was en ze wisten ook niet dat hij zich nergens door zou laten afschrikken.

Hij maakte zijn tas open en haalde er iets veel kleiners uit dan een bijl.

De mensen begonnen te lachen. 'Je kunt toch geen boom omhakken met een oude hamer!'

De jonge man luisterde niet. Hij zocht in zijn tas naar een paar spijkers. Hij stak er drie in mijn mond en probeerde een vierde in de boom te hameren. De onderste takken zaten al ontzettend hoog en hij schatte in dat hij vier spijkers als voetsteun nodig had om ze te kunnen bereiken.

'Moet je die halvegare zien,' lachte een van de toekijkende mannen. 'Niemand kan – '

De man zweeg.

De eerste spijker werd in de boom geslagen en bleef na vijf tikken stevig zitten. Toen ging de tweede erin en begon de jonge man te klimmen.

Tegen de tijd dat hij de vierde erin had getikt had hij de takken bereikt en kon hij verder klimmen. Even kwam hij in de verleiding om iets te roepen, maar hij besloot het toch maar niet te doen.

Het leek een kilometers hoge klim. Hij deed er vele uren over om de hoogste takken te bereiken en toen hij er was zag hij dat de woordschudder lag te slapen in haar dekens en de wolken.

Hij bleef minutenlang naar haar zitten kijken.

De zon verwarmde het bewolkte bladerdak.

Toen raakte hij haar arm aan en werd de woordschudder wakker. Ze wreef in haar ogen en na hem een hele tijd te hebben aangekeken zei ze: 'Ben jij het echt?'

Was het van jouw wang, dacht ze, dat ik het zaadje heb genomen?

De man knikte.

Zijn hart maakte een vreugdesprongetje en hij hield zich nog wat steviger vast aan de takken. 'Ja, ik ben het.'

Samen bleven ze in de top van de boom zitten. Toen de wolken verdwenen, konden ze het hele bos zien.

'Het hield niet op met groeien,' zei ze tegen hem.

'Maar dit ook niet.' De jonge man keek naar de tak die hij vasthield.

Toen ze genoeg hadden gekeken en gepraat, klauterden ze naar beneden. De dekens en de rest van het eten lieten ze achter.

De mensen konden hun ogen niet geloven, en op het moment dat de woordschudder en de jonge man weer voet op de wereld zetten, begon de boom eindelijk de sporen van de bijlslagen te tonen. Overal verschenen kapotte plekken. Er sprongen inkepingen in de stam en de aarde begon te beven.

'Hij gaat vallen,' riep een jonge vrouw. 'De boom gaat vallen!'

Langzaam, in al zijn kilometers en kilometers hoogte, begon de boom van de woordschudder over te hellen. Kreunend werd hij naar de grond getrokken. De wereld schudde en toen alles weer rustig was, lag de boom languit tussen de rest van de bomen.

De woordschudder en de jonge man klommen boven op de horizontaal liggende stam. Ze begonnen tussen de takken door te lopen. Toen ze omkeken, zagen ze dat de meeste toeschouwers weer terugkeerden naar hun eigen plekken. Hier. Daar. In het bos.

Maar terwijl zij steeds verder liepen, bleven ze een paar keer staan om te luisteren. Achter zich meenden ze stemmen en woorden te horen, op de boom van de woordschudder.

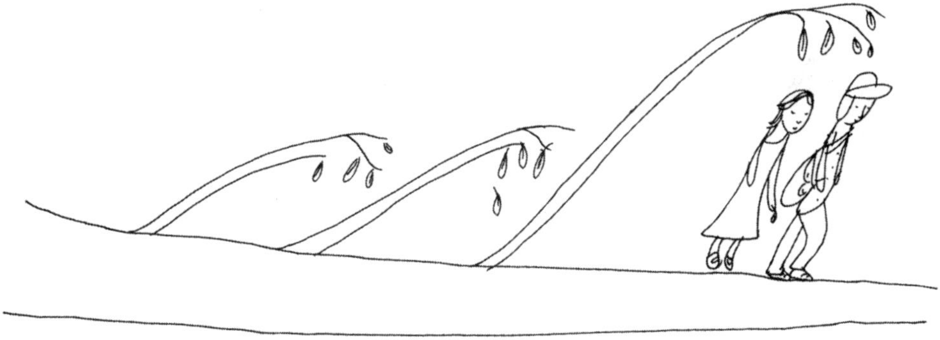

Liesel bleef nog een hele tijd aan de keukentafel zitten en vroeg zich af waar Max Vandenburg was, in dat heel grote bos. Om haar heen legde het licht zich te ruste. Ze viel in slaap. Mama zei dat ze naar bed moest gaan en dat deed ze, met Max' schetsboek tegen zich aangedrukt.

Pas uren later, toen ze wakker werd, wist ze opeens het antwoord op haar vraag. 'Natuurlijk,' fluisterde ze. 'Natuurlijk. Ik weet waar hij is,' en ze viel weer in slaap.

Ze droomde van de boom.

De Pakkencollectie van de Anarchist

Himmelstraat 35, 24 december
In de afwezigheid van twee vaders,
hebben de Steiners Rosa
en Trudy Hubermann uitgenodigd, en Liesel.
Wanneer zij arriveren, is Rudy nog druk
bezig zijn kleren te rechtvaardigen.
Hij kijkt naar Liesel en zijn mond valt open,
hoewel, een heel klein beetje maar.

In de dagen voorafgaand aan Kerstmis 1942 viel er een dik pak sneeuw. Liesel nam *De Woordschudder* een heleboel keer achter elkaar door, van het verhaal zelf tot de vele schetsen en begeleidende commentaren. Op kerstavond nam zij een beslissing over Rudy. Het kon haar niet schelen dat ze te laat was.

Vlak voordat het donker werd liep ze naar de buren en vertelde hem dat ze een cadeau voor hem had, voor kerst.

Rudy keek naar haar handen en voeten. 'Nou, waar dan?'

'Vergeet het ook maar.'

Maar Rudy wist het. Hij had haar al eerder zo gezien. Gevaarlijke ogen en kleverige vingers. Haar hele wezen ademde stelen uit en hij kon het ruiken. 'Dat cadeau,' zei hij voorzichtig. 'Dat heb je nog niet, hè?'

'Nee.'

'En je gaat het ook niet kopen.'

'Natuurlijk niet. Denk je soms dat ik geld heb?' Het sneeuwde nog steeds. Aan de rand van het gras lag het ijs als gebroken glas. 'Heb jij de sleutel?', vroeg ze.

'De sleutel waarvan?', maar Rudy deed er niet lang over om te begrijpen wat ze bedoelde. Hij ging naar binnen en even later was hij alweer terug. In de woorden van Viktor Chemmel zei hij: 'De hoogste tijd om te gaan winkelen.'

Het werd nu snel donker en met uitzondering van de kerk, ging heel de Münchenstraat dicht voor de kerst. Liesel moest snel lopen om de grotere passen van haar buurman bij te kunnen houden. Ze arriveerden bij de beoogde etalage. STEINER – SCHNEIDERMEISTER. Er zat een dun laagje modder en vuil op de ruit dat er de afgelopen weken tegenaan was gewaaid. Aan de andere kant stonden de etalagepoppen er als getuigen bij. Ze zagen er heel ernstig en belachelijk modieus uit. Je kon het gevoel bijna niet van je afzetten dat ze alles in de gaten hielden.

Rudy stak zijn hand in zijn zak.

Het was kerstavond.

Zijn vader was ergens in de buurt van Wenen.

Rudy dacht niet dat hij het erg zou vinden als ze zijn geliefde winkel binnengingen. De omstandigheden lieten hem geen keus.

De deur ging gemakkelijk open en zij gingen naar binnen. Rudy wilde automatisch het licht aandoen, maar de elektriciteit was al afgesneden.

'Zijn er kaarsen?'

Rudy keek haar geërgerd aan. '*Ik* heb de sleutel meegenomen. En trouwens, dit was jouw idee.'

Midden in hun woordenwisseling struikelde Liesel over een hobbel in de vloer. Samen met een etalagepop viel zij op de grond. Hij greep haar bij de arm en viel in zijn kleren boven op haar uit elkaar. 'Haal dat ding van me af!' Hij lag in vier stukken. Het bovenlichaam met hoofd, de benen en twee afzonderlijke armen. Toen ze er onderuit was, stond Liesel op en zei puffend: 'Jezus, Maria.'

Rudy pakte een van de armen en tikte met de hand op haar schouder. Toen ze zich geschrokken omdraaide, stak hij hem haar vriendschappelijk toe. 'Aangenaam kennis met je te maken.'

Een paar minuten lang liepen zij langzaam door de smalle gangpaden van de winkel. Rudy probeerde in het donker de toonbank te vinden. Toen hij over een lege doos viel, gaf hij een gil en vloekte, waarna hij weer terugkwam naar de ingang. 'Dit slaat nergens op,' zei hij. 'Wacht hier maar even.' Liesel bleef, met de arm van de etalagepop in haar hand, op de grond zitten tot hij terugkwam met een brandende lantaarn uit de kerk.

Zijn gezicht werd omringd door een cirkel van licht.

'Nou, waar is dat cadeau waarover je zo hebt lopen opscheppen? Als het maar niet een van die enge etalagepoppen is.'

'Kom eens hier met dat licht.'

Toen hij naar de linkerkant van de winkel was gekomen, pakte Liesel met één hand de lantaarn en zocht met haar andere hand tussen de hangende pakken. Ze trok er een te voorschijn, maar verruilde het meteen voor een ander. 'Nee, nog steeds te groot.' Na nog twee pogingen hield ze Rudy een marineblauw kostuum voor. 'Is dit ongeveer jouw maat?'

Terwijl Liesel in het donker zat te wachten, paste Rudy achter een van de gordijnen het pak. Een klein cirkeltje licht toonde een schaduw die zichzelf stond aan te kleden.

Toen hij terugkwam, hield hij de lantaarn voor zich zodat Liesel hem kon zien. Bevrijd van het gordijn, scheen het licht vrijelijk over het verfijnde kostuum. Ook verlichtte het het vuile overhemd eronder, en Rudy's afgetrapte schoenen.

'Nou?' vroeg hij.

Liesel bekeek hem van top tot teen. Ze liep om hem heen en haalde haar schouders op. 'Niet slecht.'

'Niet *slecht!* Ik zie er aanzienlijk beter uit dan niet slecht.'

'Het is jammer van de schoenen. En je gezicht.'

Rudy zette de lantaarn op de toonbank en kwam met gespeelde boosheid op haar af en Liesel moest eerlijk toegeven dat ze toch een beetje nerveus begon te worden. Het was zowel een opluchting als een teleurstelling toen ze hem over de kapotte etalagepop zag struikelen en vallen.

Op de grond liggend begon Rudy te lachen.

Toen kneep hij opeens zijn ogen heel stijf dicht.

Liesel rende naar hem toe.

Ze hurkte bij hem neer.

Kus hem, Liesel, kus hem.

'Gaat het wel, Rudy? Rudy?'

'Ik mis hem,' zei de jongen, met zijn gezicht half afgewend, naar de vloer.

'Frohe Weihnachten,' antwoordde Liesel. Ze hielp hem overeind en trok zijn pak recht. 'Vrolijk kerstfeest.'

DEEL NEGEN

DE LAATSTE MENSELIJKE VREEMDELING

waarin:

de volgende verleiding – een kaartspeler – de sneeuw van stalingrad – een leeftijdloze broer – een ongeluk – de bittere smaak van vragen – een gereedschapskist, een bloeder, een beer – een kapot vliegtuig – en een thuiskomst

De Volgende Verleiding

Deze keer stonden er koekjes.

Alleen waren ze wel oud.

Het waren Kipferl die waren overgebleven van de kerst en ze hadden bijna twee weken op het bureau gestaan. Als piepkleine hoefijzertjes met een laagje glazuur, zaten de onderste aan het schaaltje geplakt. De rest lag er als een taaie massa bovenop. Ze rook ze al toen haar vingers de vensterbank grepen. De kamer proefde naar suiker en deeg en duizenden bladzijden.

Er lag geen briefje, maar Liesel realiseerde zich al snel dat Ilsa Hermann weer bezig was geweest en ze nam in elk geval niet het risico dat de koekjes misschien *niet* voor haar bestemd waren. Ze ging weer terug naar het raam en fluisterde iets naar buiten. De gefluisterde naam was Rudy.

Ze waren die dag te voet gekomen omdat de weg te glad was om te fietsen. De jongen stond onder het raam op wacht. Toen ze hem riep, verscheen meteen zijn gezicht en hield zij hem de schaal met koekjes voor. Er was weinig overredingskracht voor nodig hem over te halen hem aan te pakken.

Zijn blik gleed genietend over de koekjes en hij stelde een paar vragen.

'Staat er verder nog iets? Melk?'

'Wat?'

'Melk,' herhaalde hij, iets harder ditmaal. Als hij de beledigde klank in Liesels stem hoorde, gaf hij daar in elk geval geen enkel blijk van.

Het gezicht van de boekendief verscheen weer boven hem. 'Ben je gek geworden? Kan ik nu even het boek stelen?'

'Natuurlijk. Ik wil alleen maar zeggen dat...'

Liesel liep naar de boekenkast achter het bureau. In de bovenste lade vond ze een velletje papier en een pen. Ze schreef *Dank u wel* en legde het briefje op het bureau.

Rechts van haar stak een boek uit als een bot. De donkere letters van de titel vormden bijna een lelijk litteken op de lichte omslag. *Die Letzte Menschliche Fremde – De Laatste Menselijke Vreemdeling.* Het fluisterde zachtjes toen zij het van de plank pakte. Er dwarrelde wat stof naar beneden.

Net toen zij bij het raam stond om naar buiten te klimmen, ging de deur van de bibliotheek krakend open.

Haar knie stond al op de vensterbank en met haar boeken-stelende hand hield zij het raam vast. Toen ze zich omdraaide naar het geluid zag ze de vrouw van de burgemeester staan, in een gloednieuwe badjas en slippers. Op het borstzakje van de badjas was een swastika geborduurd. Propaganda tot in de badkamer.

Ze keken elkaar aan.

Liesel keek naar Ilsa Hermanns borst en stak haar arm op. 'Heil Hitler.'

Ze wilde net weggaan toen er opeens iets tot haar doordrong.

De koekjes.

Die hadden hier een paar weken gestaan.

Dat betekende dat de burgemeester ze, als hij zelf gebruikmaakte van de bibliotheek, moest hebben gezien. Hij moest hebben gevraagd wat ze daar deden. Of – en zodra Liesel deze gedachte voelde, raakte zij vervuld met een eigenaardig optimisme – misschien was het helemaal niet de bibliotheek van de burgemeester, maar was hij van haar, van Ilsa Hermann.

Ze wist niet waarom het zo belangrijk was, maar ze vond het een heerlijk idee dat de kamer vol boeken van de vrouw was. Zij was het tenslotte geweest die haar in eerste instantie met de bibliotheek had laten kennismaken en haar door het raam open te laten staan haar eerste kans had gegeven.

Net toen ze weer in beweging wilde komen, bedacht ze zich en vroeg: 'Dit is uw kamer, hè?'

De vrouw van de burgemeester verstrakte. 'Ik zat hier vroeger vaak te lezen, met mijn zoon. Maar toen...'

Liesels hand raakte de lucht achter haar aan. Ze zag een moeder samen met een klein jongetje op de grond zitten lezen en de plaatjes en de woorden aanwijzen. Toen zag ze een oorlog in het raam. 'Ik weet het.'

Van buiten klonk een stem.

'Wat zei je?'

Liesel fluisterde hard naar achteren. 'Kop dicht, Saukerl, en hou de straat in de gaten.' Langzaam reikte zij Ilsa Hermann de woorden aan. 'Dus al deze boeken...'

'De meeste zijn van mij. Sommige zijn van mijn man en sommige waren van mijn zoon, zoals je weet.'

Nu was er verlegenheid van Liesels kant. Haar wangen gloeiden. 'Ik heb altijd gedacht dat dit de kamer van de burgemeester was.'

'Waarom?' vroeg de vrouw geamuseerd.

Liesel zag dat ook de tenen van haar slippers met swastika's waren versierd. 'Hij is de burgemeester. Ik dacht dat hij dan wel veel zou lezen.'

De vrouw van de burgemeester stak haar handen in haar zakken. 'De laatste tijd maak jij eigenlijk het meeste gebruik van deze kamer.'

'Hebt u dit boek gelezen?' Liesel hield *De Laatste Menselijke Vreemdeling* omhoog.

Ilsa las de titel. 'Ja, dat heb ik gelezen.'

'Is het goed?'

'Niet slecht.'

Eigenlijk wilde ze nu weg, maar ze voelde ook een soort verplichting om te blijven. Ze wilde iets zeggen, maar de beschikbare woorden waren te talrijk en te snel. Ze deed verschillende pogingen er een paar te pakken te krijgen, maar uiteindelijk was het de vrouw van de burgemeester die het initiatief nam.

Zij zag Rudy's gezicht, of liever gezegd, zijn geel oplichtende haar, in het raam. 'Ik denk dat je nu maar beter kunt gaan,' zei ze. 'Hij wacht op je.'

Onderweg naar huis aten ze de koekjes.

'Weet je zeker dat er verder niks was?' vroeg Rudy. 'Er stond vast nog wel wat.'

'We boffen dat we deze hebben.' Liesel keek naar het geschenk in Rudy's armen. 'Eerlijk zeggen. Heb jij er al een paar op voordat ik naar buiten kwam?'

Rudy was diep verontwaardigd. 'Hé, jij bent hier de dief, niet ik.'

'Laat me niet lachen, Saukerl, er zit suiker aan je mondhoek.'

Toch geschrokken, nam Rudy de schaal in één hand en veegde met de andere hand zijn mond af. 'Ik heb er echt geen hap van gegeten, erewoord.'

Voordat ze bij de brug waren was de helft van de koekjes al op en de rest deelden ze in de Himmelstraat met Tommy Müller.

Toen alles op was, was er nog één probleempje en Rudy was degene die het aanroerde.

'Wat doen we verdomme met die schaal?'

De Kaartspeler

Ongeveer op hetzelfde ogenblik dat Rudy en Liesel de koekjes aten, zaten de mannen van de LSE in een stadje niet ver van Essen uit te rusten en een kaartje te leggen. Ze hadden net de lange weg vanuit Stuttgart afgelegd en speelden om sigaretten. Reinhold Zucker was geen gelukkig mens.

'Hij speelt vals, ik zweer het je,' mompelde hij. Ze bevonden zich in een schuur die fungeerde als hun barak en Hans Hubermann had zojuist voor de derde achtereenvolgende keer gewonnen. Zucker smeet geërgerd zijn kaarten op tafel en haalde een drietal vuile vingernagels door zijn vette haar.

Enkele Feiten Over Reinhold Zucker

Hij was vierentwintig. Wanneer hij een potje kaarten won, verkneukelde hij zich – dan hield hij de dunne staafjes tabak onder zijn neus en snoof eraan. 'De geur van de overwinning,' zei hij dan. O, en nog iets anders: hij zou sterven met zijn mond open.

In tegenstelling tot de jongeman links van hem, verkneukelde Hans Hubermann zich helemaal niet wanneer hij won. Hij was zelfs royaal genoeg om elke collega een van zijn sigaretten terug te geven en hem voor hem aan te steken. Reinhold Zucker was de enige die dit weigerde. Hij griste de aangeboden sigaret uit Hubermanns hand en smeet hem terug in de doos. 'Ik hoef jouw liefdadigheid niet, ouwe.' Toen stond hij op en liep weg.

'Wat mankeert hem?' wilde de sergeant weten, maar niemand nam de moeite om te antwoorden. Reinhold Zucker was gewoon een knul van vierentwintig die niet kon kaarten.

Als hij al zijn sigaretten niet aan Hans Hubermann had verloren, had hij niet zo'n hekel aan hem gehad. Als hij niet zo'n hekel aan hem had gehad, had hij misschien een paar weken later op een vrij ongevaarlijke weg zijn plaats niet ingenomen.

Eén zitplaats, twee mannen, een korte woordenwisseling en ik.

Ik kan er soms met mijn verstand niet bij, hoe mensen aan hun eind komen.

De Sneeuw van Stalingrad

Half januari 1943 was de Himmelstraat gewoon zijn donkere, armoedige zelf. Liesel trok het hek dicht, liep naar Frau Holtzapfels voordeur en klopte aan. Ze keek vreemd op van degene die opendeed.

De eerste gedachte die bij haar opkwam was dat deze man een van haar zoons moest zijn, maar hij leek niet op een van de broers op de ingelijste foto's bij de deur. Hij leek veel te oud, hoewel dat moeilijk te zien was. Hij had zich lang niet geschoren en hij had een gekwelde blik in zijn ogen. Er hing een verbonden hand uit zijn mouw en Liesel zag de bloeddruppels door de windsels heen sijpelen.

'Misschien kan je beter een andere keer terugkomen.'

Liesel probeerde langs hem heen te kijken. Ze stond op het punt Frau Holtzapfels naam te roepen, maar de man bleef voor haar staan.

'Kindje,' zei hij. 'Kom straks maar terug. Ik kom je wel halen. Waar kom je vandaan?'

Na meer dan drie uur werd er in Himmelstraat 33 aangeklopt en stond de man voor haar. De bloeddruppels waren bloedvlekken geworden.

'Nu kan ze je wel ontvangen.'

Buiten, in het schemerige licht, kon Liesel zich niet bedwingen om de man te vragen wat er met zijn hand was gebeurd. Hij blies wat lucht door zijn neusgaten – een enkele lettergreep – voordat hij antwoordde: 'Stalingrad.'

'Pardon?' Hij had de wind in zijn gezicht gehad toen hij het zei. 'Ik kon u niet goed verstaan.'

Hij antwoordde nog een keer, op luidere toon ditmaal, en deze keer gaf hij een volledig antwoord op haar vraag. 'Stalingrad is wat er met mijn hand is gebeurd. Ik ben in mijn ribben geschoten en er zijn drie vingers van mijn hand geschoten. Is dat een bevredigend antwoord op je vraag?' Hij stak zijn goede hand in zijn zak en huiverde van minachting voor de Duitse wind. 'Vind jij het hier koud?'

Liesel raakte de muur naast zich aan. Ze kon moeilijk liegen. 'Ja, natuurlijk.'

De man begon te lachen. 'Dit is geen kou.' Hij pakte een sigaret en stak hem tussen zijn lippen. Met één hand probeerde hij een lucifer af te strijken. In dit slechte weer zou het zelfs met twee handen moeilijk zijn geweest, maar met één hand was het onmogelijk. Hij liet het luciferdoosje vallen en vloekte.

Liesel raapte het op.

Ze pakte de sigaret en nam hem in haar mond. Ook zij kreeg hem niet aan.

'Je moet eraan zuigen,' legde de man uit. 'In dit weer gaat hij alleen maar branden wanneer je eraan zuigt. *Verstehst?*'

Ze deed nog een poging en probeerde zich te herinneren hoe Papa dit altijd deed. Deze keer vulde haar mond zich met rook. Het kwam tegen haar tanden en prikte in haar keel, maar ze wilde niet hoesten.

'Goed werk.' Toen hij de sigaret van haar aannam en inhaleerde, stak hij haar zijn goede linkerhand toe. 'Michael Holtzapfel.'

'Liesel Meminger.'

'Kom je mijn moeder voorlezen?'

Op dat moment kwam Rosa achter haar staan en Liesel voelde hoe zij schrok. 'Michael?' vroeg ze. 'Ben jij het?'

Michael Holtzapfel knikte. '*Guten Tag, Frau Hubermann*, dat is lang geleden.'

'Je lijkt zoveel...'

'Ouder?'

Rosa verkeerde nog steeds in shock, maar ze bleef kalm. 'Wil je misschien even binnenkomen? Ik zie dat je al kennis hebt gemaakt met mijn pleegdochter...' Haar stem stierf weg toen ze de bebloede hand zag.

'Mijn broer is dood,' zei Michael Holtzapfel, en hij had de klap niet beter kunnen uitdelen met zijn ene bruikbare vuist. Want Rosa wankelde. Natuurlijk betekende oorlog dat er mensen doodgingen, maar het sloeg altijd even de grond onder iemands voeten weg wanneer het iemand was die ooit heel dichtbij had geleefd en geademd. Rosa had allebei de Holtzapfel-jongens zien opgroeien.

De oud geworden jonge man slaagde erin om op een rustige manier te vertellen wat er was gebeurd. 'Ik was in een van de gebouwen die we als hospitaal gebruikten toen ze hem binnenbrachten. Dat was een week voordat ik naar huis zou komen. Ik heb drie hele dagen van die week bij hem gezeten voordat hij stierf...'

'Wat vind ik dat erg.' De woorden leken niet uit Rosa's mond te komen. Het was iemand anders die die avond achter Liesel Meminger stond, maar ze durfde niet om te kijken.

'Alstublieft,' snoerde Michael haar de mond. 'Zegt u maar niets meer. Mag ik het meisje meenemen om voor te lezen? Ik betwijfel of mijn moeder het zal horen, maar ze vroeg zelf of ik haar wilde halen.'

'Ja, neem haar maar mee.'

Ze waren halverwege het pad toen Michael Holtzapfel opeens ergens aan dacht en terugliep. 'Rosa?' Hij wachtte even totdat Mama de deur wat verder opentrok. 'Ik heb gehoord dat je zoon daar ook was. In Rusland. Ik kwam iemand anders uit Molching tegen en die vertelde me dat. Maar ik neem aan dat je het zelf al wist?'

Rosa probeerde te verhinderen dat hij weg zou gaan. Ze kwam snel naar buiten en pakte hem bij zijn mouw. 'Nee. Hij is hier op een dag weggegaan en niet meer teruggekomen. We hebben geprobeerd hem te vinden, maar toen gebeurde er van alles en er was...'

Michael Holtzapfel liet zich niet vermurwen. Het laatste waar hij nu behoefte aan had was het zoveelste trieste verhaal. Hij trok zich los en zei: 'Voor zover ik weet is hij nog in leven.' Hij liep naar Liesel bij het hek, maar het meisje liep niet naar het buurhuis. Ze keek naar Rosa's gezicht. Het leek op hetzelfde moment op te lichten en weer te betrekken.

'Mama?'

Rosa stak haar hand op. 'Ga nu maar.'

Liesel wachtte.

'Ik zei ga nu maar.'

Toen ze hem had ingehaald, probeerde de teruggekeerde soldaat een gesprekje met haar aan te knopen. Waarschijnlijk had hij spijt van zijn verbale vergissing met Rosa en nu probeerde hij het te maskeren met andere woorden. Hij hield zijn verbonden hand omhoog en zei: 'Het wil maar niet ophouden met bloeden.' Liesel was blij toen ze de keuken van Frau Holtzapfel binnengingen. Hoe sneller ze kon gaan lezen, hoe beter.

Frau Holtzapfel zat met een betraand gezicht aan tafel.

Haar zoon was dood.

Maar dat was nog maar de helft van het verhaal.

Ze zou nooit precies weten hoe het was gebeurd, maar ik kan je zonder enige twijfel vertellen dat een van ons dat wel degelijk weet. Ik schijn altijd te weten hoe iets is gebeurd wanneer er sprake was van sneeuw en geweren en de verschillende verwarringen van de menselijke taal.

Wanneer ik me Frau Holtzapfels keuken voorstel zoals die in de woorden van de boekendief wordt beschreven, zie ik niet het fornuis of de pollepels of de waterpomp, of iets dergelijks. Niet meteen tenminste. Wat ik zie is de Russische winter en de sneeuw die van het plafond omlaag valt en het lot van Frau Holtzapfels tweede zoon.

Zijn naam was Robert en hem was het volgende overkomen.

Een Klein Oorlogsverhaal

Zijn benen werden ter hoogte van zijn schenen weggeschoten en hij stierf terwijl zijn broer zat toe te kijken in een koud, stinkend militair hospitaal.

Het was 5 januari 1943, in Rusland, en het was zoals gewoonlijk een ijskoude dag. Overal in de stad en in de sneeuw lagen dode Russen en Duitsers. Zij die nog in leven waren schoten op de onbeschreven bladzijden voor hen. Drie talen verweefden zich met elkaar. Het Russisch, de kogels, het Duits.

Terwijl ik mij een weg baande tussen de gesneuvelde zielen, zei een van de mannen: 'Mijn maag kriebelt zo.' Hij zei het vele keren achtereen. Ondanks zijn shock kroop hij in de richting van een donkere, verminkte gestalte die op de grond zat leeg te bloeden. Toen de soldaat met de wond in zijn maag bij hem aankwam, zag hij dat het Robert Holtzapfel was. Zijn handen zaten onder het bloed en hij legde handenvol sneeuw op de plek vlak boven zijn schenen, waar bij de laatste explosie zijn benen waren afgeschoten. Hete handen en een ijselijk geschreeuw.

De stoom steeg op van de grond. De aanblik en geur van rottende sneeuw.

'Ik ben het,' zei de soldaat tegen hem. 'Pieter.' Hij sleepte zichzelf nog iets dichterbij.

'Pieter?' vroeg Robert, een wegkwijnende stem. Hij moet mijn nabijheid al hebben gevoeld.

En nog een keer. 'Pieter?'

Om de een of andere reden stellen stervende mannen vaak vragen waarop zij het antwoord al weten. Misschien wel om op het moment van hun dood een keer gelijk te hebben.

Opeens klonken alle stemmen hetzelfde.

Robert Holtzapfel zakte naar rechts, op de koude, dampende grond.

Ik weet zeker dat hij mij op dat moment verwachtte te zien.

Maar hij zag me niet.

Ongelukkig genoeg voor de jonge Duitser, nam ik hem die middag nog niet meteen mee. Met de andere arme zielen in mijn armen stapte ik over hem heen en liep weer terug naar de Russen.

En zo reisde ik heen en weer.

Uiteengerukte mannen.

Het was geen skivakantie, dat kan ik je wel vertellen.

Zoals Michael zijn moeder al had verteld, duurde het nog drie lange dagen voordat ik de soldaat kwam halen die in Stalingrad zijn voeten had achtergelaten. Ik voelde me heel welkom toen ik arriveerde bij het tijdelijke hospitaal en deinsde even terug voor de stank.

Een man met zijn hand in het verband zat de zwijgende, in shock verkerende soldaat te vertellen dat alles goed zou komen. 'Voor je het weet ben je weer thuis,' verzekerde hij hem.

Ja, thuis, dacht ik. Voorgoed.

'Ik wacht op je,' vervolgde hij. 'Eigenlijk zou ik eind deze week naar huis gaan, maar ik wacht op je.'

Midden in de volgende zin van zijn broer nam ik de ziel van Robert Holtzapfel in mijn armen.

Meestal moet ik mijn best doen om door het plafond te kijken wanneer ik ergens binnen ben, maar in dit gebouw bofte ik. Een klein deel van het dak was verwoest en als ik recht omhoogkeek, keek ik zó naar buiten. Op nog geen meter afstand zat Michael Holtzapfel nog steeds te praten. Ik probeerde hem te negeren door naar het gat boven mij te kijken. De hemel was wit, maar dat veranderde snel. Zoals altijd leek het wel een reusachtig afdeklaken. Er druppelde bloed doorheen en hier en daar waren de wolken smoezelig, als voetstappen in smeltende sneeuw.

Voetstappen? vraag je nu.

Tja, ik vraag me ook af van wie die kunnen zijn.

In de keuken van Frau Holtzapfel zat Liesel te lezen. De bladzijden gingen ongehoord voorbij en wat mij betreft, hoewel het Russische landschap voor mijn ogen begon te vervagen, bleef de sneeuw maar van het plafond vallen. De ketel is bedekt, net als de tafel. Ook de mensen hebben sneeuw op hun hoofden en schouders.

De broer rilt.

De vrouw huilt.

En het meisje leest verder, want daarvoor is ze hier en het voelt fijn om ergens goed voor te zijn in de nasleep van de sneeuw van Stalingrad.

De Leeftijdloze Broer

Over een paar weken zou Liesel Meminger veertien worden.

Haar papa was nog steeds weg.

Ze had alweer drie leessessies achter de rug met een gebroken vrouw. 's Avonds gebeurde het heel vaak dat ze Rosa met de accordeon zag zitten bidden, met haar kin op de balgen.

Nu, dacht ze, nu moet het gebeuren. Meestal was het stelen dat haar een goed gevoel gaf, maar vandaag ging ze iets teruggeven.

Ze haalde de schaal onder haar bed vandaan. Ze ruimde zo snel mogelijk de keuken op en ging naar buiten. Het was prettig om door Molching te wandelen. De lucht was scherp en prikkelend als de Watschen van een sadistische onderwijzeres of non. Haar schoenen maakten het enige geluid in de Münchenstraat.

Toen ze de rivier overstak, was er een belofte van zon achter de wolken.

Bij Grande Strasse 8 liep zij het trapje op, zette de schaal bij de voordeur en klopte aan, en tegen de tijd dat de deur werd opengedaan, was het meisje al om de hoek verdwenen. Liesel keek niet meer om, maar ze wist dat ze, als ze dat deed, haar broertje weer onder aan het trapje zou zien zitten, met een volledig genezen knie. Ze kon zelfs zijn stem horen.

'Dat is beter, Liesel.'

Verdrietig realiseerde ze zich dat haar broertje voor altijd zes jaar zou blijven, maar toen ze daar wat langer bij stilstond, kwam er toch een glimlach op haar gezicht.

Ze bleef een poosje bij de rivier de Amper, waar Papa zo vaak aan de brugleuning had gestaan.

Ze lachte en lachte en toen het er allemaal uit was, liep ze naar huis en haar broertje zou nooit meer in haar dromen verschijnen. Ze zou hem in heel veel opzichten blijven missen, maar wat ze nooit zou missen waren zijn dode ogen op de vloer van de trein, of het geluid van zijn dodelijke hoest.

Toen de boekendief die avond in bed lag, kwam de jongen alleen nog even langs voordat ze haar ogen dichtdeed. Hij hoorde erbij, want Liesel kreeg altijd bezoek in die kamer. Haar papa kwam bij haar staan en noemde haar al bijna een vrouw. In een hoekje zat Max *De Woordschudder* te schrijven. Rudy stond naakt bij de deur. Heel af en toe stond haar moeder op een perron naast haar bed. En heel ver weg, in de kamer die zich uitstrekte als een brug naar een naamloos stadje, speelde haar broertje Werner op het kerkhof in de sneeuw.

Een eindje verderop in de gang lag, als een metronoom bij de visioenen, Rosa te snurken. Liesel lag klaarwakker. Ze werd omgeven door visioenen, maar herinnerde zich ook een citaat uit haar laatste boek.

De Laatste Menselijke Vreemdeling, Pagina 38

Het was heel druk op straat, maar de vreemdeling had zich niet eenzamer kunnen voelen als de straat verlaten was geweest.

Toen het ochtend werd, waren de visioenen verdwenen en hoorde zij in de woonkamer een zachte stem. Daar zat Rosa met de accordeon te bidden.

'Laat hen levend terugkomen,' herhaalde ze. 'Alstublieft, Heer, alstublieft. Allemaal.' Zelfs de rimpels rond haar ogen reikten elkaar de hand.

De accordeon moest haar pijn hebben gedaan, maar ze bleef zitten.

Rosa zou Hans nooit over deze momenten vertellen, maar Liesel wist zeker dat het deze gebeden moesten zijn geweest die Papa het LSE-incident in Essen hadden laten overleven. En als ze niet geholpen hadden, hadden ze toch ook in elk geval geen kwaad gedaan.

Het Ongeluk

Het was een verbazend heldere middag en de mannen klommen in de vrachtwagen. Hans Hubermann was net op de hem toegewezen plek gaan zitten. Opeens stond Reinhold Zucker boven hem.

'Opschuiven,' zei hij.

'*Bitte?* Pardon?'

Zucker stond gebogen onder het dak van het voertuig. 'Ik zei opschuiven, Arschloch.' Het vettige oerwoud van zijn haar viel in aan elkaar geplakte plukken op zijn voorhoofd. 'Wij ruilen van plaats.'

Hans begreep er niets van. Zijn plek achterin was waarschijnlijk de minst comfortabele van allemaal. Hier tochtte het 't meest en was het 't koudst. 'Waarom?'

'Doet dat er wat toe dan?' Zucker begon zijn geduld te verliezen. 'Misschien wil ik er wel als eerste uit omdat ik naar het schijthuis moet.'

Hans was zich er al snel van bewust dat de rest van de eenheid zat te kijken naar deze meelijwekkende strijd tussen twee ogenschijnlijk volwassen mannen. Hij wilde niet verliezen, maar hij wilde ook niet kinderachtig zijn. Verder hadden ze net een vermoeiende dienst achter de rug en had hij de energie niet meer om de confrontatie aan te gaan. Met gebogen rug liep hij wat verder naar voren, naar de lege zitplaats in het midden van de truck.

'Waarom geef je toe aan die Scheisskopf?' vroeg de man naast hem.

Hans streek een lucifer af en bood hem de helft van een sigaret aan. 'Die tocht daar gaat dwars door mijn oren.'

De legergroene truck was onderweg naar het kamp, een kilometer of vijftien verderop. Brunnenweg zat net een mop te vertellen over een Frans dienstmeisje toen de band van het linkervoorwiel klapte en de chauffeur de macht over het stuur verloor. Het voertuig ging verschillende malen over de kop en de mannen vlogen vloekend door de lucht, het licht, de rotzooi en de tabak. Buiten gleed de blauwe lucht van dak naar vloer terwijl zij wanhopig naar iets zochten om zich aan vast te houden.

Toen het ophield, lagen ze allemaal dicht op elkaar tegen de rechter zijwand van de truck, met hun gezichten in het smerige uniform van hun buurman gedrukt. Er werd over en weer naar gezondheid geïnformeerd, totdat een van de mannen, Eddie Alma, begon te schreeuwen. 'Haal die rotzak van me af!' Hij zei het drie keer, heel snel achter elkaar. Hij keek recht in Reinhold Zuckers levenloze ogen.

DE SCHADE, ESSEN

Zes man gebrand door sigaretten.
Twee gebroken handen.
Een aantal gebroken vingers.
Een gebroken been voor Hans Hubermann.
Een gebroken nek voor Reinhold
Zucker, geknakt ter hoogte van zijn oorlelletjes.

Ze sleepten elkaar naar buiten totdat alleen het lijk nog in de truck lag.

De chauffeur, Helmut Brohmann, zat op de grond op zijn hoofd te krabben. 'Die band,' zei hij, 'die knalde gewoon.' Een paar mannen die bij hem zaten verzekerden hem dat het niet zijn schuld was. Anderen liepen rokend rond en vroegen elkaar of de ander dacht dat hun verwondingen ernstig genoeg waren om van hun taken te worden ontheven. Een ander klein groepje verzamelde zich aan de achterkant van de truck om het lichaam te bekijken.

Even verderop, bij een boom, nam de pijn in Hans Hubermanns been nog steeds in hevigheid toe. 'Dat had ik moeten zijn,' zei hij.

'Wat?' riep de sergeant, die bij de truck stond.

'Hij zat op mijn plaats.'

Helmut Brohmann kwam weer wat bij zijn positieven en klom in de stuurcabine van de truck. Horizontaal op de grond liggend, probeerde hij de motor te starten, maar er gebeurde niets. Er werd een andere truck opgeroepen, en ook een ambulance. De ambulance kwam niet.

'Jullie weten wat dat betekent, hè?' zei Boris Schipper. Dat wisten ze.

Toen ze de rit naar het kamp hervatten, deed iedereen zijn best niet naar Reinhold Zuckers spottende grijns te kijken. 'Ik zei nog zo dat we hem beter op zijn buik konden leggen,' merkte iemand op. Af en toe vergaten sommigen het gewoon en legden hun voeten op het lichaam. Eenmaal aangekomen, probeerde iedereen onder de taak uit te komen om hem naar buiten te moeten dragen. Toen het dan toch was gebeurd, zette Hans Hubermann een paar korte stapjes, voordat de pijn in zijn been te erg werd en hij in elkaar zakte.

Een uur later werd hij onderzocht door de dokter, die hem vertelde dat het been in elk geval gebroken was. De sergeant stond er half grijnzend bij.

'Nou, Hubermann. Volgens mij heb je het voor elkaar.' Hij schudde zijn ronde gezicht en gaf, al rokend, een opsomming van alles wat er nu ging gebeuren. 'Eerst ga jij lekker uitrusten. Dan gaan ze mij vragen wat we met je aan moeten. Ik zal hun vertellen dat je geweldig werk hebt gedaan.' Hij blies nog wat rook uit. 'En ik denk dat ik ze ook maar ga vertellen dat je niet langer geschikt bent voor de LSE en naar München moet worden gestuurd voor een kantoorbaantje of schoonmaakwerkzaamheden of zoiets. Wat vind je daarvan?'

Ondanks de pijn niet in staat een lach te onderdrukken, antwoordde Hans Hubermann: 'Klinkt goed, sergeant.'

Boris Schipper rookte zijn sigaret op. 'Dat kan je wel zeggen, ja. Je boft dat ik je graag mag, Hubermann. Je boft dat je een goeie kerel bent en royaal met sigaretten.'

In de kamer naast hen werd het gips aangemaakt.

De Bittere Smaak van Vragen

Iets meer dan een week na Liesels verjaardag, half februari, ontvingen zij en Rosa eindelijk een uitgebreide brief van Hans Hubermann. Ze rende naar binnen met de brief en liet hem aan Mama zien. Rosa vroeg haar hem voor te lezen en ze konden hun opwinding nauwelijks bedwingen toen Liesel over zijn gebroken been las. Ze was zo verbijsterd dat ze de volgende zin geluidloos voor zich uit prevelde.

'Wat staat er?' drong Rosa aan. 'Saumensch?'

Liesel keek op van de brief en kon het wel uitschreeuwen. De sergeant had woord gehouden. 'Hij komt naar huis, Mama. Papa komt naar huis!'

Ze vielen elkaar in de armen en de brief werd tussen hen in geplet. Een gebroken been was iets wat gevierd moest worden.

Toen Liesel het nieuws bij de buren ging vertellen, was Barbra Steiner buiten zichzelf van vreugde. Ze wreef het meisje over haar armen en riep de rest van het gezin erbij. In hun keuken leek het hele gezin Steiner nieuwe hoop te putten uit het nieuws dat Hans Hubermann thuis zou komen. Rudy lachte en Liesel kon zien dat hij echt zijn best deed. Ze voelde echter ook de bittere smaak van vragen in zijn mond.

Waarom hij?

Waarom Hans Hubermann wel en Alex Steiner niet?

Daar zat wat in.

Een Gereedschapskist, een Bloeder, een Beer

Sinds zijn vader afgelopen oktober was opgeroepen voor het leger, was Rudy's boosheid aardig gegroeid. Het nieuws van Hans Hubermanns thuiskomst was het enige wat hij nodig had om nog een paar stapjes verder te gaan. Hij zei niets tegen Liesel. Hij klaagde niet dat het niet eerlijk was. Hij besloot er iets aan te doen.

Op het echte dieventijdstip van de donkere namiddag liep hij met een metalen kist door de Himmelstraat.

Rudy's Gereedschapskist

Hij was vlekkerig rood en
zo groot als een flinke schoenendoos.
Hij bevatte het volgende:
roestig zakmes × 1
kleine zaklantaarn × 1
hamer × 2
(één middelgrote, één kleine)
handdoek × 1
schroevendraaier × 3
(verschillende maten)
bivakmuts × 1

schone sokken × 1
teddybeer × 1

Liesel zag hem vanuit het keukenraam – zijn vastberaden tred en gedecideerde gezicht, precies zoals die keer toen hij op weg was gegaan om zijn vader te zoeken. Hij greep het handvat zo stevig mogelijk vast en zijn bewegingen waren houterig van woede.

De boekendief liet de theedoek uit haar handen vallen en verving hem voor één enkele gedachte.

Hij gaat op dievenpad.

Ze rende hem tegemoet.

'Rudy, waar ga je naartoe?'

Rudy liep stug door en praatte tegen de koude lucht voor hem. Vlak bij het appartementenblok waar Tommy Müller woonde, zei hij: 'Weet je, Liesel, ik heb eens zitten denken. Jij bent helemaal geen dief', en hij gaf haar niet de kans om iets terug te zeggen. 'Die vrouw laat je gewoon binnen. Ze zet zelfs koekjes voor je neer. Jezus, dat noem ik geen stelen. Stelen is wat het leger doet. Door jouw vader in te pikken, en de mijne.' Hij trapte een steen tegen een hek. Hij begon sneller te lopen. 'Al die rijke nazi's daar, in de Grande Strasse en de Gelb Strasse en de Heide Strasse.'

Liesel moest haar uiterste best doen om hem bij te kunnen houden. Ze waren de winkel van Frau Diller al gepasseerd en liepen al halverwege de Münchenstraat. 'Rudy – '

'Hoe voelt het eigenlijk?'

'Hoe voelt wat?'

'Wanneer je een van die boeken pikt?'

Op dat moment besloot ze te blijven staan. Als hij antwoord op zijn vraag wilde, dan kwam hij maar terug en dat deed hij dan ook. 'Nou?' Maar opnieuw was het Rudy die antwoordde, nog voordat Liesel haar mond kon opendoen. 'Het voelt zeker lekker, hè? Om iets terug te stelen?'

Liesel dwong zichzelf om naar de gereedschapskist te kijken en te proberen hem op te houden. 'Wat heb je bij je?'

Hij bukte zich en maakte hem open.

Alles leek te kloppen, behalve de teddybeer.

Terwijl ze verder liepen, ging Rudy uitgebreid op de inhoud van de gereedschapskist in en wat hij met alle spullen zou doen. Met de hamers bijvoorbeeld zou hij ruiten inslaan en de handdoek was om ze in te wikkelen, en het geluid te dempen.

'En de teddybeer?'

Die was van Anna-Marie Steiner en niet groter dan een van Liesels boeken. Hij was oud en versleten. De ogen en oren waren er meerdere keren opnieuw aangenaaid, maar ondanks dat bleef het een vriendelijk ogend beest.

'Dat,' antwoordde Rudy, 'is mijn absolute meesterzet. Die is voor als er opeens een kind binnenkomt terwijl ik bezig ben. Dan geef ik de beer aan dat kind om het rustig te houden.'

'En wat ben je van plan te gaan stelen?'

Hij haalde zijn schouders op. 'Geld, voedsel, juwelen. Alles wat ik te pakken kan krijgen.' Het klonk eenvoudig genoeg.

Pas een kwartier later, toen Liesel naar zijn plotseling stille gezicht keek, realiseerde zij zich dat Rudy helemaal niets ging stelen. Zijn vastberadenheid was weggeëbd en hoewel hij nog steeds het glorieuze beeld voor zich zag, kon zij duidelijk zien dat hij er niet meer in geloofde. Hij *probeerde* erin te geloven, en dat is nooit een goed teken. Zijn criminele grootheid zakte voor zijn ogen ineen en terwijl zijn tred vertraagde en zij samen naar de huizen keken, voelde Liesels opluchting zowel oprecht als verdrietig.

Ze waren in de Gelbstraat.

Bijna alle huizen stonden er donker en gigantisch bij.

Rudy trok zijn schoenen uit en hield ze in zijn linkerhand. In zijn rechterhand hield hij de gereedschapskist.

De maan stond tussen de wolken. Misschien anderhalve kilometer licht.

'Waar wacht ik nu nog op?' vroeg hij, maar Liesel zei niets. Opnieuw deed Rudy zijn mond open, maar zonder woorden. Hij zette de gereedschapskist op de grond en ging erop zitten.

Zijn sokken werden koud en nat.

'Wat een geluk dat je er nog een paar in die kist hebt zitten,' zei Liesel en ze zag dat hij zijn best moest doen om niet te lachen.

Rudy schoof een eindje op, met zijn gezicht de andere kant op, en nu was er ook voor Liesel plaats.

De boekendief en haar beste vriend zaten midden op straat rug-aan-rug op een afbladderende rode gereedschapskist. Ze keken elk een andere kant op en bleven een hele tijd zo zitten. Toen ze opstonden om naar huis te gaan, trok Rudy droge sokken aan en liet de natte op straat liggen. Een aandenken, besloot hij, voor de Gelbstraat.

De Uitgesproken Eerlijkheid van Rudy Steiner

'Volgens mij ben ik beter in het achterlaten van dingen dan in het stelen ervan.'

Een paar weken later bleek de gereedschapskist toch nog ergens goed voor te zijn. Rudy haalde de schroevendraaiers en hamers eruit en besloot hem als bergplaats te gebruiken voor de kostbaarheden van de familie, voor als er weer een nieuwe luchtaanval kwam. Het enige dat mocht blijven was de teddybeer.

Op 9 maart verliet Rudy het huis ermee toen de sirenes zich weer eens lieten horen in Molching.

Terwijl de Steiners zich door de Himmelstraat haastten, stond Michael Holtzapfel keihard op Rosa Hubermanns deur te bonzen. Toen zij en Liesel naar buiten kwamen, legde hij hun zijn probleem voor. 'Mijn moeder,' zei hij, en er zaten nog steeds bloedvlekken op zijn verband. 'Ze wil niet weg. Ze zit aan de keukentafel.'

Met het verstrijken van de weken had Frau Holtzapfel nog steeds geen begin gemaakt met het verwerken van haar verlies. Wanneer Liesel kwam voorlezen, zat de vrouw het grootste deel van de tijd uit het raam te staren. Ze praatte heel zacht en bewoog zich nauwelijks. Elke hardvochtigheid en boosheid was van haar gezicht verdwenen. Meestal was het Michael die afscheid nam van Liesel of die haar de koffie gaf en haar bedankte. En nu dit.

Rosa kwam meteen in actie.

Ze waggelde snel het hek door en ging in de deuropening staan. 'Holtzapfel!' Je hoorde niets anders dan de sirenes en Rosa. 'Holtzapfel, kom naar buiten, ellendig oud varken!' Tact was nooit Rosa Hubermanns sterkste punt geweest. 'Als je niet onmiddellijk naar buiten komt, liggen we hier straks allemaal nog dood op straat.' Ze draaide zich om en keek naar de machteloze gestaltes op de stoep. Een van de sirenes was net opgehouden met loeien. 'Wat nu?'

Michael haalde zijn schouders op. Hij had geen idee wat hij moest beginnen. Liesel liet haar tas met boeken vallen en keek hem aan. Bij het begin van de volgende sirene schreeuwde ze naar hem: 'Vind je het goed als ik naar binnen ga?' Maar ze wachtte zijn antwoord niet af. Ze rende het pad af en duwde Mama uit de weg.

Frau Holtzapfel zat nog steeds aan de tafel.

Wat moet ik tegen haar zeggen? dacht Liesel.

Hoe krijg ik haar in beweging?

Toen de sirenes weer even op adem kwamen, hoorde ze Rosa roepen. 'Laat haar maar, Liesel, we moeten hier weg! Als zij zo graag dood wil, moet ze dat zelf weten', maar op dat moment begonnen de sirenes weer. Ze reikten omlaag en duwden de stem weg.

Nu was het alleen nog lawaai en meisje en pezige vrouw.

'Frau Holtzapfel, alstublieft!'

Net als bij haar gesprek met Ilsa Hermann op de dag van de koekjes, had ze een veelheid aan woorden en zinnen tot haar beschikking. Het verschil was dat er vandaag bommen vielen. Vandaag was het ietsje dringender.

De Mogelijkheden

*** 'Frau Holtzapfel, we moeten nu echt gaan.'**
*** 'Frau Holtzapfel, als we hier blijven gaan we dood.'**
*** 'U hebt nog een zoon.'**
*** 'Iedereen staat op u te wachten.'**
*** 'Die bommen rukken uw kop eraf.'**
*** 'Als u niet meegaat, kom ik u nooit meer voorlezen en dan bent u uw enige vriendin kwijt.'**

Ze koos voor de laatste zin en schreeuwde de woorden dwars door de sirenes. Ze had haar handen vlak voor zich op de tafel gezet.

De vrouw keek op en nam een besluit. Ze verroerde zich niet.

Liesel ging weg. Ze trok zich terug van de tafel en rende het huis uit.

Rosa hield het hek open en ze renden in de richting van nummer vijfenveertig. Michael Holtzapfel bleef in zijn eentje en zonder iets te zeggen voor zijn huis staan.

'Kom nou!' smeekte Rosa hem, maar de teruggekeerde soldaat aarzelde. Hij stond op het punt weer naar binnen te gaan, toen iets hem tegenhield. Zijn verminkte hand zat nog vast aan het hek en hij trok hem enigszins gegeneerd los en volgde hen.

Ze keken allemaal nog een paar keer achterom, maar nog steeds geen Frau Holtzapfel.

De straat leek enorm lang en toen de laatste sirene wegstierf in de lucht, arriveerden de laatste drie mensen van de Himmelstraat in de kelder van de Fiedlers.

'Waar bleven jullie zo lang?' vroeg Rudy. Hij had de gereedschapskist bij zich.

Liesel zette haar tas met boeken op de grond en ging erop zitten. 'We probeerden Frau Holtzapfel mee te krijgen.'

Rudy keek om zich heen. 'Waar is ze dan?'

'Thuis. In de keuken.'

In een hoekje van de kelder stond Michael in elkaar gedoken te rillen. 'Ik had moeten blijven,' zei hij. 'Ik had moeten blijven, ik had moeten blijven...' Zijn stem maakte bijna geen geluid, maar zijn ogen spraken boekdelen. Ze keken woest uit hun kassen toen hij in zijn gewonde hand kneep en het bloed door het verband heen druppelde.

Het was Rosa die zijn hand pakte.

'Toe nou, Michael, jij kunt er niets aan doen.'

Maar de jonge man met nog slechts een paar vingers aan zijn rechterhand was ontroostbaar. Hij keek Rosa smekend aan.

'Vertel me eens,' zei hij, 'want ik begrijp niet...' Hij ging met zijn rug tegen de muur zitten. 'Vertel me, Rosa, hoe zij daar kan zitten, klaar om te sterven, terwijl ik nog steeds wil leven?' Het bloed werd dikker. 'Waarom wil ik nog leven? Ik zou het niet moeten willen, maar ik wil het toch.'

De jonge man begon ontroostbaar te huilen, met Rosa's hand op zijn schouder. De andere mensen keken toe. Hij kon er niet meer mee ophouden, zelfs niet toen de kelderdeur openging en Frau Holtzapfel de schuilkelder binnenkwam.

Haar zoon keek op.

Rosa deed een stap opzij.

Toen ze bij hem stond, verontschuldigde Michael zich. 'Mama, het spijt me zo. Ik had bij je moeten blijven.'

Frau Holtzapfel hoorde het niet. Ze ging bij haar zoon zitten en tilde zijn verbonden hand op. 'Je bloedt weer,' zei ze, waarna ze, samen met alle anderen, rustig ging zitten wachten.

Liesel maakte haar tas open en zocht tussen de boeken.

HET BOMBARDEMENT VAN MÜNCHEN, 9 EN 10 MAART

Het was een lange nacht vol bommen en lezen. Haar mond was droog, maar de boekendief werkte zich toch door vierenvijftig pagina's.

De meeste kinderen sliepen en hoorden de sirenes niet die aankondigden dat het weer veilig was. Hun ouders maakten hen wakker of droegen hen de keldertrap op, de donkere wereld in.

In de verte brandden vuren en ik had zojuist meer dan tweehonderd vermoorde zielen opgehaald.

Ik was op weg naar Molching om er nog eentje op te pikken.

De Himmelstraat was weer veilig.

Het loeien van de sirenes was heel lang uitgesteld, voor het geval van een nieuwe dreiging en om de rook de tijd te geven in de atmosfeer te verdwijnen.

Bettina Steiner was de eerste die de kleine brand en de dunne rookpluim een eindje verderop bij de rivier de Amper opmerkte. De rook kringelde omhoog naar de hemel en het meisje wees met haar vinger. 'Kijk.'

Het meisje mocht het dan als eerste hebben gezien, maar het was Rudy die in actie kwam. In zijn haast hield hij zijn gereedschapskist stevig vast toen hij de Himmelstraat uit rende en via een paar zijstraten de bomen bereikte. Liesel volgde hem (nadat zij een hevig protesterende Rosa haar tas met boeken had toegestopt), evenals enkele mensen uit verschillende schuilkelders die ze onderweg passeerden.

'Rudy, wacht!'

Rudy wachtte niet.

Af en toe zag Liesel de gereedschapskist tussen de bomen terwijl hij zich een weg baande naar de dovende vlammen en het in nevelen gehulde vliegtuig. Het lag op de open plek bij de rivier. De piloot had geprobeerd daar te landen.

Op een meter of twintig afstand bleef Rudy staan.

Net toen ik zelf arriveerde, zag ik hem staan hijgen.

Overal in de duisternis lagen boomtakken.

Twijgjes en naalden omringden het vliegtuig als brandhout. Links van het toestel waren drie diepe voren in de aarde gekerfd. Het op hol geslagen getikketok van afkoelend metaal versnelde de minuten en seconden totdat ze het gevoel hadden hier al uren te staan. Achter hen groeide de menigte en Liesel voelde hun adem en hun woorden in haar rug.

'Wat denk je?' zei Rudy. 'Zullen we een kijkje nemen?'

Hij liep tussen de laatste bomen door naar waar de romp van het vliegtuig op de grond lag. De neus lag in het stromende water en de vleugels hingen er een beetje scheef bij.

Rudy liep langzaam om de staart heen naar de rechterkant.

'Daar ligt glas,' zei hij. 'De voorruit ligt overal verspreid.'

Toen zag hij het lichaam.

Rudy Steiner had nog nooit zo'n bleek gezicht gezien.

'Daar blijven, Liesel', maar Liesel kwam toch.

Onder het toeziend oog van de hoge bomen en de stromende rivier zag zij het gezicht van de vijandelijke piloot, die nog maar nauwelijks bij bewustzijn was. Het toestel kuchte nog een paar keer en het hoofd van de piloot ging van links naar rechts. Hij zei iets dat ze vanzelfsprekend niet konden verstaan.

'Jezus, Maria en Jozef,' fluisterde Rudy. 'Hij leeft nog.'

De gereedschapskist bonkte tegen de zijkant van het vliegtuig en dit geluid werd onmiddellijk gevolgd door nog meer menselijke stemmen en voetstappen.

De vuurgloed was bijna verdwenen en de ochtend was stil en zwart. Alleen de rook hield het licht nog tegen, maar ook die zou nu wel snel wegtrekken.

De muur van bomen hield de kleur van een brandend München op afstand. Inmiddels waren de ogen van de jongen niet alleen aan de duisternis gewend, maar ook aan het gezicht van de piloot. De ogen waren net koffievlekken en zijn wangen en kin zaten vol snijwonden. Een gekreukeld uniform hing slordig over zijn borst.

Ondanks Rudy's advies kwam Liesel nog dichterbij en ik kan je verzekeren dat wij elkaar op dat exacte moment herkenden.

Ik ken jou, dacht ik.

Iets met een trein en een hoestend jongetje. Met sneeuw en een verdrietig meisje.

Je bent groot geworden, dacht ik, maar ik herken je toch.

Ze deinsde niet terug en bood geen weerstand, maar ik weet zeker dat iets het meisje influisterde dat ik er was. Kon ze mijn adem ruiken? Kon ze de vervloekte cirkel van mijn hartslag horen, misdadig ronddraaiend in mijn dodelijke borst? Ik weet het niet, maar zij herkende me en ze keek me recht in mijn gezicht en wendde haar blik niet af.

Terwijl de hemel lichter begon te worden, liepen wij allebei verder. We keken allebei naar de jongen, die in zijn gereedschapskist tussen wat fotolijstjes rommelde en ten slotte een klein, gelig knuffelbeest tevoorschijn haalde.

Voorzichtig klom hij naar de stervende man.

Hij zette de glimlachende teddybeer behoedzaam op de schouder van de piloot. De punt van het oor beroerde zijn hals.

De stervende man ademde het in. Hij zei iets. 'Dank je wel,' zei hij, in het Engels. Toen hij dit zei sprongen zijn snijwonden open en een klein druppeltje bloed rolde een beetje scheef langs zijn keel.

'Wat?' vroeg Rudy. '*Was hast du gesagt?* Wat zei je?'

Jammer genoeg was ik het antwoord voor. Het was tijd en ik reikte in de cockpit. Langzaam maakte ik de ziel van de piloot los uit zijn uniform en redde hem uit het verwoeste vliegtuig. Terwijl ik tussen hen door liep speelde de menigte met de stilte. Ik maakte me van hen los.

Boven mij verduisterde de lucht – een laatste moment van duisternis – en ik zweer dat ik er een zwart teken in de vorm van een swastika in herkende. Het bleef een ogenblik slordig boven ons hangen.

'Heil Hitler,' zei ik, maar toen bevond ik mij inmiddels alweer tussen de bomen. Achter mij rustte een teddybeer op de schouder van een lijk. Onder de takken stond een citroenkleurige kaars. Ik hield de ziel van de piloot in mijn armen.

Ik durf wel te beweren dat in alle jaren van Hitlers heerschappij, geen mens de Führer zo trouw heeft kunnen dienen als ik. Een mens heeft geen hart zoals het mijne. Het menselijke hart is een lijn, terwijl het mijne een cirkel is, en ik bezit dan ook het oneindige vermogen om altijd op het juiste moment op de juiste plek te zijn. De consequentie hiervan is dat ik mensen altijd op hun best en op hun slechtst aantref. Ik zie hun lelijkheid en hun schoonheid en vraag me af hoe hetzelfde ding dit allebei kan zijn. Toch hebben zij ook iets waarom ik hen benijd. Mensen zijn zo verstandig om dood te gaan.

THUISKOMST

Het was een tijd van bloeders en verongelukte vliegtuigen en teddyberen, maar toch zou het eerste kwartaal van 1943 voor de boekendief met een positieve noot eindigen.

Begin april werd Hans Hubermanns gips weggesneden tot aan zijn knie en stapte hij op een trein naar München. Hij mocht thuis een week bijkomen en uitrusten voordat hij in de stad zou worden toegevoegd aan een leger pennenlikkers. Hij zou zich gaan bezighouden met het papierwerk inzake de sanering van Münchens fabrieken, huizen, kerken en ziekenhuizen. De tijd zou leren of hij ook nog zou worden ingezet voor reparatiewerkzaamheden. Dat hing allemaal van zijn been af en van de toestand in de stad.

Het was donker toen hij thuiskwam. Het was een dag later dan verwacht, omdat de trein vanwege een luchtalarm vertraging had opgelopen. Hij stond voor de deur van Himmelstraat 33 en maakte een vuist.

Vier jaar eerder was Liesel Meminger door diezelfde deur naar binnen gelokt toen ze hier voor het allereerst aankwam. Max Vandenburg had op deze plek gestaan met een sleutel in zijn bloedende hand geklemd.

Nu was de beurt aan Hans Hubermann. Hij klopte vier keer op de deur en de boekendief deed open.

'Papa, Papa.'

Ze zei het misschien wel honderd keer en ze omhelsde hem in de keuken en wilde hem niet meer loslaten.

Later, na het eten, zaten ze tot diep in de nacht aan de keukentafel en vertelde Hans zijn vrouw en Liesel Meminger wat hij allemaal had meegemaakt. Hij vertelde van de LSE en de met rook gevulde straten en de arme, verdwaalde, dolende zielen. En van Reinhold Zucker. Arme, domme Reinhold Zucker. Het duurde uren.

Liesel ging pas om één uur naar bed en Papa kwam net als vroeger bij haar zitten. Ze werd een paar keer wakker om te controleren of hij er nog was, en hij stelde haar niet teleur.

Het was een rustige nacht.

Haar bed was warm en zacht van voldoening.

Ja, het was een fantastische nacht om Liesel Meminger te zijn en al dat rustige, dat warme en dat zachte zou nog zeker zo'n drie maanden voortduren.

Maar haar verhaal duurt nog zes maanden.

DEEL TIEN

DE BOEKENDIEF

waarin:

het einde van de wereld – de
98ste dag – de oorlogmaker – het gebruik van
woorden – een catatonisch meisje –
bekentenissen – ilsa hermanns
kleine zwarte boekje – vliegtuigen als ribbenkasten
– en een berggebied vol puin

Het Einde van de Wereld

(Deel I)

Opnieuw laat ik je heel even een glimp zien van het einde. Misschien om de klap voor later wat te verzachten, of om *mezelf* beter voor te kunnen bereiden op het vertellen. In elk geval moet ik je nu vertellen dat het regende in de Himmelstraat toen Liesel Memingers wereld instortte.

De hemel droop.

Als een kraan die een kind uit alle macht heeft geprobeerd dicht te draaien, maar wat niet helemaal is gelukt. Eerst waren de druppels koel. Ik voelde ze op mijn handen toen ik terugliep van Frau Diller, midden op straat.

Boven mij kon ik ze horen.

Ik keek naar de betrokken lucht en zag de blikken vliegtuigjes. Ik zag hun buiken opengaan en nonchalant de bommen afwerpen. Natuurlijk misten ze hun doel. Dat gebeurde zo vaak.

Een Triest Sprankje Hoop

Niemand wilde de Himmelstraat bombarderen.
Niemand wilde een straat bombarderen die
naar de hemel was vernoemd, toch?
Of toch wel?

De bommen vielen en al snel zouden de wolken koken en de koele regendruppels in as veranderen. Hete sneeuwvlokken zouden neerdwarrelen op de grond.

Om kort te gaan, de Himmelstraat werd met de grond gelijk gemaakt.

Huizen werden van de ene kant van de straat naar de andere geblazen. Een ingelijste foto van een zeer ernstig kijkende Führer werd tegen de grond gesmeten. Maar hij bleef glimlachen, op die ernstige manier van hem. Hij wist iets wat wij niet wisten. Maar ik wist iets wat *hij* niet wist. En dat allemaal terwijl de mensen lagen te slapen.

Rudy Steiner sliep. Mama en Papa sliepen. Frau Holtzapfel, Frau Diller. Tommy Müller. Ze sliepen allemaal. Ze stierven allemaal.

Slechts één persoon overleefde het.

Zij overleefde het omdat ze in de kelder het verhaal van haar eigen leven zat door te lezen, op zoek naar eventuele fouten. Eerder was de ruimte te ondiep verklaard voor een schuilkelder, maar die nacht, 7 oktober, was het voldoende geweest. De brokstukken van de verwoesting vielen omlaag en toen er uren later een vreemde, verwaarloosde stilte over Molching was gevallen, hoorde de plaatselijke LSE iets. Een echo. Ergens, onder de aarde, tikte een meisje met een potlood tegen een verfblik.

Ze bleven allemaal staan, oren en lichamen gespitst, en toen ze het weer hoorden, begonnen ze te graven.

DOORGEGEVEN VOORWERPEN, VAN HAND TOT HAND

Blokken cement en dakpannen.
Een stuk muur met een schildering van
een druipende zon. Een ongelukkig
ogende accordeon, die door zijn aangevreten
koffer naar buiten gluurde.

Ze smeten het allemaal omhoog. Bij het volgende stuk muur dat werd weggehaald, zag een van hen het haar van de boekendief.

De man had zo'n aardige lach. Hij hielp een pasgeboren baby ter wereld. 'Ongelooflijk, ze leeft nog!'

De samengekomen, roepende mannen waren verschrikkelijk blij, maar ik kon hun enthousiasme niet echt delen.

Eerder die avond had ik haar papa in mijn ene arm gedragen en haar mama in de andere. Twee heel zachte zielen.

Een eind verderop waren hun lichamen neergelegd, bij de rest. Papa's mooie zilveren ogen begonnen al een beetje te roesten, en Mama's droge lippen stonden halfopen, alsof ze lag te snurken.

De reddende handen trokken Liesel naar buiten en sloegen het gruis en het stof van haar kleren. 'Meisje,' zeiden ze, 'de sirenes waren te laat. Wat deed jij in de kelder? Hoe wist je het?'

Wat ze niet opmerkten was dat het meisje het boek nog in haar handen hield. Ze gilde het uit. De verbijsterde kreet van de levenden.

'Papa!'

En nog een keer. Haar gezicht vertrok toen ze een hogere, paniekerige toon bereikte. 'Papa, *Papa*!'

Ze tilden haar gillend, jammerend en huilend naar boven. Als ze gewond was, dan had ze dat zelf nog niet door, want ze worstelde zich los en zocht en riep en jammerde nog een tijdje door.

Ze hield nog steeds het boek in haar handen.

Wanhopig klemde ze zich vast aan de woorden die haar leven hadden gered.

De 98ste Dag

De eerste zevenennegentig dagen na Hans Hubermanns terugkeer in april 1943 was alles nog goed. Hij piekerde wel vaak over zijn zoon die nu in Stalingrad vocht, maar hij hoopte dat de jongen net z'n geluksvogel was als hij.

De derde avond dat hij thuis was, speelde hij in de keuken op zijn accordeon. Beloofd was beloofd. Er waren muziek en soep, en de lach van een veertienjarig meisje om de grappen van haar papa.

'Saumensch,' waarschuwde Mama haar, 'lach niet zo hard. *Zulke* leuke grappen maakt hij niet. En ze zijn nog smerig ook...'

Na een week ging Hans weer aan de slag, ditmaal op een van de legerkantoren in de stad. Hij zei dat daar voldoende voedsel en sigaretten waren en soms nam hij koekjes mee naar huis of extra jam. Het was net als in die goede oude tijd. In mei was er een kleine luchtaanval. Een Heil Hitler hier en daar en alles ging uitstekend.

Tot de achtennegentigste dag.

Een Kleine Uitspraak Van Een Oude Vrouw

In de Münchenstraat zei ze: 'Jezus, Maria en Jozef, ik wou dat ze niet door deze straat kwamen. Die ellendige joden brengen alleen maar ongeluk. Ze zijn een slecht voorteken. Telkens wanneer ik ze zie, weet ik dat we ten dode opgeschreven zijn.

Het was dezelfde oude vrouw die de joden die allereerste keer dat Liesel ze zag had zien aankomen. Wanneer je oog in oog met haar stond, was haar gezicht net een gerimpelde pruim, maar dan spierwit. Haar ogen hadden de donkere kleur blauw van een ader. En haar voorspelling kwam uit.

Midden in de zomer kreeg Molching een voorteken van de dingen die stonden te gebeuren. Eerst zag je zoals altijd het op en neer gaande hoofd van een soldaat en het geweer dat boven hem uitstak. En dan kwam de haveloze rij uitgeputte joden.

Het enige verschil dit keer was dat ze van de andere kant kwamen. Ze werden via Molching naar het naburige stadje Nebling gevoerd om daar de straten te schrobben en het opruimwerk te doen dat het leger weigerde te doen. Aan het eind van de dag werden ze teruggevoerd naar hun kamp, traag en doodmoe, verslagen.

Weer zocht Liesel naar Max Vandenburg. Het was best mogelijk dat hij in Dachau terecht was gekomen zonder eerst door Molching te komen. Hij was er niet bij. Deze keer niet.

Dat zou echter niet lang meer duren, want op een warme middag in augustus zou Max wel degelijk samen met de anderen door de straten van Molching worden gevoerd. In tegenstelling tot de anderen echter zou hij niet naar de weg kijken. En hij zou ook niet terloopse blikken naar de Duitse toeschouwers werpen.

EEN FEIT BETREFFENDE MAX VANDENBURG
Hij zou de gezichten in de Münchenstraat afspeuren naar een boeken-stelend meisje.

Bij deze gelegenheid, in juli, op wat volgens Liesels latere berekeningen de achtennegentigste dag na haar papa's thuiskomst was, stond zij langs de kant en bestudeerde de bewegende rij deerniswekkende joden – op zoek naar Max. Het verlichtte in elk geval een klein beetje de pijn van het toekijken.

Wat een afschuwelijke gedachte, zou zij in haar kelder in de Himmelstraat schrijven, maar ze wist dat het waar was. De pijn van het toekijken. Maar hoe zat het met *hun* pijn? De pijn van struikelende voeten en kwellingen en de dichtvallende poorten van het kamp?

In tien dagen tijd kwamen ze twee keer door de stad en niet lang hierna kreeg de anonieme vrouw met het gerimpelde pruimengezicht uit de Münchenstraat helemaal gelijk. Het lijden was begonnen en als ze de joden ervan konden beschuldigen een waarschuwing of zelfs de voorbode daarvan te zijn, hadden ze Hitler en zijn tocht naar Rusland als de eigenlijke oorzaak moeten aanwijzen – want toen de Himmelstraat wat later in juli ontwaakte, werd een teruggekeerde soldaat dood aangetroffen. Hij hing aan een van de daksparren in een wasserij vlak bij de winkel van Frau Diller. Nog een menselijke pendule. Nog een klok die stil was blijven staan.

De slordige eigenaar had de deur open laten staan.

24 JULI, 6.03 UUR
Het was warm in de wasserij,
de daksparren waren stevig,
en Michael Holtzapfel
sprong van de stoel
alsof het een rotspunt was.

In die tijd liepen zoveel mensen mij na, riepen mijn naam en vroegen mij hen mee te nemen. En dan had je nog een klein percentage dat mij terloops bij zich riep en mij met hun verstikte stemmen toefluisterde: 'Neem mij mee.' Die mensen lieten zich nergens door weerhouden. Ze waren bang, dat zeker, maar niet voor mij. Het was een angst om er een rommeltje van te maken en vervolgens niet alleen zichzelf onder ogen te moeten komen, maar ook de rest van de wereld, en mensen zoals jij.

Ik kon daar niets aan doen.

Ze hadden te veel middelen tot hun beschikking, ze waren te inventief – en welke methode ze ook kozen, wanneer ze het echt goed deden kon ik hen onmogelijk weigeren.

Michael Holtzapfel wist wat hij deed.

Hij beroofde zich van het leven omdat hij zo graag wilde leven.

Liesel Meminger zag ik die dag natuurlijk niet. Zoals gewoonlijk hield ik mijzelf voor dat ik het veel te druk had om in de Himmelstraat te blijven en naar de kreten te luisteren. Het is al erg genoeg wanneer mensen mij op heterdaad betrappen, dus besloot ik maar meteen weer weg te gaan, de ontbijtkleurige zon tegemoet.

Ik hoorde dus niet de uitbarsting van de stem van een oude man toen hij het hangende lichaam vond, of het geluid van rennende voetstappen en ingehouden adem toen andere mensen arriveerden. Ik hoorde een magere man met een snor niet mompelen: 'Zonde, doodzonde...'

Ik zag Frau Holtzapfel niet languit in de Himmelstraat liggen, haar armen gespreid, een en al wanhoop op haar krijsende gezicht. Nee, dat ontdekte ik allemaal pas toen ik een paar maanden later terugkwam en *De Boekendief* las. Daarin werd mij uitgelegd dat Michael Holtzapfel uiteindelijk niet werd geveld door zijn gewonde hand of een andere verwonding, maar door zijn schuldgevoel over het feit dat hij leefde.

In de aanloop naar zijn dood had het meisje zich gerealiseerd dat hij niet meer sliep, dat elke nacht hem verder vergiftigde. Ik stel me vaak voor hoe hij wakker moet hebben gelegen, zwetend in lakens van sneeuw, of met visioenen van de afgerukte benen van zijn broer. Liesel schreef dat ze hem een paar keer bijna over haar eigen broertje had verteld, zoals ze ook bij Max had gedaan, maar het verschil tussen een hoest van lang geleden en twee weggevaagde benen leek toch te groot. Hoe troost je een man die zulke dingen heeft gezien? Kon je hem vertellen dat de Führer trots op hem was, dat de Führer van hem hield om wat hij in Stalingrad had gedaan? Hoe kon je dat zelfs maar overwegen? Het enige wat je kunt doen is hem zelf laten praten. Het dilemma is natuurlijk dat zulke mensen hun belangrijkste woorden bewaren voor later, voor de mensen om hen heen die zo ongelukkig zijn hen te vinden. Een briefje, een zin, ja, zelfs een vraag, of een brief, zoals in de Himmelstraat, in juli 1943.

MICHAEL HOLTZAPFEL: HET LAATSTE AFSCHEID

Lieve Mama,

Kan je me ooit vergeven? Ik hield het gewoon niet langer uit. Ik ga naar Robert. Het kan me niet schelen wat die vervloekte katholieken ervan vinden. In de hemel moet haast wel een plekje zijn voor mensen die hebben meegemaakt wat ik heb meegemaakt. Misschien denk je nu dat ik niet van je houd, maar dat doe ik wel.

Je Michael

Aan Hans Hubermann werd gevraagd het nieuws aan Frau Holtzapfel te gaan vertellen. Toen hij bij haar voor de deur stond moet ze het aan zijn gezicht hebben gezien. Twee zoons in een halfjaar tijd.

De ochtendzon scheen in zijn rug toen de magere vrouw langs hem heen naar buiten liep. Ze rende snikkend naar de mensen die zich even verderop in de Himmelstraat hadden verzameld. Ze zei de naam Michael minstens vijfentwintig keer, maar Michael had al geantwoord. Volgens de boekendief hield Frau Holtzapfel het lichaam bijna een uur dicht tegen zich aan. Vervolgens liep ze de verblindende zon in de Himmelstraat weer in en liet zich op de grond zakken. Ze kon niet meer lopen.

De mensen keken van een afstandje toe. Zulke dingen waren gemakkelijker van ver weg.

Hans Hubermann ging bij haar zitten.

Toen zij zich achterover liet vallen, op de harde straat, legde hij zijn hand op de hare.

Haar kreten klonken door de straat en hij liet haar haar gang gaan.

Een hele tijd later leidde Hans haar stapje voor stapje naar haar hek en het huis binnen. En hoe vaak ik ook probeer het anders te zien, het lukt me maar niet...

Wanneer ik me het tafereel voorstel van de radeloze vrouw en de lange man met de zilveren ogen, sneeuwt het nog steeds in de keuken van Himmelstraat 31.

De Oorlogmaker

De geur van een nieuwe houten kist. Zwarte jurken. Enorme wallen onder de ogen. Liesel stond samen met de anderen op het gras. Diezelfde middag las ze Frau Holtzapfel weer voor. *De Dromendrager,* het lievelingsboek van haar buurvrouw.

Al met al was het een drukke dag.

27 Juli 1943

Michael Holtzapfel werd begraven en de boekendief las de treurenden voor. De geallieerden bombardeerden Hamburg – en wat dat betreft is het maar goed dat ik kleine wondertjes kan verrichten. Niemand anders had in zo korte tijd bijna 45.000 mensen kunnen meenemen. Nog in geen miljoen mensenjaren.

De Duitsers begonnen nu daadwerkelijk de tol te betalen. De puisterige knietjes van de Führer begonnen te bibberen.

Toch moet ik hem iets nageven, die Führer.

Hij bezat absoluut een ijzeren wil.

Wat oorlogvoeren betreft was er in geen enkel opzicht sprake van enige verslapping en ook de uitroeiing en afstraffing van de jodenplaag ging onverminderd voort. Hoewel de meeste kampen door heel Europa verspreid lagen, stonden er ook nog enkele in Duitsland zelf.

In die kampen werden vele mensen nog steeds gedwongen te werken, en te lopen.

Max Vandenburg was zo'n jood.

Het Gebruik van Woorden

Het gebeurde in een klein plaatsje midden in het land van Hitler.

De toevoer van meer lijden werd aardig verdeeld en een klein stukje ervan was nu gearriveerd.

Joden werden door de buitenwijken van München gevoerd en één tienermeisje deed op de een of andere manier het ondenkbare en baande zich een weg tussen de omstanders door om met hen mee te lopen. Toen de soldaten haar wegsleurden en op de grond gooiden, stond zij gewoon weer op. En liep verder.

Het was een warme ochtend.

Alweer een mooie dag voor een parade.

De soldaten en joden liepen door verschillende plaatsen en kwamen nu in Molching aan. Het was mogelijk dat er meer werk was in het kamp zelf, en anders waren er weer joden gestorven. Wat de reden ook mocht zijn, een nieuwe voorraad verse, vermoeide joden werd te voet naar Dachau gebracht.

Zoals altijd rende Liesel snel naar de Münchenstraat om samen met de andere toeschouwers langs de kant van de weg te gaan staan kijken.

'Heil Hitler!'

Ze hoorde de eerste soldaat al van verre aankomen en rende door de menigte in zijn richting, de optocht tegemoet. De stem verbaasde haar. Het maakte de eindeloze hemel tot een plafond vlak boven haar hoofd en de woorden kaatsten terug en belandden ergens op de weg vol strompelende joodse voeten.

Hun ogen.

Ze keken stuk voor stuk naar de bewegende straat en toen Liesel een geschikt uitkijkpunt had gevonden, bleef ze staan om hen goed te bekijken. Ze zocht zo snel mogelijk alle gezichten af en probeerde ze te vergelijken met de jood die *De Staande Man* en *De Woordschudder* had geschreven.

Haren als veren, dacht ze.

Nee, haren als takjes. Zo ziet het eruit als het niet gewassen is. Je moet uitkijken naar haren als takjes en omfloerste ogen en een gloedvolle baard.

God, ze waren met zovelen.

Zoveel paren stervende ogen en schuifelende voeten.

Liesel zocht en zocht en uiteindelijk was het niet eens een herkenning van gelaatstrekken die Max Vandenburg verraadde. Het was wat zijn gezicht deed – naar de menigte kijken. Heel geconcentreerd. Liesel hield haar adem in toen ze opeens het enige gezicht zag dat de Duitse toeschouwers recht aankeek. Het nam hen zo oplettend op dat mensen om de boekendief heen het zagen en naar hem wezen.

'Waar loopt *hij* naar te kijken?' zei een mannenstem naast haar.

De boekendief liep de weg op.

Nooit eerder was beweging zo'n zware last geweest. Nooit tevoren was haar hart zo nadrukkelijk en groot aanwezig geweest in haar meisjesborst.

Ze stapte naar voren en zei, heel snel: 'Hij zoekt mij.'

Haar stem stierf weg en viel weer naar binnen. Ze moest heel diep reiken om hem weer te vinden, opnieuw te leren spreken en zijn naam te roepen.

Max.

'Hier ben ik, Max!'

Harder.

'Max, hier ben ik!'

Hij hoorde haar.

MAX VANDENBURG, AUGUSTUS 1943
Zijn haar leek op takjes, zoals Liesel al had gedacht, en de omfloerste ogen stapten van schouder op schouder over de andere joden heen. Toen ze bij haar waren, keken ze haar dringend aan. Zijn baard golfde omlaag van zijn gezicht en zijn mond trilde toen hij het woord, de naam van het meisje, zei.
Liesel.

Liesel maakte zich nu helemaal los uit de menigte toeschouwers en liep zigzaggend tussen de joden door tot zij met haar linkerhand zijn arm kon pakken.

Hij keek haar aan.

Zijn blik reikte omlaag toen zij struikelde en de jood, die rotjood, haar weer overeind hielp. Hij had er al zijn krachten voor nodig.

'Max, hier ben ik,' zei ze nogmaals. 'Hier ben ik.'

'Ik kan bijna niet geloven...' De woorden druppelden uit Max Vandenburgs mond. 'Wat ben je groot geworden.' Er lag een intense droefheid in zijn ogen. Ze werden vochtig. 'Liesel... ze hebben me een paar maanden terug te pakken gekregen.' De stem klonk gebroken, maar wist zich toch naar haar toe te slepen. 'Halverwege Stuttgart.'

Van binnenuit gezien was de stroom joden een sombere chaos van armen en benen. Gerafelde uniformen. De soldaten hadden haar nog niet gezien en Max waarschuwde haar. 'Je moet me loslaten,

Liesel.' Hij probeerde haar zelfs weg te duwen, maar het meisje was te sterk. Max' sterk vermagerde armen kregen geen beweging in haar en zij liep verder, tussen de vuiligheid, de honger en de verwarring.

Na een groot aantal stappen kreeg de eerste soldaat haar in de gaten.

'Hé!' riep hij. Hij wees met zijn zweep. 'Hé, meisje, wat doe jij daar? Maak dat je wegkomt.'

Toen ze hem volledig negeerde, gebruikte de soldaat zijn arm om de aan elkaar geplakte mensen te scheiden. Hij duwde ze opzij en baande zich een weg in haar richting. Hij torende onheilspellend boven haar uit terwijl Liesel voortworstelde en opeens zag zij de verkrampte uitdrukking op Max Vandenburgs gezicht. Ze had hem wel eens bang gezien, maar nog nooit zoals nu.

De soldaat greep haar vast.

Ze voelde de botten in zijn vingers en de ronding van elke knokkel. Ze trokken aan haar huid. 'Ik zei, maak dat je wegkomt!' schreeuwde hij haar toe en nu sleurde hij het meisje naar de kant en smeet haar in de muur van toekijkende Duitsers. Het begon warmer te worden. De zon brandde op haar gezicht. Het meisje was pijnlijk languit terechtgekomen, maar was meteen weer opgestaan. Ze herstelde zich en wachtte. Daar ging ze weer.

Ditmaal begaf Liesel zich via de achterhoede in de rij.

Een eindje voor zich uit zag ze de opvallende takjes haar en ze liep er doelbewust naartoe.

Deze keer stak ze niet haar hand uit, maar bleef staan. Ergens binnen in haar bevonden zich de zielen van woorden. Ze klommen naar buiten en kwamen naast haar staan.

'Max,' zei ze. Hij keek om en sloot heel even zijn ogen terwijl het meisje vervolgde: '*Er was eens een vreemd, klein mannetje*,' zei ze. Haar armen hingen los langs haar zijden, maar haar handen balden zich tot vuisten. '*Maar er was ook een woordschudder*.'

Een van de joden op weg naar Dachau was blijven staan.

Hij stond volkomen roerloos terwijl de anderen met sombere gezichten om hem heen liepen, zonder hem zelfs maar aan te kijken. Zijn ogen werden groot van verwondering en het was zo eenvoudig. De woorden werden door het meisje aan de jood gegeven. Ze beklommen hem.

Even later rolden de vragen uit haar mond. Hete tranen vochten om een plekje in haar ogen, maar ze weigerde ze toe te laten. Ze kon maar beter vastberaden en trots blijven staan. De woorden al het werk laten doen. *'Ben jij het werkelijk? vroeg de jongeman,'* zei ze. *'Is het van jouw wang dat ik het zaadje heb gepakt?'*

Max Vandenburg bleef staan.

Hij viel niet op zijn knieën.

Mensen en joden en wolken kwamen tot stilstand. Ze keken.

Max keek eerst naar het meisje en staarde toen naar de hemel die open en blauw en schitterend was. Brede zonnestralen vielen willekeurig, prachtig op de weg. Wolken rekten zich uit om achterom te kijken toen ze weer in beweging kwamen. 'Het is zo'n mooie dag,' zei hij en zijn stem klonk gebroken. Een goede dag om te sterven. Een goede dag om zo te sterven.

Liesel liep naar hem toe. Ze was moedig genoeg om haar handen uit te steken en zijn baardige gezicht vast te pakken. 'Ben jij het werkelijk, Max?'

Zo'n schitterende Duitse dag en zo'n aandachtige menigte.

Hij liet zijn mond de palm van haar hand kussen. 'Ja, Liesel, ik ben het,' en hij hield de hand van het meisje tegen zijn gezicht en huilde op haar vingers. Hij huilde nog toen de soldaten kwamen. Een klein groepje brutale joden bleef staan om te kijken.

Hij kreeg een afranseling met de zweep.

'Max,' huilde het meisje.

Toen zwijgend, terwijl zij werd weggesleept:

Max.

Joodse vuistvechter.

Inwendig, zei ze het allemaal.

Maxi-taxi. Zo noemde je vriend je in Stuttgart toen je op straat had gevochten, weet je nog? Dat was jij – de jongen met de harde vuisten, en je zei dat je de dood een rotklap zou geven wanneer hij je kwam halen. Weet je nog, Max? Dat heb je me zelf verteld. Ik weet alles nog...

Weet je nog van de sneeuwpop, Max?

Weet je nog?

In de kelder?

Weet je nog van de witte wolk met het grijze hart?

De Führer komt nog wel eens kijken of je er bent. Hij mist je. Wij missen je allemaal.

De zweep. De zweep.

Keer op keer kwam de zweep uit de hand van de soldaat. Hij raakte Max in zijn gezicht. Hij schampte zijn kin en sneed in zijn keel.

Toen Max op de grond viel richtte de soldaat zich tot het meisje. Zijn mond ging open. Hij had prachtige tanden.

Opeens zag ze in een flits iets voor zich. Ze dacht aan de dag waarop ze zo graag had gewild dat Ilsa Hermann, of anders op z'n minst de betrouwbare Rosa, haar een klap zou geven, maar ze het geen van beiden wilden doen. Bij deze gelegenheid werd ze op haar wenken bediend.

De zweep raakte haar sleutelbeen en reikte tot over haar schouder.

'Liesel!'

Ze wist wie dat was.

Terwijl de soldaat zijn arm weer naar achteren haalde, kreeg zij opeens een angstige Rudy Steiner in het oog. Hij riep haar. Ze zag zijn van angst vertrokken gezicht en zijn gele haar. 'Liesel, ga daar weg!'

De boekendief ging niet weg.

Ze deed haar ogen dicht en incasseerde de volgende brandende zweepslag, en nog een, tot haar lichaam op het warme wegdek viel. Haar wang gloeide.

Er kwamen nog meer woorden, ditmaal van de soldaat.

'Steh' auf.'

Het korte zinnetje was niet voor het meisje bestemd, maar voor de jood. Het werd nog iets verder uitgebreid tot: 'Sta op vuile klootzak, smerig joods hoerenjong, sta op, sta op...'

Max hees zichzelf overeind.
Nog één push-up, Max.
Nog één push-up op de koude keldervloer.

Zijn voeten kwamen in beweging.

Ze sleepten zich voort en hij liep verder.

Zijn benen wankelden en zijn handen wreven over de striemen van de zweep, om de stekende pijn te verzachten. Toen hij probeerde om te kijken naar Liesel, werden de soldatenhanden tegen zijn bebloede schouders gezet en kreeg hij een duw.

De jongen was al bij haar. Zijn dunne benen knielden en hij riep iets naar links.

'Tommy, kom hier en help me. We moeten haar overeind zien te krijgen. Tommy, *schiet op!*' Hij greep de boekendief onder haar oksels en probeerde haar op te tillen. 'Toe nou, Liesel, je moet van de weg af.'

Toen ze weer kon staan, keek ze naar de van schrik verstijfde gezichten van de Duitsers. Vlak voor hun voeten liet zij zich weer op de grond vallen, maar niet voor lang. Een schaafwond hield een brandende lucifer bij haar wang, die onzacht in aanraking was gekomen met de straat.

Aan het einde van de weg zag ze nog vaag de benen en hielen van de laatste lopende jood.

Haar gezicht brandde en ze had een hardnekkige pijn in haar armen en benen – een dof gevoel dat tegelijkertijd pijnlijk en vermoeiend was.

Ze stond op.

Koppig begon ze de Münchenstraat uit te lopen en even later zelfs te rennen, om de laatste stappen van Max Vandenburg te volgen.

'Wat doe je nou, Liesel?'

Ze ontsnapte aan de greep van Rudy's woorden en negeerde de mensen die vanaf de kant stonden toe te kijken. De meesten stonden er roerloos bij. Standbeelden met kloppende harten. Toeschouwers misschien van het laatste gedeelte van een marathon. Liesel schreeuwde het uit, maar niemand hoorde haar. Haar haar hing in haar ogen. 'Max, alsjeblieft!'

Na misschien dertig meter, net toen een van de soldaten zich omdraaide, werd het meisje geveld. Handen grepen haar van achteren vast en de buurjongen werkte haar tegen de grond en op haar knieën. Hij ontving haar vuistslagen alsof het cadeautjes waren. Haar magere handen en ellebogen werden met slechts wat licht gekreun in ontvangst genomen. Hij verzamelde de dikke, machteloze druppels speeksel en tranen alsof ze een weldaad waren voor zijn gezicht. Maar belangrijker was, dat hij erin slaagde haar in bedwang te houden.

In de Münchenstraat zaten een jongen en een meisje met elkaar verstrengeld.

Ze zaten in een ongemakkelijke houding op de weg.

Samen zagen ze de mensen uit het zicht verdwijnen. Ze zagen hoe zij oplosten, als bewegende tabletten in de klamme lucht.

Bekentenissen

Toen de joden waren verdwenen, maakten Rudy en Liesel zich van elkaar los. De boekendief zei niets. Ze had geen antwoorden op Rudy's vragen.

Liesel ging ook niet naar huis. Ze liep verloren naar het treinstation, waar ze uren op haar papa wachtte. Eerst bleef Rudy bij haar, maar aangezien het nog een halve dag zou duren voordat Hans thuis zou komen, ging hij Rosa halen. Op de terugweg vertelde hij haar wat er was gebeurd en toen Rosa aankwam, stelde ze het meisje geen vragen. Ze had de puzzelstukjes al in elkaar gepast en ging zwijgend bij haar staan en wist haar uiteindelijk over te halen te gaan zitten. Samen wachtten ze op Hans.

Toen Papa hoorde wat er was gebeurd, liet hij zijn tas vallen en maakte een schoppende beweging in de lucht.

Die avond kreeg niemand een hap door zijn keel. Papa's vingers mishandelden de accordeon en vermoordden het ene lied na het andere, hoezeer hij ook zijn best deed. Alles en iedereen was van slag.

De boekendief bleef drie hele dagen in bed.

Elke ochtend en middag kwam Rudy Steiner aan de deur om te vragen of zij nog steeds ziek was. Het meisje was niet ziek.

Op de vierde dag liep Liesel naar de voordeur van de buren en vroeg of hij met haar mee wilde gaan naar de bosrand, waar zij vorig jaar het brood hadden uitgedeeld.

'Ik had het je eerder moeten vertellen,' zei ze.

Zoals afgesproken, liepen ze een heel eind de weg af, in de richting van Dachau. Een tijdje later stonden ze tussen de bomen. Ze zagen langwerpige patronen van licht en schaduw. Dennenappels lagen verspreid alsof het koekjes waren.

Bedankt, Rudy.

Voor alles. Omdat je me van de weg hebt gehaald, omdat je me hebt tegengehouden...

Ze zei niets.

Haar hand rustte op een schilferende tak naast haar. 'Rudy, als ik je nu iets vertel, beloof je me dan dat je er met niemand over zult praten?'

'Natuurlijk.' Hij voelde de ernst op het gezicht van het meisje en de serieuze klank in haar stem. Hij leunde tegen de boom naast de hare. 'Wat is er dan?'

'Eerst beloven.'

'Dat heb ik al gedaan.'

'Dan doe je het nog maar een keer. Je mag het je moeder niet vertellen, en ook je broer niet of Tommy Müller. Niemand.'

'Ik beloof het.'

Leunen.

Naar de grond kijken.

Ze probeerde een paar keer een goed begin te zoeken, de zinnen aan haar voeten te lezen, woorden te verbinden met dennenappels en gebroken takken.

'Weet je nog toen ik me blesseerde bij het voetballen,' zei ze, 'op straat?'

Het kostte haar ongeveer drie kwartier om hem twee oorlogen, een accordeon, een joodse vuistvechter en een kelder uit te leggen. En niet te vergeten wat er nog maar een paar dagen eerder in de Münchenstraat was gebeurd.

'Daarom ging je toen dus dichterbij staan,' zei Rudy, 'die dag met het brood. Om te zien of hij erbij was.'

'Ja.'
'Gekruisigde Christus.'
'Ja.'

De bomen waren hoog en driehoekig. Ze maakten geen geluid.

Liesel haalde *De Woordschudder* uit haar tas en liet Rudy een van de pagina's zien. Er stond een jongen op afgebeeld met drie medailles om zijn nek.

'Haar met de kleur van citroenen,' las Rudy. Zijn vingers raakten de woorden aan. 'Heb je hem over mij verteld?'

Eerst kon Liesel geen woord uitbrengen. Misschien was het de plotselinge opwelling van liefde die ze voor hem voelde. Of had ze altijd van hem gehouden? Waarschijnlijk wel. Nu ze niet kon spreken wilde ze dat hij haar zou kussen. Ze wilde dat hij zijn hand naar haar zou uitsteken en haar naar zich toe zou trekken. Het maakte niet uit waar hij haar kuste. Haar mond, haar hals, haar wang. Haar huid voelde leeg en wachtte op hem.

Jaren geleden, toen zij om het hardst hadden gelopen op een modderig veld, was Rudy nog een haastig in elkaar gekwakt partijtje botten, met een scheve, onzekere glimlach. Vanmiddag, tussen de bomen, was hij een gever van brood en teddyberen. Hij was een drievoudig atletiekkampioen van de Hitlerjeugd. Hij was haar beste vriend. En over een maand zou hij dood zijn.

'Natuurlijk heb ik hem over jou verteld,' zei Liesel.

Ze nam afscheid en ze wist het niet eens.

Ilsa Hermanns Kleine Zwarte Boekje

Half augustus dacht ze naar Grande Strasse 8 te gaan voor de oude, vertrouwde remedie.

Om zichzelf op te vrolijken.

Dat was wat ze dacht.

Het was een klamme, hete dag geweest, maar voor de namiddag waren buien voorspeld. In *De Laatste Menselijke Vreemdeling* stond helemaal aan het eind een citaat. Liesel moest eraan denken toen ze langs de winkel van Frau Diller liep.

De Laatste Menselijke Vreemdeling, Pagina 211
De zon roert de aarde. Rond en rond, roert zij ons, als hutspot.

Op dat moment moest Liesel er alleen maar aan denken omdat het zo warm was.

In de Münchenstraat dacht zij aan wat daar de vorige week was gebeurd. Ze zag de joden weer de weg afkomen, hun rijen en hun aantal en hun pijn. Ze besloot dat er een woord aan haar citaat ontbrak.

De wereld is een *lelijke* hutspot, dacht ze.
Zo lelijk dat ik het gewoon niet kan verdragen.

Liesel stak de brug over de Amper over. Het water was schitterend en smaragdgroen en overvloedig. Ze kon de stenen op de bodem zien en hoorde het vertrouwde lied van water. De wereld verdiende zo'n rivier helemaal niet.

Ze liep tegen de heuvel op naar de Grande Strasse. De huizen waren prachtig en weerzinwekkend. Ze verwelkomde een pijntje in haar benen en longen. Harder lopen, dacht ze, en ze begon op te rijzen als een monster uit het zand. Ze rook het gras van deze buurt. Het was fris en zoet, groen, met gele puntjes. Zonder één keer om zich heen te kijken of ook maar het geringste spoortje paranoia liep ze de tuin door.

Het raam.
Handen op de vensterbank, benen aan weerskanten.
Neerkomende voeten.
Boeken en bladzijden en een gelukkige plek.

Ze pakte een boek van de plank en ging ermee op de grond zitten.

Is ze thuis? dacht ze, maar het kon haar niet schelen of Ilsa Hermann aardappels stond te schillen in de keuken of in het postkantoor stond. Of dat ze verbouwereerd boven haar stond mee te kijken wat het meisje zat te lezen.

Het kon het meisje gewoon niet meer schelen.

Ze zat daar een hele tijd te kijken.

Ze had haar broertje zien sterven, met één oog open, en één oog nog in een droom. Ze had afscheid genomen van haar moeder en zich voorgesteld hoe zij eenzaam op een trein zat te wachten die haar naar huis en vergetelheid zou brengen. Een vrouw van ijzerdraad was midden op straat gaan liggen en haar schreeuw was door de straat gegaan tot hij omviel, als een rollende munt die zijn evenwicht verliest. Een jonge man, opgehangen aan een touw dat gemaakt was van sneeuw uit Stalingrad. Ze had de piloot van een bommenwerper zien doodgaan in een metalen kist. Ze had gezien hoe een joodse man die haar tot twee keer toe de prachtigste bladzijden van haar leven had geschonken naar een concentratiekamp werd gevoerd. En te midden van dit alles zag ze de Führer zijn woorden schreeuwen en doorgeven.

Die beelden waren de wereld en het kookte in haar terwijl ze hier zat met al die prachtige boeken en hun verzorgd uitgevoerde titels. Het kookte in haar toen ze naar de bladzijden keek die tot aan de rand gevuld waren met alinea's en woorden.

Rotzakken, dacht ze. Prachtige rotzakken.

Maak me niet blij. Alsjeblieft, verzadig mij niet en laat me niet denken dat hier nog iets goeds uit voort kan komen. Kijk naar mijn blauwe plekken. Kijk naar deze schaafwond. Zien jullie de schaafwond in mij? Zien jullie die voor je ogen groeien en mij uithollen? Ik wil nergens meer op hopen. Ik wil niet meer bidden dat Max nog leeft en veilig is. Of Alex Steiner.

Omdat de wereld hen niet verdient.

Ze scheurde een pagina uit het boek en scheurde hem doormidden.

En toen een heel hoofdstuk.

Algauw lag er niets anders dan flarden van woorden tussen haar benen en overal om haar heen. De woorden. Waarom moesten ze bestaan? Zonder woorden was dit allemaal niet gebeurd. Zonder woorden was de Führer helemaal niets. Geen strompelende gevangenen, geen noodzaak voor woorden of wereldse trucjes om ons een beter gevoel te geven.

Wat had je aan de woorden?

De tweede keer zei ze het hardop, tegen de oranje verlichte kamer. 'Wat heb je aan de woorden?'

De boekendief stond op en liep zachtjes naar de deur van de bibliotheek. Hij protesteerde nauwelijks hoorbaar. De brede hal ademde houten leegheid uit.

'Frau Hermann?'

De vraag kaatste terug en probeerde het nog een keer in de richting van de voordeur. Hij kwam maar tot halverwege en belandde zwakjes op een paar dikke houten vloerdelen.

'Frau Hermann?'

Haar geroep werd slechts beantwoord door stilte en even kwam ze in de verleiding de keuken te zoeken, voor Rudy. Ze deed het toch maar niet. Het zou niet eerlijk zijn om voedsel te stelen van een vrouw die een woordenboek voor haar had neergezet, tegen een raam. Daar kwam bij dat ze zojuist een van haar boeken had vernietigd, bladzijde voor bladzijde, hoofdstuk voor hoofdstuk. Ze had genoeg schade aangericht.

Liesel ging de bibliotheek weer binnen en opende een van de bureauladen. Ze ging zitten.

De Laatste Brief

Beste mevrouw Hermann,

Zoals u wel kunt zien, ben ik weer in uw bibliotheek geweest en heb ik een van uw boeken vernield. Ik was zo kwaad en zo bang en ik wilde de woorden doodmaken. Ik heb van u gestolen en nu heb ik ook nog uw eigendom gesloopt. Het spijt me. Om mijzelf te straffen, denk ik dat ik hier niet meer zal komen. Of is dat eigenlijk wel een straf? Ik houd van deze plek en ik haat hem, omdat hij gevuld is met woorden.

U bent een vriendin voor mij geweest, ook al heb ik u verdriet gedaan en ook al ben ik onuitstaanbaar (een woord dat ik heb opgezocht in uw woordenboek) geweest en ik denk dat ik u nu maar met rust ga laten. Het spijt me allemaal heel erg.

Nogmaals bedankt.

Liesel Meminger

Ze legde het briefje op het bureau en nam nog een laatste keer goed afscheid van de kamer door hem drie keer rond te lopen en haar hand over de boeken te laten glijden. Hoezeer zij ze ook haatte, ze kon er geen weerstand aan bieden. Bergen papiersnippers omringen een boek met de titel *De Regels Van Tommy Hoffmann*. In het zachte briesje dat door het raam naar binnen kwam, dwarrelden enkele snippers op en vielen weer neer.

Het licht was nog steeds oranje, maar had niet meer zo'n schitterende gloed als eerst. Haar handen grepen voor de laatste keer de vensterbank vast en ze voelde voor het allerlaatst haar maag omhoogkomen en de pijn in haar voeten bij het neerkomen.

Tegen de tijd dat ze onder aan de heuvel was en de brug was overgestoken, was het oranje licht verdwenen. De wolken slokten het op.

Toen ze de Himmelstraat inliep, voelde ze de eerste regendruppels al. Nu zie ik Ilsa Hermann nooit meer, dacht ze, maar de boekendief was beter in het lezen en vernielen van boeken dan in het doen van veronderstellingen.

DRIE DAGEN LATER
De vrouw heeft aangeklopt bij nummer drieëndertig en wacht tot er open wordt gedaan.

Het was heel vreemd voor Liesel om haar zonder de badjas te zien. Het gele zomerjurkje was afgezet met rode biesjes. Het had een zakje met een bloemetje erop. Geen swastika's. Zwarte schoenen. Nog nooit had ze naar Ilsa Hermanns benen gekeken. Ze had benen van porselein.

'Frau Hermann, het spijt me – wat ik laatst in de bibliotheek heb gedaan.'

De vrouw stelde haar op haar gemak. Ze opende haar tas en haalde er een klein, zwart boekje uit. Er stond geen verhaal in, alleen maar lijntjespapier. 'Ik dacht dat je, als je mijn boeken niet meer gaat lezen, er misschien zelf wel een wilde schrijven. Je brief was...' Ze gaf het boekje met twee handen aan Liesel. 'Je kunt schrijven. Je schrijft erg goed.' Het boekje was zwaar en het had een matte omslag, net als *Het Schouderophalen*. 'En doe me een plezier,' raadde Ilsa Hermann haar aan, 'je moet jezelf niet straffen, zoals je zei dat je wilde doen. Wees niet zoals ik, Liesel.'

Het meisje sloeg het boekje open en voelde aan het papier. '*Danke schön, Frau Hermann.* Als u wilt, kan ik een kopje koffie voor u zetten. Wilt u niet even binnenkomen? Ik ben alleen thuis. Mijn mama is hiernaast, bij Frau Holtzapfel.'

'Zullen we de deur nemen of het raam?'

Liesel vermoedde dat het de breedste glimlach was die Ilsa Hermann zichzelf in jaren had toegestaan. 'Laten we de deur maar nemen. Dat is gemakkelijker.'

Ze gingen in de keuken zitten.

Koppen koffie en brood met jam. Praten kostte moeite en Liesel hoorde Ilsa Hermann moeizaam slikken, maar op de een of andere manier voelden ze zich toch op hun gemak. Het was zelfs wel prettig om de vrouw voorzichtig in de koffie te zien blazen.

'Als ik ooit iets schrijf en het ook afmaak,' zei Liesel, 'dan kom ik het u laten zien.'

'Dat zou ik erg fijn vinden.'

Toen de burgemeestersvrouw vertrok, keek Liesel haar nog even na. Ze keek naar haar gele jurk en haar zwarte schoenen en haar porseleinen benen.

Bij de brievenbus vroeg Rudy: 'Was dat wie ik denk dat het was?'

'Ja.'

'Dat meen je niet.'

'Ik heb een cadeautje van haar gekregen.'

Achteraf zou blijken dat Ilsa Hermann Liesel Meminger die dag niet alleen een boekje gaf. Ze gaf haar ook een reden om tijd in de kelder door te brengen – haar lievelingsplekje, eerst met Papa en daarna met Max. Ze gaf haar een reden om haar eigen woorden op te schrijven, om haar eraan te herinneren dat woorden haar ook tot leven hadden gewekt.

'Je moet jezelf niet straffen,' hoorde ze haar weer zeggen, maar er zouden wel degelijk straf en verdriet zijn, en ook geluk. Dat was schrijven.

's Nachts, toen Papa en Mama lagen te slapen, sloop Liesel naar de kelder en stak de petroleumlamp aan. Eerst zat ze een uur lang alleen maar naar het potlood en het papier te kijken. Ze dwong zichzelf tot herinneren en wendde, zoals haar gewoonte was, haar blik niet af.

'Schreib,' droeg ze zichzelf op. 'Schrijf.'

Na meer dan twee uur begon Liesel Meminger te schrijven, zonder te weten hoe ze dit precies ging aanpakken. Hoe kon zij weten dat iemand haar verhaal zou oprapen en overal met zich mee naartoe zou nemen?

Niemand verwacht zulke dingen.

Zoiets kun je niet plannen.

Ze gebruikte een klein verfblik als zitplaats en een grote als tafel. Toen zette Liesel het potlood op de eerste bladzijde. In het midden schreef ze het volgende:

De Boekendief
Een verhaaltje
door
Liesel Meminger

Vliegtuigen als Ribbenkasten

Toen ze bij pagina drie was aangekomen, begon haar hand pijn te doen.

Wat zijn woorden zwaar, dacht ze, maar in de loop van de nacht slaagde ze erin elf pagina's te voltooien.

Pagina 1

***Ik probeer er niet aan te denken,
maar ik weet dat dit allemaal is begonnen
met de trein en de sneeuw en mijn hoestende
broertje. Die dag stal ik mijn eerste boek.
Het was een handboek voor het delven van
graven en ik stal het toen ik op weg was
naar de Himmelstraat...***

Ze viel daar beneden in slaap, op een bed van afdeklakens, terwijl het papier op het grote verfblik omkrulde aan de randen. 's Ochtends stond Mama boven haar, met een vragende blik in haar lichte ogen.

'Liesel,' zei ze, 'wat doe jij hier in vredesnaam?'

'Ik schrijf, Mama.'

'Jezus, Maria en Jozef.' Rosa stommelde de trap weer op. 'Zorg dat je binnen vijf minuten boven bent, anders krijg je de emmerbehandeling. *Verstehst?*'

'Ja, Mama.'

Elke nacht sloop Liesel weer naar de kelder. Het boekje hield ze te allen tijde bij zich. Ze zat uren te schrijven en probeerde elke nacht tien pagina's van haar leven af te krijgen. Ze moest aan zoveel denken en er waren zoveel dingen die het gevaar liepen over het hoofd te worden gezien. Geduldig blijven, hield ze zichzelf voor, en met het groeiende aantal pagina's werd ook haar schrijfhand steeds sterker. Ze kopieerde zelfs *De Woordschudder* en *De Staande Man,* waarbij ze de tekeningen overtrok en de woorden overschreef. Ze gaf zelfs de plekken aan waar *Mein Kampf* door de tekst heen kwam. De eerste schetsen die ze ooit in Max' boek had gezien kwamen ook voorbij – omdat ze het verhaal precies zo wilde vertellen als zij het zich herinnerde.

Soms schreef ze over wat er in de kelder gebeurde terwijl ze zat te schrijven. Ze was net klaar met het moment waarop Papa haar op de kerktrappen een klap had gegeven en hoe zij samen hadden 'ge-Heil Hitlerd'. Toen zij opkeek, was Hans Hubermann bezig zijn accordeon op te bergen. Hij had net een halfuur zitten spelen terwijl Liesel schreef.

Pagina 42

Papa heeft vanavond bij me gezeten. Hij bracht de accordeon mee en ging vlak bij de plek zitten waar Max altijd zat. Ik kijk vaak naar zijn vingers en gezicht wanneer hij speelt. De accordeon ademt. Er lopen lijnen over zijn wangen. Ze lijken erop getekend en ik weet niet waarom, maar wanneer ik ze zie heb ik zin om te huilen. Niet van verdriet of trots. Ik houd gewoon van de manier waarop ze bewegen en veranderen. Soms heb ik het idee dat mijn Papa een accordeon is. Wanneer hij naar me kijkt en glimlacht en ademt, dan hoor ik de noten.

Na tien nachten van schrijven werd München weer gebombardeerd. Liesel was tot pagina 102 gekomen en lag in de kelder te slapen. Ze hoorde de koekoek en de sirenes niet en hield in haar slaap het boek tegen zich aan toen Papa haar wakker kwam maken. 'Kom, Liesel.' Ze nam *De Boekendief* en al haar andere boeken mee en daarna gingen ze Frau Holtzapfel halen.

PAGINA 175

Er dreef een boek in de rivier de Amper.
Een jongen sprong in het water, waadde er
achteraan en pakte het in zijn rechterhand.
Hij lachte. Hij stond tot aan zijn middel
in het ijskoude, decemberachtige water.
'Wat dacht je van een kus, Saumensch?' zei hij.

Toen op 2 oktober de volgende luchtaanval plaatsvond, was ze klaar. Er resteerden nog maar enkele tientallen blanco pagina's en de boekendief was al begonnen met het doorlezen van wat zij had geschreven. Het boek bestond uit tien delen, die stuk voor stuk de titel hadden gekregen van boeken of verhalen en waarin werd beschreven hoe die haar leven hadden beïnvloed.

Ik vraag me vaak af op welke pagina ze was toen ik vijf nachten later in de druipregen door de Himmelstraat liep. Ik vraag me af wat ze zat te lezen toen de eerste bom uit de ribbenkast van een vliegtuig viel.

Persoonlijk stel ik me graag voor hoe zij even naar de muur kijkt, naar Max Vandenburgs touw van wolken, zijn druipende zon en de figuren die er naartoe lopen. Dan kijkt ze naar de moeizame pogingen van haar in verf geschreven spelling. Ik zie de Führer de keldertrap afkomen met zijn aan elkaar geknoopte bokshandschoenen nonchalant om zijn nek gehangen. En de boekendief leest, en leest nogmaals en nogmaals haar laatste zin, uren achtereen.

De Boekendief – Laatste Regel

Ik heb de woorden gehaat en
ik heb van ze gehouden, en ik
hoop dat ik ze recht heb gedaan.

Buiten gierde de wereld. De regen was bezoedeld.

Het Einde van de Wereld

(Deel II)

Bijna alle woorden zijn nu aan het vervagen. Het zwarte boekje begint uit elkaar te vallen door mijn vele reizen. Daarom vertel ik dit verhaal. Wat zeiden we eerder ook al weer? Als je iets maar vaak genoeg zegt, vergeet je het nooit meer. Ook kan ik je vertellen wat er gebeurde nadat de woorden van de boekendief waren opgehouden en hoe ik met haar verhaal in aanraking ben gekomen. Dat ging zo.

Stel je voor dat je in het donker door de Himmelstraat loopt. Je haar wordt nat en de luchtdruk staat op het punt een drastische verandering te ondergaan. De eerste bom valt op het appartementengebouw waar Tommy Müller woont. Zijn gezicht vertrekt onschuldig in zijn slaap en ik kniel neer bij zijn bed. Daarna, zijn zusje. Kristina's voeten steken onder de deken vandaan. Ze passen precies in de voetafdrukken van het hinkelspel op straat. Haar kleine teentjes. Hun moeder ligt een meter verder te slapen. Vier sigaretten liggen misvormd in haar asbak en het dakloze plafond is gloeiend heet. De Himmelstraat staat in brand...

De sirenes beginnen te loeien.

'Ja, *daar* is het nu te laat voor,' fluisterde ik, want iedereen was voor de gek gehouden, en nog eens voor de gek gehouden. Om te beginnen hadden de geallieerden een aanval op München voorgewend, met de bedoeling Stuttgart een gevoelige klap toe te brengen. Maar vervolgens waren er tien vliegtuigen achtergebleven. O, er waren wel waarschuwingen geweest. In Molching kwamen ze met bommen.

Een Opsomming van Straten
München, Ellenberg, Johannson, Himmel.
De hoofdstraat + nog drie andere
in het armste gedeelte van de stad.

In een tijdsbestek van enkele minuten waren ze allemaal verdwenen.

Een kerk werd met de grond gelijkgemaakt.

De plek waar Max Vandenburg overeind was gebleven werd verwoest.

Op het adres Himmelstraat 31 leek Frau Holtzapfel in de keuken al op mij te zitten wachten. Er stond een kapot kopje voor haar en in het laatste moment van bewustzijn leek haar gezicht te vragen waar ik verdorie zo lang was gebleven.

Heel anders was het bij Frau Diller, die lag te slapen. Haar kogelvrije bril lag verbrijzeld naast het bed. Haar winkel was weggevaagd. De toonbank was aan de overkant van de straat terechtgekomen en haar ingelijste foto van Hitler was van de muur gevallen en op de vloer gesmeten. De man was flink in elkaar gestampt en verbrijzeld tot een pulp van glassplinters. Bij het weggaan ging ik nog even boven op hem staan.

Bij de Fiedlers was alles heel georganiseerd. Ze lagen allemaal keurig in bed, goed toegedekt. Pfiffikus lag tot aan zijn neus verscholen.

Bij de Steiners streek ik met mijn vingers door Barbra's prachtige gekamde haren, ik nam de ernstige blik van Kurts ernstige, slapende gezicht en kuste een voor een de kleintjes welterusten.

En toen Rudy.

O, gekruisigde Christus, Rudy...

Hij lag in bed bij een van zijn zusjes. Zij moest hem hebben geschopt of zich het ruimste deel van het bed hebben toegeëigend, want hij lag helemaal op het uiterste randje, met zijn arm om haar heen. De jongen sliep. Zijn haar dat deed denken aan kaarslicht zette het bed in vuur en vlam en ik tilde hem en Bettina op met hun zielen nog in de deken. Ze waren in elk geval snel gestorven en ze waren warm. De jongen van het vliegtuig, dacht ik. De jongen met de teddybeer. Waar was nu Rudy's troost? Wie had hem gerustgesteld toen het kleedje van het leven onder zijn slapende voeten vandaan werd gerukt?

Hij had alleen mij.

En ik ben niet zo'n geweldige trooster, vooral niet wanneer mijn handen koud zijn en het bed zo warm is. Ik droeg hem voorzichtig door de ontwrichte straat, met één zilt oog en een zwaar, dodelijk hart. Voor hem deed ik net iets meer mijn best. Ik keek heel even naar de inhoud van zijn ziel en zag een zwartgeverfde jongen de naam Jesse Owens roepen terwijl hij een denkbeeldige finish passeerde. Ik zag hem tot aan zijn heupen in ijskoud water achter een boek aan waden, en ik zag een jongen in bed liggen die zich probeerde voor te stellen hoe een kus van zijn prachtige buurmeisje zou smaken. Hij doet me iets, die jongen. Telkens weer. Het is zijn enige minpuntje. Hij trapt op mijn hart. Hij maakt me aan het huilen.

En ten slotte, de Hubermanns.

Hans.

Papa.

Hij was een lange man, zoals hij daar in bed lag en ik zag het zilver door zijn oogleden. Zijn ziel kwam overeind. Hij kwam mij tegemoet. Dat doen zulke zielen altijd – het zijn de beste. De zielen die opstaan en zeggen: 'Ik weet wie jij bent en ik ben er klaar voor. Niet dat ik het graag wil, natuurlijk, maar ik ga wel mee.' Zulke zielen zijn altijd licht, omdat er meer van hen zijn uitgezet. Meer van hen hebben hun weg naar andere plekken al gevonden. Deze was gestuurd door de adem van een accordeon, de eigenaardige smaak van champagne in de zomer, en de kunst van het trouw zijn aan beloftes. Hij lag in mijn armen en rustte. Er was een long die nog even hunkerde naar een laatste sigaret en een immense, magnetische kracht die hem naar de kelder trok, naar het meisje dat zijn dochter was en daar beneden een boek zat te schrijven dat hij ooit nog eens hoopte te lezen.

Liesel.

Zijn ziel fluisterde haar naam terwijl ik hem wegdroeg. Maar er was geen Liesel in dat huis. Niet voor mij in elk geval.

Voor mij was er alleen een Rosa en, ja, ik geloof werkelijk dat ik haar midden in een snurk optilde, want haar mond stond open en haar roze lippen bewogen nog. Als ze me had gezien, had ze me ongetwijfeld een Saukerl genoemd, maar dat had ik niet erg gevonden. Na het lezen van *De Boekendief* wist ik dat zij iedereen zo noemde. Saukerl. Saumensch. Vooral de mensen van wie zij hield. Haar elastieken haar hing los. Het lag op het kussen en haar kleerkastvormige lichaam was omhooggekomen met het kloppen van haar hart. Vergis je niet, deze vrouw *had* een hart. Ze had een veel groter hart dan de meeste mensen dachten. Er zat heel veel in, hoog opgeslagen in kilometers verborgen kasten. Vergeet niet dat zij de vrouw was die op een lange, maanverlichte nacht de accordeon om haar lichaam gespte. Zij was iemand die zonder vragen te stellen een joodse man te eten gaf op zijn eerste avond in Molching. En ze was een arm-reiker, diep in haar matras, om een schetsboek aan een tienermeisje te geven.

Het Laatste Geluk

Ik ging van de ene straat naar de andere en kwam terug voor een enkele man die Schultz heette, helemaal aan het einde van de Himmelstraat.

Hij had het niet volgehouden in het ingestorte huis, en ik droeg zijn ziel door de Himmelstraat toen ik mannen van de LSE zag staan roepen en lachen.

Ik zag een kleine vallei in de bergketen van puin.

De gloeiende hemel was rood. Vurig rode strepen begonnen rond te wervelen en ik werd nieuwsgierig. Ja, ja, ik weet wat ik je in het begin heb verteld. Over het algemeen leidt mijn nieuwsgierigheid ertoe dat ik tegen mijn zin weer eens getuige ben van het een of andere menselijke misbaar, maar bij deze gelegenheid moet ik zeggen dat ik, hoewel het mijn hart brak, blij was, en nog steeds ben, dat ik erbij was.

Toen ze haar eruit trokken begon ze onmiddellijk te jammeren en om Hans Hubermann te roepen. De mannen van de LSE probeerden haar vast te houden in hun stoffige armen, maar de boekendief slaagde erin zich los te rukken. Wanhopige mensen zijn vaak tot veel in staat.

Ze wist niet waar ze naartoe rende, want de Himmelstraat bestond niet meer. Alles was nieuw en apocalyptisch. Waarom was de hemel rood? Hoe kon het nu sneeuwen? En waarom schroeiden de sneeuwvlokken haar armen?

Liesel begon langzamer te lopen en concentreerde zich op wat zij voor zich zag.

Waar is de winkel van Frau Diller? dacht zij. Waar is –

Ze wankelde nog een eindje verder, tot de man die haar had gevonden haar arm pakte en tegen haar begon te praten. 'Je verkeert in shock, meisje. Het is de shock, het komt allemaal wel goed.'

'Wat is er gebeurd?' vroeg Liesel. 'Is dit nog steeds de Himmelstraat?'

'Ja.' De man had teleurgestelde ogen. Wat had hij deze afgelopen paar jaar allemaal gezien? 'Dit is Himmel. Je bent gebombardeerd, kindje. *Es tut mir Leid, Schatzi.* Het spijt me, lieverd.'

De mond van het meisje bleef in beweging, ook al verroerde ze zich verder niet meer. Ze was haar eerdere gejammer om Hans Hubermann vergeten. Dat was jaren geleden – dat krijg je, met bommen. Ze zei: 'We moeten mijn papa en mijn mama gaan halen. We moeten Max uit de kelder gaan halen. Als hij er niet is, dan staat hij in de gang naar buiten te kijken. Dat doet hij soms tijdens een luchtaanval – hij krijgt niet zo vaak de kans om de hemel te zien, ziet u. Ik moet hem nog vertellen wat voor weer het is. Hij zal me nooit geloven...'

Op dat moment zakte ze in elkaar en de LSE-man ving haar op en hielp haar om te gaan zitten. 'Laat haar maar even,' zei hij tegen zijn sergeant. De boekendief keek naar wat zwaar en pijnlijk aanvoelde in haar hand.

Het boek.

De woorden.

Haar vingers bloedden, net als toen ze hier arriveerde.

De LSE-man hielp haar overeind en begon haar weg te voeren. Er lag een brandende houten pollepel. Een man liep langs met een kapotte accordeonkoffer en Liesel zag het instrument erin zitten. Ze zag de witte tanden en de zwarte noten daartussenin. Ze glimlachten naar haar en activeerden een bewustzijn van haar realiteit. *We zijn gebombardeerd*, dacht ze. Ze draaide zich om naar de man naast haar en zei: 'Dat is de accordeon van mijn papa.' En nog een keer. 'Dat is de accordeon van mijn papa.'

'Maak je maar geen zorgen, kindje, je bent nu veilig, een klein eindje nog.'

Maar Liesel ging niet mee.

Ze keek waar de man met de accordeon naartoe ging en liep hem na. Terwijl de rode hemel nog steeds haar prachtige as regende, hield zij de grote LSE-man tegen en zei: 'Geeft u die maar aan mij – hij is van mijn papa.' Voorzichtig pakte ze hem uit de hand van de man en begon ermee weg te lopen. Het was ongeveer op datzelfde moment dat zij het eerste lichaam zag.

De accordeonkoffer viel uit haar hand. Het geluid van een explosie.

Frau Holtzapfel lag voor haar op de grond.

De Volgende Twaalf Seconden van Liesel Memingers Leven

Ze draait zich om en kijkt zo ver mogelijk de verwoeste groeve in die ooit de Himmelstraat was. Ze ziet twee mannen een lichaam wegdragen en volgt hen.

Toen ze de anderen zag, begon Liesel te hoesten. Ze bleef even luisteren toen een man de anderen vertelde dat ze een van de lichamen in stukken hadden aangetroffen, in een van de esdoornbomen.

Ze zag geschokte pyjama's en kapotte gezichten. Het was het haar van de jongen dat ze het eerste zag.

Rudy?

De tweede keer deed ze meer dan fluisteren.

'Rudy?'

Hij lag met geel haar en gesloten ogen en de boekendief rende op hem af en viel op haar knieën. Het zwarte boek liet ze vallen. 'Rudy,' snikte ze, 'word nou wakker...' Ze greep hem bij zijn hemd en schudde hem zachtjes, ongelovig door elkaar. 'Wakker worden, Rudy', en nu, terwijl de hemel bleef gloeien en as bleef regenen, pakte Liesel de voorkant van Rudy Steiners hemd in haar hand. 'Toe nou, Rudy.' Tranen overmeesterden haar wangen. 'Rudy, alsjeblieft, word nou wakker, Godverdomme, word wakker, ik houd van je. Kom op, Rudy, Jesse Owens, je weet toch wel dat ik van je houd, word wakker, word wakker, word wakker...'

Maar niets trok zich iets van haar aan.

Het puin klom alleen maar hoger. Heuvels van beton, met een rode kap. Een mooi, huilend meisje dat de doden door elkaar schudde.

'Kom op, Jesse Owens – '

Maar de jongen werd niet wakker.

Vol ongeloof begroef Liesel haar gezicht tegen Rudy's borst. Ze hield zijn slappe lichaam in haar armen en probeerde te voorkomen dat zijn hoofd naar achteren zou rollen, totdat ze hem terug moest leggen op de verminkte grond. Dat deed ze heel voorzichtig.

Langzaam. Langzaam.

'God, Rudy...'

Ze boog zich over hem heen en keek in zijn levenloze gezicht en toen kuste Liesel haar beste vriend Rudy Steiner zacht en oprecht op zijn lippen. Hij smaakte stoffig en zoet. Hij smaakte naar spijt in de schaduw van bomen en in de gloed van de pakkencollectie van een anarchist. Ze kuste hem lang en zacht en toen ze zich van hem losmaakte, legde ze nog even haar vingers op zijn mond. Haar handen trilden, haar lippen voelden vochtig en ze boog zich nogmaals over hem heen, alleen verloor ze de controle en vergiste ze zich in de afstand. Hun tanden raakten elkaar in de verwoeste wereld van de Himmelstraat.

Ze nam geen afscheid. Ze was er niet toe in staat en na nog enkele minuten bij hem te hebben gezeten, slaagde ze erin zich los te maken van de grond. Ik sta ervan versteld wat mensen allemaal kunnen, zelfs wanneer er grote hoeveelheden water over hun wangen stromen en zij voortstrompelen, hoestend en zoekend en vindend.

DE VOLGENDE ONTDEKKING
De lichamen van Mama en Papa,
beiden gewikkeld in het beddenlaken van gruis
dat de Himmelstraat ooit was.

Liesel rende of liep of bewoog zich niet. Haar ogen waren over de mensen gegleden en waren een beetje onzeker gestopt bij de lange man en de kleine kleerkast van een vrouw. Dat is mijn mama. Dat is mijn papa. De woorden zetten zich in haar vast.

'Ze bewegen niet meer,' zei ze zachtjes. 'Ze bewegen niet meer.'

Als ze nu zelf maar lang genoeg doodstil bleef staan, zouden *zij* misschien weer gaan bewegen, maar ze bleven net zo lang roerloos als Liesel. Op dat moment realiseerde ik me dat ze geen schoenen aanhad. Wat een eigenaardig moment om zoiets op te merken. Misschien probeerde ik haar gezicht te vermijden, want de boekendief was er absoluut ellendig aan toe.

Ze zette een stap en wilde toen eigenlijk niet verder, maar deed het toch. Langzaam liep Liesel naar haar mama en papa en ging zitten, tussen hen in. Ze pakte Mama's hand en begon tegen haar te praten. 'Weet u nog toen ik hier aankwam, Mama? Ik klemde me huilend vast aan het hek. Weet u nog wat u die dag tegen iedereen in de straat zei?' Nu begon haar stem te trillen. 'U zei: *waar staan jullie nou naar te kijken, stelletje hufters?*' Ze raakte Mama's pols aan. 'Mama, ik weet dat u... ik vond u zo lief toen u naar school kwam om te vertellen dat Max wakker was geworden. Wist u wel dat ik u met Papa's accordeon heb zien zitten?' Ze greep de verstijvende hand steviger vast. 'Ik kwam vaak naar u kijken en u was zo mooi. Godverdomme, u was zo mooi, Mama.'

VELE MOMENTEN VAN VERMIJDING

Papa. Ze wilde en kon niet
naar Papa kijken.
Nog niet. Niet nu.

Papa was een man met zilveren ogen, geen dode.

Papa was een accordeon!

Maar zijn balgen waren helemaal leeg.

Er ging niks in en er kwam ook niks meer uit.

Ze begon heen en weer te wiegen. Een schrille, zachte, langgerekte noot bleef ergens halverwege haar mond steken, totdat zij eindelijk in staat was zich om te draaien.

Naar Papa.

Op dat moment kon ik me niet langer bedwingen. Ik liep om haar heen, om haar beter te kunnen zien, en op het moment dat ik haar gezicht weer zag, wist ik dat dit degene was van wie zij het meeste hield. Haar uitdrukking streelde de man over zijn gezicht en volgde een van de verticale lijnen op zijn wang. Hij had met haar in de badkamer gezeten en had haar geleerd een sigaret te draaien. Hij gaf brood aan een dode man in de Münchenstraat en zei in de schuilkelder tegen het meisje dat ze verder moest gaan met voorlezen. Als hij dat niet had gedaan, was ze misschien nooit in de kelder gaan zitten schrijven.

Papa – de accordeonist – en de Himmelstraat.

De één kon niet zonder de ander bestaan, want voor Liesel betekenden ze allebei thuis. Ja, dat was Hans Hubermann voor Liesel Meminger.

Ze draaide zich om en sprak een van de LSE-mannen aan.

'Mijn papa's accordeon,' zei ze. 'Zou u die alstublieft voor mij willen pakken?'

Na enkele minuten verwarring bracht een oudere man de kapotte koffer bij haar en maakte Liesel hem open. Ze haalde het gehavende instrument eruit en legde het naast Papa's lichaam. 'Hier, Papa.'

En ik kan je één ding vertellen, omdat het iets is wat ik vele jaren later zag – een visioen van de boekendief zelf – dat zij, toen ze bij Hans Hubermann neerknielde, hem op zag staan en de accordeon zag bespelen. Hij stond op en hing het instrument om in de alpen van verwoeste huizen. Ze zag zilveren ogen. En een sigaret die tussen zijn lippen bungelde. Hij maakte zelfs een foutje en moest daar zelf om lachen. De balgen ademden en de grote man speelde nog één laatste keer voor Liesel Meminger terwijl de hemel langzaam van het fornuis werd genomen.

Blijven spelen, Papa.

Papa stopte.

Hij liet de accordeon vallen en zijn zilveren ogen roestten verder. Er was nu alleen nog een lichaam, op de grond, en Liesel sloeg haar armen om hem heen en tilde hem op. Ze huilde tegen de schouder van Hans Hubermann.

'Dag Papa, jij hebt mij gered. Je hebt me leren lezen. Niemand kan spelen zoals jij, ik zal nooit champagne drinken. Niemand kan spelen zoals jij.'

Haar armen hielden hem vast. Ze kuste zijn schouder – ze kon de aanblik van zijn gezicht niet langer verdragen – en toen legde ze hem weer op de grond.

De boekendief huilde tot zij met zachte hand werd weggevoerd.

Later dachten ze nog aan de accordeon, maar niemand had erg in het boek.

Er was heel veel werk te doen en samen met een verzameling

andere voorwerpen werd *De Boekendief* verschillende keren vertrapt en uiteindelijk zonder dat iemand het een blik waardig keurde opgeraapt en in een vuilniswagen gegooid. Vlak voordat de wagen wegreed, klom ik er snel in en nam het in mijn hand...

Het was echt een geluk dat ik daar was.

Aan de andere kant, wie houd ik nu eigenlijk voor de gek? Op de meeste plekken kom ik minstens één keer, en in 1943 was ik zo'n beetje overal.

EPILOOG

De Laatste Kleur

waarin:

de dood en liesel – enkele
houten tranen – max –
en de gevende man

De Dood en Liesel

Sinds die gebeurtenissen zijn er vele jaren verstreken, maar ik heb nog steeds genoeg werk te doen. Ik kan je één ding vertellen: de wereld is een fabriek. De zon zet haar in beweging, de mensen besturen haar. En ik ben er nog steeds. Ik draag hen weg.

Wat de rest van dit verhaal betreft, zal ik er verder geen doekjes om winden, want ik ben moe, ik ben heel erg moe en ik zal het zo eerlijk mogelijk vertellen.

Een Laatste Feit
Ik moet je helaas vertellen dat
de boekendief gisteren is overleden.

Liesel Meminger bereikte een bijzonder hoge leeftijd, ver weg van Molching en de tenondergang van de Himmelstraat.

Ze overleed in een buitenwijk van Sydney. Het huisnummer was vijfenveertig – net als de schuilkelder van de Fiedlers – en de hemel was van het prachtigste middagblauw. Net als die van haar papa, kwam ook haar ziel half overeind.

In de laatste beelden die zij aan zich voorbij zag gaan, zag zij haar drie kinderen, haar kleinkinderen, haar man en de lange lijst van levens die met de hare versmolten waren. Onder hen bevonden zich, als brandende lantaarns, Hans en Rosa Hubermann, haar broertje, en de jongen wiens haar voor eeuwig de kleur van citroenen zou behouden.

Maar er waren ook een paar andere beelden.

Ga met me mee, dan zal ik je een verhaal vertellen.

Ik zal je iets laten zien.

Hout in de Middag

Toen de Himmelstraat was opgeruimd, kon Liesel Meminger nergens meer naartoe. Ze noemden haar het meisje met de accordeon en brachten haar naar de politie, die ook niet wist wat ze met haar moesten doen.

Ze zat op een heel harde stoel. De accordeon keek haar door een gat in de koffer aan.

Ze zat al bijna drie uur op het politiebureau toen de burgemeester en een vrouw met pluizig haar zich meldden. 'Iedereen beweert,' zei de vrouw, 'dat een meisje in de Himmelstraat het heeft overleefd.'

Een politieman wees.

Ilsa Hermann bood aan de accordeonkoffer te dragen, maar Liesel hield hem stevig vast toen zij het politiebureau verlieten. Een paar straten voorbij de Münchenstraat scheidde een duidelijke lijn de gebombardeerden van de gelukkigen.

De burgemeester reed.

Ilsa kwam naast haar zitten, achter in de wagen.

Het meisje liet haar boven op de accordeonkoffer, die tussen hen in stond, haar hand vasthouden.

Het zou gemakkelijk zijn geweest om niets te zeggen, maar Liesel had juist de tegenovergestelde reactie op haar verlies. Ze zat in de prachtig ingerichte logeerkamer van de burgemeesterswoning en praatte en praatte tot diep in de nacht – tegen zichzelf. Ze at heel weinig. Het enige wat ze helemaal niet deed was zich wassen.

Vier dagen lang droeg ze de restanten van de Himmelstraat met zich mee over de tapijten en de parketvloeren van Grande Strasse 8. Ze sliep veel en droomde niet en meestal vond ze het jammer om wakker te worden. Alles verdween wanneer ze sliep.

Op de dag van de begrafenissen had ze zich nog steeds niet gewassen en Ilsa Hermann vroeg beleefd of ze dat niet zou willen. Eerder had ze haar alleen nog maar het bad laten zien en een handdoek gegeven.

De mensen die de dienst voor Hans en Rosa Hubermann bijwoonden spraken nog lang over het meisje dat daar had gestaan in een mooie jurk en een dikke laag Himmelstraatvuil. Er ging ook een gerucht dat zij later die dag volledig gekleed de rivier de Amper in was gelopen en iets heel vreemds had gezegd.

Iets over een kus.

Iets over een Saumensch.

Hoe vaak moest zij nog afscheid nemen?

Daarna volgden er weken en maanden en heel veel oorlog. In de ogenblikken van haar diepste verdriet dacht ze aan haar boeken, vooral aan de boeken die voor haar waren gemaakt en aan het boek dat haar leven had gered. Op een ochtend liep zij, in een hernieuwde shocktoestand, zelfs helemaal terug naar de Himmelstraat om ze te zoeken, maar er was niets meer. Ze herstelde niet van wat haar was overkomen. Dat zou tientallen jaren duren. Het zou een heel lang leven duren.

Voor de familie Steiner werden twee plechtigheden gehouden. De eerste meteen bij hun teraardebestelling. De tweede zodra Alex Steiner thuiskwam, die na het bombardement verlof had gekregen.

Sinds hij het nieuws had gehoord, was Alex weggekwijnd.

'Gekruisigde Christus,' had hij gezegd, 'had ik Rudy nu maar naar die school laten gaan.'

Je redt iemand.

Je vermoordt iemand.

Hoe had hij kunnen weten wat er zou gebeuren?

Het enige wat hij *wel* wist, was dat hij er alles voor over had gehad om die nacht in de Himmelstraat te zijn, zodat Rudy had kunnen blijven leven, in plaats van hijzelf.

Dat was iets wat hij Liesel vertelde op de trappen van Grande Strasse 8, waar hij zich meteen naartoe had gehaast nadat hij had gehoord dat zij nog leefde.

Die dag, op de trap, werd Alex Steiner verscheurd.

Liesel vertelde hem dat zij Rudy's lippen had gekust. Het maakte haar wel verlegen, maar ze dacht dat hij het misschien wel fijn zou vinden om te weten. Ze zag zijn houten tranen en eikenhouten glimlach. In Liesels visioen was de hemel die ik zag grijs en glanzend. Een zilveren middag.

Max

Toen de oorlog voorbij was en Hitler zich had overgeleverd aan mijn armen, pakte Alex Steiner zijn werk in zijn kleermakerij weer op. Er was weinig geld in te verdienen, maar hij was er in elk geval elke dag een paar uur mee bezig, en Liesel hield hem vaak gezelschap. Ze brachten heel wat dagen samen door. Na de bevrijding wandelden ze vaak samen naar Dachau, maar de Amerikanen lieten hen er niet in.

Ten slotte wandelde er in oktober 1945 een man met omfloerste ogen, veerachtige haren en een fris geschoren gezicht de winkel binnen. Hij liep naar de toonbank. 'Is hier ook iemand die Liesel Meminger heet?'

'Ja, ze is achter,' zei Alex. Hij was hoopvol, maar hij wilde het eerst zeker weten. 'Mag ik vragen wie haar wil spreken?'

Liesel kwam naar voren.

Ze vielen elkaar in de armen en huilden en vielen op de vloer.

De Gevende Man

Ja, ik heb veel gezien in deze wereld. Ik ben getuige van de grootste rampen en werk voor de allergrootste schurken.

Maar er zijn ook andere momenten.

Er is een veelheid van verhalen waar ik mij tijdens mijn werkzaamheden door laat afleiden, net als door de kleuren. Ik verzamel ze op de ongelukkigste, ongelooflijkste plekken en denk er graag aan terwijl ik werk. *De Boekendief* is zo'n verhaal.

Toen ik naar Sydney reisde om Liesel op te halen, kon ik eindelijk iets doen waarop ik al heel lang had gewacht. Ik zette haar neer en wij liepen over Anzac Avenue, vlak bij het voetbalveld, en ik haalde een stoffig zwart boekje uit mijn zak.

De oude vrouw wist niet wat ze zag. Ze pakte het aan en zei: 'Is dit het echt?'

Ik knikte.

Met bevende handen opende ze *De Boekendief* en sloeg de pagina's om. 'Ongelooflijk...' Ook al was de tekst verbleekt, toch kon ze haar woorden nog lezen. De vingers van haar ziel beroerden het verhaal dat ze lang geleden had geschreven in haar kelder in de Himmelstraat.

Ze ging op de stoep zitten en ik volgde haar voorbeeld.

'Heb jij het gelezen?' vroeg ze, maar ze keek me niet aan. Ze kon haar ogen niet van de woorden afhouden.

Ik knikte. 'Heel vaak.'

'Begreep je het?'

En op dat moment viel er een lange stilte.

Er reden een paar auto's voorbij. Hun bestuurders waren Hitlers en Hubermanns, en Maxen, moordenaars, Dillers en Steiners...

Er waren heel veel dingen die ik de boekendief wilde vertellen, over schoonheid en wreedheid. Maar wat kon ik haar over die dingen vertellen wat ze zelf nog niet wist? Ik wilde haar uitleggen dat ik voortdurend bezig ben het menselijk ras te overschatten en te onderschatten – dat ik het maar zelden gewoon *schat*. Ik wilde haar vragen hoe één en hetzelfde tegelijkertijd zo lelijk en zo prachtig kon zijn, en zijn woorden zo vernietigend en zo briljant.

Geen van die dingen kwam echter over mijn lippen.

Het enige wat ik kon doen, was mij naar Liesel Meminger omdraaien en haar de enige waarheid te vertellen waarvan ik echt zeker ben. Ik zei het tegen de boekendief en ik zeg het nu tegen jou:

Een Laatste Aantekening van Uw Verteller

Ik word gekweld door mensen.

Dankbetuiging

Om te beginnen zou ik Anna McFarlane (die net zo hartelijk is als goed geïnformeerd) willen bedanken en Erin Clarke (voor haar vooruitziende blik, haar vriendelijkheid en het feit dat ze altijd op het juiste moment het juiste adviseerde). Tevens gaat mijn bijzondere dank uit naar Bri Tunnicliffe die het met mij wist uit te houden en haar best deed geloof te hechten aan mijn inleverdata voor bewerkingen.

Ik ben veel dank verschuldigd aan Trudy White voor haar vriendelijkheid en talent. Ik vind het een grote eer haar illustraties op deze pagina's te hebben.

Graag wil ik Melissa Nelson hartelijk bedanken omdat zij ervoor zorgde dat een moeilijke klus gemakkelijk leek. Het is niet onopgemerkt gebleven.

Ook was dit boek niet mogelijk geweest zonder de volgende mensen: Cate Paterson, Nikki Christer, Jo Jarrah, Anyez Lindop, Jane Novak, Fiona Inglis en Catherine Drayton. Bedankt dat jullie zoveel kostbare tijd in dit verhaal hebben gestoken, en in mij. Ik waardeer het meer dan ik zeggen kan.

Verder bedank ik het Jewish Museum in Sydney, het Australian War Memorial, Doris Seider van het Joods Museum in München, Andreus Heusler van het stedelijk archief van München, en Rebecca Biehler (voor informatie over de seizoenskenmerken van appelbomen).

Dominika Zusak, Kinga Kovacs en Andrew Janson ben ik dankbaar voor al hun bemoedigende woorden en uithoudingsvermogen.

Ten slotte gaat mijn bijzondere dank uit naar Lisa en Helmut Zusak – voor de verhalen die wij maar moeilijk kunnen geloven, voor het lachen en voor het feit dat zij mij een andere kant hebben laten zien.

Discussievragen

1) Bespreek de symboliek van de Dood als alwetende verteller in het boek. Welke gevoelens koestert de Dood voor ieder slachtoffer? Omschrijf de poging van de Dood om Liesel te weerstaan. De Dood zegt: 'Ik tref mensen altijd aan op hun best en op hun slechtst. Ik zie hun lelijkheid en hun schoonheid en vraag me af hoe hetzelfde ding dit allebei kan zijn.' (p. 497) Wat is er mooi en lelijk aan Liesel, Rosa en Hans Hubermann, Max Vandenburg, Rudy Steiner en mevrouw Hermann? Waarom wordt de Dood geplaagd door mensen?
2) Wat is er ironisch aan Liesels obsessie met het stelen van boeken? Bespreek waar er verder in het boek ironie wordt toegepast.
3) *Het doodgravershandboek* is het eerste boek dat Liesel steelt. Waarom nam ze dat boek mee? Wat is er belangrijk aan de titels van de boeken die ze steelt? Bespreek waarom ze *Het doodgravershandboek* onder haar matras verstopt. Omschrijf de reactie van Hans Hubermann wanneer hij het boek ontdekt. Welke les leert Liesel over het leven en de dood door het stelen van boeken? Verklaar de reactie van Rudy wanneer hij erachter komt dat Liesel een boekendief is. Hoe leidt het stelen van boeken uit het huis van de burgemeester tot een vriendschap met de vrouw van de burgemeester? Leg uit hoe Liesels poging zelf een boek te schrijven haar leven redt.

4) Liesel vindt dat Hans Hubermann vriendelijke ogen heeft, en van het begin af aan trekt ze meer naar hem toe dan naar Rosa Hubermann. Hoe wint Hans Liesels liefde en vertrouwen? Bespreek of Hans Liesel ziet als een surrogaat voor zijn eigen kinderen, die vervreemd zijn geraakt van de familie. Waarom vindt Rosa het zo moeilijk om dezelfde warmte te uiten tegenover Liesel? Bespreek hoe Liesels relatie met Rosa aan het eind van het boek verandert.
5) Verlating is een centraal thema in het boek. De lezer weet dat Liesel zich verlaten voelt door haar moeder en de dood van haar broer. Op wat voor manier stelt ze liefde gelijk aan verlating? Wanneer begrijpt ze waarom haar moeder haar verlaten heeft? Wie verlaat Liesel nog meer in het boek? Bespreek of ze is verlaten vanwege de omstandigheden of omdat die personen haar daadwerkelijk kwijt wilden.
6) Schuld is ook een steeds terugkerend thema in het boek. Het leven van Hans Hubermann werd in Frankrijk tijdens WO I gespaard, maar dat van Erik Vandenburg niet. Leg uit waarom Hans zich schuldig voelt over Eriks dood. Schuld is een krachtige emotie waar iemand heel ongelukkig en wanhopig door kan raken. Bespreek hoe Hans zijn schuldgevoelens gebruikt om anderen te helpen. Verklaar de gedachte van Max Vandenburg: 'Leven was leven. De prijs was schuldgevoel en schaamte.' (p. 220) Waarom voelt hij schuld en schaamte?
7) Vergelijk en stel de levens van Liesel en Max Vandenburg tegenover elkaar. Hoe geeft Max' leven zin aan dat van Liesel? En op welk moment raken Liesel en Max bevriend? Max geeft Liesel een verhaal met de titel 'De staande man' voor haar verjaardag. Wat is het belang van dit verhaal?
8) De Dood zegt dat Liesel een meisje was dat 'een berg te beklimmen had' (p. 93) Wat is haar berg? Wie klimmen er met haar mee? Wat is haar grootste hindernis? Op welk moment bereikt ze de top van haar berg? Omschrijf haar afdaling. Wat ontdekt ze aan de voet van de berg?
9) Hans Junior, een nazisoldaat, heeft zijn vader voor lafaard uitgemaakt omdat deze geen lid is van de nazipartij. Volgens hem

ben je automatisch tegen Hitler als je niet vóór hem bent. Waarom is er moed voor nodig om tegenstand aan Hitler te bieden? Er is in het hele Hubermann-huishouden geen lafaard te bekennen. Bespreek hoe ze door het hele boek heen hun moed laten zien.

10) Omschrijf de vriendschap tussen Liesel en Rudy. Op welke manier verandert en groeit hun vriendschap in de loop van het verhaal? De Dood beweert dat Rudy zijn vriendschap niet 'voor niets' aanbiedt. (p. 56) Wat wil Rudy van Liesel? Bespreek de uitspraak van de Dood: 'Het enige wat erger is dan een jongen die een hekel aan je heeft, is een jongen die van je houdt.' (p. 57) Waarom vindt Liesel het moeilijk om van Rudy te houden? Bespreek waarom Liesel aan meneer Steiner vertelt dat ze het dode lichaam van Rudy heeft gekust.
11) Hoe gebruikt Zusak het literaire instrument van de vooruitwijzing om de lezer mee het verhaal in te trekken?
12) Liesel Meminger heeft een hoge leeftijd bereikt. De Dood beweert dat hij de boekendief graag over schoonheid en wreedheid had willen vertellen, maar dat zij die zelf allemaal al had beleefd. Op wat voor manier staat haar leven voor schoonheid in het spoor van wreedheid? Bespreek hoe Zusaks poëtische schrijfstijl de schoonheid van Liesels verhaal versterkt.

Een Gesprek met Markus Zusak

Wat heeft je geïnspireerd om te schrijven over een hongerig, analfabetisch meisje dat zó graag wil lezen dat ze boeken steelt?

Ik denk dat het gewoon komt door steeds aan een boek te blijven werken. Ik hoorde verhalen over hele steden die in brand stonden, tieners die in elkaar geslagen werden omdat ze brood gaven aan uitgehongerde joodse mensen op weg naar concentratiekampen en aan mensen die in schuilkelders opeengepakt zaten... Maar ik had ook een verhaal over een boekendief, dat zich afspeelde in de stad waar ik woon, Sydney. Ik heb beide verhalen gewoon bij elkaar gebracht en realiseerde me hoe groot het belang van woorden was in nazi-Duitsland. Ik dacht aan Hitler, die mensen met woorden kapotmaakte, en hier had ik een meisje dat ze terugstal, door in haar kelder met een jonge joodse man boeken te lezen en mensen in de schuilkelders gerust te stellen. Ze schrijft haar eigen verhaal – en het is een prachtig verhaal – dwars door de lelijkheid heen van de wereld om haar heen.

Hoe kwam je erbij om de Dood tot verteller van het boek te maken?

Dat heeft heel veel moeite gekost! Ik dacht: 'Goed, dit boek speelt zich af in de oorlog. Iedereen zegt altijd dat oorlog en dood zulke goede vrienden zijn.' De dood is in tijden van oorlog continu aanwezig, wat hem tot de perfecte verteller voor *De boekendief* maakte. Maar in het begin was de Dood te gemeen. Hij was arrogant en had veel te veel lol in zijn werk. Hij zei echt extreem enge dingen en genoot ervan om zich al die zieltjes toe te eigenen... dat werkte niet. Dus ging ik over op een verteller in de eerste persoon, toen op een eenvoudige derdepersoonsverteller... en een halfjaar later kwam ik weer terug bij de Dood – maar dit keer moest de Dood uitgeput zijn door zijn eeuwige bestaan en zijn werk. Hij moest bang zijn voor mensen – omdat hij tenslotte door de eeuwen heen heeft kunnen zien hoe wij elkaar uitroeien – en nu zou hij dit verhaal vertellen om zichzelf ervan te overtuigen dat mensen toch best de moeite waard zijn.

Liesel heeft een buitengewone mensenkennis en het vermogen om vriendschap te sluiten met die mensen die het meest behoefte hebben aan gezelschap. Wie is voor jou de meest onvergetelijke vriend(in) van Liesel?

Voor mij is dat Rudy, maar ik hoor van een hoop mensen dat het voor hen Hans Hubermann is. Rudy is gewoon mijn favoriete personage. Vanaf het moment dat hij zichzelf zwart schilderde en Jesse Owens werd, vond ik hem het leukst. Het deel waarin Liesel hem op zijn gebarsten lippen kuste, was voor mij denk ik wel het aangrijpendst om te schrijven... Ik was er helemaal ondersteboven van. Aan de andere kant heb ik wel iets met alle relaties die Liesel aangaat, zelfs met haar leessessies met Frau Holtzapfel en de terugkeer van haar zoon. En zelfs met Ludwig Schmeikl – de jongen die ze in elkaar slaat in de speeltuin en met wie ze het weer goedmaakt tijdens de boekverbranding... Maar ik denk dat de relatie met Rosa de meest onverwachte is. Op het moment waarop ze Rosa met een accordeon ziet (wanneer Hans het leger in moet) beseft ze tot hoeveel liefde haar pleegmoeder wel niet in staat is.

Je beeldspraak komt heel natuurlijk en ongedwongen over. Is dat iets wat je zelf bewust moet ontwikkelen, of is het gewoon een natuurlijk onderdeel van je schrijfstijl?

Ik vind het leuk dat er op iedere bladzijde in ieder boek ineens een juweeltje kan opduiken. Dat vind ik denk ik het allerleukst aan schrijven – het feit dat je woorden kunt gebruiken zoals een kind dat in de zandbak speelt: je kunt alles omgooien en weer opnieuw ordenen. Dat zijn de mooiste momenten van een dag schrijven – wanneer er een beeld verschijnt waarvan je nog niet kon vermoeden dat het bestond toen je die ochtend aan het werk ging. Op andere momenten kost het tijd. Dit boek heeft me drie jaar gekost, en sommige beelden bleven er vanaf het begin tot eind in, maar andere heb ik tientallen keren herzien. Meestal ga ik, om het tempo erin te houden, door met schrijven en kom dan later weer terug om een beeld dat niet direct werkte verder te ontwikkelen. Soms haal ik het er zelfs helemaal uit.

Lees ook Zusaks raadselachtige en razend spannende roman

De boodschapper

Ed Kennedy is een jonge taxichauffeur met weinig toekomstperspectief. Hij is een waardeloze kaartspeler, hopeloos verliefd op zijn beste vriendin Audrey, en verknocht aan zijn koffiedrinkende hond, de Portier. Er gebeurt niet veel in zijn leven, tot hij per ongeluk midden in een bankoverval terechtkomt.

Dan krijgt hij zijn eerste speelkaart toegestuurd, een Ruiten Aas. Dat is het moment waarop Ed de boodschapper wordt. Uitverkoren om anderen onder zijn hoede te nemen, doorkruist hij de stad om mensen de helpende hand te bieden en waar nodig terecht te wijzen. Maar wie zit er achter Eds missie?

'Begin alleen aan dit boek als je het in één ruk uit kunt lezen.'
Publishers Weekly

'Een ontroerend verhaal, dat stemt tot nadenken en doorspekt is met humor.'
NBD Biblion

Markus Zusak – *De boodschapper*
ISBN 978 90 443 3247 6
ISBN 978 90 443 3320 6 (e-book)

Lees ook Zusaks prachtige roman

Als honden huilen

Cameron Wolfe woont thuis met zijn ouders, zijn broers Ruben en Steve, en zijn zus Sarah. Ruben vindt Cameron maar een sukkel; hij kan geen meisjes versieren en laat 's avonds het hondje van de buren uit. Miffy: een dwergkeesje waarmee je écht niet gezien wilt worden.

Ruben verslijt meisjes bij de vleet, ter wijl Cameron er alleen maar van kan dromen. Als Octavia haar intrede doet in huize Wolfe, begrijpt Cameron niet hoe Ruben zo'n lief meisje heeft ingepalmd. Maar als Ruben ook haar dumpt, krijgt Cameron zijn kans. Octavia geeft hem de moed eindelijk de confrontatie aan te gaan met zichzelf en zijn demonen. En nu wil hij bewijzen dat er niets mooiers is dan een underdog die opkomt voor zichzelf...

'Een intens verhaal over solidariteit tussen broers en de zoektocht naar zelfrespect.'
Kirkus Reviews

'Zusaks personages, stijl en dialogen zijn geloofwaardig, goed doordacht, en waar nodig openhartig.'
School Library Journal

Markus Zusak – *Als honden huilen*
ISBN 978 90 443 3504 0
ISBN 978 90 443 3581 1 (e-book)